文艺人类学

王列生·著

文化藝術出版社
Culture and Art Publishing House

目 录

第一章　引论：论文艺人类学的学科目标、知识边界及理论框架 ………（1）
第二章　人类何以需要文艺的问题拟设 ……………………………（23）
第三章　终极提问抑或现象提问 ……………………………………（36）
　　第一节　小引 …………………………………………………（36）
　　第二节　原始思维切入 ………………………………………（38）
　　第三节　原始符号切入 ………………………………………（41）
　　第四节　原始生存切入 ………………………………………（52）
第四章　历史提问抑或逻辑提问 ……………………………………（78）
　　第一节　小引 …………………………………………………（78）
　　第二节　田野调查知识方式 …………………………………（80）
　　第三节　考古学知识方式 ……………………………………（98）
　　第四节　哲学知识方式 ………………………………………（114）
第五章　合力论解读方案 ……………………………………………（131）
第六章　文艺与人类当前关系的谱系学分析 ………………………（140）
第七章　文艺存在的存在性分析 ……………………………………（157）
第八章　人类中心意义合谋 …………………………………………（185）
　　第一节　道德文艺论的语指与语误 …………………………（185）
　　第二节　宗教文艺论的可能与不能 …………………………（200）
　　第三节　政治文艺论的权力与暴力 …………………………（216）

1

第九章　人类边缘意义合谋 （233）
第一节　性本能的文艺魅力维系 （233）
第二节　民间仪式的文艺承载 （248）
第三节　时尚与文艺的意义互动 （265）
第十章　世界市场时代的文艺生产与消费 （278）
第十一章　文艺未来论的知识向度 （299）
第十二章　集体体验对个体体验的颠覆 （313）
第十三章　文艺生活中的身份消失 （326）

出版后记 （340）

第一章
引论：论文艺人类学的学科目标、知识边界及理论框架

就像文艺学这一学科概念没有等值的西学译名一样，文艺人类学在任何西学学科词典里同样找不到名录。但这并不妨碍东西方在确定的知识领域内获得理解，一方面因为问题的隐存最终具有共在性，另一方面事态呈露和解读进程中也将遭遇一系列不期而至的在场，更何况全球化历史延伸中早已有文化人类学的公共语义播撒东西方，所以学科概念诞生的合法性并不是问题。我们首先面临的问题在于，如何在中国知识空间清晰地陈述出文艺人类学的所在和所往，否则就会像最近二十年来的任何一次学术涉伪事件一样，成为又一个没有学科逻辑和学理内存的伪学科概念。

西学知识语境里虽然没有"文艺人类学"一词，但语义逼近的语词和学科概念却很容易找到，例如沃尔夫冈·伊塞尔在走出接受美学后所呼唤的"走向文学人类学"，就是非常典型的语义案例。他所反思的"然而在我们将自己转变为我们自身的可能性，在我们无休止地尽情于我们自身潜力的游戏中——尽管我们懂得它是什么——得到极大的满足时，这又意味着什么呢？文学人类学必须涉及的正是这样的问题"[①]，以及他所命名的"文学人类学"，与我们的学科思考路向就具有极大的趋同。

[①] 沃尔夫冈·伊塞尔：《走向文学人类学》，王晓路译，见拉尔夫·科恩主编：《文学理论的未来》，第300页，中国社会科学出版社1993年版。

尽管保罗·霍金斯主编的：《影视人类学原理》并不存在严密的学科范畴体系，但其指称的"影视人类学"（Visual Anthropology）亦与我们可以看做是学科伙伴，甚至可以局部选择性地作为子结构纳入"文艺人类学"的更大框架之内。尽管文集中小约翰·科利尔所说的"摄影给予人类学的帮助在于，它在人类行为研究中为人类特有的研究环境提供了科学的可触知性"[1]，旨在强调人类学进展，而大卫·麦克道戈所说的"人类学必须承认电影可以替代书面样式而成为人类学的一种理解的形式；电影应该创造出能够真正反映人类学思想的表现形式，最终电影将证明这些可能的真实性，而不仅仅是推测"[2]，则旨在强调文艺的延伸，似乎彼此间还存在较为明显的观念差异，但这丝毫遮掩不了大家在更高学科视野和价值层面的一致。这种一致性的要义就在于，影视作为特定文艺类型可以获得人类学方法的有效阐释。但可能性并不等于现实性，换句话说，我们所要选择的一致性要义在整个问题境况中存量较小，即那些友邻概念离我们的文艺学知识边界还有遥远的距离，因为无论是所谓"影视人类学"还是所谓"人类学电影"（Ethnographic Film or Anthological Film），都不曾将价值重心向文艺学作倾斜性的语义转移，而是更加立足于"电影是工具，而人类学是目的"[3]。

很显然，在一种"文艺类型＋人类学"的陈述结构里，存在着学科价值向度完全不同的两种语义取向，其一是依附于文化人类学，视为文化人类学的应用研究或案例研究，其二是依附于文艺学，视为文艺学的子结构或分支学科。取向分异极容易导致学科矛盾及进一步的语用紧张，所以我们在涉入文艺人类学问题域和确立文艺人类学学科目标时，就必须既保持宽容姿态亦保持严谨姿态，宽容处在于坚信一切知识努力最终都具有人类利益中心性，严谨处则在于坚守每一知识谱系的存在边界，一旦这种宽容和严谨能够在学科实践中获得统一，那么也就既不会疏忽此一界面的任何

---

[1] 小约翰·科利尔：《摄影与影视人类学》，郝跃骏译，见保罗·霍金斯主编：《影视人类学原理》，第211页，云南大学出版社2001年版。

[2] 大卫·麦克道戈：《跨越观察法的电影》，王庆玲译，见保罗·霍金斯主编：《影视人类学原理》，第137页，云南大学出版社2001年版。

[3] Karl G. Heider, Ethnographic Film., University of Texas Press, 1976, P4

问题，也不会偏离不同叙事目标所应有的叙事方式和叙事重心，既不会绕开共同遭遇的境况事态和全部对象事实，也不会模糊不同研究者的旨趣目标和解读路向。从这个意义上说，总体性的文艺人类学就既可能是文化人类学的衍生物，亦可能是文艺学的延伸体，一切取决于研究者的学科操作选择，而我们就选择了后者。

与我们的选择就学术愿望而言几乎完全一致的是"艺术人类学"（Anthropology of Art），在它重申"艺术人类学是运用文化人类学的方法和成果来研究艺术的本质和规律，尤其是着重研究艺术的发生机制和原始形态的科学"①之际，或更概括性地表述为"实现艺术本质的人类学还原②"之际，与我们学科构想的逻辑起点具有很大程度的学理同步性。所以我们现在的努力只是在于：第一，在此基础上将文学与艺术纳入同一总体框架，而非文学人类学与艺术人类学建立各自的独立性学科；第二，在此基础上实现文艺人类学的完整外部框架和充实内部结构，使其真正获得独立学科的必要学理内存；第三，在此基础上建构文艺学与人类学的有效粘接模式，使文艺人类学作为一门交叉学科形成知识合力和新知增长点，并以崭新的学术视野内涵扩张性地审视人类的文艺，以及外延递进性地审视文艺的人类。这样一种知识整合或者说学科规整行为，不仅不与前此文学人类学、艺术人类学、影视人类学、音乐人类学等一系列学科命名发生称谓紧张以及实际研究过程中的语用矛盾冲突，而且还紧紧地相拥一起汲取每一种研究所取得的知识精华，因为说到底，所谓文艺人类学仍然只不过是一种知识立场或一种问题进入方式，作为有限的有知，在面对无限的无知之际，一切学科全称方式或命名全称方式都是缺乏学术良知或学术素养的浅薄之举，五百年前库萨的尼古拉就说过"每一事物在每一事物之中，并不包含现实地在内的意思，因为事物的现实统一性会被那样的复多性所破坏；只不过线中的三角形是线，线中的圆是线，其他类推"③。

因此，我们将要从事的文艺人类学是一门建立在文艺学和人类学基础

---

① 易中天：《艺术人类学》，第18页，上海文艺出版社2001年版。
② 同上，第19页。
③ 库萨的尼古拉：《论有学识的无知》，尹大贻译，第78页，商务印书馆1988年版。

之上的交叉学科，它以人类的文艺和文艺的人类为基本学科研究对象，将人类学的问题视野嵌入文艺学的理论框架，从文艺与人类生活的必然逻辑关系和历史命运出发，解读文艺的发生、发展和高潮低潮，揭示文艺存在的终极本质和一般规律，研究文艺的人类普遍价值及其基本实现方式，审视人类文艺生活和这种生活给人类生存所带来的全面影响。既然文化学家们认为"文化体系既可理解为人类活动的产物，又可理解为限制人类进一步活动的要素"①，既然文艺说到底不过是人类诗性栖居、审美性承享和社会性依偎三者合一的文化存在方式，那么文艺和人类从一开始就可以构成互阐互证的存在结构和意义关系，因而从这样一种学科切入方式和问题切入点进入知识事态，就不仅是真实性进入而且是必要性进入。

这种进入当然远远不是从我们开始，自有人类就有文化，自有文化就有文艺，自有文艺就有关于文艺的反思，就有一系列关于文艺与人类基本关系的设问和答疑。《尚书》所谓"以五采彰施于五色作服"（《皋陶谟》）或"舜修五礼，五玉三帛"（《尧典》），《礼记》所谓"有虞氏服韨，夏后氏山，殷火，周龙章"（《明堂位》）或"夏后氏尚黑，殷人尚白，周人尚赤"（《檀弓》），决不仅仅是简单的历史叙事，其中隐示着深刻的原始态人类文艺生存及其生存困思的消息。丰富的萨满教造型艺术今天已受到艺术史家的广泛关注，艺术史家们试图以各种猜想方式对那些岩画象征符号进行功能解读和意义追问，其实这种解读或追问在萨满心灵中又何曾没有，《瑷珲祖训遗拾》之所谓"浮魂依梦，静魂依形。梦中得数，梦中悉形，梦中感意，故成六序，曰：梦神、会神、面神、识神、悦神、引神，方谓寤得神体，制材藏魂，神魂寓焉，神寤蕴焉，居尔家室，廓清氛围"，就是其中的一种解读或一种追问，并且这种解读或追问与世界各民族的原始文艺事态具有明确的一致性，因为一切地域族群都会在原始文艺生存中表现出强烈的自然崇拜情绪，并且关于这些题材的情绪都会获得符号表现和意义连接。这说明关于文艺与人类的生存意义关连，无论就本能而言还是就理性方式而言，无论在客观事态还是在主观猜想，今天我们所做的一

---

① A. L. Kroeber and C. Klucrhohu, Culture: A Critical Review of Concepts and Definitions, Papers of the Peabody Museum of American Archaeology and Ethnology, Vol. 47, No. 1, 1952, P181

切都不过是从前的延伸,古老的呈现,就其根本意义和终极价值来说,并没有实质性的变化和增值,我们只不过站在我们这个时间位置表达某种承续过程中的心愿和意志而已。后人看待我们将亦如我们看待前人乃至原初古人。

当然,从一种设定知识学角度进入这一学科视野事态的,此前最为充分者要推文化人类学家们的原始文艺发生史研究。这种研究在两个层面获得推展,第一个层面是携带性叙事,第二个层面是目标性叙事。在携带性叙事里,由于从早期的文化人类学家泰勒等开始,在设定文化概念的意义边界时就认为"文化或文明是复杂的整体,包括知识、信仰、艺术、道德、法律、风俗……"① 因而他们在研究过程中自然就会把原始文艺发生事态作为重要的叙事对象,甚至会当作某些文化人类学命题的基本论据,例如文化人类学家爱尔乌德在探讨"文化进化"问题时就专设"美术的发展"议题,并展开性地讨论了"艺术的定义"、"艺术的种类"、"图画艺术的发展"、"艺术中的节奏"、"塑型艺术的发展"、"音乐艺术的发展"、"文学的发展"、"艺术之连合"等,又例如马林诺夫斯基在考察特罗布里恩德土著时几乎无处不依仗其神话,因为"库拉有丰富的神话,很多是关于很久以前神话祖先的历险记"②。在目标性叙事里,文艺史直接成为文化人类学家们的关注对象和学术兴趣,诸如格罗塞《艺术的起源》、博厄斯《原始艺术》、克雷默《世界古代神话》、马林诺夫斯基《原始心理学的神话》等,无一不如同"一个探索新发现的地境的探险家一样,已经踏遍了原始艺术的全境地"③,而这种探险的目的,就是努力更有效地解读原始文艺发展的成因原委及其与人类的一般关系,文艺史在这里直接就是学术向度和价值目标,而不仅仅是更高目标统辖下不得不有所涉猎的事件素材。尽管携带性叙事和目标性叙事间存在着价值差异,但是对原始艺术发生这一议题以及进一步的文艺人类学这一学科而言,其先行学术史意义都不可低估,都是我们今天成形的文艺人类学赖以站立的前提条件和历史准备。

---

① E. B. Tylor, Primitive Culture, London, John Murry, 1871, P1
② 马林诺夫斯基:《西太平洋的航海者》,梁永佳译,第91页,华夏出版社2002年版。
③ 格罗塞:《艺术的起源》,蔡慕晖译,第234页,商务印书馆1984年第2版。

文艺学在20世纪的知识繁衍可谓以几何级数增长，除了马克思主义文艺学苏东背景、中国背景和西方背景的文本狂欢外，还有诸如社会历史研究法、传记研究法、象征研究法、精神分析研究法、原型研究法、符号研究法、现象学研究法、解释学研究法、接受美学研究法和解研究法这一类的西方知识狂欢，后者还沿着知识殖民主义的扩张线索以话语霸权姿态在中国又轰轰烈烈地狂欢了整整二十年，并且现在我们还远不能够对所有这些狂欢作出准确的意义评估或价值判断，甚至事态还在进一步演泽，新的被抛者正不断地获得一种当事人身份。那么，如此盛况空前的语境之下，我们何以还要大张旗鼓地宣扬文艺人类学的学科概念和知识语词呢？

最根本的原因在于我们企图在人类学的知识强调中重申文艺学的总体性研究原则及这一原则的人类终极价值观，企图在人类学的知识应用中建构文艺历史的田野调查分析系统及这一系统的操作实践。沃尔夫冈·伊塞尔同样也有这样的企图，所以他朦胧地感觉到"既然文学作为一种媒介差不多从有记录的时代伊始就伴随着我们，那么它的存在无疑符合某种人类学的需求。这些需求是些什么，对于我们本身的人类学的构成，这一媒介又将向我们揭示出什么？这些将异致一种文学人类学的产生"[1]，但是他并没有将这一感觉认真地追问下去，当我们读到同一页他所说的"或许我们可以从研究文本的人类学内涵中获得答案，换言之，可以将文学人类学作为一种范例来研究而从中得到答案"[2]，就不难看出他在口号式命名的起点位置一步也没有前进。我们必须前进，一方面在我们抽象性思考的前进步伐里，必须达到柏拉图那种"一既是永远在它自身里和其他的里，必然永远变动和静止"[3]进入问题的境界，另一方面在我们的文艺人类学田野调查中，必须达到弗雷泽那种"我们又一次出发去往内米。正是黄昏时候，我们沿着阿庇乌大道长长的斜坡直爬上阿尔巴山峰，回头看西天晚霞绚烂，落日余晖像临终圣徒头上的光环，映照在罗马上空，给圣彼得大教堂的尖

---

[1][2] 沃尔夫冈·伊塞尔：《走向文学人类学》，王晓路译，见拉尔夫·科恩主编：《文学理论的未来》，第277页，中国社会科学出版社1993年版。

[3] 柏拉图：《巴曼尼得斯篇》，陈康译注，第194页，商务印书馆1982年版。

顶平添一层耀眼的余晖,如此景色,一见难忘"① 介入事件的胸襟。有了这样的境界和胸襟之后,我们就会以生命追问式的真诚去相拥文艺,以一种对人类负责任的学术心理去相拥文艺学,从而使我们的文艺学逃离符号游戏领域。体系雄心勃勃、概念忙忙碌碌、语词热闹狂欢,尽管任何时候都不能简单粗暴地推斥那些体系、概念和语词。理论形式是次要的,关键在于确立起文艺人类学的总体性研究原则甚至学术精神,哪怕是边缘文化区内的孤立细微文艺事件或文艺细节,都将成为文艺人类学审视视野中的珍视对象,不同的是,这些事件和细节最终都得以人类生存价值尺度为意义解读的参照,而不是边界设定地限制在诸如地域、民族、阶级或各种社会框架之内,当然也不是从某一种或某几种文化义项中努力分拣其价值量或价值方式。

最直接的原因在于20世纪的文艺学辉煌恰恰就是以牺牲总体性研究原则为代价的。在这个时代域内,作为文本理论路向之一的结构主义和符号学方向延伸的时间长度最为惊人,如果从索绪尔的语言学革命算起一直计算到这一革命的世纪末中国躁动,差不多潮起潮落了整整一个世纪。索绪尔所倡导的"我们可以设想有一门研究社会生活中符号生命的科学;它将构成社会心理学的一部分,因而也是普通心理学的一部分;我们管它叫符号学。它将告诉我们符号是由什么构成的,受什么规律支配"②,不仅在哲学领域里引起波澜壮阔的延展,而且也在文艺学领域里引起春潮带雨的继发效应,于是文艺学家们开始浓趣于"有了人类历史本身,就有了叙事。任何地方都不存在没有叙事的民族,从来不曾存在过"③,因而也就有托多罗夫写作《〈十日谈〉的语法》那样的理论目标和解读方式,即相信"不仅一切语言,而且一切指示系统都具有同一种语法。这语法之所以带有普遍性,不仅因为它决定着世上一切语言,而且因为它和世界本身的结构是

---

① 詹·弗雷泽:《金枝精要——巫术与宗教之研究》,刘魁立编,第631页,上海文艺出版社2001年版。
② 费尔迪南·德·索绪尔:《普通语言学教程》,高名凯译,第36页,商务印书馆1980年版。
③ 罗兰·巴特:《叙事作品结构分析导论》,引自《符号学美学》,董学文译,第108页,辽宁人民出版社1987年版。

相同的"①。总之，在整个结构主义文艺学知识谱系内，诸如能指、所指、框架、叙事、焦点、意义功能、语境、模式、编码、解码、文本、人称、文体叙事策略等这一类关键词可谓目不暇接，文本意义方式研究、文本策略方式研究、文本功能方式研究以及文本价值方式研究等成为结构主义文艺学或文艺符号学的基本学术旨趣。尽管如理查德·麦克西所编的《结构主义论争》或类似的著作中不乏松动和犹疑，尽管后起如接受美学家姚斯质疑性埋怨"形式主义的方法论又一次将文学提到独立的研究对象的地位，他们把文学作品与一切历史条件割裂开来，像新的结构主义语言学那样，对文学的特殊效用进行功能阐释"②。结构主义和符号学的文艺学操作不仅成熟卓著，而且在正负两个向度影响绵远，也就是说它无论如何都是20世纪最重要的文艺学事态之一。与此具有家族亲似意味的是俄国形式主义文艺学路向，其亲似性不仅在于它同样由索绪尔语言学革命延伸而来，而且还在于它同样以内闭式文本研究作为其行动技术路线，因为"在形式主义者看来，文学研究的任务是要分析实用语言和诗歌语言相互对立之中的差异，依据陌生化概念将差异归到问题焦点上。文学研究唯有专注于差异因素才能保持它独特的研究对象"③。以陌生化为中心概念的理论创意当然十分新颖，就其作为技术性操作系统而言，不仅表现为成功地解读了诸如果戈理小说《外套》和那些普希金的诗歌作品，而且还突出地表现为对诸如"文学性"、"诗歌性"这样一些文艺本质特征有了全新的界定，所以说这一理论路向同样具有元理论建构意义，其理论元性倒不在于操作技术系统而更在于把艺术观念引导向"艺术是一种体验事物之创造的方式，而被创造物在艺术中已无足轻重"④。很显然，类似这样的内闭性研究虽然较好地确立了文艺学研究的特定边界系统和价值目标，甚至史无前例地建构

---

① 托多罗夫：《〈十日谈〉的语法》，引自特伦斯·霍克斯：《结构主义和符号学》，瞿铁鹏译，第97页，上海译文出版社1987年版。

② Hans Robert Jauss, Toward an Aesthetic of Reception, University of Minnesota Press, 1982, P16

③ 安纳·杰弗森和戴维·罗比：《西方现代文学理论概述与比较》，陈昭全译，第7页，湖南文艺出版社1986年版。

④ 什克洛夫斯基：《俄国形式主义文论选》，引自张首映：《西方二十世纪文论史》，第134页，北京大学出版社1999年版。

起文艺学研究的特定操作系统和技术路线，而且也的确在文艺学精密化和具体化道路上取得了一批又一批标志性成果，这些标志的耳目一新使世纪末的中国文艺学家们心绪起伏躁动不安，但它无疑有一个根本性的缺失，那就是总体性研究原则的缺失，也就是所谓不屑回答文艺与人类生存的基本关系和根本价值，就仿佛只研究菜肴的精美而不顾人为什么要吃饭。

最逼近总体性研究目标的要算弗洛伊德主义及其精神分析法，如果按通常所谓"作者系统"、"作品系统"、"读者系统"、"文化与社会系统"和"后现代系统"五大系统切分模式来切割20世纪文艺学研究模块的话，它大约要归类到作者系统，因为"传统精神分析派的批评家，把文学作品的文本与梦等同起来，认为通过详细研究文本的各种作用，就可以从中了解到创作者的心理。这样，作品文本与作者之间的直接关系就设定了，也就成了批评家所要探求的中心问题"①，因为弗洛伊德所说的"我们可以把梦的元素与对梦的解释的固定关系，称之为一种象征的关系，而梦的元素本身就是梦的隐意的象征"②，比他直接议及文艺问题的表述还要让文艺学家们激动不已，而且这些表述的语义重心基本上有利于对创作动力学的解读。实际上这是对弗洛伊德主义和精神分析法的误解，其对问题的文艺学引申，价值远远不止于创作动力学或作者发生学，而是更深层地关涉着人类文艺生活和人类精神生活的内在心理依存关系。如果暂时悬置不同理论家之间的差异，则整个弗洛伊德主义的阵营队伍和知识谱系就要远远大于弗洛伊德本人，甚至包括荣格在内的那些文艺学弗洛伊德主义者，其对文艺问题的关注深度和叙述清晰度当然也就比其始祖走得更远。这实际上是一次与"语言学转向"（Linguistic Turn）具有同等思潮意义和同样精神波及的文艺学思想事件，由此衍生出另外一批具有中心词意味的词群，或曰形成了新概念体系特征的文艺学知识谱系，诸如"艺术本能"、"里比多冲撞"、"创作潜意识"、"集体无意识"、"原型"、"日神精神"、"酒神精神"、"格式塔"等等，在20世纪文艺学发展历程中显示了光彩照人的理

---

① 伊丽莎白·赖特：《现代精神分析批评》，引自安纳·杰弗森和戴维·罗比编：《西方现代文学理论概述与比较》，陈昭全译，第135页，湖南文艺出版社1986年版，。

② 弗洛伊德：《精神分析引论》，高觉敷译，第112页，商务印书馆1984年版。

论指代功能。不管是荣格所说的"讨论分析心理学与诗歌的关系,这一任务,尽管困难,却给我提供了一个难得的机会,去就心理学与艺术的关系这一众说纷纭的问题,勾画出我的基本观点"①,还是朗格纳所说的"文学能向人们提供一条通向灵魂深处的通道,或曰,它能向人们提供一条探究人类思维、情感和行为的根本原因的通道"②,甚至阿恩海姆纯粹技术化的"从物理学的熵原理、心理学的同型原理以及格式塔的简化规律等不同的来源中,产生了一种建立在平衡概念基础之上的有关人类动机的十分有用的理论"③,实际上都可以广义性地看做心理人类学的个案言说,文艺在这里定格为文化人类现象中的确定个案,尽管还没有真正进入体系化和目标化的文艺人类学空间,然而却可以看做对体系和目标的逼近。所以在我们的文艺人类学研究中,将会充分汲取文艺心理学家和心理人类学家们的研究成果,使其在我们的学科目标统辖下获得新的学理性和解读张力。

最必须声明的是,20世纪的文艺学言说浩如烟海,那些多少类、什么派或某某主义的指代叙事不过是教科书式的无奈,当然也就更不是我们此处两种涉足所能望其项背述其万一,我们之所以这样切入以及兴起新的问题,既是文本策略的需要也是问题背景交代的必要,与知识谱系清理和全面知识背景评价没有实质性联系,否则就会落入口舌圈和陷阱泥潭。

从知识亲缘学的角度看问题,文艺人类学作为交叉学科就不可能是环状亲缘结构,而是既具内亲缘关系亦具外亲缘关系。文艺人类学的学科内亲缘关系表明的是文艺学框架内的知识在场,每一种文艺学研究方法及其所携带的概念、命题和语词符号,因其总体框架的严格限制和研究对象的同一性而获得知识的直接可交换性,并由于共同在场而争执、对话、交融、采借、补充和彼此信任。文艺人类学的学科外亲缘关系表明的是文艺学框架外、人类学框架内和人类学框架外具有知识边界连接的那种氛围性烘托,烘托过程中所夹杂充斥的一切相关性概念、命题和语词符号,因其

---

① 荣格:《心理学与文学》,冯川译,第108页,三联书店1987年版。
② 拉尔夫·朗格纳:《文学心理学——理论·方法·成果》,周建明译,第1页,黄河文艺出版社1980年版。
③ 鲁道夫·阿恩海姆:《走向艺术心理学》,丁宁译,第23页,黄河文艺出版社1990年版。

缺乏直接亲缘关系和学科分异所致，在我们的研究中也就只能给予意义引申、价值参照、概念移植、方法启迪以及素材资源共享等。内亲缘和外亲缘尽管具有所指的确定性，但丝毫不意味着彼此间处在各自独立的孤悬位置，恰恰相反，它们在更宽泛的亲缘知识谱系内直接抑或间接地进行知识支持，这种支持实际上也就意味着某些问题的共同性以及这些问题解读的知识粘接性。因此，无论从何种意义上说，文艺人类学作为新兴命名的独立学科都必须在知识场内准确地确认好自身的学科位置和知识使命，在这一基本前提下清晰描画出学科知识边界，在边界意义上处理好各种边际关系，由此才有可能以最良好的姿态力避学术摩擦地进入其所追求的学科前沿境界。

交叉性在这里显然具有关键词意义，因为两门独立学科共同介入之后势必会携带更多的不同学科知识背景，而且它们原来所具有的解读性此时就会朝焦点位置的问题共在性逼近，这就形成同一问题的不同知识解读方式，或者同一解读的多维知识整合。知识交叉性的基本指代在于，两种乃至N种学科的知识价值向度在某一焦点位置集合和归拢，问题在这里成为具有确定性的意义存在，而不是蒯因那种"何物存在"之疑视野里的所谓"这就是古老的柏拉图的非存在之谜。非存在必定在某种意义上存在，否则那不存在的东西是什么呢？这个纠缠不清的学说可以起个绰号名之曰'柏拉图的胡须'；从历史上看来，它一直是难解决的，常常把奥康剃刀的锋刃弄钝了"[1]，甚至恰恰相反，这里不仅没有胡须也就无所谓弄钝剃刀，而且各种剃刀都因线性相交的问题确定而挥舞得游刃有余。每一种剃刀的言说此时都会振振有词，每一种说辞都不是杂语喧哗而是互约补充，每一种补充都不是原有知识立场和知识背景的简单再叙，事态已经很清晰，其实就是在场的相遇、相遇的共议以及共议后的知识延伸和问题新构。而文艺人类学作为交叉学科的基本意义在于，尽管文艺学在事态中的出场，更多地提供知识框架、叙事语符、学科规则和解读范式等，尽管人类学在此一交叉事态中的出场，则又更多地提供价值目标、历史素材、问题引申和

---

[1] 威拉德·蒯因：《从逻辑的观点看》，江天骥译，第3页，上海译文出版社1987年版。

终极意识，意即表面看来具有明显不同的交叉进入姿态，然而就交叉事态本身而言，它们之间的学科相交也就意味着问题综合与知识整合，也就意味着我们可以获得一个新的切入点或知识方式去面对人类的文艺或者文艺的人类。弗莱堡学派哲学家李凯尔特认为："文化科学中的重大进步，就其客观性、普遍性和系统联系而言，是依据于在形成一种客观的、系统地排列的文化概念方面所获得的进步，也就是依据于向作为有效价值体系的基础的那种价值意识的接近"①，如果这种见解可以成立的话，那么随着社会科学的更加深入和学科更加细密，交叉事态出现的频率也就更快，各种交叉学科应运而生的可能性当然也就更大。从这种意义上说，文艺人类学与前此已成学科规模的文艺美学、文艺心理学、文艺社会学一样，不过是无数交叉事态中的一种交叉以及与之相一致的知识性交叉学科而已。

实际上，交叉学科之所以能够获得学科学理性，关键还在于边际学科之间存在着一系列叠合问题空间，这些叠合问题空间不仅意味着单向度学科解读的不可穷尽性，而且意味着多向度学科介入的巨大解读潜力。叠合问题不能简单地界定为公共问题，而是应该精确地界定为相关性问题，亦即只能在边际交叉重叠的有限空间内才成其为不同学科间的公共问题，所以至多只能是有限性和有条件性的公共问题。英国美学家哈罗德·奥斯本在论及美学相关性问题时说："说某种事物与一种知识领域或讨论范围有关，意思就表示这一事物既不在该领域之内而又与该领域内发生的事有关。另外，相关可能有直接或间接，微弱或强烈之分"②，这些相关性就是叠合问题空间生长出来的知识连接，尽管知识连接本身并不足以构成必然叠合，但只要我们进一步做沿波逐源的工作，就一定能在或深或浅的位置寻找到或隐或显的叠合问题。所谓叠合问题空间概括地表述包括：（一）对象叠合。对象无论作为一个领域还是作为个体事件，任何时候都不可能保持绝对的边界封闭，也不可能孤零零地存在于一种意义状态，它之所以存在而且存在得有意义，根源就在于它在更大的被抛中自律抑或他律地参

---

① H. 李凯尔特：《文化科学和自然科学》，涂纪亮译，第124页，商务印书馆1986年版。
② 哈罗德·奥斯本：《美学的相关性》，张金言译，引自《美学译文》（第一辑），第56页，中国社会科学出版社1980年版。

与了一系列事态进程，因而其意义也就不可能单纯而必须在繁杂的纠缠中去"涉他"或被"他涉"，所以作为学科视野中的对象，既可能在一种学科框架内成为意义主角，亦可能同时在多种学科框架内成为意义参与者，这意味着一定的对象领域或者确定的对象个体此时就会出现对象面重叠部分和对象意义重叠部分，正是研究中无可避免地面临着对象叠合，从根本上决定了叠合问题空间存在的必然性。（二）事态叠合。事态超出了自然的范围而延展至世界，人在与自然界的挣扎和纠缠后产生意义和事态，事态具有对象性和事实性却又递进至意义变化性，因而人在事态中的困境远胜于人在事实中的困境或者对象中的困境，罗素显然还停留在事实层面思考知识问题，所以他才说"在最低级的动物与思想最深刻的哲学家之间并没有一条分明的界线，所以非常明显，我们不能准确说出我们是在什么地方从完全属于动物的行为过渡到配得上'知识'这个珍贵名称的阶段"①，因而罗素还没有卷进更大的麻烦。更大的麻烦就是海德格尔讨论"被抛状态"时所说的"我们把此在在它自己的存在中的这种'动荡不定'称为跌落。此在从它本身跌入它本身中，跌入非本真的日常生活的无根基状态与虚无中"②，但是海德格尔却又没有充分估计到人的不安分性在被抛过程中的影响力，被抛和跌落已经够麻烦了，然而不安分还使这种麻烦更加复杂化且导致进一步的事态发生，由于人的纠缠，世界就演变成事态进一步事态化的无限纠缠过程，所以才有无穷无尽的解读出现，才有人文科学和社会科学知识谱系和学科目录的不断扩张，才有这个家那个家、这个派那个派以及这个思潮那个思潮的层出不穷，并且所有这一切又都在新的不安分中纠缠起更进一步的人类生存意义事态。显然这些事态不是孤立的，在事态进一步事态化的无限纠缠中，每一事态都会发生与别的事态的意义重叠和纠缠在场，如果我们的每一种学科真的被设想成人类特有的主体力量胜利因而也就真的是一把可以捅进去的奥康剃刀的话，那么面对这些意义重叠和纠缠在场的进一步事态化局面，就不是一把剃刀能够解决问题而理所当然需要各种各样剃刀的配合使用。（三）追问叠合。普通学者甚至杰出

---

① 罗素：《人类的知识》，张金言译，第 177 页，商务印书馆 1983 年版。
② 海德格尔：《存在与时间》，陈嘉映译，第 216 页，商务印书馆 1987 年版。

思想家们通常都以为自己的追问是旷古绝唱，或者至少是带有非同寻常且具有突进意味的精神个体化，似乎至少在某一当前问题上别人没有关涉和发问，所以充斥在各个学科的研究文本中到处都可见自信甚或自负的"我认为"、"我个人认为"、"创造性地认为"等等。其实这些都程度不同地存在虚词和大词之嫌，因为人在事态情境中基本上很少能直接遭遇问题，我们所碰面的不过是那些日杂类的麻烦、纠缠、困顿和无奈等，人只有在很少的情况下从这些日杂事态中实现精神突围并归结出问题，并且只有极少数智者能够在这些归结出来的问题基础上提出元性问题甚至终极问题，这就是西方的柏拉图、亚理士多德和东方的孔孟、老庄至今魅力不减的深刻根源。在一切称得上追问的存疑和解惑中，尽管不同的追问者会出发于不同的问题背景和知识背景，尽管彼此所选择的是不同的切入点和切入方式，尽管大家肯定依凭的是不同的参照物或路标，但他们势必会使人惊奇地出现趋同的追问动机、追问路途和追问结果，这是因为所有的追问者最终都只不过是人类求取去往的代言人。

因此，当我们在对知识交叉和学科交叉有了较为详尽的认识之后，就必须在我们的文艺人类学学科建设中审慎地处理好各种学科边际关系，并且从一开始就在边际处理中贯彻如下原则。（一）有限功能原则。也就是说，不要把文艺人类学看成学理万能的知识空间，恰恰相反，应该看成或说成学科功能极其有限的知识体系，它只能在它自己的体系内才显得具有无穷无尽的解读冲击力。通常人们一旦进入自己的学科领域，往往会陷入一叶障目或当前问题放大的极端学科价值判断，世界被无限地纳入此在学科框架和此时学术情境，一些学理相关性和意义粘连性被直接援引为本学科的成果或指向，例如中国20世纪80年代盛极一时的美学热就呈现过这样的学科景观。实际上，学科功能的真实状况与这些情况恰恰相反，在更宽阔的社会环境和知识谱系的背景之下，任何一种学科都不过是一种意义求取方式或一种知识解读区间，因而它的问题介入功能也就只能在这一方式或这一区间发挥其应有的作用，一旦延伸至一定的距离，问题和解读问题的知识也就相应地从边界内走向边界外，除非思想者是全能的上帝或者说一切知识门类的所有者，否则他就不可能无条件地跨越边界，条件在问题跨越和知识跨越中起着至关重要的作用。奎因说："除重视句子意义的第一种动机外，还有与它同等而对应的第二种动机，即同一个句子可以在一些场合是真的，而在另一些场合是假的……语词的歧义或含糊也能够使句子的真值在某种程度上依赖于说话者的意向"，① 这个说法虽然针对一般知识学而论，但学科知识的情况亦符合此一判断，也就是说，一门具体的知识学科愈是坚守其有限功能原则，就愈具有知识对真理的逼近意义和知识在现实中的语用价值。（二）意义补充原则。也就是说，不要把文艺人类学学科努力所获得的任何意义看成或说成文艺学大学科概念的整体知识推进或所谓"新方法论"，而应该看成或说成文艺学知识谱系内的某种新学科介入基础上的意义补充，而且从一开始就必须有自觉的角色定位意识，自觉地把文艺人类学的学科努力定位于对文艺学意义补充的追求，而不是想入非非地幻想着某种文艺学知识革命或路标挪位，那些想法或学科行为方式是我们从一开始就坚决拒斥的堂·吉诃德笑料。柏拉图《巴曼尼德斯篇》中有一个著名的说法，那就是"我们世界里的知识岂不是关于我们世界里的实在的知识？而且又产生出这个结果来，就是我们世界里的每一种知识乃是关于我们世界里的每一种'是者'的知识？必然的"②，这个说法实际上是一切知识增长论或知识进化论的先驱，其独特的先驱意义在于，强调一切意义都不过产生于更早的意义之上，一切新知识都不过是对旧知识的补充，按流行的表达就是都不过是接着说。20 世纪以后，一些知识激进主义者为了强调对意义擒获的卓著功勋或知识创新的革命性变化，往往不愿提及"意义补充"或所谓"接着说"，甚至连爱因斯坦坦言相对论是对牛顿力学的意义补充的情况下，还不乏把爱因斯坦描述为新物理学创世上帝的论调流行，而且这种状况在人文社会科学领域似乎更加严重。意义补充原则在海德格尔学说里极容易给予解读，因为在海德格尔看来，人在世界就意味着"在……之中"，就必然意味着一定程度的"被抛"，当然也就意味着只能存在于意义的在世沉沦，引申到我们的普通知识学，则一切知识和一切意义获取作为被抛者的作为，不管作为有多大，就都只能

---

① W. V. 奎因：《真之追求》，王路译，第69页，三联书店1999年版。
② 柏拉图：《巴曼尼德斯篇》，陈康译注，第87页，商务印书馆1982年版。

是知识衍生而不可能是知识开天辟地。在贯彻这两种原则的知识语用实践中，文艺人类学能够最大限度地避免因学理摩擦所带来的学科关系紧张，固而也就能够最大限度地避免学科建设中的注意力转移和知识耗损，而通常这种转移和耗损总是让新兴知识学科刚刚在场就精疲力尽。

在学理意义上处理好一系列内部外部结构关系后，文艺人类学就又回到自身存在形态的自省中来，因为它既然是文艺学领域中的一种特定知识范式，那么它也就必然要建构起相对稳定的理论框架和知识操控系统，无论从何种意义上说，理论框架和知识操控系统都是获得学科独立性的最重要前提和最醒目标志。

剑桥语言研究室的玛格丽特·玛斯特曼在讨论"范式的本质"时说"尽管对库恩提出的一些说法总觉得彼此间缺乏明确的界限，但事实上库恩从没有在任何主要场合里将'范式'和'科学理论'等量齐观。他的元范式在范围上要比理论广得多，而且其思路也先于理论，即是一种整体的世界观"①，这也就是说，知识范式本身不过是出发点意义上的世界观和方法论，于学科在场的情况下所表明的不过是某种知识立场和知识观念，必须显现为可以常识态表述的理论框架，否则对学科进入者而言就会因无法操控而丧失学术跟进的机遇。尽管后现代科学的语域中人们几乎毫无例外地排斥一切传统范式中的形而上学，但对范式本身依然保留着宽容的态度，他们甚至仍然坚信"范式如同一个过滤器，不仅改变了所进入信息的外貌（即对此提出一种特别的解释），而且甚至决定了所进入信息的类别。范式帮助我们认识某些事物，并弄清这些事物；它使我们不能认清另一些事物，即那些在现有解释准则内看似毫无意义的事物"②，这意味着后现代和传统之间并不存在彻底的断裂和全方位对立，具体到理论框架和操控系统而言，在形而上学缺席的情况下它们甚至表现出空前的对知识方式的认同，因此，我们虽身处后现代学术语境之中，然而仍应毫不犹豫地致力于

---

① 玛格丽特·玛斯特曼：《范式的本质》，引自伊姆雷·拉卡托斯：《批判与知识的增长》，周寄中译，第85页，华夏出版社1987年版。

② 大卫·雷·格里芬：《后现代科学——科学魅力的再现》，马季方译，第196页，中央编译出版社1998年版。

学科的理论框架建构，致力于操控系统的建构，尽管我们还不能像系统论者那样，追求"整体性、转换性、不变性、系统性、噪声、消息、信息流、反馈以及多变量相互作用的关系等等。依据这种统一的系统论结构来对较为高级的经验和精神领域进行解释"①，但是我们却可以按照一定的学理性体系原则去设计我们的学科框架思路，并且这种设计将的的确确为现实操控提供知识规范和过程便捷。

问题在于，我们在进行建构之际将首先面临如何跨越既有的艺术人类学框架和文化人类学限制，因为此前的一切总体性艺术人类学或各种类型性艺术人类学基本上都不是理论学科，它们的实证学科特性有时候更接近考古学或历史文化学，而文化人类学从它诞生之日起就把田野兴趣作为其学科核心和基本知识形式。当我们阅读乌尔曼的"鸟类的脑袋成了梯形、半圆形、三角形和初步的螺旋形……在人的变形方面，我们清楚地看出各个中间阶段中脑袋是如何渐渐消失的。躯干变成了菱形，臂与腿转而成了直线，又在角上相碰"②，阅读格罗塞的"希尔德布朗德（Hildebrand）所抄引的许多朱克察人的绘画中，只有一种是现实世界所没有的东西：那是一个在月亮里的人，穿着朱克察式的衣服，有一个大脑袋放在一个不完整的圆圈当中"③，甚至阅读当前中国人所叙事的"诺巴（Nobat），是马来皇室专用的仪式典礼音乐，今天尚存于丁加奴州（Trengganu）、霹雳州（Perak）、吉打州（Kedah）、吉兰丹州（Kelantan）的皇室生活中，历史上它曾出现在马六甲（Melaka）以及柔佛（Johor）等地的马来宫廷。诺巴主要用于君主登基大典、结婚和驾崩仪式，有时也用于外交场合，它是王权的象征"④，就必然会有一个非常显眼的阅读印象，那就是极为明确的实证操作方式，尽管这种方式并不排除对文艺作功能评估和对特定文艺方式作意义阐释，然而其学术方案的技术路线图和学术目标的设定取向都不把这些作为重心，而且尤其不会上升到更一般的意义上作规律性把握和普通价

---

① 欧文·拉兹洛：《系统、结构和经验》，李创同译，第9页，上海译文出版社1987年版。
② 乌尔曼：《艺术史》，引自玛克斯·德索：《美学与艺术理论》，兰金仁译，第239页，中国社会科学出版社1987年版。
③ 格罗塞：《艺术的起源》，蔡慕晖译，第140页，商务印书馆1984年版。
④ 罗光峰、钟瑜：《音乐人类学的大视野》，第4页，上海音乐出版社2002年版。

值原则描述，所以与理论学科及其所携带的理论框架就有较为遥远的距离。这是典型的文化人类学路向，强调"文化包含较广的范畴，由文化为人类行为的意义而言，它不但包括工具、建筑、艺术、信仰、礼仪、风俗、习惯，而且包括社会互动（social interaction），后者乃是社会人类学家研究的题材"①，也就是说，文化人类学家视野中的艺术仅仅只是题材或者素材，他们的主题兴趣绝对不会定位于艺术价值本身，所以才会出现考古学的方法优先性和文本中所表现出的田野调查的记述叙事风格。如果我们仅仅按这个路向往前走，文艺人类学的理论学科品质就会丧失殆尽，如果我们完全抛弃这个路向，则文艺人类学的实证学科品质同样会受到威胁，因此，要想文艺人类学作为交叉学科既确立理论学科性又确立实证学科性，寻找两种确立的协调、均衡、统一和学理有机就变得特别困难又特别重要。

对于这一理论与实证高度统一的交叉学科，虽然我们现在还无法清晰而精确地描述出理论框架的全貌，但可以窥探出这一框架所能显示出来的几种基本力学向度，那就是（一）目标论的终极意义力学指向，（二）方法论的阐证互动力学指向，（三）功能论的双向延伸力学指向。

从目标论角度看待文艺人类学的理论框架，其力学指向集中地体现为终极意义的追问。就文艺与人类的现实生活基本关系而言，尽管其中隐含着最根本意义上的关系构成和价值制约，但那往往是非常遥远且非常间接的意义牵连。所在时空位置的具体文艺作品与所处日常情境的现实生存之间，广泛地存在着更为直接也更具有当前意义的显在价值结构，例如恩格斯评价维尔特所说的"我称他为德国无产阶级第一个和最重要的诗人。的确，他的社会主义的和政治的诗作，在独创性、俏皮方面，尤其在火一般的热情方面，都大大超过弗莱里格拉特的诗作"②，或者爱德华·路希·史密斯评价基塔耶时所说的"基塔耶是移居英国的美国诗人埃兹拉·庞德（Ezra Pound）的狂热崇拜者，他的画包含和保持着一连串复杂的暗喻，其

---

① B. M. Schwartz and R. H. Ewald, Culture and Society, New York. 1968, P18
② 恩格斯：《格奥尔格·维尔特》，见《马克思恩格斯全集》（第二十一卷），第7页，人民出版社1965年版。

中许多暗喻是故作高深，看上去艺术家似乎在用画的形式来图解庞德诗篇中更加复杂艰涩的一个片断"①，尽管前者和后者是在不同叙事类型和叙事主旨中说话，却都还是在文艺与人类的现实基本关系和日常生存情境内议及。实际上，生存之际人对文艺的绝大部分涉入事件或者更进一步的评估事件，都不会进入几乎没有终结性答案的终极意义追问，仿佛绝大多数科学家会其乐无穷且孜孜不倦地制造更好的汽车、火车、飞机、宇宙飞船，而不会个个都像霍金那样，穷究"宇宙从何而来，又将向何处去？宇宙有开端吗？如果有的话，在这开端之前发生了什么"②。文艺人类学与任何人在疑义之际的提问一样，会有终极提问和当前提问两种方式，但文艺人类学作为文艺学分支学科身份时，会对终极提问方式表现出更加浓厚的兴趣，会像聪明人眼中的傻霍金一样，提出更多诸如："人类何以一定要有文艺栖居？""从一开始就有文艺吗？""无限的将来还一直会有吗？"这一类谁也给不出标准答案的傻问题。纵观中西文艺学史，这类提问及其问题解读一直在重复和延续，每一次重复和延续都会程序不同地带来文艺学的思想进展和知识增长，所以新兴的文艺人类学只不过更加问题集中地采取了一种学科提问和整体解读方式而已，而它的学科存在价值，也将取决于这一理论框架到底能够把问题的终极意义集中到多大规模和解读到什么样的程度。

从方法论角度看待文艺人类学的理论框架，其力学指向集中地体现为一种阐证互动的操控方式。虽然一切论说性叙事一定程度上都可以视作既阐且证，但在不同的叙事文本里的具体阐证关系及其结构状况并不完全一致，而从一个完整学科的角度来作阐证关系的方法论思考，就大大超出了一般叙事学的意义边界，当然也就更加超出了新叙事学那种"我们一方面将叙事线条视为叙述出来的一串事件，同时又将之视为一串文字或者叙述单位本身，即语言对外在事件的重复"③的纯粹技术主义的范围。文艺人

---

① 爱德华·路希·史密斯：《西方当代艺术：从抽象表现主义到超级写实主义》，柴小刚译，第93页，江苏美术出版社1992年版。

② 史蒂芬·霍金：《时间简史：从大爆炸到黑洞》，许明贤译，第12页，湖南科学技术出版社1996年版。

③ J. 希利斯·米勒：《解读叙事》，申丹译，第44页，北京大学出版社2002年版。

类学选择的阐证互动乃是学科研究方式和意义增长途径，与结构学、符号学、文本学甚至修辞学等一系列叙事介入的技术主义路线不在同一问题域内，之所以作出这样的选择，是由文化人类学的历史背景和文艺学的当前要求所决定的。无阐则不仅会影响总体性和终极性的逼近效果，而且会使文艺人类学跌入文化人类学分支的陷阱；无证则不仅无法汲取文化人类学的研究优势和方法特长，而且会使一切新学科的能给出的命题或推论缺乏人类境况的真实问题域。20世纪西方文艺学的重要知识进展特征之一就是问题自拟和知识自衍，从人类文明的本质和进程来说这当然有效和合理，但问题是自拟和知识自衍的有效性不可能无边无际，既然它只是知识方式知识途径的一种，那么也就一定要在更深层或更广阔的背景下受到知识生成律的严格条件限制，最根本的条件限制之一，就是安泰必须立足于大地。证在此处不是阐的证据性和服务性材料，很多情况下它本身就是学科探求目标，就像在另外一些情况下它也会成为阐的背景材料和参照物一样，所以在另外一个意义维度上，也就切切不可把阐简单地视为证的意义延伸或材料的主题性归纳。当列维-斯特劳斯描述"我们访问的那一族卡都卫欧族的男人是雕刻家，女人是画家，男人用橡胶树的带蓝色的硬木雕刻前面提到过的人偶。他们也在当杯子使用的瘤牛角上浮雕人、鸵鸟和马。他们有时候也画素描，但只限于画树叶、人或动物。女人的特长是装饰陶器及皮件，还有在人体上面画画，他们是这方面的专家"[1]，与他议论"地理位置上的连续性并不改变一个事实：一批批相继的不同居民对其前人的作品是无知或不感兴趣的，并且每批居民各怀有相反的信念、技术及风格"[2] 相比较，就一般知识学的角度而言具有同等的发明意味。学科内思辨研究模式与实证研究模式的同步在场，以及两者之间的积极意义互动（相互激励，诱引及其知识支持），会使文艺人类学研究在学术视野、问题域及叙事空间等方面都将呈现更加广阔的态势，并且文艺人类学会因这种互动机制的有效建构而获得学科内驱动力。

---

[1] 列维-斯特劳斯：《忧郁的热带》，王志明译，第221页，三联书店2000年版。
[2] 列维-斯特劳斯：《结构人类学》（第二卷），俞宣孟译，第367页，上海译文出版社1999年版。

从功能论角度看待文艺人类学理论框架，其力学指向集中地体现为对文艺学和人类学的双向意义延伸。学科意义向文艺学延伸当然不言而喻，这不仅因为它本身就是文艺学的知识结构单位，而且还因为它在所有叙事进程中都采取文艺问题的直接主题呈示方式。当玛克斯·德索说"人类有一种几何形状的固有感觉，他就是从这一感觉出发来制成装饰品的。正如孩子完全出自于自己的智能去画出直线、平行线、圆圈、四边形和三角形一样，据说原始人装饰其身体或者用木棍在沙中划一道沟时，这种线条是由本能所引导的"①，其所呈示的就是一个深刻的文艺学主题，这个主题的意义远不止于对文艺起源的探讨，而更涉及到关于人类艺术本能的猜测，这些探讨和猜测直接导致一定程度的文艺学知识效应。当格罗塞说"关于澳洲人从自然界取画意这件事已反复说明，但关于明科彼人曼恩却断定只会反复使用传统的图样不会加以改变"②，虽然叙述的只是一个原始艺术事态，然而却能引申至人类学的分类观念，文化人类学家在原始分类过程中往往可以将这些原始艺术事态作为边界意义的重要证据，因为"分类绝不是人类由于自然的必然性而自发形成的，人性在其肇端并不具备分类功能所需要的那些最必不可少的条件"③。甚至关于原始艺术的这一细节叙述，还会意义延伸至文化人类学的"功能民俗学"（Functional folklore）审视视野，不仅能进一步确证"他们注重于制度、风俗、工具及思想的功能"④具有可操控性，而且能在这种操控中有助于追问"在人们的生活方式上和思想上有这些根深蒂固的差别的原因是什么？是种族的遗传，是环境的陶冶，还是文化传统？这些差别的意义究竟是什么？"⑤ 在这样的意义延伸中，文艺人类学势必会给文化人类学提供更繁复的事态背景和更广阔的知识空间。事实上，在文艺人类学把"人类的文艺"和"文艺的人类"确立为自己的基本学科研究对象时，也就意味着其学科意义空间会向文艺学和

---

① 玛克斯·德索：《美学与艺术理论》，兰金仁译，第238页，中国社会科学出版社1987年版。
② 格罗塞：《艺术的起源》，蔡慕晖译，第47页，商务印书馆1984年版。
③ 涂尔干：《原始分类》，汲喆译，第97页，上海人民出版社2000年版。
④ 马林诺夫斯基：《文化论》，费孝通译，第14页，中国民间文艺出版社1987年版。
⑤ 雷蒙德·弗思：《人文类型》，费孝通译，第2页，华夏出版社2002年版。

人类学两大更高学科范畴延伸,这种延伸不仅不是对文艺人类学学科价值独立的丧失,而且还是对学科价值升华的知识前景开拓,这种前景开拓是一种更高意义上对文艺人类学理论框架有效性和知识张力的进一步肯定。

　　学科建构是一种非常严肃的知识规整行为,所以必须以一种审慎的姿态参与其中,过浓的功利目的抑或过多的随意性都会造成程度不同的知识伤害。美国学者唐纳德·肯尼迪在《学术责任》一书中指出:"与学术自由互为补充和对应的是学术责任,但后者却能鲜为人用。在我们这样的民主社会里,这二者被视为是一个硬币的两面"①,这个观点可以说在全球知识界击中时弊,因为从20世纪以来,人文社会科学领域在片面强调学术自由的同时忽视了对学术责任基本前提的严格要求,由此出现无论西方知识文本还是东方知识文本的过度泛滥,进而导致知识尤其是知识表述符号本身越来越成为问题。这中间当然也就包括命名泛滥和学科泛滥,其负面影响可能会祸及整个21世纪乃至更久。我们的文艺人类学尽管有漫长的历史铺垫和厚重的背景学科知识准备,但身处这一被动语境也就不可能不影响学科建构和知识规整的科学性、合理性、完整性,从这个意义上说,从我们讨论文艺人类学的学科目标、知识边界和理论框架开始,一直延伸到置身文艺人类学研究和整个知识事态,任何时候都必须谨记亚理士多德在《范畴篇》里所说的一句朴素训诫,那就是"个别的各门知识不是相对的"②。

---

① 唐纳德·肯尼迪:《学术责任》,阎凤桥译,第4页,新华出版社2002年版。
② 亚理士多德:《范畴篇》,方书春译,第37页,商务印书馆1959年版。

第二章
人类何以需要文艺的问题拟设

文艺起源是文艺人类学的第一个问题。在早期存在主义哲学家"存在先于本质"的倡导中,或者在后期现象学哲学家"我们向来已生活在一种存在之领悟中,而同时,存在的意义却隐藏在晦暗中"① 的感悟中,都预示着探讨文艺起源对于探讨文艺基本问题的学理优先性。因为这种探讨不仅使繁杂的文艺事态能够实现其存在性还原,而且更在于文艺起源事态直接就是文艺本质、文艺规律乃至文艺价值等一系列问题释疑的重要组成部分。物理学家们穷究自然并且最终不得不重陷"今天我们仍然渴望知道,我们为何在此?我们从何而来?"② 人类学家们反思人类甚至痴情于"每一个人类学家都梦想能发掘出人类远古祖先的一副完整的骨架"③,那么对于我们文艺家来说,也就没有任何理由认可可以抛开文艺起源并且有效解读得出文艺的现实存在或者文艺的未来去往。

那些包打天下的哲学家俯视文艺事态之际,就常常会出现知识操控中的起源悬置抑或起源遗弃,所以也就必然会出现罗宾·乔治·科林伍德式

---

① 海德格尔:《存在与时间》,陈嘉映译,第6页,三联书店1987年版。
② 史蒂芬·霍金:《时间简史》,许明贤译,第23页,湖南科学技术出版社1996年版。
③ 理查德·利基:《人类的起源》,吴汝廉译,湖南科学技术出版社1996年版。

的"这个、这个和这个都是艺术,而那个、那个和那个都不是艺术"① 尴尬局面,其尴尬处在于,一方面不得不在文艺的随机存在事态中以穷尽性面对非穷尽性,另一方面不得不在文艺的此在追问中深受此在的屈压和引诱,这两方面都会导致文艺学的近视现象或盲人摸象景观。所以,格罗塞在解读艺术科学的目的时就认为:"艺术史和艺术哲学合起来,就成为现在的所谓艺术科学"②,这意味着文艺起源解读对于整个文艺学的不可或缺性,当然也就更构成文艺人类学的不可或缺性直至知识优先性。从这个意义上说,我们在文艺人类学知识视野内率先追问文艺起源,既是历史线索的必然要求,也是逻辑线索的必然限制。

传统的文艺起源研究通常有两种模式,一种模式是文艺学家或者艺术哲学家们的命题演绎技术方案,另一种模式则是文化人类学家或者文艺史专家们的田野调查技术方案,虽然在两种完全不同的模式间并不排斥学术交流和技术穿越,但彼此间的模式独立性显而易见,建立在抽象思辨基础上的命题推理和建立在资料征集基础上的事态陈述之间,其差异性往往使阅读者恍若进入两个完全不同的知识语境。

在整个命题演绎技术方案体系中,文艺学家们提出了各种语词简洁的起源假设命题,这些假设命题分别从文艺的某一存在特征出发去给予全称覆盖性推断,著名者如"游戏说"、"巫术说"、"劳动说"及现代流行的所谓"审美说",有人曾把"模仿说"和"表现说"也纳入文艺起源的在场语境之中,则显然是一种缺乏知识边际观和问题独立观的附着之举,而"审美说"的基本语义并没有逃离"游戏说"的语义边界,所以实际上也就是三种学说最为基本或最为突出。

游戏说的代表论者当推席勒,他所说的"这种意象自由交替的游戏,在性质上还完全是属于物质的,并且能用自然规律来加以解释。想象借助于这种游戏,企图创造一个自由的形式,就最后一跃而为审美的游戏了。我们必须称它为跳跃,因为有一种完全崭新的力量参加进来了;因为在这

---

① 罗宾·乔治·科林伍德:《艺术原理》,王至元译,第1页,中国社会科学出版社1985年版。

② 格罗塞:《艺术的起源》,蔡慕晖译,第1页,商务印书馆1984年版。

里，制定规律的意识第一次与盲目的本能的活动相结合，使想象的自发的活动服从于想象的不变的永恒统一，使它的自我独立地寓于变化之中，它的无限性寓于知觉之中"①，通常在文艺学话语氛围里被认为是关于文艺起源游戏说的最精辟描述。这一持论的基本逻辑程序在于，人在动物生存和人性生存两种不同的界面下都有其游戏生活方式，这是由动物和人都具有相对过剩精力状态和绝对过剩精力状态所根本制约的，一旦动物性游戏升华为人性游戏，也就是说在人的想象力作用下使游戏获得自觉意识品格、自由追求目的和自我审美动机，游戏意义积淀的"想象物"就使游戏成为人类活动的最早文艺形态，所以这一持论实际上是在寻找文艺起源的最早形态，是一种形态描述理论。其最早的知识支持来自斯宾塞，他不仅坚信"我们称之为游戏的那些活动是由于这样的一种特征而和审美活动联系起来的，那就是它们都不以任何直接的方法来推动有利于生命的过程"②，而且在关键的知识点位置嵌入"过剩精力"的学理力量，这种嵌入使游戏成为可能以及使游戏说有了前提条件。后来赫伊津哈的"文明游戏本质论"则给予了进一步的知识支持，因为在文明的游戏本质论者看来，"在文化中，我们发现在文化本身存在之前，游戏就是一种给定的重要存在，从文化最早的起点一直展延到我们目前生活其中的文明阶段，游戏伴随着文化又渗透着文化"③，甚至"在某种意义上，文明总是依据确定的规则游戏，而真正的文明正是需要公平游戏"④，这实际上是在更大的在场情境中给予知识支持，尽管这种支持表面看来缺乏直接因果参与或文艺起源的确定知识立场。将最早的文艺形态与游戏活动置于同一符号谱系显然准确地把握住了问题的切入点，通常那些对游戏说的种种所谓不足处的指责，不过是问题解体后对那些泛因果关系的补充解读而已。形态描述理论之所以在问题终结唾手可揽之际学理止步并且问题解构，在于它无法在动物性游戏和

---

① 席勒：《审美教育书简》，见伍蠡甫主编：《西方文论选》（上册），第 487 页，上海译文出版社 1979 年出版。

② 斯宾塞：《心理学原理》，转引自朱狄：《艺术的起源》，第 121 页，中国社会科学出版社 1982 年版。

③ 约翰·赫伊津哈：《游戏的人》，多人译，第 4 页，中国美术学院出版社 1996 年版。

④ 同上，第 235 页。

人性游戏间寻找到清晰的逻辑边界和时间边界，美学家所说的审美性或者更宽泛得多的意义性，表面看来似乎边界已不构成任何学理障碍或存在迷雾，但稍加逻辑清理就不难明白，它实际上没有任何建设性价值，因为它是把由猜想演绎来的结论直接当作这一结论的逻辑前提使用，这种非规范性的知识操控方式美学家们惯常都表现得兴趣最浓。心理学家们认为，"假如我们要探究人猿是否有智慧的行为，那么至少目前还不宜对这个问题作出理论上的假定，尤其是作出同意或反对联想论的假定"①，科学家们认为，"最早的人类物种的出现，距今大约500万年前。这一发现，与流行的人类学理论，即最早的人类物种出现在1500—3000万年前有着极大的差别"②，人类学家认为，"原始人在其流浪生活其间利用其高度的识别能力和敏悟学会惊人的追猎技能，包括非常准确的观察力和符合逻辑的推断。原始人头脑警觉和体态敏捷的生理长处，表现在敏锐的目光和灵巧的双手上，这些特点使他们能够胜过任何其他有生命的动物"③，贯穿在这些不同知识身份叙事者们的叙事中，一个明确的叙事旨趣就是，在从人猿到智人的漫长演绎进程中，我们实际上还找不到想象力的存在分界线，因而延伸演绎到我们的文艺起源追问中，则所谓想象力游戏和非想象力游戏的时间区位或意义切面同样也就无法获取，如果连这些基本条件都还做不到，那么，企图从形态理论的技术路线索取人类的文艺开端甚至最早的文艺作品就没有任何可能，所以H. F. 奥斯本才无奈地表示，我们想到的第一个问题就是艺术发生的日子，这些步骤怎样才能被确定呢？那些在大洞穴的岩壁上所发现的雕刻和绘画曾经被布吕叶测定出它们用了各种方法，岩壁上最简单的画面所构成的考古层被继之而起的另外许多时代的考古层所覆盖。

巫术说的代表论者当推泰勒，他在《原始文化》一书中揭示出"野蛮人的世界论给一切现象凭空加上到处散播着的人格化的神灵的任性作用。这不是一种自发的想象，而是一种结果导源于原因的理性的归纳，这种归

---

① 沃尔夫冈·苛勒：《人猿的智慧》，陈汝懋译，第2页，浙江教育出版社2003年版。
② 理查德·利基：《人类的起源》，吴汝康译，第6页，上海科学技术出版社1995年版。
③ G. 埃利奥特·史密斯：《人类史》，李申译，第37页，社会科学文献出版社2002年版。

纳导致了古时的野蛮人让这些幻象来塞满自己的住宅,自己的周围环境、广大的地球和天空。神灵简直就是人格化了的原因"①,即强调"万物有灵论"背景对原始生存的根本限制,并由此确证原始想象力的巫术不可避免性。弗雷泽的《金枝》广泛搜集并类型化处理了巫术的人类文化表现,丰富万象巫术符号和巫术行为系统地被描述为相拥有灵论并且福祉于有灵论的功能手段,这种努力的全部依据在于他坚信"有许多民间故事证实了原始人的这种信念,这一类的故事在世界各地广为流传,从故事数量之多,以及体现其主要思想概念的各种各样的事件和细节,我们可以推断灵魂外在的概念在历史早期人的思想中占有重要地位"②,世界尤其是原始世界就在这种坚信中朦胧于"幽灵鬼怪可能在幽暗中忧郁徘徊,或唧唧呜咽,妖巫们可能乘着扫帚柄在我们头顶上空来回飞掠,仙女与精灵可能在月光下轻盈地舞蹈"③。文艺被认为孕育并且滋生于这样一种世界文化背景,它起初不过是全部功能实现体系的一个组成部分,后来才逐渐衍生为具有独立精神指向意义或人类独立生存功能类型的文化方式,俨然《周礼·鼓人》之所谓"教为鼓,而辩其声用。以雷鼓鼓神祀;以灵鼓鼓社祭;以路鼓鼓鬼享",俨然《百粤风土记》之所谓"人淫祀,而尚鬼病不服药,日事祈祷,视贫富为丰余。延巫鸣钟、铙,跳歌舞。结幡焚楮,酾酒椎牛,日夕不休,事毕插柳枝户外,以禁往来",强调乐器最初由巫器延伸而来,当然也就进一步强调文艺生活由巫术活动的意义延伸而来。这种文艺起源于巫术的观点系统地展开于希尔恩1900年出版的《艺术的起源》一书中,这不仅因为该书的第四章专议"艺术与巫术"的基本关系,而更在于希尔恩的文艺起源学说整体建立于巫术原则制约艺术形式的理论基石之上,因为他坚信史前艺术"无疑具有审美的价值,但这种艺术很少是自由的和无利害关系的;它们一般说来总是具有实用意义的——真正具有实用意义或

---

① E. 泰勒:《原始文化》,引自列维-布留尔:《原始思维》,西由译,第17页,商务印书馆1981年版。
② E. 弗雷泽:《金枝精要》,刘魁立编,第596页,上海文艺出版社2001年版。
③ 丽莉·弗雷泽:《金叶》,汪培基译,第1页,上海文艺出版社1997年版。

被设想为具有实用意义——并且常常是一种生活的必需"①，而这种坚信的更深层信念在于那时的生活必需总被认为覆盖于有灵论文化氛围。"巫术说"从根本意义而言是一种功能描述理论，它企图从原始文化情境中分拣出有灵文化的功能特征以及文艺在这一功能特征中的原始角色，由此确立文艺起源的功能论意义指向，甚至他们的整个知识行动"也是作为理解现在和理解关于将来社会形态的极重要的实践指南"②，这也就是"有关社会体系功能和谐性的看法仅仅是一种假设。然而，对于功能主义者而言，这个假设是值得通过系统的研究来验证的"③ 全部根源所在。作为文艺起源"巫术说"的功能理论努力方向在于，强调文艺从一开始就是自觉目的产物，就是巫术这一更广泛意义活动的功能组成部分，所以实际上是在解读人类文艺活动的最早社会功能，俨然把神话看做"在经验自然世界之前或之后对那些超常事件的一种解读，这种解读陈述，世界何以如此，这意味着神话叙事者相信这一切是真实的而且是神秘的。宗教性的仪式立足于规定行为的表演，在于表达出神秘性的宗教性的意义"④，俨然把印第安人的舞神之舞看做"一种并非艺术动机的部落人际结盟仪式"⑤，总之强调艺术前的艺术并非具有独立艺术意味的审美活动形式，而文艺的历史起点恰恰就从某种文艺学家不愿相信的他性功能开始。文艺起源的功能理论形态之所以在浩荡漫卷了几乎世界各国的文艺学界之后仍然不能成为知识学意义上的标准答案，是因为这一理论始终无法获得考古学的进一步支持，世界史或人类文化史尽管任何时候都不得不受制于虚幻或主观自拟的假象之中，甚至愈是上溯原始史或原始人类则这种虚幻的主观自拟的假象状态就越严重（尽管这一说法本身至今还大成问题），但另一个不可更改的事实就是，世界延展和人类文化衍生任何时候都不能依托于人类的真实抗争和

---

① 希尔恩：《艺术的起源》，转引自邓福星：《艺术前的艺术》，第7页，山东文艺出版社1986年版。

② 爱德华·泰勒：《原始文化》，连树声译，第23页，上海文艺出版社1992年版。

③ A.R 拉德克利夫-布朗：《原始社会的结构与功能》，潘蛟译，第204页，中央民族大学出版社1999年版。

④ Roger M. keesing and Andrew J. Strathern, Cultural Anthroporory, Harcourt Brace Company1998, P316

⑤ M. Titiev, Science of Man, rev. ed, 1963, P639

对对象世界的实在嵌入,从这个意义上说,科学、审美以及类似的意识方式和存在行为与巫术的时间史和价值史当在同样的自然允许限度之内,因而进一步的逻辑推论结果是,把某一种功能价值夸大为功能价值的全部是文艺起源功能形态理论的致命弱点。即使在原始人演绎为文明人或巫术推进到宗教之后,人们虽然大体上相信"几乎所有的宗教系统,都将舞蹈、歌唱、赞颂、吟诗、奏乐,作为仪式庆典的重要组成部分"[①],但仍然无法逆向性地相信"除非具有宗教的基础,否则人类艺术便永远也不会产生和发展"[②]。

劳动说的代表论者当推普列汉诺夫,他在《没有地址的信》中认为原始民族的文艺创世在于"按照一定的拍子,并且在生产动作上伴以均匀的唱的声音和挂在身上的各种东西发出的有节奏的响声"[③],而且还因为对原始部落而言"每种劳动有自己的歌,歌的拍子总是十分精确地适应于这种劳动所特有的生产动作的节奏"[④],所以从精神生产动力学和社会发展杠杆原理出发,普氏认为马克思主义文艺学派应该旗帜鲜明地坚持文艺起源劳动说。这种坚持从知识脉络和文本渊源而言,都应该上溯至原典马克思主义时代,因为劳动问题在马克思和恩格斯那里早已成为重要的思考范畴和写作领域。不仅马克思在《一八四四年经济学—哲学手稿》中所说的"正是在改造对象世界中,人才真正地证明自己是类存在物。这种生产是人的能动的类生活。通过这种生产,自然界才表现为他的作品和他的现实。因此,劳动的对象是人类生活的对象化:人不仅像在意识中那样理智地复现自己,而且能动地、现实地复现自己,从而在他所创造的世界中直观自身"[⑤],已经动议了劳动对于人的类存在确证的原动力意义和原创条件,而且后来恩格斯在写作《自然辩证法》时专题讨论"劳动在从猿到人的转变中的作用",在延展通常经济学家们"劳动是一切财富的源泉"知识命题基础上,阐证出"所以,手不仅是劳动的器官,它还是劳动的产物。只是

[①] 金泽:《宗教人类学导论》,第213页,宗教文化出版社2001年版。
[②] 西历山德罗·德拉·塞塔:《宗教与艺术》,引自保罗·韦斯和冯·O·沃格特合著:《宗教与艺术》,何其敏译,第87页,四川人民出版社1999年版。
[③④] 普列汉诺夫:《没有地址的信》,曹葆华译,第39页,人民文学出版社1962年版。
[⑤] 马克思:《一八四四年经济学—哲学手稿》,《马克思恩格斯全集》(第四十二卷),第97页,人民出版社1979年版。

由于劳动,由于对所做的日新月异的事情的适应,由于因此而获得的肌肉、韧带以及在更长时间内获得的骨骼的特别发育的遗传,以及由于这些遗传下来的灵巧性愈来愈新地运用于新的、愈来愈复杂的操作中,人手才达到这样高度的完善性,在这个基础上人手才能仿佛凭着魔力似地产生了拉斐尔的绘画、托尔瓦德森的雕刻以及帕格尼尼的音乐"[1]。当然,有人怀疑马恩在这类叙事中并非将其学理立足点放在文艺起源问题上,并且这种怀疑从某种意义上说符合马克思主义本身的知识谱系状况,但问题在于同样不可怀疑的是,马克思、恩格斯在对劳动杠杆原理进行知识处理的文献操控过程中,也一再明白无误地与文艺起源学说直接连接在一起,例如恩格斯在《家庭、私有制和国家的起源》中所说的"野蛮时代是学会经营畜牧业和农业的时期,是学会靠人类的活动来增加天然产物生产的方法的时期。文明时代是学会对天然产物进一步加工的时期,是真正的工业和艺术产生的时期"[2],以及在《劳动在从猿到人转变过程中的作用》中所说的"劳动本身一代一代地变得更加不同、更加完善和更加多方面。除打猎和畜牧外,又有了农业,农业以后又有了纺织、织布、冶金、制陶器和航行。同商业和手工业一起,最后出现了艺术和科学,从部落发展成了民族和国家"[3],就都应该看做原典马克思主义文艺学主张文艺起源劳动说的证词。这些只言片语式的证词后来在苏联文艺学界得到体系化建构和知识学的言说张力,在毕达可夫、季莫菲耶夫或斯托洛维奇那些人的文艺学教科书文本里,以及这些教科书 20 世纪 50 年代后在中国语境的进一步事态蔓延氛围里,文艺起源劳动说获得了一种不证自明的主流话语权力,成为马克思主义文艺学知识进程中有影响力的知识传统和有操控权的真理命题。问题不在于我们是否承认原典马克思主义文艺学和整个马克思主义文艺学派有没有成熟的文艺起源劳动说,而更在于我们必须站在科学和真理的角度去评估这一学说的学理性,因为事态的真相是,马克思主义文艺学的这

---

[1] 恩格斯:《自然辩证法》,于光远译,第 297 页,人民出版社 1984 年版。
[2] 恩格斯:《家庭、私有制和国家的起源》,《马克思恩格斯全集》(第二十一卷),第 38 页,人民出版社 1965 年版。
[3] 恩格斯:《自然辩证法》,《马克思恩格斯全集》(第二十卷),第 516 页,人民出版社 1965 年版。

一命题根源于它对进化论知识的无条件崇拜，进化论知识谱系成为马克思主义文艺人类学乃至整个社会历史形态学说体系的基本尺度之一。最初巴克尔认为人的力量就是心灵拥有"增加其自身资源"[①]的能力时，进化论事态还只是有了一个猜想性前提，但是到了斯宾塞的社会学理论那里，生物进化和社会进化就演绎成为某种真理确定性的第一原理。达尔文主义以及延伸的社会达尔文主义，从知识学原理的基点支撑了整个人类进化论的观念大厦，并且这座大厦在19世纪的思想背景里几乎给人以绝对真理权力，这种感觉当然也就使全面阅读赫胥黎和摩尔根的马克思和恩格斯获得一种崇拜性的知识快感，并且在他们以唯物主义的姿态着力强调劳动杠杆的社会动力学意义之后，就会同样从这种解释路向去解读作为特定社会意义空间的文艺及其起源。由此凸显出来的知识陷阱就在于，社会进化论的观念仅仅只是人类自我解读的一种方式，任何走向绝对真理的命题价值抬升，都会招致因奢望全称肯定而更受怀疑的知识厄运，自从1914年哥登威斯（Alexander Goldenweiser）明确使用"反进化论"（Anti–Evolutionism）这一概念以来，对进化论的知识清理实际上已经形成一种潮流，《进化思想史》一书作者皮特·J.鲍勒所叙述的"我们只能表明已知的化石记录符合这种信念。我们不能证实自然选择是地球上整个生命发展过程中的机制，正因为如此，有些生物学家才考虑其他的解释，比如间断平衡。特创论者为这些替代达尔文主义综合论的理论喝彩，认为这些理论的出现标志着整个进化论纲领已开始衰落"[②]，已充分表明即使进化论者本身也不可能像19世纪知识背景那样狂热崇拜，当然也就从另一个角度表明对进化论的知识质疑已不仅仅是某种态度和立场，而是20世纪知识进展的一个基本事态和新的知识框架，它足以使进化论从全称价值方式还原到单称价值方式。当整个知识背景都在质疑中发生价值移位之际，这个背景所衍生出来的所谓文艺起源劳动说显然也就不得不共同其命运，这意味着它作为普遍价值观文艺学命题的权力话语史已经终结。

传统诉说的诸如"游戏说"、"巫术说"和"劳动说"这样一类文艺

---

① Henry Thomas Buckle, History of Civilization in England, VolumeI, New York, 1902, P37
② 皮特·J.鲍勒：《进化思想史》，田洺译，第454页，江西教育出版社1989年版。

学知识方式，尽管从各自不同的参照系提供出文艺起源学说的充分解释空间，但它们所拥有的一个共同点就是企图实现一语定乾坤的真理表述效果，即追求存在的线性意义方向和纯粹问题指向。类似的传统知识方式的问题在于，世界和此在任何时候都体现为纷扰和混沌，所以在把复多问题转化为单一问题的构思设计中，就极容易陷落到静止客观主义和凝固世界状态，甚至极容易使所获解读结果与设问初衷的意义方位偏离。而意义方位偏离在社会科学各研究领域均比比皆是，通常我们总是习以为常并且缺乏对意义边界的必要敏感。当然在文艺学领域事态也表现出同样的严重性，对复多问题的单一设问或单一解读，在传统的知识操控过程中几乎再正常不过，但我们如果站在新的知识学立场去给予评价，就发现这种操控实际上离预想的问题视野会距离越来越遥远，也就是并没有使科学意义增值和知识价值增长，因而也就迫使我们对文艺起源的学理追求本身进行反省和检讨，也就是首先要回答所谓文艺起源是什么样的问题以及究竟要解读什么样的问题。亚理士多德在《形而上学》中所述及的"人能明事物之故，而后不为事物所惑；对于一个几何学者，如果对角线成为可计量的，那才是世间怪事"[1]，应该对我们调整文艺起源的问题视角有所规劝。

文艺起源无论在何种意义上都不是单一问题而是复多问题，因而任何一种设问方式或解读结果都不能实现完整问题覆盖。与人类起源这一议题相比较，文艺起源属于继发性事态而非原生性事态，所以议题本身很大程度上受到原生事态的牵连和制约。无论是社会科学家还是自然科学家，到目前为止还没有人敢用单一命题方式或单一问题框架去对人类起源给予陈述，即使在19世纪那样一个人类学知识极端自信的显学时代，人类起源研究也还体现出充分的复多问题色彩。达尔文写作《人类的由来》时，只能小翼翼地宣称"本书的唯一目标是要考虑，首先，人是不是像每一个其他物种一样地从先于他出世的某一种生物类型传下来的；其次，人出现以后，又是怎样发展成为今天的状态的；第三，人类中有所谓种族之分，而种族与种族之间的一些差别究竟有什么意义"[2]，尽管摩尔根在《古代社

---

[1] 亚理士多德：《形而上学》，吴寿彭译，第6页，商务印书馆1959年版。
[2] 达尔文：《人类的由来》（上册），潘光旦译，第2页，商务印书馆1983年版。

会》中表述过"人类是出于同源,因此具有同一的智力原理,同一的物质形式,所以,在相同文化状况中的人类经验的成果,在一切时代与地域中都是基本相同的"①,尽管这一表述中提及的所谓"同源说"似乎具有单一叙事结构的命题特征,尽管同源问题在同时代和此后的人类学家那里持怀疑甚至对立态度者大有人在,但只要耐心阅读全书结尾的一段话就不难知道摩尔根对人类起源其实没有作过任何命题式学理努力,他说:"我们今天极为安全和幸福的条件,乃是我们的野蛮的祖先和更远的蒙昧祖先经过斗争、遭受苦难、英勇奋斗和坚持努力的结果。他们的劳动、他们的试验、他们的成功,都是上帝为从蒙昧人发展到野蛮人、从野蛮人发展到文明人而制订的计划中的一个组成部分。"②正因为如此,自然科学家和社会科学家们在面临人类起源问题之际,就大多采取复多问题的处理模式和技术路线,就会分别从不同的角度、不同的层面、不同的意义诉求目标和不同的知识价值准则去实现其非全称性介入研究,例如作为当代科学家介入身份的理查德·利基就设计为"第一个阶段是人的系统(人科)本身的起源,就是大约700万年以前,类似猿的动物转变成为两足直立行走的物种。第二个阶段是这种两足行走的物种的繁衍,生物学家称这种过程为适应辐射……脑子的扩大标志着第三个阶段,是人属出现的信号,人类的这一支以后发展成直立人和最终到智人(Homo sapiens)。第四个阶段是现代人的起源,是像我们这样的人的进化,具有语言、意识、艺术想象力和自然界其他地方没有见过的技术革新"③,当然这不过是各种设计中的一种。由此我们不难获得一种有效延展,那就是作为现代人起源标记之一的文艺,它在现代人的起源事态中必然有其自身的复多问题结构和无限纠缠着的生成轨迹,是否这一复多问题结构还应该上溯至此前的蒙昧人和野蛮人万古长夜,还有待人类学家和文艺学家在研究对象和研究学理空间等方面给予更进一步的边界互约。在这些互约之前,有一点可以完全给予肯定,

---

① 路易斯·亨利·摩尔根:《古代社会》(下册),杨东莼译,第556页,商务印书馆1977年版。

② 同上,第558页。

③ 理查德·利基:《人类的起源》,吴汝康译,第5页,上海科学技术出版社1995年版。

文艺起源只能是复多问题并且任何时候都不应该呈示单一性的全称性起源命题，不管这类命题就其事态真实性而言多么具有逼近意味。那些成就卓著的文艺史考古专家，诸如安德烈·列罗伊-古尔罕或者约翰·普费弗尔，尽管用他们严谨的研究成果使整个世界知识体验地相信着"几乎所有的旧石器时代的绘画都是关于动物的。人们通常假定这些绘画合乎与狩猎有关的目的以及狩猎经济中兽与人之间的关系的目的"①，但他们何以止于叙述事态而非稍挪半步地置身于命题事态，绝非由于无知和胆怯，恰恰由于清醒、理性和科学精神。

　　如果我们承认复多问题姿态才是正确的研究路向的话，那么跟进的麻烦就是追问所谓文艺起源问题，究竟意味着题旨之中必须包括哪些基本提问，否则就仍然不过是文本翻新的日常写作事件，甚至传统知识方式中对待这一问题的转型操控技术路线而已。所以，对文艺人类学而言，所谓文艺起源乃是整个文艺学知识谱系的厚重组成部分，其提问的生成本身又有其独立的问题空间和庞大的知识系统，不同的提问间构成不同的意义结构关系和学理逻辑关系，因而由此获得的一切细节性研究成果或统辖性学术收获，在不同的总体性纲领下有机地实现文艺起源研究的意义目标，并且这个意义目标不断地呈现为学科领域的知识陈述事态和跨越学科领域的知识关联事态。提问的要点当然很多，在大规模的研究行动之前以及在大批学者的互约行为之前，对要点数量和排序的清晰呈示非常困难，但这并不意味着我们不可以在此在状态下给予初步性的预设和罗列，所以我们才归类出：（一）终极提问抑或现象提问；（二）历史提问抑或逻辑提问；（三）总体性提问抑或具体性提问。这种归类本身所体现出来的对应关系或逻辑平行关系并非必然，而这种归类的问题覆盖程度和事态关涉价值究竟有多少也极存怀疑，然而有一点可以给我们以启发，那就是作为复多问题的文艺起源，其提问要点和意义环节存在着复杂的纠缠和广阔的学理空间，文艺起源研究只有从一开始就以某种知识框架姿态嵌入，才有可能与文艺起源事态保持良好的学理关系并由此获得有益的知识生成。每一类提

---

　① 加里·特朗普：《宗教起源探索》，孙善玲译，第227页，四川人民出版社1995年版。

问里面又隐含着更多的进一步提问，一个大的要点下面亦隐含着更加丰富的小要点，人类在这一事件中的意义求取和价值反思因而绵亘不绝，文艺起源研究由此也将形成各种意义路向分异的知识体系、知识模式、知识话语类型以及成千上万彼此商榷的知识命题。尽管归类不精密也不完整，但也并非可有可无，如果没有这些要点的预设和排序，研究情境中的知识操控任意性就不可避免，所以日本学者福泽谕吉在写作《文明论概略》时要专门讨论"确定议论的标准"，强调"不确定议论的标准，就不能推论利害得失"①。然而在文艺起源研究的知识实践中，类似的隐性失范几乎存在于我们每一个人的自觉行为之中，即便如格罗塞这样的艺术史研究大师，其语用操控过程中也会走进种种看不见的怪圈。例如他的极有影响的《艺术的起源》，把艺术研究范畴性地切割为艺术哲学和艺术史两大研究领地，又把文艺起源研究限定于艺术史范畴，强调"它的任务，不是重在解释，而是重在事实的探求和记述"②，所以不仅他本人的著作呈现出典型的知识考古学和知识文献学的文本特征，而且影响到东西方大批文艺起源研究的跟进者从此沉溺于原始部落、少数民族、边缘化事态，沉溺于对细节性事实的描述和资料整理。尽管任何时候这些方面的研究工作都具有学理性的最重要前提意义，不仅此后不应减弱而应进一步强化，但这种研究如果不被统辖于更高的目的旨趣和更进一步的价值诉求，那么它同样会存在致命性的学术陷阱，也就意味着文艺起源研究就不能在文艺学知识推进中走得更远，罗素在历史研究领域里所设问的"如果说文献在这么多的方面都要优越于任何一部深思熟虑的历史书的话，那么留给历史学家的，还有什么呢"③，就会同样地转移到我们的研究领域并且成为现实问题。

---

① 福泽谕吉：《文明论概略》，北京编译社译，第5页，商务印书馆1959年版。
② 格罗塞：《艺术的起源》，蔡慕晖译，第1页，商务印书馆1984年版。
③ 罗素：《论历史》，何兆武译，第2页，广西师范大学出版社2001年版。

第三章
终极提问抑或现象提问

第一节 小引

在"终极提问抑或现象提问"的预构学理层面,文艺起源学会向这样两个向度延伸,其一是时值研究,其二是形态研究,这两种研究都会获得意义累积或者日常指称的所谓学术成果。就时值研究而言,人类肯定永远寻找不到文艺起源的最早时间位置,但是却可以不断地在"最早性"的追问中获取有意义的时间刻度,这种时间性研究的价值也就不断地给文艺起源研究以终极性力量导引,每一位涉身事态的学者在终极性导引下都有可能进入形而上学的自我遗失,这种遗失不能看做知识误区,而且恰恰是新知生长点。宇宙起源学家彼得·柯文尼和罗杰·海菲尔德在《时间之箭》一书中不仅详细叙述了自古希腊智者至现代杰出科学家们对宇宙起源时间所产生的困思以及这种困思所带来的科学推进,而且在讨论"文化时间"议题时认为"是犹太基督教传统把'线性'(不可逆)的时间,一下子直截了当地建立在西方文化里面。埃里阿德写道:'这种无尽循环的老调,基督教企图一下子将它超越'。由于基叔教相信耶稣的生、死和他的上十字架受难,都是唯一的事件,都是不会重复的,西方文化终于把时间看成是穿越在过去和未来之间的一条线。基督教出现以前,只有犹太人和信仰拜火教的波斯人认同这种前进式的时间"①,甚至认为全部现代科学的知识大厦都建立在这一时间观念转型和时值反思事件的原因平台上,而杰出天体物理学家霍金所埋怨的"迄今,大部分科学家太忙于发展描述宇宙为何物的理论,以至于没工夫去过问为什么的问题。另一方面,以寻根究底为己任的哲学家不能跟得上科学理论的进步。在 18 世纪,哲学家将包括科学在内的整个人类知识当作他们的领域,并讨论诸如宇宙有无开初的问题。然而,在 19 和 20 世纪,科学变得对哲学家,或除了少数专家以外的任何人而言,过于技术性和数学化了。哲学家如此地缩小他们的质疑的范围,以至于连维特根斯坦——这位本世纪最著名的哲学家都说道:"'哲学仅余下的任务是语言分析'。这是从亚理士多德到康德以来哲学的伟大传统的何等的堕落"②,则意味着被喻为 20 世纪最重要思想成果的推翻形而上学和"走向语言"受到科学家的强烈排斥。从这个角度说来,时值研究乃至这种研究的形而上学纠缠,仍然应该确立为人文知识增长的重要方式,因而也就应该在文艺起源研究中继续保持时值追问的浓厚兴趣和广阔思索空间,例如应该不断地有智者介入事态,反复追问人类文艺的起源第一时间,甚至包括各个民族的文艺起源第一时间、各种文艺形式或类型的第一起源时间,因为对于文艺起源第一时间的追问,绝不仅仅是对文艺起源的简单时间定位,作为精神意识发生的标志性刻度,这一定位蕴含着大量的意义边界确定和意义本质定性,它们已延展到在最纯粹的意义上对文艺与人类基本关系进行框架建构以及建立起最基本的价值范畴体系。亚理士多德在《范畴篇》里讨论"先于"的存在意义时,曾认为"在四种意义上,一个东西能够被称为'先于'另一个东西。在最初的和最正当的意义上,这个词是与时间有关的"③,这个命题如果具体性地延展到我们的文艺学知识领域,则传统知识操控模式里那种没有时值研究铺垫的文艺本质研究,严格地说来就缺乏学理性或者至少不符合应有的知识规程。

---

① 彼得·柯文尼、罗杰·海菲尔德:《时间之箭》,江涛译,第 5 页,湖南科学技术出版社 1995 年版。
② 史蒂芬·霍金:《时间简史》,许明贤译,第 156 页,湖南科学技术出版社 1995 年版。
③ 亚理士多德:《范畴篇解释篇》,方书春译,第 45 页,商务印书馆 1959 年版。

就形态研究而言，目前知识视野内的文艺起源研究文本基本上体现出浓厚的形态研究色彩，文化人类学家们在进行原始文艺的知识叙事时，往往从类型叙事角度入手进行原始文艺形态的知识叙事，所以我们能一目了然地了解那些研究文本中的诸如"人体装饰"、"器物装饰"、"绘画雕刻"、"舞蹈"、"诗歌"、"音乐"等等议题，而这些议题的诚信支撑又依靠大量更具体存在形态的考古学知识来完成，由此我们就跟着那些致于田野调查的文化人类学家们一道，走进原始森林、原始习俗、原始部落。形态研究有三个较为明晰的切入点，那就是原始思维形态、原始符号形态和原始生存形态，文艺起源研究从这些切入点出发引申出繁杂知识景观的不同学术界面，站在这些界面之外进行间接知识转述之际，极容易引起边际混乱并使在场知识状况紧张以及引起接受者知识心理的不同程度骚乱，由西学知识背景引起的这些骚乱在20世纪的中国知识社会到处可见，当然也就包括介入文艺起源研究之际引起的各种变形知识事态和知识心态。

第二节　原始思维切入

原始思维切入基于这样一个前提，那就是设定原始人在思维能力和思维方式等诸多方面都与现代人之间存在着根本差别，艾尔斯顿·柏斯特甚至认为"我们永远不能知道土人思维的内在本质，因为要做到这一点，我们必须倒退许多世纪……倒退到那个在我们这里曾有过原始人意识的时代。通向这条神秘之路的大门早就关上了"[①]。这些差别的意义命名很多，但最集中的体现主要在两个方面，一是原始思维表现出突出的集体表象思维特征，二是原始思维表现出惊人的思维能力低下。在第一个方面，列维-布留尔所命名的原始思维原则"互渗律"，旨在强调"在原始人的思维的集体表象中，客体、存在物、现象能够以我们不可思议的方式同时是它们自身，又是其他什么东西。它们也以差不多同样不可思议的方式发出和接受那些在它们之外被感觉的、继续留在它们里面的神秘的力量、能力、性

[①] Elsdom Best, Maori Medical Lore, Journal of the Polynesian Society, Xiii. 1904, P219

质、作用"①，尽管列维-斯特劳斯在进一步的所谓"野性思维"命名里强调原逻辑性，强调"通常称作图腾的命名和分类系统的运用价值产生于它们的形式特性：它们是一些信码，这些信码适宜于传递那些可转输到其他信码中去的信息，同时也适宜于在自己的系统表达那些通过其他不同的信码渠道所接受的信息"②，但设定这样一个"转换系统"以及对原逻辑的意义确证，实在不过是对传统原始思维知识的意义递进和补充分析，在任何意义上都不具有命题颠覆价值。所以，在趋近的切入方向和较为一致的切入点上，原始思维切入对文艺起源研究的要义着重于原始文艺的思维特征，例如对原始文艺的母题图腾化定位就与这种认识密切相关。老黑格尔虽然没有对文艺起源作专门性研究，但他写作《美学》以及构设艺术类型历史梯级过程中又不能完全回避这一议题，所以就有"象征型艺术"叙事中的"一般地说，这种情形就是东方原始艺术的泛神主义的性格，这种艺术一方面拿绝对意义强加于最平凡的对象，另一方面又勉强要自然现象成为它的世界观的表现"③，以及更加直接卷入此一知识事态的"从客体或对象方面来看，艺术的起源与宗教的联系最密切。最早的艺术作品都属于神话一类。在宗教里呈现于人类意识的是绝对，尽管这绝对是按照它的最抽象最贫乏的意义来了解的。这种绝对最初展现为自然对象。从自然现象中人隐约窥见绝对，于是就用自然事物的形式来把绝对变成可以观照的。这种企图就是最早的艺术起源"④。如果我们把这些叙事中客观神秘主义的"绝对"暂时悬置的话，就不难看出他的文艺起源观是从思维特征引申立论的，并且这种立论与后来马克思讨论古希腊神话时所说的"任何神话都是用想象和借助想象以征服自然力，支配自然力，把自然力加以形象化；因而，随着这些自然力之实际上被支配，神话也就消失了"⑤，基本上属于同一语境的趋近叙事。在第二个方面，摩尔根认为"在这样一种极端原始

---

① 列维-布留尔：《原始思维》，丁由译，第69页，商务印书馆1981年版。
② 列维-斯特劳斯：《野性的思维》，李幼燕译，第88页，商务印书馆1987年版。
③ 黑格尔：《美学》（第一卷），朱光潜译，第96页，商务印书馆1981年版。
④ 黑格尔：《美学》（第二卷），朱光潜译，第24页，商务印书馆1981年版。
⑤ 马克思：《〈政治经济学批判〉导言》，《马克思恩格斯选集》（第二卷），第113页，人民出版社1972年版。

的状态下，我们如果从整个人类进化过程的尺度来衡量，当时的人们正处在孩提阶段；不仅如此，而且，在他们的头脑里还不曾渗透上述各项制度、发明和发现所体现的任何一点思想或概念"①，因而更多的文化人类学家就自然而然地把文艺起源事态与万物有灵论意义目标联系在一起，即不仅强调"万物有灵观构成了人类最低阶段的部族的特点"② 这一命题对原始思维意义空间的主题呈示，而且还强调在这样的意义空间中必然与之相一致地产生低级思维形式。例如田野调查中努尔人缺乏抽象时间观念的所谓"当努尔人希望提前几天对所要发生的事件进行界定时，比如舞会或婚礼，他们是用月相来作参照的：新月、月盈、满月、月亏以及下弦月的亮度"③，以及特罗布里恩德群岛土著信仰愚昧的所谓"有趣的是，土著人相信 tauva'u 来自诺曼比岛北岸的杜阿乌（Du'a'u）区，更确切地说是来自一个叫苏瓦图帕（Sewatupa）的地方；而根据多布人的信仰和神话，这亦是他们的巫术发源地"④，它们作为证据支持着关于原始思维低级形态的评估，而这种评估的合理延伸就是对文艺起源的认识波及，即影响到多数文艺学家或文艺史专家对原始文艺状况同样作思维低级形态的把握。最典型的案例，就是普通存在于各民族文艺起源阶段的重要文艺形式神话，通常都是从精神无奈和想象力孱弱的角度给予把握。神话学家托卡列夫所说的"原始人尚未将自身与周围环境（自然的和社会的）分离开来，此其一；再则，原始思维还没有同情感的、激奋——运动的范畴截然分开，尚具有逻辑弥漫性和浑融性。凡此种种，势必导致对所处自然环境之幼稚的人格化，进而导致呈现于神话的那种全面人格化"⑤，在神话学界就是很典型的知识案例。正因为如此，在现存的文艺起源抑或原始文艺史叙事语境里，人们的陈述态度和文本叙事方式就显得既大而无当又缺乏问题缜密性，甚

---

① 路易斯·亨利·摩尔根：《古代社会》（上册），杨东莼译，第33页，商务印书馆1977年版。
② 爱德华·泰勒：《原始文化》，连树声译，第414页，上海文艺出版社1992年版。
③ 埃文思·普里查德：《努尔人》，褚建芳译，第120页，华夏出版社2002年版。
④ 马凌诺斯基：《西太平洋的航海者》，梁永佳译，第65页，华夏出版社2002年版。
⑤ 谢亚·托卡列夫：《世界各民族神话大观》，魏庆征译，第6页，国际文化出版公司1993年版。

至连权威的 Cambridge Introduction to the History of Art（《剑桥艺术史》），在这个问题上也基本上持一种草率的态度，它把文艺史的叙事起点定格于"公元前 7 世纪中叶之后的某个时候，希腊人开始用大理石雕刻巨大的人像。他们一定在埃及见过一些用别种坚硬的石头雕成的人像并留下了深刻的印象，他们制作这种直立人像的灵感显然来自埃及。此外还有比灵感更重要的东西，那就是他们从埃及人那里学到了雕刻技术"[1]，几乎让所有的文本介入者都会有突兀感和茫然感，因为这样的叙事几乎不具备知识逻辑性和知识语境氛围，而且文艺起源之议显然在此类文本的结构框架里还不构成文艺史问题。另外一类文艺史文本如 Lawrence M. Berman 的 Treasures of Egyptian Art from the Louvre 或 Tony Lucchesi and Fulvio Palombo 的 European Art to 1850，虽然都近乎袖珍知识文本，但仍然把文艺起源的已有知识把握脉络作为文艺史叙事的基本知识渊源和历史背景议题，尽管这样的叙事方式在一种文艺史的知识语境或许可以得到初步满足，然而在文艺人类学的文艺起源研究框架，它的知识诉求短缺以及这种短缺所引起的叙事单薄就显得十分暴露。而这种暴露的知识操控根源，就在于文艺史家从原始思维角度切入对文艺起源事态表现出某种意义轻视，也就是认定原始文艺的意义及其与人类的价值关系远远低格于现代文艺，这种观念在文艺学知识谱系内具有极大的存疑空间和商榷余地。

第三节 原始符号切入

原始符号切入基于这样一个前提，那就是设定文艺起源在任何情况下都是以一定的符号形式来予以实现的，符号形式可能会多种多样，由此决定原始文艺类型的多种多样，但只有语言这种高级符号形式出现并且走向成熟形态以后，人类文艺活动才算有了质的飞跃，所以整个文艺起源进程从这个意义上说也就是一个符号进化历程。20 世纪以后，由于语言学和符号学的革命性知识进展，为这种切入的文艺起源研究提供了强有力的学理

---

[1] 苏珊·伍德福特等：《剑桥艺术史》（第一册），钱乘旦译，第 21 页，中国青年出版社 1994 年版。

支持，所以这种切入所产生的文艺起源研究成果也更多地存在于20世纪文艺学推进过程中。索绪尔在世纪初就提出，"我们可以设想有一门研究社会生活中符号生命的科学；它将构成社会心理学的一部分，因而也是普通心理学的一部分；我们管它叫符号学。它将告诉我们符号是由什么构成的，受什么规律支配。因为这门科学还不存在，我们说不出它将会是什么样子，但是它有存在的权利，它的地位是预先确定了的。语言学不过是这门一般科学的一部分，将来符号学发现的规律也可以应用于语言学，所以后者将属于全部人文事实中一个非常确定的领域"[1]，所以萨丕尔才说"不用说，在野蛮人的语言里，较为抽象的概念出现得不那么多，也不会有反映较高文化水平的丰富词汇和各种色彩的精密定义。然而，语言和文化的历史成长相平行，后来发展到和文学联系起来，这至多不过是浮面的事"[2]，所以卡西尔才设定"语言、神话艺术和宗教则是这个符号宇宙的各部分，它们是组成符号之网的不同丝线，是人类经验的交织之网"[3]。符号理念当然是现代人的思想产物，而对文艺起源和原始文艺史而言，关键处则在于如何去追溯和还原原始人的符号实践，于是诸如符号存在形态、符号意义方式、符号差别性与符号边界性等问题就都跃然纸上，并且成为审视原始符号与原始文艺的参照系。符号是人类文化生命的最基本形式，从原初到未来这一命运都具有不可更改性，因而核心的切入要义就在于，如何确立每一文化存在形态的符号体系独立性和符号域边界。就像我们在现代情境下依然存在语用实践中区别文学与非文学、文学语言与非文学语言的实际困难一样，在原始人那里，在原始文化的符号生活中，我们同样难以区分究竟什么样的符号才算是文艺符号，什么样的符号生活实践才算是文艺生活实践，以及难以寻找到文艺符号的逻辑起点与历史起点。在现代语言学与符号学精密化以前，对原始文艺的语言切入还基本上停留在想当然的思维混沌阶段，普鲁塔克所说的那种"曾经有一个时期，人们说话

---

[1] 费尔迪南·德·索绪尔：《普通语言学教程》，高名凯译，第38页，商务印书馆1980年版。
[2] 爱德华·萨丕尔：《语言论》，陆卓元译，第19页，商务印书馆1985年版。
[3] 恩斯特·卡西尔：《人论》，甘阳译，第33页，上海译文出版社1985年版。

时，用的是诗、曲调和歌曲，所有的历史、所有的哲学、所有的激情，一言以蔽之曰，凡需要采用高贵的说话方式，都是音乐和诗歌。今天，这些东西很少能听到，但在那时，所有人都听着音乐与歌曲，并乐于到处传唱；正如品达所说，'包括农人和猎鸟的人'"①，让—雅克·卢梭所说的那种"节奏间隙性的有规律的重复出现，重音悦耳而婉转的变化，诗、音乐、语言同时诞生了。或更准确地说，在宜人的气候条件下，在无忧无虑的时代，唯一迫切要求他人的合作的，是源于心灵的需要，在此情况下，诗、歌曲、语言不过是语言本身而已"②，与中国先秦荀况在《礼记·乐记》中所谓"凡音之起，由人心生也。人心之动，物使之然也。感于物而动，故形于声；声相应，故生变；变成方，谓之音，比音而乐之，及干戚羽旄，谓之乐。乐者，音之所由生也，其本在人心之感于物也"③，与《毛诗序》所说的"诗者，志之所之也，在心为志，发言为诗。情动于中而形于言，言之不足故嗟叹之，嗟叹之不足故永歌之，永歌之不足，不知手之舞之，足之蹈之也"④，都处在同样的猜想性诗意浪漫阶段，无论对语言学家还是对文化人类学家而言，都没有实质性的文艺起源知识建构价值，即现代文艺起源研究更加追求命题科学性和知识操控精密性。当我们面对早期苏美尔文明中的"渐渐地，这些符号变得更有组织，而且越来越多的信息被纳入规划整齐的板面上；次序也开始走向标准化，泥板可以从左到右而不是从右到左阅读。几乎与此同时，出现了最后一次重大变事，即符号是在旋转90度后横置的"⑤，或者面对玛雅文明中的"这些象形文字标记无疑可以诉说这段历史。灰泥上有彩绘，我们在不同地方发现了红、蓝、黄、黑和白色的残痕"⑥，就与面对世界各民族原始符号生活境遇一样，我

---

① 普鲁塔克：《论阿波罗神庙的回复》，转引自让-雅克·卢梭：《论语言的起源—兼论旋律与音乐的摹仿》，洪涛译，第89页，上海人民出版社2003年版。

② 让-雅克·卢梭：《论语言的起源—兼论旋律与音乐的摹仿》，洪涛译，第85页，上海人民出版社2003年版。

③ 荀子：《礼记·乐记》。

④ 无名氏：《毛诗序》。

⑤ 哈里特·克劳福德：《神秘的苏美尔人》，张文立译，第181页，浙江人民出版社2000年版。

⑥ 诺曼·哈蒙德：《寻找玛雅文明》，郑君雷译，第18页，浙江人民出版社2000年版。

们很难判断出什么样的符号具有文艺生活意义，但科学的文艺起源研究又迫使我们努力去寻找这些符号中的文艺起源意义踪迹。尽管这样的意义踪迹已深深地隐藏于人类历史的幽深处，但现代文艺起源研究的原始符号切入却敢于知难而进，而且正是这种知难而进本身，奠定了当代文艺起源研究对传统文艺起源研究的学科超越价值和知识增长地位。在世界知识视野内，文艺人类学对文艺起源研究现象提问的符号切入，学术进展主要体现在对原始文艺符号的知识考古及其对符号价值的普遍尊重。20世纪在这方面的成果就人类既有历史而言堪称具有划时代意义，而且一个重要附加意义就是颠覆了文艺起源的欧洲中心主义，使文艺起源和文艺起源研究真正成为人类公共事态和公共研究空间，这一颠覆被考古学家保罗·巴恩叙述为"许多年里，艺术被视为是始于欧洲的现代人类的某种东西，即始于冰河时代末期的第一件可携带的艺术品与岩洞壁画。这种观点根本经不起推敲。首先，每一个大陆现在都有同样古老的'艺术'，其中澳大利亚有着世界上最古老的岩石雕刻（如果 AMS 方法是准确的话，这些古迹距今已有四万多年了）；并且，更为重要的是，现在很清楚'艺术'的起源远在现代人类之前"[1]。但所有这一切给当代文艺起源研究并没有带来革命性的学术成果，而且至少在符号切入处还有三座大山横亘在我们面前，制约和阻碍着文艺起源研究的符号学进程，那就是：（一）确立文艺符号系统意义边界的困难。考古学或者文化人类学的田野调查当然可以源源不断地发掘搜集出原始符号生活的资料和证据，但是要想在迷茫缠绕的原始符号世界有效分拣出文艺符号，就不仅仅是某个学者或专家的个人解读能力和偶然事态判断力所能及的事情，它需要建立起有效的切分原则和意义解读参照系，并且这些原则和参照系决不能像那些空洞哲学家一样主观臆想，而是与原始事态真相和人类文化逻辑相吻合的客观性知识操控，至少又必须符合卡尔·波普尔知识证伪原则的"假设试验陈述是真的，有时允许我们证明解释性普遍理论是假的这种主张"[2]。人们通常担心的"我们经常可以发现这样的情形，一些研究者在把'原始艺术'与'原始民族'、'原始

---

[1] 保罗·巴恩：《考古学》，覃方明译，第42页，辽宁教育出版社1998年版。
[2] 卡尔·波普尔：《客观知识》，舒炜光译，第8页，上海译文出版社1987年版。

社会'以及'原始文化'等概念联系在一起的同时，却又往往习惯于以当代艺术的审美标准和思维模式来解释和理解原始艺术的形式与内涵，而忽略了某一具体时空范围内所谓'原始艺术'的初始意义和本质特征"①，其实事态涉身者远不止于"一些"，甚至几乎所有的文艺学家或文化人类学家都程度不同地涉身事态，究其根源，就是因为文艺符号的基本解读原则和知识操控系统至今难以形成，因而每一个研究者就只能是没有安全绳的冒险性被抛。梁思成撰写《中国雕塑史》，叙有夏一代之际声称"当时铜器铸造术渐精。铸鼎象物，装饰渐见，遂成浅刻（Basrelief）。盖人类因需要而制器，器成则思有以装饰之，实为最自然之程序。三代花纹之形式，盖于此时已成矣"②，则见这位严谨的建筑理论家只能谨慎地肯定其技术成分而不能断议其文艺内蕴，这种谨慎与李济既已叙事"殷商的装饰艺术"却又逃离艺术意义定位的遣词小心翼翼当具同样的心态，说明这种心态的文字就是"与侯家庄石人媲美的是小屯出土的玉雕人像。艺术家用浮雕的阳线表现人像的头部，眼、耳、下颚、突出的下巴及扁平的鼻子等，都是凸起的优雅的线条勾画。前额上有一条横的明显的带形装饰，围绕着发根，头顶上有一鸡冠形饰物竖直向上，然后向后弯曲到后脑上方。这也很难说它是代表发式，还是殷商时头部别致的装饰"③。这种困难还将较长时间地困扰文化人类学家、文艺学家、考古学家等，还将长时间成为文艺起源研究和原始文艺史难以逾越的知识堡垒。原则和尺度以及可操作性的知识操控体系总有一天会因人类的不懈努力而获得建构，但所有现在那些动不动就昭告天下堡垒已被攻克的宣言，或急于在这类问题上投机性地抢占命名权或草率地给出肯定性答案的做法，其实都不过小聪明心态下的知识骚乱之举。（二）确立不同文艺符号排序方案的困难。这中间有两个隐存的问题。其一是人类的文艺符号绝不可能是同一时空状态下的在场文化产物，同源说只能对大文化框架有效却并不能有效解读文艺符号起源的具体时序，对人类的文艺符号史而言则必然会有一定的时序线索。其二是不同

---

① 李永宪：《西藏原始艺术》，第2页，河北教育出版社2000年版。
② 梁思成：《中国雕塑史》，第7页，百花文艺出版社1998年版。
③ 李济：《安阳》，第231页，河北教育出版社2000年版。

民族的文艺起源进程中,即使像摩尔根那样作文化问题同源说的理解,也仍然不能把世界各民族的文艺符号起源进程作同质性理解,民族志学家在对不同民族的文明史研究中已反复地证明了这一点,所以在人类文艺符号史的总体线索纵向状况以及不同民族文艺符号史比较叙事的复合线索横向状况下,不同的文艺史家往往有各自的排序倾向,例如中国的梁思成说"然而艺术之始,雕塑为先。盖在先民穴居野处之时,必先凿石为器,以谋生存;其后既有居室,乃作绘事,故雕塑之术,实始于石器时代,艺术之最古者也"[①],而法国的孔狄亚克则认为"人类在他们的趣尚日趋完美的同时,就给这种舞蹈以更多的动作,使之更为典雅,更富于表现力。不仅要使手臂的动作和身体的姿态服从一些规则,而且还要踏出双足应当形成的步法。从而使舞踏自然而然地分成了两类艺术,这两类艺术分别隶属于舞蹈这一总称。一类是姿势舞(La danse des gestes)(请允许我 用一句符合古代言语的说法),这类艺术得以保存下来,以有助于沟通人类的思想;另一类主要是脚步舞(La danse des pas),人们用它来表现他们心灵的某些境界,特别是欢乐的心情,因为人们是在纵情欢乐的场合下来跳脚步舞的,而它的主要目的就是寻欢作乐"[②],但对于大多数擅长田野考古的现代人类学家而言,他们更多地主张人体装饰(Personal decoration)符号为人类排序第一,格罗塞将其具体地类型描述为"原始装饰,一半是固定的,一半是活动的。我们将一切永久的化装变形,例如:劙痕(scarification)、刺纹(tattooing)、穿鼻、穿唇、穿耳等等,都包括在固定的这一类装饰里。活动的装饰只是暂时连系到身体上去的一些活动的饰品,其中包括原始民族间认为最珍贵的缨、索、带、环和坠子之类"[③],《春秋·谷梁传》所记载的"吴,夷狄之国也,祝发文身"[④],以及 E. A. Hoebel 所介绍的"其花纹十分简单,仅在腹、背部刺下单行的线条,但此一过程却是男子所必须经历,以之象征男性的气概"[⑤],就都可以视作第一排序内的文艺符

---

① 梁思成:《中国雕塑史》,第 1 页,百花文艺出版社 1998 年版。
② 孔狄亚克:《人类知识起源论》,洪洁求译,第 140 页,商务印书馆 1989 年版。
③ 格罗塞:《艺术的起源》,薛慕晖译,第 43 页,商务印书馆 1984 年版。
④ 《春秋·谷梁传·哀公十三年》
⑤ E. A. Hoebal, Man in the Primitive World, New York, Mc Graw – Hill, 1958, P249

号。一些大胆的文艺史家为了克服排序困难，创设出编年纪事体制的知识方案，典型者如德国学者维尔纳·施泰因的《人类文明编年纪事》，其中按符号类型分编排序的《美术、建筑和电影分册》、《文学和戏剧分册》、《音乐和舞蹈分册》，都属于文艺史学科范畴。我们在《美术、建筑和电影分册》中读到的文艺起源叙事是关于"绘画艺术衰落、装饰图案"："-10000≈西班牙东部的岩画，是一种把人体拉长的、粗线条的人物画（这种岩画在北非和埃及均有发现）。-8000≈中石器时代，南部非洲出现了岩雕艺术（一直延续到公元19世纪）。≈在耶利哥，把人的头盖骨用土填实，再用贝壳作眼睛，制成人头雕像。-6700≈新石器时代的城市式村落沙塔尔·休于（安纳托利亚）文化：手工艺、壁画、雕塑、陶器以及铜铅的应用。≈沙塔尔·休于的壁画表现火山景象。-4750≈由于农业的发展，绘画艺术衰落。≈绘有装饰图案的陶器开始出现"[1]，在《文学和戏剧分册》中读到的第一段叙事是关于"无文字时代"："-10000≈作为联系和传递信息的工具，有声语言肯定已经形成。≈开始出现象形文字。-8000≈作为文字前身的泥像已经出现，文字是由泥像的印记演变而成的"（1966年在伊朗发现）[2]，而在《音乐和舞蹈分册》中读到的第一段叙事则是无确定主题的"-6700≈证实已有舞蹈和绘画。估计已有声乐和打击乐器。-3000≈苏美尔祭司使用带有共鸣筒的、名为'里拉'的琴作为祭祀乐器，也出现了皮鼓。≈埃及乐器中已出现古竖琴、笛子和双管木笛。合唱时，按节拍击掌，独唱已能表现抑扬顿挫的旋律。-2000≈中国音乐建立在五声音阶的八度音基础上，无半音"[3]。尽管这样的大胆创设显然是泛起点定位和路标指向的知识旅程，但我们丝毫不应该轻视这一创设的学理意义和知识价值，其行为已经像海德格尔所表述的"在路上"，即当意识到排序问题乃是文艺起源研究的重要内容时，也就意味着终究会有获得解

---

[1] 维尔纳·施太因：《人类文明编年纪事：美术、建筑和电影分册》，苏惠民译，第3页，中国对外翻译出版公司1992年版。

[2] 维尔纳·施太因：《人类文明编年纪事：文学和戏剧分册》，龚荷花译，第1页，中国对外翻译出版公司1992年版。

[3] 维尔纳·施太因：《人类文明编年纪事：音乐和舞蹈分册》熊少麟译，第1页，中国对外翻译出版公司1992年版。

决方案的一天。(三)确立不同民族文艺符号因原关系的困难。一切人类学问题,只要学理延伸半步就会与民族学问题纠缠到一起,因为人类的现实生存方式总是以族群形态展开的,除非在整个世界情境中消除了诸如文化边界、语言边界、宗教信仰边界乃至体质人类学层面上的人种差异,那么民族就决然不会是"想象的共同体",也决然不会像本尼迪克特·安德森认为的那样成为虚拟的"民族被想象为拥有主权,因为这个概念诞生时,启蒙运动与大革命正在毁坏神谕的、阶层制的皇朝的合法性。民族发展臻于成熟之时,人类史刚好步入一个阶段,在这个阶段里,即使是普遍宗教最虔诚的追随者,也不可避免地被迫要面对生机勃勃的宗教多元主义,并且要面对每一个信仰的主体论主张与它所支配和领土范围之间也有不一致的现实。民族于是梦想着成为自由的,并且,如果是在上帝管辖下,直接的自由。衡量这个自由的尺度与象征的就是主权国家"[1]。按照埃里克·霍布斯鲍姆的字源学解释,"民族"这个字"只有在罗曼语中是原生的,在其他语系中,它都是外来语,因此我们可以更清楚找出这个词义的转变脉络。比方说,无论在上日耳曼(High German)或下日耳曼(Low German),'volk'(人民、民族)一词在今天都会令人联想到与'民族'(nation)有关的意思,只不过它们之间的关系比等号更复杂。在中古时代的日耳曼境内,源自拉丁文的'民族'(nation)一词,几乎只在文人贵族等上层社会使用,当时亦不具'volk'的涵义。迟至16世纪,这个词才出现'volk'的概念。至于在中古时代的法国,'民族'意指'血缘相连的亲属团体'(Geschlecht)"[2],这意味着它更是长期存在的现实共同体,而非价值观念渲染需要的想象共同体,而且愈是以回溯的姿态审视人类既有历史,则民族生存的实体性和规定性就愈是以强大的边界力量限制着人类的族群结构生态,之所以历来的文化人类学家都把"民族志"(Ethnography)工作看得极其重要,就不仅简单在于那些人群"他们定居于一个领

---

[1] 本尼迪克特·安德森:《想象的共同体》,吴睿人译,第7页,上海世纪出版集团2003年版。

[2] 埃里克·霍布斯鲍姆:《民族与民族主义》,李金梅译,第19页,上海人民出版社2000年版。

土之内，具有共同历史时期获得的共同思想和感情"①，而且更复杂在于那些"共同记忆中的丰富历史遗产"② 正是揭蔽原始事态的基本单位和基本资料，在人类全面交往普遍发生之前，所谓人类生活其实就主要体现为民族生活，是民族性的生活方式和空间存在方式起着主导性支配作用，因而我们也就可以在延伸意义上说，文艺符号的原始发生和原始存在也同样主要地体现为民族的形态。问题就在于，如果我们承认这样一种原始文艺符号存在观的话，那么很显然，不同原始民族的文艺符号形态和文艺符号意义彼此间就必然保持着非恒值关系和非通约性结构，甚至也就意味着某些民族独立发明了此类文艺符号，某些民族独立发明了彼类文艺符号，所有民族也还在独立发明的前提下共同创造出非恒值意义的相同文艺符号形式。然而进一步的人类文艺符号事实是，我们今天所能见到的绝大多数原始文艺符号都已经是不同民族文艺符号交往发生之后的产物，原始文艺符号的独立发明史早已被历史岁月掩埋，历史学家们往往只能虚拟性地猜测着诸如"既然新石器人有了弓，他们也许就有弦乐器，因为弓弦的振动着是必然会带来这种乐器的。他也有陶鼓，上面蒙着兽皮；也可能是用皮盖在掏空了的树干上来充当鼓。骨制的哨子甚至早在旧石器时代就已出现了。可以想象，芦笛很早就创造出来了"③，而这种虚拟性猜测除了寄托某种文化情怀或流露一些历史思绪之外，就没有任何文艺起源研究价值了。

我们在此一问题上的知识遭遇，在于必须正面解读不同民族原始文艺符号的外因原和内因原，否则就无法真正厘清原始文艺符号的意义关系及其意义本身。任何文艺符号的发生都必然是内因原事实或者至少吻合一定的内因原机理，在这个问题上至少可以分拣出成百种解读原则，例如艺术哲学家丹纳就把文艺符号的内因原生成机理归诸"环境决定论"，即所谓"必须有某种精神气候，某种才干才能发展；否则就流产。因此，气候改变，才干的种类也随之而变；倘若气候变成相反，才干的种类也变成相

---

① E. Barker, National Character and the Factors in its Forniation, London, Methuen, 1927, P17
② E. Renan, "Guest – ce Quunenation?" Oeuvres Completes, Tome 1 Paris, Colaan – Levy, 1882, P903
③ H. G. 韦尔斯：《世界史纲：生物和人类的简明史》（上卷），曼叶平译，第77页，北京燕山出版社2004年版。

反。精神气候仿佛在各种才干中作着'选择'"①，尽管这里的"环境"概念在丹纳的叙述氛围里已体现出极大的意义复合性和结构多维性，但仍然与文化人类学的环境论者们共同着所指方向，克拉夫特所说的"决定和限制在地理学中论述人类的，是人类和地球地区（Erdraum）的相互关系"②即此之意。原始文艺符号的内因原机理研究及其意义求索路向，为文艺符号发生及其原始意义解读提供了极大的便利，不仅使文艺起源研究中大量充斥着的诸如"夏威夷人对情歌（mele ipo，mele doha）拥有特殊的范畴。但是，要推断情歌究竟是怎样的确非常困难（尤其对老外来说），因为几乎不可能去说什么东西不是情歌。夏威夷的口头文学充满了 kaona，'潜含的意义'，它们常常都是有色情意味的"③ 这一类模糊性叙事有了言说合法性，而且使那些完全内闭性的意义梳理成为原始文艺符号解蔽的最有效方式，如中国学者对周口店山顶洞人遗存鹿角阐释的"这显然可以看出是当时人类为了装饰而刻上去的记号。在这里，可以看出有平行线、复平行线、交叉线、锐角、复锐角、曲线、波纹线、点等各种几何学图案之原始构意。这种几何学的图案之构意，只有当人类思维达到具有抽象力的时候才能出现。换言之，这是人类艺术从原始的写实主义或自然主义，达到象征主义以后的产物"④，如美国学者对印度哈拉帕文化遗存冻品印章阐释的"在摩享佐达罗出土的一枚有名的印章上，哈拉帕文化第一次出现了印度艺术的一个杰出的偶像。这枚印章极其重要，原因很多，其中主要的原因是刻有一位印度之神的最初的人格化表现，并且表明在哈拉帕文化中已存有瑜伽（yoga）的观念。它似乎勾画出后来的印度之神湿婆的原型"⑤，就都属于这种方式所显示出来的研究成果。实际上，对内因原机理的研究主要有三个意义实现目标，那就是：（一）对原始文艺符号意义的限定和解读，（二）对这些符号或符号意义形成的内在原因追问，（三）对特定符号

---

① 丹纳：《艺术哲学》，傅雷译，第35页，人民文学出版社1963年版。
② 转引自理查德·哈特向：《地理学的性质一当前地理学思想述评》，叶光庭译，第160页，商务印书馆1996年版。
③ 马歇尔·萨林斯：《历史之岛》，蓝达居译，第29页，上海人民出版社2003年版。
④ 翦伯赞：《先秦史》，第58页，北京师范大学出版社1988年版。
⑤ 罗伊·C. 克雷文：《印度艺术简史》，王镛译，第7页，中国人民大学出版社2004年版。

的后继线性轨迹及影响空间的评估。

  不管既有的内因原研究逼近目标的程度如何，它都必须面对一个更加纠缠不清的原始发生事态，那就是外因原研究，而且那是更加扑朔迷离的问题世界。这个不可回避的遭遇虽然巴斯蒂安和拉策尔们已经有所意识，但真正给予正面学理关注的则是文化人类学家中的那些传播论者，在德国的代表如 F. Graebner，W. Foy，（B）Ankermann，W. Schmidt，在英国的代表则有 W. H. R. Rivers，G. Elliot Smith，W. J. Perry 等，由于 20 世纪中国语境的人类学家主要由功能论海归派及其传人构成，所以这一派别的绝大部分著作都尚未得到翻译和流传，其影响的最早登陆由日本人西村真次和他的《文化移动论》予以实现，而其基本要义则在于"既以为发明不易，而各族的文化大都由传播而来，然则为文化源头的民族必定很少。这种源头的多少，德国派与英国派不同。德国派至多元，英国派至一元"[1]。对于我们研究原始文艺符号发生来说，多元文化因抑或一元文化因并不重要，重要的是那些所谓"文化圈"（cultural circyle）、"文化波"（cultural wave）、"文化层"（cultural stratum）之类的命题并不像批评者所指责的那样缺乏知识信任，恰恰相反，它既是原始文化进程的部分事实而且也是必需给予认真操控的知识环节，否则就无所谓涵化（acculturation）或"涵化的力量"[2] 可言。任何民族的文艺符号在全面交往时代都会全面受制于外因原动力结构，在全面交往之前抑或地域封闭状态之下，部分文化接触所引起的部分文艺符号外因原生成同样也是不争的事实，德尼兹·加尔和贝尔纳代特·德尚所说的"克里特岛的艺术、对动物的崇拜和宗教，都受到埃及的影响。克里特岛人采用一种类似埃及文字的象形文字，这是一种绘画式的文字"[3]，在古希腊文化和古希腊文艺中是很常见的外因原事态，否则我们就无法理解古希腊神话中居然有那么多神直接来自古埃及，而且就希腊精神而言，它甚至是埃及文化和东方文化的合成结果，即所谓"希腊生活

---

  [1] 林惠祥：《文化人类学》，第 36 页，商务印书馆 1934 年版。

  [2] J. W.. Powell, Introduction to the Study of Indian Languagds, Washington, D. C., Goveknment Printing Office, 1880, P46

  [3] 德尼兹·加亚尔、贝尔纳代特·德尚：《欧洲史》，蔡鸿宾译，第 53 页，海南出版社 2000 年版。

不断地从这些古老的文化中吸取大量营养。他们在物质生活方面已经取得了一定的成就,甚至还吸取了过去的许多思想概念,在此基础上又加以发扬,从而形成了丰富多彩的希腊精神"①。所以我们可以得出一种肯定性判断,那就是原始文艺符号很大程度上也是外因原的文化合力生成,这种合力与内因原力学向度一起成为所在民族和所在时代的精神动力杠杆。但是这种判断又无法顺利地推进到原始文艺符号发生的精密性知识操控中去,文艺学家、史学家、考古学家乃至文化人类学家们,在面对世界各民族原始文艺符号之际,因意义解读需要而追问因原时却又往往束手无策,消除这种束手无策将是文艺起源研究获得实质性突破进展的重要前提。

第四节 原始生存切入

原始生存切入基于这样一个前提,那就是认定原始文艺不管显现为什么样的精神意识方式,都必然会与生存问题绑缚在一起,其与自然对抗关系结构中总会显示出人类抗争的生存诉求或意义母题,所以此前的原始文艺史家基本上都是从这个切入点介入其研究空间。就像恩格斯关注"正如学会了吃一切可以吃的东西一样,人也学会了在各种气候下生活。人分布在所有可以居住的地面上,人是唯一完全自主的动物"②一样,生存问题在任何条件下都应该成为知识界的最基本课题,并且这种生存问题思考既可以是形上性的"对于生存原因的观念来说,一个处于生存中的存在者生存着"③,也可以是形下性的"人类史局限于一个有限的时期,并且每个时期都表示着人类事务有个初始阶段。各民族因掌握的艺术不同而有所区别,但他们都是从一个虚弱的原始状态中产生出来的"④。正因为如此,尽管关于原始文艺生存切入的形上思考极度匮乏,但对这一议题的形下探究却非常充分,可以这样说,正是这种探究给予文艺起源研究和原始文艺叙

---

① 罗德·W. 霍尔顿:《欧洲文学的背景》,王光林译,第5页,重庆出版社1991年版。
② 恩格斯:《自然辩证法》,于光远译,第302页,人民出版社1984年版。
③ 伊曼纽尔·利维纳斯:《生存及生存者》,顾建光译,第1页,浙江人民出版社1987年版。
④ 弗格森:《文明社会史论》,林本椿译,第81页,辽宁教育出版社1999年版。

事以最大的知识支持。这种知识支持具体表现为：（一）对原始文艺的目的论解读，（二）对原始文艺的动力学解读，（三）对原始文艺的母题范畴解读。

就原始文艺的目的论解读而言，在逻各斯中心主义的知识背景下，目的的追问无疑会成为对人类生存（包括具体的人类文艺生存方式）的第一追问，这不仅因为那种背景下人们普遍崇信"动物仅仅利用外部自然界，简单地用自己的存在在自然界中引起改变；而人则通过他所做出的改变来使自然界为自己的目的服务，来支配自然界。这便是人同其他动物的最后的本质的区别"①，而且因为一切理性哲学的最大自信就在于目的论观念的无条件性或至高无上地位，所以康德才说"隶属于超验原理的自然的合目的性概念研究中先验地信赖的判断力的诸原则里充分地看出来，这些原则只涉及经验的可能性，因而只涉及对自然认识的可能性，但不仅是一般而言的对自然的认识，而是通过诸特殊规律的多样性所规定的认识。——它们是形而上学智慧的箴言"②，所以亚理士多德才说"研究原因的学术较之不问原因的学术更为有益，只有那些能识万物原因的人能教诲我们"③。

考古学家、文艺史学家以及文化人类学家们都是在这样的知识血脉延续中成长起来的，因而他们在原始文艺解读中追求意义目的论效果就再正常不过了，而且这种解读的最重要特征之一，就是大量的文本叙事都集中在原始文艺与原始生存的目的论结构关系之中。在达尔文看来，"原始人，或人的更远的近乎猿猴的祖先，为了要变得有社会性，一定曾经首先取得当初迫使其他动物聚居在一起而成为一体的那样本能的感觉"④，"为了"在这里是一个醒目的关键性介词，它意味着先验意志和先在目的主体的存在性，也就意味着主客关系建立是人类文明的边际性，即使这种文明在原始生存困境下表现出弱势态甚至渺小态，但最渺小的目的意志的意义也远远超过了寂静幽古的大自然本身，摩尔根所说的"人类从发展阶梯的底层

---

① 恩格斯：《自然辩证法》，于光远译，第304页，人民出版社1984年版。
② 康德：《判断力批判》（上卷），宗白华译，第20页，商务印书馆1964年版。
③ 亚理士多德：《形而上学》，吴寿彭译，第4页，商务印书馆1959年版。
④ 达尔文：《人类的由来》（上册），潘光旦译，第201页，商务印书馆1983年版。

出发,向高级阶段上升,这一重要事实,由顺序相承的各种人类生存技术上可以看得非常明显。人类能不能征服地球,完全取决于他们生存技术之巧拙。在所有的生物中,只有人类才能说对食物的生产取得了绝对控制权"①,在一定意义上可以视为达尔文所言的互文性叙事。这种"为了"的先在设定在艺术史家的研究行为和叙事活动中展露得当然更加充分,例如德斯蒙德·莫里斯在为保罗·巴恩的《剑桥插图史前艺术史》所作的序中,就坦言"即使我们在小心翼翼地挖开岩洞地面,对绘画颜料进行精微细致的分析,了解了史前艺术作品所属的年代和运用的技法之后,我们也仍然面临着最引人注目的问题——这些史前艺术家为什么能够创作出如此精美的绘画?为什么他们创作出了远远超出其简单功能的艺术作品?"② 这种目的穷究的知识操控方式以及研究情绪,其实代表着主流文艺史家们的既有行为,诸如加里·特朗普所说的"几乎所有的旧石器时代的绘画都是关于动物的。人们通常假定这些绘画合乎与狩猎有关的目的以及狩猎经济中兽与人之间的关系的目的"③,赖那克所说的"文明人以'艺术的魔力'一词作为夸张的用法,原始人则实际相信它"④,甚至中国藏族学者尕藏才旦所说的"苯教经典《十万龙经》里说:世界起源于母龙,即'龙母'。它的头上部变成天空,右眼变成月亮,左眼变成太阳,四个上门牙变成四颗行星。当它睁开眼睛时,白天就出现了;闭上眼睛时,黑夜就降临了。它的上牙处显现出月形的黄道。它的声音形成雷,舌头形成闪电,呼出之气形成云,眼泪形成雨,鼻孔产生风,血变成宇宙的五大洋,血管变成河流,肉体变成大地,骨骼变成山脉。岩画中被当作神来祭祀的母鱼可能就是文献中记载的'龙母'。如果这些分析没有错,岩画说明最早神灵崇拜已经出现,人们开始通过祭祀来追求与自然界的沟通,以保障自己的生活

---

① 路易斯·亨利·摩尔根:《古代社会》(上册),杨东莼译,第18页,商务印书馆1977年版。
② 保罗·G. 巴恩:《剑桥插图史前艺术史》,郭小凌译,第7页,山东画报出版社2004年版。
③ 加里·特朗普:《宗教起源探索》,孙善玲译,第227页,四川人民出版社1995年版。
④ 赖那克:《阿波罗艺术史》,李朴园译,第12页,上海书店2004年版。

生产顺利"①，都无不是目的论支配下的叙事话语。但是这个问题实际上还应该给予换位思考，即研究者可以以当事人的身份设想一下文艺行为，既然当下情境和当下语境之下未必文艺行为或文艺生活方式都是目的抑或动机的产物，那么史前人类或者说文艺起源时代的文艺生活就一定是目的动机产物吗？20 世纪兴起的本能论对此提出了强烈的学理挑战，心理学家们以前所未有的缜密实验成果反复证明，无论确定的个体、民族还是人类整体，文明内涵抑或意义的诞生并非都是人类理性的积极成果，相反，它们在很大程度上是由非目的性的本能所制约和孕育。皮亚杰叙述的"拉马克的观点是把本能看做是由于后天获得性通过遗传传递下去而变得固定不变的智力。为大多数新达尔文主义者所拥护的其他作者，则强调本能特性的刻板性、盲目性和确实可靠性，同智力特性的自觉意向性、灵活性和易犯错误性之间的所谓天然的对立"②，尽管旨在揭蔽出本能本义的理解分歧，但同时也敞开了一个不争的事实真相，那就是本能与理性一样同为人类社会的基本生存支撑，社会心理学家描述的"群众是人的心理活动得以顺利展开的唯一中介，因而它不仅是人们的舆论、传闻、疑虑和弱点的根源，而且也是他们的利他主义、慈善行为、积极性和权力的来源"③，社会生物学家描述的"人脑中有一些先天的潜意识压抑力（censors）与动机，深刻地并且无意识地影响着我们的伦理前提：从这些根基中，道德本能地得以进化。如果这种认识是正确的，科学就能迅速地考察人类价值观的确切起源和意义，所有的伦理主张和大部分政治活动都是由此而来的"④，其实都无不是在强调社会和意义并非都是人类目的性的自觉安排，并且从知识学角度表现出对所谓"在人类中，行为的模式是由于历史衍生的文化来决定的，而不是由于本能"⑤ 这一类传统性标准知识命题的学理质疑。作为 20 世纪这种质疑的最大成果，弗洛伊德主义及其关键词"潜意识"唤起了另

---

① 尕藏才旦：《史前社会与格萨尔时代》，第 28 页，甘肃民族出版社 2001 年版。
② 皮亚杰：《发生认识论原理》，王宪钿译，第 65 页，商务印书馆 1981 年版。
③ W. 特罗特：《和平与战争的群聚本能》，引自威廉·S·萨哈金：《社会心理学的历史与体系》，周晓虹译，第 103 页，贵州人民出版社 1991 年版。
④ 爱德华·O. 威尔逊：《论人性》，方展画译，第 4 页，浙江教育出版社 2001 年版。
⑤ M. Jacobs and B. J. stern, An Outline of General Anthropology, 1947, P306

外一种事态和意义的解读方案，而荣格的"集体无意识"被霍尔称之为一个储藏所，"它储藏着所有那些通常荣格称为之原始意象（Primordial images）的潜在的意象。原始（Primordial）指的是最初（first）或本源（Original），原始意象因此涉及到心理的最初的发展"①，所有这些反目的论的新思维及其知识技术方案，延伸到文艺学知识域以及进一步的文艺起源研究，当然也就有与之相一致的学术思路和叙事话语应运而生，所以他才说"心理活动包括了产生神话的全部形象，而我们的无意识只是一个正在内在戏剧中表演和受难的主体，而这种戏剧是原始人借助比拟类推的方法在大大小小的自然过程中重新发现的"②，甚至其无意识心理原型构设被指称为"世世代代人类祖先的沉积物，是史前社会生活的历史回声，每一世纪差异变化极少"③的文化形态。如果我们对原始人的游戏生活乃至审美生活进行考察，就不难发现，一部分游戏生活和审美生活可能有目的支配，另一部分游戏生活和审美生活则可能无目的支配或者说仅仅由于无意识本能，而文艺则既可以是目的活动的产物亦可以是本能的产物，这意味着文艺作为人类社会的意义形态从一开始就不止一种因原结构和一元价值方式，所以也就意味着反目的论解读方案是对目的论解读的丰富和补充，是文艺起源研究的必不可少的学理构成空间。

必须指出的是，由文化人类学家渲染出来的文艺起源功能主义言说氛围，在我们看来仍然属于目的论解读范畴。功能主义（Functionalism）强调"物理学家、化学家、天文学家、地理学家、植物学家、动物学家、生理学家、心理学家、社会学家等等都与实在的空间或形式（非时间的）有关，或与空间的结构有关，或与空间的功能有关，或两者兼而有之"④，所以功能派人类学家布朗就认为"在原始社会，任何对社会生活有主要影响的事物都必然会成为仪式庆典（否定或肯定）的对象。这种被表现以至被固定下来的仪式的功能，就是使对仪式所祭祀的物体的社会价值的认识永

---

① 霍尔：《荣格心理学入门》，冯川译，第40页，三联书店1987年版。
② 荣格：《心理学与文学》，冯川译，第55页，三联书店1987年版。
③ Carl Gustav Jung, On the Analytical Psychology, NewYork, 1928, P162
④ 怀特：《文化科学》，曹锦清译，第9页，浙江人民出版社1988年版。

恒化"①，所以马林诺夫斯基在解读库拉神话之际大胆而且肯定性地断言"库拉便从这些古老传说中得到它的重要地位和价值。在库拉行为中，人们重视的诚信、慷慨、礼节，便是在这些传说中取得它的约束力量，我们可以称之为神话对风俗的规范作用"(normative influence)②。正是这种意识背景的影响和制约，文艺史家们就会把特定的舞蹈符号功能性地叙事为"是否可以认为彩陶盆上的舞蹈，是为了祈求生殖更多的氏族成员，以增加劳动力和氏族对抗外来侵袭的能力而举行的"③，把特定音乐符号功能性地叙事为"贾湖龟甲响器的音乐性能可能和北美印第安人一样，在举行宗教仪式的舞蹈时作为乐器使用，类似今天乐队中的沙锤"④，甚至把特定神话符号功能性地叙事为"人是女娲用黄土捏塑出来的，这是先民的古恋，以示万物皆生于上，化生万物者实为土，人是土生土长，土里长出来的，今言乡土情，也是女娲氏作为生育神又兼地母神的本意。女神庙就是远古时代的春神，也是最古老的女娲庙"⑤。所有这些功能主义方式对原始文艺的解读和叙事，从根本上说来都是对原始文化价值意义的猜想性抑或实证性的还原，尽管这种还原本身基本上都定格于事态的功能层面或者功能性意义空间，然而这一切都无不被更大的学术旨趣所统辖，这个旨趣就是生存目的论。如果我们把每一单个功能叙事看做关于原始意义的知识碎片捡拾或者更进一步的知识碎片缝合的话，那么很显然，就一定存在着驱动缝合和捡拾的前提性目标以及缝合和捡拾之后的总体性结果。而目标和结果恰恰就存在于目的框架结构中。尽管20世纪以来人类一再试图逃脱意义和价值的目的支配，就像一再试图逃脱必然王国的命运的终极制约一样，但仍然无法实现意义功能对意义目的的替代，存在主义者萨特和现象学者海德格尔尚且只能在自衍知识域内充当一番堂·吉诃德式的哲学英雄而已，更何谈福柯所津津乐道的"我们现在关心的是发现'有'(there is)。我们现在说'某人'……我们不是用人，而是用无作者思想，无主体知识，无

---

① 拉德克利夫·布朗：《社会人类学方法》，夏建中译，第18页，华夏出版社2002年版。
② 马凌诺斯基：《西太平洋的航海者》，梁永佳译，第281页，华夏出版社2002年版。
③ 刘锡诚：《中国原始艺术》，第383页，上海文艺出版社1998年版。
④ 王子初：《中国音乐考古》，第68页，福建教育出版社2003年版。
⑤ 陆思贤：《神话考古》，第49页，文物出版社1995年版。

同一性理论来代替神"① 及其反目的论义举。所以在我们的知识观念里，不仅不否认梅洛-庞蒂式的"意义是言语的整体运动，这就是为什么我们的思想在语言中延伸。这也就是为什么我们的思想也穿过语言，就像动作超越它的经过点"②，甚至以热情的姿态拥抱列维-斯特劳斯式的"所有童话都可以被归纳为 31 个功能，由一定数目的角色'负载'。当这些功能按照它们的'负载'来进行分类时，人们发现每一个角色在一个显示他的特征的'行为范围'（sphere of action）内都负载了好几个功能"③，这也就是说，我们把一切功能主义努力看做人类意义求取历史的积极拓展和总量知识增长，同时也把功能论价值判断与目的论价值判断统一于人类存在抑或生存的同一事态进程之中，并且在具体的文艺起源问题上直接把关涉生存的功能分析看做目的分析的解读延伸和意义补充，因为在包括文艺在内的人类全部意义活动历史中，动机、目的以及符号功能在一切文化行为里总是密不可分地粘着和牵连，所以形形色色的功能主义知识操控都不过是对功能意义的凸显而已，最终都逃脱不掉更高意义的价值归附命运。

就原始文艺的动力学解读而言，意味着文艺学的问题张力已经逾越了某种设定的纯粹学科边界，意味着边际性意义构成及多维合力效果成为事态揭蔽的分析途径，意味着文艺起源作为一般社会事态的问题纠缠性。

当代社会学家吉登斯所说的"'历史'显然利用了两种意涵：时间流逝之中事件的发生；对这些事件的编年记载或解释说明"④，为一切意义形态起源的动力学解读预留了学理空间，因为"时间流逝"和"事件的发生"在这里既不具备线性特征，亦不具备静力场存在属性，文化人类学家所说的"文化成长全因"（Ethno biotope）或"文化促发力"（Instnmental Imperatives of culture），在此过程中充分发挥着功能杠杆作用，所以也就从根本上决定了意义发生的动力学解读空间，所以也就会有马林诺夫斯基所

---

① M. 福柯：《与 M・沙普萨尔的一次晤谈》，引自 J. M. 布洛克曼：《结构主义：莫斯科—布拉格—巴黎》，李幼蒸译，第 3 页，中国人民大学出版社 2003 年版。

② 莫里斯・梅洛-庞蒂：《符号》，姜志辉译，第 51 页，商务印书馆 2003 年版。

③ 克洛德・莱维-斯特劳斯：《结构人类学》（第二卷），俞宣孟译，第 137 页，上海译文出版社 1999 年版。

④ 安东尼・吉登斯：《社会的构成》，李康译，第 308 页，三联书店 1998 年版。

说的"从手段的迫力,便有经济的、法律的,和教育的体系的出现;这最后一项包括人类传统的传袭及保存。最后,由完整的需要产生了知识、巫术、宗教,和艺术——广义而言,也包括闲暇时的游戏与游艺"①。尽管美国学者诺曼·N·霍兰德建立"文学反应动力学"(The Dynamics of Literary Response)结构模型是20世纪中期以后的事情,但文艺起源研究的动力学思考意识及叙事脉络却要比这种尝试遥远得多,并且逐渐相对稳定地形成第一推动力分析方式和媒介推动力分析方式两种最基本的思考路向。

第一推动力分析方式存在于关于世界缘起和意义缘起的一切知识语域,尽管讨论氛围形成以后最终必然会向终极形而上学不可解逼近,但在讨论过程中,不同的言说者还仍然会努力给予知识猜想,这些猜想不仅在形态上仿佛卡尔·波普尔式的"科学博弈",即所谓"这种科学的博弈是这样的:构成一些假说使之与已被接受的证据相符,但是还提出更多的要求,因而这些假说更容易被证伪;使这些假说受到最严格的可能的检验,只要它们通过了这些检查,就将它们保留下来,如果同意接受对这些假说的某些命题集合的反驳,那么就拒绝它们,然后再构造新的假说"②,而且在禀赋上趋同于伽达默尔式的"精神科学",即所谓"这就构成了精神科学向思维提出的真正问题,即如果人们以对规律性深化着的认识为标准去衡量精神科学,那么人们就没有正确把握精神科学的本质"③。如果我们把文艺看做人类社会总体性意义范畴中的一个义项的话,那么关于这个义项的第一推动力猜想同样也长久地困扰着人类智慧本身。首先,这种困扰导致各种"恩赐叙事"的问世,并且其文字遍布世界各民族的原始宗教和成熟宗教语域。古希腊神话中的文艺恩赐代码是宙斯和记忆女神漠涅摩辛涅所生的九位缪斯女神,即司历史的女神克利俄,司抒情诗的女神欧忒耳珀,司牧歌和喜剧的女神塔利亚,司悲剧的女神墨尔波墨涅,司舞蹈的女神忒耳普西科拉,司爱情诗的女神厄拉托,司颂歌的女神波吕许谟尼亚,司史诗的女神喀利俄珀,司天文的女神乌拉尼亚。古印度史诗中的文艺恩

---

① 马林诺夫斯基:《文化论》,费孝通译,第96页,中国民间文艺出版社1987年版。
② 艾耶尔:《二十世纪哲学》,李步楼译,第151页,上海译文出版社1987年版。
③ H. G. 伽达默尔:《真理与方法》,王才勇译,第3页,辽宁人民出版社1987年版。

赐代码是"毛喜之子歌人",他能够叙述更幽古的高贵的仙人岛生所说的往事书,并且"天神和仙人听了都尊敬;那是最好的故事,有绚丽的词句和章节,有微妙的意义和正理,装饰着吠陀的奥义"①。中国古代传说中的文艺恩赐代码则有诸如《尚书·舜典》中的"帝曰:夔,命汝典乐,教而无虐,简而无傲。声依永,律和声。八音克谐,无相夺伦,神人以和"或者《说文序》的"黄帝之史仓颉,见鸟兽蹄远之迹,知分理之可相别异也,初造书契"等等之类的虚拟陈述。这些文艺代码作为虚拟性的恩赐力量,直接导政了文艺起源以及全部原始文艺事态,作为原始文艺生活的第一推动力,在自然崇拜的社会氛围中仍然显示出对力量定性和定位的不确定性,而在三大宗教以及其他诸多的成熟宗教中,则完成了从不确定到确定性的转换,于是恩赐力量纷纷被各宗教教义指称为它们自己的最高神,因为任何一种宗教都把自己的最高神设定为现存世界的创世神抑或第一精神生长点,所以恩赐叙事的语义复杂事态也就由此更趋纠缠。其次,这种困扰导致各种"本能叙事"的问世,并且文艺思想史上偶然性命题往往超越于必然性命题。古希腊人崇信摹仿起源观,亚理士多德《诗学》就认为:"诗的起源仿佛有两个原因,都是出于人的天性。人从孩提的时候起就有摹仿的本能"(人和禽兽的分别之一,就在于人最善于摹仿,他们最初的知识就是从摹仿得来的)②,此前的文献中则有智者普罗泰戈拉说过"画家在哪一方面智慧?我们会答道:在绘制与别的东西相像、相似的东西上"③,柏拉图说过"例如各种猎人、模仿形象与色彩的艺术家,一大群搞音乐的,诗人和一大群助手——朗诵者、演员、合唱队、舞蹈队、管理员以及制造各种家具和用品的人"④,画家柏拉西奥斯和苏格拉底谈话中说过"这样一类事物,怎么能够模仿呢?它既没有比例,又没有色彩"⑤,如

---

① 《摩诃婆罗多》(第一卷),金克木译,第22页,中国社会科学出版社1993年版。
② 亚理士多德:《诗学》,罗念生译,第11页,人民文学出版社1962年版。
③ 北京大学哲学系外国哲学史教研室编译:《古希腊罗马哲学》,第128页,商务印书馆1961年版。
④ 柏拉图:《理想国》,郭斌和译,第64页,商务印书馆1986年版。
⑤ 色诺芬:《回忆录》,引自迟轲主编:《西方美术理论文选》,第37页,四川美术出版社1993年版。

此等等，所以，在古希腊知识背景上形成朴素的文艺起源摹仿观，就不仅仅是亚里士多德的思想个案，而更是所在时空状态下的知识互约成果。之所以后来"摹仿"这个概念演绎为传统西方文艺学中的一个关键词，演绎为含起源、本质、功能乃至风格和价值形态等表述范围的总体性文艺学范畴，很大程度上就与这一概念原生时期的大范围互约有关。包括文艺学突进在内的西方现代知识谱系形成以后，摹仿起源观的朴素性渐渐显示出与科学精神的叙事对立，文化人类学家们在19世纪终于完全排斥这种表述方式，转而寻求本能论的性选择或者性激励知识介入方式，于是"性选择文艺起源观"伴随着"性文明起源观"成为新兴文艺起源命题。达尔文在讨论"人类的第二性征"这一议题时认为"歌唱或音乐的爱好和在这一方面的能力虽不是一个性的特征，我们在这里却决不能轻轻放过。一切动物发声的目的尽管不止一端，我们却有充分的理由认为，发音器官的用途与其发展之趋于完善是和有关物种的繁殖分不开的……鸣声的主要目的，乃至唯一的目的，像是在对异性发生呼唤或施引逗"[1]，摩尔根则认为社会之初乃以性为结构支撑，即"人类当中凡是有过氏族组织的各支各族可能在氏族组织以前曾普遍地有过以性为基础的组织"[2]，从这个意义上说，作为社会发生第一推动力的性同样也推动着文艺的发生，因为文艺与社会通常都被理解为具有时空发生的同一性，或者说文艺就是社会的重要意义构成单位。这个观念在现代性乃至后现代性的知识背景下仍然没有动摇，米歇尔·福柯所说的"从古典时代以来的性的展布的发展史，可以为精神分析作考古之用"[3]，就是一个明显的当下性知识学暗示。乔治·巴塔耶在其《色情史》一书中不仅肯定了正典结构式的列维-斯特劳斯的《亲缘关系的基本结构》，而且还发出了正典结构之外的广阔色情空间及其隐形社会内驱力，甚至认为"人类的存在决定了对一切性欲的恐惧，这种恐惧本身决定了色情诱惑的价值"[4]，按照这个思路，在对原始文艺作性激励意义解读

---

[1] 达尔文：《人类的由来》，潘光旦译，第858页，商务印书馆1983年版。
[2] 路易斯·亨利·摩尔根：《古代社会》（上册），杨东莼译，第49页，商务印书馆1977年版。
[3] 米歇尔·福柯：《性史》，姬旭升译，第114页，青海人民出版社1999年版。
[4] 乔治·巴塔耶：《色情史》，刘晖译，第8页，商务印书馆2003年版。

之际，就必须既充分顾及配偶激励的意义指向，又充分顾及色情激励的意义指向，归拢后则是总体性的性激励对文艺发生的第一推动。在这种发生学解读模式里，原始文艺不管最早的声音形态、动作形态抑或造型形态，有一点可以给予充分的确定，那就是文艺之始是因为两性激励或两性吸引所推动，这与马林诺夫斯基的"文化布置"命题非常吻合，即所谓"我们要更正确地叙述我们所说的本能的可变性（plasticity of instincts）究竟是什么了。与性的趣益有关的行为状态，人类只以目的为依归；人类必有有选择力的求配，不能杂交。另一方面，这种冲动的发泄，对于求爱的引诱，对于一定的选择所有的动机，都以文化布置为断"①，尽管文化人类学家寻找到了大量原始文艺案例来证明"原始人类的装饰和高等动物一样，都是雄的多于雌的，这是因为雄的是求爱的，而雌的是被求的。在原始社会中女人不怕无夫，而男人却须费力方能得妻……装饰的效用第一是为吸引异性，这是无可疑的"②，然而除了弗洛伊德主义者们"认为这些性的冲动，对人类心灵最高文化的、艺术的和社会的成就做出了最大的贡献"③ 之外，绝大多数文艺学家和艺术史专家都无法认同这一文艺起源的解读路向。正是由于"神的恩赐"和"人的本能"这类起源叙事缺乏现代解读张力和普遍可接受性，一种"需要叙事"就在经济学和社会学的知识合谋中逐渐获得文艺起源学说的突出地位。"需要理论"在经济学知识谱系内属于古典经济学范畴体系，在把社会设定为整体性经济活动平台的经济学视角里，需要不仅具有与生产的对称均衡意义，而且具有决定全部社会生存状况的原动力量，所以马克思和恩格斯接受了这一理论命题，并在《德意志意识形态》中表述为"人们能够为了'创造历史'，必须能够生活。但是为了生活，首先就需要衣、食、住以及其他东西，因此第一个历史活动就是生产满足这些需要的资料"④，这与更加技术化的经济学"有效需求"命题具有意义递进关系，而杜阁讨论"土壤的差别和需要的多样性导致了土地产

---

① 马林诺夫斯基：《两性社会学》，李安宅译，第187页，中国民间文艺出版社1986年版。
② 林惠祥：《文化人类学》，第311页，商务印书馆1934年版。
③ 弗洛伊德：《精神分析引论》，高觉敷译，第9页，商务印书馆1984年版。
④ 马克思、恩格斯：《德意志意识形态》，见《马克思恩格斯选集》（第一卷），第32页，人民出版社1972年版。

品和其他产品的交换"①时,则兼顾这一般性命题和具体操控两个知识使用层面。而且基本上是在社会动力学和社会存在分析中获得知识运用,弗洛姆所说的"对人的精力作最细致的考察分析着眼点,应是人的独特状况;对人的精神的理解,应建立在分析人类需要的基础之上,而这些需要又来源于他的生存状况"②,表明需要作为某种社会存在的势能,客观性地既构成"基本驱动力"(Basic Drive)意义亦构成"文化促发力"(Instrumental Imperatives of Culture)意义,甚至其能量发挥在文明之始或社会之初更加凸显更加强烈。当文艺学家有了特定切入位置并获得经济学与社会学的知识合谋暗示后,就把这种叙事方式移位到文艺学语域以及文艺起源研究的具体事态中,于是需要就仿佛宇宙大爆炸一样成为文艺起源的终极社会因原和第一推动力,甚至有中国学者要建构专门的艺术需要学,声称"艺术需要学是研究艺术与需要之关系的学科。需要并非人的特有,然而,对作为万物之灵的人来说,需要是有意识的,有意识的需要标志着人将自己从自然界提升出来"③,遗憾的是,这种学理分析及其有效性目前还主要发生在西方知识文本,马斯洛所说的"一位作曲家必须作曲,一位画家必须绘画,一位诗人必须写诗,否则他始终都无法安静。一个人能够成为什么,他就必须成为什么,他必忠实于他自己的本性。这一需要我们就可以称为自我实现(Self-actualization)的需要"④,尽管讨论的是个人需要知识命题,但是却可以视为艺术社会需要的知识前提,而且正是个人艺术需要与社会艺术需要的高度统一以及原始时空情境中的共同在场,方导致了人类文艺生活的萌芽和文艺的起源。

无论"恩赐叙事"、"本能叙事"还是"需要叙事",尽管它们都能在特定的动力学位置获得对文艺起源的有效解读,但是作为第一推动力的全称覆盖,其终极价值功能始终无法获得全面确证和全面知识信任,因而文艺学家们愈来愈把注意力从第一推动力追问转向媒介推动力追问,在影响

---

① 杜阁:《关于财富的形成和分配的考察》,南开大学经济系经济学史教研组译,第17页,商务印书馆1961年版。
② E. 弗洛姆:《健全的社会》,孙恺祥译,第20页,贵州人民出版社1994年版。
③ 黄鸣奋:《需要理论与艺术批评》,第1页,厦门大学出版社1993年版。
④ 马斯洛:《动机与人格》,许金声译,第53页,华夏出版社1987年版。

要素的知识学调查中寻找更妥靠也更令人信服的文艺起源解读效果。这里的媒介推动力讨论的是文化人类学知识领域中的"功能结合"（Functional Combination）或"文化形貌"（Cultural Configuration），H. J. Burt 所说的"一系列功能性在特定条件中的结合，且假定彼此间具有机联系，因此其功能变化会影响到整个人类社会的文化"①，就属于这一知识范畴的前提性叙事，而非马歇尔·麦克卢汉《理解媒介》所说的"媒介即是信息"②，或让-弗朗索瓦·利奥塔《后现代状况》所说的"任何不能转化输送的事物，都将被淘汰"③，意义和知识点的不同之处在于，前者指称文化人类学知识事态而后者指称传播学知识事态。对于媒介推动力的文艺起源研究知识操控方式而言，它强调人类生存的整体有机性、集体在场性和文化互动性，强调任何一种生存方式或生存内容本身都有其异体承载性或异体影响力，一种生存在特定意义上直接就是另一种生存的媒介，因而媒介推动力就是社会进展中的重要动力，甚至恩格斯在《致博尔吉乌斯》的信中所说的"政治、法律、哲学、宗教、文学、艺术等的发展是以经济发展为基础的，但是，它们又都互相影响并对经济基础发生影响。并不是只有经济状况才是原因，才是积极的而其余一切都不过是消极的结果。这是在归根结底不断为自己开辟道路的经济必然性的基础上的互相作用"④，都是从这一着眼点上看待问题。媒介推动力因此显然与第一推动力相区别，作为一种互动力量形态，它与文艺起源的关系应该被描述为动态影响过程，完全没有第一推动力设定中的那种必然逻辑因果关系或直接线性结构，正因为如此，使得文艺起源的媒介推动力研究获得了极大的学理空间和丰富的发生史陈述内容，从而使文艺起源学得以实现其大规模的学科拓展。从文艺人类学的角度审视，媒介推动力讨论的重要议题之一就是所谓"精神气候影

---

① H. J. Burt, The Analysis of Social Date, New York, 1931, P3
② 马歇尔·麦克卢汉：《理解媒介——论人的延伸》，何道宽译，第33页，商务印书馆2000年版。
③ 让-弗朗索瓦·利奥塔：《后现代状况——关于知识的报告》，岛子译，第35页，湖南美术出版社1996年版。
④ 恩格斯：《致博尔吉乌斯》，《马克思恩格斯全集》（第三十九卷），第199页，人民出版社1974年版。

响论"。丹纳《艺术哲学》的总体框架都依靠这一基本文艺学知识观来给予支撑,他所说的"自然界有它的气候,气候的变化决定这种那种植物的出现,精神方面也有它的气候,它的变化决定这种那种艺术的出现"①,在其理论表述体系中既规定着原始文艺的发生,也规定着一切其他时限和文艺形态的发生。这个命题的基本语义可以上溯至古希腊,而且在古希腊人的理解中包含两层意思,第一层是指自然环境对社会精神状况的制约,例如恩培多克勒所说的"味道的不同,是由于土地中所包含的颗粒各异,以及植物从土地中所摄取的颗粒不同,例如葡萄便是如此;使酒好的,并不是葡萄的不同,而是培养葡萄的土壤的不同"②,第二层是指社会精神环境对精神存在状况乃至艺术生产方式的制约,例如贺拉斯所说的"诗神把天才,把完善的表达能力,赐给了希腊人;他们别无所求,只求获得荣誉。而我们罗马人从幼就长期学习算术,学会怎样把一斤分成一百份"③。这种环境影响观在整个西方文艺思想史上一直延续着并不断获得发展,而在这种观念统辖下的文艺起源追问就很容易形成文艺起源的民族分异理解和地域分解取向,当人们乐于言说"一代一代无数的埃及人都认为死亡是他们最切近、最熟悉的东西。埃及遗留下来的不可胜数的以死亡为主题的艺术作品最好地说明了这种异乎寻常的现象"④ 之际,或者当人们将埃及原始艺术史陈述为"从史前时代起,我们可以追寻一条发展线索,它贯穿上埃及的前王朝晚期文化、早王朝时期和古王国法老文化的鼎盛时期。在我们看来,前王朝晚期的艺术成就是一系列不相关联的遗物,它们很小,表达方式各异,顶峰之作是纳尔迈调色板,年代为第一王朝之初(前 3100 年)。在这个大创造阶段出现了学术性的视觉艺术,它成功地影响了法老文化的形式直至这一文化结束,同时也对现代人理解古代埃及产生了很大

---

① 丹纳:《艺术哲学》,傅雷译,第 9 页,人民文学出版社 1963 年版。
② 引自北京大学哲学系外国哲学史教研室编译:《古希腊罗马哲学》,第 77 页,商务印书馆 1961 年版。
③ 贺拉斯:《诗艺》,杨周翰译,第 154 页,人民文学出版社 1962 年版。
④ 依迪丝·汉密尔顿:《希腊精神:西方文明的源泉》,葛海滨译,第 6 页,辽宁教育出版社 2003 年版。

影响"①，表明文艺起源的环境影响观作为一种原则深刻地存在于西方的艺术史知识谱系中。这个原则同样也存在于中国文艺思想史，早在诸子争雄的时代，先贤们就以一种地缘文艺发生的特有表达方式来予以陈述，《论语·卫灵公》之所谓"颜渊问为邦，子曰：行夏之时，乘殷之辂，服周之冕，乐则韶舞，放郑声，远佞人。郑声淫，佞人殆"，《荀子·乐论》之所谓"姚冶之容，郑、卫之音，使人之心淫；绅、端、章、甫，舞《韶》歌《舞》，使人之心庄"，都流露出明显的地缘文艺生成意识，而《诗经》之十五风体制，国别之中更有地域人群之别的深层内涵。所以对于《风俗通》的"风者，天气有寒暖，地形有险易，水泉有美恶，草木有刚柔也。俗者，含血之类，像之而生。故言语歌谣异声，鼓舞动做殊形，或直或邪，或善或淫也"，对于《尔雅·释地》的"太平之人仁，丹穴之人智，大蒙之人信，空桐之人武"，都可以看做知识背景意义上的广义地缘意义，并且可以看做中国式的环境影响论文艺起源言说氛围。

　　媒介推动力讨论的重要议题之二就是所谓"载体功能转换论"。在结构主义者设定"艺术、文学和哲学是同一个无所不包的演进过程的一部分，因为人的世界被想作主要是象征性的——这些领域的统一性是基于象征表达的这种优先性"②的语境里，人类生存的不同精神方式之间并不存在任何本质性差异，所不同的只是载体形态和功能意义的具体时空定位，一旦生存结构发生变化，则意义和功能也就与之相一致地发生存在性转换，因而转换这个概念就仿佛具有了存在的杠杆意义。在现代性和后现代性的世界在场情况下，结构主义的功能转换分析方式往往显得力不从心和牵强附会，但是对杂处生存中的原始人类和混沌初开的原始精神世界而言，功能转换论在意义解读中的言说穿透力，几乎达到了它的极致状态，列维-斯特劳斯所说的"在肯定其研究对象的象征性质时，社会人类学并未试图割断其与实在的联系。艺术——其中一切都是符号——使用物质媒介，这怎么成为可能？人们不可能在研究神的时候却忽视它们的形象，在

---

① 巴里·克姆普：《解剖古埃及》，穆朝娜译，第78页，浙江人民出版社2000年版。
② M. 布洛克曼：《结构主义：莫斯科—布拉格—巴黎》，李幼蒸译，第1页，中国人民大学出版社2003年版。

研究礼仪时却不去分析由祭司构造和操作的对象与实质,或者在研究社会规则时却不依靠对与之相应的事物的分析"①,极大地避免了结构主义者在人类学领域中的纯粹形式化分析误区,从而使结构主义人类学家不仅与传统功能主义人类学家能够携手同行,而且获得良好的互约性知识增长效果,形成文艺学家与人类学家互肯性的载体功能转换观。这种观念的第一层意思是指作为精神意识方式的文艺与其他各种精神意识方式之间互为载体,处在载体角色之际其功能指向并不具有自我确证性,这就是保罗·韦斯和冯·O.沃格特所说的"就我们所要讨论的议题来说,承认人类学家的下述论断就足够了,即以这种或那种方式出现的大部分艺术——音乐、舞蹈、雕塑、诗歌、戏剧、建筑——都是从一些仪式和物体中发展而来的,这些仪式和物体最初被设计用于表现神秘的神性控制、庆祝各季节的宗教节日以及显示因强烈情绪本身的需要或因战争能力而表现出的兴奋与狂喜,而所有这些都是原始宗教的活动"②;第二层意思是指载体功能发生转换并成为具有文艺确证性的自在出场,在性独立也就意味着新功能指向的完全自觉,也就意味着事态已进入文艺起源的意义程序和社会情境之中,所以阿德玛斯才认为"古埃及文化之所以闻名于世,乃因那些人造于绘画、雕刻和建筑中的象征性作品。象形源于两个希腊字根,hieros 乃'神秘的'而 glypho 乃'我刻写',意即一种绘形书写形态,以对抗美索不达米亚更加抽象化的楔形书写。象征性作品是对埃及宗教和流行文化与艺术的重要展露"③。当这两层意思得以对象性充分体现之后,一种全新的文化生成景观就会广泛地出现于不同民族的史前时代和原始精神生活中,文艺就从其他社会生活形态和精神意识方式中彻底独立出来,渐进性地拓展着生存负重之后的审美娱乐空间,文艺生活也就在各种社会媒介的推动之下因功能转换而不断地获得人类生存意义和社会结构地位。

---

① 克洛德·莱维-斯特劳斯:《结构人类学》(第二卷),俞宣孟译,第12页,上海译文出版社1999年版。

② 保罗·韦斯与冯·O.沃格特合著:《宗教与艺术》,何其敏译,第87页,四川人民出版社1999年版。

③ Laurie SchneiAer Adams, Ahistory of western art, Brown & Benchmark Publishers, New York, 1994, P62

媒介推动力讨论的重要议题之三就是所谓的"地域传播增值论"。包括传播学派在内的一切文化人类学家都不会否认，不仅人类生存在最基点位置体现为充分的地域人群封闭性，即使在全面交往时代也依然会不断地存在着新的生存内涵的地域人群边界，唯其如此，所谓"1911所以后，全世界的人类学家似乎都把注意力聚焦于不同文化的独特处及人类风俗的差异"① 才可以被理解，而传播论者强调传播是人类文明发展杠杆的持论则尤其可以因此而去谬。这个观念当然也就会波及到文艺学家及他们的研究领域，地域人群之间的生存互动以及文化传播中的文艺增值，使得影响研究成为比较文学和比较文艺学的热门话题，并且论证出越来越多传播过程中的原生性和继发性的文艺起源案例。例如游牧民族与农耕民族的生存融汇就会导致一系列新的文化主题和精神意蕴的出现，而新的文化主题和精神意蕴也会与之相适应地产生新的文艺符号和文艺生活内容的出现，其中当然也就具有程度不同的起源意义。兹拉特科夫斯卡雅所述及的"在埃及许多城市开掘时发现了许多克里特器皿的残片。克里特陶器受到古代埃及人这样的欢迎，以至当地的埃及工匠要模仿克里特的器皿，而埃及的艺术家们则采用他们的某些技术和图案。从另一方面看，埃及在文化方面对克里特起了巨大的影响。在克里特的刻印、壁画、石器，而主要在文字中都可以感到埃及人的影响"②，让-皮埃尔·韦尔南所述及的"在东方化的鼎盛时期，希腊文化面对亚洲确立了自己的形象，仿佛正是由于恢复了与东方的接触，希腊文化才更清楚地意识到它自身的存在"③，尽管分述点有异，但着眼点却相同，那就是旨在证明文化传播过程中的新质滋生或新的文化主题增值。虽然考古学家、文艺史家及文化人类学家们现在还无法清晰而准确地描述特定民族文化传播过程中的文艺起源增值效果，但是随着这些学科研究视野的扩大以及研究手段的日新月异，体系脉络性的效果图将会在这一研究领域不断地浮出水面。

---

① A. L. Kroeber, Universal Categories of Culture, Anthropology Today, Chicago, University of Chicago Press, 1953, P511

② 兹拉特科夫斯卡雅：《欧洲文化的起源》，陈筠译，第99页，三联书店1984年版。

③ 让-皮埃尔·韦尔南：《希腊思想的起源》，秦海鹰译，第2页，三联书店1996年版。

就原始文艺的母题方式解读而言，原始生存空间及其意义世界被形式化地切分为一系列便于表述的主旨，因而也就相应地切分出一系列文艺表述方式中的语指，这些主旨和语指是现代人对原始生存和原始文艺知识操控的结果，而绝非原始事态的真实原委或全景再现。

这种知识操控在文艺起源研究中的最本能反应是粗放型文艺体式命名的出现，早期文化人类学家的例行做法是把物质性文艺载体作为原始文艺类型切分的主旨标准，希尔恩（Yrjo Hirn）的《艺术的起源——一种心理学及社会学的追索》（The Orgins Arts, a Psychological and Sociological inquiry）以及哈登（A. C. Haddon）的《艺术的演进》（Evolution in art）都是依此奉行，继起的文化人类学家们嫉嫌这种方式的简单化和表层化，认为应从文艺活动的意义深层去给予主题开掘或主旨表述，并且他们通常都从各自的知识背景出发去设计其学术议论的路线图和语词表，对普罗普、维谢罗夫斯基和R. M. 沃尔科夫这些民间故事主题调查者而言，甚至对布留尔或列维-斯特劳斯这些原始事态意义的结构主义分析专家而言，他们的母题解读方式都已经被严密地布阵于意义要素或更具表征性的结构单位，以神话为分析对象者则提出一系列诸如"日神精神"、"月神精神"、"酒神精神"这一类原型意义主旨，以此扩大对原始文艺与人类生存关系的母题学叙述魅力，而所有这些知识努力的共同特征就在于，都是现代人站在现代思维立场对于远古人类的一相设想，虽然现代人类与远古人类的线性延伸关系决定了这种设想必然具有较大的合理性，但时间长度也同样会导致设想情况的差之毫厘失之千里，简·艾伦·赫丽生在追问宙斯之际认为"仪式是某种情感的表达，表达一种在行动中被感觉到的东西；而神话是用词语或者思想来表达的。神话原先并不是为了说明什么原因而产生，它代表的是另一种表达形式。促成仪式的情感一旦消失，仪式也就显得没有意义——尽管传统已使其变得神圣，因此要在神话中找出一个原因，这个原因就被当作神话的起因"[①]，这就是典型的非实证支撑的越时事态推演，所以考古学家和文艺史专家们通常不愿意选择这种研究原始文艺史的技术路线。

[①] 简·艾伦·赫丽生：《古希腊宗教的社会起源》，谢世坚译，第14页，广西师范大学出版社2004年版。

从这个意义上说，文艺学家在进入文艺起源和整个原始文艺事态之际，采取了一种折中主义的学术切入方式，既不完全排除母题叙事的合理性同时也不把这种叙事推入某种知识狂欢的境地，这样一种限制性叙事方式使母题设定成为开放式结构和文本知识在场，因而也就意味着每一个叙事者都可以根据自己所掌握的原始事态真相和意义概括方式去陈述原始文艺所体现出来的生存母题义项或者义项结构等。由于大多数神话文艺学家都像谢·亚·托卡列夫那样相信"有关世界、宇宙起源的神话（宇宙起源神话）以及人之由来的神话（人类起源神话），构成神话的主体，——至少就神话体系完备的民族而言，无不如此"①，而且维柯所说的"各异教民族的原始祖先都是些在发展中的人类的儿童，他们按照自己的观念去创造事物。但是这种创造和神的创造大不相同，因为神用他的最真纯的理智去认识事物，而且在认识事物之中就在创造出事物；而原始人在他们的粗鲁无知中却只凭一种完全肉体方面的想象力"②几乎是共识性的定论，于是创世母题就成为指称原始文艺的最重要的生存介入事态，以起源要义为终极追问的虚拟叙事被文艺学家们从各民族的早期文献记忆里充分地罗列为突出地位的主题意义呈示。这也就是说，在希腊神话《人类的世纪》所描绘的"神氏创造的第一纪的人类乃是黄金的人类。这时克洛诺斯（即萨图恩）统治天国，他们无忧无虑地生活着，没有劳苦和忧愁，差不多如同神祇一样"③，实际上在任何民族的神话都有同一义项文本，所不同的只是文本方式和具体意义空间常有各自的族群规定性而已，例如中国苗族神话创世叙事之"天帝本聪慧，吐唾在掌中。合掌霹雳响，天地于以生。拈草为昆虫，石头造鬼人"④，就与非洲达荷美神话故事所说的"地球刚刚形成的时候，只是一个坚硬的圆球，没有土地，没有生物。是阿伊多-赫维多随同第一对男女来到地上，阿伊多-赫维多是条硕大无比的蛇，它不停地在地球

---

① 谢·亚·托卡列夫：《世界各民族神话大观》，魏庆征译，第3页，国际文化出版社公司1993年版。
② 维柯：《新科学》，朱光潜译，第162页，人民文学出版社1986年版。
③ 斯威布：《古希腊的神话和传说》（上），楚图南译，第17页，人民文学出版社1958年版。
④ 马长寿：《苗瑶之起源神话》，引自《民族学研究集刊》1940年第2期。

上行走，它所走过之处，坚硬的地壳就变成松软的土壤，它留下的粪便就成了一座座高山"①，彼此间形成鲜明的想象目标同构而想象力异型的意义格局。创世之后就是英雄辈出的时代，所以英雄母题"是继创世母题"之后的最普遍叙事，这仿佛与社会一旦形成便迫切需要延展共同的某种时间逻辑，无论是希腊语境中的伊何宋、美狄亚、修斯、阿喀流斯、俄狄浦斯，还是中国语境中的伏羲、神农、女娲、鲧、禹、后羿，诸如此类的神话叙事在神话文艺学家们眼中都是文艺起源的继发性延伸，是关于世界进展和人类衍生的原始生存表述方式和文献记忆事态，因而也就理所当然是原始文艺叙事的重要母题空间，而且由于英雄意义更加广泛和多元，必然导致英雄母题叙事比创世母题叙事更加丰富和繁杂。

"创世母题"和"英雄母题"是一组原始文艺起源的对称概念，而"自然崇拜母题"和"两性激励母题"则是关于原始文艺起源的另一组对称概念，在文艺起源学知识谱系内，后者的意义地位从来都远远逊于前者，而对于熟谙古希腊神话的绝大多数神话文艺学家们而言，这种意义亚性在他们的经典文本里就表现得尤为充分，乃至清醒的维柯也认为"最初的神学诗人们就是以这种方式创造了第一个神的神话故事，他们所创造的最伟大的神话故事就是关于天帝约夫的"②。这种见解虽然并不意味着他们看不到自然崇拜母题和两性激励母题的原始文艺叙事根本规定之所在，而是表明他们始终认为这些母题叙事不具备文艺母题表现的意义充分性，充分性则被赋予浪漫的神话以及神话叙事中所体现出来的创世母题和英雄母题，神话以及神话叙事由此演绎成为原始文艺的丰碑和母题成熟形态，此即泰勒主义的"用神话作为研究人类思想的历史和发展规律的一种手段，是一门科学，这门科学仅仅到本世纪才为人所共知"③。但这种路向具有非常明显的近视视点意味，因为前神话的文艺史要比神话史漫长得多，即使把口头神话史纳入时间统计范畴，如果史前时代（prehistoric age）的确如"人类学家所证明的人类史的一个部分，它要比出书写记忆回溯大约250

---

① 廖诗忠：《非洲神话故事》，第193页，海峡文艺出版社1999年版。
② 维柯：《新科学》，朱光潜译，第164页，人民文学出版社1986年版。
③ 爱德华·泰勒：《原始文化》，连树声译，第275页，上海文艺出版社1992年版。

万年"① 的话，那么神话史的时间长度也仍然无法与原始文艺史的时间长度相提并论，这也就是说，人类拥有艺术冲动和艺术行为要比神话叙事的兴起还要亘古幽远得多，进一步的事态还在于，即使就神话兴起本身而言，如果人类学家所说的"旨在叙述神灵或超自然物的故事，其叙述本身往往用原始思想方式表达人类与大自然的关系"② 情况属实，那么其意义陈述排序也依然是泛灵论在前，无确定宗教观念或审美主题的自然崇拜和生殖吸引在前，因而在神话史本身也仍然要先行排序出自然崇拜母题和生殖吸引母题，而不是作为其意义衍生结果或走向叙事成熟的创世母题和英雄母题。确立这样一种优先性或者时序方案，并不是为了推翻现行的神话研究体制或低估既有的神话研究成果，而是就原始文艺研究和文艺起源学而言，它可以穿越符号遮蔽和对于神话符号的过度依恋，从而使我们的想象力在克服近视视点的有利条件下可以有更加遥远甚至更加真实触摸的时空回溯。从这个意义上说，泰勒所说的"很长一段时间以来，人们或多或少已经意识到在怀疑与信仰之间尚有一块广阔的精神地带，在此地带中，好歹总可以发现一个所有神奇化解释的空间"③，实际上不仅已超越了泰勒主义神话学的知识操控方式，而且也为我们进一步走进原始文艺史和文艺起源世界提供了某种想象诱惑。

　　自然崇拜母题在前神话时代有其漫长的原始文艺史过程，甚至可能是某一漫长时域内最重要的原始文艺母题范畴。《韩非子·显学》所说的"磐石千里，不可谓富；像人百万，不可谓强"，郦道元《水经注》所说的"河水又东北历石崖山西，亦谓之画石山也"，都是中国学者先西方学者千百年之前发现原始岩石艺术的叙述文字，而近代西方知识界对类似发现的大规模调查，使蛮荒时代的文艺踪迹得以进一步清晰和系统，所以也就有文艺起源学知识域动辄提及的诸如西班牙阿尔塔米拉洞窟岩画、法国的莫特洞窟岩画和拉斯科洞窟岩画等，此外更有大量的来自美洲、非洲、亚洲和大洋洲的洞窟岩画遗存日益受到专家知识系统的重视，从而使原始文艺

---

① Brian M. Fagan, World Prehistory, University of California, 2002, P7
② Lewis Spence, An Introduction to mythology, London, 1921, P11
③ 爱德华·泰勒：《原始文化》，连树声译，第277页，上海文艺出版社1992年版。

史研究已经越来越富有实证意义，而且越来越具有超越现代视点的总体人类文明史意义。之所以文艺史家用自然崇拜母题这样一种生存视点来表述原始文艺的普遍性创作主旨，是因为：第一，就既有的考古勘探和田野调查实绩而言，原始文艺叙事在东西方乃至世界各民族都表现出空前的题材与意义主旨的一致性，原始人生存攸关的动物、植物或其他自然现象可能会因族群分异而存在着直接性和重要性的差异，然而这些动物、植物或其他自然现象必然会总体性地与所有族群的现实生存密不可分地绑缚在一起，所以中国新石器时代彩陶图案母题研究中有"像生类图案母题主要有鱼纹、鸟纹、鱼尾纹、鲵鱼纹、蛙纹和人形纹几种，这些母题为其他不同系统的彩陶所罕见"①的表白，而欧洲亚兹连文化（Azilian culture）遗存中亦有"刻在岩石上的形征、花纹或符号，并且简单地表征着一些动物或植物意义"②，乃至文艺史家大胆断言"所有第四纪艺术所描写的动物都是可食的种类，野蛮人想以魔术的感性引诱它们，所以描写了的"③。第二，这种表述真实地代表了原始人类的实践力深度和原始社会的意义深度，在所谓自然的人化和人化的自然或"人的本质力量对象化"这类陈述里，一个深刻的叙事动机就是言说出实践力深度和社会意义深度，而这种言说的比较单纯的语境就是原始人类和他们的原始社会，文艺恰恰又是更加单纯的议题和可议域。文艺虽然与技术进展参数或经济繁荣指数并不构成直接对应恒值关系，却与人类的实践力深度和社会意义深度构成必然制约关系，这与摩尔根的"人类文化诸阶段各有其特色，因而使我们得以对一个特定的社会按其相对进步状态进行研究，并使之成为一个独立的研究项目"④具有严密的知识一致性。考古学家已经较为清晰地描绘了旧时器时代、新石器时代乃至青铜时代早期原始人类的基本生存状况，例如旧石器时代萨拉乌苏遗存截面景观中的"在80多立方米的文化堆积中石，包括

---

① 王仁湘：《中国史前考古论集》，第417页，科学出版社2003年版。
② E. A. Hoebel, Man in the Primitive World, New York, 1958, P274
③ 赖那克：《阿波罗艺术史》，李朴园译，第12页，上海书店2004年版。
④ 路易斯·亨利·摩尔根：《古代社会》（上册），杨东莼译，第12页，商务印书馆1977年版。

野驴、犀牛、鬣狗、羚羊及驼鸟蛋皮等"①，新石器时代昂昂溪遗存截面景观中的"在经济上是以渔猎为主的，这不仅从遗址的环境、生产工具的性质上能得到明确的启示，就是从发掘中得到动物骨骼上也可提拱直接的证据。在第一和第三沙岗的黑沙层里，曾经出了鹿、猪（野猪？）、狗、兔、鸟、鱼和蛙的骨骼，在墓葬中也曾发现虎骨和被锯过的鹿骨"②，青铜时代二里头遗存截面景观中的"在遗址内已清理墓葬近千座。出土的遗物有大量陶器、石器、骨器、蚌器和部分青铜器、玉器、漆器等"③，所有这些描绘的叙事功能一方面体现为对原始生存困境及原始生存意义自然依附的揭示，另一方面则体现为对原始生存困境解除过程和原始生存意义自然依附脱逃过程的展露，而所有这些揭示和展露对文艺起源研究的知识贡献，就是描绘出了一幅具有意义连续性、延伸性同时又有其限制性的原始生存图卷，因而也就给予了原始文艺自然崇拜母题以学理启迪。第三，这种表述同时还是对原始人类想象力高度和原始社会想象空间的叙事规范。文艺水准在任何时代都是以想象力为根本尺度的。所以但丁在《神曲》的最后一曲中祈祷"至高无上的光呀！你超出人类思想之外，你把曾经启示我的，再赐一些光在我的记忆里吧！你使我的舌头有足够的能力，至少传述你光荣的一粒火星，以之遗留后来的人们"④，所以古今中外不知多少作家、艺术家或文艺学家发表过多少言说风格不同而言说目标一致的想象力宣言，所以我们当然也就有理由以之作为追问原始文艺的意义路线。然而在这一议题中通常存在着两个歧义向度，并且这种歧义直接给文艺起源和原始文艺史研究带来负面影响，一个歧义是过度贬损，另一个则是过度夸饰，贬损之议里，原始文艺的时间长度被意义虚无或意义渺小所淹没，殊不知那些意义对那些人和那么漫长的社会过程而言同样具有存在的价值真实性和生存必要性，这种真实性和必要性与当代人类的文艺生存状况其实是线性发展脉络或者说同源存在事态，但科学家叙事风格中的原始人和原始社会

---

① 王幼平：《旧石器时代考古》，第13页，文物出版社2000年版。
② 严文明：《史前考古论集》，第110页，科学出版社1998年版。
③ 陈旭：《夏商考古》，第36页，文物出版社2001年版。
④ 但丁：《神曲》，转引自S·阿瑞提：《创造的秘密》，钱岗南译，第3页，辽宁人民出版社1987年版。

恰恰是一种缺乏意义当然更缺乏想象力的动物性在场，例如理查德·利基就画面性地设定为"晚上吃肉时的仪式充满宗教色彩。这群猎人的领袖切下一片片兽肉，分给坐在他旁边的女人们和其他的男人。女人们分一部分肉给她们的小孩，他们顽皮地交换着这些佳肴。男人们相互交换着肉片。吃肉不仅仅是为了维持生命，它也是一种把人们结合在一起的社会活动"①。夸饰之议里，原始人的痛苦、无奈生存艰辛和强大的自然压迫统统化为乌有，他们几乎生活在鲜花盛开的世界旷野因而得以诗意地栖居，所以想象力和审美体验与当代人类毫不逊色，这种崇祖叙事在文艺史家们的笔下到处可寻，例如巴恩就认为"他们在岩洞里点亮火把，在微暗墙壁凹陷处潜心创作，再现那些形象的细枝末节——这将为绘画史上任何时代的艺术家带来声誉。当人们在观赏本世纪创作的动物画时，他们肯定会不由自主地得出一个令人难堪的结论：石器时代最优秀的画家比起今天的许多画家都要出色"②。从这个意义上说，建立叙事规范和一定的意义框架在学理上就显得非常必要，自然崇拜母题这一类的范畴称谓大约也是从这样的角度获得其知识合法性的。

　　如果在知识操控过程中强行给予原始文艺生存切入的母题排序，那么在自然崇拜母题之先还应该首推两性激励母题，这种19世纪以来文化人类学家惯常表述为生殖崇拜的两性激励母题表现，尽管在漫长的原始文艺演绎过程中绝大部分时间都与自然崇拜母题共同在场，但发生时序和叙议排序都具有优先性，换句话说，在人类文明史和原始文艺史上，它是更加古老的母题范畴。陆侃如和冯沅君在《中国诗史》里说："《费誓》马牛其风及《左传》（僖公四年）风马牛不相及的'风'字，贾逵、服虔注作'牝牡相诱谓之风'（李贻德《春秋左传贾服注辑述》卷六）。话很值得注意，因为它可以证明朱熹'男女相与咏歌，各言其情'一句最能说明'风'的意义与来源"③，朱光潜认为这不仅比较可信，而且还补充出"古

---

① 理查德·利基：《人类的起源》，吴汝康译，第59页，上海科学技术出版社1995年版。
② 保罗·G. 巴恩：《剑桥插图史前艺术史》，郭小凌译，第7页，山东画报出版社2004年版。
③ 陆侃如：《中国诗史》，第14页，百花文艺出版社1999年版。

代有许多颂神的歌辞其实还是恋歌。如《旧约》中《梭罗门歌》以及《楚辞》的《九歌》都是著例"①,这说明20世纪30年代的中国文艺学家们已经把两性吸引与诗歌起源紧密联系在一起并放置在重要的叙议地位。诗歌如此,比诗歌更亘古的其他文艺意义方式亦同样如此。其实这个论题在19世纪的达尔文那里是反复获得阐述的,并且认为"如果我们可以假定,当初我们人兽参半的祖先辈,在求爱的季节里,像其他种类的动物一样,不但由于恋爱的刺激,并且爱到嫉妒、争风,和赢得胜利等强烈的情欲的鼓动,而用到过音乐的声调和节奏的话,我们对上文所说的关于音乐和富有情感内容的言词的种种事实就在一定程度上容易理解了"②,总之,在第二性征的制约和驱动下,达尔文主义的原始文化狂想图中充满着吸引和激励,所有的文艺活动、审美活动乃至男女社会结合都以这一杠杆为根本性驱动力量。对于20世纪的弗洛伊德来说,这种解释方向更加成熟和更加知识精密化,他所说的"里比多和饥饿相同,是一种力量,本能——这里是性的本能,饥饿时则为营养本能——即借这个力量以完成其目的"③,对于解读社会之初及一切意义起源形成一种新的语义方向,甚至文化人类学家马林诺夫斯基写作《两性社会学》时也是沿着这一方向大胆前行,这对于文艺起源和原始文艺史来说,同样也使两性激励母题的知识概括方式找到了某种合法化依据。这意味着对于前神话甚至前岩画时期来说,虽然只能从神话或岩画的记忆中找到诸如"在新石器时代的彩陶上多有三角形如'▽'的花纹,即是女子生殖器之象征"④这样的痕迹,或者在所谓现代原始民族的田野调查中寻找类似"每年农历二月初八这天,附近的彝族人民准备了羊羔美酒……夜晚,是年轻人的天地,一堆堆篝火燃起来后,年轻人围着火堆跳脚对歌,且不时有一对对情人手拉手悄悄退出舞圈,融进夜色朦朦的树林里"⑤ 这样的证据,但却给我们学术研究提供了更大的

---

① 朱光潜:《性欲"母题"在原始诗歌中的位置》,引自马昌仪编:《中国神话学文论选萃》(上),第343页,中国广播电视出版社1994年版。
② 达尔文:《人类的由来》,潘光旦译,第865页,商务印书馆1983年版。
③ 弗洛伊德:《精神分析引论》,高觉敷译,第247页,商务印书馆1984年版。
④ 卫聚贤:《中国古代社会新研》,第148页,开明书店1936年版。
⑤ 钟仕民:《彝族母石崇拜及其神话传说》,第30页,云南人民出版社1993年版。

合理推论和大胆想象的原始文化空间,并且给人类全面发生与自然相挣扎之前的挣扎史及其这一漫长时域内的文艺活动预设了意义社会空间和意义发生框架。我们不能把两性激励叙述为原始文艺在第一阶段或第一时域的全部母题事态,却可以将其定义为第一阶段或第一时域的基本母题指向,这种指向后来穿越历史时空一直延伸到现在,导致两性激励母题仍然是文艺的重要范畴或重要活动方式的艺术史前后因沿景观,当然,我们在另外的篇幅里会对这一议题作进一步的讨论,而此处我们所要着重说明的是,原始文艺的母题解读方式以及母题排序方式,都必须而且的确已经从希腊中心主义的知识语境中大胆逃离,从而使文艺起源研究和原始文艺研究获得世界性和人类性的知识解放。

第四章
历史提问抑或逻辑提问

第一节 小引

　　与"终极提问抑或现象提问"所不同的是，所谓"历史提问抑或逻辑提问"作为一种追问方法，更加着重于知识谱系叙事，并由此给予传统文艺起源研究状况以更全面的观照，乃至对进一步的文艺起源研究以谱系学的知识提示。

　　尽管历史和逻辑在任何时候都表现出高度的问题性同步出场，但在任何情况下它们都必然是两个完全不同的方法论向度，其所得出的知识衍生结果在知识谱系内有其清晰的边界存在，通常人们乐于表态自己会采取一种"逻辑与历史相结合的方法"在某种程度上是很暧昧的，因为这种强扭的所谓方法论姿态任何人都无法寻找到知识域内的真实去往，甚至连表态者冷静下来也不会知道自己究竟有什么样的叙事目标，因为表态者想要陈述的实际上是另一个学术企图，那就是在问题解读之际寻求解读面的最大化和知识途径的多元化，这与一种历史与逻辑相结合的全能方法出现有着根本性的意义差异。在这个问题上，中国的文艺学家们往往以恩格斯的一般话来做知识保护伞，那就是恩格斯曾经在《致斐迪南·拉萨尔》中提到过"我是从美学观点和历史观点，以非常高的，即最高的标准来衡量您的作品的"①，由此居然就误读出所谓"美学与历史相结合"的最高标准或文艺批评史的全能方法。这样的误读只能存在于那样的知识白痴时代，所以连纠谬的必要都没有，不仅因为离恩格斯的叙事企图相去已远，而且因为如果我们连这样的简单知识错误都要给予学术精力配置，那么中国的文艺学知识进展就将永远徘徊在现有的水准。

玛克斯·德索在讨论"艺术的起源"时指出："当我们从史前模式的事实转而将艺术当作整体来考虑时，我们便会首先注意到这种发展理论在我们主题研究方面增加了多少困难。调查领域被无限度地扩大了，而且美的、审美的和艺术的那种作为与终极之永恒形式相统一所引起的惬意的想象不再被认为合理了。历史比较观与分析规律观并列"②，事态的纠缠与知识谱系内的边界分野正是从这种困难开始，由此导致不同知识背景的学者在潜分工的意义上从事完全不同的研究工作，就既有的研究状况而言，置身这一事态的至少有哲学家方阵、社会学家方阵、文化人类学家方阵、民俗学家方阵、宗教家方阵、历史学家方阵、考古学家方阵、文艺学家方阵、心理学家方阵，乃至科学家方阵等。遍布于历史时空不同位置的不同学者，从各自的角度就文艺起源这一议题写出过千百万文字，以至于这种写作使今天的读者愈感扑朔迷离愈觉纷繁纠缠，以至于无限制的知识语词无法使新的涉身事态者给予一种清晰的分类剪辑。就混沌这一特征而言，几乎没有什么社会科学命题比文艺起源研究更缺乏知识叙事的脉络感和学术框架，仿佛在任何学者那里这种知识操控都是随意性的，都没有知识域内的哪怕一点点逻辑规范和学理存在特征可言。格罗塞的《艺术的起源》在东西方文艺学界都已经被公认为是一本权威性的研究著作，但我们除了类型学描述原则下的现代原始民族田野调查资料外就什么也读不到，不仅田野调查本身并不能等同于原始文艺研究以及更高意义上的文艺起源，而且他自己想要追求的艺术史和艺术哲学合起来，就成为现在的所谓艺术科

---

① 恩格斯：《致斐迪南·拉萨尔》，《马克思恩格斯全集》（第二十九卷），第586页，人民出版社1972年版。

② 玛克斯·德索：《美学与艺术理论》，兰金仁译，第253页，中国社会科学出版社1987年版。

学的知识操控，在这个权威称谓的文本里几乎找不到任何痕迹，甚至通阅全书，也仍然有理论描述缺席的原始资料简单连缀之感，这意味着一方面它是一本极有研究参考价值尤其是资料价值的著作，另一方面它在任何意义下都还不是成熟的文艺起源命题研究的知识专著。所以对于我们今天的文艺起源研究而言，必须从一开始就保持命题清醒姿态和起源研究自觉意识，必须置身于特定边界设置的知识谱系内并且始终与一系列的问题链绑缚在一起，由此才有命题解读空间和意义累积空间的存在可能性。

事实上，即使关于文艺起源的传统知识操控并非由此起点，但是我们通过回溯性梳理仍然发现，那些随意性的知识操控里仍然有其知识学规律可寻，从总体意义上说，要么是历史提问方式，要么是逻辑提问方式。

第二节 田野调查知识方式

文化人类学意义上的田野调查知识方式不同于考古学领域中的"田野考古"（Field work in Archaeology），后者强调一种技术倾向，而前者更侧重于一种知识方式，两者虽在操控过程中时有交叉，然而其命题价值意义从根本上说来并不在同一界面。

人类学家吴文藻在为孙寒冰主编《社会科学大纲》撰写"文化人类学"条目时写道："最精细的观察法，莫如了解土人的语言，参与他们的日常生活，与他们打成一片，然后加以客观地分析，故野外作业，现在已公认为人类学调查所必经的途径，凡由此途径所搜得的材料，才是一切归纳的校正之必需的基础"[1]，这意味着那些"一个或大或小的人群，共同生活于某一狩猎或耕作地区，操着仅有方言差异的相同语言，自认为具有别的部落所没有的共同关系"[2]的族群，不仅被"土人"称谓指代而且还成为文化人类学家的重要研究对象。尽管这种对"土人部落"的介入此前几个世纪就时有发生，甚至像普列汉诺夫《没有地址的信》那样的文艺起源研究文本就已经面世，但大规模的对"土人"的田野调查知识浪潮却发生

---

[1] 吴文藻：《人类学社会学研究文集》，第64页，民族出版社1990年版。
[2] A. W. H, Australian Group Rotations, Anthropological Institute, Vol. 37, 1907, P279

在20世纪,这种调查已经不像泰勒时代那样只是初始意识性的"对遗迹的研究经常证明,西欧人可以从格陵兰人和毛利人中间找到许多特点,以便来再绘自己原始祖先的生活图画"①,而是纷纷如马林诺夫斯基般"居住在村落里,没有别的事务,只是追踪土著人的生活,你就能一遍又一遍地看到风俗、庆典和交易,你就能得到土著人赖以为生的信仰实例,抽象结构的骨架也就能很快地得到实际生活的血肉来充实"②,之所以会事态延伸至此,是因为有一个新兴的共识性知识原则渐渐处于主导地位,那就是坚信这些称之为"土人"、"土著"或"原始部落"的现存族群最大限度地逼近着原始人类,其生存状况和文化状况彼此间具有极大的一致性,因而"社会人类学家应该了解和研究此类原始而陈旧的社会,心理学家则应了解和研究那些原始而稀少的头脑之心理过程,而体质人类学家也应该了解和研究这些'当代祖先们'并把他们的骨骼保存起来"③。这意味着事态已向规模化、体系化、方法论化等基本向度全面推进,而且意味着文化人类学整体知识在场状况的田野狂欢正在世界范围内迅速蔓延,甚至以吴文藻、费孝通为代表的中国人类学界也跟进性地加入了这一狂欢的知识语境之中,美国人顾宝国将此叙述为"吴文藻竭尽全力说服他的同事和学生加入到进行实地社区研究的田野工作队伍中"④。

这样一种知识事态毫无疑问会涉及到文艺起源和原始文艺研究中,不仅博厄斯这样的文化人类学家在撰写诸如《原始艺术》之际要走此种知识技术路线,认为"任何人只要和原始部落在一起生活,分享他们的欢乐,分担他们的苦难,只要不把他们单纯地看做像显微镜下的细胞一样,仅是人们研究的对象,而视其为有感情、有思想的人,他就会认识到,根本不存在什么'原始的头脑'、'什么不可思议的'或'没有逻辑的'思维方式"⑤,而且诸如玛克斯·德索这样的职业文艺学家也认为"土著澳大利亚

---

① 爱德华·泰勒:《原始文化》,连树声译,第21页,上海文艺出版社1992年版。
② 马凌诺夫斯基:《西太平洋的航海者》,梁永佳译,第14页,华夏出版社2002年版。
③ E. A. Hooton, Up from the Ape, NewYork, The Macmillan Co. 1931, P553
④ 顾宝国(Gregory E. Guldin):《中国人类学逸史》,胡鸿保译,第56页,社会科学文献出版社2000年版。
⑤ 弗朗兹·博厄斯:《原始艺术》,金辉译,第6页,上海文艺出版社1989年版。

人在树皮上画的煤炭画可以看成是我们绘画艺术最熟悉的原始阶段"①，表明其在观念上将"当代祖先"的所谓现存原始民族、原始部落的文艺活动等同于人类之初的先民文艺活动。正是在这样一种观念的支配下，原始文艺史研究对"当代祖先"部落的文艺活动状况倾注了极大的调查热情。就像"阿兹特克文明"研究者设定"阿兹特克人自己的词汇表中没有一个与'美术'相等的词，他们也从没思考过美学问题，更没有制作什么仅供欣赏的作品。以我们的一般文化观点来看，阿兹特克人还没有从贫乏的技艺中发展出任何美。但是，他们承认工艺上乘的作品的价值，并使用这些作品来敬奉神灵——人与无限的宇宙权力之间的调解人。在这一方面，阿兹特克美术与我们现代美学的那些伟大的祖先传统没有区别一样"②，那些美洲印第安部落，那些大洋洲和太平洋岛屿中的部落，甚至中国边远地区的某些少数民族部落，他们的文艺生活从此就在原始文艺研究的显微镜下充当着人类祖先文艺生活代码的功能，并且在经年累月的知识学调查中逐渐形成较为成熟的知识谱系，例如在"波利尼西亚原始美术"的命题下面，就被分列出诸如夏威夷原始美术、马克萨斯群岛原始美术、社会群岛原始美术、库克群岛原始美术、汤加原始美术、萨摩亚原始美术、甘比尔群岛原始美术以及复活节岛原始美术等。而且原始文艺研究者们的知识操控精密性同样令人吃惊，吃惊到几乎与任何现代文艺研究具有知识精密性恒等的程度，例如他们可以完成对巴布亚新几内亚几百个部落的知识学调查，并且有效分拣出塞皮克河流域、桑坦尼湖周边区域、帕拉利三角洲以及巴布湾等不同部落空间的艺术作品风格特征，因而也就意味着知识学调查的深度和广度都足以构建起所调查主旨的稳固知识平台来。

这种调查首先聚焦于原始神话，之所以如此，是因为调查者与调查对象之间的直接交流所致。口传文学乃至现代影响后的文献文学所呈示的大量神话叙述题材，容易在交流过程中引起调查者的注意，而更深层的理由在于，原始神话及其所携带的原始思维方式，几乎在任何情况下都是这些

---

① 玛克斯·德索：《美学与艺术理论》，兰金仁译，第 242 页，中国社会科学出版社 1987 年版。
② 乔治·C 瓦伦特：《阿兹特克文明》，朱伦译，第 163 页，商务印书馆 1999 年版。

"当代祖先们"的主流意识形式,某些最重要的精神主旨或价值原则恰恰因此而在特定族群中流行乃至获得生存规范力量。苗族神话研究者已经能够清晰地描述出"枫树,已是整个苗族的民族图腾。野猪分系,分布在湖南湘西、贵州黔东北;犬支系,分布在湖南湘西,大部分已分化为瑶族和畲族。水牛支系,现在贵州与湖南的苗族原大多属于这一支系,猴支系,分布在贵州的部分苗族以及瑶族的布努人;蛇支系,现已融入其他支系;鱼支系,已分化为仡人;犀牛支系,已融入其他支系"①,之所以各民族的文艺史研究和图腾学研究都很容易见到类似的知识操控成果,是因为大多数神话文艺学家或文化人类学家都相信"神话意象的世界,通常是用宗教中天堂或乐园的概念表现出来的,而且这个世界是神启式的(这只是在我们对该词已经作过的那种解释的意义上),即一个完全隐喻的世界,在这个隐喻的世界里,每一件事物都意指其他的事物,似乎一切都是处于一个单一的无限本体之中"②,当然还有一个更先在的前提就是学术界普遍认为图腾崇拜和神话叙事方式是人类意义起源的最早清晰形态,是"半社会——半迷信的一种制度,它在古代和现代的野蛮人中最为普遍。根据这种制度,部落或公社被分成若干群体或氏族,每一个成员都认为自己与共同尊崇的某种自然对象——通常是动物或植物存在血缘亲属关系"③。在对现代原始民族的大面积神话调查中,不仅推进了诸如意义主题谱系,符号原型结构以及原始文艺生活方式的当代认识水平,而且从传统的希腊神话引申观念的"想象力"命题抑或"生产力"制约命题的狭隘途径逃离出来,使之拓展至更广泛的族群制度范式、社会意义规范、现实生存激励等一系列原始事态和起源事态,因而也就使问题重心和命题价值远远超出那种人类能力发达与低下的简单定位边界,列维-斯特劳斯所说的"神话思想的'成分'似乎总是介于知觉对象与概念之间。不可能使知觉对与它在其中出现的具体情境分开,虽然求助于概念就得要求思想能够,至少暂时地,

---

① 吴晓东:《苗族图腾与神话》,第46页,社会科学文献出版社2002年版。
② 诺思罗普·弗莱:《批评的剖析》,陈慧译,第150页,百花文艺出版社1998年版。
③ J. G. 弗雷泽:《家庭和氏族的起源》,引自 E. 海通:《图腾崇拜》,何星亮译,第2页,广西师范大学出版社2004年版。

把意图置于'括号'里"①，就完全不是在想象力议题和生产力议题的言说框架里，所以也就可以看做是因调查所致的新知视野带来的对传统神话言说的意义增值。

其次聚焦于原始美术。在没有现代形态的文艺作品或文艺文本的情境下，原始部落里所充斥的大量广义原始艺术活动就被看做所在时空位置的文艺生活或文艺作品，处在非文字状态下，所能见到的广义原始艺术活动至少在量的意义上最大限度地呈现为广义原始美术，所以对原始文艺的调查和知识叙事就大量显现为对广义原始美术的叙议热情。这种热情具体表现为：（一）对人体装饰的知识叙事。塔斯马尼亚人、安达曼岛人、非洲布须曼人和美洲火地人的绘身俗往往成为原始文艺史家的言说案例，当文化人类学视角仅仅注意刺痕（Scarification）"这一习俗常见于肤色深的民族。以澳洲中部的土著为例，刺痕乃是成年礼的一部分，其花纹十分简单，仅在腹部、背部刺下平行的线条"②，原始文艺史视角则更加意义扩张地剖析其原始审美动机和文艺发生意义，并且倾向性地认为"我们晓得那些标记有时候用作部落的标记，也许有时候会有所谓宗教意义，虽则连一个简单的证明也没有得到。但是在大多数情形下，蠹痕和刺纹却都为了装饰。没有什么可以指出装饰的标记比社会的标记来得不原始一些。如果我们一定要认定两种功能中哪一种居先的话，我们倒是不会不挑中装饰"③。当然，在刺痕之外还有更广阔的人体装饰空间，装饰方式和饰物类型的知识调查使原始文艺史意义上的叙议呈现出异乎寻常的丰富性，这种丰富性使起点位置的原始文艺解读更加具有意义张力。（二）对器物雕刻的知识叙事。当文化人类学家以及专门性的文艺史专家到达现代原始民族进行田野调查之际，发现器物雕刻现象十分普遍，甚至完全可以构成所在时空位置的代表性文艺作品，因而也就肯定性地认为器物雕刻本身应该就是他们的文艺生活重要组成部分，而某些杰出的器物雕刻作品亦应该视作原始文艺时代的代表作，所以文艺史家叙述"在马克萨斯群岛的艺术中，木雕、

---

① 列维-斯特劳斯：《野性的思维》，李幼蒸译，第24页，商务印书馆1987年版。
② E. A. Hobble, Man in the Primitive World, New York, 1958, P249
③ 格罗塞：《艺术的起源》，蔡慕晖译，第60页，商务印书馆1984年版。

骨雕和石雕占有重要地位，是波利尼西亚地区高超工艺水平的代表作品。木雕作品有独木舟船首装饰、棍棒装饰和站立人像等。这些作品反映出了马克萨斯人创作木雕的发展过程，其造型从写实形象经过风格化发展过程后，逐渐演变成抽象化概括形式"①，甚至他们认为"之字形在原始艺术中很为重要，如澳洲土人的棒与盾常以此为饰纹，又如爱斯基摩人、安达曼人都喜做此形。节奏的排列法似乎不是发明的而是由技术影响的，如编物工似乎很能启示节奏的排列。这种排列法的摹仿初时大都是由于习惯，其后方渐认识其美的性质"②，都无不是以肯定性知识姿态去相拥现代原始民族的文艺生活痕迹。（三）对动物绘画的知识叙事。与绝对人类祖先所留岩画不同的是，在相对人类祖先那里，田野调查中的岩画既有历史记忆的成分亦有当前事态的成分，那些以动物绘画为主要题材的岩画在现代原始部落里乃是历史与当下的时间合成与空间压缩，其意义与价值的存在重心均是此在参与，因而对白地东巴"硝厂洛岩画"调查的"位于上、下渣日村之间，石壁右上方绘有 2 只动物（无法指认所属），左下方绘有岩羊共 13 只，头或上或下，或左或右，错落有致。画面离地面高约 2.5 米，高 1.66 米，宽 1.42 米"③，这与考古学知识叙事的"阴山岩画的题材是多样而广泛的，画面上描绘了作画时代各种象生的动物图像（不同时期的野生动物和家畜，单体的和成群的，不同种属的动物同在一个画面上的）"④，从知识学的角度而言只不过有意义亲缘关系却并不在同一意义边界内。田野调查的动物绘画以及引申出的原始文艺知识叙事，其生存活性导致文艺起源追问的现实激情和可想象空间的真实效果，某种意义上实现了问题境况和问题解读的在场，这种在场使断裂了的历史时空乃至断裂了的想象力翅膀忽然就得以缝合，至少就学术煽情而言就是考古学知识方式所望尘莫及，所以列维-斯特劳斯才说"正当马林诺夫斯基不妥协地推进民族志学者对于土著人生活和思想的参与时，毛斯则断言本质的东西'是整体的运

---

① 张荣生：《大洋洲艺术》，第 28 页，河北教育出版社 2003 年版。
② 林惠祥：《文化人类学》，第 316 页，商务印书馆 1991 年版。
③ 杨正义：《最后的原始崇拜——白地东巴文化》，第 13 页，云南人民出版社 1999 年版。
④ 刘锡诚：《中国原始艺术》，第 260 页，上海文艺出版社 1998 年版。

动,是活生生的方面,是社会和人敏感地意识到他们自身及其相对于他人的情况的瞬间'。这一完全依据经验的主观的理论综合为使最初的那些分析(其内容深入至无意识范畴)做到无一遗漏提供了唯一的保证"①。在田野调查中关于原始美术的知识叙事,无论是面对人体装饰、器物雕刻还是动物绘画,目前的整体叙事状态基本上显现为表层化、局部化和零乱化的存在特征,知识界特别是原始文艺史研究界仍然没有组织过真正规模意义上世界性调查乃至国家性调查、地区性调查,因而具有总体描述意味和归纳推理品格的知识叙事依然罕见。

  再次聚焦于原始舞蹈。导致这一事态的原因不仅在于原始舞蹈作为原始文艺生活基本方式非常普泛而且非常具有意义代表性,还因为原始舞蹈作为原始生存的直接表征形态能够给知识调查者以强烈的情绪震撼和审美直观感受。当调查者以他者方式进入内闭文化情境之际,原始舞蹈的令人眼花缭乱和舞者的自在意义沉湎极容易使外部标记获得篇章绵延效果,不管原始舞蹈的本身是否就是外部标记中的那些意义或意义类型,但是给我们的文艺起源和原始文艺史研究却带来了丰富的意义呈供,湘西苗舞因此被概述为"舞有两种:一为槌舞,一为拳舞。二者的分别,前者用槌击鼓,后者用拳击鼓。拳舞除了粑粑舞外,多属男子舞,女子不用。槌舞虽男女均舞,然亦有若干种舞,专限于男子。我们在看苗舞的时候,赏其动作颇为复杂。然经详细分析之后,则甚为简单。因为在每五分钟的短时间内,可舞至二十余种花样,且动作甚快,又可互相变换。所以使得观者,赏其变化无穷"②,珞巴阿迪人的舞蹈因此被叙述为"阿迪人的舞蹈,通常由两部分人组成。一方为单独的米剂。米剂原是巫师,是有渊博的部落神话知识的人。他们通过口耳相传,熟记传统的歌谣。这些歌谣通常是叙述创世纪的长篇故事、人和动物的起源、箭用毒药的发现、历史的传说和部落世系等。在跳舞时,米剂是领唱人,姑娘随他的歌声起舞。米剂穿的正规的舞蹈服饰,是在他的日常衣饰上再加一条红色裙子,脖子上重大的两

---

① 克洛德·莱维-斯特劳斯:《结构人类学》(第二卷),俞孟宣译,第 8 页,上海译文出版社 1999 年版。

② 凌纯声、芮逸夫:《湘西苗族调查报告》,第 152 页,民族出版社 2003 年版。

串小铃铛，悬在胸前，右手举着长刀。他穿着这套服饰，站在跳舞者围成的圆圈中间，跳舞的人，一般由三十至四十人组成"①。中国西南少数民族的某些舞蹈形态甚至获得意义单称性而且定型化的母题指代，即所谓"在西南少数民族原始乐舞中，同样保留了大量通过生殖崇拜和性爱交合为内容的舞蹈来表现生命意识的，普米族为死者送葬时，在坟上要由两名男子来跳《压土舞》，一人于腿上画象征男性生殖器的图案，另一人则画象征女性生殖器的图案。舞蹈中以两个图像相碰来表示性媾。哈尼族舞蹈《同尼尼》中，男性跳舞者面鼓（鼓腹凸出，象征女性）祈祷后，随着鼓点节奏，对鼓作前后俯仰的摆臀动作，男女对跳时，双方均以'扭身'、'摆臀'为主要舞蹈动作。广西侗族的《天公地母》舞中，天公手持鼓棒，棒端呈球形（象征男性生殖器），地母手持扇鼓（象征女性生殖器），棒槌或轻或重、或缓或急地敲击于扇鼓上，以象征男女交合、繁衍后代"②。所有这些呈供虽然一开始只不过具有情境叙事的素材意义，但是随着调查的规模扩张和事态追问的深入，不仅素材本身的汇集会形成意想不到的知识谱系效果，而且对调查者而言也会渐渐产生知识升华以及更进一步的社会理性后果，例如所谓西方文明社会对澳洲土著中科罗薄利舞的认识过程就是典型的田野调查知识形成案例。如果说丹尼斯所说的"舞蹈是动作，是生命，是美丽，是爱情，是和谐，是力量"③ 代表着舞蹈意义的现代视点的话，那么原始文艺知识调查中所接触到的舞蹈与动作、生命、美丽、爱情、和谐以及力量的直接统一存在形态则是真正的舞蹈意义原始视点，而原始视点与现代视点的意义连接，则给文化人类学以及进一步的文艺人类学提供了新的知识进展机遇，因而也就给文艺起源研究和原始文艺研究带来了不可估量的直接知识进展效果。而且就舞蹈艺术实践而言，即使那些先锋舞蹈也从非洲原始舞蹈、澳洲土著舞蹈以及北美印第安部落传统舞蹈中模仿过非常多的舞蹈语汇和生存象征意义，正是基于这样的事态，简·

---

① 沙钦·罗伊：《珞巴族阿迪人的文化》，李坚尚译，第183页，西藏人民出版社1991年版。
② 张胜冰：《中国西南少数民族艺术哲学探究》，第82页，民族出版社2004年版。
③ Ruthsto. Denis, The Dance as Life Experience, The Vission of Modern Danceed. by Jean Morrison Browo, New Jersey1979, P22

布洛克不愿意将原始视点和现代视点的关系陈述为意义落差，而更愿意表述为某种跨文化意义结构形态，即所谓"原始艺术与别的艺术不同之处在于：它之所以成为艺术，不是由于那些制造这些物品的原始人们，而是由于那些购买和收藏它的欧洲人。它之所以是艺术，并非是因为那些制造和使用它的人说它是，令人啼笑皆非的是因为我们说它是"①。

当然，除了如上三种较受重视的聚焦外，文艺史家对原始文艺的田野调查还广泛地拓展至其他诸多文艺方式，单是对北美印第安部落的田野调查以及所获得的原始文艺知识叙事，几乎就覆盖了按当代文艺观念所能理解的所有基本文艺知识类型（当然不是指作品形态或载体样式），只不过中国学者介入这类调查的规模、深度及知识成果还相当有限而已。

在对这一知识事态有了基本评价后，紧接着的第一个追问就是，对原始文艺的田野调查知识方式究竟在哪些方面获得了学术进展？换句话说，它给文艺起源和原始文艺研究带来了哪些新的知识支撑？我们的回答是，大致可以概括为如下两个方面：（一）走进了时间黑洞，（二）看见了陌生他者。

"走进了时间黑洞"意味着知识谱系的真正延展和人类生存反思的意义拓值，对文艺起源研究而言已经大大超出了任何概念虚拟或语词符号设定的价值最大值，超越了任何现存理论框架或思想张力所能及的意义边际线，事态的令人吃惊只有类似北京大学的天体物理学家抓住一只太阳系外的 UFO 这样的案例所能比拟，只不过事态发生得过于渐缓渐趋而导致惊奇的爆炸性效应丧失而已。人们从前把好奇和关注中心定格于空间黑洞，后来才发现时间黑洞对人类的想象力而言具有同样的挑战性，一方面科学家们正经历着"古老的关于基本上不变的、已经存在并将继续存在无限久的宇宙的观念，已为运动的、膨胀的并且看来是从一个有限的过去开始并将在有限的将来终归的宇宙的观念所取代"②，另一方面科学家们又在这一经历中遭遇无数无法澄清的时间黑洞，这是自然时间黑洞，而更加纠缠我们的则是社会时间黑洞，即人类文明衍生过程中的无数看不见也说不清的意

---

① 简·布洛克：《原始艺术哲学》，沈波译，第3页，上海人民出版社1991年版。
② 史蒂芬·霍金：《时间简史》，许明贤译，第42页，湖南科学技术出版社1996年版。

义盲区,这些盲区比看得见的当下或隐约能见的过去其时间长度要大至少几百倍。人类学家理查德·利基说:"智人最后的确是作为最初人类的后裔出现了,但这并不一定是必然的"①,这意味着人类学家们正在遭遇人类史时间黑洞的无奈,而艺术史家雅克·德比奇只能对一万年以前的一切人类文艺生活笼统地说"我们从起源之处就可找到艺术家的那种主要动机:通过打上记号而投身于世界和把世界据为己有"②,则意味着文艺学家正在遭遇文艺史时间黑洞的无奈。对原始文艺的田野调查便是现代人走进了文艺史时间黑洞,尽管这种走进的本身局限性和盲目性依然很大,而且进入者的可能程度较之几十万年乃至几百万年的文艺史时间黑洞甚至连盲人摸象尚不能及,但毕竟对茫茫黑洞有了真正的初始经验而非虚幻想象,所以马歇尔·萨林斯《"土著"如何思考》中深为惊诧的"当库克在玛卡希基季节中君临凯阿拉凯夸海湾时,按大卫·萨姆韦尔的观察,年轻女子大部分的时间都在欢歌燕舞——以一种特定的引人注目的方式,如他收集的两首正好关于淫荡的呼拉圣歌所示"③,就不仅仅只是事态本身的令人吃惊,而是这事态还与想象不及的文艺史时间黑洞连接在一起,并对黑洞的理解起着前所未有的意义填充作用。在原始部落以及相应的原始文艺生活被揭蔽和广泛引起关注后,文化人类学家和文艺史家们便以极大的热情投入其田野知识调查,并很大程度上确认其所调查到的文艺生活就存在于文艺史时间黑洞之中,因而随着田野调查知识的日益累积,也就一步步地走进黑洞过程中逼近原始文艺和文艺起源的事态真相,并最终有望洞悉黑洞的秘密。虽然,这在知识学意义上标志着元知识的兴起,标志着原始文艺及文艺起源研究进入了新的知识学空间,具有独立发明意义。不管这些族群存在体究竟被指称为"初民社会"、"原始社会"抑或"小型社会",不管发生在他们身上的文艺生活究竟被指称为"前文艺"、"准文艺"或者"原始文艺",此前和以后的一个根本性的分界在于,人们在自己的文艺起

---

① 理查德·利基:《人类的起源》,吴汝康译,上海科学技术出版社1995年版。
② 雅克·德比奇:《西方艺术史》,徐庆平译,第4页,海南出版社2001年版。
③ 马歇尔·萨林斯:《"土著"如何思考》,张宏明译,第31页,上海人民出版社2003年版。

源叙事或文艺史叙事中将无法摆脱这一事态的存在以及这一事态存在引起的知识质疑，本来很确定化的文艺史知识格局被这几分神秘、几分诱惑且几分恍惚的黑洞填充所打破，古希腊以来那种理性能够穿透一切的艺术哲学知识体系遭遇时间黑洞的严峻挑战，就是那些一小撮一小撮貌不惊人的太平洋岛屿上的土著（当代先祖、初民、原始部落），正迫使拥有理性核武器的文艺学家们程度不同地改变其文艺观、文艺价值观、文艺起源观，以及文艺史观等等。即使如一贯以现代视点强行压制原始视点的罗伯特·莱顿那样的文艺人类学专家，也依然会羞涩中嘟哝着"如果不再使我们的文化隔绝于那些有时被称作原始文化的小型和无文字群体的文化，也许我们可以学到他们积累的经验"①。

"看见了陌生他者"意味着一种比东西方互为他者设定更具边际意义的参照系确立，那种所谓"东方不仅与欧洲相邻，它也是欧洲最强大、最富裕、最古老的殖民地，是欧洲文明和语言之源，是欧洲文化的竞争者，是欧洲最深奥、最常出现的他者（the other）形象之一"②，或者所谓"在古典的景观的周围，有埃及人、克里特人、巴比伦人、亚述人、赫梯人、波斯人、腓尼基人正在工作，或已经工作，而且这些民族的工作——他们的建筑物、装饰品、艺术作品、祭仪、国家形式、字母和科学——希腊人了解得很多。但是从所有这许多工作中，古典的心灵又选用了多少东西作为它自己的表现方法呢？我再说一遍，我们所观察到的只是被接受了的种种关系。但是那些未被接受的关系又怎样了呢？例如，为什么我们未能在前一范畴中看到金字塔、塔门、埃及的方尖石塔或象形文字、或楔形文字呢"③，在此一事态面前都不得不出现学术价值的黯然失色，因为这些或争议或不争议的命题或议题，说到底都不过是讨论在不同知识立场和文化倾向下的学理设定而已，在更宽阔的文明阈限内仍然可以看做在场性争执或者至少拥有其争执各方的共同文化平台，属于此在的叙议狂欢，或者说差

---

① 罗伯特·莱顿：《艺术人类学》，靳大成译，第214页，文化艺术出版社1992年版。
② 爱德华·W. 萨义德：《东方学》，王宇根译，第2页，三联书店1999年版。
③ 奥斯瓦尔德·斯宾格勒：《西方的没落》（上册），齐世荣译，第155页，商务印书馆1963年。

异各方刻画出意义边际线。唯其如此,"文化区"(Culture Area)听说的"我们在观察一个大区域,例如一个大洲的任何文化特质或一组文化特质时,即发现它们的分布情形常可在地图上相连的地区标出来"①,或者"文化辏合"(Cultural Convergence)所说的"不同地区的不同文化特质变得相似的过程"②,诸如此类的文化人类学概念设定或命题前置才具有可能性和价值性。然而"当代先祖"或"原始部落"与现代的关系以及与现代文艺的关系除了空间发现外就没有任何意义连接,现代人不过把他们看做"先祖"而且除此之外还找不出更恰当的看法,他们的所谓文艺活动无论在某种意义上都与现代文艺没有关系,他们作为生存者以及他们所拥有的文化都不可能是现代人以及现代文化的真正祖先,换句话说,我们还无法确定那就是我们的传统或者说我们就是从那里进化而来,而且我们也同样无法确证他们与我们一样从山顶洞穴走来或从阿尔塔米拉洞穴走来,把他们设想成文明进化过程中的落伍者或"跑丢了的孩子"只能是笑谈者言。在此一事态真正受到学术界和思想界的重视之前,大哲和巨匠们可以肆无忌惮地海吹人类文明进化道路的别无选择以及进化指向的必然辉煌,可以像巴克尔那样不证自明地相信"欧洲文明的发展的特点是物理规律的影响越来越小,而精神规律的影响越来越大"③,可以像达尔文的侄子弗朗西斯·高尔顿那样倡导"优生学"并呼吁政府介入对族群发展的控制,因为"生活在贫民区的劣种人的大量繁衍,会使整个种族堕落,同时也会造成公共资源的流失"④,但现在情况不同了,学术界、思想界乃至以联合国为聚拢象征符号的大批国际性职业政客都渐渐冷静下来,因为真正他者的出现表明整个人类事态并非像解答线性方程那样简单和拥有标准答案。他们作为绝对他者的存在对我们变得日益重要,他们的文艺生活因而对我们的文艺生活亦同样重要,他们的简单化快感方式正构成对亚理士多德《诗学》以来我们给快感所作的汗牛充栋文本的复杂释义的最朴素的挑战和质疑。这些

---

① M. J. Herskovits, Preliminary Consideration of the Culture Area of Africa, Amenican Anthropologist, Vol. 26, New York, 1948, P50
② C. Winick, Dictionary of Anthrop Logy, New York, 1956, P131
③ Henry Thomas Buckle, History of Civilization in England, Volume 1. New York1902, P37
④ 皮特·J. 鲍勒:《进化思想史》,田洺译,第369页,江西教育出版社1999年版。

在库克船长及其随从们眼里愚昧可笑的弱小芫荒生灵，将会在学理机制上越来越与我们分庭抗礼，而且随着我们对他们消灭进程的加速，他们对我们的存在意义和价值反思将变得足以让我们抱恨千百万代，甚至一个更为危险的信号是，我们能够消灭他们这一事件本身说明我们根本就活不了千百万代。原始文艺事态作为陌生他者的出现，使得知识自衍欲极强且语词绵延极长的文艺学家遭遇到真正的知识学尴尬，尴尬到自省"西方美学对艺术的研究（如克里斯蒂勒告诉我们的，只是在18世纪中期和我们应用的'纯艺术'的概念一起出现的），事实上，和前此的各类形式主义蒙蔽了我们的眼界一样。我们无视了大量具可塑性和比较理解意义的材料的存在——迄今仍是如此——一样，我们又背时了。本应借助于高度缜密的观察，我们却使用了一种现象化的外在观念去体悟。其实，我们连边都没沾上"①。尽管尴尬到这个份儿上，我们中的智者和大师们仍然想象不出更好的解释维度以及在他者性之下的真正原生性灵感，还只能以"地方性知识"（Local Knowledge）这样的含糊其辞来解读他者事态，而且在这解读中无条件优先性地把"总体性知识"作为统辖前提，造成一方面是他者与我们的在场而且在我们这些主角的控制之下（仿佛尤鲁巴人的文艺生活故事从此就得按我们的文艺规则进行），另一方面则是与真正意义上的地方性知识混为一谈（荒唐到与中国民乐一道纳入地方性知识框架）。总之，我们看见了陌生他者，但仅仅是看见了而已。

尽管田野调查知识方式所带来的知识学后果具有人类文化反思的震惊意义，但具体进入原始文艺和文艺起源研究领域却仍然遇到学理层面的准入障碍，其中最大的障碍就表现在：（一）如何评价此在他者与当初我们的基本关系以及具体的文艺换算关系？（二）在沟通对话有效建构之前的一切单边知识叙事合法性何在？（三）退守到绝对应允和承诺的条件下所进行的知识调查存在于我们的知识域、他们的知识域抑或过去与未来向度时间黑洞？

解决第一个准入障碍的难点在于无法建立起相对清晰且具有完整性的

---

① 克利福德·吉尔兹：《地方性知识：阐释人类学论文集》，王海龙译，第126页，中央编译出版社2004年版。

关系模型，而缺乏稳定关系模型的文艺换算及这种换算的文艺学言说就没有任何知识确定性可言。尽管描述我们的句子、段落、篇章和文本在东方知识史、西方知识史以及不同学科的叙事方式中无处不在，但我们从哪里来的问题毕竟在公共知识域内并没有得到基本解决，"一元发生论"（Monogamist）和"多元发生论"（Polygamist）的紧张关系尚且无法在有限文明框架内得到缓和，更何谈当初我们与此在他者之间更加细密化的生存纠缠，所以那些诸如"孟德尔规律"、"哈迪-魏因贝格定律"之类的技术知识方案，就只能在大前提虚拟预设条件下才有某种程度的科学性可言。如果说我们从哪里来这个问题的过分追问会导致形而上学迷雾的知识视障的话，那么我们还可以采取终极追问悬置或避让形而上学的知识学操控方法，但他们从哪里来却更多地体现为当下直接事态，既没有办法悬置亦没有办法避让。没有办法的办法就是浪漫主义地想象为三种亲缘关系，（一）留存先祖者。他们就是我们的先祖，与我们的先祖具有血缘和文化上的叠合关系，属于那些还没有来得及进化的时差错位位置的真正先民，或许可以泛义性地将某个个体称呼为先祖舅、先祖叔、先祖姑、先祖姨乃至先祖姨奶奶先祖姑太太等等，如果情形真的如此，则我们的文艺起源研究和原始文艺研究立刻就简单得不能再简单，然而即使如此我们也不能实话实说，否则库克船长和他的助手们的杀遍太平洋群岛（杀先祖的故事当然不会津津乐道），以人权和民主神话为政治旗帜的现代美国人此前不久还血流成河地剿杀着千百万计的北美土著印第安人，所以这一想象的思路不可能成立也不能成立，因为现代人类不愿意一夜间就演变成杀祖灭亲的反道德动物族类。（二）同行落伍者。他们的先祖就是我们的先祖，他们的祖先与我们的祖先则亲如兄弟姐妹，一道在丛林中寻找文明的路标和火光，然而我们的祖先链慢慢走出了丛林，他们的祖先链一直延伸至他们还被困于丛林之中，或许这其中不乏回丛林探亲者想"拉兄弟一把"，可惜终究这些文明拯救的善举没有根本性地导致文化替代或文化突进，他们于是就成了我们今天所见到的他们，既区别于我们，亦区别于我们的先祖，甚至也区别于他们自己的祖先及先祖。如果情形如此，我们和他们之间的文艺意义在换算上就显得特别复杂和纠缠，然而仍然可以换算。（三）一类二支者。他们和我们一样当然同属于人科、人类或其他总体性称谓，然而从一开始就是道不同不足与谋的不同支系，他们的先祖和我们的先祖在演绎人类社会史之始就选择了不同的演绎路向，尽管在实际演绎进程中仍然不乏相似性、平行性甚至叠合性，但总体上却是阳关道与独木桥的各自社会幸福不归路，当地球生存空间相对性缩小时，我们与他们相遇，由此引起一系列相遇及共处中的表层日常矛盾和深刻意义矛盾。情形若此的话，我们必须在沟通和对话的基础上才可能寻找到原始文艺和文艺起源知识解读方案中所迫切需要的直接参照系和路标知识。这类浪漫主义想象对进化论文化人类学家们来说，在任何时候都是不屑一顾的知识嬉戏，所以北美印第安人在泰勒笔下成了"他们的殷勤好客可以说转成了淫荡行为，他们的温和在稍微不愉快的情况下就变成了暴怒，他们的勇敢精神被残酷和背叛行为给玷污了，他们的宗教表现在荒诞的信仰和无益的仪式中"①，所以美国人残杀印第安人就既不是弑祖亦不是灭亲，而是在美国式理解中视为代表文明去消灭异族类或者说人类的野蛮支系。

　　解决第二个准入障碍的难点在于如何使一相情愿变成双向互动，从而能够在我们已经形成的公正性尺度下去实现"文化接触"（Culture Contact）的所谓"文化之间的连续互动过程"②，否则我们的原始文艺叙事就缺乏知识合法性。柏森斯所设定的"概括的论点是因为每种人类定向的模式，都存在一种与为使一种定向有意义，而'制造感觉'的必要的'条件'，或'假设'有关的中间水平"③，无非是强调社会存在之所以存在的文化介质必要性，这种文化介质在哈贝马斯的"交往行动理论"中体现为"交往合理性"，体现为"商谈规则"，而丧失"交往合理性"和"商谈规则"的社会行动就不可能产生有效性意义延展。我们对原始部落文化的介入及其相应的文艺叙事，就是在没有任何交往合理性或商谈规则的前提下进行的，从语词、观念、价值尺度一直到解读方式、社会形态评估和生存

---

① 爱德华·泰勒：《原始文化》，连树声译，第30页，上海文艺出版社1992年版。
② Fortes, Culture Contact as a ggnamic process, Africa, Vol. 9. 1936。
③ T. 帕森斯：《关于人类状况的一个范式》，转引自哈贝马斯：《交往行动理论》（第二卷），洪佩郁译，第330页，重庆出版社1994年版。

意义描述，都是我们在没有与他们进行任何意义约定的情况下所实施的强权文化行动，因而导致的实际行为效果，也不过是我们对他们的热衷而他们对我们的漠然。之所以哈乌雷吉敢说"对一个严肃的人类分析学者来说，以'原始——文明'作为'高级——低级'的同义词的观点是缺乏价值且毫无精彩之处的"①，就是因为这样一种价值结构是我们单方面虚拟的分析模式，而我们此前的原始文艺叙事恰恰基本上是按照这种分析模式进行文艺学知识操作的，所以其知识学价值仍有极大的存疑空间。库克船长事件以后，文化人类学家们以极端亢奋的姿态确信"我们"与"他们"全面交往、沟通并进入统制文化框架和在场文化参与的无可争议，在亢奋者们自我体验"他们也借我们交通工具，马给男人骑，牛来载行李。我们带东西去交换我们想收集的土著工艺品，带的东西包括孩子的玩具、玻璃珠项链、镜子、手镯、耳环、香水、材料、毯子、衣服和工具之际"②，也就必然在原始文艺叙事语境中虚拟"我们访问的那一族长都卫欧族的男人是雕刻家，女人是画家。男人用橡胶树的带蓝色的硬木雕刻前面提到过的人偶。他们也在当杯子使用的瘤牛角上浮雕人、鸵鸟和马。他们有时候也画素描，但只限于画树叶、人或动物。女人的特长是装饰陶器及皮体，还有在人体上面画画，她们是这方面的专家"③。尽管乔治·E. 西维及其所携带的美洲印第安人文化背景已经不是存在于原始部落，既已经不是他者性的他们，也仍然与我们发生交往和沟通困难，并疑惑着"我经常遇到很大的困难，这也是有土著文化背景的不在试图使局外人对他们的传统道德观念有所领悟时常要遇到的。我也曾疑惑为什么在我们的社会（和世界）中，不同文化中的人们的交流如此贫乏"④，便何况那些根本没有被"我们化"或与我们有真正文化接触的他者性人类部落，其与我们的"交往合理性"和"商谈规则"建构是何等天方夜谭，因而我们的原始文艺叙事在长

---

① 何塞·安东尼奥·哈乌雷吉：《游戏规则——部落》，安大力译，第16页，新华出版社2004年版。
② 列维-斯特劳斯：《忧郁的热带》，王志明译，第204页，三联书店2000年版。
③ 同上，第221页。
④ 乔治·E. 西维：《美洲印第安人自述史试编》，徐炳勋译，第3页，内蒙古大学出版社2000年版。

篇累牍的自言铺陈后与议题间又有什么样的知识学关系呢，难怪奈杰尔·巴利坦言"人类学者怀抱热情与某一民族共同生存，深信这个民族守护着一项关乎其他人类的秘密，如果有人建议他到他处做研究，就好像说他可和任何人进教室，就是不能与独特的灵魂伴侣厮守。以上种种说法，纯属美丽虚构"①，并把普遍性的极端亢奋现象以"可耻的马林诺斯基"这一虐指说法来予以否定性指代。虽然我们并不完全崇信这一指代，却仍然相信我们与他们之间真正交往和沟通的困难，因而也就相信原始文艺叙事的意义和价值能否产生的问题复杂性确实存在。

解决第三个准入障碍的难点在于如何确立清晰的知识域边界，否则就会导致意义失范并丧失知识学价值。如果我们作一种设定性退守，那就是应允这些原始民族的存在问题以及具体的文艺生活状况变成无条件的自明，一切文化疑惑都在学理悬置状态给予生存去蔽或者说遮蔽消失，这使我们非常轻松地获得当事人身份和知识叙事资格。即便如此，在实际操控田野调查知识方式之际，仍然存在事实与语言或存在与知识间的逾越屏障并进而导致文艺起源和原始文艺研究的知识学危机，这意味着我们必须先行设定这种知识调查是在哪种知识域内说话，或者为了逼近真相目标而努力在事态还原中按照他们的知识逻辑进行叙事，或者为了我们研究需要以先在知识框架和观念体系去圈套他们的文化所在，或者连这样的边界清晰目标也予以抛弃而把学术旨趣聚焦于过去和未来都存在的时间黑洞，即祈求一种非知识性的对神秘性事态的好奇心理和窥望姿态。现行的大量对于原始文艺事态的案例性陈述之所以难以取得具有基本成熟标志的知识学成果，在繁复中不乏凌乱芜杂之感，其中一个很重要的原因就在于叙事过程中所依仗的知识范式本身就缺乏确定性，从而使大量的原始文艺知识叙事往往显得并不像具有学术规范的知识而更像文学叙事范式中的故事言说。在大量阅读原版文献后我们也能像博厄斯一样知道"A. L. 克罗伯（A. L. Krueger）调查了阿拉帕霍（Arapaho）人的艺术，罗兰·B·狄克逊（Roland B·Dixon）调查了加利福尼亚部落的艺术，克拉克·威斯勒调查了达

---

① 奈杰尔·巴利：《天真的人类学家——小泥屋笔记》，何颖怡译，第5页，上海人民出版社2003年版。

科他人（Sioux）和黑脚人（Black feet）的艺术，H. H. 圣·克莱尔（H. H. St·Clair）调查了肖肖尼人（Shoshone）的艺术"①，甚至知道还有更多的文化人类学家或文艺史研究专家为此作过更加广泛的调查并提供了丰富的知识调查文献，诸如普列汉诺夫所说的"诚然，大的类人猿显得不很喜好社会生活。但是也不能把它们叫做十足的个人主义者。它们中间有些往往聚集在一起，叩击空树，一起唱歌"②，或者罗伯特·莱顿所说的"比巴克表明全部自然产品和雕像怎样明显地相互替换，莱加人用词表现最优秀的雕刻品的审美感染力。这些词汇中有的种类与美存在联系，'KuKonga'：在齐唱中产生的和谐与协调，'Kwengia'：擦得锃亮的椅正和座雕的光泽；'Kwanga'：像盛产的土地那样整齐；'Kuswaga'：处于平静状态"③，差不多是绝大多数原始文艺知识文献所表现出来的知识叙事风格。这类知识叙事在即兴阅读状态下会给人以陌生化效果的阅读情绪，然而我们如果在严格的知识学原则下予以意义穷究就不难发现，它们在任何意义上都不能成为文艺起源研究或原始文艺研究的直接知识叙事，在所有这些叙事中甚至找不出确定性和清晰化的叙事主体，因而也就更谈不上知识域、知识边界或知识立场这一类知识学规则可言。虽然我们还不至于像房龙那样极端性地指责"那些'土著舞'、'土著村落的节日'、'独木战舟之族'都不过是精心安排的骗局，它们与土著的实际生活相去甚远"④，但同样也不会轻易支持这些文献就一定具有较高的知识公信力和叙事有效性。我们的知识操控困难在于，无论是按照"文化期别"（Cultural Stage）理论构思的所谓粗野（狩猎与采集）、悍蛮（农业）、文明（高级文化）三阶段叙事模型，还是"文化差异"（Cultural Variation）学说设定的所谓"针对每一文化的独特之点及人类风俗的不同"⑤ 在场状况叙事路线，其知识学规制都是在我们自己的历史线性轨迹或当下世界在场的确定情况下建

---

① 弗朗兹·博厄斯：《原始艺术》，金辉译，第85页，上海文艺出版社1989年版。
② 普列汉诺夫：《没有地址的信》，曹葆华译，第76页，人民文学出版社1962年版。
③ 罗伯特·莱顿：《艺术人类学》，靳大成译，第15页，文化艺术出版社1992年版。
④ 房龙：《发现太平洋》，沉晖译，第92页，北京出版社2001年版。
⑤ A. L. Kroeber, Lenivereal Categories of Culture, AnthropoLogy Today, University of Chicago Press, 1953, P511

构的，而在他们还没有另一种确定的建置关系完全纳入我们的存在范畴之前，任何文化学或文艺人类学的普适性知识概念或知识叙事方式都无法简单地把他们的事态圈套进我们的叙事目标，除非我们完全不考虑事态与知识的真实关系。当然，一旦我们突破了这些障碍并获得充分的准入资格，则文艺起源及原始文艺研究就将迅速获得大量第一手资料，使文艺史上的任何时间黑洞瞬间实现意义澄明或者说存在真相大白，田野调查知识方式的革命性进展将从这里真正开始。

第三节 考古学知识方式

考古学知识方式较之田野调查知识方式对于文艺起源研究来说那要遥远得多，保罗·巴恩认为"现在已知的最早的'考古学家'是巴比伦的国王纳布尼都斯（Nabonidus），他在公元前6世纪发掘了一座庙宇，一直挖掘到一块数千年前安放下去的奠基石"[①]，而大规模的文艺考古，通常都认为从阿尔塔米拉洞穴发现为标志的19世纪后半叶史前艺术考古运动开始，其中文物识别和岩画发掘的考古学知识进展足以使史前艺术研究成为文艺学的独立知识门类，从而也就使文艺起源和原始文艺研究的科学性得到更加厚重的知识支持，因为"我们"从前乃至最初的文艺生活正在对时间黑洞的穿越中不断地获得澄明性事态真相还原，尽管不同的考古学家会给考古成果作出意义向度完全不同的解读，但歧义性的释义同样会使原始文艺和文艺起源的意义空间不断地充实扩大。

当文艺学家从考古学知识方式寻求文艺起源解读方案的时候，首先获得的最重要知识成果就是使问题具备了时间性，详尽的时间性知识使原始文艺及其进一步的文艺起源之议嵌入一定的时间坐标，否则就根本不知道从何谈起。

考古学家以石器为考古线索编制各种宏观或微观的人类起源及其早期活动的时间轨迹和时间称谓，尽管不同学者选取的称谓符号不尽一致而且

---

① 保罗·巴恩：《考古学》，覃方明译，第8页，辽宁教育出版社1998年版。

时间界线打分往往不乏出入，但总体上还是给出了较为一致的总体时间表和指称方案，J. H. 布雷斯特德概述为：

"早石器时代（打制石刃）

中石器时代（削制石刃，先为单刃，}考古学家所说的旧石器时代
后为双刃（最早的长矛）

晚石器时代（磨制石刃）

先为单刃，后为双刃，带柄工具出现并}考古学家所说的新石器时代
普及，如最早的钻有装柄的孔的石斧"①

欧洲的考古学家则根据发掘地点坐标对旧石器时代、新石器时代以及青铜时代等给予了更细密的划分，例如旧石器时代前期为 Chilean 文化期、Acheullean 文化期，旧石器时代中期为 Mousterian 文化期，旧石器时代后期为 Aurignacian 文化期、Solureian 文化期、Magdalenian 文化期，新旧两石器时代过渡期为 Azilian 文化期等等。中国考古学家在 20 世纪的突进性知识进展，同样也使本土考古和本土社会发生史具有了较为精密的时间坐标和时间称谓，甚至能够编制出本土考古知识成果的中国原始社会史表②；

正是这种看起来非常粗糙的对时间坐标和时间称谓的编制，考古学家为文化人类学家的进一步知识演绎提供了最基本的杠杆和平台。例如摩尔根编制的"（一）低级蒙昧社会：始于人类的幼稚时期，终于下一期的开始。（二）中级蒙昧社会：始于鱼类食物和用火知识的获得，终于下一期的开始。（三）高级蒙昧社会：始于弓箭的发明，终于下一期的开始。（四）低级野蛮社会：始于制陶术的发明，终于下一期的开始。（五）中级野蛮社会：东半球始于动物的饲养，西半球始于用灌溉法种植玉蜀黍等作物以及使用土坯和石头来从事建筑，终于下一期的开始。（六）高级野蛮社会：始于冶铁术的发明和铁器的使用，终于下一期的开始。（七）文明社会：始于标音字母的发明和文字的使用，直至今天"③，单纯从一种意义

---

① J. H. 布雷斯特德：《文明的征程》，李静新译，第 6 页，北京燕山出版社 2004 年版。
② 王玉哲：《中华远古史》，第 45 页，上海人民出版社 2003 年版。
③ 路易斯·亨利·摩尔根：《古代社会》（上册），杨东莼译，第 11 页，商务印书馆 1977 年版。

发生排序来看当然极富想象力而且极富历史逻辑感，但这种想象力成果如果没有考古学知识方式的时间定位的话，那么它就无法在实际知识操控中获得进一步的意义依附效果，从这个意义上说，不管非考古学家的各类学者是否愿意承认，不管以时间显性形态还是时间隐性形态，一切社会发生史规划或意义延伸史编制都必须与特定的考古学排序编制之间取得时间换算关系，乃至进一步给予时间定位或时间称谓，否则其学理性就会大打折扣，文学家爱丁顿所说的"在属于内心和外界的两种经验之间搭任何桥梁，时间都占着最关键的地位"①，哲学家海德格尔所说的"此在就其作为时间性的存在而到时，于是此在根据时间性的绽出境域的机制本质上就存在'在一个世界中'。世界既非现成在手的也非上手的，而是在时间性中到时"②，都是对时间定位律的无条件知识自拟。

当文艺起源作为知识追问自19世界以来横亘在文艺学家们面前以后，过去那些意义描述的非时间性叙事传统开始受到挑战，形势迫使以想象力发达自居的文艺学家寻求与考古学的知识合谋，甚至以一种极不情愿的仰视姿态偷窥考古学知识成果，以求形成自身学科品格的文艺起源考古学知识方式或者原始文艺研究的考古学方法。稍早的尼采还是沿袭着亚理士多德以来的文艺学知识传统并表现出对时间定位律的明确漠视态度，因而其所谓"悲剧的诞生"是一个极其畸形的知识学设问，其所说的"由于阿波罗和狄俄倪索斯这两个支配艺术之神，使我们在艺术的起源和目标方面，认识了阿波罗的造型艺术和狄俄倪索斯的非视觉音乐艺术之间的巨大差别"③，就其起源叙事行为而言经不起知识学的任何最起码挑剔。而稍晚的格罗塞则显然离开了传统的文艺学知识套路，"艺术科学"在现代知识学谱系中得以形成并被设置为"艺术史"和"艺术哲学"两条知识操控路线，并强调艺术史是"把传说中的一切可疑的和错误的部分清除尽净，而把那可靠的要素取来，尽可能地编成一幅正确而且清楚的图画。它的任

---

① 引自彼得·柯文尼：《时间之箭》，江涛译，第3页，湖南科学技术出版社1995年版。
② 海德格尔：《存在与时间》，陈嘉映译，第431页，三联书店1987年版。
③ 尼采：《悲剧的诞生》，刘崎译，第13页，作家出版社1986年版。

务，不是重在解释，而是重在事实的探求和记述"①。只是在这样一种文艺学知识形态历史性变革的背景下，文艺起源及其原始文艺研究作为文艺学的基本知识命题和科学性问题才真正成立，时间定位律在文艺学这一学科中才从此有了深刻的渗透。

显然，考古学家和文艺学家在文艺考古这一知识合谋事件中表现出了极大的协调性，这一方面是因为文艺学家面对起源提问不得不从想象走向事实，另一方面则是考古学家面前所呈现的事实也不能不包括一定的文艺生存意义遗留，迫使双方在原始时间位置的问题聚焦中进行知识互约，文艺学家需要时间定位，考古学家需要意义解读，由此而有互约性知识成果并导致原始文艺研究和文艺起源研究的一系列知识进展。布鲁斯·炊格尔所说的"近来，考古学家又受到了一种文化的生态系统的观点的影响。这种方法把人类看成是更大的生态学系统的一部分，而且假定在文化系统和它的周围环境之间有着多种多样的交换"②，虽然只是泛泛而论，其中就隐含着文艺学与考古学的知识合作事态。在纯粹的考古学语境里，"石瓣"（Blade）只不过"因其形状之不同，使用目的各异，分为'厚背石瓣器'（backed blade）和'刻凹石瓣器'（not ched blade）"③ 而已，但是在合谋语境中，就被意义猜想性地引申出"可以肯定的是已经具有了某种装饰的意味，并且表现出原始先民在制造工具的同时，已经有初步的审美观念和审美意识的萌动④"，在更深层次上，这种合谋格局的形成是因为一种新的在场共识已经形成，那就是人们已经普遍认为"各种不同艺术观念的混杂（希腊语 Sinker gismos，'联合'）是原始艺术发端时期的突出特点。人类对世界进行艺术开发的活动同时也促进了 Homo sapiens（智人）的形成"⑤。

尽管事态还不乏被动性地呈现为"目前已经发现了 200 多个洞穴，洞

---

① 格罗塞：《艺术的起源》，蔡慕晖译，第 1 页，商务印书馆 1984 年版。
② 布鲁斯·炊格尔：《时间与传统》，蒋祖棣译，第 23 页，三联书店 1991 年版。
③ C. Winick, Dictionary of Anthropology, New York, 1956, P71
④ 刘锡诚：《中国原始艺术》，第 15 页，上海文艺出版社 1998 年版。
⑤ 安娜·尼古拉耶芙娜·玛尔科娃：《文化学》，王亚民译，第 9 页，敦煌文艺出版社 2003 年版。

穴壁画超过1万幅,由于旧石器时期(前35000—前9000年)没有留下文字记载,研究渔猎和采摘野生植物为生的人类艺术大多凭猜测"①,甚至晚至古埃及阿姆拉文化(前3800年)中"作为象形文字的一个符号"②也至今令世人费解,但考古学家和文艺学家仍然充满信心地走向史前文艺考古,祈求在穿越时间黑洞的过程中不断地推进文艺起源和原始文艺研究的知识学进展。阿尔塔米拉洞穴艺术事件以后,文艺考古知识渐趋繁复而且渐趋谱系化,考古学知识方式也在这一过程中逐渐确立起文艺起源的初始时间域和原始文艺的期别递进脉络,奥瑞纳(Aura Glacial)文化期在现行认识能力水平上被公认为文艺诞生时间位置,这段由公元前4万年延伸至公元前1万年的三万年时段中,大量出土的小型艺术品证明着人类从那时开始就自觉不自觉地追求一种文艺生活方式,这意味着旧石器时代末期以前的人类还没有任何文艺意义的社会痕迹,当然,未来的考古学知识推进或许证明今天的知识结论过于武断。虽然原始文艺史研究专家能够清晰地描述出"小型艺术品的题材分为动物、人物和几何图形等,制作手法分为圆雕、浮雕、线刻等。艺术风格有写实、程式化、几何化以及粗拙、精细等类型"③,但离初始澄明的知识飞跃还有遥远的研究距离,面对茫茫初始,考古学家、文化人类学家以及文艺学家还都无可奈何,还都屈抑于"在整个旧石器时代,我们很难说技术在哪里结束,艺术在哪里开始,或艺术在哪里结束,技术在哪里开始……没有人能说出,是弓在先,还是弹拨乐器在先,但是有着弓箭文化,就总是有弹拨乐器"④,这意味着初始域中的更精密时间定位对考古学知识方式本身而言也构成目前尚难逾越的困难。然而困难遮掩不了成就,由于文艺学在考古学知识方式中确立了时间性观念和一系列时间知识,使得文艺起源和原始文艺研究能在旧、新两个石器时代切分出有时域针对性的三个文艺时段,那就是:(一)无母题性意义符号阶段,(二)母题性意义符号阶段,(三)独立性意义符号阶段。

---

① 艾迪斯:《艺术史与艺术教育》,宋献春译,第16页,四川人民出版社1998年版。
② Alen Gardiner, Egyption Grammar, Landon, 1957, P510
③ 陈兆复:《原始艺术史》,第11页,上海人民出版社1998年版。
④ 马文·哈里斯:《文化人类学》,李培茱译,第356页,东方出版社1988年版。

无母题意义符号不是无意义而是无母题，裴文中所说的"到了奥端聂文化期的末叶，刻的艺术显然有进步了。刻的笔道，渐渐由深而浅，更渐渐均匀，且渐能以粗细线，显示阴影。刻的对象也不只是常见的动物，并有人像"①，不仅显在性地叙说了意义的存在，同时也隐在性地叙说了意义的分散性、杂乱性、随意性和本能性。无母题意义的原始文艺符号所呈现的时间最长，大约从公元前4万年延伸至公元前1万年，真是三万年苦也其中乐也其中，究竟有多少文艺活动文艺意义如无际星空长久地慰安着甚至激励着我们万千代原始先祖向着文明蠕动奔赴，文化时间黑洞或许将成为永久性历史遮蔽。随着后继文艺史的进一步解蔽，无母题意义符号阶段的原始文艺史将会越来越显示其学术诱惑力和事态吸引力。母题意义符号阶段约存在于公元前1万年至公元前5000年，人类的文艺生活开始在意义和符号层面形成主旨、类型、分类价值目标和表现方式的相对稳定性，卢梭讨论语言起源议题时所说的"只是到了后来，人类摆脱了蒙昧状态，意识到原先的错误，并且仅仅在因所形成的同样的激情的感动下，才使用这种最初语言的表达方式，此时，它就成为了隐喻"②，虽然在语用学意义上或许更适合于史前口传文学事态，但它所揭示的机理实际上可以穿透所指时间域的各类文艺状况，而且母题化方式的出现证明群际交往和意义互约的深度和宽度都有极大的加强，文艺意义的普适性和文艺生活的文化普同性也在积累和进展之中。当孔多塞站在18世纪知识氛围说"所有舞蹈的、音乐的和诗歌的起源，就可以追溯到社会最早的孩提时代……我们在这里也发现了爱情歌曲和战歌"③的时候，其所关涉的"情歌"、"战歌"之类的母题指代还至多只能是文艺学猜想，只有当考古学提供事实证据的时候才是真实的文艺学知识求证，例如中国文艺考古中对新石器时代后期呼图壁岩画的解读就是采取母题释义的技术路线，即所谓"我们面对呼图壁岩画中那些被极度夸大的勃起的阳具，看到这些雄赳赳的场面，使我们感到

---

① 裴文中：《旧石器时代之艺术》，第27页，商务印书馆1999年版。
② 让-雅克·卢梭：《论语言的起源：兼论旋律与音乐的摹仿》，洪涛译，第19页，上海人民出版社2003年版。
③ 孔多塞：《人类精神进步史表纲要》，何兆武译，第14页，三联书店1998年版。

这不但表现了男性在生殖中的巨大作用,而且也是显示了男性的崇高地位"①,之所以能走母题释义的技术路线,是因为在这个时间段里母题意义符号形态已成为比较普遍的文艺现象。而对于独立性意义符号阶段来说,那是文艺史的真正革命,也是原始文艺结束的时间标志,意味着广义古典文艺时代即将到来,意味着初始态希腊古典文艺、初始态埃及古典文艺、初始态中国古典文艺等不同民族文艺新时代的呼之欲出。那个革命性文艺史时段可能因发生得过于急骤而非常短暂,但蕴含在这短暂时间里的文艺史驱动力量却是此前两个漫长历史时域的能量总爆发。独立性意义符号标志着完整文艺作品的社会化涌现,标志着诗性叙事和审美性赋形具有广泛的人类普适意义,标志着文艺生活作为独立的人类生存方式和社会生存领域的价值分工格局基本完成。尽管各民族因具体的时空条件不同而使独立意义符号的标志性时间或先或后,但各民族的文艺史总是以自豪的笔调从这里写起,因为这个时间标志一直延伸到我们今天的所在位置并仍然具有路标意义。

　　文艺人类学通过考古学知识方式在文艺起源和原始文艺研究领域所取得的突出知识成果,其次还显明地体现为对原始文艺的意义分类以及进一步形成的原始文艺知识谱系,如果没有这些意义分类和知识谱系,则实际知识操控的每一个环节都无法有效进行。

　　在文化人类学家的知识实践中,"分布"(Distribution)这个概念具有举足轻重的学术分量,尽管分布本身"可能是连续的(往往即是传播的一种结果),但也可能是不连续的(即是辏合、并行发展或远地散布的一种结果)"②,然而不管文化事实间究竟是什么样的存在关系,它都必须被结构性地放置于特定的审视域内,从这个意义上说,无论是传播性的"制度、文化特质或文化丛向其他文化区域移动"③,还是平行性的"在未发生相互接触和相互影响的情形下,相似的文化形式得以独立发明"④,都能在

---

① 孙新周:《中国原始艺术符号的文化破译》,第22页,中央民族大学出版社1999年版。
② AkeHultkrantz, General Ethnological Concepts, New York, 1960, P97
③ C. Winick, Dictionary of Anthropology, New York1956, P168
④ Linton, The study of man, New York & London, 1936, P13

问题综合进程中统辖进更宏观视野的在场事态，而对学术的要求就是必须对这些事态予以澄明。就原始文艺研究来说，事态澄明进程也就意味着对存在个案的一系列甄别和意义确定化，当然也就意味着一系列原始文艺知识的诞生，在甄别和意义确定化的知识操控过程中，考古学知识方式几乎充当了第一知识学的重要角色，它们"力图通过残存在考古记录中的各种人工制品和人类活动的痕迹来了解人类的过去。这很像古生物学家从化石中获取信息，地质学家在各种地层里进行研究"①，正是由于这样一种学术旨趣的支配，考古学家往往以极大的耐心和极其精细的操作方法去对待每一具体的考古事件，所以我们很容易在考古学家笔下阅读到诸如"宁夏国原麻黄剪子的一座齐家文化的方形房屋的墙壁上，更有用红色画成的几何形壁画"② 这一类的叙述文字。当众多的考古学家对众多的史前考古事态给予意义确定化以后，就会分层性地形成原始文艺状况的知识谱系，从而或者专题性、或者比较性、或者类型性、或者区域性地对各种原始文艺知识进行谱系化的编制，形成总体性的知识框架和具体性的知识点，例如王仁湘教授在他的《中国史前陶器纹饰区探论》一文中就既能绘制出"中国前龙山文化时期陶器纹饰区示意图"，也能绘制出"中国龙山文化时期陶器纹饰区示意图"，甚至也能在此基础上编制更加宏观的"中国史前陶器纹饰区的时代与文化分布"谱系性知识，所以对于他所说的"我们确认中国史前陶器纹饰区的客观存在，也相信通过本文的统计分布，这些陶器纹饰区完全可以确立"③，我们在原始文艺研究中就会给予极大的知识信任。当一定数量的这些谱系性知识在文艺起源和原始文艺研究语境中形成知识集合以后，就会使文艺起源和原始文艺研究的知识谱系格局得以从微观到宏观实现知识域边际内的全面性建构，就会使相应的议题、语旨和学科建立在现代科学知识的客观性、实证性、精密性之上，就会形成对文明时间黑洞的真实而强大的穿透力或者说使分析和追问有了厚重的知识基石。

必须给予充分注意的是，在甄别、意义确定化一直到知识谱系建构的

---

① 布鲁斯·炊格尔：《时间与传统》，蒋祖棣译，第36页，三联书店1991年版。
② 严文明：《史前考古论集》，第33页，科学出版社1998年版。
③ 王仁湘：《中国史前考古论集》，第382页，科学出版社2003年版。

知识程序中，始终隐存着一个重要的观念并内在地支配着考古学知识方式对原始文艺研究的全部学术努力，那就是元分类和二度分类。我们的先祖从蒙昧走向文明的去黑暗生存挣扎中，分类能力乃是智性进展的一个重要标志和成熟观察系，所以涂尔干的思想中始终缠绕着"我们绝不能把人类的分类说成是来源于个体知性之必然性的自然而然的事情，恰恰相反，我们必须扪心自问：究竟是什么使人们采取这种方式来安排他们的观念的，人们又是在哪儿发现这种独特配置的蓝图的"①，这种纠缠与原始人的原初困扰共同着问题脉络，因为原始人的每一种分类实践都意味着某种事物的起源或者意义的社会定性，就这个切入角度来说，从分类观念和分类实践中观察原始人的意义方式和社会行为向度就显得非常有效，因而由此窥探原始人的文艺生活秘密也就同样具有有效性。就考古学与我们的关系来说，虽然诸如"被称为最现代化的迷人之物——唇膏（它也是红色的），实际上它的年代可以上溯到冰川时期。许多史前洞穴中曾发现大小合适和有着尖端的唇膏标本。用唇膏来加深妇女嘴唇的玫瑰色，已有若干万年之久了"②，这一类的事态澄明很重要，但更重要的是告诉我们原始人是在何种意义上使用何种装饰符号并由此形成不同意义指向的装饰符号类别，或者在何种意义上使用何种器物开展其原始文艺活动，例如中国考古学家对公元前 7000 年的河姆渡考古叙事的"河姆渡遗址第四文化层出土的一批乐器，揭示了人类音乐发展史上全新的一页。遗址出土的乐器分吹奏乐器和打击乐器两类，其中吹奏乐器有骨笛 160 余支，陶埙数件；打击乐器有木笛 20 余件"③，就是有效的素材陈述并对我们进入问题提供直接性知识支持。当然，即使是考古学本身，完全还原出原始人的元分类观或元分类事态肯定同样会遇到某些不可逾越的障碍，所以我们从考古学知识方式那里所获得的绝大多数陈述都是二度分类知识，也就是考古学家站在今天的知识位置所实现的对元分类观念或分类事态的最大还原，或者说意义的最大逼近，尽管这些最大还原和最大逼近离极限性叠合还有遥远的距离，然

---

① 爱弥尔·涂尔干：《原始分类》，汲吉吉译，第 9 页，上海人民出版社 2000 年版。
② JuliusE·利普斯：《事物的起源》，汪宁生译，第 43 页，敦煌文艺出版社 2000 年版。
③ 陈忠来：《太阳神的故乡——河姆渡文化探秘》，第 248 页，宁波出版社 2000 年版。

而对于我们的文艺学或者更具体的文艺人类学来说就具有焕然一新的知识视野。诸如泛考古学意义上叙事的"大墩子遗址的发掘表明，元谋地区远古居民已能建造木结构的房屋，过着定居的生活。他们种植粳稻，饲养猪、牛等家畜，并从事狩猎、捕鱼和采集。他们除了制陶和纺织外，并能制作出骨角蚌器。鸡形陶壶和各种精美的骨制或石制的装饰品表明，当时人们已有艺术的爱好，并在这方面有卓越的才能"[①]，或者门类知识考古学意义上叙事的"史前时期，在音乐考古学上还有一些较为重要的发现。主要有浙江余姚河姆渡、江苏吴江梅堰和河南长葛石固等地的骨哨；河南、甘肃和陕西等地出土的大量陶埙、各类摇响器和铃铛；陕西长安斗门镇陶钟；山西襄汾陶寺遗址、河南偃师二里头、山东泰安大汶口遗址及甘肃永登乐山坪、青海民和阳山等地出土的龟鼓或陶鼓；山西襄汾陶寺、河南禹州阎砦和内蒙等地的石磬；陕西华县井家堡、山东营县陵阳河和河南禹州谷水河等地的陶角"[②]，都意味着考古学知识方式一直以极大的学术努力进行原始文艺二度分类的知识叙事，并且这些叙事是我们在目前的知识状况下进行文艺起源和原始文艺研究的最有效的背景材料。

在元分类、二度分类以及进一步的知识谱系化过程中，文艺起源和原始文艺的事态真相在文艺人类学的学科视野中不断地获得澄明，而且随着考古学在全球范围内不断地获得遗址发掘基础上的知识推进，还会带来文艺起源理解和原始文艺史写作的一次又一次修正，因而我们也就非常有把握地说，考古学知识方式使得文艺起源和原始文艺研究获得了学科知识结构的动态积极意义和本学科的知识学活性。这一现代知识学品格的取得，使文艺人类学的起源论视野突破了传统学科领域的文献主义知识边界。历史文献在任何时候都是重要的知识参照和问题背景资料，但是面对非文字的原始文艺时代，那些间接叙事的历史文献及其文献中对原始事态的种种猜测，其参照的有效性就会大打折扣。在与茫茫原始文艺时间黑洞遭遇之际，依托间接叙事的一切"古史辩"方式的知识行为虽然不乏其知识学意义和对想象力的诱引力量，但从根本上说来仍然无法使其直接进入现代知

---

① 汪宁生：《云南考古》，第19页，云南人民出版社1980年版。
② 王子初：《中国音乐考古学》，第48页，福建教育出版社2003年版。

识学的问题结构中去,这主要是由其过量的主观性和间接性所根本制约的。无论是《楚辞·天问》的"遂古之初,谁传道之?上下未形,何由考之?冥昭蒙暗,谁能极之?冯翼未象,何以识之",还是《列子·杨朱》的"太古之事灭矣,孰志之哉?三皇之事,若存若亡,五帝之事,若觉若梦;三王之事,或隐或显;亿不识一……太古至今日,年岁固不可胜纪,但伏羲以来三十余万岁",抑或《五运历年纪》的"元气蒙鸿,萌芽兹始,遂分天地,肇立乾坤。启阴感阳,分布元气,乃孕中和,是为人也。首生盘古,垂死化身,气成风云,声为雷霆,左眼为日,右眼为月,四肢五体为四极五岳,血液为江河,筋脉为地里,肌肉为田土,发髭为星辰,皮毛为草木,齿骨为金石,精髓为珠玉,汗流为雨泽,身之诸虫,因风所感,化为黎甿",都不过臆古问初的间接性想象叙事,只能给时间黑洞增添更多的文化神秘感,不能成为广义文明起源研究的证据性材料。而在更具体的文艺起源问题上,那些所谓"(疱羲)(一)伏羲以俪皮制嫁娶之礼。(二)疱羲氏作瑟。宓羲作瑟,八尺二寸,四十五弦。疱羲氏作五十弦,黄帝使素女鼓瑟,哀不自胜,乃破为二十五弦,具二均声。(三)伏羲作琴。伏羲作琴瑟"(茆泮林《世本·作篇》),所谓"瑟,疱牺所作弦乐也。琴,神农所作,古者芒氏初作罗"(许慎《说文解字》),所谓"帝俊有子八人,是始为歌舞"(《山海经》),甚或所谓"黄帝之史仓颉,见鸟兽蹄迒之迹,知分理之可相别异也,初造书契……仓颉之初作书,盖依类象形,故谓之文;其后形声相益,即谓之字"(许慎《〈说文解字〉序》),从本质上说都属于"蕴含着理性因素的非理性虚构"[①]的神话叙事。尽管这些历史文献型间接叙事对我们拓展文艺起源和原始文艺的研究视野具有想象力引领作用,但无论如何都不能成为现代知识学背景下的一种知识方式,而与文艺人类学的考古学知识方式则相去尤其遥远,从这个意义上说,简单地在神话叙事和考古学知识两者间寻找意义连接的操控方式不会带来任何学术有效性,所以德国学者艾伯华也认为"虽然考古学研究在中国已取得巨大进展……但在大多数情况下,仍然无法把考古学文化与文献

---

① David Bidney, myth symbolism and Truth, New york, 1958, P3

记载的文化联系起来……任何把这种文化同文献记载的文化与种族结合的尝试，都仅仅是难以凭信的假说"①。

当然，考古学知识方式本身也受到学科进展的限制，对原始事态意义本体及其事态分布的考古往往是一叶障目的窥探，其在时间黑洞中的所作所为较之无际黑洞本身常常只能望洋向若而叹，被这一知识方式所不断延展着的原始文艺知识谱系较之原始事态或许只能是黑洞中一丝飘忽的缝隙光亮而已，这不仅意味着谱系本身并非绝对妥靠的文艺世界的本原结构状况，而且意味着考古学知识方式不能成为文艺起源和原始文艺研究的唯一知识操控路线。罗伯特·贝德纳里克所说的"在考古所研究的过去所发生的所有事物中有99.99%以上没有任何种类的证据幸存超过一秒钟。在仍然不可计数的留存下来的事例中，只有百分之一的一百万分之一这样一个微小的比例有证据留存下来。其中，只有无穷小的一部分被考古学发掘了出来，而其中更小的一部分得到了正确的解释"②，实际上代表了绝大多数史前考古学家兴奋之余的无作为无奈心态，美国考古学界新旧两个学派彼此对对方的学理担扰，都是无法逃避的无奈的一种必然走向。这意味着在文艺起源和原始文艺研究的考古学知识方式中，要么会疾感着事件缺乏，要么会痛惋着意义间的有机联系抑或进一步的整合性规律解读。在考古学家们身处文艺考古领域并且意识到"至少4万年以前，甚至更早，人类就已经不断地以符号方式进行装饰标记。这些社会化刻写标记方式就是一种典型的人类特征。其结果是伟大的，所在时代视觉想象物的遍撒，能够幸存给我们并且以超越漫长历史时空的存在形态"③的时候，过度兴奋往往使他们几乎忘记了当此时他们应有的角色清醒和行为努力，而现在的实际情况恰恰是，尽管在某一个民族就能寻找到几十万件史前岩画文艺作品，但关涉文艺起源一系列问题点和原始文艺一系列知识点的作品要件或意义的关键性证据就难以确定。这种关键性问题点和知识点的考古学知识方式不作为或不充分作为，使文艺起源和原始文艺研究很难进入科学答疑知识

---

① Wolfram Eberhard, The Local Cultures of South end East China, 1968, P10
② 引自保罗·巴恩：《考古学》，覃方明译，第4页，辽宁教育出版社1998年版。
③ Christopher Chippindale, The Archeology of Rock - Art, Cambridge University Press, 1998,, P1

层面，因为此种语境之中的任何设问都将遭遇不置可否。站在今天的知识位置去评价考古学知识方式，我们认为其对文艺起源和原始文艺研究的学术努力仍然主要停留在大量背景资料准备的前学术阶段或者说前问题学理层面，离这一知识方式在这一议题中的革命性时代转折还存在相当的时间距离和逻辑条件不足。

尽管我们在如上叙事中对考古学家在文艺考古中的过度兴奋持压制态度，但考古学知识方式对文艺起源和原始文艺研究依然提供了第三种不可抹杀的知识贡献，那就是初步建立起了穿越时间黑洞的逆向性意义还原通道，如果没有这个通道，则史前文艺就无法作为事实呈现在今天，则委身于史前文艺的所谓文艺起源和原始文艺研究就完全没有知识合法性可言。

自然科学在对存在的时间性证明中，坚信时间的最重要特征之一就是不可逆性，甚至认为它乃是西方思想的支撑力量之一，即所谓"不可逆时间深刻地影响了西方思想。对'进步'和地质学所谓的'深时'——指人类进化只是新上地球舞台不久的一出戏的那项惊人发现，不可逆时间给我们做了心理准备。它为达尔文的进化论开辟了道路，从而把我们和原始生物在时间上连接起来。总之，线性时间概念的出现，和因之而起的思想改变，为现代科学以及其改善地球上生命的保证，打下了基础"[1]。但是社会科学尤其是东方思想智慧并不对时间作完全线性的理解，转换、轮回和再生之思把时间向度的残酷锐利锋芒遮蔽于幸福主义意义氛围中，由此确立世界之为世界在过去、现在和未来浑然为一的整体世界观。于此存在视野之下，原始文艺与现代文艺于道于义都是同一，所不同者不过是表面性存在的形体、器物及风格而已。问题在于，无论是自然科学还是社会科学，无论是东方还是西方，无论是线性还是非线性，有一个共同的不可逾越的存在边界横亘于各种时间歧义理解观念拥有者的面前，那就是在场与不在场的根本性分野。史前近四万年时间区域的文艺世界（如果确定有的话）可以认定我们自广义古典以来的现代人类不在场，就像我们把那个时代黑洞化并认定他们不在场一样，这种在场与不在场的一个直接知识学现实就

---

[1] 彼得·柯文尼：《时间之箭》，江涛译，第5页，湖南科学技术出版社1995年版。

是存在于两个时域的文艺意义具有非通约性,当简·布洛克说"当我们言及已发展的社会中的'原始艺术'时,我们指的是三件事情中的任何一件,而它们每一件都与原始人类的原始艺术没有任何显著的相似处"①,实际上是说我们与真正的原始艺术遭遇之际完全无法有效实现意义沟通,一般叙事中没有沟通和对话障碍的原始文艺关涉事态并非真正的原始文艺。这种非通约性的两个文艺世界并不是文化差异所致,亦非体现为文化存在的不同类型,所以也就无法在我们统辖下的设定规则里进行操控性的"用包罗万象的型制学结论来描述各种不同的文化类型"②,甚至完全不能在两种离异性文艺存在间进行学者们越来越富有激情的所谓"比较研究",例如在它们之间进行比较诗学范式或比较美学范式的学术研究。

  对于那些开始运用考古学知识方式以前的文艺学家们来说,他们的兴趣集中在希腊神话和悲剧普及后的文艺状况,史前时代搁置到几乎忽略不计的知识学地位,在维柯的"我们的诗性逻辑帮助我们理解到的那种诗性语言持续很久才到了历史时代,就像长川巨河持续流进大海,凭流动力向前推动的各种水都保持着甜味"③ 这样一种表述里,分明流露出此明即自然彼明的文艺史线性情绪,这种情绪与洪堡式的"越是向史前时期的纵深之处追溯,一代接一代的人们所承递的全部材料自然就越是融聚为一体"④的原始语言冷漠观如出一辙。但是在极端进化思想受到长期清理的今天,人们已愈来愈意识到在史前文艺和今日文艺间进行沟通和对话的必要,由此而带来的文艺学完整知识框架会更加有利于对文艺基本问题的解读,而要做到这一点,就必须在两个文艺时域间建立具有逆向性意义还原的通道,要想获得有效通道,19世纪以来的知识学史告诉我们必须最大限度地依靠考古学知识方式,从这个意义上说,考古学知识方式的通道功能或许能将我们程度不同地带回到原始文艺事态和文艺起源情境中去,或许我们能够真正理解并狂热地承享着"昔葛天氏之乐,三人操牛尾,投足以的歌

---

 ① 简·布洛克:《原始艺术哲学》,沈波译,第55页,上海人民出版社1990年版。
 ② J. B. Watson, Cultural variation, A Dictionary of the social science New York,, 1964, P164
 ③ 维柯:《新科学》,朱光潜译,第184页,人民文学出版社1986年版。
 ④ 威廉·冯·洪堡特:《论人类语言结构的差异及其对人类精神发展的影响》,姚小平译,第20页,商务印书馆1999年版。

八阙",或许我们与山顶洞人一道围着篝火击打着石棒并且裸舞之际彻底体会了狂欢化中的极限生命诗意,总之我们也许能够立足今日文艺意义和文艺情境而与原始文艺意义和原始文艺情境一体化相拥。当考古学成为现代知识学的骨干学科之后,类似的或然性猜想至少在学理上使人们更加充满信心,阿瑟·伊文思1884年在阿什摩尔博物馆开馆仪式精彩演讲中所说的"史前考古学追溯到人类的洞穴老家……又冲进湖底,复原起人类的桩上房屋"①,正在逆向性时间通道的开凿过程中不断地成为直接现实,尽管通道的长度、宽度和到达目标仍然有限得让人吃惊,但毕竟对离异时间的弥合以及时间黑洞的穿越有了实质性的突破,这种突破足以让文艺史家在不同民族的自身回眸中写出各种体制的原始文艺史著作来,例如刘锡诚写出洋洋三十万言的《中国原始艺术》一书后,就申述其"原始艺术资料,主要来自三个方面:一是考古发掘得来的资料;二是古文献上记载的资料;三是从近现代还处在原始民族社会末期的民族中搜集来的资料"②,足见这种突破的一丝光亮就可以导致文艺学对原始文艺和文艺起源叙事的阳光普照。

就通道效应或者说通道的知识学效应而言,考古学知识方式对文艺起源和原始文艺的知识贡献仍然以岩画研究或者说岩画意义叙事最为突出。自从考古学界传说的"1879年,那个年轻的女孩和她的父亲走进西班牙阿尔塔米拉洞穴"③故事以后,在最近一个多世纪里,文艺史领域尤其是具体的史前岩画研究领域表现出了极大的知识兴趣并在全球范围内获得了极为理想的谱系化效果,卡莫诺史前研究中心和国际岩画委员会所公布的体制内信息是在120多个国家拥有史前岩画分布,E.阿纳蒂主席在向联合国教科文组织呈供的研究报告里所说的"在许多曾有人类居住的地区,大量集中的岩画提供了对早期人类历史新的认识,从旧石器时代的狩猎采集者到现代的采集、渔猎、游牧的社会,从搜集这些创造性的记录中得到的信息,使我们获得大量有关亚洲、非洲、美洲和大洋洲许多国家遥远过去的

---

① 引自格林·丹尼尔:《考古学一百五十年》,黄其煦译,第172页,文物出版社1987年版。
② 刘锡诚:《中国原始艺术》,第458页,上海文艺出版社1998年版。
③ Christopher Chippendale, The Archaeology of Rock-art, Cambridge University press, 1998, P2

历史资料"①，不仅是对一种新兴知识事态的描述，而且更代表着绝大多数岩画研究专家在这一事态中所表现出来的某种共同知识目标，而这个目标的最清晰之处，那就是公共知识学命题的"百科全书观"，即所谓"岩画是原始社会的百科全书。它以艺术的形式记录了从远古的狩猎时代到近代原始部落的人类生存活动的连续性篇章"②，无论是洲别研究以及更具体的国别研究岩画知识叙事框架，还是早期狩猎岩画、后期狩猎岩画、牧人岩画、混合型岩画这类岩画知识叙事线索，抑或框架与线索的叠合性运用，其所获得的原始文艺的知识印象是：（一）最大限度地对世界范围内的人类史前岩画分布状况进行了总体性编制，（二）按照存在时间和意义类型对岩画的史前时代定位及其延续状况给予了归位性叙事处置，（三）在深入的个案研究基础上对具体的岩画意义及其与所在时空位置的人类生存的一般关系作出了各种切入角度的意义清理和价值评估，（四）沿着这些知识轨迹引申性地拓展了文艺起源和原始文艺研究的问题空间和知识信任程度。正是由于这种研究所带来的整体性知识推进，使得原来只有极少数人关注的对象及其议题大大开拓了它的公共知识领域，使得更多的当前文艺关注的文艺学家把原始文艺叙事与现代叙事在一种对话关系结构中进行知识整合，使得一种极度当前化的知识温室效应得以减压并使文艺的人类或人类的文艺获得一种更具时空升华的整体性价值反思。

　　逆向性意义还原以及相应的时间通道的建构，在成功地进行了个案性抑或部位性的时间黑洞穿越以后，不仅从根本上改变了传统价值观中对野蛮与文明的简单对立性理解，而且通过意义对话使文艺人类或人类文艺越来越获得整合知识效果的可能性，现代文艺学家坦然所说的"软粘土上的指纹，以及像卡斯蒂洛洞穴（西班牙）中那样，以手掌为模，喷色后留下的4万年前的印记，表明人是如何执意要留下自己的痕迹，要在围绕自己的世界上放上自己的记号。因此，我们从起源之处就可找到艺术家的那种

---

　　① E. 阿纳蒂：《世界岩画研究概况》，陈兆复译，引自《外国岩国发现史》，第403页，上海人民出版社1993年版。

　　② 陈兆复：《外国岩画发现史》，第20页，上海人民出版社1993年版。

主要动机：通过打上记号而投身于世界和把世界据为己有"①，这对150年前的文艺学家乃至上溯到亚理士多德的文艺学时代来说，简直就是不着边际而且是缺乏起码的文明本体意识的异端邪说。在把尼安德特人想象成"以洞穴为永久居所，挥动木棍，遍身毛发，性生活乱伦放任"②，或把中国先民想象成"太古之初，人吮露精，食草木实，穴居野处"（谯周语）的文化氛围下，非常容易因野蛮评估系的尺度力量导致先祖耻辱意识或原始鄙薄观，再加上线性进化主义者始终坚持"对于那些试图理解人类的最低等形态是如何从一种动物祖先进化来的人来说，进步进化的线性模式可能更有用"③，也就自然而然地演绎为文艺学领域原始文艺幼稚说或非成型理论，并且这类观念很大程度上受到亚理士多德诗学理论传统和悲剧起源观念的知识支持，所以文艺起源和原始文艺这样一个极其复杂的文艺学元问题长期被简单化甚至肤浅化地予以解读，也就带有知识史意义上的必然性。从这个意义上说，当考古学知识方式逾越了亚理士多德传统和19世纪盛行的线性进化主义思潮以后，就给文艺学知识域带来了新的知识路向以及文艺起源问题的科学性重建，真正属于学科进展中的革命性转折。甚至我们完全有理由猜想，随着考古学的发达以及逆向性意义还原的全方位实现，或许某一个考古学知识方式所带来的突进性的知识点，会引起文艺起源和原始文艺研究的视野发生翻天覆地的变化，直至对人类与文艺的存在关系和价值结构作出我们今天完全无法想象的解读方案。这就是考古学知识方式对文艺学知识域的巨大魅力。

第四节　哲学知识方式

"哲学知识方式"这个概念虽然并无表层语法障碍，但却存在深层的语义逻辑重复错误，因为在古希腊缘起那里哲学就是原知识学、智慧学，而且所指中本身就有一套严格而规整的形而上学知识体系，所以策勒尔所

---

① 雅克·德比奇：《西方艺术史》，徐庆平译，第4页，海南出版社2001年版。
② J. Jacobs, An Outline of General Anthropology, New York, 1947, P297
③ 皮特·丁·鲍勃：《进化思想史》，田铭译，第29页，江西教育出版社1999年版。

说的"在古代的民族中,除了希腊人,只有中国人和印度人可以加以考虑"①,除了极端之嫌外亦不乏令我们深思之处。亚理士多德在《形而上学》中命名哲学语义时所说的"因为我们正在寻求这门知识,我们必须研究'智慧'〈索非亚〉是那一类原因与原理的知识。如果注意到我们对于'哲人'的诠释,这便可有较明白的答案。我们先假定:知人知道一切可知的事物,虽然每一事物的细节未必全知道;谁能懂得众人所难知的事物我们也称他有智慧(感觉即人人所同有而易得,这就不算智慧);又,谁能更擅于并更真切地教授各门知识之原因,谁也就该是更富于智慧,为这门学术本身而探求的知识总是较之为其应用而探求的知识更近于智慧,高级学术也较之次级学术更近于智慧,哲人应该施为,不应被施为,他不应听从他人,智慧较少的人应该听从他"②,基本上与世界范围内的当今哲学状况相去已远,没有智性的知识自衍和语词堆砌淹没了那妙不可言的殿堂,即使那些非常杰出的哲学家,面对苏格拉底之际至多也不过是哲学知识专家,所以我们实际上已进入一个哲学知识专家,所以我们实际上已进入一个哲学的学科化或门类知识化的智慧苍白哲学时代。尽管对那些动辄他就是新的柏拉图、新的亚理士多德、新的康德、新的黑格尔的哲学杂耍之徒而言会愤怒之至,尽管汗牛充栋的艰涩术语及其故作惊骇的大量命题会压迫得真正的柏拉图、亚理士多德、康德、黑格尔也喘不过气来,但谁从他们那里获得了世界存在或人类生存的智慧启迪呢,所以这是我们无法去存的当代哲学的"沉沦"和极其无奈的"在世"。由此决定了我们的知识命运,跟着一起"闲读",跟着一起"两可",跟着一起"畏",跟着一起把玩细腻的"上手"之际的各种知识操控,从这个意义上说,所谓文艺起源研究的哲学知识方式,就是此在哲学状态的一种具有哲学学科特色的知识操控方式而已,而非原哲学智慧诉求高度上原知追问方式的所谓"在客观存有里根本无问题,那里只有无有,问题产生于客观存有和当前认识之间的某种关系,这种关系乃是当前的认识和客观存有的不配合"③,甚至

---

① E. 策勒尔:《古希腊哲学史纲》,翁绍军译,第 2 页,山东人民出版社 1992 年版。
② 亚理士多德:《形而上学》,虽寿彭译,第 3 页,商务印书馆 1959 年版。
③ 陈康:《哲学方法》,见其《论希腊哲学》,第 526 页,商务印书馆 1990 年版。

恰恰相反，我们的知识操控主要少跃于客观存有之中，所以说这里将要连篇累牍议到的哲学知识方式及其在文艺起源研究中的体现，体现出来的至多不过是一种当代哲学姿态，是指一种哲学化的知识操控语域，它喝的不是糖水，是在水里加了一些糖精，就仿佛当今中国学界的西学进入标志就是发言之际一句话由三个汉语词和两个英语词混杂性构成。

明确提议用哲学知识方式进行文艺起源研究的是哲学人类学，换句话说，文艺起源研究的哲学知识方式其具体学科导引是由哲学人类学予以言明的，在20世纪20年代之际，德国哲学家马克斯·舍勒（Max Scheler, 1974—1928）倡导一种分离于传统形而上学、自然科学和历史哲学的所谓"哲学人类学"（Philos phische Anthropologie），他在其学科奠基代表性《人在宇宙中的地位》一书中欣喜地声称"关于什么是人及其在存在中的地位的问题乃是自从我的哲学意识首次苏醒的时候起，就比其他各个哲学问题更成为我所主要考虑的方面。我在漫长岁月中围绕这个问题的所有方面进行思考的努力，使我自1922年以来完成了这个重要的作品，并使我幸福地看到：我已经论及到的所有哲学问题的重要方面都是同上述基本问题同时发生的"①，这意味着舍勒的学科关注中心移位的最初动机是为了改变哲学的命运，使哲学的学理内存与人学的学理内存有机地结合起来，亦即并非人类学的学科延伸或知识建构需要进行新体系命名的，然而移位的客观结果却是，一种新的知识模式和一系列新的命题、关键词乃至意识维度得以形成，在人类的意义自衍游戏中从此又有了知识学语域内的新的游戏场，并导致此后不断地有人进场。

对于这些后继进场者而言，有些人的身份是哲学家，有些人的身份是人类学家，甚至更多的自由言说者处在身份不明的知识人位置，但这并不妨碍他们在哲学人类学的言说氛围中进行某种有共同语言去往意向的论说狂欢。阿尔诺德·格伦从人类学家行列中走来，其著作《技术时代中的灵魂》、《原始人与晚期文化》、《人类学与社会学研究》、《人类学研究》等，都是典型的人类学家叙议方式的产物，而且都是人类学知识框架内的问题

---

① Max Scheler, Die Stellung des Menschen im Kosmos, 11Anflage, 1988, Bona, Bouvier, P5, 引自高宣扬：《哲学人类学》，第110页，香港三联书店1990年版。

关涉和知识演绎，但在《哲学人类学与行为理论》这本哲学人类学的代表性著作里，显然被一种强大的舍勒吸附所纠缠并使其问题重心自觉不自觉地与舍勒的哲学人类学构想共同其思路。赫尔姆德·普列斯纳则是地地道道的哲学家，其《感知人类学》较之舍勒构想而言，具有更加明显的问题具体化和知识精密化的务实作风，堪称哲学人类学在特定知识概念学理追问中的精品和范本，对巩固哲学人类学的学科命题真实性具有极大的确证意义。此外如霍克海默的"辩证的人类学"，阿尔多诺的"否定的人类学"，哈贝马斯的"认识人类学"，波尔诺夫和萨特的"存在主义人类学"，格勒图森的"历史人类学"，宾斯维格尔的"精神分析人类学"，斯密特鲍尔的"生物分析人类学"等，都是从各自的知识背景出发向舍勒构想的聚拢和逼近，这些聚拢和逼近本身就使得哲学人类学的学科性和知识学叙议幅度得到了巩固、充实和发展，是知识学史上舍勒思想随机发生的有效演绎和事态扩大化，难怪美国学者弗林斯敢在《舍勒思想述评》一书中认为"与他过早去世相联系的是这样的事实，如果浏览一下整个当代欧洲哲学，我们就会情不自禁地得出这样的印象，即，舍勒就是站在海德格尔、雅斯贝斯或胡塞尔背后的人"[1]，而这一评述的事态事实性就在于，舍勒所说的"人的本质及人可以称作他的特殊地位的东西，远远高于人们称之为理智和选择能力的东西，即便人们在量上随心所欲地设想自己具有无限理智和选择能力，人的本质仍旧不可企及"[2]，导引了20世纪知识学意义上人的形而上学思辨分析的知识向度，并促使一批有成就的学者互约性地瞄准所谓"精确性地描述人的一切特殊的专有物、成就和产品……如语言、良心、工具、武器、正义和非正义的观念、国家、领导、艺术的创造功能、神话、宗教、科学、历史性和社会性"[3]。总之，舍勒以及在哲学人类学中的响应者和追随者们不过是把人类普存问题形而上学化，把人类学从实证知识体系转换为思辨知识体系，把生存中的现实疑问演绎为存在

---

[1] 弗林斯：《舍勒思想述评》，王范译，第12页，华夏出版社2003年版。
[2] 舍勒：《人在宇宙中的位置》，李伯杰译，见刘小枫选编：《舍勒选集》（下），第1329页，上海三联书店1999年版。
[3] 同上，第1356页。

中的终极追问。

事态因此也就势必会蔓延至文艺学领域乃至更加具体性的文艺起源和原始文艺生存，这是因为文艺人类乃是人类的一种必不可少的基本文化存在方式，甚至是舍勒主义构想人的本质性时所必然予以依凭的要素本质性之一，就这一点而言，哲学人类学的叙议卷入在很大程度上是被迫的。然而由于他们的叙议方式在方法论上就是反实证的，所以叙议所及往往止于文艺起源的一般设问而疏淡原始文艺的具体解疑。与考古学知识方式对文艺起源的时间性关注完全不同，哲学人类学从一开始就完全漠视时间性，甚至可以极端性地表述为时间和空间在这里呈现出严重的分裂，进一步地，则意义的存在与时空存在之间分裂得几乎就没有任何关系可言，一切时空条件对哲学人类学的思辨自衍都没有限制作用。在这样的知识语境下，文艺起源不仅成为纯粹的形而上学问题设置，而且不得不听命于更宏大形而上学体系规置的逻辑指令，即它在任何情况下都不能成为独立性事态和独立性问题，所以我们也就无法阅读到独立文本形态的哲学人类学对文艺起源的知识叙述，所能阅读到的文字只能是关联性叙述或者说附带叙事，即使专门叙述文艺起源的篇章也依然只能是附带叙事的一种，宏大形而上体系的知识规置永远都会网置在文艺起源的弱小躯体之上，哲学家们面对世界肆无忌惮的神态和行为从来就是如此，这就是自古人们称诗人是神经质而称哲学家为疯子的语义合理性之所在。对哲学人类学知识持有者而言，"只有从'哲学人类学'所得出的人的本质图景出发，才能推导出一切事物的最终原因的真实属性来——即作为这种本质图景起初源自人的内在精神行为的反向延伸"①，尽管对不同的哲学人类学家来说彼此会有完全不同的形而上反向推导结果，但其推导的知识学路线本身却都具有形而上学的同一路向，所以对整个哲学人类学学派来说，其对文艺起源的知识关涉有一个显明的要点，那就是历史向逻辑的学理置换，也就是对文艺怎样和何时起源的设问向人类何以需要文艺的追问的问题转移才使文艺起源的学术研究走出无法穿越时间黑洞的死胡同，只有对意义的逻辑追问才能

---

① 马克斯·舍勒：《哲学与世界观》，曹卫东译，第89页，上海人民出版社2003年版。

使意义发生的时间性及进一步的时间不可解性获得无碍问题解决的有效悬置。

时间性悬置或者说隐去意义起源的时间黑洞以后,哲学人类学家们就可以毫无遮拦地进入文艺学谈论乃至更具体的文艺起源谈论。对海德格尔来说,"艺术作品以自己的方式开启存在者之存在。这种开启,也即解蔽(Entbergen),亦即存在者真理,是在作品中发生的。在艺术作品中,存在者之真理自行设置入作品"①,而在《荷尔德林和诗的本质》一文中更直言"诗人命名诸神,命名一切在其所中的事物。这种命名并不存在,仅仅给一个事先已经熟知的东西装配一个名字,而是由于诗人说本质性的词语,存在者才由于这种命名而被指说为它所是的东西。存在者之作为存在者而被知晓。诗乃存在之词语性创建"(Worthafte stiftung)②,这意味着文艺起源在意义史上就已经不过是使者而非先行使者。当然并非所有的哲学人类学家在处置文艺起源这一具体知识议题时都像海德格尔或伽达默尔这样纯粹思辨抑或纯粹形而上知识自衍,更多的学者会采取以形上思辨性去关怀人间文艺问题的技术路线,从而使哲学人类学对文艺起源的所议不仅更容易被日常社会理解接受,而且使议题和议程更对文艺人类具有真实触感而非想象进入,而真实触感是一切事态进入所必不可少的快感要素和自我确证环节。对此,我们可以从恩斯特·卡西尔的知识态度中有所洞察,因为卡西尔本人也是德国的哲学家,而且研究20世纪德国哲学的专家们也往往证明其有过哲学人类学家的身份,他的《人论》与阿尔诺德·格伦的《人论》一样,也被看做哲学人类学的代表性作品。卡西尔把人设定为"符号的动物",并且认为"符号化的思维和符号化的行为是人类生活中最富于代表性的特征"③,由于有这个前提条件,所以才顺理成章地引申出"语言与神话乃是近亲。在人类文化的早期阶段,它们二者的联系是如此密切,它们的协作是如此明显,以至几乎不可能把它们彼此分离开来:它们乃是

---

① 海德格尔:《艺术作品的本源》,孙周兴译,见其所编:《海德格尔选集》(上),第259页,上海三联书店1996年版。
② 海德格尔:《荷尔德林和诗的本质》,孙周兴译,见其所编:《海德格尔选集》(上)第317页,上海三联书店1996年版。
③ 恩斯特·卡西尔:《人论》,甘阳译,第43页,上海译文出版社2003年版。

同根而生的两股分枝。不管在哪里,只要我们发现了,我们也就发现他具有言语的能力并且受着神话创作功能的影响。因此,把这两种人类独具的特性归之于同一渊源,对于哲学人类学家来说,是颇有诱惑力的"①。如果我们把卡西尔的文艺起源关涉性议论称之为符号起源叙事的话,那么很显然,虽然这种叙事仍然不过是符号的逻辑推论而非历史实证,但浓厚的时间意识此时已隐存其间,而且日常世界状况的现实事态已在时间意识的支配下成为叙议材料,至此,则所谓哲学人类学的形而上姿态已然具有了向下看的言说冲动,这对文艺起源议题无疑更加具有解读张力。

  如果我们把视野放开,其实哲学人类学也就只不过是文艺起源和原始文艺研究中哲学知识方式的一种叙议切入,自柏拉图以来,更多的东西方哲学家都从哲学的角度关怀过文艺起源和原始文艺这一特定文明发生的意义空间。

  希腊思想中,文艺起源于模仿的表述从一开始就是哲学思辨的产物,由于亚理士多德的《诗学》作为经典文本的影响力造成亚氏模仿说的知识后果,仿佛这是亚氏开启的一个诗学知识命题,其实它早已是希腊哲学叙议氛围中的公共性命题,无论是赫拉克利特所认为的"艺术也是这样造成和谐,显然是由于模仿自然。绘画在画面上混合着白色和黑色、黄色和红色的部分,从而造成与原物相似的形像。音乐混合不同音调的高音和低音、长音和短音,从而造成一个和谐的曲调。书法混合元音和辅音,从而构成整个这种艺术"②,还是柏拉图所说的"模仿者对于自己模仿的东西没有什么值得一提的知识。模仿只是一种游戏,是不能当真的。想当悲剧作家的诗人,不论是用抑扬格还是用史诗格写作的,尤其都只能是模仿者"③,都表明在亚理士多德之前,模仿论思想作为文艺起源知识基础或者作为文艺本质知识限定已经在古希腊成为公共语义或者至少是公共性言说语境。在模仿论从自然观照向理性升华的过程中,至少有两个精神支点在

---

① 恩斯特·卡西尔:《人论》,甘阳译,第172页,上海译文出版社2003年版。
② 赫拉克利特:《著作残篇》,见北京大学哲学系外国哲学史教研室编译:《古希腊罗马哲学》,第19页,商务印书馆1961年版。
③ 柏拉图:《理想国》,郭斌和译,第399页,商务印书馆1986年版。

希腊思想演绎过程中起到了极大的知识驱动作用:其一是发生于纪元前 5 世纪的智者群体,他们"开始立足于经验之上,并试图在生活的所有领域里积累最大量的知识,然后再从中引出某些结论,这些结论有的具有一种理论的性质,像关于认识的可能性或不可能性,关于人类文明的起源和进展,关于语言的由来和结构"①,这意味着他们直接以理性思辨姿态进入一系列的起源之议,而且尤其"存在之思"中所说的"因为我们告诉别人时用的信号是语言,而语言并不是给予的东西和存在的东西;所以我们告诉别人的并不是存在的东西,而是语言,语言是异于给予的东西的"②,这意味着他们实际上找到了语言本体论解读文艺的知识路线,这对模仿论的形而上升华具有至关重要的本体论支撑作用。其二是苏格拉底的目的论思想,即强调事物为目的而形成,寻求原因即寻求目的或者逆向取之亦然,他所崇尚的"知道事物的原因,和一个事物为什么存在和被创造出来或被毁灭掉,这对我显得是一种很高尚的职业"③,显然从现存文献记载来看并未直接导致太多的文艺起源叙事或者是文献未曾给予足够的记载,但它从方法论上却深深地启迪着后继者进行文艺起源的形上性思辨。总之,包括形上思辨特征的模仿起源论在内的一系列希腊思想的形成,乃是历史过程作用和知识氛围作用的结果,只可惜"我们对于希腊罗马古代哲学与科学思想所能直接得到的知识是多么的有限和破碎"④,这为我们的全面性知识描述以及对模仿论的演绎脉络统领无疑制造了障碍,正是在这种情况下,亚理士多德的叙议文本几乎成了唯一经典文本。

中世纪哲学虽然在神学化的过程中显得离现实知识世界渐离渐远,再加上西方神学文化的神秘性以及中世纪这个名词所具有的精神压迫甚至精神黑暗的指代性,导致中国知识背景的学者通常都对这一知识时域予以疏

---

① E. 策勒尔:《古希腊哲学史纲》,翁昭军译,第 83 页,山东人民出版社 1992 年版。
② 高尔吉亚语,文献记载自塞克斯都·恩披里可:《反数学家》,引自北京大学哲学系外国哲学史教研室编译:《古希腊复马哲学》,第 142 页,商务印书馆 1961 年版。
③ 苏格拉底:《论寻求原因—寻求目的》,见北京大学哲学系外国哲学史教研室编译:《古希腊罗马哲学》,第 171 页,商务印书馆 1961 年版。
④ 莱昂·罗斑:《希腊思想科学精神的起源》,陈修斋译,第 6 页,广西师范大学出版社 2003 年版。

淡，这至少在学术上是一个极大的误解。中世纪的思想智慧和中世纪的知识语境同样是人类精神史的必要的一环，这一环节被黑格尔叙述为"从这时起哲学是在基督教世界中；至于阿拉伯人和犹太人，只值得当作一种外在的东西、当作历史事件提一提。一种新的宗教出现在世界上了，那就是基督教"①。基督教文化背景及所在时空位置的神学哲学不能用庸俗唯物主义的尺度评价为虚妄之议，作为自衍知识谱系的庞大结构，中世纪的神学哲学思想不仅对西方知识界是一个重大事件，而且对人类文明的整个演绎进程同样是重大事件，是形而上学的重要知识维度，所以约翰·麦奎利才说"我们若用盎格鲁-撒克逊语的词根替换希腊语的词根，那么'神学'一词几乎等同于'谈论上帝'。它是一种专门谈论上帝的论述形式。但是，并非所有的关于上帝的谈论都有资格成为神学，因为这个名称是用来专指最成熟的反思性的谈论上帝的方式的"②。这种反思性谈论不是一句"上帝就是一切"就能意义完毕的事情，其意义延伸和知识自衍在形而上层面同样会如同其他非神学知识系统一样谱系化和展并化，并在自衍前提下形成学理界面和知识域，这就是托伦斯在《神学的科学》里所说的"因为它们不是我们想象出来的，或产生于单独一个头脑里的提问与回答活动的陈述；它们不是来自经验的逻辑建构，或我们从其他知识项目中推演出来的东西；它们是对所听到圣言的响应、是对传达给我们真理的响应、是对替我们做出的行动的响应，是一个命题性的问题或一种理性的交流"③。正是在这种自衍知识系统的谈论和对话过程中，文艺问题以及进一步的文艺起源问题当然也就杂存其中，其丰富斑驳的现实存在连上帝也不能视而不见，乃至《圣经》"创世纪"的第 31 句就说"上帝看见他所创造的一切无不美丽非常"，这意味着上帝是文艺之源，是最早的文艺创作家，创作出了文艺的人类和人类的文艺，教父巴赛尔将这一事态赞颂为"我们漫步于地球之上，宛如是在参观神性的雕塑家展示其奇异作品的工作间。主啊，

---

① 黑格尔：《哲学史讲演录》，贺麟译，第 233 页，商务印书馆 1959 年版。
② 约翰·麦奎利：《谈论上帝——神学的语言与逻辑之考察》，安庆国译，第 1 页，四川人民出版社 1997 年版。
③ 托伦斯：《神学的科学》，阮炜译，第 203 页，中国人民大学出版社 2003 年版。

这些奇迹的创造者，一个艺术家，召唤我们对之凝神观照"①。这种上帝创造文艺的文艺起源论在一系列中世纪重要的神学哲学家那里都得到过不同程度的知识表述，诸如伪第俄尼修、圣奥吉斯汀、波丢斯、罗伯特·格鲁塞斯特、波那文杜拉、乌尔里奇、托马斯·阿奎那以及威廉·奥卡姆等，都曾进入过表述者行列，所以这一起源论本身同样有其自身的意义演绎过程而非简单的知识暴力命题，而我们从前就常常把神学哲学设想为极端的知识暴力形态。

文艺复兴以后，人文精神和理性精神替代了神圣崇拜，理性哲学时代的到来意味着人类将在形而上界而进行更加宽泛的文艺起源思考和追问，怀疑和求知的思想激情意味着一切意义形态和意义方式都要在理性尺度面前接受拷问，这不单纯由于"纯粹理论精神的复活是科学的'文艺复兴'的真正涵义，文艺复兴与希腊思想在精神上的血缘关系即基于此，这是文艺复兴发展的决定因素"②，而更因为"中世纪以后那个时期的高级精神生活特征是，坚定地相信人类理性的能力，对自然事物有浓厚的兴趣，强烈地渴求文明的进步"③。在这种知识背景下，更多的哲学家在他们的连绵思维中对文艺起源问题给予知识关怀，而且这种关怀也更实质性地涉及人类与文艺的必要条件关系以及人类本性要素对文艺起源的必然呼唤，从而比此前任何时代的哲学家都更加正面遭遇问题，当然也就更加被迫性地从不同学理方位逼近有效解读方案，这种逼近使得多元化的思辨知识成果不断涌现。诸如游戏论所说的"当两个冲动在游戏冲动中结合在一起活动时，游戏冲动在游戏冲动中结合在一起活动时，游戏冲动就同时从精神方面和物质方面强制人心，而且因为游戏冲动扬弃了一切偶然性，因而也就扬弃了强制，使人在精神方面和物质方面都得到自由"④，教化论所说的"人由其理性而规定为人们处在一个社会之中，并在社会中通过艺术和科学而受到教化、文明化、道德化，即使他消极地沉溺于他称之为极乐的安逸和舒

---

① 引自沃拉德斯拉维·塔塔科维兹：《中世纪美学》，褚朔维译，第 31 页，中国社会科学出版社 1991 年版。
② 文德尔班：《哲学史教程》，罗达仁译，第 471 页，商务印书馆 1993 年版。
③ 梯利：《西方哲学史》，葛力译，第 250 页，商务印书馆 1995 年版。
④ 席勒：《审美教育书简》，冯至译，第 114 页，上海人民出版社 2003 年版。

适生活的诱惑,即使这种幼物性倾向是如此巨大,但人却更积极地与将他来缚于其本性的野蛮之中的障碍作斗争,来建立自己人类的尊严"①,智慧论所说的"诗性的智慧,这种异教世界的最初的智慧,一开始就要用的玄学就不是现在学者们所用的那种理性的抽象的玄学,而是一种感觉到的想象出的玄学,像这些原始人所用的。这些原始人没有推理的能力,却浑身是强旺的感觉力和生动的想象力"②,自然论所说的"在谈论起源的过程中,音律就是富于变化的,嗓音的一切音调变化,对音律来说都是自然的,因而就不会没有偶然的巧合,在音律中时而出现一些使耳朵感到舒适的片段。于是人们就对这些片段留心注意,并养成了重复这些片段的习惯,关于和声的原始观念就是这样萌发的"③,需要论所说的"一方面把凡是存在的东西在内心里化成'为他自己的'(自己可以认识的),另一方面也把这'自为的存在'实现于外在世界,因而就在这种自我复现中,把存在于自己内心世界里的东西,为自己也为旁人,化成观照和认识的对象时,他就满足了上述那种心灵自由的需要,这就是人的自由理性,它就是艺术以及一切行为和知识的根本和必然的起源"④,如此等等,包括所有尚未叙及的这一切,都是哲学家们以知识论姿态同时又坚持形而上学思辨方式对文艺起源给予的不同言说,这些言说虽然与哲学智慧时代的精神自由遨游相去已远,但哲学知识时代的丰富的自衍性叙述却使各种具体问题和门类知识获得了更多的理性升华,哲学家们自觉地屈尊降格使现代知识谱系迅速蔓延、扩张、精密化以及深度掘进,因而也就使得文艺起源问题的知识学宽度和由语词、概念、命题言说方式等构成的知识总量都有极大的改观,从这个意义上说,文艺复兴以后的理性精神和哲学知识时代使文艺起源议题真正成为知识学领域中的学术问题。

尽管哲学知识方式的时间性悬置使文艺起源之议在漫长的学术发展史上始终处于半遮蔽状态,即玄学性元性地置换了事态真实性,从而使起源

---

① 康德:《实用人类学》,邓晓芒译,第252页,上海人民出版社2002年版。
② 维科:《新科学》,朱光潜译,第161页,人民文学出版社1986年版。
③ 孔狄亚克:《人类知识起源论》,洪洁求译,第163页,商务印书馆1989年版。
④ 黑格尔:《美学》(第一卷),朱光潜译,第40页,商务印书馆1979年版。

之议难以与人类历史进程和文明演绎轨迹取得有机联系，甚至在知识学上导致玄议众多而叙议匮乏的被动格局，但这依然否认不了它在文艺起源研究中的必要性以及知识贡献，这些贡献突出地表现在：（一）从问题、命题到议题的去事言说，（二）从主体、对象化到世界实现的意义追问，（三）从逻辑条件、原型主旨到语符位格的分层自衍。

从问题、命题到议题的去事言说，是文艺起源和原始文艺研究的最初知识承诺。这种承诺无疑具有知识学原创意义，并导致文艺起源学无论作为学科追问方式还是作为文艺学总体框架内的第一叙事范畴，都能够实现其知识合法性。从现存文献来看，最早提议文艺起源之辩的大约是那些希腊的智者们，而事物的起源问题则比这还要亘古得多，然而只有到他们那里才真正成其为某种可以去事言说的独立性问题。当后起的亚理士多德意识到而且自觉去追求"我们应须求取原因的知识，因为我们只能在认明一事物的基本原因后才能说知道了这事物。原因则可分为四项而予以列举。其一为本体亦即怎是（'为什么'既旨在求得界说最后或最初的一个'为什么'，这就指明了一个原因与原理）（本因）；另一是物质或底层（物固）；其三为动变的来源（动固）；其四相反于动变者，为目的与本善，因为这是一切创生与动变的终极（极固）"①，则形而上的问题方式和问题基本结构便已完全臻于成熟。再后康德先验学说所说的"当吾人离去经验根据以后，对于吾人所设计建造之建筑物基础，应由绵密之研究，自行保证，凡吾人所有之知识，非先确定其由来，决不使用，所有之原理，非先知其起源，决不信赖，此因极自然者也。质言之，应先考虑悟性因何而能到达此先天的知识，及此先天知识所能有之范围、效力、价值如何等等问题，实极自然"②，则更明确地在形而上层面规置出问题之所以成其为问题和知识之所以成其为知识。直至胡塞尔处在20世纪知识语境强调"一个绝对的现实正相当于一个圆的方形一样，在此现实和世界正好是某些有效的意义统一体（Sinneseinheiten）的名称，这些'意义'统一体相关于某种绝对的、纯粹意识的关联体，后者按其本质赋予这种而不是别种意义，

---

① 亚理士多德：《形而上学》，吴寿彭译，第6页，商务印书馆1959年版。
② 康德：《纯粹理性批判》，蓝公武译，第33页，商务印书馆1960年版。

并指明意义的有效性"①，则把意义形成的形而上要素和必要的形而下条件均统置其中，从而使问题路线和知识路线更加完整和清晰。哲学家们对人类文化的最大贡献就是认识论，他们使人类在一条由问题到命题，再由命题到议题的认识路线图因而也就是知识路线图上行走，这种不断行走的结果就是不断蔓延着的知识谱系和不断深化着的世界认识。他们的这样一种知识论框架同样也落实到文艺起源研究知识域中，先是不断地有人提出问题，接着不断地有人给予正面知识命题，最后就是不断地有人沿着这些命题没完没了地进行知识叙议，所以一旦我们较为全面地进入文艺起源研究知识域并更加具体地关注其中的哲学知识方式，就会被各种学说以及这些学说的广泛叙议所环绕和纠缠，稍不警觉就有语词迷失的可能，这就是通常所说的知识事态的事态化现象。而且哲学家们的这种言说乃是去事言说，文艺起源事态至此已经不过是一个题目，一个话引，去事的抽象性不仅遮蔽了经验世界的确定性，而且在先验世界凭空引申出一系列的知识规则和知识事态，因而哲学知识方式的去事言说也就极大地延展了文艺起源研究的事态意义和学理空间，因而也就势必会导致文艺起源研究的知识增长。事实上，如果没有这种承诺和引申，文艺起源研究将永远是纠缠而琐屑的一团乱麻，而且是越来越萎缩的一团乱麻。

  从主体、对象化到世界实现的意义追问，是文艺起源和原始文艺研究的有效操作过程。在哲学知识方式对文艺起源的介入过程中，把起源事态导入主体原动性和意义内驱力的解读路向是研究真正走向深化的开始，不同意识形态立场的哲学家在这一问题上的互约，使这一导入本身更加具有人类文艺生存的普适性，因而也就必然导致解读张力在知识域内的普泛性。我们以马克思主义哲学思潮为例，就可以获得较为明晰的个案表征。以实践性见长的马克思主义哲学，从一开始就把人类主体性作为意义起源的原始推动力，马克思在《一八四四年经济学——哲学手稿》中所说的"人是类存在物，不仅因为人在实践上和理论上都把类——自身的类似以及其他物的类——当作自己的对象；而且因为——这只是同一件事情的另

---

① 胡塞尔：《纯粹现象学通论》，李幼蒸译，第148页，商务印书馆1992年版。

一种说法——人把自身当作现有的、有生命的类来对待,当作普遍的因而也是自由的存在物来对待"①,恩格斯在《自然辩证法》中所说的"人分布在所有可以居住的地面上,人是唯一能独立自主地这样做的动物"②,都是对人类主体作为意义起源第一推动力量的明确表述。而这种表述并没有止步,紧接着就是关于对象化的叙事,即强调对象化在意义起源事态中的杠杆作用和基本存在途径,这意味着文艺作为一种意义方式同样不过是对象化过程的衍生物。对象化这个命题在马克思主义哲学的意义存在之议中具有举足轻重的理论位置,这意味着人的本质力量的存在只不过是意义驱动的存在前提,而意义的现实生成却必须通过人的本质力量对象化的实践环节才能真正得以实现,这不仅导致主体分析结果的"只有音乐才能激起人的音乐感;对于没有音乐感的耳朵来说,最美的音乐也毫无意义,不是对象,因为我的对象只能是我的一种本质力量的确证,也就是说,它只能像我的本质力量作为一种主体能力自为地存在着那样对我存在,因为任何一个对象对我的意义(它只是对那个与它相适应的感觉说来才有意义)都以我的感觉所及的程度为限"③,而且导致世界实现叙事的"劳动本身一代一代地变得更加不同、更加完善和更加多方面。除打猎和畜牧外,又有了农业,农业以后又有了纺纱、织布、冶金、制陶器和航行。同商业和手工业一起,最后出现了艺术和科学"④。尽管关于世界意义实现的叙事艺术是否属于最后排序一直受到极大的质疑;但马克思主义哲学把文艺起源置于整个世界意义实现事态中的知识方案却具有强大的解读力量,而且其强调世界意义实现的实践性本身,对于此前更强调观念历史过程的一切哲学处置方案都是一个巨大的进步,都更加逼近于可感性亲切和真实性世界状况。当然,这在任何程度上都不能偏执地理解为只有马克思主义哲学的意义追问方式才是唯一有效的知识方案,恰恰相反,正是无数哲学思潮和哲

---

① 马克思:《一八四四年经济学——哲学手稿》,《马克思恩格斯全集》(第四十二卷),第95页,人民出版社1979年版。
②④ 恩格斯:《自然辩证法》,《马克思恩格斯全集》(第二十卷),第516页,人民出版社1971年版。
③ 马克思:《一八四四年经济学——哲学手稿》,《马克思恩格斯全集》(第二十卷),第516页,人民出版社1971年版。

学浪派在这一意义追问过程中的多元性知识互约,才不仅导致文艺起源研究中哲学知识方式的知识量增长,而且导致文艺起源哲学叙事中角度、立场、层面和意义理解方式的极大丰富,从而使哲学知识方式在文艺起源研究中更加具有身份合法性和角色特征。

从逻辑条件、原型主旨到语符位格的知识自衍,是文艺起源和原始文艺研究进入门类知识体系的深化过程。哲学知识时代哲学向门类知识的兴趣转移和姿态亲近,不能简单地理解为哲学媚俗或智慧苍白,而更应从门类知识体系建构及其门类知识深化的角度给予积极评价,因为正是由于哲学的非玄议性解放以及哲学知识方式对门类知识所遇问题的积极面对,才导致门类知识体系的理论框架和命题系统更加结构化和绵密化,所以显然是一个深化过程。从哲学知识角度对文艺起源逻辑条件的设置,并且每一种设置方式又受制于不同哲学家的知识背景、问题立场和价值倾向,这不仅导致在场状况和出场者状况的更趋复杂,也使对话和言说更趋繁复,而复杂性和繁复性本身也就意味着自衍界面延展。尽管皮亚杰的发生认识论并非为了文艺意义的认识缘起而产生,但这并不妨碍其对文艺意义起源所作的认识论思考和哲学知识演绎,他所说的"我们之所以关心这个问题是怀有双重意图的:(1)建立一个可以提供经验验证的方法;(2)追溯认识本身的起源;传统的认识论只顾到高级水平的认识,换言之,即只顾到认识的某些最后结果。因此,发生认识论的目的就在于研究各种认识的起源"[1],虽然在知识推进过程中过多地强调诸如运演逻辑条件的阶段式处置,但其对逻辑条件的重视与别的哲学家是完全一致的。事实上,所有那些审美起源学说的文艺起源研究都是立足于逻辑条件设置的,它们都是由这一知识点认为哲学才可以在意义与符号的关系上获得人类主体力量的给定(当然包括判断力),并在这种意义给定与非给定之间确立社会与自然的边界乃至社会的起源标记,而其中所牵涉着的艺术符号及其艺术的起源叙议并没有获得任何现实世界的知识支持,是纯粹的哲学知识方式的知识指令。较之逻辑条件和语符位格研究而言,哲学家们在原型主旨的文艺起

---

[1] 皮亚杰:《发生认识论原理》,王宪钿译,第17页,商务印书馆1981年版。

源研究中体现出更多的归纳法知识操作实践，从而使原型主旨的文艺起源和原始文艺研究从抽象天国回到现实人间，在世性和普世性的文艺状况成为哲学家反思文艺问题的直接前提和基本依托，虽然思辨依然还是思辨，但我们可以给每一种辨以一定程度的经验支撑或实证托重。由哲学家或者文化人类学家运用哲学知识方式为知识主体的原型研究法，对20世纪文艺学来说是一个意义不可低估的突进点或者说谱系扩张，这种突进和扩张不能简单地理解为结构主义或者神话主义的文艺学知识实现，而更应理解为文艺学在哲学知识方式下的知识提升，并且这种提升以直接知识姿态介入事态抑或得出某种结论，康德所说的"判断力为了按照诸经验规律对自然界反思而先验地假定自然界适应于我们的认识机能，悟性同时客观地承认它是偶然的而仅仅是判断力把它作为先验的合目的性（对于主体的认识机能）附加于自然；因为如果我们不以此为前提，就不能有按照着诸经验规律的自然秩序，因而，就不能有一个指导线索使一个经验在一切多样性中和诸经验规律联系起来或对它们进行考察"①，无疑可以视为一切意义缘起的普在条件状况，唯其如此，他的语符位格研究成果的所谓"符号可以划分为任意的（艺术的）符号、自然的符号和奇迹的符号。属于第一类的有：1.表情的符号（表演的符号，它部分也是自然的）；2.文字的符号（字母，它是为了读音的）；3.音符（乐谱）；4.仅仅为了视觉而在单位之间所约定的符号（数目字）；5.那些以世袭特权为荣耀的自由人的等级符号（纹章）；6.在法定装束（制服和号衣）上的职务符号；7.表示功勋的荣誉符号（勋带）；8.耻辱符号（烙印等等）"②，波及到文艺起源和原始文艺研究议题，因为原型研究法的基本素材和问题起点都是直接导源于人类的原始文艺生存。无论是广义的文化原型，还是狭义的诸如图腾原型、仪式原型、心理原型、语符原型、母题原型、神话原型、结构原型等，哲学知识方式的总体性操控原则都在于追问其主旨意义和价值，所以是在一种使事态非事态化的意义追问平台上开展其研究工作，在这个非事态化的工作平台上，哲学家所表现出来的身份优势可谓淋漓尽致。尽管文艺史家

---

① 康德：《判断力批判》（上），宗白华译，第23页，商务印书馆1964年版。
② 康德：《实用人类学》，邓晓芒译，第83页，上海人民出版社2002年版。

或原始文艺专家们对哲学知识方式介入文艺起源事态者不以为然，但介入仍会我行我素，例如简·布洛克进入原始文艺研究的观念前提就是认为"西方思辨美学已经发展出并纯化了和西方艺术现象直接相关的概念体系，这倒是合情合理的"[1]。正是由于哲学家们普遍具有这样的观念前提和知识自信，所以他们在文艺起源研究中就能够广泛地对逻辑条件、原型主旨和语符位格进行知识性的叙议，而这些叙议中确立起来的抽象原则、范畴形态或语义边界等，使文艺起源和原始文艺研究的知识规范化和知识充实化得以实现，所以我们今天一旦进入文艺起源研究领域就会遇到一系列各有千秋的说法和持论，并且这些说法和持论往往能以简单化而且口号标语式的表述方式予以呈现，所有这一切，显然是哲学知识方式给文艺起源研究所带来的门类知识效果。

---

[1] 简·布洛克：《原始艺术哲学》，沈波译，第4页，上海人民出版社1991年版。

第五章
合力论解读方案

在对种种提问方式以及相应的知识方式给予展开性的讨论以后,我们文艺人类学对文艺起源的基本态度同样应有一个结论性的表述,简单地说,那就是我们主张采取合力论方案,从而使文艺起源和原始文艺研究在未来时空和未来文艺人类学知识操控中有一个总体性努力方向。

合力论作为专有名词,经典马克思主义著作家恩格斯的原始命名取向在于澄明一种意识形态存在状态,而在把文艺当作广义意识形态的语境下文艺本身当然也就符合合力存在规律。就其语指要义和语义生成而言,前苏联乃至整个前苏东背景的马克思主义专家都有精深的研究,这种研究甚至在卢卡契的《社会存在本体论》中体现得非常充分和具体,所以它对我们的当前言说而言应该成为知识背景而不应该成为知识叙事本身。我们所说的文艺起源研究的合力论方案,是一种引申层面上的知识运作,这种运作的目的在于避开走一条意义单向延伸的追问穷途,尽管追问穷途在任何时候都是个体性知识进入过程中不可或缺的有效方法。

合力论方案的第一要义在于强调意义起源的复杂性和多元性。文艺作为人类社会意义的一个组成部分,或者说文艺起源作为人类社会意义起源的一个部分,尽管相对于整体而言容易显示其独特性、具体性和单一性特征,但这只是整体参照下的远距离存在景观。在整体性条件退却以后,其复合性、纷乱性以及多维结构性就立即会凸显出来，处在这种凸显的状态下，仍然以整体在场时的姿态来面对、观照和分析把握就会失去问题真实性和情境妥当性，强行在失真和失妥条件下进行命题或者命名的知识言说容易陷于阐释暴力，知识史上一系列极端命题和极端命名其实就是阐释暴力的结果。

历史上一切意义一元论者的阐释方案，目的都在于寻找终极答案，而现实世界状况的意义和价值的第一大存在特征就是没有终极答案，所以一元意义起源论者最有说服力甚至言说暴力的办法就是神化，设定一种超验力量和超现实符号来作为终极原动力，各种自然拜物教如此，儒教、佛教、道教如此，现代以来愈来愈具世界强势文化地位的基督教同样也是如此，什么意义是由什么神创造的，所有的意义则是不同文化背景下某一个总神来创造的，诸如此类，既简单又方便，省却了没完没了的烦琐求证乃至无边无际的案例性分析。无论是符号神还是非符号神化力量，一切意义一元论者都把解释的前途系于猜测性冒险，这种冒险在去事状态否定原始存在甚或起源存在的在场性、互约性、过程性乃至交往性，那种非在场、非互约、非过程以及非交往的意义因而也就只能是假设而非事态，所以历史主义知识原则在所有情况下都与意义一元论者格格不入，而历史主义知识体系下那些细节性求证甚至被意义一元论者讥议为毫无意义活性的迂腐之举。

意义多元论者当然选择了一条反世界的真实道路，现实事态原委由此在逻辑切分并在主旨归类的操控中得以分析和追究，于是意义起源就在逆向性和还原性的原始情境中接受当前立场的知识学拷问，在场边际、互约各方、交往过程等在所有的知识学拷问中都是意义还原的必要构件。当文化人类学家涉身意义起源之际，这些普泛性构件获得更加深入具体的细节事件填充，例如他们通常举证的那些族群标识和人际张力就是非常实在的意义填充物，所以多元性在他们的学术境遇中就显得愈益刺目和不可一概而论，从而也就迫使其意义起源解读走多元乃至无限元的具体化阐释道路，在这条道路上，概念、范畴以及逻辑推理的力度和可信度往往大打折扣。从这个意义上说，多元论在意义起源问题上的知识进展就突出地表现为，其一它使问题从非世界性走向反世界性，从非经验性走向可经验性，从普在抽象走向具体实证；其二，它使问题从时空经纬定位中获得知识学的谱系支持，并且这种知识学谱系支持决定了文艺起源之议从虚拟走向科学。

然而合力论决不是简单的意义多元论，它除了意义多元外还更强调意义生成史的整合性互动与意义生成结构的叠合性构形，强调意义起源的复合力学原理与互动性乃至连动性内驱动力机制。即使在卢卡契的历史本体合力论解读方案中，也依然没有能够完全领会恩格斯在经典马克思主义时代所赋予该命题的原始本意，即卢卡契所看重的是力学向度、力点构成以及力对意义生成的集合意义，但恩格斯的本意除了所述这些要素外，还更广泛地包括着力的制衡、力的互动、力与力之间以及力与特定意义之间的历史因果关系和逻辑制约关系，从这个意义上说，完整的合力论命题所体现出的实质在于社会意义生成的聚焦态势而非外部形态显现的集合形势，尽管后者总是如影随形地紧跟着前者。在总体性与多元性、主旨性与复杂性、时间性与逻辑性等辩证关系统辖下的合力论解读方案中，社会意义本体及其社会意义生成过程就被知识学规则所统置，而在这种统置之外，想象力及其想象性命题往往因其所谓思想成果性而不断闪烁其极端性光芒，尽管在这些光芒下人们会不断地获得刺激性快感，然而快感之后依然是问题流失甚至意义失阐。

这意味着合力论方案不仅是针对社会意义阐释的现代知识学框架，而且更是现代知识学框架进入者介入事态之际的一种意识、立场、原则乃至操作规程。有了这种意识就会放弃一切终极性幻想，不断地在存疑和去蔽中寻找事态原委和问题脉络，从而导致审视视野和审视面不断保持其开放和扩张的存在特征，因而也就有效规避了进入者的认识止步和知识终结悲剧。有了这种立场就能确保主体与客体、认识与世界、知识与事实、原因与结果、总体与个别、分层与分类等一系列摇摆不定的意义端处于非倾斜状态，从而社会意义的时间完整性、空间完整性甚至价值完整性更有保障，文化成长全因和文化延伸全序在这种保障中同样也就能够极为有效地给予梳理和陈述。有了这种原则和操作规程，关于社会意义的知识叙事和进一步的交往行为就有了入场语境的公共语义前提，也正是这样一类前提的确立，新知积累增长和公共知识体系建构也才有可能，从这个意义上说，其实所谓合力论方案，就任何一类社会意义的解读方案而言，都应理解为广义方法论或者更确切地说乃是一般知识学主张，这种主张使具体的意义事件以及社会意义整体都处在一种普遍联系的情境之中，因而合力论方案说到底仍然不过是无数种有效方案中的一种，其有效性仍然会制约在有效性边界之内，只不过这样的边界任何时候都是动态性确立而已。

把合力论思想作为一种知识学原则引申至文艺学甚至更具体的文艺起源研究，实际上是 20 世纪中叶以后的事情，最早由前苏联的文艺学专家零星地予以陈述，后来则在中国的马列文论专家队伍里不断地有人予以系统的阐发，而在我们新近热衷的文艺人类学里，这一知识学原则几乎具有杠杆性力点地位。

尽管恩格斯比较系统地论述过社会本体论层面的合力论思想原则，同时恩格斯也对文艺起源之议有过比较充分的事态介入，然而他本人却并没有将合力论思想直接贯彻到他的文艺起源研究中去，所以他的"劳动说"选择了一条"要力论"而非"合力论"的知识学解读方案，把作为社会意义产生杠杆要力的劳动推到了终极答案的命题位置，从而放弃了该议题的事态化追问和可阐知识演绎的学理性机遇。之所以恩格斯会走到迅即自明的阐释之途而没有在合力论原则下追求无限性去蔽，或许至少有两个最直接的可以猜测得到的理由，其一是形而下层面的非凝聚性理由，即是说作为一般社会理论家和社会革命家的恩格斯无法在诸如文艺起源这样的知识个案中实现其时间凝聚和精力凝聚，其二是形而上层面的非清晰性理由，即是说恩格斯处在 19 世纪那样一种思想大碰撞和知识大综合的文化情境之中，他所倡导的合力论思想还只是宏观社会存在的一般原则而非微观社会意义的具体知识方案，就后者而言仍然处于非清晰状态，所以当他涉身介入文艺起源这样的微观社会意义之际，得出要力论的知识命题就完全可以理解，因为恩格斯说到底也仍然只是伟大的思想家而非世界大小一概洞明的万能上帝，尽管很多庸俗不堪的教条马克思主义者往往企图把恩格斯宣传成无思想瑕疵和知识疏漏的至上神。

就在原典马克思主义文艺学某些具体知识操控缺位的背景下，传承形态的马克思主义文艺学和创新形态的马克思主义文艺学在文艺起源议题中也就机遇性地拓展出合力论方案的广阔学理空间。这种拓展如果说在封闭性意识形态框架下还显得过于语录依赖和本本拘泥的话，那么在改革开放的社会发展大势和对全球化积极响应的文化情境下，新兴的文艺学家群则以广义合力论和普在价值目标为学术标尺，重新衡定并且审议文艺起源问题，从而使文艺起源和原始文艺研究能够在跨越意识形态边界后在公共知识领域实现合力论思想及其解读方案的普议化和公信化。对于普议化和公信化层面的合力论解读方案而言，文艺起源和原始文艺研究至少在以下几个方面获得了知识进展意义上的聚焦效应，那就是：（一）族群与地方性知识聚焦，（二）议题与问题聚焦，（三）知识域与学科聚焦。

后殖民主义思潮兴起以后，形形色色的文艺起源中心论调逐渐失去其权威话语地位，文艺起源愈来愈被理解为人类全体性事态而非局部中心事态，几大文明也已经不像从前那样居高临下光彩照人，更何况那些所谓次亚文明在最近几个世纪依靠经济强权和军事暴力在世界范围内的文化倾销。正因为人类全体性事态的价值走向和认识取向，再加上史前时间黑洞对曾经人类和曾经世界的存在状态遮蔽，所以文艺起源和原始文艺研究的丰富性和广阔性在 20 世纪就得以迅速扩张，几乎所有的原始族群和现代民族的原始经历都成为文艺起源研究的对象，这意味着每一个事态介入单位不仅成为研究的必要构件，而且任何一个单位都有可能在文艺起源事态中成为最重要或者至关重要的历史主体和事件角色，当太平洋和印度洋那些热带丛林岛屿上的原始部落和中国边疆区域的少数民族成为文艺起源研究的关注中心以后，一种新的知识形态即所谓地方性知识就在世界知识语境中悄然兴起并汇拢壮大，从前被视之为文化边缘或文化末梢的陌生世界因此而成为世界文化场的重要区域，它在当前自显的时势下既聚焦出特有的文化枢纽也聚焦出特有的文化存在范式，于是，地方性知识就和所谓世界性普遍知识一样，成为具有人类普在价值的知识体系，这个知识体系不仅没有局限性指代的意味而且更具有人类知识范式拓展的肯定性确证色彩。文艺起源和原始文艺研究在族群和地方性知识聚焦的知识进程中极大地延展了其知识域和对象空间，此前那种言必称希腊、美索不达米亚、克里特或迈锡尼的文献呈供状态至此便显得苍白乏力，此一意义主题下的知识在场状况得到了前所未有的增值性改善，族群合力及其地方性知识合力的功能性发挥，使人类意义发展史及其具体的文艺起源史在合力论解读方案中呈现出崭新的知识进展风貌，这种风貌几乎完全以强势思潮姿态淹没了各种极端民族主义和各种中心优越观的自大。

在事态单一化格局彻底被摧垮以后，文艺起源和原始文艺的议题和问题也就同步性地从单一性走向复多性，议题和问题在内部纠缠压力和外部引申压力的双重挤压下，变得越来越难以按总问题表述的方式来完成其知识使命，挤压语境下由此聚焦出接连不断的新议题和新问题，并且哪怕很小的一个新议题或新问题都足以让从前的那些依凭一语惊人赢得思想史光环的大师们惊叹其言不能及。总议知识与分议知识之间从此完全不能简单地理解为包容关系，分议知识的自衍性导致一系列的问题再生或问题绵延，随处可寻的意义交叉点都会建构起令人兴奋的学理空间，处在这样的学术氛围下，所谓文艺起源或原始文艺研究的总议知识框架或总议知识命题变得极其虚拟，真实可信的则更多地表现为不同问题和议题所携带的具体性文化叙事，即使如巫术性或巫术功能与文艺起源的意义连接关系这样一类二级总议知识议题，在合力大调动的世界文化集合状态下也变得难以意义定性和叙事定型，功能与反功能，旨趣与反旨趣，意义与反意义，一切分议知识点呈献出来的截然不同的事态原委不断地制造总议知识在场状况的紧张，这种紧张最终迫使各种总议企图意义瓦解或至少以非常自律非常审慎的态度来进行叙事，从这个意义上说，合力论解读方案的语境氛围和语用实践导致总议与分议的复杂化、多元化、共律化、自衍化，导致问题点与问题链的存在不确定性、意义具在性和取向分延性，总之这是一个知识事态进一步事态化的存在推进和意义演绎过程，文艺起源和原始文艺研究在这个过程中获得了更多的叙议性和可议性空间，这也就是为什么当今的知识文献愈来愈繁复甚至繁复得几近泛滥的重要原因之一。

无论是族群与地方性知识的聚焦，还是新议题与新问题的聚集，都会导致学科边界的消解，这意味着文艺起源与原始文艺研究很难限定为一种文艺学学科行为或者说一种文艺学研究方式。无论在总议知识空间还是在分议知识空间，合力论解读方案都要求更多学科共同出场并使解决问题的知识域无限性拓疆，所以也就造成事实上的知识学科的聚焦，意即这一事态本身因此而具有强大的召唤力量，广泛地吸引着不同身份和不同知识背景的涉身者介入事态并在不同的知识规程中进行叙事，文艺学或者更具体地说文艺人类学，在构思文艺起源或原始文艺研究的知识目标时，已经不过是企图寻找一种有效解决问题的整体效果以及一种总结性发言资格，除此之外的一切边界自封和框架自设至此都已经荡然无存。对传统社会科学自律而言，身份合法性乃至学科纯粹性通常都是知识学的定位目标和叙事信任的基本原则，但是对于诸如文艺起源和原始文艺研究这样一类甚至包蕴着大量时间黑洞意义的对象事态而言，对于诸如采取合力论解读方案的知识学措施而言，情况却恰好相反，身份不明、身份混杂及其非学科纯粹性反而是最抢眼的外部形态特征，最大限度地调动各类专家、学者和具有叙事冲动的人入场以及最大限度地吸引各种相关性学科介入事态之中，在某种程度上不仅是这种措施的运作目标，而且是追求有效性和合法性的最大保证，文艺起源和原始文艺研究因此而获得更多的冲击力、活性和在场魅力。

在我们以全新诠释意义把合力论方案拟订为对总装知识效果和分包知识生产效应的追求之际，一个最必须予以清晰界定的前提条件就是切切不可把这种拟订性知识主张演变为新的封闭性空间，即不可把合力论方案看做是唯一有效的措施或最理想的效果图，经典知识时代的学者们通常都把这种必然演变看做自身出场必要性的条件，如果走到这一步的话，所谓合力论方案就又不过是传统说法的延续或者至多是多一种说法而已，而我们所祈求的却是，方案本身不过是特定的吸附性磁场，它以完全敞开的问题姿态和完全自由的知识方式呼唤不同知识类型、不同学者身份、不同学科形态的介入，在一种非终极目标逼近的学术取向中寻求多元义项的问题答案和不同价值意义层面的知识命题。

正因为如此，在文艺起源和原始文艺研究的知识情境中，合力论方案从它一出场就有一个十分明显的存在特征，那就是这一方案在任何意义上都不具备替代意义、置换意义、转型意义、否定意义或者排他意义，这种出场并不表明对退场的压迫力量，并且由于它的言说与那些极限命题言说方式一元意义命题主张完全不在平行界面，所以也就不会引起言说冲突和命题紧张。面对史前时间黑洞，合力论方案不过是告诉涉身者遥远处有释义解惑的灯塔或寻找路径的路标，甚至它自身在任何情况下都不具有灯塔意义或者路标意义，作为告知者充其量只能被描述为某种意义定位系统，意义实现和意义求取状况全部依赖于那些涉身者对这个意义定位系统的驾驭程度和使用状况。然而就是这个缺乏终极所指的意义定位系统，在文艺起源和原始文艺研究中，却能以其特有的工具优势和方法论智性，产生非常大的知识吸附效果，并且会像任何其他知识途径一样取得广泛的知识推进成果，所以随着这一知识方式在知识场的操控广泛化，其工具和方法的积极价值将日益昭显。

之所以文艺人类学在各种工具和方法中，特别强调合力论方案并将其充分运用于文艺起源和原始文艺研究的知识操控中，是因为在文艺人类学的知识视野里，人类文化或者反过来说文化人类，其发生和发展乃是一个整体性事态，意义的整体存在性决定了一切单个义项的存在依附性和变化连动性，从而也就决定了文艺人类或者说人类文艺在其起源事态中的整体依附性和义项相关性，它除了拥有一系列直接驱动力点作为其意义起源支撑外，还有一系列间接驱动力点程度不同地在起源事态中发挥着这样或那样的作用，甚至每一种间接作用都是必不可少的意义生成或意义合成环节，所以合力论方案在这一研究事态中就显得尤为重要，由此既可以兼顾总装知识效果亦可以兼顾分包知识生产效应。当然还有一个从存在向意识移位中引申出来的理由，那就是文艺人类学作为一种特定的学科，其突出存在特征就是跨学科性、知识交叉性、符号叠合性及其学理边际性，由此也就决定了其在研究中的学科吸附和知识调动。

合力论方案作为文艺人类学的一种自觉方法选择，作为文艺起源和原始文艺研究的一种言说方式，作为面对史前时间黑洞并意欲穿越的一种意义定位系统，并不把追求极限意义命题和全称肯定表述当作自己的主要学术目标，相反，它更热衷于学科吸附、知识调动以及问题聚焦，它更追求意义的复多性、完整性和脉络性，它对事态原委的渴望远胜于对终极真理的奢望，从这个意义上说，文艺人类学知识视野中的文艺起源之议就与传统知识链上的那些警言言说方式大相径庭，尽管它在任何时候都不会以排斥姿态面对那些曾经光彩照人的各种警言式命题。

第六章
文艺与人类当前关系的谱系学分析

　　文艺学的存在论研究是在时间向度对起源论研究的继续，其时间长度以文艺成熟为起点而以未来性关注之始为终结，是人类社会意义在场状况下的文艺评估事态，尽管这种在场本身还包括着一系列的时间坐标和空间边界，即文艺在不同的时空定位下还必然性地表现出非常明显的存在状况分异，但就像黑格尔所说的更一般的标准那样，在所有的分异中还有更高意义的文艺普存维度，在这个总体性维度之下，自古及今自国学背景及西学背景的一切文艺存在研究绵亘其学理空间。艺术史家艾迪斯所说的"古希腊人写出了最早的艺术理论和艺术历史文献，提供了艺术史学家为之不懈研究、反复阐述，甚至从一开始研究直到现在都在影响着我们对艺术含义的理解，对艺术价值的看法的艺术概论"[1]，艺术哲学家黑格尔所说的"艺术的科学在今日比往日更加需要，往日单是艺术本身就完全可以使人满足，今日艺术却邀请我们对它进行思考，目的不在把它再现出来，而在用科学的方式去认识它究竟是什么"[2]，其实都无非在暗示性地叙述一个事实，那就是普存维度牵系着文艺与人类的存在关系，这种关系要么被古典性澄明要么被现代性澄明。在古典与现代的澄明过程中，产生了文艺学的

---

[1] 艾迪斯：《艺术史与艺术教育》，宋献春译，第33页，四川人民出版社1998年版。
[2] 黑格尔：《美学》（第一卷），朱光潜译，第15页，商务印书馆1979年版。

不同知识类型和不同知识框架，这些类型和框架的研究目标都无不直接抑或间接地指向文艺存在事态。

当韦勒克和沃伦撰写《文学理论》之际，他们意识到而且也分析性地陈述出一系列知识边界模糊的困境，例如困惑性地疑惑着"我们又怎么能够确定例如欧辛风格是'总体文学'的题目呢，还是'比较文学'的题目呢？我们无法有效地区分司各特（Sir W. Scott）在国外的影响以及历史小说在国际上风行一时这两种事情"①。这种知识边界困境几乎在所有的文艺学家那里都会有，只有极少数文艺学家能够敏感地意识到并且很在意地尽力加以梳理或辨析，绝大多数人对此都会很漠然而且会繁忙于自己的文艺研究实际操控。于是在从古希腊一直延伸到我们今天这漫长的文艺学说史上，就产生了浩如烟海的研究文本、叙述文字及其观点相同相近或者分异对立的各种说法，这些说法的设定性汇集就是我们可以想象得到的文艺学知识总和。尽管这种总和的真实面貌大概古往今来谁也无法与其相遇，但我们却可以将其看做一个具有完整性的想象共同体，进一步则可以按一定的操控原则对这一知识共同体进行分类，从而将浩如烟海的文本、语词和说法统辖到不同的知识类型或知识框架中去，哪怕这些类型、框架乃至制约性的原则仍然会存在因人而异的可能性。

最常见的谱系原则是放弃原则恒定性的传统三分法，即所谓文艺史、文艺理论和文艺批评。文艺史的学术重心体现为历史研究方式，勃兰兑斯断代旨趣的"由研究欧洲文学某一些主要的集团和运动，探寻出19世纪前半期的一种心理学的轮廓。暴风雨的一年——1848，是历史的一个转折点，可以从此告一段落。我意图探寻的发展过程，就以它作一个界限，从这一世纪的开头到中叶的一段时期，展开了一幅图卷，包容了许多分散的和显然不相衔接的文学上的努力和现象"②，雅克·德比奇此时求取的"研究了西欧从起源直至现代的艺术，面向所有感到有必要去探索艺术世界的人，努力使用简洁、准确的词语，对繁多的专有名词、日期、风格作明确

---

① 韦勒克、沃伦：《文学理论》，刘象愚译，第44页，三联书店1984年版。
② 勃兰兑斯：《〈十九世纪文学主潮〉序言》，侍桁译，引自伍蠡甫主编：《西方文论选》（下），第472页，上海译文出版社1979年版。

划分和排出顺序"①，与此外各种地域文艺史、体裁文艺史、类型文艺史等各种文艺史撰述方式一样，都在致力于事态的时间性和连续性，所不同的只是文艺事态主体的选择有所不同而已。文艺理论的学术重心体现为逻辑研究方式，S. 阿瑞提作者研究取向的"诗人发现事物间大量存在着相似性。每发现一种相似性就是发现一个概念、就是意味着形成一个新的认识等级"②，沃尔夫冈·伊瑟尔读者研究取向的"读者经验了本文提出的不同观点，将不同观点相互联系成特定模式，这样不仅发动了作品，也发动了读者自身"③，以及中西文艺学史上各种主义、各种研究法、各种解读范式等，所不同的只是问题点、设问方式和知识立场的彼此持异，而共同处则在于彼此无不是对文艺事态说话，而且是对文艺事态的存在性（存在方式、存在背景、存在关系、存在价值、存在功能等）作出逻辑性表态。文艺批评的学术重心体现为当下性的历史凝聚和逻辑凝聚研究方式，诺思罗普·弗莱引譬指称的"文学一直被认为是可销售的产品，它的生产者是创造性的作家，它的消费者是有教养的读者，以批评家作为他们的向导"④，罗杰·法约尔怡心期望的"借助于各种科学的名词术语，特别是语言学和修辞学上的词汇，批评家关心的不是让读者更为容易地去阅读艺术作品，而是引导读者做出新的努力，去更好地理解语言作品"⑤，代表着各种批评流派、各种批评观念、各种批评知识体系和价值取向的最基本的意义目标，这个目标就是把文艺存在事态按瞬时反应方式予以澄明，以澄明为己任的所有的文艺批评家无不遭遇着历史与逻辑凝聚的文艺存在之思，他们在这一共同命运下以异彩纷呈的应对方式展开其精神个体性的介入行动。

这个谱系原则尽管在中国大学制度的文学教科书中还屡见不鲜，但在中国知识界和西方知识界的主流语境中，这种貌似整齐的所谓三分法其实早已因失去学理信任而被抛于不太经意之间，文艺存在问题在去史与去评的选择中日渐演绎为具有边界一致和原则统一的自议性研究领域，文艺学

---

① 雅克·德比奇：《西方艺术史》，徐庆平译，第1页，海南出版社2001年版。
② S. 阿瑞提：《创造的秘密》，钱岗南译，第179页，辽宁人民出版社1987年版。
③ 沃尔夫冈·伊瑟尔：《阅读活动》，金元浦译，第29页，中国社会科学出版社1991年版。
④ 诺思罗普·弗莱：《批评的剖析》，陈慧译，第24页，百花文艺出版社1998年版。
⑤ 罗杰·法约尔：《批评：方法与历史》，怀宇译，第2页，百花文艺出版社2002年。

意义上的文艺存在论作为自衍知识域，被设定为与文艺史和文艺批评只不过具有家族亲近和相似的理论系统，因而所谓文艺学或者说对文艺存在进行研究的理论才可以构建起完形意义的知识谱系，史与评乃是外延扩展中的边际知识空间或者说更宏大知识谱系中的构成要件。在这样的文艺学新知识观念中，现存的文艺学原理、文学原理以及艺术原理等教科书模式就被评估为没有编撰秩序和知识谱系原则的大杂烩，也就是说在起点上就丧失了研究本身的科学性或至少是学科规范性。自从19世纪德国式的体系大厦坍塌以后，知识界当然也包括文艺学知识界便再也没有构垒体系大厦的热情，20世纪的思想家和具体知识域的文艺学家们虽然也不断地追求操控知识场的学科完整性，但总体性的知识体系大厦从此就消失得无影无踪，更加分工细密的知识运作和更加务实的问题解读方式成为知识界乃至文艺学界的基本行动原则。例如美学，作为知识体系大厦在20世纪的美学家们看来似乎更属于鲍姆嘉通的时代，这意味着秩序化的文艺学或文艺存在论研究在新知识场并没有出现，这意味着否定三分法缺乏秩序和原则之后并没有建设性地呈现出为知识界和文艺学界能够予以认同的秩序和原则。这一事态在哲学家那里被当作整个"打倒形而上学"运动的有机组成部分并且随着思想延伸轨迹经历着受斥的由浅入深的过程体验，在诸如语言哲学思潮、现象学思潮、结构主义思潮乃至解构主义思潮等一系列轰轰烈烈的思想大潮中，再也找不到笛卡尔、康德或者黑格尔那些雄伟不可一世的大厦影子。处在20世纪思想弥漫氛围中的文艺学家们，遮掩其中也就同样不得不受其影响成为众多身份不明的即兴知识运作者，范式尚无稳定性更何谈庞大严整的文艺学知识体系，即便如韦勒克或者伊格尔顿那样的职业文艺学家，我们又何曾能够明晰其繁复文稿所能显现出来的文艺学知识范式或者文艺存在论研究体系。所以，对于身临其境的我们乃至整个文艺学来说，其实正在经历着厌倦旧秩序同时又无意建构新秩序的随机研究时代体验和知识命运，尽管不断有人声称他是例外并且正在为我们的文艺学设计出划时代的知识秩序规章，但那终归不过是其自恋游戏或知识场招摇一番的小小笑料。让-弗朗索瓦·利奥塔所说的"过去附丽其上的形而上学和学院制度，也明显地相应发生了危机。过去的诸多叙事学说已然失效，其根本原因在于产生作用的原动力,如英雄圣贤、宏灾巨难、伟大的探险,崇高的终极,全消失了"①,同样表述了我们文艺学及其体系和秩序的真实境遇,无政府主义式的文艺学言说泛滥和文献充斥不过是这一境遇的所谓"繁荣"景观的必然副产品。

那么面对缺乏主导谱系原则的文艺学知识茫茫无绪状态就一定无法给予归拢性叙说吗?那倒也未必,至少我们可以从知识在场的外部形态来给予观照,而这种观照的最直接结果就是一种分层法的应运而生,即在分类、分型、分序都很困难的情况下,我们可以尝试地对20世纪以来的文艺学在场知识和文艺存在论研究成果进行分层性把握。第一个层面是形上层面,知识目标直逼终极追问,知识形态体现为艺术哲学,处在这个层面上的文艺存在研究并不进入文艺事态之中,并不对文艺存在的实际意义或具体意义隐喻产生兴趣,而是把文艺存在作为整体性意义存在个案放到人类存在之谜中加以考量,所以是在最一般的关系上反思文艺这种意义存在方式与人类普遍生存的最基本互动,并且往往是还原到终极位置回答诸如人类何以需要文艺或者文艺对人类究竟意味些什么这一类几乎永无完整答案的问题。当海德格尔说"只有当诗发生和到场,安居才发生。安居发生的方式,其本质,我们现在认为就是替所有的度测接受一种尺规。此乃本真的接受尺规,而非仅仅用常备的制图用的量尺来度量。诗亦非栽植和建房意义上的安居。诗,作为对安居之度本身的测度,是建筑的原始形式。诗首先让人的安居进入它的本质。诗是原始的让居"(wohnenlassen)②,当雅克·马利坦说"艺术存在于灵魂之中,它是灵魂的某种完善……假如你愿意,当一种习性,一种'占有状态'或控制性,一种内精灵已在我们中间发展时,它成为我们最有价值的好事,成为我们最不屈服的力量,因为在人性和人的尊严的真正王国中,它是一种升华"③,或者当雅克·德里达说"这种奠立文学行为(包括写作与阅读)的皈依经验,因此就是'隔离'

---

① 让-弗朗索瓦·利奥塔:《后现代状况》,岛子译,第29页,湖南美术出版社1996年版。
② 海德格尔:《人,诗意地安居:海德格尔语要》,郜元宝译,第77页,广西师范大学出版社2002年版。
③ 雅克·马利坦:《艺术与诗中的创造性直觉》,刘有元译,第46页,三联书店1991年版。

和'流亡'这些词本身,因为它们总是指向一种断裂,一种朝向内在世界的道路,所以无法将之直接表明,而只能通过一种隐喻来暗示,这隐喻的谱系自身就应受到思考的全部重视。因为,它意味着从世界中脱离以趋向一个既非乌有乡(nonlieu)又非另一界,既非乌托邦(utopie)又非不在场(alibi)的地方"①,我们受读和思悟之余总会产生意识隔离感,因为我们总是无法在此存和实存的文艺意义域中寻找到可证性轨迹,所以这一类可阐性言说都是把当前文艺问题推向终极言说虚拟,从而在意义研究的实证性退场和虚拟性宰制中获得问题元性或所谓去蔽效果。第二个层面是形下层面,知识活动展开于文艺的此存与实在之中,在文艺意义的现场分析和画外音解说方式中追求文艺存在研究的知识效果,其中又可以切分出两个知识向度,其一是外部意义关系的存在分析,其二是内部意义关系的存在分析,这两种分析以及由此在两个向度衍生出来的文艺学知识共同解读着文艺存在的所有形下事态。

有些从事外部意义关系分析的文艺学家误认为自己的知识行为已经上升到了艺术哲学的高度,例如瓦尔特·比梅尔把他对卡夫卡、普鲁斯特以及毕加索的思辨性解读定位到"我试图从哲学角度来理解艺术,也就是从哲学角度来解说艺术。过去,人们往往把对艺术的考察还原为一种美学的观察,但这样的时代已经终结了"②,V.C.奥尔德里奇在其《艺术哲学》中总是不厌其烦地谈论"舞蹈在其最优秀的部分中是不会忘记它同造型艺术的基本联系的,这种联系有助于减少或完全放弃舞蹈的叙事性内容,从而有利于雕塑性动作与音乐的融合"③ 这一类话题,至于古斯塔夫·缪勒声称的"文学的哲学应该表明:支配和区分着种族、时代和文化,并使它们可以为人理解的价值观,是如何也指向它们的想象,并在文字艺术里得到体现"④,则差不多要把世界上一切常规理论科学都说成是哲学行为。倒是从事内部意义关系分析的文艺学家们在这个问题上大都比较清醒,他们

---

① 雅克·德里达:《书写与差异》(上册),张宁译,第10页,三联书店2001年版。
② 瓦尔特·比梅尔:《当代艺术的哲学分析》,孙周兴译,第6页,商务印书馆1999年版。
③ V.C.奥尔德里奇:《艺术哲学》,程孟辉译,第95页,中国社会科学出版社1986年版。
④ 古斯塔夫·缪勒:《文学的哲学》,孙宜学译,第1页,广西师范大学出版社2001年版。

总是自觉地在形而上问题悬置或者终极暂避的前提下踏踏实实地从事文艺学的常规知识建构,在此存和实存状态下解读文艺存在的日常问题和常规问题,尽管在其解读过程中有时会暴露出抽象思辨和哲学语词引申的知识自衍性和叙议自恋情结,但即便如此也依然使其研究行为严格控制在实证和存有的限度之内,所以虽然我们不断地阅读到诸如雷纳德·杰克逊的"结构主义,就结构主义者的语言模型乃至语言学在20世纪初20年的发展而言,乃是努力在社会、心理等的结构和功能之间建构一种模型。语言在不同的视点被哲学家、社会学家和文学批评家等给予研究,他们各有企图"①,读到乔治·沃特森的"就弗洛伊德主义真正缘起而论,它在文学研究中起到了限制作用。可以设想一下,一个弗洛伊德式的批评家将其触角伸向对索福克勒斯笔下人物伊莱克惕阿的评价,那完全可以想象得到,其评价如同《受伤与弓箭》一样会离索福克勒斯性更加遥远"②,甚至读到拉康那种富有打倒结构情绪色彩的所谓"正是能指符号的置换,决定了诸主体的行为活动,决定了他们的命运,他们的取舍,他们的盲目,他们的终结和下场"③,仿佛不同的文艺学家都可以随意性地对文艺进行意义在场的分析性拆解,但彼此那些初觉陌生的文艺学叙议方式一点也不会让我们感到去事或者去存,其中一个深刻的原则在起作用,那就是所有这些万象纷呈的研究都立足于形而下而且立足于文艺的内部意义关系,所以也就不会有阅读恍惚感。总之,关于文艺内部意义关系或外部意义关系的形下研究,构成了文艺学知识域的比重多数,我们实际上主要是遭遇着并且沉沦于这个比重多数之中。

从传统到现代再到后现代,三分法也罢,分层论也罢,或者别的什么描述主张描述方式也罢,其实都不过是对文艺存在论研究或者文艺学知识在场状况的总体叙议策略,透过这层叙议策略面纱,文艺学家们的面目以及他们知识运作的赤裸状态就琳琅满目地陈设摆放在人们面前,就发现每

---

① Leonard Jackson, The Poverty of structural ism: Literature and structuralism Theory, London and New york, 1991, P20

② George Watson, The study of literature, London, 1969, P169

③ Jacques Lacan, Seminaron "The pourloined", in Robot Con Davis and Ronald Scheiferends, Contemporary Literary Catechism, New York and London, 1989, P301

一个文艺学家都只不过是自觉甚或不自觉地在某种范式下说话,就发现所有的说话其实不过显示出所说受辖于何种知识框架而已,在说与说之间根本就没有逻辑关系和价值比较可言,尽管在真理论理念下谁都会认为自己的所说是具有必然意味的当说、接着说、补充说甚至非说不可之说。愈是往前回溯历史,文艺学家及其所说之间愈容易形成对峙、冲突和意义紧张关系,然而自20世纪以后,除了教科书式的文本对此进行一些毫无粘接性可言的剪辑拼凑外,互约出场尚且缺乏热情更何谈紧张关系和冲突性可言,甚至如结构和解构之间也并无意义对决的分裂性冲突存在,所以我们如果真的有兴趣检视自己的文艺学研究,就切切不要去找自己的真理位置而应现实地寻找自己的知识框架参照物,尽管那些习惯使用诸如"我认为"、"我第一个命名地认为"、"我独创性地认为"这类句式的叙议者们其隐含动机就是想充当真理代言人。

对"范式理论"而言,不论就其宏观拟设的"不是科学家发现了自然界的真理,也不是他们愈来愈接近真理"[1],还是就其微观拟设的"一旦把意义理论与指称理论严格分开,就很容易认识到,只有语言形式的同义性和陈述的分析性才是意义理论要加以探讨的首要问题;至于意义本身,当作隐晦的中介物,则完全可以丢弃"[2],都表明从句式陈述到知识表达都是思维结构、定势和惯性以及框架前置在对意义值起限制作用,这意味着研究者的思想和体现出来的知识并非效用于向真理逼进的目标,而是努力在限制条件下最大限度地追求自衍逻辑完整性和语义精确性,这是全部知识学的事态真相之一。这个事态蔓延至文艺学知识域,我们同样应该具有真相的清晰意识。每一种主义或研究法出场以后,旗手携带者及其批量性的簇拥者就会互约一些主题词、关键词或者命题方式,他们就把人类存有的文艺意义最大限度地纳入这些主题词、关键词或者命题方式中,并且在绝大多数出场案例中,涉身者都会把有限纳入夸大为无限纳入,连带效果则有受阅范围内不乏迷信者相信这些有限纳入就是无限纳入,其情形仿佛金

---

[1] 托马斯·库恩:《是发现的逻辑还是研究的心理学》,引自伊姆雷·拉卡托斯编:《批判与知识的增长》,周寄中译,第24页,华夏出版社1987年版。

[2] 威拉德·蒯因:《从逻辑的观点看》,江天骥译,第21页,上海译文出版社1987年版。

庸迷总以为历史真的就是江湖情境或者社会真的就是由武魔剑侠们充当主要角色。尽管读者身份及其文艺活动中在场价值在中国古典文献、欧洲古典文献乃至阿拉伯和印度古典文献都可以找到，但 20 世纪包括所谓文学动力学、读者反应批评、接受美学和审美反应理论在内的文艺学读者主义运动还是努力于自己的概念体系创设，其新的主题词、关键词和命题方式携带出庞大的知识空间和令人目不暇接的意义演绎文本，他们甚至在伽达默尔根基或者伽达默尔闪想之后编织自己的词汇表，诸如隐含读者"（implied reader)"或"审美期待视野"（the horizon of Aesthetics）之类的新兴词汇使文艺学界耳目一新。作为一种知识学效应，西方文艺学在 20 世纪中叶以后的读者主义运动，曾使中国文艺学界以为正在发生一场文艺学知识场的激变性革命，其实这不过又是一次跨文化误读事件，连词汇表的主要编撰者们也一再声明其仅是文艺学知识范型的一种选择，R. C 霍拉勃坦称其"将库恩的科学革命的模式套用到文学的历史上，似乎也不失为加强接受理论吸引力的一个手段"[1] 的知识操控策略，汉斯·罗伯特·尧斯则对这种策略不乏诚惶诚恐，乃至在一篇题为《我的祸福史：文学研究中的一场范例变化》文章中强调"我故意讲'新问题'而不讲'研究空白'"[2]，足见所谓读者主义运动从根本上说来只是文艺学的一次范式选择事件。如果我们从这一案例延伸开去，就会发现其实对文艺存在进行研究的那么多的"革命"、"转向"、"填补空白"，在知识理性的审视下同样仍然至多只能是一些新的范式选择的努力，其知识学价值必须放在这个总的维度下加以评估，否则就会带来知识操控的失序局面和失范后果。

　　框架较之范式是一种更宽泛的指称。范式不仅有清晰的知识主旨而且有严格的知识立场，但框架就完全不同，知识框架较之知识范式的概念向度来说更趋向于事态陈述的外部形态。就 20 世纪文艺学在场状况而言，很多文艺学家的知识叙事其范式体现并不十分突出，但是他们仍然受到特定范式的影响而在某一知识框架下进行知识活动，并且这些知识活动我们站

---

[1]　R. C. 霍拉勃：《接受理论》，周宁译，第 279 页，辽宁人民出版社 1987 年版。
[2]　汉斯·罗伯特·尧斯：《我的祸福史：文学研究中的一场范例变化》，引自拉尔夫·科恩编：《文学理论的未来》，程锡麟译，第 137 页，中国社会科学出版社 1983 年版。

在任何知识学立场都应该予以尊重。一个学者选择何种知识范式并不难，只要熟悉某一范式的主题词、关键词或命题方式就足以登堂入室，然而一个学者如果真正代表范式出场或者在学术研究中坚守与弘扬这一范式，那却是难之又难的事情，处在国际学术情境中的当代中国学者的此种知识痛苦简直宛如割脉断肠。按照分类标准的不同，文艺学形成了数不胜数的各种类型、各种层次、各种体制、各种学科、各种风格流派等意义上的诸多知识框架，东方和西方的文艺学家们以其知识叙事都可以存置于某一框架之中，由此而有全球范围内的文艺学知识编序和言说存置。从这个意义上说，作为文艺学知识的外部统辖形态，知识框架既不同于主旨定性的范式亦不同于逻辑完满的体系，它是对知识状况进行日常事态陈述的普通知识学概念，其存在意义和概念有效性都到此终止。框架的知识幅度在任何时候都大于范式，同一个框架内往往存在着几个甚至更多的范式，但由于它自身乃是知识的外延性存在形态，所以对于知识框架在知识及其知识学中的重要性通常都会受到漠视，绝大多数文艺学家都在范式沉缅的同时忽视了对框架的定位性反思，因而也就在追逐叙议深刻性或言说独特性的时候不断地有人失去意义尺度和自己的所在知识位置，这在日常生活中通常被表述为找不着北。韦勒克和沃伦合作撰写的《文学原理》的最大贡献，就在于这部著作总在不惧肤浅之讥的平实叙议中不断地给文艺学知识框架或文艺学知识形态进行指北性的归位，从而使得那些天马行空的无限深刻的文艺学家随时了解所在何在与今夕何夕。从这个意义上说，我们同样应该看到框架对于知识学的限制力量，看到文艺学知识框架对文艺学知识进展的规范与统治作用和价值判断的意义定位功能。

按照框架学说的设定，则此前的文艺存在研究就其知识存有状况而论，其文艺学知识谱系可以更加细密地被规置于不同的框架之中，并且所有这些文艺学知识框架可以切分出三类名称或三种框架类型代码，那就是（一）层型框架，（二）旨类框架，（三）科目框架。所谓层型框架的意思是指，就文艺学作为意义解读系统而言，它在不同层面上会形成不同型制的知识结构系统，每一种不同型制的知识结构系统都是对整个文艺意义存在事态的特定观察位置和叙议角度，由此形成型制化的框架知识，而型制化框架知识之间的存在差异主要表现为意义纵向坐标的位差,从而使文艺存在的意义解读获得纵向切面的知识学分解,所以这些知识框架本身就既是层面的又是型制的,反向原则就意味着层面和型制之间同样存在文艺学知识向度的差异性,因而对于层型框架而言,有层面和型制完全统一的框架事态,亦有层面相同然而存在型制差异的框架事态,但不管具体事态特征究竟有多么复杂,作为知识框架它们都属于同一层型的框架事态,罗宾·乔治·科林伍德的《艺术原理》与H.沃尔夫林的《艺术风格学》虽有型制之异却属同一层型的文艺学知识,而阿恩海姆的《艺术与视知觉》作为技术化的专家知识系统则明显不与前二者处于同一层型阈限之内。所谓旨类框架的意思是指,在一种主题学和分类学相结合的意义指称下,统辖那些对文艺学进行专题研究、专项研究或者专家化技术知识系统研究的文艺学知识事态。由于文艺学知识方式具有极大的精神个体性,而且这种运作方式对20世纪以来的文艺学家们来说更具身份确定意义,所以20世纪以来的文艺存在研究就其知识总量而言差不多绝大部分都是旨类框架的知识形态,这是文艺学知识中的主题词、关键词和命题方式越来越缺乏互约性和通约性的根本原因之一。茨维坦·托多罗夫的《象征理论》起点于"摹仿说的厄运",并明确把研究重心定位于"符号与诠释、使用与享受、转义与形象、模仿与美、艺术与神话、参与和类似、凝聚和移置,以及另外一些概念"①,而埃里希·奥尔巴赫的《摹仿论》则以一种叙事实验文体对柏拉图以来的西方文论关键词"摹仿"进行实证性学理阐释和原则坚守,坚守着文艺学知识传统中的"在处理写实题材时严肃性、问题性或悲剧性的尺度和方式"②,似乎彼此不仅不在同一叙视圈甚至有意义对立之嫌,但仍然能够统一于旨类知识框架的称谓之下,只不过它们在称谓之中的边界距离较为遥远而已。所谓科目框架的意思是指,文艺学知识处在外部知识背景的语境压力之下,形成不同的跨学科或者跨知识域的知识分支,这些分支就其基本学理而言乃是主导背景力量的文艺学折射,其主题词、关键词和命题方式绝大多数由背景力量移位而至,在特定意义上可以

---

① 茨维坦·托多罗夫:《象征理论》,王国卿译,第3页,商务印书馆2004年版。
② 埃里希·奥尔巴赫:《摹仿论》,吴麟绶译,第621页,百花文艺出版社2002年版。

视为背景学科的跨域知识宰制，而文艺学本体知识的线性延伸轨迹不断地在这些宰制中被阻断并不断地产生新的意义追寻路向，并被积极意义地理解为文艺学知识的吸纳性进展或整合性增值。通常所谓文艺心理学、文艺社会学、文艺美学、文艺符号学或者所谓"存在主义文论"、"形式主义文论"、"神话主义文论"这样一些文艺学知识称谓，就都是在科目框架下的文艺学知识指代，在这些指代的背后不过隐藏着跨域知识发生的事态真实性而已。

在各种知识范式作为内驱力的知识支持下，丰富的文艺学知识框架携带着更加丰富的语词叙议构成对文艺存在的巨大解读力量，尽管这种力量本身至今还不能像自然科学某一知识域那样实现主题词、关键词以及命题方式的在场通约，尽管在东西方边界以及世界各民族边界还存在文艺学公共知识平台建构的内在文化障碍，但这丝毫阻碍不了人们从各种本能反应、各种理性智慧、各种文化情境、各种语言边界、各种审美传统、各种知识背景、各种观照视角乃至各种身份角色等出发共同走向文艺学世界在场的人类反思。尽管框架知识设定对文艺学的存在研究及其知识在场状况具有统辖和规置的功能，但现在离清晰把握不同框架间的边际关系和互约通道还有遥远的距离，所以虽然中国和西方的文艺学界都不断地有人试图对这些框架进行完形整合，或者至少是清晰地梳理出整个文艺学知识谱系的存在脉络和意义交往关系，但中国和西方到目前为止仍然无人在这条道路上哪怕实质性地迈出一步。

文艺人类学是定位性很强的科目框架。虽然具有各种门类艺术专家身份者在涉身文艺人类学之际会比那些一般性文化人类学家更具有身份感和专业知识立场，虽然我们在文艺学家撰写的各种型制的文艺人类学著作中能够读到一系列新的主题词、关键词或者命题方式，但文艺人类学的知识框架在任何时候都无法在颠覆文化人类学的革命性冲动中获得知识进展，与此相反，它甚至只能在文化人类学的宏大叙议法则和广阔谱系边界下求取具体性价值生长和事件性意义延异，这不仅因为文艺生存说到底不过是人类的内在限度所根本制约的社会衍生物，而且更因为所有的普适文化评价尺度对人类的文艺生存都同样有效，也就是说，文艺存在的一切可特别言说的意义独特性从根本上只能是文化圈内的独特，文化波中的独特，文化丛里的独特，这意味着一切独特的存在极限至多不过人类整体存在事态中的意义举证。因此，文艺人类学作为知识门类也就只能存在于广义文化人类学的学科范围和知识规置之下，其叙议重心、叙议方式乃至叙议语词也就不得不被这些规置所布控和宰制。

绝大多数文化人类学家都会像施尔顿·史密斯一样"有把握地说，在如何理解与限定他们所分析的第一个基本事实'文化'的问题上，文化人类学家们很难有一致性意见"[1]，但这并不妨碍他们在细节知识存异和总体观念认同的基础上界定文化与人类的必然关系，当然也就更不妨碍他们在必然关系的价值平台上"把人类学设定为对人类的体系化研究"[2]，以及以人文科学和社会科学相结合的研究姿态相拥于文化人类。几乎在所有的文化人类学家的研究行为中，其文化视野构成要素都把文艺作为核心要素之一，泰勒的《人类学：人及其文化研究》中把"文艺"作为第十二章的标题无疑是其文艺文化要素论的集中体现，而马文·哈里斯所说的"虽然有可能把艺术确定为所有人类文化中的思想和行为的客位范畴，但并不普遍存在着艺术与非艺术之间的主位区别（就像自然和超自然之间的区别并不普遍存在一样）"[3]，则意味着文艺是一种基本的文化范畴这个命题在人类学家阵营中乃是一个自明概念。因此，在文化人类学家的知识学原则里，从人类到文化再到文艺不过是意义不断具在化的纵向拓深过程，同时也是意义存在的举证过程，由此形成的任何知识学框架都必然是知识扩大化过程中的母系统与子系统的演绎过程，所以文艺人类学在这个过程中定格其科目框架的知识学外部存在品格就一点也不难理解。

但即便是如此清晰的知识学定位，然而由于传统的文艺人类学在广义文化人类学的总体框架下与另一知识学门类文艺学发生严重的在场遭遇事态和学科边际关系，从而使对象叠合与问题叠合为基本事态特征的学科交

---

[1] Sheldon Smith, Cultural Anthropology: understanding a world in transition, Ally δ Bacan, 1998, P18

[2] Raymond Scupin, Cultural anthropology: global perspective, New Jersey, 2000, P3

[3] 马文·哈里斯：《文化人类学》，李培茱译，第354页，东方出版社1988年版。

叉性成为共识中的疑端。争议点在于，文化人类学家视野中的文艺与文艺学家视野中的文艺尽管整体事态在场却存在着严重的视角偏差，前者是远距离观照和举证性言说，后者则是近距离审视和全视化解读，问题点、命题方式及其叙议语词无疑也就大相径庭，这给作为文化人类学和文艺学知识交叉位置和知识整合体的文艺人类学制造了极大的入题麻烦和言说紧张，这种麻烦和紧张的最直接表现，就是文艺人类学对文艺存在研究的主题词、关键词和命题方式究竟由文艺学引申、由文化人类学引申还是在两者基础上进行剪辑、粘接抑或完全新构，因而也就分解出一个新的虽然小却又无法回避的学科内知识动议，那就是文艺人类学对文艺存在的选择而且是框架选择议题，如果拒议，则所谓文艺人类学在文艺存在研究的知识行为中究竟要说些什么也构成对涉身者的困难。在这个问题上，我们认为选择一种新构意识支配下的剪辑与粘接方式较为切实可行，从而使文艺人类学知识框架的基本议题和基本语词能够最大限度地获得来自文艺学和来自文化人类学的知识支持，并且使文艺人类学的知识叙议更广泛地获得在场效果。具有学理性及其学科逻辑特征的剪辑与粘接应该体现为真正的知识综合，知识综合不是既有叙事的杂烩而是既有叙事在新的问题境况中的知识汇合与命题聚焦，按照这个标准去审读沃尔夫冈·伊瑟尔和他的《虚构与想象——文学人类学疆界》，仔细品味他所说的"文学虚构实现了一个基本的人类学形式，既把自己显现为常人，又把自己显现为存在于物质世界的总体性"[1]，就发现他的文艺人类学研究也仍然处于知识随机阶段而非知识逻辑阶段。从这个意义上说，清晰地勾勒文艺人类学的知识框架以及清醒地确定这个框架对文艺存在研究的知识旨趣，乃是建构该知识域的主题词、关键词和命题方式的当务之急。

按照文艺人类学知识框架对文艺存在研究的选择，无论是文艺学家的介入身份还是文化人类学家的介入身份，这种选择都将在三个问题切面上展开，那就是切面一：文艺存在与社会存在本体的存在性关系分析。这种分析在学科自衍过程中表现出非常明显的形而上学回归倾向，哲学式的去

---

[1] 沃尔夫冈·伊瑟尔：《虚构与想象——文学人类学疆界》，陈定家译，第100页，吉林人民出版社2003年版。

事叙议方式使得文艺存在之议暂时予以事态悬置,一种最基本的意义合理性和意义必然性的反思由此成为确立学科合法性的知识学前提。之所以存在性分析成为文艺存在研究的构成要件,首先是因为文艺意义具有与社会意义完全相同的普存确定性,威廉·狄尔泰所说的"就某种独特的、在各种界线内部突出表现出来的东西而言,任何一种艺术都可以使人们看到一些超越了这个具体对象的关系,这样一来,这个对象就获得了更加一般的意味"①,也就是强调这个确定性乃是社会意义逼近的通道。当然存在性分析还有其更深刻的理由,那就是存在者作为普存和具存的统一性,决定了这种分析既要有普存解读也要有具存解读,从而才可能对诸如文艺存在这样的存在者有其完整性的范畴把握,施太格缪勒之所以转述介绍"亚理士多德在他的形而上学中曾设想可能有一种科学,它不是研究这种或那种存在者,而是研究存在者本身和它的最一般规定。但是他指出,不能把'存在者'这个概念看成是所有存在者的类概念。在他看来,这样一种最高的类是不存在的;宁可说,存在的最高的类就是范畴(实体、质、量、关系等等)。存在概念(der Seinbegriff)不可能以同样的意义运用于这每一个范畴"②,恰恰就在于他充分意识到了普存性分析和具存性分析对于存在者确定的不可或缺。切面二:文艺存在与社会存在中心的价值性关系分析。这种分析总是在一系列矛盾结构的社会意义对称范畴间进行,诸如世界与民族、政治与日常、宗教与科学、战争与和平、个人与社会、道德与罪恶这样一些悖立性的人类中心生存范畴,总是直接抑或间接地把文艺意义的纯粹性撕破并使其以混存状态绑缚于这些中心性对称结构之中。尽管自古至今的一切文艺唯美主义持论者大都认为这种混存既是文艺的审美性减值也是文艺生存的自我异化,而他们从来都会像克罗齐一样沉溺性地自恋着"我大略勾画的这种艺术同艺术与之混合或一般与之混合的所有东西之间的区分方法,肯定会使我们花费很大的精力;可是,用这种方法从充斥美学领域的众多错误的区分中挣脱出来却是这种努力所能得到的奖赏"③,但

---

① 威廉·狄尔泰:《历史的意义》,艾彦译,第242页,中国城市出版社2002年版。
② 施太格缪勒:《当代哲学主流》(上),王炳文译,第56页,商务印书馆1986年版。
③ 克罗齐:《美学纲要》,郭邦凯译,第230页,外国文学出版社1983年版。

问题是文艺存在的混存事态远远超过其纯存事态，它在人类社会生活中以及在人类的文艺生活中客观地而且普遍地获得在性权利，这种权利与其在纯存事态中所获得的在性权利比较具有同等的人权地位，所以连瓦格纳那样的纯粹音乐家也在谈及音乐存在话题之际不乏哲理性地反思着"只有从生活出发，也只有从它出发，才能够使那追求艺术的需要得到发育的机会，艺术才有可能获得材料和形式：凡是生活由时髦塑造形式的地方，艺术就不能从生活塑造形式"①，这种反思性叙述在文艺学家们那里则更加随处可见。切面三：文艺存在与社会存在边缘的文化性关系分析。这种分析在传统的文化人类学以及文化人类学对文艺的关涉性叙事中表现得极为充分，形成这种语境的根本根由当然来自于文化人类学的边缘文化关注兴趣，即对于边缘文化的关注远远超过对中心文化的关注。当人类存在中那些本能向社会意义演化中形成的边缘文化成为文化人类学家们的兴趣目标和兴奋点之后，人类学家们的知识叙议就必然会产生中心离场或者至少是中心悬置。在詹·弗雷泽的名著《金枝》中，充斥着的尽皆边缘文化叙事的诸如禁忌的行为、禁忌的人、禁忌的物、禁忌的词汇等，而更多的文化人类学家在做民俗学研究之际则几乎以对边缘文化的沉溺作为其基本学术向度，所以如何塞·安东尼奥·哈乌雷吉声称"在从一个'原始'世界到一个'文明'世界的进程中，部落性，这一独特的能量，它的本质和作用在基本方面竟然没有丝毫改变"②，强调以部落性阐释通道进入主流社会或者中心文化的存在空间，在文化人类学叙议语境里就是再正常不过的事情。这种边缘文化情结非常自然地延伸至文艺解读，从而在一系列文学人类学、艺术人类学乃至部门性艺术人类学的知识文本里，我们所能见到的解读语词也就具有非常浓重的边缘文化氛围、原始文化氛围乃至土著文化氛围，甚至所能见到的案例中几乎找不到任何中心文化范畴的文艺经典。由此看来，文艺人类学在切面三的学科旨趣，将主要围绕着文艺与广义的边缘文化间的关系展开，导致诸如图腾崇拜、仪式、神话、习俗等一系列

---

① 瓦格纳：《瓦格纳论音乐》，廖辅叔译，第52页，上海音乐出版社2002年版。
② 何塞·安东尼奥·哈乌雷吉：《洲戏规则——部落》，安大力译，第19页，新华出版社2004年版。

边缘文化议题向文艺存在研究的最大言说进入，这种进入不仅在过去有辉煌的叙议成果，而且在学科自觉状态的文艺人类学中将会显示出更加强烈的言说突进力量。

  对于这三个切面的涉身介入，过去的已然事态以及未来的或然努力都因知识个体差异而在具存研究中显示其单称言说优势，不同的单称言说之间往往会构成命题冲突或叙议紧张，其所使用的主题词、关键词及其命题方式未必完全一致，这对文艺人类学作为一门学科来说并不构成任何对知识框架的威胁，恰恰相反，真正的威胁来自全称真理出场或教科书知识形态的标准化统治，如果又像无数历史覆辙一样走到这一步，则作为一种知识框架的文艺人类学就会在学科活性不断丧失过程中成为又一个走向智慧黯淡和知识苍白的知识学个案，从而使几分悲哀的当代中国文艺学史又添一声无可奈何的叹惋。

第七章
文艺存在的存在性分析

    在文艺学研究领域里,一切所谓存在性分析的逻辑起点,都是把文艺存在作为普存事态而把差异性暂时悬置来开始其知识叙事的,所以关于文艺存在的存在性分析最终乃是一个哲学话题,艺术哲学和文艺人类学在这一问题上的共同知识焦虑在于,如果文艺的普在性前提不能解决其设定的学理阐释,即不能有效地证明文艺与人类的必然关系,那么此后的一切现实延展之议就会失去其问题根基和知识学前提,这甚至成为远在文艺之上的一切意义事态所必须面对的共同命运。亚理士多德在《形而上学》中所说的"有一门学术,它研究'实是之所以为实是'以及'实是'由于本性所有的禀赋"①,是对一切意义的存在性而言,而柏拉图在《巴曼尼德斯篇》里所说的"像投影画对于远立的人一切表现为一,表现为有同的性质和类似"②,则显然是围绕文艺意义展开其动议,可见存在性分析自古就是按不同的普存级别来进行知识规置的,而我们的分析就严格地限制在文艺意义以及文艺与人类的存在关系这一规置中进行。

    尽管我们自觉地受控于文艺存在性的知识规置,但为了使存在之议在这一规置内有更清晰的澄清效果,我们仍然不得不把事态回溯到一般存在

---

① 亚理士多德:《形而上学》,吴寿彭译,第56页,商务印书馆1959年版。
② 柏拉图:《巴曼尼德斯篇》,陈康译,第355页,商务印书馆1982年版。

论的知识背景。

在巴门尼德"第一条是：存在物是存在的，是不可能不存在的，这是确信的途径，因为它通向真理；另一条则是：存在物是不存在的，非存在必然存在，这一条路，我告诉你，是什么都学不到的"① 这一类古典存在论叙议里，本体论终极迷茫和认识论终极迷茫是存在之议的强大原始叙议动力，叙议者企图通过这一终极性追问来解决宇宙的所在、人类的所在、自然和世界的所在这些最基本的意义定位问题，并在思维与存在同一的意义发生通道上弘扬理性的意义尺度性。真正使这个议题具有谱系知识学特征的当推柏拉图和亚理士多德，也就是说，古典存在论只有发展到这个阶段才具有完形知识学属性，人们对问题的进入已经远非动议而是普议，知识谱系性和叙议绵延性在他们的文本里实现了统一并获得了充分体现，黑格尔之所以认为"哲学之作为科学是从柏拉图开始［而由亚理士多德完成的。他们比起所有别的哲学家来，应该可以叫做人类的导师］"②，一个很重要的知识学根由就是柏拉图和亚理士多德真正实现了存在论的谱系完形，那就是在"存在"、"运动"和"静止"这三个"最普遍的共相"基础上展开着"存在、运动、静止、同一、差异"等一系列存在范畴的形而上追问，甚至展开至"'本体'一词，如不增加其命意，至少可应用于四项主要对象；'怎是'与'普遍'与'科属'三者固常被认为每一事物的本体，加之第四项'底层'……作为事物的原始底层，这就被认为是最真切的本体，这样，我们应得先决定底层的本性"③，正是这种不断地完形和不断地展开，不仅使古典存在论终于成为古典知识学的第一道门槛，而且使此后不同的踏入者因其踏入态度和选择取向之异而决定其基本知识立场，存在问题由此也就进一步演绎为知识尺度和知识坐标。

但是这种由自然寻疑引申出来的对象终极追问受到现代存在论的极大挑战。在作为知识流派的存在主义思潮以前，这种挑战就已经发生，例如

---

① 巴门尼德：《著作残篇》，北京大学哲学系外国哲学史教研室编译：《古希腊罗马哲学》，第51页，商务印书馆1961年版。
② 黑格尔：《哲学史讲演录》（第二卷），贺麟译，第151页，商务印书馆1960年版。
③ 亚理士多德：《形而上学》，吴寿彭译，第127页，商务印书馆1959年版。

在克尔凯郭尔和尼采那里就很容易读到反古典存在论的叙议文字。克尔凯郭尔所说的"一般说来,在存在的个体面前总展现着两条道路;或者他可以竭力忘记自己是一个存在的个体,从而成为一个滑稽人物,因为存在具有迫使存在个体去存在这一显著特征,不论他是否愿意;或者他可以把自己的精力集中于这样的事实;他是一个存在的个体"①,以及尼采所说的"我们的生命感和强力感的等级(经验的逻辑和联系)为我们提供了衡量'存在'、'现实'、'不存在'的尺度"②,基本上完成了从世界终极普存向自我此在具存的叙议转型,这种转型与19世纪末的所谓颠覆形而上学思想运动共同着思想史轨迹。存在主义作为思想范式和知识框架在20世纪兴起以后,现代存在论以其谱系完形彻底替代了古典存在论在存在叙议语境中的地位,这个替代事件的意义关节点被艾耶尔解读为"尽管存在主义者是以存在先于本质这个信条而得名的(这是一个不易解释的命题,它约相当于说,一个事实只有存在着才能有其属性),但这里的顺序似乎颠倒了,海德格尔所关心的并不是存在着些什么东西,而是任何东西之所以能够存在的根据"③。不管知识界究竟如何评价这一事态,有一点可以确定,海德格尔所说的"存在总是某种存在者的存在。按照种种不同的存在领域,存在者全体可以成为对某些特定事情的区域进行显露和界说的园地"④,事实上已经成为现代存在论和一切现代存在论叙议的知识游戏规则,并且这个游戏规则的确立直接构成与古典存在论不同语境的路标。

从存在的存在走向存在者的存在,从普存走向具存,从彼在走向此在,从终极追问走向现实解读,古典存在论向现代存在论的转型无疑可以罗列出一系列令人关注的对称意义特征来,当代思想家们由此夸张性地给予诸如"革命性"、"颠覆性"、"转折性"之类的知识进展评价,仿佛在人类生存的时间脉络上大有古今道不同不相为谋的意思,其实不然。古典存在论与现代存在论之间,乃至延伸到解构主义背景下的那些去存在论动

---

① Kiekegaard, The Concluding Unscientific Postscript, Tr. Swenson and Lowrie, Princeton, 1941, P295
② 尼采:《偶像的黄昏》,周国平译,第113页,光明日报出版社1996年版。
③ 艾耶尔:《二十世纪哲学》,李步楼译,第257页,上海译文出版社1987年版。
④ 海德格尔:《存在与时间》,陈嘉映译,第12页,三联书店1987年版。

议，说到底并没有不可逾越的边界，至多不过同一叙议平台上的不同叙事区域而已，因为从更根本的意义上说，人类的一切意义发生和意义积淀都是有同有异的互议在场，所议的意义指向和语词符号皆因个人理解与群体设定的差异而产生外部冲突景观，人们在进行思想史叙述过程中总是把这种外部冲突景观转移为意义本身或者世界本身的内在分裂，不同叙议母题的极端论者进一步则乐于在这种虚构的分裂格局中实现其角色凸显及其所议的价值膨胀，就仿佛不同的宗教体系或者同一宗教体系的不同教派之间产生世世代代的精神仇视一般。所以当我们以局外人的身份涉身存在之议时，选择的是一种宽容的知识态度和一条具有普遍联系的亲缘知识道路，存在性于是就成为属于一切存在论范畴之上的关键词，成为一切存在之议的基本普议互约，成为普存和具存的本体事态动议的一种意义边际原则。看重存在与生存内在关系的狄尔泰之所以强调"我们在有生之年对实在的理解成为根据快乐和不快乐，喜欢和不喜欢，赞同和不赞同来评价环境和对象的基础，这种评价依次又成为做出决定的意志的初步基础"[1]，就是因为事物的存在性说到底不过是存在叙议平台上的某种意义互约，古典存在论和现代存在论尽管价值取向不同，但在存在叙议过程中却谁也逃脱不掉这种意义互约的过程环节，所以存在性在这个意义上就可以视之为普适性知识概念，事物的存在性讨论由此也就成为超越古今存在论限宥的公共知识操控方式。

　　这种操控方式一旦延展至文艺存在研究，则文艺存在的存在性分析就是把人类社会的一种意义具存托举为此在叙议空间里的普存事态，就成为文艺的本体论思考和这种思考对文艺存在的最根本性意义边界划定的知识举措。

　　文艺存在的存在性分析较之通常的文艺存在论叙事的特色在于，它在所涉叙议空间里乃是最一般的普存性话题，对其他一切普存叙议和具存叙议具有明显的归纳企图和知识粘合取向，而此前那些极富智性的闪光存在性命题的失误往往在于，他们总是不屑在叙议之际细心地甄别存在性分析

---

[1] Dilthey, Selected Writings, Cambrige University Press, 1976, P114

中的普存事态与具存事态的语指分异,于是一系列的深刻命题也就只顾肆意炫耀其智慧光环而不顾这些光环对公共知识领域的广大受众造成怎样的视觉迷乱甚至所谓光视性污染(一种由自然科学向社会科学的意义借指)。这种迷乱主要有两种景观,其一是普存歧义性刺激,其二是具存歧义性刺激。就第一种刺激而言,单是普存维度的编目一项就足以使那些专家叙事陷入不同的困境,要么以单项替代多项,要么此项与彼项间出现严重的义项混杂,要么干脆连这种知识完形的编目必要性也弃置不顾,从而使阅读情境中的读者不经意间走向意义导引的极端。海德格尔对于文艺普存的存在之议可谓连篇累牍,更有《艺术作品的本源》一文在悬而未决之际不断地给予命题性决断,这些海德格尔式诗学决断曾经在上世纪90年代让中国文艺学界不断地有人心旌摇荡乃至膜拜沉涵,深刻体验者们体验着深刻之际也体验着不知所云,而且他们还激动万分地要把这种不知所云的深刻体验在不同场合转移给别的读者或受众。然而我们只要以日常心态对待海德格尔,以正常的逻辑阅读他最高决断性的所谓"无论就它们本身还是就两者的关系来说,艺术家和作品都通过一个第一位的第三者而存在。这个第三者才使艺术家和艺术作品获得各自的名称。那就是艺术"[1],或者所谓"语言是一切危险的危险,因为语言才创造了一种危险的可能性。危险乃存在者对存在的威胁。而人唯凭借语言才根本上遭受到一个可敞开之物(offendaren),它作为存在者驱迫和激励着在其此在中的人,作为非存在者迷惑着在其此在中的人,并使人感到失望"[2],就发现这些绕着弯子的叙议除了制造深刻性刺激外,它在文艺普存维度知识编目中的存在性分析几乎就没有任何进展可言。就第二种刺激而言,叙议者的诱引集中地体现为无条件的具存向普存升格,或者无条件地由它存向此存移位。前者如丹纳所说的"要了解一件艺术品,一个艺术家,一群艺术家,必须正确地设想他们所属的时代的精神和风俗概况。这是艺术品最后的解释,也是决定一切

---

[1] 海德格尔:《艺术作品的本源》,孙周兴译,见《海德格尔选集》(上),第237页,上海三联书店1996年版。

[2] 海德格尔:《荷尔德林和诗的本质》,孙周兴译,见《海德格尔选集》(上),第313页,上海三联书店1996年版。

的基本原因"①,就是将具存之议升格为普存之议。后者如萨缪尔·亚历山大所说的"是建构性的兴奋本身使艺术化语言与艺术家关联,而与其实用结果相脱离……所以建构性整体中的最初要素,通过建构过程会导向下一要素,而不考虑会有何种实际的结果。这样,我们便拥有了艺术"②,就是将他存之议移位至此存之议。这种升格和移位在作家艺术家畅谈文艺经验的文本里,通常会以格言、箴言或警句的亮点表述形态展现出来,而且这种展现较之文艺学家的晦涩语词更具大众刺激效果。

如果我们力避歧义之途,那就要把问题解读还原到最基本的完形普存叙议状态,尽管这并不意味着一切对文艺存在的存在性分析都要求趋于完形。我们此时所要致力的最基本完形普存分析,其实只不过是文艺存在的存在性分析的一种学理向度和学术操作模式,这与其他的向度和模式并不构成必然紧张关系。那么,在完形普存要求下文艺存在的存在性究竟何在?总结前人的存在性分析成果并予以完形归纳的结果是,文艺存在的存在性由三个意义要素构成,那就是诗性、神话性和审美性,诗性、神话性和审美性在人类文化游戏生活中的三位一体导致文艺存在性的意义确立,或者换句话说因此而有了文艺的人类和人类的文艺,人类不断地在文化游戏中体验着自己的诗性生存、神话性生存和审美性生存,从而不断地在这种体验中拓展其文艺生活的意义空间。对于这三个意义要素,既往的文艺学家们成千上万次地议论过而且一步步地实现其所议深化,海德格尔理解的"诗首先使安居成其为安居。诗是真正让我们安居的东西"③,较之亚理士多德理解的"诗比历史更富于哲学意味更高"④乃是深化的标志,克罗齐所理解的"在审美的事实中,表现的活动并非外加到印象的事实上面去,而是诸印象借表现的活动得到形式和阐发……所以审美的事实就是形式,而且只是形式"⑤,较之鲍姆嘉通所理解的"审美的虚假是主观的虚

---

① 丹纳:《艺术哲学》,傅雷译,第7页,人民文学出版社1963年版。
② 萨缪尔·亚历山大:《艺术价值与自然》,韩东辉译,第30页,华夏出版社2000年版。
③ 海德格尔:《人,诗意地安居》,郜元宝译,第71页,广西师范大学出版社2002年版。
④ 亚理士多德:《诗学》,罗念生译,第29页,人民文学出版社1962年版。
⑤ 克罗齐:《美学原理》,朱光潜译,第23页,外国文学出版社1983年版。

假，是思想同凭感官所能认识的思维对象的真之间的矛盾"①，同样也是叙议深化的标志。但是这种普遍性的叙议深化进程并非以时间线索为发生依托，所以对深化事态的描述必须以非常谨慎的姿态来予以操作，学术史撰写专家往往被时间延伸向度推向事态歧义的深渊。尽管如此，我们仍然不得不按时间定位律来对诗性、神话性和审美性的认识史予以价值归位和意义编目整理。

在对文艺的存在性进行意义编目整理过程中，我们发现既往的学术史不断地被内部意义混杂和外部意义混杂所纠缠并因此而不断地陷入叙议困境。内部意义混杂是指文艺存在中诗性、神话性和审美性表现出普存一致下的千变万化的具存复杂性，就在这些复杂事态中，不仅文艺的诗性、神话性和审美性在文艺存在事态中的确切意义边界从来就没有清晰梳理过，而且在具体的文艺家、文艺作品、文艺形态和文艺样式那里总是非均衡性地存在其意义比例关系，所以当文艺学家以某种先入观念或先在尺度去评述具体的文艺存在事实时，或者反过来由这些评述归纳其理论性的文艺学概念、范畴和命题时，就会引起彼此间的言说紧张并难以达到互约性知识效果。之所以随机抽样中的车尔尼雪夫斯基在研究文艺与现实的关系以及进一步的文艺存在性时更多地考虑审美性，强调"艺术创作低于现实中的美的事物，不只因为现实所引起的印象比艺术创作所引起的印象更生动，从美学观点来看，艺术创作也低于现实中的美的事物，正如低于现实中的崇高、悲剧和滑稽的事物一样"②，而随机抽样中的锡德尼却更在文艺与现实关系思考中看重诗性，强调"诗，在一切人所共知的高贵民族和语言里，曾经是'无知'的最初的光明给予者，是其最初的保姆，是它的奶逐渐喂得无知的人们以后能够食用较硬的知识"③，就是因为他们在遭遇文艺存在的内部混杂性之际选择了各自不同的要素托举立场。这意味着对具体的文艺作品而言，作家艺术家可以根据自己的知识背景和文化个性去选择创作中的诗性优先、神话性优先抑或审美性优先，但这丝毫不能因个体性

---

① 鲍姆嘉腾：《美学》，简明译，第52页，文化艺术出版社1987年版。
② 车尔尼雪夫斯基：《生活与美学》，周扬译，第109页，人民文学出版社1957版。
③ 锡德尼：《为诗辩护》，钱学熙译，第4页，人民文学出版社1998年版。

选择倾向之异和要素状况的区别而把优先性推至终极存在地位,即不能因此颠覆文艺存在总体性中的要素均衡性、要素互补性和要素统一性,总之我们不能让内部意义混杂遮蔽了文艺学家的理性审视目光。外部意义混杂是指文艺存在乃是更广阔意义空间内的社会性存在,尽管纯存的文艺存在现象同样俯拾即是,但就人类文艺生活史的总体历程而言,文艺存在的混存现象远远超过其纯存现象的存在比重,这意味着绝大多数文艺作品的文艺存在要素是与诸多外部介入性社会意义要素混杂在一起的,而且人们在实际的文艺生活过程中并不会刻意地去对文艺存在要和文艺存在中的非文艺性社会意义要素给予边界厘定和意义梳理,这样一种外部意义混杂使得文艺存在事态更加扑朔迷离和纠缠不清。文艺学说史上的绝大多数本质论对峙和功能论争执差不多都是由文艺存在的外部意义混杂所引起的,一切唯美主义者和唯艺术而艺术追求者不过是在强调文艺存在的纯存最大化,而更加大批的反对者则不过是强调这种纯存最大化的非现实性和理论虚拟性。在前苏联和中国"文革"时代,这种对峙和争执甚至演绎为政治迫害和人身攻击,这实际上不过是柏拉图把诗人逐出理想国的极端性举证事态而已,文艺学史在这个问题上的非学理性其实由来已久而且普遍存在,究其根源,就是由于对纯存和混存的文艺存在状况缺乏正确认识和有效把握所致。文艺存在的混存史占据着文艺存在的绝大部分时间位置,人类在这些时间位置全面承享着文艺生活方式,其中文艺承享与其他社会意义承享密不可分地联系在一起,尽管人们在混杂的被抛中总是孜孜不倦地追求各种社会意义的纯存生活状态,但生活的混杂性和人类社会的混存性却永远是逃脱不掉的基本生活现实,现代社会学家通常将其表述为共同在场或在场整体性,所以梅洛·庞蒂才说"如果我的身体可以成为某种'形式',前面存在着基于中性背景的重要形象,这是因为身体被它的任务极化(polarized),它的存在是面向这些任务的存在,能将自身聚集成一个整体来完成这些目标;身体的形象最终成为判定身体在世(in the World)的一种途径"[1]。然而混存性文艺存在和日常生活的现实混杂并不能遮蔽文艺纯存,

---

[1] M. Merleu-Ponty, Phenomenology of Perception, London, 1974, P101

从某种意义上说，没有文艺纯存也就无所谓文艺混存可言，所以在混存充分肯定的前提下，必须力避两种知识误区：其一是对于纯存的批判性攻击甚至彻底否定，这种攻击和否定将直接导致文艺存在学理命题的整体性灭亡，其二是把混存中的非文艺介入意义作为文艺意义要素来看待，从而导致文艺存在性在本体论意义上的虚假性和认识论意义上的盲目性。

在内部意义混杂与外部意义混杂的双重情境压迫之下，文艺存在的纯存事态和混存事态出现排列组合意义上的无限纠缠，文艺存在的存在性由此也可以采取完全不同的选择立场，我们从文艺人类学的角度出发选择诗性、神话性和审美性作为最基本的存在意义要素，在某种意义上同样带有明显的悬置研究色彩。

诗性何为？人类在其文化游戏的文艺方式中何以提出一种诗性生存？一旦我们拥有了诗性就将趋于怎样的精神境界或人文情怀之中？诗性在救赎世界过程中必然救赎着一切个体吗？诸如此类的问题和困惑从古希腊智者就难以言明开始，一直到今天庞大的文艺学家队伍在面对一系列基本提问之际也依然表现出无所适从的尴尬。

作为文体的诗和作为文本显现形态的诗歌作品并不一定具有诗性，这意味着诗、诗歌作品和诗性之间并没有必然联系和存在恒值关系，此时的诗范畴仅仅表明一种文学属性，此时的诗歌作品很可能更多地体现出审美性或神话性在场优势，于是这个判断也就可以给予反向意义陈述，即诗性并非仅仅存在于诗范畴或诗歌作品形态之中，它同样存在于其他文学样式和更广阔的艺术样式之中，诗性在绘画、雕塑、戏剧、电影乃至音乐、舞蹈中同样存在，尽管这些文艺范畴在更多的情况下会以审美性主旨获得其艺术张力或艺术吸引力。贺拉斯《诗艺》尽管也意识到了"一首诗仅仅具有美是不够的，还必须有魅力，必须能按作者愿望左右读者的心灵"[1]，而且在这意识中无疑暗含着对诗性的渴望和呼唤，但他的整个文艺学叙事主张和知识努力都是以诗歌文本学或诗体形态学为主线。这一事态在整个西方文艺学史上是带有线性递进规律的，所以那些诗学史表述中的诗学知识

---

[1] 贺拉斯：《诗艺》，杨周翰译，第142页，人民文学出版社1962年版。

基本上都属于诗歌性、诗体性、诗艺性这个平面上的叙议演绎,其中虽然也直接抑或间接地夹杂着诗性求取与诗性辨析,但在现代西方诗学崛起之前并没有成熟性或者独立性的诗性言说传统和研究领域。

这种诗性冷落的诗学知识状况同样也发生在中国传统诗学脉络中,琳琅满目的诗说、诗品、诗解、诗论、诗式、诗笺,提挈纲领的"言志"、"言情"、"兴、观、群、怨"、"穷而后工",层出不穷的"韵味说"、"妙悟说"、"格调说"、"肌理说"、"神韵说"、"童心说"、"才胆识力说"、"空灵说",凡此种种,尽管其中不乏诗性旨趣,但无疑更多地围绕着诗歌性或者诗体范畴的价值论、功能论、语言论等议题予以展开的,只是到王国维在叔本华思想影响下倡"境界说",才逐渐趋于现代诗学意味地以诗性探讨和诗性求取作为其命题核心。叶维廉在总结中国古典诗的表现性特征时,认为"诗人利用了文言特有的'若即若离'、'若定时、定时、定义而犹未定向、定时、定义'的高度的语法灵活性,提供一个开放的领域,使物象、事象作'不涉理路'、'玲珑透彻'、'如在目前'、近似电影水银灯的活动与演出,一面直接占有读者(观者)美感观注的主位,一面让读者(观者)移入,去感受这些活动所同时提供的多重暗示与意绪"①,如果顺着这种解读路向去阅读司空图的"不著一字,尽得风流。语不涉己,若不堪忧。是有真宰,与之沉浮。如渌满酒,花时返秋。悠悠空尘,忽忽海沤。浅深聚散,万取一收"(司空图:《诗品·含蓄》),阅读严沧浪的"诗者,吟咏情性也。盛唐诗人惟在兴趣,羚羊挂角,无迹可求。故其妙处莹彻玲珑,不可凑泊,如空中之音,相中之色,水中之月,镜中之象,言有尽而意无穷"(严沧浪:《沧浪诗话·诗辩》),阅读翁方钢的"其实神韵无所不该,有于格调见神韵者,有于音节见神韵者,亦有于字句见神韵者,非可执一端以名之也"[翁方纲:《神韵论》(下)],或者由这些叙议进一步去阅读所指诗歌文本中的"乘目听哀狄,浥露馥芳荪。春晚绿野秀,岩高白云屯"(谢灵运:《入彭蠡湖口》)、"移舟泊烟渚,日暮客愁新。野旷天低树,江清月近人"(孟浩然:《宿建德江》)、"北风卷地白草

---

① 叶维谦:《中国诗学》,第35页,三联书店1992年版。

折,胡天八月即飞雪。忽如一夜春风来,千树万树梨花开"(岑参:《白雪歌》)、"笙歌散后人归去,始觉春空。垂下帘栊,双燕归来细雨中"(晏殊:《采桑子》),就发现传统中国诗词的作者及其研究者对于诗艺体味的语词把玩可以说到了如痴如醉的进步,以至于其中隐蔽深藏着的内在诗性倒成了诗论家不作过多追问的可有可无议题,于是诗艺就不知不觉中转换为传统中国诗域中的互约理解的诗性,这种互约本身的意义编讹就仿佛那古老的"珠"与"椟"的故事,为了锦上添花的意义附着而冷落了宝贵的意义本身,或者说为了诗性氛围烘托的诗艺而程度不同地忽视了诗性的根本存在价值。

现代诗学兴起以后,诗性之议或者说诗性之求占据着诗学叙议的核心位置。当然这种占据仍然受到诸如形式主义、结构主义等文艺思潮的严重滋扰,这些思潮总是企图通过技术主义的知识胜利来逼近文艺存在的总体性命题目标,意大利文艺学家 C. D. 吉瑞拉姆所介绍的"雅各布逊对于诗功能的定义很难适用于散文"[1],暴露出文艺学领域的一个现代诗学秘密,那就是语言学转向之后文艺学尽管有一定程度的语言本体论知识延伸收获,但这种转向实际上不过是中心存在物的身份换位,在知识谱系上也就只能有外延性扩张而无内涵性增长,具体到诗性议题,则这种思潮下的诗性叙议依然不过吉瑞拉姆介绍时暴露的秘密那样,那些形式主义和结构主义的诗论虽然堆砌了一大堆新兴诗学名词,然而这些名词的意义指代范围说到底还是局限在某种文艺体式范畴之内,甚至局限于诗歌性或者诗歌作品存在性的意义幅度之内。无论从何种意义上说,存在主义诗论或者更具体的海德格尔诗学都是这种占据的主力军,是现代诗学自尼采以来对诗性追问的最高知识成就。海德格尔基本上不认为诗艺乃是诗性的内容,他更强调所谓牢固的建基,强调对本真澄明的意义暗示,所以才说"诗人之道说是对这种暗示的截获,以便把这些暗示进一步暗示给诗人的大众"[2],才

---

[1] Constanzo DiGirolamo, A Critical Theory of Literature, The University of Wisconsin Press, 1981, P28

[2] 海德格尔:《荷尔德林和诗的本质》,孙周兴译,引自《海德格尔选集》(上),第 322 页,上海三联书店 1996 年版。

说"一道光亮向着那些诗人展现,这些诗人被神圣所拥抱而归属于神圣。因为诗人们与预感着的自然同悲,所以诗人们也必然在自然之苏醒之际进入光中,他们本身也必然是一道光亮"①。在海德格尔这种诗学叙议方式中,诗之为诗是因为它在道说中实现了本真的意义澄明,人类之所以需要诗是因为这种诗性的道说方式首次将人带回大地,从而印证着荷尔德林言诗诗中所说的"人充满劳绩,但还／诗意地安居于这块大地之上"。但是这种叙议在有效分离诗性和诗艺的意义边界后,仍然存在着至少两个方面的语指暧昧,其一是尚未规置诗性澄明与非诗性澄明在通达本真中的路标特征和路途分异,其二是尚未规置诗性在分离诗艺之后的日常意义表达方式。正是由于诸如此类的语指暧昧,所以海德格尔诗学乃至整个现代诗学对诗性的闪光揭蔽仍然带有极大的知识神秘主义色彩,仍然没有大规模互约出场地进入文艺学的公共知识语域,当然也就更谈不上在日常社会成为普在概念或普泛文艺知识。

我们试图既立足于现代诗学知识成果之上,同时又力避其知识暧昧的前提下整理诗性概念的普适表述形式。诗性是纯粹的精神性,是人类精神追求的自由展现形态,是本真与此存的深情对话,是人类内省与外悟的最高情致和最充分精神承享。具体而论,所谓诗性至少有如下三个意义维度:(一)终极迷茫时此岸向彼岸泅渡,(二)现实困顿时大地向心灵召唤,(三)命运关怀时本真向世界隐喻。就此岸向彼岸泅渡而论,人类总是在终极迷茫之际奋力求取意义的更高解惑形式,追求更加妥靠的精神依托以支撑无限存疑之际的飘浮,尽管彼岸的诺言及其彼岸本身永远也无法实现和无法到达,但却在漫长的泅渡过程和无数的泅渡者中衍生出无限繁复的意义信任,这些意义信任成为不尽彼岸路上的精神依偎和情感安慰。尽管都在不尽彼岸路上,但它完全不同于哲学思性与神学迷性,文艺生存领域的诗性存在方式更趋向于泅渡者之间的相互激励、相互同情、相互精神搀扶。正像赖因哈德·劳特归纳的那样,陀斯妥耶夫斯基思想中的一个重要焦虑就是"人希望存在充满意义,他想要生活在一个有意义的世界

---

① 海德格尔:《"如当节日的时候……"》,孙周兴译,引自《海德格尔选集》(上),第343页,上海三联书店1996年版。

中。这个期望、这个意向即使在相信这些问题得不到回答和不能实现的情况下，也不会有所减轻"①，但是这个焦虑并不能通过哲学的思性言明和神学的迷性崇拜所能去疑，所以客观上就给文艺的诗性隐喻留下一个去疑的角色位置，即海德格尔所说的"冒险更甚者是诗人，而诗人的歌唱把我们的无保护性转变入敞开者之中。因为他们颠倒了反敞开者的告别，并且把它的不妙东西回忆入美妙整体之中，所以，他们在不妙（das linheile）中吟唱着美妙（das Heile）"②，或者荷尔德林所说的"如果诗人一旦驾驭精神，如果他感觉到共同的心灵并且将之化为自己所本有，这一共同心灵为所有人所共有而为每一个人所独具，诗人把握住它并且确信它"③。由此看来，诗性在泗渡者的精神进程中所表明的是终极迷茫之际的精神逍遥性，这与思性的精神深刻性和迷性的精神充实性有其虽细微却明晰的意义存在分异。就大地向心灵召唤而论，我们不得不借用海德格尔极富天才智慧的"大地"概念，即所谓"大地只有像那些本质上不可被揭示，躲避一切揭示而且始终在封闭状态的事物一样被感知和被保护时，它才公开显现澄明为它自己。大地上所有事物以及作为整体的大地本身，一起进入一种相互和谐之中……大地本质上是自行退隐的。确立大地，意指把大地带入自行退隐的敞开中"④。在海德格尔拟定的对称概念大地与世界中，作为被抛的个人和一切个体性生存的"在……之中"都是与世界联系在一起的，但是在世总是沉沦，总是烦，总是畏，因而人的在世总是烦扰中找不到家园，然而人之所以为人以及能够为人就必须有家园的温存，唯此才有可能实现"诗意地安居"的生存境界，所以在大地与世界的对抗结构中，人也就必须冲破世界的限宥而与大地拥抱，因为家园在大地上。人向往着大地，大地则以敞开姿态召唤着无数躁动烦乱的心灵，大地在对心灵的召唤中闪现

---

① 赖因·哈德·劳特：《陀斯妥耶夫斯基哲学》，沈真译，第144页，东方出版社1996年版。

② 海德格尔：《诗人何为》，孙周兴译，引自《海德格尔选集》（上），第459页，上海三联书店1996年版。

③ 荷尔德林：《论诗之精神的行进方式》，戴晖译，引自《荷尔德林文集》，第219页，商务印书馆1999年版。

④ 海德格尔：《人，诗意地安居》，郜元宝译，第83页，广西师范大学出版社2002年版。

出诗性的意义绽放,这种诗性意义绽放成为存在揭蔽中的重大事件,杰出的作家艺术家们总是恰到好处地充当着这一事件的代言人和叙述者,从而使其成为人类共享的诗性财富,并且也因此转而成为世界中的在世现象,成为现实困顿之际的天籁之声。就本真向世界隐喻而言,传统诗学的突出特点就在于把关注点聚焦于隐喻的存在方式,因而也就程度不同地忽视了隐喻什么以及为什么需要隐喻这些更具根本意义的问题。人类对世界的第一关注当然是对人类自身的命运关怀,尽管哲学、科学、神学等不断地给这种关怀以解释性的知识支持,但是这些知识支持总难达到满意的程度和完整的状态,而且这些知识支持的最大不足就是冷冰冰的强制,所以文艺性的人文关怀就在反强制求温存的人性缠绵中应运而生,所以诗性就成为这种关怀的最美丽意义方式,就其根性而言它与思性、迷性等其他意识一样同样是"反思着的意识与被反思的意识的不可分解的统一体"①。人类命运的原委存在于本真,海德格尔所说的"所寻求的是此在的一种本真能在;这种本真能在是由此在本身在其生存可能性中见证的。但这一见证自身首先必须能够被找到……从而,对这样一种见证的现象学展示就包含着对它源出于此在的存在机制的证明"②,意味着本真要不断地被此在见证,因而也就意味着各种不同的此在的存在机制充当见证者的角色,文艺存在中的诗性或许就可以作为这样一种角色来予以理解和定位。在诗性见证过程中,本真不断地给予世界以诗性化的意义隐喻。文艺的民众或者说处于文艺生活情境中的人,也就不断地由这些意义隐喻获得对本真的洞察并在这种深刻的洞察过程中陶醉性地体验着本真的存在,隐喻作为一种特殊的敞开方式在文艺的人类和人类的文艺中密切连接着本真和世界的意义关系,世界和日常烦杂也就在这种连接中获得情绪化的诗性解放。在这一议题的叙议延展中,保罗·利科所说的"形而上学隐喻的这种特殊方向说明了某些关键隐喻的持久性,这些隐喻有接受和聚集'形而上学扬弃'的冲动的特权。太阳处于这些隐喻的最高层次"③,与早叙一百年的狄尔泰的

---

① Robert Denoon Cumming, The Philosophy of Jean—Paul Sartre, Random House 1965, P52
② 海德格尔:《存在与时间》,陈嘉映译,第320页,三联书店1987年版。
③ 保罗·利科:《活的隐喻》,汪堂家译,第402页,上海译文出版社2004年版。

"心境的天才们向我们中间的每一个人显现他自己的内心世界,让人朝一个陌生的、却又同我们有亲缘关系的内心世界里面看去"①,尽管所议处于不同界面,但在隐喻和敞开事态的关注中却线性相依地表现出对诗性发生的共同问题倾向,从这个意义上说,如果没有本真对世界意义澄明的隐喻,对人类命运诗性关怀及其诗性本身就没有存在的位置。

神话性何为?神话性存在于神话边界定义之内还是存在于这个边界之外的一切文艺形态之中?如果答案是宽泛性肯定的话,那么也就必须明晰所谓神话性的意义主旨及其在文艺存在中的存在状况,否则人们就只能朝神话学知识域去予以命题联想,所以我们必须切断这种歧义性联想。

神话有文艺存在的意义要素,但是神话的意义要素远远超过文艺存在范围。前苏联著名神话学家谢·亚·托卡列夫认为"追溯原始社会,神话乃是认识世界的基本手段。神话是其萌生时期的世界感知和世界观念的反映"②,而泰勒则明确告诉人们"用神话作为研究人类思想的历史和发展规律的一种手段,是一门科学"③,这意味着神话学虽然不可避免地要顾及到神话的文艺存在价值,但文艺存在价值绝对不是神话学的学科研究重心。这个认识往前递进和延伸,则所谓神话性就有两个理解向度,第一个向度是指包括文艺属性在内的神话所具有的一切属性之总和,第二个向度则是仅指神话的文艺属性,后者乃是一种很明显的狭义语指规置,这种语指规置在公共知识域很难被神话学家所认同和接受。鲁迅在《中国小说史略》中提到的"神话大抵以一'神格'为中枢,又推演为叙说,而于所叙说之神、之事,又从而信仰敬畏之,于是歌颂其威灵,致美于坛庙,久而愈进,文物遂繁。故神话不特为宗教之萌芽,美术所由起,且实为文章之渊源。惟神话虽生文章,且诗人则为神话之仇敌,盖当歌颂记叙之际,每不免有所粉饰,失其本来,是以神话虽托诗歌以光大,以存留,然亦因之而改易,而销歇也"④,意味着西方神话学与文艺学知识传播到中国的早期就

---

① 狄尔泰:《体验与诗》,胡其鼎译,第362页,三联书店2003年版。
② 谢·亚·托卡列夫:《世界各民族神话大观》,魏庆征译,第5页,国际文化出版公司1993年版。
③ 爱德华·泰勒:《原始文化》,连树声译,第225页,广西师范大学出版社2005年版。
④ 鲁迅:《中国小说史略》,第7页,东方出版社1996年版。

已经意识到了神话的文艺属性与非文艺属性的统一与对抗，所以我们在今天也就更应该在两个向度间明晰其概念意义指向的一致性与分异性，而对于我们的文艺人类学知识操控而言，则所谓神话性无疑选择第二个意义向度作为我们文艺学知识事态中的论述立足点。诺思罗普·弗莱设定的所谓"神话的模式——即有关神祇的故事，其中物具有行动的最大力量——是一切文学模式中最抽象、最程式化的模式，正如其他艺术形式中相应的模式一样——例如富有宗教色彩的拜占庭绘画——展示出本身结构方面类型化的最高程度"①，瑞恰德·切思渲染的所谓"对我们而言，古代作家忽略了一个虽简单却最基本的真理，那就是'神话'这个词意味着故事，一个神话是一段传说，一种叙事，或者一首诗。神话是文学而且必须看做人类想象力的一种审美创造"②，也都无一不是从神话性的第二个意义向度展开其讨论。然而必须说明的是，作第二个向度选择本身并不意味着对第一个向度的否定、忽视或者有效性遮蔽，第一个向度仍然坚实地立足于更加广阔的公共知识领域，只不过在此一学科情境才凸显出文艺神话性或者神话文艺性的所谓神话性概念价值而已。

那么文艺存在中的神话性作为存在性意义要素究竟意味着什么呢？回答这个问题必须回到现实中的人究竟需要哪些最基本性关怀的更宽泛议题中，这对更好地理解强行规置出的文艺神话性能够提供必要的背景知识帮助。就一般意义而言，人所需要的现实关怀可以归类为四个基本方面，由此就可以获得人的现实生存稳定性。第一，自然关怀，其所提供的乃是人的生存的物质支撑。之所以自然科学及其相应的数理逻辑对于人类生存具有第一优先性，就是因为人类一旦失去自然关怀也就失去了存在的全部，所以马克思说"自然，就它本身不是人的身体而言，是人的无机的身体。人靠自然界生活。这就是说，自然界是人为了不至死亡必需与之不断交往的、人的身体。所谓人的肉体生活和精神生活同自然界相联系，也就等于

---

① 诺思罗普·弗莱：《批评的剖析》，陈慧译，第147页，百花文艺出版社1998年版。
② Richard Chase, Myth as Literature, Myth and Method, Edited by Tames E·Miller, Tr, University of Nebraska Press 1960, P129

说自然界同自身相联系，因为人是自然界的一部分"①。第二，日常关怀，其所提供的乃是人的生存的社会支撑，人类在这种支撑结构中展开其经济生活、政治生活、家庭生活、社交生活等各种常态日常生活截面及这些截面的对立形态。之所以政治纲领、经济学说、道德原则、伦理标准、诚信力与公信力等这些日常社会价值均衡维系对个人和社会总是显得那么重要，就是因为任何人都必然只能是日常人，人类生活的质与量的总体性要求势必主要体现在日常生活进程之中，个人所拥有的日常理性与日常智慧最大限度地决定着个人的命运状况，这意味着个人和社会主要以日常生活方式存在，所以那些负责任的社会学家总是努力描绘出日常社会的基本存在结构，所以 V. 帕累托把他的描绘提纲式地叙述为"（一）个人效用：1. 直接效用；2. 间接效用，因是集体成员而获得；3. 同他人效用相关联的个人效用。（二）某确定集体的效用：1. 直接效用，将该集体视为同其他集体分离；2. 间接效用，因其他集体的作用获得；3. 同其他集体相关联的某集体的效用"②。第三，人文关怀，其所提供的是人的生存的文化支撑，当然这里使用的文化概念乃是狭义性的限制性概念，而这里所强调的则是人际间情感粘连与情绪互动的虚拟价值目标，人类依赖这些虚拟价值目标及其与之相一致的虚拟性生存使其在去往的生存延展中保持其亢奋与充实，而文艺在参与人文关怀的过程中恰恰就提供了以虚拟为存在特征的神话性赠与，文艺在人文关怀旗帜下的所谓神话性赠与，其实在宏大背景上又是广义神话性的一个重要组成部分，或者说文艺神话性此刻与生存神话性真正具有了意义叠合关系，神话性也就同样在此刻成为人的人文关怀的核心文化价值，所以布希亚站在后现代社会理论知识立场强调"我们的基本命运并不是像我们所认为的那样是存在和延续，是出现和消失。只有它诱惑和迷恋着我们，只有它是场景和典礼"③。第四，终极关怀，其所提供的是人的精神支撑，这种支撑不仅可以规避无限追问所引起的精神恍惚

---

① 马克思：《一八四四年经济学——哲学手稿》，《马克思恩格斯全集》（第四十二卷），第 96 页，人民出版社 1979 年版。
② V. 帕累托：《普通社会学纲要》，田时纲译，第 321 页，三联书店 2001 年版。
③ 引自乔治·瑞泽尔：《后现代社会理论》，谢立中译，第 154 页，华夏出版社 2003 年版。

和没有目的地的思想恐怖，而且可以规避人在现实中不断地处于无奈和绝望之际选择死亡这一所谓唯一真实性逃脱。世界上形形色色的宗教及其所携带的宗教精神之所以被崇拜，被信仰，被接受，被迷信，表明终极关怀作为面对现世的安慰力量的确能够给人以有效的精神支撑，反过来之所以又在一定程度上不被崇拜，不被信仰，不被接受，不被迷信，则表明并不是什么人都遭遇精神层面的终极困境，甚至并不是什么时候、什么事情上都会发生这种遭遇。S. 薇依所说的"不幸使上帝在一段时间内不在场，比死亡更加空无，比暗无天日的牢房还要黑暗。恐怖吞没了整个灵魂。在这期间，无爱可言。可怕的是若在这无爱可言的黑暗中，灵魂停止了爱，那么，上帝的不在场就成为终极的了"①，这意味着上帝的不在场和在场都属于终极问题，并且意味着所谓救赎也就是要最大限度地提供终极关怀，甚至透露出普在不幸中的人对上帝出场的必然呼唤，总之，人如果没有终极关怀，那也就无法支撑其现世性的苟活，也就是迫使不幸中的人必须相信一切形态终极力量的承诺。

就这四种必然支撑和必要关怀而言，人文关怀最大限度地关涉着人的情致、情感和情绪，关涉着人类的活力、激情和文化兴奋程度，而在整个人文关怀的文化氛围中，神话性所带给人类的趋前牵引力量具有文化依托的核心价值地位。当然，神话性并非唯文艺所独存的社会普存意义，社会存在本身不断地树立着诱导性神话性目标，并伴之以这些神话性目标的现实转化或理想破产，神话性目标的实现与破产构成社会存在景观演变的重要方式。例如悉尼·胡克讥讽政治神话时所说的"为政治的神话打算，斗争的辩证法通常是限于假定某一套对抗性为其他一切对抗性的基础，由于产生这些对抗性的条件消灭，它就预言其他一切对抗性也将消灭。结果如不是社会战争乃是一切社会生活所不能克服的特征这种先验的信仰，便是披着假科学外衣的千年至福说，即关于在预先注定的日子里，一切人们都将成为兄弟，而没有人来扮演该隐的角色的一种信仰"②，或者马库斯·拉

---

① S. 薇依：《在期待之中》，杜小真译，第67页，三联书店1994年版。
② 悉尼·胡克：《理性、社会神话和民主》，金克译，第254页，上海人民出版社1965年版。

斯金对这种神话形态的非讥讽性叙述所说的"在叙事中有一种人为的处置因素，尤其用于明确的政治利益时，事情的进程更多地存在于历史神话之中，这些事态总以不同的伪装展现出来"①，就是从不同的议论角度证明着政治神话或政治神话性的客观存在，如果我们在此基础作更广阔的延展，则所谓神话或者神话性又何止局限于政治存在领域。但问题在于文艺的神话性存在无论就意义目标还是意义主旨而言都远胜于其他存在方式，文艺神话性或者说神话性文艺乃是文艺存在的本体性意义要素或者说本体性确证，文艺以其神话性建构确立其在被抛世界和现实社会中的影响力与亲和力，它以一种特有的意义诱引方式吸引日常大众保持对社会以及未来价值延伸的在场姿态和关注倾向。柏拉图所说的"对于诗人的话，要么全信，要么全不信"②，汉代王充所说的"世俗所患，患言事增其实，著文垂辞，辞出溢其真，称美过其善，进恶没其罪。何则？俗人好奇。不奇，言不用也。故誉人不增其美，则闻者不快其意；毁人不益其恶，则听者不惬于心"（王充：《论衡·艺增》），都是在信与不信的反证议题上进入问题，而信与不信的所议本身，深层次地关涉着文艺神话性存在事态。

就最主要的存在特征而言，文艺神话性对社会和大众的必要性价值和意义诱引张力，就在于它通过对已然事态或或然事态的虚拟叙事来实现在场效果，而文艺神话性在各种意义发生方式中的核心竞争力就在于这种虚拟叙事所能提供的哄信力，"哄"这个词于是就与文艺的神话性存在发生重要的意义关联。海德格尔曾有其著名的"烦论"，声称"'烦'这个术语指的是一种生存论存在论的基本现象，而这种基本现象就其结构而论也就不是简单的"③，强调在世被抛的无奈和生存先行设定的压抑，这当然是对人生存于意义境遇中的总体性观照和事态性陈述，但这种观照和陈述却过多地沉溺于意义的时空限制，一定程度上忽视了人作为主体力量对于一切无奈和压抑的抵抗，甚至一切先行设定和意义时空限制本身也仍然不过

---

① Marcus Raskin, Visions and Revisions: Reflections on Culture and democracy at the End of the Century, Interlink Books 1985, P1
② 柏拉图：《理想国》，郭斌和译，第54页，商务印书馆1986年版。
③ 海德格尔：《存在与时间》，陈嘉映译，第237页，商务印书馆1987年版。

是人类抵抗的衍生物。所以我们必须在海德格尔之后进一步认识到，烦是在世的基本现象诚然不错，但去烦却是人类的普遍愿望同样不可低估。在人类整个去烦运动的意义抗争中，哄是一种生存境遇中必不可少的意义活性或者说抗争方式，其非贬义定性在于，它给现实中的生存者编织神话性的意义愿景，在情感温存中不断地提供激情力、兴奋力、憧憬力、想象力、粘合力以及诱惑力等等，由所有这些力支撑起来的哄最终使得人类始终充满意义自衍和价值自拟的自信心。在这一种以哄为真诚动机的文艺神话性世界里，寡情者无法抵御罗密欧与朱丽叶式的两情执著，绝望者还得对陶渊明笔下的桃花源将信将疑，哄所带来的温存情怀和热情诱惑就如同古希腊悲剧中的那些英雄们的普遍遭遇，无论宿命天条如何不可颠覆也仍然到处充满质问命运的呐喊，实际上，尼采所说的"就是在那种美的境界中，希腊人看到了那些反映他们自己的奥林匹斯诸神。希腊人的意志，就是那用美感反映来对抗痛苦以及那常常随艺术才能而来的痛苦的抑郁智慧。那天真艺术家荷马成了它胜利的标志"[1]，其实就是讨论神话性意境的文艺张力，所谓美或美感在这一叙议进程中没有任何确指性意义目标，属于叙议中不经意间的随意性混杂。总之，如果没有神话性，人类就会因死气沉沉导致最终精神窒息而死，如果没有文艺神话性的充分出场，人类就将和文艺一起在一切时空存在中失去继续生存的信心和热情。

如果说文艺存在的意义要素间呈现出某种深度结构形态的话，那么审美性是在诗性和神话性之后的最表层意义存在，文艺的审美性意义存在是文艺与人类相拥的最直接现实和最必要环节，所以它与诗性和神话性之间只有层面分异而无价值轻重之别，所反映的只不过是文艺与人类触感领悟之间的距离深浅而已。就像诗性和神话性在知识域内并没有确指公共语义一样，审美性的概念边界从鲍姆嘉通开始一直延展至今日依然没有获得完全的互约。列·斯托洛维奇所说的"我们有权把具有参与人对世界审美关系的能力（在社会的历史的发展过程中获得）的客体，称为审美客体、客

---

[1] 尼采：《悲剧的诞生》，刘崎译，第25页，作家出版社1986年版。

观审美价值或者现象的价值属性"[1],与 H. A. 梅内尔所说的"为审美判断的客观性辩护和为审美判断的主观性辩护都是有道理的,都是正确的。前者是维护客观性 B,后者是否定客观性 A。审美判断就它们对人类主体的愉悦提供现实的或可能的影响来说是'主观的',就它们可以显现为真实和虚伪,并独立于使用它们的人的态度来说,它们是'客观的'"[2] 相比较,虽彼此都持所谓价值研究的客观性立场,然而此客观与彼客观竟是如此之不同,足见互约在审美性问题上困难之一斑。非互约性概念争执和命题冲突对于审美性来说已愈来愈显其事态化趋势,本体论的立场分异,认识论的角度分离,价值论的意义分解,使得审美性在知识域内的表述及其基于这些表述的研究路向万象纷呈。处在这种非互约性境遇之下,介入者只好按照各自的理解选取自律性的语义参照,而对我们来说,这种语义参照趋向于"鲍姆嘉通还原"或者"克罗齐认同"。鲍姆嘉通还原在此是指,他所说的"美学的目的是感性认识本身的完善（完善感性认识）,而这完善也就是美"[3],尽管连他自己在此后的叙议中也未能有效坚持,但他获得"美学之父"称号的根源则无疑是我们特别愿意坚持的感性学定位,也就是美学必须回到感性学。克罗齐认同在此是指,他所说的"普通叫做真正的艺术所组合的直觉品,比我们通常所经验的直觉品因较广大较繁复,可是这些直觉品仍不外用感受与印象做材料"[4],强调人与艺术的审美性关系发生中依凭的是直觉、印象、材料乃至更复杂的外部形态性接触,强调审美性与直觉中介和直觉效果的必然关系,这些都是我们选择审美性意义参照的基本出发点。

之所以我们要作这样的选择并且煞有介事地把这种选择在公共知识域内画蛇添足地予以特别言明,是因为在公共知识域内存在着极为严重的审美扩大化和审美性失范。在审美扩大化中,美学家们通常都把人在审美介入之后的延伸性精神活动或继发性意义事件不加分析地置于审美表述之

---

[1] 列·斯托洛维奇:《审美价值的本质》,凌继尧译,第37页,中国社会科学出版社1984年版。
[2] H·A·梅内尔:《审美价值的本性》,刘敏译,第10页,商务印书馆2001年版。
[3] 鲍姆嘉腾:《美学》,简明译,第18页,文化艺术出版社1987年版。
[4] 克罗齐:《美学原理》,朱光潜译,第20页,外国文学出版社1983年版。

中，当所谓"人的对象化"或"对象的人物"被直接引用为美学命题之后，当所谓"真"、"善"、"美"被理解为最基本的存在性切分之后，当所谓"审美理想"作为去感性化价值目标被日常语境津津乐道之后，人类的一切意义活动差不多就都是一种审美活动或者至少包含着审美要素。在这种扩大化的背景下，我们就可以轻易读到西方审美谈论中的"若是要把感性的人变成理性的人，唯一的路径是先使他成为审美的人"[①]，读到中国审美谈论中的"德美即道德人格美，这是德育过程的目标和结果。如果没有德美存在的可能性，当然也就没有德育美的存在可能性"[②]。在审美性失范中，诸如美、审美、审美性这些基本概念完全得不到知识场内的基本互约，美学历史以来的所谓概念争执使得它们只能在失范的状况下被不同知识立场的美学家们任意操控，因而也就导致这种非互约性失范从根本上制约了美学作为一门知识学的科学价值。阿诺·理德所总结的"关于审美价值有三种可能的观点。第一种观点认为审美价值是物的一种重要特质，它独立于经验的主体的任何关系之外；第二种观点认为审美价值是精神的，它是一种精神特质或仅仅是一种精神状态；第三种观点认为审美价值是由精神与非精神的客观对象之间的关系所组成"[③]，不仅可以穿越西方美学在场亦可以穿越中国美学在场，这种穿越对美学知识体系的最直接质疑就是，如果应有的科学争论不能在更高的统辖框架内得以互约性整合，那么进入这一知识情境的任何表述就无法彼此间实现通约性商谈和对话，甚至表述间发言和倾听的最基本结构也难以有效确立。正是在这种审美性失范的知识背景下，美的形式关涉前提和审美的形式介入属性受到美学研究的排斥，最直接的感觉学问题被无边无际地拖入意识深刻性深渊，形式美命题的出现以及美学家们对形式美的初级化普遍处置，不仅意味着离开形式的美及其离开形式的审美活动更具美学知识张力，而且意味着美学家们缺乏学科自律与科学自审的知识学悲哀，这种悲哀早在神学美学的托马斯·

---

① 席勒：《审美教育书简》，引自北京大学哲学系美学教研室编《西方美学家论美和美感》，第181页，商务印书馆1980年版。
② 檀传宝：《德育美学观》，第124页，山西教育出版社1996年版。
③ 阿诺·理德：《美学研究》，引自朱狄：《当代西方美学》，第168页，人民出版社1984年版。

阿奎那那里或古典美学的康德黑格尔时代便大范围存在，而现代美学到目前为止并没有对这种悲哀进行知识学意义上的卓有成效的消解。

如果说这种精神美学对形式美学的野蛮征服是对一切人类审美活动的陈述伤害的话，那么审美扩大化和审美性失范对文艺存在的陈述伤害最严重的莫过于把文艺看做审美的集中体现和高级形态。尽管文艺发展史上不断地有人像托尔斯泰那样提醒着"把'美'（即从艺术得来的某种快乐）认为是艺术的目的，这不但不能帮助我们判定艺术是什么，反而把问题转入和艺术判然相异的领域——即转变为形而上学的、心理学的、生理学的，甚或历史的眼光去讨论为什么某些人喜欢这一作品，而不喜欢那一作品，为什么另一些人喜欢那一作品等等，因而使得为艺术下定义成为不可能"①，尽管美学史不断地有人像车尔尼雪夫斯基那样坚持"艺术创作低于现实中的美的事物，不只因为现实所引起的印象比艺术创作所引起的印象更生动，从美学观点来看，艺术创作也低于现实中的美的事物，正如低于现实中的崇高、悲剧和滑稽的事物一样"②，但是绝大多数美学家和文艺学家们基本上都走上了文艺本质审美论或者美的文艺存在论不归路，把文艺当作审美的典型化、集中化、高级化和把审美理想当作文艺的最基本存在目标，在美学知识域和文艺知识域从来都未曾动摇过优势地位。诸如黑格尔所说的"艺术美高于自然。因为艺术美是由心灵产生和再生的美，心灵和它的产品比自然和它的现象高多少，艺术美也就比自然美高多少"③，鲍桑葵所说的"美的艺术史是作为具体现象的实际的审美历史"④，始终幽灵般地影响着人们的文艺认识并因此支持着文艺家们的自豪感和使命感，甚至前苏联美学家卡冈一方面清晰地认识到了"一方面，审美活动广于艺术活动，而艺术活动是审美活动的局部状况，因为人不仅在艺术中、但必然在艺术中创造美；另一方面，艺术活动广于审美活动，审美活动是艺术活动的局部表现、一个方面"⑤，另一方面他的所谓卡冈美学体系几乎包括了

---

① 托尔斯泰：《艺术论》，丰成宝译，第42页，人民文学出版社1985年版。
② 车尔尼雪夫斯基：《生活与美学》，周扬译，第109页，人民出版社1957年版。
③ 黑格尔：《美学》，朱光潜译，第4页，商务印书馆1979年版。
④ 鲍桑葵：《美学史》，张今译，第6页，商务印书馆1985年版。
⑤ 莫·卡冈：《卡冈美学教程》，凌继尧译，第193页，北京大学出版社1990年版。

所有的文艺基本问题，这意味着人们已经本能性地在知识操控层面把文艺系统看做美学框架的主体，甚至不排除在极限状况下会出现美学与艺术哲学的异名恒值。由中国学者命名发起的文艺美学知识运动企图在子学科分立中解决扩大化和失范的突出矛盾，声称"文艺美学只能探索作为艺术创造主体的文学家、艺术家如何把自然审美、文化审美提升为艺术创美；这艺术创美的产物，作为一个新创的客体，被作为审美主体的读者、听众、观众所审美，在审美主体心灵中如何留下痕迹"①，也就是把文艺的审美特性和审美规律作为边界限定的特殊关注中心来予以学科化研究或知识谱系填充，算是找到了一种有效的问题解决方案，所以在晚近的中国文艺学界能迅速崛起并争得学科规置的一席之地，但在解决过程中却又留下两个文艺美学本身尚无法解决的疑端，那就是：其一，文艺美学的本体论缺位，即它关于"只能探索"的限定空间是一个缺乏本体性存在前提的虚拟事态，其二，则文艺美学在这里并没有完整地处置好知识边际关系和知识谱系结构，即它作为一种交叉学科此时在文艺学知识事态中究竟处在一个什么样的研究位置。

从我们文艺人类学的学科视野而言，审美性必须严格地定位于文艺存在的意义要素，而且这个意义要素还进一步定位于文艺存在的外部形态和形式层面。人类之所以需要文艺的审美性是因为人类在很大程度上以感性生存方式存活于世，就像没有理性自由就会导致精神痛苦一样，没有感性解放同样会陷入无穷无尽的寂寞和无聊之中，所以人类需要极大的感性生活充实和感性生存愉悦，文艺的审美性要素因其满足这种充实和愉悦的要求而确立其独特的存在合理性。至于审美性到底应该作怎样的语义陈述，或者说它在文艺的存在过程中到底有哪些可以具体给予罗列的表现，文本的汗牛充栋和命题的成千上万足以令人作归纳的止步，即使大师辈制造的康德合目的性说、黑格尔显现说、狄德罗关系说、席勒游戏说、车尔尼雪夫斯基生活说、马克思实践说或者现代背景下苏珊·朗格的情感形式说，如此等等，都只能在无数说法中获得一种说法的资格而已。所以我们对于

---

① 胡经之：《发展文艺美学》，引自《美的探寻：胡经之学术生涯》，第470页，北京大学出版社2003年版。

审美性的界定，并非在这些说法基础上别出心裁地增加一种说法，而是在这些说法之外寻求非命题意义的审美性存在定位，在对说法的整合中寻找原始共性和文艺存在与人类需求间的最基本美学关系，在原始共性和最基本美学关系的感性归位与形式还原中解读文艺审美性，解读文艺审美性对人类感性生存幸福和感性生活充实的必要性，解读文艺审美性与文艺诗性、文艺神话性的存在要素差异及其对人类呈现的不同价值诉求。

作为文艺存在要素的诗性、神话性和审美性，就文艺与人类的总体性关系而言当然是三位一体地存在于文艺整体性之中，从这种总体性持论，则所谓诗性、神话性和审美性是不可分割的有机性存在，文艺以这种有机性存在方式从根本上制约着文艺与人类的基本需求关系。

但在具体的文艺作品和个体性文艺生活中情况就开始复杂起来，这种复杂性体现为文艺存在中意义要素组合的多样性状况，并且这种多样性存在组合至少可以归纳描述为：（一）纯存单称性意义独供，（二）混存复合性意义主供，（三）融存一体性意义均供。在纯存单称性意义独供中，诗性、神话性和审美性于存在分异中只有一种意义要素支持文艺作品出场，历来的唯美主义者乐于追求审美性呈供，历来的唯世主义者乐于追求神话性呈供，而历来的唯理主义者则更加乐于追求诗性呈供。对文艺存在的这样一种意义要素组合方式而言，不同的作家艺术家往往会作出不同的选择，同一个作家艺术家在不同的作品中亦同样会出现意义取向的分异，例如对处于家离国乱中的南宋诗人陆游而言，他的《金错刀行》取诗性，《关山月》取神话性，《临安春雨初霁》则取审美性。在混存复合性意义呈供中，单个文艺作品中要么显现为两要素意义组合，要么显现为三要素意义组合，但无论是两要素组合形态还是三要素组合形态，其中总有一个意义要素占据着作品存在的支配地位，这种占据有时主要由作家艺术家的自觉选择来决定，有时则又由于接受视野时空变异而呈现主供意义的动态性转换。陈子昂的《登幽州名歌》，以诗性为意义主供而以审美性相辅，然而就其作品的影响实际而言，却是乱世英雄多体验其诗性而治世文人多观赏其审美性，因人因时因地的意义主供变异每每呈现出起伏不平的滑动曲线。在融存一体性均供中，文艺作品中诗性、神话性和审美性融而为一，其共存性和融存性导致虽可以作理性尺度的分析却断不可作存在事实的分离，它对受者构成愉悦、诱惑和遐想的不同层面的效应力量，它使随后的解读反应不断地呈现在诗性解读、神话性解读和审美性解读三个不同维度的无限态势，歌德前后写作了六十年时间的巨作《浮士德》就是这样的作品，而人们在遭遇这样的作品之际，或许由于主体间性的调节作用，某些人会敏感于特定意义要素，但更多的人则会物我两忘地被抛于融存的整体性情境之中，意义要素的辨析至此也就消逝得无影无踪。

更进一步的复杂情况还在于文艺存在的社会事态化。外部混存的普遍性意味着文艺意义总是被动地承受或主动地附着其他社会意义形态，文艺存在空间的敞开性使文艺能够无限延伸地存在于人类社会生活的各个角落，并且因其意义承受和意义附着而与人类的基本生存发生更加密切的必然联系。对此，我们可以切分出三个密切联系界面，那就是：（一）文艺与人类中心意义的意识形态合谋，（二）文艺与人类边缘意义的文化合谋，（三）文艺与人类个体意义的心理合谋。就文艺与人类中心意义的意识形态合谋而言，自从人类步入文明社会进程尤其是当国家形态出现以后，意识形态就具有人类生存的意义中心性，这个命题至少在19世纪人类学家们那里已经具有知识互约性。恩格斯在《家庭、私有制和国家的起源》中所说的"文明时代愈是向前发展，它就愈是不得不给它所必然产生的坏事披上爱的外衣，不得不粉饰它们，或者否认它们"①，就是把意识形态冲突放到中心位置并且直接赋予其利益为起点的人类生存所衍生的中心意义属性，而文艺此时在很大程度上参与粉饰或否认的社会意义事件之中，它在与意识形态的种种合谋中要么选择粉饰的方式，要么选择否认的方式。文艺学说史上一切形态的文艺政治论、文艺教育论、文艺道德论、文艺工具论、文艺批判论等等，以及与此相一致的各种知识学意义上的更加具体的本体论命题、认识论命题、价值论命题等等，之所以宏论迭出，且至今不绝于耳，从根本上说就是由文艺的这种合谋所引起的。特里·伊格尔顿之所以在给他的《美学意识形态》一书撰写"导言"时"想驳斥这样一些

---

① 恩格斯：《家庭、私有制和国家的起源》，《马克思恩格斯全集》（第二十一卷），第202页，人民出版社1965年版。

批评家，他们认为，美学与政治意识形态的任何联系都必定是令人厌恶反感的或是让人无所适从的"①，就是因为否定文艺与意识形态合谋客观性的论调存在着太大的文艺存在盲区，出现这种盲区的理论后果将导致文艺学知识体系的问题遮蔽。就文艺与人类边缘意义的文化合谋而言，无论西方文艺学界还是中国文艺学界，无论文艺人类学还是文化人类学，对这一问题的关注都表现出既充分自觉亦广泛延伸，不同形态的艺术人类学和文学神话学研究基本上都在这一命题框架下展开其知识操控。边缘意义在此并不指代"边缘文化"（marginalculture）或边缘遗存的所谓"文化元素旧有形式在传播区的边境地带的继续存在"②，而所谓文化合谋亦并非强调文艺的文化属性而更大程度上指涉着文艺形态与非文艺形态之间的文化存在关系及其在场之际的"功能结合"（Functional Combination），所以这个命题的语义核心在于意识形态叙事剥离后对人类文化在场事态的规置性陈述，也就是说，这里出现的"中心"和"边缘"的概念对称实际上只不过是命题域内的一种叙事安排，而非存在性对立。正是由于这一命题的真实性，传统知识背景下的那些宗教与文艺关系研究以及诸如图腾研究、仪式研究以及神话研究等，或者现代知识背景下的那些诸如文艺的文化原型研究、文艺的文化批评乃至文艺的时尚性研究等，才成为具有解读穿透力的知识介入。例如文化批评知识操控，从法兰克福学派走红到当前中国式走红，都是在一种意识形态悬置或者撤离后的知识学行为，非主流或非中心意义事态成为关注中心和批判焦点，而且文艺学在涉身事态之际也渐渐远离于基本范畴、体系化范式、主旨精神或者学科性，所以乔治·E·马尔库斯将其归结叙述为"我们在谈论现时代时，不再用范式或确定的术语，而是用自我标签的前缀'后'（Post-）一词，如文学和艺术方面的后现代主义（Postmodernism）、人类学和文学批评方面的后结构主义"（Poststructuralism）③。就文艺与人类个体意义的心理合谋而言，20世纪在这方面的知

---

① 特里·伊格尔顿：《美学意识形态》，王杰译，第8页，广西师范大学出版社1997年版。
② Ake Hultkantz, General Ethnological Concepts, New York, 1960, P182
③ 乔治·E·马尔库斯：《作为文化批评的人类学：一个人文学科的实验时代》，王铭铭译，第167页，三联书店1998年版。

识学发现及其推进对文艺存在解读提供了全新的维度。文艺无论在创作还是在接受都首先是精神个体性事实，而精神个体性也就决定了文艺存在与当事人的心理事态以及社会集合意义上的普遍心理事态相纠缠，人的文艺心理活动与人的其他心理活动交互作用于人的整个心理活动和行为过程中，由此也就必然会有文艺与人类心理的合谋，这种合谋使文艺存在很大程度上也就演绎为心理存在事实。尽管我们在中国古代可以读到"神思方运，万涂竞萌，规矩虚位，刻镂无形，登山则情满于山，观海则意溢于海"（刘勰：《文心雕龙·神思》）之类的表述，在西方古代读到诸如"我们不应要求悲剧给我们各种快感，只应要求它给我们一种它特别能给的快感"[1]，并且明显感觉到这些叙事者已经具有文艺存在的心理意识，但我们同样不得不承认，这种心理意识离现代心理分析尤其是文艺本体论意义上的心理存在解读还有相当遥远的距离。20 世纪崛起的文艺心理研究不仅在文艺心理存在本身获得耳目一新的知识学进展，而且在心理合谋的描述和梳理方面尤其具有边际学理推进，这种推进使文艺心理与非文艺心理在文艺存在中的复杂纠缠状况以明晰把握，从而使心理合谋事态在现代学术视野中获得程度不同的澄明，这是对文艺与人类基本关系的更加深化的存在性研究。

　　无论是纯存还是混存，无论是内部意义混存还是外部意义混存，所有这些给我们呈现的文艺存在事实是，作为内闭意义存在体和外敞意义存在体的文艺，其意义存在方式及其在人类社会生活中的意义存在效果，不仅具有无数的排列组合结果，而且具有无限的具存时空限定，所以，那些言简意明的文艺存在真理性命题也就大多并不十分妥靠，最妥靠的办法是对文艺存在作耐心细致的存在性分析甚至具存性解读，我们因此将在文艺存在的存在性分析中更加真切地感受着人类何以一定需要文艺。

---

[1] 亚理士多德：《诗学》，罗念生译，第 43 页，人民文学出版社 1962 年版。

第八章
人类中心意义合谋

当文艺不可能以绝对纯存状态存在于人类生活之际,那么它就一定要与人类生存的其他意义方式处于不同的深存结构之中,也就一定要因此而展开不同的意义合谋关系。尽管不断地有人提出文艺边缘化的理论主张,但文艺作为人类生存的一种意义方式首先必定显示其中心化的价值诉求,因而其与中心意义的广泛合谋就显得更加活跃乃至更加受人关注。在此,我们也就习惯性地选取道德、政治和宗教三种意义范畴及其文艺合谋作为问题切入点,案例性地剖析其合谋事态及其合谋过程中应该引起的某些警觉。

第一节 道德文艺论的语指与语误

就主体日常生活而言,道德是维系日常均衡性的互约性价值尺度和基本原则,因而也就是主流意识形态的核心意义要素和人类社会生活的基本内容,所以,在文艺与人类生活的意识形态合谋中也就意味着文艺与道德的必然性存在相拥,文艺与道德的关系由此成为文艺存在的外部混存最重要的边际关系之一,正是这种复杂的文艺存在的道德依附意义方式,导致人类知识域中道德文艺论知识谱系的产生,尽管在这个谱系中不同民族的言说方式和言说重心彼此并不完全一致。

无论是柏拉图学理传统的道德理想主义还是亚理士多德学理转型的道德现实主义，从知识学角度来说都在康德框架的统辖之下，其《道德形而上学原理》前言所设定的。"1. 第一章：从普通的道德理性知识过渡到哲学的道德性知识。2. 第二章：从大众道德哲学过渡到道德形而上学。3. 第三章：最后，从道德形而上学过渡到纯粹实践理性批判"①，是对古希腊以来道德学说的总体性把握。形成这一知识史演绎进程本身表明，道德问题及其问题解读的道德知识谱系从古希腊开始就成为核心知识学门类。

这段历史的更深刻社会存在隐喻在于，古希腊人拥有非常丰富的道德生活经验，社会道德完善目标和个体道德修养诉求由此成为生存关注中心之议，远在留基波和德谟克利特时代他们就崇信"用鼓励和说服的言语来造就一个人的道德，显然是比法律和约束更能成功"②，个人道德修养议题的诸如勇敢、谨慎、谦虚、节制、真诚、智慧等一系列美德范畴就具有极大的普议性。利奇德在《古希腊风化史》里描述说："根据古希腊诗人品达罗斯的作品，幸福是人生奋斗的第一个目标，其次是要一个好名声；一个人如能同时得到二者而且又能紧紧地抓住它们，那么，他就是完全实现了自己的最高理想"③，这个描述不仅在历史印证中有"这就是从最早见于文字的证据起直到公元前5世纪中叶前后，在希腊世界中道德思考发展的主要线索"④，而且有理论印证中的"幸福是所有善事物中最值得欲求的、不可与其他善事物并列的东西……幸福是完善的和自足的，是所有活动的目的"⑤。由此看出，在世、日常及其幸福追求的道德维系，在古希腊人的生存观念和现实行为中占据着核心位置，社会生活道德化或者道德生活社会化在这种占据中具有存在尺度意义，而进一步延伸出来的人生及其社会

---

① 伊曼努尔·康德：《道德形而上学原理》，苗力田译，第7页，上海世纪出版集团2005年版。
② 留基波与德谟克利特：《道德思想》，北京大学哲学系外国哲学史教研室编：《古希腊罗马哲学》，第114页，商务印书馆1961年版。
③ 利奇德：《古希腊风化史》，杜之译，第3页，辽宁教育出版社2000年版。
④ 莱昂·罗斑：《希腊思想和科学精神的起源》，陈修斋译，第23页，广西师范大学出版社2003年版。
⑤ 亚理士多德：《尼各马可伦理学》，廖申白译，第19页，商务印书馆2003年版。

存在的道德价值论，就成为希腊思想和希腊精神的一个不可或缺的重要组成部分。

与古希腊相比较，中国先秦时代的社会价值理念更加具有道德化倾向，并且这种倾向作为文化精神和价值原则在先秦以后不断地得以传承，其历史一直延伸至中国古典文化形态的终结。孔子的道德学说实际上走的是一条实证主义的知识路线，首先他设定一个历史存有的道德化时代周，声称"周之德，其可谓至德也已矣"（《论语·泰伯》），"周监于二代，郁郁乎文哉！吾从周"（《论语·八佾》），围绕这个设定演绎出他的一系列道德价值目标和道德范畴，在诸如"君子之德风，小人之德草，草上之风必偃"（《论语·颜渊》）、"乡愿，德之贼也"（《论语·阳货》）、"德之不修，学之不讲，闻义不能徙，不善不能改，是吾忧也"（《论语·述而》）这一类实证叙事中，循循善诱地倡导人们以一种现实选择方式去实现那些意义范畴和价值目标。而老子的道德学说则显然是社会和人生的理想主义知识表达，甚至在自然哲学的角度体现着中国智慧方式的终极追问，其代表文本《老子》被广泛命名为《道德经》更是叙事重心和知识指向的一个观察风标，无论是他提议德与道意义整一的所谓"道生之，德畜之，物形之，势成之"（《老子》五十一章），还是德性专议的所谓"修之于天下，其德乃普"（《老子》五十四章）、"积德而后神静"（《老子》六十章）、"有德司契，无德司彻"（《老子》七十九章），都是想在形上意义上构筑起道德理想框架并由此延展至现实世界的道德之乡。在孔墨显学时代或者此后的百家争鸣时代，先秦意识形态氛围和先秦知识学情境都具有浓重的道德主义色彩，蔡元培叙说的"《书》为政事史，由意志方面，陈述道德之理想者也；《易》为宇宙论，由知识方面，本天道以定人事之范围；《诗》为抒情体，由感情方面，揭教训之趣旨者也。三者皆考察伦理之资也"[1]，张岱年叙说的"中国思想家多认为人生的准则即是宇宙之根本，宇宙之根本便为人生的标准"[2]，牟宗三叙说的"因为他们的用心是在道德政

---

[1] 蔡元培：《中国伦理学史》，第4页，东方出版社1996年版。
[2] 张岱年：《中国哲学大纲》，第165页，中国社会科学出版社1982年版。

治，伦常教化，不在纯粹的知识"①，其叙议动机和言说合法性都是由这一点所决定的。

这一意义存在状况远不止于发生在古代希腊和先秦中国，世界各民族在文明时代的早期都曾普遍确立起作为意义中心范畴的道德论思想，而且会在所处时空社会生活中展开其道德生活追求和日常伦理体验，所以我们能在历史学家笔下读到诸如贝杜因人的"裤子是不作兴穿的，鞋袜是稀罕的。坚忍和耐劳，似乎是他的无上美德；他有这种美德，故能在生物稀罕的环境里生存下去"②，或者印第安人的"他们温柔、谦和、说话算数、忠厚老实。为了公众利益他们热心奉献"③。道德在日常社会中枢意义确立的根源，最终能追溯到人的类存在本质，类存在本质不仅使人类成为人类，而且还使人类在任何情况下都保持对协作的本能追求，协作本身甚至在这种追求过程中形成其独有的意义进化史，意义进化史的普适性使得"不同的文化才会分享某些共同的主题，比如家庭、仪式、交易、爱、等级制度、友情、嫉妒、群体的忠诚"④。尽管不同知识背景和不同的意识形态立场会对道德范畴作差异性理解，但这一状况较之道德对于人类的普适性和普在性便不可同日而语，历来的伦理学家之所以不断地在诸如宗教道德、自然道德、个人道德和社会道德这一类议题下展开其道德研究，决不仅仅如蒂洛所说的那样是因为"道德基本上是讨论人的问题的，讨论人同其他存在物（包括人和非人）的关系如何。道德讨论人如何对待其他存在物，以促进共同的福利、发展和创造性"⑤，而更在于休谟所担忧的"关于道德和每一个判断都与社会的安宁利害相关；并且显而易见，这种关切就必然使我们的思辨比起问题在很大程度上和我们漠不相关时，显得更为实在和切实"⑥，当然也更在于亚当·斯密个体美德论的"每个人的品质，就它可

---

① 牟宗三：《中国文化的特质》，引自《道德理想主义的重建》，第47页，中国广播电视出版社1992年版。
② 希提：《阿拉伯通史》（上册），马坚译，第26页，商务印书馆1979年版。
③ 乔治 E. 西维：《美洲印第安人自述史试编》，徐炳勋译，第27页，内蒙古大学出版社2000年版。
④ 麦特·里德雷：《美德的起源》，刘珩译，第8页，中央编译出版社2004年版。
⑤ J. P. 蒂洛：《伦理学：理论与实践》，孟庆时译，第9页，北京大学出版社1985年版。
⑥ 休谟：《人性论》（下册），关文运译，第455页，商务印书馆1980年版。

能对别人的幸福发生影响而言,必定是根据其对别人有害或有益的倾向来发生这种影响的"①。总之,善恶之争以及人类对于扬善惩恶的道德理想追求,人类个体和人类整体的幸福浮标永远与其道德状况联系在一起。

这种道德存在的必然性和道德意义的中心性成为人类公理以后,道德与文艺的关系也就必然成为社会的基本议题,道德存在性和文艺存在性同样必然会在此存中实现意义汇合,而这种汇合的直接结果就是道德文艺论的命题确立和命题语义的广泛流传,这种流传在知识域和日常经验状态下都获得了人类对文艺理解的最大公信力。

尽管思想史早期人类就涉入了道德与文艺关系的思考,但那时的思考成果其实是很朦胧和模糊的。古希腊的留基波与德谟克利特虽然隐约意识到了"如果儿童让自己任意地不论去做什么而不去劳动,他们就既学不会文学,也学不会音乐,也学不会体育,也学不会那保证道德达到最高峰的礼仪。礼仪其实是这一切东西共同产生出来的"②,但他显然对文艺如何独特地产生道德意义和道德价值效果缺乏起码的了解。后起的智者们虽然在华丽词藻的演讲中总是不断地从诗人的作品中寻找伦理题材和道德案例,甚至普罗泰戈拉在经验归纳的言说方式中明确地提到过"'音乐'是教养人一种方式……我的任务就是'给人以精神教养',和另一些人如荷马、赫西阿德等所做过的一样"③,但这离文艺与道德关系的正面阐述还有遥远的距离。这种学理差距事实上还充分地表现在柏拉图身上,尽管他在《伊安篇》里不无激动地提到过"荷马真是一位最伟大、最神圣的诗人,你不但要熟读他的辞句,而且还要彻底了解他的思想,这真值得羡慕"④,却在《理想国》中不无讥讽地诘问"如果荷马真能帮助自己的同时代人得到美德,人们还能让他(或赫西俄德)流离颠沛,卖唱为生吗"⑤,由此看出他对诗人的求真角色功能和向善存在品格表现出极大的怀疑,因而也就只在

---

① 亚当·斯密:《道德情操论》,蒋自强译,第281页,商务印书馆1997年版。
② 留基波与德谟克利特:《道德思想》,引自北京大学哲学系外国哲学史教研室编译:《古希腊罗马哲学》,第114页,商务印书馆1961年版。
③ 黑格尔:《哲学史讲演录》(第二卷),贺麟译,第13页,商务印书馆1960年版。
④ 柏拉图:《文艺对话录》,朱光潜译,第2页,人民文学出版社1963年版。
⑤ 柏拉图:《理想国》,郭斌和译,第396页,商务印书馆1986年版。

爱美的审美性维度上对诗人的价值作出了一定程度的肯定评价。所以就希腊文艺思想史而言，明确倡导道德文艺论的文艺存在价值观是从亚理士多德开始的，他所说的"摹仿者所摹仿的对象既然是在行动中的人，而这种人又必然是好人或坏人，——只有这种人才具有品格，〔一切人的品格都只有善与恶的差别〕——，因此他们所摹仿的人物不是比一般人好，就是比一般人坏"①，是作为一个自明知识前提置于其诗学讨论之前的，因而他在《尼各马可伦理学》中不断地引证荷马或赫西俄德等人的作品案例来展示其德性的具体化和形象化，而且他的一个著名命题"每种善都有一种使它产生的技艺②"，则完全阐明了他的文艺存在道德动力学思想，文艺的道德根性和道德对文艺的支配地位就都涵盖在这个命题思想之下，这种涵盖使亚理士多德直言"比较严肃的人摹仿高尚的行动，即高尚的人的行动。比较轻浮的人则摹仿低劣的人的行动"③。艺术史家温克尔曼在议及"古希腊艺术的使用"这一议题时称"艺术的功能和使用维护了艺术本身的尊严……在整体上和全民族崇高的思想方式相吻合"④，其中就饱含着对古希腊道德文艺风范的称道，足见在古希腊时代人类就充分意识到了道德意义和文艺意义在文艺存在过程中的必然关系及其前者对后者的深刻制约。

　　这一文艺存在事态在先秦中国更加有过之而无不及。之所以所谓"道德文章"之说成为中国文化情境中的一种传统，就在于道德文艺论作为一个基本命题在先秦时代就已经十分成熟。孔子之前，德艺意义结构的观念就已经滋生，《尚书》的"命汝典乐，教胄子。直而温，宽而栗，刚而无虐，简而无傲"（《尧典》）隐含着艺教的道德性训旨，《左传》的"吴公子札来聘……请观于周乐……为之歌邶、鄘、卫，曰：美哉，渊乎！忧而不困者也。吾闻卫康叔、武公之德如是，是其卫风乎"（《襄公二十九年》）明确把道德意义和文艺意义放在互文位置予以看待，《礼记》的"昔者舜作五弦之琴以歌南风，夔始制乐以赏诸侯。故天子之为乐也，以

---

① 亚理士多德：《诗学》，罗念生译，第7页，人民文学出版社1962年版。
② 亚理士多德：《尼各马可伦理学》，廖申白译，第218页，商务印书馆2003年版。
③ 引自佛朗·霍尔：《西方文学批评简史》，张月超译，第8页，南京大学出版社1987年版。
④ 温克尔曼：《希腊人的艺术》，邵大箴译，第115页，广西师范大学出版社2001年版。

赏诸侯之有德也。德盛而教尊"(《乐记》)虽不无往事揣度的叙事成分，但它所说的把文艺娱乐活动与道德劝惩活动进行型制统一的中华远古文化传统当值得可信。这个传统延续到孔子的文艺学说就演绎为道德文艺论的集大成形态，在他"有德者必有言，有言者不必有德"(《论语·宪问》)总体性原则的前提下，通过"德——言"关系结构和"德——美"关系结构的讨论，通过"《关雎》乐而不淫，哀而不伤"(《论语·八佾》)、"放郑声、远佞人"(《论语·卫灵公》)、"《诗三百》，一言以蔽之曰：思无邪"(《论语·为政》)这一类鉴赏性知识叙事，完成了他道德诗教的文艺学命题建构，这个命题无论从何种意义上说都是具有知识完形特征的道德文艺论。这种道德文艺论同时也得到墨子和此后百家时代经典思想家们的普遍知识支持。墨子的非乐是其"仁之事者，必务求兴天下之利，除天下害，将以为法乎天下，利人乎即为，不利人乎即止"(《墨子·非乐上》)更高道德诉求意义上的文艺评论，诉求本身与文艺审美没有任何冲突，墨子担心别人作审美否定论理解才特别补充说"是故子墨子之所以非乐者，非以大钟、鸣鼓、琴瑟、竽笙之声以为不乐也，非以刻镂文章之色以为不美也"(《墨子·非乐上》)，这个补充使墨子的道德文艺关系论更具有理性存在特征。老庄学说历来为中国文人所失意安慰和矜持乐道，老子所说的"道生之，德畜之，物形之，势成之，是以万物莫不尊道而贵德"当然包括文艺的命运，庄子所说的"天地有大美而不言"(《庄子·知北游》)则显然有更深刻的道德主义至境论文艺美学思想。总之先秦中国时代有其自身道德文艺论的完形知识命题和完整知识谱系，这个谱系和命题后来从一个维度左右中国文艺价值向度越数千年而至清末民初。

不同民族有不同民族的道德文艺论思想和道德与文艺关系的阐释史，人类在道德意义和文艺意义的延伸史上从来就保持着密切合谋的生存体验姿态，生存的混整，意义的混存，具在的混杂，所有这一切在这两种意义方式上同样得到了充分的体现。这是事态的普在性，普在性本身使历来的文艺涉身者在文艺行动之际往往自觉不自觉地实施道德行动，在温克尔曼眼里，以纯美追求的希腊艺术也会"只要给昔勒尼银印上的巴托斯添加充满温情的目光这一特征，它将变成巴克斯的形象；如果赋予它以神的威严这一特点，它又会变成阿波罗神像；如果把克诺索斯银币米诺斯像上傲慢的王权的目光除掉，他将与宽厚、仁慈的朱庇特相似"①，也就是一定的道德意义附着参与具在特征的确立，则非纯美之外的文艺事态情况就更加如此，所以雪莱才因此而认为"对于道德上的善，主要的工具就是想象；而诗歌遵循道德行事，因而具有道德效益"②，总之，道德文艺论贯穿于人类在文艺存在的全方位和全过程中，是人类的整体性意义事态，尽管不同的具体时空限制位置会对这个总体性命题作差异性、歧义性甚至对立性的语义解读。

道德文艺论何谓？在我们的有限搜索之后得到这样一个知识印象，那就是其语指所至无外乎三个命题义项：（一）正向度道德意义与文艺意义的价值关系持论，（二）道德在文艺存在中的意义本体论持论，（三）道德需要对文艺需要的社会动力学持论。

就第一种持论而言，价值关系作为两种意义在场发生的基本结构从来就是问题的出发点，由这个出发点延伸出正向度的知识体系和负向度的事态立场。正向度及其知识体系容易被日常情境氛围所接受，并且似乎在任何情况下都是自明性命题，而负向度则往往不被理解甚至造成集体智障性的误解，而实际情况是，正向度意义演绎并非和想象的那么自明，而负向度立场也未必就如想象的那么简单。古老的把诗人逐出理想国的"柏拉图事件"其深刻寓意在于，文艺意义在一些时候与道德意义是合拍的，另一些时候则完全不合拍甚至充当反道德的社会激进先锋，因而文艺的道德担当在很大程度上不具有普适性。现代艺术运动兴起以后，负向度立场变得愈来愈坚挺，这种坚挺所引起的道德风波恰如威廉·巴雷特所描述的"尽管现代艺术的出现已有半个多世纪，毕加索、乔伊斯等人的名字也已经几乎家喻户晓，但是现代艺术仍然引起激然的争论，庸人们仍然感到现代艺术骇人听闻，丑恶可耻，愚不可及"③。之所以会风波骤起，不仅因为"新

---

① 温克尔曼：《希腊人的艺术》，邵大箴译，第134页，广西师范大学出版社2001年版。
② 雪莱：《诗辩》，引自拉曼·塞尔登：《文学批评理论：从柏拉图到现在》，刘象愚译，第494页，北京大学出版社2003年10月版。
③ 威廉·巴雷特：《非理性的人——存在主义哲学研究》，杨照明译，第42页，商务印书馆1995年版。

艺术并非面向人类全体,如浪漫主义所做的那样,而是面向具有特殊天赋的少数人,由此引起大众的愤慨"①,而且还因为"今天的艺术不再具有交往性"②,这使得文艺意义与作为社会普遍价值的道德意义形成了直接冲突。而且进一步事态化的是,在现代向后现代的延伸中,这种冲突本身甚至也失去在场性,意即文艺意义与道德意义根本就不会同时在场,在拼贴、戏仿和主体死亡的状态下,"乔伊斯和毕卡索不仅不再怪异和令人厌恶,甚至已成为经典"③。处于两种意义价值关系正负向度冲突的格局之下,正向度知识体系除了传统形态的坚持和绵延外,必然还会有它现代形态和后现代形态的表述形式,并且在文艺实践活动中至少还会出现诸如"塞林格本人并不以社会道德家的身份自居,然而,他写的每一部短篇小说实质上都是在青少年心理学巧妙的掩盖下,并且把很好的情节巩固地连接起来的寓意故事"④,或者如"文化女权主义"思潮那样把"诸如'提高觉悟'的概念都植根于马克思主义的前提之中"⑤,总之,价值关系持论的知识谱系在现代和后现代背景下仍然在延续,尽管我们更熟悉或者更多地与它的传统经典形态相接触,尽管传统知识谱系至少在中国仍然占据社会普遍接受的优势地位。

就第二种持论而言,那就是古今中外所形成的某种思维定势,认为文艺意义在很大程度上直接就是道德意义,表现在具体的文本和作品中道德意义具有程度不同的存在主宰价值,从而形成一种文艺存在的道德本体观,即认为道德意义具有与诗性、神话性和审美性同等重要的价值。这种持论又可以切分为道德主体观和道德附着观两种知识表述方式。刘勰所说的"文之为德世大矣"(《文心雕龙·原道》),毛公所说的"《关雎》,后

---

① Ortegay Gasset, J., TheDehumanization of Art, Criticism: The Major Texts, New York 1970, P660
② 马克斯·霍克海默:《批判理论》,李小兵译,第263页,重庆出版社1989年版。
③ 弗雷德里克·詹姆逊:《文化转向》,胡亚敏译,第18页,中国社会科学出版社2000年版。
④ J.阿尔德里奇:《思想争论一书摘译》,刘保静译,引自《英国作家论文学》,第585页,三联书店1985年版。
⑤ Josephine Donvan, Feminist Theory: The Intellectual Tranditions of American Feminism, New York, 1985, P65

妃之德也"(《毛诗序》),《礼记》所说的"……温柔敦厚,诗教也。疏通知远,书教也。广博易良,乐教也。洁净精微,易教也。恭俭庄敬,礼教也,"荀子所说的"乐者,圣人之所乐也,而可以善民心,其感人深,其移风易俗,故先王导之以礼乐而民和睦"(《乐论》),诸如此类算是中国版的道德主体文艺存在论。而亚理士多德所说的"喜剧总是摹仿比我们今天的人坏的人,悲剧总是摹仿比我们今天的人好的人"①,狄德罗所说的"道德问题应该像《西拿》里的王朝禅让问题那样来处理。诗人就应该这样来讨论自杀、荣誉、决斗、财产、品格,以及其他千百种问题"②,或者P. B. 雪莱所说的"诗可以使世间最善最美的一切永垂不朽;它捉住了那些飘入人生阴影中一瞬即逝的幻象,用文字或者用形象把它们装饰起来,然后送它们到人间去"③,诸如此类的议论则可谓外国版的道德主体文艺存在论。相比之下,道德附着观在道德文艺论中更具有表述优势,绝大多数理论家和文艺创作家都选择了这个认识路向,认为文艺的意义本身毕竟离道德范畴有比较遥远的距离,文艺活动主要不是道德活动,尽管文艺意义中总是程度不同地附着了道德意义,文艺活动过程中也总会产生反响不一的道德效果。总之,由道德主体观和道德附着观粘合成的道德文艺论思想不断地在本体论意义上进行知识表述,并且这种表述更具有中国语境优势,因为传统中国文艺学总是不厌其烦地号召文艺要承担"劝善惩恶"的社会责任和个人使命,其情形恰如鲁迅讨论宋代话本时所说的"以意度之,则俗文之兴,当由二端,一为娱心,一为劝善,而尤以劝善为大宗"④,并且这种情形在当代中国也仍然显示其活跃局面,世纪末年的中国文艺学非常陶醉地诉说着"文学借助于道德,借助于善,借助于理想的人格,而使自己变得充实、纯洁,变得崇高,从而具有感动人心、净化灵魂

---

① 亚里士多德:《诗学》,罗念生译,第8页,人民文学出版社1962年版。
② 狄德罗:《论戏剧诗》,徐继曾译,引自《狄德罗美学论文选》,第138页,人民文学出版社1984年版。
③ 雪莱:《诗之辩护》,缪灵珠译,引自《英国作家论文学》,第119页,三联书店1985年版。
④ 鲁迅:《中国小说史略》,第81页,东方出版社1996年版。

的移风易俗的力量"①，就是一个有力的证据。

就第三种持论而言，一个不可回避的先在前提乃是需要的杠杆调节作用，这在社会学知识域内当然已经不构成学术涉险，然而问题在于，是否能在道德需要和文艺需要之间建构起因果逻辑结构，却仍具有非常大的存疑学理空间，而对于道德文艺论来说，它试图不经释疑过程就以语义指令的形式确立其逻辑结构。这种结构带有十分明显的动机与实施过程的道德宿命论色彩，就仿佛如穆勒所说的"在某一个体心灵中出现的动机既定的情况下，在该个体的性格与气质既定的情况下，他将会如何行事的方式可以无差错地推导出来"②，或者如柏格森所说的"当我们的动作出自我们的整个人格时，当动作把人格表现出来时，当动作与人格之间有着那种不可言状的相像，如同艺术家与其作品之间有时所有的那样时，我们就是自由的"③。人类总体性道德需要同样对文艺需要具有社会意义产生的动力学意义和逻辑限制力量。正因为如此，所以自然道德主义者就会认为"就艺术性而言，实远超过人类技巧所能创造的任何东西……无论我们从哪一属性去观察，都是出于自然的"④，而社会道德主义者则认为"它是否真正美的问题，而不决定于它会不会引起特定人的特殊情感这一问题"⑤。处在这样的语境之下，美由善起的道德需要制约观念就会作为一种原则影响人类的文艺生活，文艺需要由此自觉不自觉地被演绎为衍生性和继发性的需要义项。反映在中国文艺学言说语境，就被更加语言暴力化地叙说为古典的所谓"大矣哉，文之时义也！有天文焉，察时以观其变；有人文焉，立言以重其范。历年滋文，递为文质，应运以发其明，因人以通其粹。仲尼既没，游、夏光洙泗之风；屈平自沉，唐、宋弘汨罗之迹。文儒于焉异术，词赋所以殊源"（杨炯：《王勃集序》），或者语言暴力化地叙说为"在文学活动的创作阶段，即从没有作品到经过作家的创造性劳动而产生作品的活动中，道德的中介作用是明显的。这里的所谓中介，是指把各种非审美

---

① 何西来主编：《新时期文学与道德》，第2页，山东教育出版社1999年版。
② J. S. Muller, AsystemofLogic, London1956, P547
③ 柏格森：《时间与自由意志》，吴士栋译，第117页，商务印书馆1958年版。
④ 斯宾诺莎：《伦理学》，贺麟译，第94页，商务印书馆1958年版。
⑤ 摩尔：《伦理学原理》，长河译，第207页，商务印书馆1983年版。

因素转化为审美因素的中介,即先经由道德化而后达到审美化"[1]。总之,道德需要对文艺需要的动力学分析描述,在西方知识背景抑或中国知识背景,都是道德文艺论命题的一个重要义项。

尽管自 19 世纪以来企图割断道德意义和文艺意义联系的呐喊几乎不绝于耳,例如尼采的所谓"艺术的道德化。艺术是对道德约束和道德广角镜的摆脱,或者是对它们的嘲讽。逃回大自然,在那里大自然的美与恐怖交媾。伟人之受孕"[2],马里内蒂的所谓"文学历来讴歌沉思般的静止、销魂入迷和睡眠状态。而我们要歌颂的是敢作敢为的运动,狂热的失眠,急速的脚步,翻筋斗,打耳光,拳斗"[3],都表明他们在呐喊之际对文艺与道德尽情相拥的学理仇视,而且后来的整个现代文艺运动也都因此在去社会意义化的过程中程度不同地显示其道德悖离或道德疏淡,但经过一个多世纪的文艺史经验充分证明,道德意义与文艺意义的合谋在文艺人类的现实生存过程中不可能彻底离场,从而道德文艺论在文艺人类学的学科视野里也就不可能彻底失去其命题的知识真实性。问题是,这并不能逆向证明传统文艺学知识域中道德文艺论就已经成为普适知识体系,或者逆向证明道德文艺论的语指就因此获取其完全的指涉合法性,恰恰相反,命题的语指本身存在着严重的语误,并具体表现为:(一)道德偶在性向必然性的置换,(二)道德意义在场向本体化的置换,(三)道德普泛意识向原则信条的转换。

古希腊出现"柏拉图事件"以及这一事件千百年来被文艺学家不断地赋予解读兴趣本身就表明,道德意义与文艺意义在作家艺术家身上的纠缠非常复杂也非常容易引起完全不同的社会后果,这一意义的存在结构关系瞬时即可在普遍主义的知识谱系内寻找到大段大段的叙议文字。从这个意义上说,文艺学家在审视人类的现实文艺生活之际,当然可以而且完全必要给予道德目光和道德意识的关注。但是这种关注的结果必然不会带来道

---

[1] 何西来:《新时期文学与道德》,第 9 页,山东教育出版社 1999 年版。
[2] 尼采:《偶像的黄昏》,周国平译,第 210 页,光明日报出版社 1996 年版。
[3] F. T. 马里内蒂:《未来主义宣言》,林骧华译,引自伍蠡甫:《现代西方文论选》,第 64 页,上海译文出版社 1983 年版。

德主义的狂欢，因为文艺在无限多的案例中与人类的意义存在关系并不具有道德化或道德性特征，这与在另外无限多的案例中人类的文艺生存充满道德情怀和道德义务乃是同样的文艺事态。道德文艺论在这一问题上的语误在于，它把道德偶在性表述为文艺意义的必然性，这种表述在偶然和必然的简单置换后所获得的语义指涉，很大程度上伤害了非道德化或去道德性的大量文艺作品的存在合法性和价值神圣性。古德曼（Goodman）在讨论建筑艺术的空间语言议题时虽明确强调"建筑能'表示'（denote）、例示、表达并提供'中间指代'，看起来很像是一种图像符号"[①]，但他从来不把这些图像符号看做与道德意义有直接的意义关联性，这一知识处置与罗杰·斯克鲁顿的说法非常吻合，即所谓"几乎所有建筑艺术上的模仿在这种意义上都是装饰的，它的效果不依赖于表现的思想性"[②]，而且这种吻合能够为我们引申出一个带有结论色彩的信息，那就是并非所有的文艺存在都与道德存在或道德意义表达有关。在人类的不同族群之间，一些族群引起道德惊讶的文艺存在方式在另一些族群中就不以为然，例如西方人生活中极其热爱的对"裸体"（the Naked）与"裸像"（the Nude）的艺术化表现完全在非道德层面展开，所以才有波提切利的"维纳斯的诞生"或伦勃朗的"浴室中的尔巴女王"等大批裸体艺术杰作给人类生活所带来的审美情趣和审美愉悦，而这在东方尤其在中国几乎是不可想象的事情，仿佛不可想象把西施或慈禧太后给予充分的裸体艺术展示一般。所以道德意义与文艺意义的合谋或遭遇是与一系列的影响因子构成因果关系并决定其偶在性的，诸如族群边界、文化差异、文艺种类、个性心理、时代思潮、意识形态传统乃至具在时间性等等，都不同程度地从各个力学向度制约道德意义是否出场以及文艺意义的道德化存在状况。

当某些文艺作品中道德意义充分出场并在与文艺意义的成功合谋过程中获得空前的良好双赢局面以后，文艺学家们就很容易把这种在场性置换为本体性，甚至把具在在场性置换为普在本体性，因而也就在这种置换中

[①] 引自布莱恩·劳森：《空间的语言》，杨青娟译，第91页，中国建筑工业出版社2003年版。

[②] 罗杰·斯克鲁顿：《建筑美学》，刘先觉译，第174页，中国建筑工业出版社2003年版。

不加学理证明地对道德文艺论进行知识支持，而这种置换的直接后果就是文艺学价值论范畴的道德文艺论全称叙事和统称命题。这种全称叙事和统称命题不仅遮蔽了文艺存在中的真实意义状况和义项差异边界，而且它在两个向度引起极端知识反应：（一）道德极化，那就是把道德追求当作文艺存在的终极目标，文艺已然不过外在装饰或用于表演的舞台，内在旨趣和出场主角都由道德意义来完成，被狄德罗不无称道的法国18世纪的道德剧浪潮就在这一轨迹上延伸，而且他本人也在戏剧观念中卷入"我有时想，人物可以在舞台上讨论最重要的道德问题"①。（二）反道德极化，那就是在对道德极化情绪愤怒之后走向另外一个极端的叛逆道路，这种叛逆意味着哪怕与道德意义有些微沾惹都是文艺的沦丧，在达达派的"噪音主义是一种人生观，这初看起来可能很怪，却能逼人下最后的决定"②的叛逆心态中，其极化情绪和极化文艺目标都具有强烈的反道德存在特征。必须指出的是，这种极端知识反应不能理解为传统与现代的观念对抗，恰恰相反，其语义紧张既存在于传统文艺史亦存在于现代文艺史，对此，荷兰文学史提供了一个非常清晰的例证。对19世纪的荷兰文学而言，道德主义者与反道德主义者的文艺观念对峙几乎贯穿了整个世纪情境之中，著名的所谓"休维特风波"则是这个情境中的典型个案，道德主义者和反道德主义者不但从各自立场解读休维特，而且因不同的立场分异展开各自的文艺追求，对少年天才雅各·珀克等所代表的"八十年代运动"诗人们来说，"他们对前一代诗人，除了波特基特、休维特、默尔塔图里之外，一概激烈地反对，他们通过这一群当中最积极、最尖刻的批评家路德维克·范·戴塞尔（这是长卡尔·阿尔伯丁克·泰姆的笔名）之口，宣称他们的前辈是'平庸的水牛'、'粗鄙的侏儒'、'心灵的阉人'"③。总之无论是意义遮蔽还是极端知识反应，道德意义由出场向本体的置换无疑是对文艺存在解读的一种语误。

---

① 狄德罗：《论戏剧诗》，徐继曾译，引自《狄德罗美学论文选》，第138页，人民文学出版社1984年版。
② 哈斯奇尔·奇普（Herschel Chipp）：《我们向何处去？》，余姗译，第20页，吉林美术出版社2000年版。
③ R. P. 迈耶：《低地国家文学史》，李路译，第250页，广西师范大学出版社1995年版。

一般说来，文艺理论家或者文艺实践家如果不是以某种极端自居的身份出现，那么他在文艺生活过程中保持着道德意识和道德情怀乃是不言而喻的事情，因为这些理论家和实践家们在涉身文艺之际仍然必须首先是活生生的人，这个活生生的人必须在社会情境中受到道德的制约和支配，并且会在制约和支配中形成他不仅自律而且愿意作外敞表达的道德情怀与道德意识，进一步则在他的职业化文艺生活过程中有时候会将这些情怀和意识予以自觉渲染或诉说，有时候则只会不经意间直接抑或间接地有所流露与有所隐存而已，当然，道德意义离场在任何时候都是随时会发生的事情。尽管现代文艺学家的知识关注点已经在内闭技术热情支配下远离文艺存在的外敞意义动态，例如舍林等所说的"相当清晰的是，艺术哲学等于艺术形式存在的解读"①具有极大的代表性，这与吉瑞拉姆所说的"除了尧斯的乐观主义之外，实际上很少有文学作品对历史现实和社会关联还发生什么影响"②几近异曲同工，但他们仍然没有走到打倒道德和抵抗道德情怀的绝对主义道路，即使后现代背景下福柯式的"在我们这个时代，疯颠体验在一种冷静的知识中保持了沉默……这个结构既非一种戏剧，也不是一种知识，而是一个使历史既得以成立又受谴责的悲剧范畴的地方"③，也依然给道德存在的合法性预留了可阐空间，这意味着道德文艺论的知识规约有效性从传统一直可以延伸至当下。但问题恰恰就在于它在由道德意识向道德信条置换的过程中消解了这种知识规约有效性，因为文艺意义存在一旦在这种置换中显示出道德信条的主宰力量或者道德信条的宣传性，文艺就必然从设定合谋中退场从而丧失任何合谋作品的文艺存在价值，作为普遍主义价值存在范畴的道德信条，在任何时候都与个性自由价值追求的文艺意义方式构成不可调和的紧张对峙，传统价值理论所强调的文艺的自由禀赋和现代分析理论的所谓"认为使重要的事情特殊是'艺术行为'

---

① Friedrich Wilhelm Joseph Schelling, The Philosophy of Art, University of Minnesota Press, 1989, P103

② Cons tanzo D. Girolamo, A Critical Theory of Literature, The University of Wiscon sin Press, 1981, P55

③ 米歇尔·福柯：《疯颠与文明》，刘北成译，第4页，三联书店1999年版。

的推动力"① 都强烈地表达着紧张对峙中的文艺坚守,正是这种坚守,决定了任何信条都不可能成为文艺王国里的上帝。这意味着命题指涉的语误正在进一步加深。

人类生存和人类幸福从来就是与道德状况联系在一起的,而人类社会的道德理想目标和道德现实困境迫使其不间断地致力于道德改善,按照莱因霍尔德·尼布尔的说法,就是"从事这种拯救任务最有效的力量是人本身,他们会用新的幻想代替被抛弃的幻想。这些幻想最重要的一点是:认为人类的集体生活能达到完美的正义"②,这意味着所谓拯救之议将可能成为人类生存的终始性话题。尽管现代与后现代文艺界已厌烦了对拯救使命的道德担当,但文艺与道德合谋的拯救之行依然不可避免,从这个意义上说,道德文艺论对文艺人类学而言同样还是有效性学理命题,问题在于如何确保命题语指有效性的同时最大限度地规避其语误,当歌德说"如果题材中本来寓有一种道德作用,它自然会呈现出来,诗人所应考虑的只是对他的题材作有力的艺术处理"③,有时候,说明关于合谋危机的思考早已开始,同时也说明这是对人类文艺和文艺人类永远富有叙议魅力的文艺学议题。

第二节 宗教文艺论的可能与不能

由于同源说在东方学术史和西方学术史都有既清晰而且又长久的知识表述,所以宗教文艺论作为命题和作为谱系性知识叙事,在文艺学界甚至一般知识界就成为自明性知识存在。但这种自明性其实隐含着许多疑点,所以在我们的文艺人类学审视视野里,宗教文艺论一方面具有可能性,另一方面也存在着一系列不可能性。所谓可能是针对其能指的知识功能而言,所谓不能则是针对其能指的问题穿越限制而言,这对古今中外动辄在宗教与文艺间进行互文性言说或互喻性比附的做法或许是一种知识警示,

---

① 埃伦·迪萨纳亚克:《审美的人》,户晓辉译,第101页,商务印书馆2004年版。
② 莱茵霍尔德·尼布尔:《道德的人与不道德的社会》,蒋庆译,第216页,贵州人民出版社1998年版。
③ 爱克曼:《歌德谈话录》,朱光潜译,第124页,人民文学出版社1978年版。

即那些魅力型叙事很可能是虚妄表达或至少有虚妄表达的成分。

在文艺与人类中心意义的意识形态合谋的整个事态中,文艺与宗教的意义联系超过了任何其他意义联系方式,这是因为:(一)文艺生活和宗教生活都选择了情感生活方式,(二)文艺和宗教在情感生活的进程中也都选择了体验的精神通道,(三)文艺和宗教在体验的情感通道中历史地发生过一系列意义互文。

文艺存在无论选择诗性方式、神话性方式抑或审美性方式,给人类生存所提供的说到底就是一种情感支撑力量,这对于人类生存的情感必然性而言在任何时候都显得不可或缺,所以苏珊·朗格从情感与形式的关系把握文艺存在的本质并以此作为文艺在人类社会存在位置的阐释突破口,作为其理论出发点的"艺术是人类情感的符号形式的创造"[1] 这一命题,实际上在严格的符号学家队伍之外都有广泛的认同和相似性表达,例如中国古代所谓"诗缘情而绮靡"(钟嵘:《诗品》)、"诗者,根情、苗言、华声、实义"(白居易:《与元九书》),或者印度古代所谓"'特瓦尼'(韵)和它词语的威力在各种包括了灵与肉的审美结构意义之艺术形式中的传情达意,以及确立起所有诗学和哲学体系的心理——哲学阐释"[2],诸如此类的叙议都有力地证明着情感本质论的人类普议性。宗教存在与文艺存在恰好在这一位置形成其互切点和叠合关系,作为终极关怀的宗教在建构信仰结构的过程中同样是给人类以情感力量支撑,除了情感安慰外的一切宗教神秘主义方式对人类生存均无法提供现实有效性,所以费尔巴哈才断言"感情所知觉的属神的本质,事实上不外就是感情之为自己所迷乱和蛊惑了的本质——狂欢的、自得其乐的感情"[3]。在自然拜物神时代,人类的整体被迫和盲从的屈抑姿态在对象世界里寄托其终极性的无奈情感,而在社会虚拟神时代,人类就不断地支持其智者自觉地编制可以获取终极情感维系的各种宗教神系和宗教教义,尽管对麦克斯·缪勒这类宗教史研究专家而言可能彼此间存在着根本性差异,但就其情感慰藉的终极功能而言其实

---

[1] 苏珊·朗格:《情感与形式》,刘大基译,第51页,中国社会科学出版社1986年版。
[2] 帕特玛·苏蒂:《印度美学理论》,欧建平译,第5页,中国人民大学出版社1992年版。
[3] 费尔巴哈:《基督教的本质》,荣震华译,第38页,商务印书馆1984年版。

并没有差异性鸿沟,"宗教激情"(Religious Thrill)所显示的"意识特殊性和情感的激烈波动起伏"①在所有的宗教生活方式中都表现得极为充分而且极为类似,所以宗教人类学家据此将其表述为"宗教能够借助对关于人类命运与幸福的来世的祈祷,可以发挥支撑、慰藉和调解功能,在提供感情慰藉和促进人际关系与社会生活的和谐等方面,具有正面的功能"②,而宗教哲学家则据此表述为"神学语言也与这些感情状态或情绪有关联,这些感情状态或情绪被认为与感官直觉一起构成了对生存的那种开放性"③。从这个意义上说,文艺与宗教在人类生活中的最大相似性就是其情感事态特征,它们虽然是从不同的情感生活设定目标出发介入人类生存形态和生存方式,但终究提供给人类的存在意义都是情感生存内蕴,而且也都在移情、煽情、忘情等不同的情感生活层面上展开其现实存在性。在世俗言说层面,说文艺的移情、煽情和忘情并不困难,但对僧众说神圣其实也依然不过移情、煽情和忘情就不仅构成困难,甚至会构成罪恶,所以这个言说只有成为神圣者说才具有现实的公信力,这迫使我们不得不求救于克莱门的"上帝的乐器是对人的慈爱。圣主怜悯、责罚、告诫、劝说、拯救和保护我们,他许诺把天堂的王国作为我们追随他的报酬,而他从我们身上获得的唯一欢乐就是我们的获救"④,求助于原佛时代经典《长阿含经》中佛所说的"即以智慧观察所由,从生有老死,生是老死缘;生从月起,月是生缘;有从取起,取是有缘;取从爱起,爱是取缘;爱从受起,受是爱缘;受从触起,触是受缘;触从六入起,六入是触缘;六入从名色起,名色是六入缘;名色从识起,识是名色缘;识从行起,行是识缘;行从痴起,痴是行缘"⑤,甚至求助于《圣经》的"起初,上帝创造天地时,大地混沌空虚,深渊上面黑暗无光,只有上帝的灵在水面上运行。于是上帝说:'要有光!'光便有了。上帝看了认为好,遂将光与黑暗分开。上帝

---

① M. Jacobs and B. Stern, An Outline of General Anthropology, 1947, P198
② 金泽:《宗教人类学导论》,第345页,宗教文化出版社2001年版。
③ 约翰·麦奎利:《谈论上帝》,安庆国译,第72页,四川人民出版社1997年版。
④ 克莱门:《劝勉希腊人》,王来法译,第13页,三联书店2002年版。
⑤ 《长阿含经》,第18页,宗教文化出版社1999年版。

称光为'昼',称黑暗为'夜'。于是黑夜逝,清晨至,此为第一天"①,所有这些求助使我们更加坚信宗教的情感诉求目的和情感生活本质。因此,在宗教生活与文艺生活的情感叠合区,所不同的实际上只不过文艺取情感敞露路线而宗教取情感神秘路线,文艺寻找情感的外化效果而宗教寻求情感的内闭效果,因而它们在人类的情感支撑中具有强烈的互补作用和互通功能。

事态的递进之处还在于,文艺与宗教在人类生活进程的情感诉求过程中都把体验作为自己的最基本存在杠杆。文艺所具有的"故寂然凝虑,思接千载;悄焉动容,视通万里;吟咏之间,吐纳珠玉之声;眉睫之前,卷舒风云之色"(刘勰:《文心雕龙·神思》),与宗教所具有的"世人性净,犹如清天,慧日月,智日月,智慧常明。于外看境,妄念浮云盖覆,自性不能明。故遇善知识,开真正法,吹却迷妄,内外明澈,于自性中,万法皆现"(慧能:《坛经》),仅就杠杆的外部形态而言就何其相似乃尔。冯友兰之所以在《新知言》中称"上帝存在,灵魂不灭,意志自由,都是些没有意义底话。这些话虽没有意义,但人听了这些话,可以得到一种感情上底安慰……作诗者亦知其是如此。不过虽都知其是如此,作诗者与读诗者,都可于想象中得到一种感情上底满足。这种满足,是从一种假话得来底"②,就在于文艺和宗教的体验本身乃是一种反形而上分析和逆逻辑推理的类型化人类存在旨趣。古今中外有无数文艺知识言说中的内外之辩,亦有无数宗教知识叙事中的内外之争,尽管这些争论本身有自内而外或由外而内甚至内外不二等表述差异,但在更宏大叙事框架里;那些迷、悟、凝、泄、感、化、悲、喜、痴、灵、定、慧之类的情感体验边界就都在体验一说中聚拢为意义连接的在场统一事态。在文艺领域,有德国学者莫里茨·盖格尔把文艺体验归纳为所谓"内在的专注"与"外在的专注",声称"这里不仅有人们所持的超越自身的体验和沉浸在这种体验之中的态度,而且还有其他各种关于自身经验的态度。对于审美经验来说,这些态

---

① 李娟编:《圣经旧约名篇精选》,第4页,天津人民出版社1998年版。
② 冯友兰:《新知言》,《冯友兰学术论著自选集》,第412页,北京师范学院出版社1992年版。

度中形成对比的两种态度——内在的专注和外在的专注具有特殊的重要性"①,这与狄尔泰强调"内心状态的无声演进往常总受外部目标驱使下的奔忙的干扰,总被日常生活的吵闹所淹没,抒情诗人应善于在自身中聆听它"② 处在几乎完全相同的叙事层面,所有这一层面的文艺体验论总想以情感体验存在特征来分离出文艺存在的精神个体性及其本体论基点。然而这种努力除了在浪漫主义诗学氛围里求取狂欢外就再也无法有什么学理延伸,因为这个本体论基点和精神个体性在宗教生活中体现得更广泛也更集中,例如当法籍越裔一行禅师述说"当悉达多还很年轻时,他就开始问为什么生命中有这么多苦痛,为什么人与人之间没有足够的爱与理解"③ 之际,表明当代佛教徒们仍然走在痴爱情感终极安慰的证本之途,并且自古及今的法门禅院为了使这种安慰更具氛围感和诱引机制,往往会设计出辅助作用的行动体制,诸如宋代宗赜之所谓"身相既定,气息既调,然后宽放脐腹,一切善恶都莫思量,念起即觉,觉之即失,久久忘缘,自成一片"④,就属于追求辅助性凝情行动效果的秀把式,这类秀把式在禅宗、在各种佛教流派、在世界范围的不同宗教形态中几乎无处不有,而且都是为了实现更有效的宗教情感体验效果。正因为如此,在宗教与文艺的情感旨趣实现的体验过程中,就都自觉不自觉地大量衍生其隐喻叙事,体验更能洞彻领悟隐喻而隐喻使体验更有力之所指刃之所向,隐喻和体验的对称性存在无论对文艺还是对宗教都是实现情感效果最大化的力点所在。所谓赵州和尚说法记事的"问:'牛头未见四祖,百鸟衔花供养。见后,为什么有鸟不衔花供养?'师云:'应世,不应世'"⑤,或者惠能煽情高议的所谓"此(指《金刚般若波罗蜜经》——引者注)是最上乘法,为大智上根人说,少根智人若闻法,心不生信。何以故?譬如大龙,若下大雨,雨阁浮提,如漂草叶;若下大雨,雨放大海,不增不减"⑥,都是非常明显的隐喻

---

① 莫里茨·盖格尔:《艺术的意味》,艾彦译,第101页,华夏出版社1999年版。
② 威廉·狄尔泰:《体验与诗》胡其鼎译,第362页,三联书店2003年版。
③ 一行禅师:《活得安详》,明洁译,第18页,中国国际广播出版社1999年版。
④ 宗赜:《禅苑清规》
⑤ 文远:《赵州录》
⑥ 惠能:《坛经》

议案，并且这种隐喻议案在宗教叙事文本和宗教活动叙事情境中带有极大的普遍性。例如在基督教精神演绎过程中的巴别塔就是永久性的隐喻指代，所谓"这塔要高出任何水面，假如上帝再降洪水，也不会漫过此塔"①，对所有的基督徒都既是神秘的隐喻也伴随着神秘性体验，甚至上帝的存在本身也只不过一个人类历史上隐喻和体验的事件。之所以"上帝只是在圣经启示中自我显示"② 以及会出现基督教知识域中的"就上帝道成肉身这个隐喻而言，所体现出来的，成了肉身的，体现在耶稣的生命之中的，至少可以用三种方式指明"③，说到底就是因为隐喻和体验从根本上制约着上帝存在的存在性。叙议进展到这一步，我们就能够明晰地意识到，文艺学家们所断言的那些"诗人与从事文学研究的学生们往往认定隐喻乃是文学的核心"④ 或者命题性表述的"只有在隐喻的国度里，人才是诗人"⑤，完全可以恒值性地以另外的语词编排方案移植到宗教知识域内，换句话说，隐喻和体验既是文艺的生命也是宗教的生命，体验作为根本性的杠杆既支撑着文艺情感生存也支撑着宗教情感生存。

既然在文艺与宗教间存在着密不可分且千丝万缕的情感叠合关系与体验叠合关系，那么它们之间出现更加复杂的在场性纠缠也就不难解释，作为这种纠缠的结果，一种不知表述所云的所谓宗教文艺就成为特有的文艺现象，也就意味着文艺和宗教在体验的情感通道中历史地发生过一系列意义互文。这种意义互文首先发生于文本操作层面，即在音乐、绘画、雕塑、建筑、文学等众多文艺领域里到处可见宗教母题或宗教题材的艺术表现，或者反过来说，我们到处可见宗教意义主旨和宗教生活事件通过音乐、绘画、雕塑、建筑、文学等不同的艺术表现方式进行意义扩散，从前人们普遍将这一事态解读为内容与形式的特殊结合，文学领域以艾略特为

---

① 保罗·梅尔：《约瑟夫著作精选》，王志勇译，第7页，北京大学出版社2004年版。
② 汉斯·昆：《论基督徒》（上），杨德友译，第54页，三联书店1995年版。
③ 约翰·希克：《上帝道成肉身的隐喻》，王志成译，第123页，江苏人民出版社2000年版。
④ Colin Murray Turbayne, Metaphors for the Mind: The Creative Mind and Its Origins, University of South Carolina Press 1991, P3
⑤ 泰伦斯·霍克斯：《隐喻》，穆南译，第10页，北岳文艺出版社1990年版。

代表的"部门诗歌说"就是这一理论的典型主张,强调"宗教诗人大多采纳了世俗诗歌的主要题材和主要形式,并将它们加以改造以适合其特定的宗教主题,而不是发明新的主题和形式让世俗诗人来仿效"①,而更多的诸如此类的说法则强调这种特殊结合过程中实现文艺的宗教精神和宗教的文艺表现,由此导致人类生存界面文艺生活和宗教生活的大面积叠合,以及大量建立在这种叠合基础上所谓宗教文艺文本的出现。在基督教文化氛围中,尽管"一些基督教文学家历来主张对文学采取积极肯定的态度,将其视为可以激发产生基督教意象并与世俗沟通的得力助手,而另一些基督教文学家则始终认为文学有悖于基督教信仰,很可能产生误导作用"②,但这种歧见并没有从根本上影响基督教文艺作品的大量涌现,绘画领域中米开朗基罗的《创造亚当》和《逐出伊甸园》、伦勃朗的《雅各祝福约瑟的孩子们》和《手拿大卫来信的拔尔巴》、丁托雷托的《入浴中的苏珊娜》和《摩西使泉水从岩石中涌出》、拉图尔的《约伯和他的妻子》和《基督诞生》,诸如此类的绘画名作不仅在基督教生活中发挥其意义揭蔽的形象诉说功能,而且在世俗生活界面强烈地喷射着视赏审美的艺术激情与范本火花,这与我们在文学领域能读到中世纪但丁的《神曲》和沃尔特·希尔顿的《未识之云》、文艺复兴和宗教改革时期埃德蒙·斯宾塞的《赞天国之美》和约翰·多恩的《冥想》、现当代切斯特顿的《永恒的人》和 T. S. 艾略特的《圣灰星期三》属于同样的基督教文艺存在事态。这个事态在任何一个民族的文化体验及其任何一种宗教背景下都会程度不同地发生,所以伊斯兰教有伊斯兰教的文艺存在亦如印度教有印度教的文艺存在,所以我们既可以知道"南方印度教神庙建筑的最后表现形式以马杜赖神庙之城为代表……这些神庙建筑本身比较低矮,各种各样的曼达波以其许多排精雕细刻的石柱而著称,其中最大最著名的被称作千柱殿"③,也可以了解到"马木留克时期,埃及伊斯兰教的建筑艺术达到了顶峰……这一时期的建

---

① 海伦·加德纳:《宗教与文学》,江先春译,第 159 页,四川人民出版社 1998 年版。
② 麦格拉斯:《基督教文学精典选读》(上),苏欲晓译,第 1 页,北京大学出版社 2004 年版。
③ 罗伊·C·克雷文:《印度艺术简史》,王镛译,第 142 页,中国人民大学出版社 2004 年版。

筑受到叙利亚、美索不达米亚的影响；而清真寺的圆顶、拱顶、圆顶陵墓式则体现了突厥民族的艺术风格"①。不管我们每一个体是否能够全面了解事态真相，都会在日常化的宗教生活和文艺生活中与宗教文艺存在不可避免地遭遇，这意味着宗教文艺的广泛性既对我们的宗教生活产生深刻影响亦对我们的文艺生活产生深刻影响。不断地影响之后，意义存在的交互性以及对意义进行解读的互文性就会在理论言说层面充分显示出来，导致宗教叙事立场往往选择文艺道理说事而反过来文艺叙事立场则更多地选择宗教道理来进行指代，由此也就形成了文艺与宗教在言说过程中粘连、融通、串讲、借指、归拢、兼议等一系列家族相似意味的叙事风尚和叙事习惯，涵化理论所审视的"持续直接接触并产生一方或双方文化既有模式的变迁"② 成为文艺与宗教关系中的一种普遍现象，从而迫使宗教研究者研究宗教之际不得不旁顾其所关涉的文艺问题，亦如迫使文艺研究者研究文艺之际不得不旁顾其所关涉的宗教问题，所以我们很容易就能阅读到诸如"魏晋佛法大兴之后的千余年间，举凡中国文学的名流大师，鲜有不受佛教思想熏陶者"③ 或"中国后来如果不是受了一点儿佛教影响，文艺里的空气恐怕更陈腐，文章里恐怕更要损失好些好看的字面"④ 这类文学研究感叹文字，而这种感叹在不同的民族、不同的宗教背景和不同文艺门类中几乎俯拾即是，足见彼此间文化涵化和意义互文的广泛与深刻。

互文现象的深厚历史积淀直接导致了宗教文艺论的产生。宗教文艺论作为一个文艺学命题，不仅在于大范围聚拢宗教文艺现象使其成为文艺学的专题研究对象，而且更在于以教理解读艺理从而由"文化涵化"向"文化替代"逼近。

在原初的知识规程操控中文艺学家所表现出的教理向往还主要体现为寻找一些本体参照物，宗教教理叙事中的某些涉情文字让初涉宗教的文艺学家感到映照光环的存在，这种映照光环的吸引力量足以使其进行跨语域

---

① 金宜久：《伊斯兰教史》，第 285 页，中国社会科学出版社 1990 年版。
② R. Redfield, Memorandum for the Study of Acculturation, American Anthropologist Vol. 38, Newyork1936，P152
③ 谭桂林：《20 世纪中国文学与佛学》，第 1 页，安徽教育出版社 1999 年版。
④ 废名：《中国文章》，见《冯文炳文集》，第 345 页，人民文学出版社 1985 年版。

的叙事转移，因为此时的文艺学家会在某种沉浸中认为那些教理叙事能够更深刻或更有语义张力地解读文艺的存在本体性问题，所以语用实践中就表现为没有语义转换和语境移位的原文引入。佛学中如普济所谓"世尊在灵山会上，拈华示众，是时众皆默然，唯迦叶尊者破颜微笑。世尊云，'吾有正法眼藏，涅槃妙心，实相无相，微妙法门，不立文字，教外别传，付嘱摩诃迦叶'"（《五灯会元·七佛·释迦牟尼佛》），慧皎所谓"生既潜思日久，彻悟言外，乃喟然叹曰：夫象以尽意，得意则忘象；言以诠理，入理则言息；自经典东流，译人重阻，多守滞文，鲜见圆义，若忘筌取鱼，始可与言道矣。于是校阅真俗，研思因果，乃言善不受极，顿悟成佛"（《高僧传·竺道生》），慧能所谓"定慧犹如何等？如灯光。有灯即有光，无灯即无光。灯是光之体，光是灯之用"（《坛经》），甚至前溯佛典如《华严经》所谓"心如工画师，画种种五阴，一切世界中，无法而不造"，《弥勒上生经》所谓"莲花上有无量亿光，其光明中具诸乐器，如是天乐，不鼓自鸣。此声出时，诸女自然执众乐器，竞起歌舞，所咏歌音，演说十善、四弘誓愿"，《大智度论》所谓"言语皆入诸法实相中，是名辞无碍智。乐说无碍智者，菩萨于一字中能说一切字，一语中能说一切语，一法中能说一切法"，凡此种种，虽然本是佛典论、佛家言以及佛学语境叙事，然而却常常被文艺学家所津津乐道并且常常道之于文艺事态的解读之中。但是这种解读终因语域阻隔和语境分异而出现言说游离，除了像《放光经》所谓"所说如幻、如梦、如响、如光、如影、如化、如水中泡、如镜中像、如热时炎、如水中月"这类议论尚有若即若离的粘连解读效果外，绝大多数原文引入的佛典言或佛家语对文艺事态真相而言并没有揭蔽效果和澄明结果。

  宗教文艺论在遭受这种困境后被迫选择更加复杂的行动路线，那就是在某些宗教意义和某些文艺意义间作形象隐喻或形式比附，这些隐喻和比附在文艺的理论言说层面形成一种富有浓重宗教语言色彩的文艺叙事氛围。这种选择的哲学依据甚至可以引申至维特根斯坦的"家族相似理论"，即在"语言——游戏"模式里哪怕是细节趋近也是集合的必要前提，他在《哲学研究》所激动不已的"我想不出比'家庭相似性'更好的表达式来刻画这种相似关系:因为一个家族的成员之间的各种各样的相似之处:体形、相貌、眼睛的颜色、步姿、性情等等,也以同样方式互相重叠和交叉。——所以我要说:'游戏'形成一个家族"[1],其语指穿透力完全可以到达关于文艺与宗教关系尤其是宗教文艺论的讨论,如果我们将其视为特定的语言游戏案例的话。这意味着文艺和宗教间的互喻性比附是一个可行性方案,唯此我们才能读到吴可《学诗诗》的"学诗浑似学参禅,竹榻蒲团不计年。直待自家都了得,等闲拈出便超然。学诗浑似学参禅,自古圆成有几联。春草池塘一句子,惊天动地至今传"(《诗人玉屑》)、龚相《学诗诗》的"学诗浑似学参禅,悟了方知岁是年。点铁成金犹是妄,高山流水自依然。学诗浑似学参禅,语可安排意莫传。会意即超声律界,不须炼石到青天"(《诗人玉屑》)、王庭珪《赠曦上人》的"学诗真似学参禅,水在瓶中月在天。半夜鸣钟惊大众,崭新得句忽成篇"(《泸溪集》),读到严沧浪的"禅家者流,乘有大小,宗有南北,道有邪正;学者须从最上乘,具正法眼,悟第一义。若小乘禅,声闻辟支果,皆非正也。论诗如论禅:汉、魏、晋与盛唐诗,则第一义也。大历以还之诗,则小乘禅也,已落第二义矣。晚唐之诗,则声闻辟支果也。学汉、魏、晋与盛唐诗者,临济下也。学大历以还之诗者,曹洞下也。大抵禅道惟在妙悟,诗道亦在妙悟"(《沧浪诗话》),读到范温的"识文章者,当如禅家有悟门。夫法门百千差别,要须自一转语悟入。如古人文章直须先悟得一处,乃可通其他妙处"(《潜溪诗眼》)。叶维廉称这种比附"不但没有勾画出诗明确的轮廓,反而提供了一种含混的比说,引发出许多解释而终于导致了许多误解"[2],但威廉·燕卜荪则认为由此引发的意义朦胧并非反澄明误途,而是"凡有运用朦胧的情况,都应是产生于客观的需要,其适当性又由客观予以证明。同时,朦胧运用于更为有趣或更为重要的场合时,其适当性则更容易得到证明"[3],这意味着在意义与意义之间进行比附或者说隐喻对于能

---

[1] 维特根斯坦:《哲学研究》,李步楼译,第48页,商务印书馆1996年版。
[2] 叶维廉:《中国诗学》,第99页,三联书店1992年版。
[3] 威廉·燕卜荪:《朦胧的七种类型》,周邦宪译,第368页,中国美术学院出版社1996年版。

否通达本真或者事态揭蔽尚且存疑。既然哲学家们仍然疑惑着"当隐喻地说话时，说者没有说他们所意谓的，那么他们是如何可能与听者交流的呢"①，那么文艺学家们也就不可能对他们的宗教意义比附或者说文艺问题的宗教性隐喻叙事完全清晰，例如佛学中关于"品"的观念、"境"的观念以及"悟"的观念等，历来都被中国古典文艺学家们在进行文艺叙事时作为广泛使用的经典隐喻精神灵魂，我们今天在阅读这些隐喻叙事文字时往往还有意识神秘主义和文化崇拜感的阅读情绪滋生，但问题是在神秘体验和阅读快感之后，就发现对文艺学知识进展和意义的事态揭蔽来说，最终不过是镜中月、水中象的语言幻觉。

　　语言幻觉的出现使宗教文艺论的知识主体不得不重返本体论思考之途，即必须从最原初的设问位置来回答究竟宗教意义和文艺意义的叠合存在空间何在，以及究竟文艺意义方式和宗教意义方式在何种程度上成为社会意义进展的合谋者和同路人，于是问题就又演绎为赤裸的遭遇。所有的宗教文艺论者的共同点之一就是认为文艺与宗教具有本体叠合关系或者更严格地说，文艺与宗教在局部位置或某些方面具有本体一致性，否则所谓宗教文艺就无法作为特定的文艺形态而存在。在 H. 奥特眼里，所谓诗不过是"它以其全然的简捷说不是任何明确和清晰的东西（否则，它就再不能令人沉思地领会）。它说的显然是非'发生的事情'，人们不能对此'明白地言说'……诗说不可说的"②，而这种定位与圣言神学（Worth theologie）的新教神学论题恰好处在同步位置，在上帝由在与不在向上帝如何被谈论这一转换的新教神学语境下，之所以还能够说"神学语言在诸如信仰、恩典、被造的感受对神圣的意识、献身、崇拜这类的体验或精神状态中有着自己的根基"③，就在于不可说性本身永远是宗教能够存世的本体性依据，这样一来，不可言说的言说也就顺理成章地成为文艺与宗教的一个本体叠合点，所以霍华德·鲁特因此而认为"在具有创造性的艺术作品

---

① Andrew Ortony, Metaphor and Thought, Cambridge University Press 1979, P92
② H. 奥特：《不可言说的言说》，林克译，第 43 页，三联书店 1994 年版。
③ 约翰·麦奎利：《谈论上帝：神学的语言与逻辑之考察》，安庆国译，第 71 页，四川人民出版社 1997 年版。

里，我们重新看到了自己，开始对自己更加了解，并且接触到了应当为在自然科学领域所作努力提供养料的那些想象力的源泉。当代自然神学家们的最佳教材不是第二手的神学论文，而是那些和有创造性的想象力的源泉保持接触的艺术家的活生生的作品"①。

　　事态延伸至这一步，宗教文艺论就在本体论层面遭遇一个正面设问，那就是一定程度上的本体位移在文化涵化（Acculturation）过程中出现以后，是否可以在文化替代（Cultural Alternative）意义上实现本体置换，而这个设问的悖论之处在于，要么在文艺与宗教的合谋中压根儿就不可能出现本体置换，要么就能够实现本体置换而所谓宗教文艺就是脱离于文艺范畴边际限制的他者性存在。在文艺史家编撰宗教艺术史或宗教史之际，或者在将教理和艺理进行整合重塑中展开他者性理论叙事之际，宗教文艺论实质上选择了对本体置换论的肯定性方案，所以诸如支遁的"霄崖育灵霭，神蔬含润长。丹沙映翠濑，芳芝曜五爽。苕苕重岫深，寥寥石室朗。中有寻化士，外身解世网。抱朴镇有心，挥玄拂无想"（《咏怀诗》之三）或慧远的"超兴非有本，理感兴自生。忽闻石门游，奇唱发幽情……端居运虚轮，转彼玄中经。神仙同物化，未若两俱冥"（《游石门诗》）这一类文学作品，就被梳理连缀到一起并被命名为中国宗教文学，而且还在发展规律的高度升华出不同版本的中国宗教文学史，似乎有其常态文学不可企及的非常态价值属性和演绎逻辑。如果确实存在那样一些文艺的非常态价值和演绎逻辑的话，那么很显然，常态文艺学语汇就无法对那非常态性存在进行表述和评价，它就需要衍生出一系列新的范畴、关键词和基本语汇，因为这是本体界面存在对语言的召唤。无论是中国学者宗教文学指代的所谓"泛指一切以宗教为题材的文学，而不是弘扬宗教的文学。只要作品的基本内容属于宗教范畴……就都是宗教文学"②，还是西方作家宗教诗歌之议的所谓"是一种特殊的宗教意识的产物，这种意识可以脱离我们对大诗人所期望的一般意识而存在。在某些诗人或他们的某些作品中，这种

---

① 霍华德·鲁特：《探测》，引自詹姆士·利奇蒙德：《神学与形而上学》，朱代强译，第139页，四川人民出版社1997年版。

② 马焯荣：《中国宗教文学史》，第8页，香港银河出版社2002年版。

一般意识也许一直存在；但是在表现它们的最初阶段可能已被压抑，而只有在最终的产物中才得以表现。在这些阶段和那些宗教天才表现了特殊的和有限的意识的阶段之间，人们很难分清它们的差异"①，都表明处在文学家的叙议立场依然找不到合适的关键词或清晰的陈述方式。对于处在宗教家的叙议立场而言，尽管他们从来都以宽容的态度相拥着宗教文学、宗教音乐、宗教绘画、宗教雕塑、宗教建筑等艺术性意义介入，但他们在绝大多数情况下都对这种意义介入的宗教价值持否定态度，在"在的照亮"议题中，关键在于"当人把自己的在全部投进这样一个在者之中的时候，他总是通过对一个在者的绝对化，把这个在者解释为所有他周围的东西和他自身的中心，其他一切只是辅助和表达此一在者"②，而一切形态的宗教文艺当然也就被定位于次要和辅助性的存在位置，与宗教意义在本体论层面并没有必然联系，"后典"的"所罗门智训"中甚至作意义对立的关系理解，即"偶像崇拜的根源"议论中所说的"制作此种模拟像的野心勃勃的艺术家们促进了这一崇拜的传播，甚至传到了那些不知道国王的人们中间"③，因而像巴尔塔萨那样有浓厚美学意识的神学家也依然坚持"诗人和画家需要的是假象，他们无法把握住存在"④ 就一点也不奇怪。这意味着本体论置换或本体性意义介入的价值张扬主要是文艺学态度而非宗教学态度，由这个裂痕出发，我们所获得的学理警醒就是，在整个文艺意义与宗教意义的合谋事件及其历史纠缠过程中，一切都是有条件和有限度的，因而在我们演绎宗教文艺论知识谱系之际，就必须在任何时候和任何条件下意识到叙议危机的必然隐存。

宗教文艺论至此也同样遭遇了知识命题的合法性危机或者引起程度不同的学理性质疑，即我们一方面在面对宗教与文艺的广泛合谋之际不能不进行相应的宗教文艺论言说，而另一方面在宗教文艺论框架里我们究竟能说些什么而不能说些什么，追求人权言论自由的学者此时往往身份转换为

---

① T. S. 艾略特：《宗教文学》，引自海伦·加德纳：《宗教与文学》，江先春译，第137页，四川人民出版社1998年版。
② K. 拉纳：《圣言的倾听者》，朱雁冰译，第36页，三联书店1994年版。
③ 《圣经后典》，张久宣译，第115页，商务印书馆1987年版。
④ 巴尔塔萨：《神学美学导论》，曹卫东译，第6页，三联书店2002年版。

语言政治暴力的身份拥有者并且毫无节制地实施言说极度泛滥的语言暴力,而我们之所以愿意静下心来讨论宗教文艺论的可能与不能,除了企图使文艺与宗教的合谋对人类生存的意义关系有更清晰的理解外,还在于企图使这样的语言暴力能够最大限度地从文艺学或文艺人类学语域中消失。

就文艺和宗教共同作为人类社会生活方式而言,或者更进一步就文艺和宗教的意义合谋所带来的文艺人类学解读向度而言,价值互阐和意义互文的可言说空间显然存在,至少就文艺学立场而言可以从这一言说空间中获得一系列的叙事效果,这些具有积极意义的叙事效果归结起来可以表述为:(一)应答了存在的必答性召唤。通常人们总误认为知识进展取决于主体对世界的发现,甚至"发明"这个词由此获得单项价值的创世纪意义,事实其实恰好相反,人在任何时候就其处于存在情境而言都不过是应召者,存在的召唤诱引人类的智性生长,具体到知识学来说,则任何一种门类知识体系都是这种诱引的具体体现或事态显现。召唤有时候显现为必答性事态,有时候也同样会显现为非必答性事态,或者至少是暂时性非必答事态,所以并不是凡召唤就一定引起知识情绪或门类知识进展,然而当必答显现而人们视而不见或答非所问之际,就会产生知识盲区甚至导致生存在存在情境中不得不承受惩罚和痛苦。如果一种门类知识体系乃是真实结构或该门知识学具有常识界面所谓科学性的话,那么它就不仅存在着一系列必答性召唤而且会持续不断地演绎新的必答性召唤,由此才有所谓该专业的专家产生或专业知识的进展出现。宗教文艺论在文艺学或文艺人类学知识域内之所以具有必然逻辑意义,就在于它是这一存在情境中存在对特定门类知识的必答性召唤,它既然已经存在,就会不断地对必答性设问进行知识召唤的升压,直到文艺学家或文艺人类学家站出来进行有效的减压或能量释放。就宗教文艺论现存的东方言说表现和西方言说表现而言,尽管我们均可以在特色化分拣中寻找到不少的知识成果,但是这些成果离存在召唤的期待视野还有非常遥远的距离,答非所问或似答非答现象还十分普遍,这与文艺学家或文艺人类学家们在这一事态中的出场不充分是有直接因果联系的,乔治·赫伯特·米德所说的"知识不等于经验中所存在的内容。没有所谓认识（Cognitive）这种意识态度"①，如果其所指移位至此时叙议，则刚好对了一半，而我们此时就恰恰需要这一半。（二）内窥了心灵的游移性秘密。在宗教和文艺的分存事态中，多少个世纪以前人们就已经明确了其心灵生存体验的角色功能，宗教的心灵体验方式以及文艺的心灵体验方式不仅存在了很久而且也自觉得很久。然而问题的症结在于，宗教的心灵体验和文艺的心灵体验乃是两种不同的生存体验方式，这种差异性在心理学家的类型表述中陈述得非常清晰，拓扑心理学所定义的"对于区域的一些点而言，不存在完全位于该区域内的围绕，我们把那些点称为心理区域的边界"②，也就意味着文艺心灵体验和宗教心灵体验一旦定位至心理学描述域就不在同一个心理区域，当然也就意味着它们其实是两种意义、价值和存在形态完全不同的事态，但对于喧闹嘈杂的日常人生而言，这种边界意义早已是忽略不计的东西，于是它们就又在日常生活的混整中实现了边界消弭的当前混存，于是也就有了所有这些当前混存事态中的宗教文艺。就心灵界面本身而言，并非宗教心理与文艺心理获得了本体性叠合，而是深刻地表明人类心灵深处的情感游移性，处在宗教文艺情境中的人时而呈现宗教心灵状态，时而呈现文艺心灵状态，其情感在宗教心理与文艺心理之间跳跃性互动乃至频繁转换，这种跳跃和转换使得一种十分复杂的心理混存事态产生并物化显现为特定的宗教文艺作品，无论是王绩《咏怀》的"故乡行云是，妻室坐间同。日落西山暮，方知天下空"，还是王维《鹿柴》的"空山不见人，但闻人语声。返景入深林，复照青苔上"，其转换而生的心灵混存及其这种混存的外部完整性已经使我们几乎难以寻找到文艺心灵与宗教心灵的缝隙之处，从这个意义上说，宗教文艺及其宗教文艺论的存在对于揭示人类的深层心灵神秘或复杂心理游移具有事态解读的必然性，进一步言之，则所谓宗教文艺论也就是文艺学知识谱系或者文艺人类学知识域的有效延展，这种延展在学科边界内同样是学理可能性的知识确证。

但是这种学理可能性的有效性必须以条件性的"不能"作为知识规避

---

① 乔治·赫伯特·米德：《现在的哲学》，李猛译，第114页，上海人民出版社2003年版。
② 库尔特·勒温：《拓扑心理学原理》，竺培梁译，第116页，浙江教育出版社1997年版。

和必要前提,"可能"与"不能"的均衡在这一可议事态中显得十分必要,这意味着宗教文艺论的知识界面在任何时候都必须给予严格的限制。之所以这一限制能够从根本上得以确立,是因为本体壁垒的坚固性存在,尽管中国社会科学氛围中对本体坚守大多数情况下都不持严肃态度,但这并不影响本体坚守在社会科学研究中的不可忤逆性,也就是说,本体壁垒在任何时候都对我们的社会科学研究起着不可突破的内在制约作用。并不是说在意义域内本体突围就没有任何可能性,而是说这种突围的存在机率非常微乎其微,所以我们在知识操控过程中切不可轻易作突围的努力,更何谈那些对本体根本不知为何物因而轻率张冠李戴的薄佻之举。尽管文艺意义和宗教意义在合谋事态中呈现出高度的生存混整性,但这并不意味着两种意义间实现了本体突围或者本体置换,所以我们置身事态之际关键在于把握合适的度,从而既兼顾生存混整又兼顾本体独立,难怪保罗·韦斯在研究宗教文艺的行动之前先行确立其"1、宗教与艺术双方都具有独立性,它们以各自独特的方式满足人类要求完善的基本需要。与此同时,双方又在某种程度上相互渗透,由此派生出2、圣礼作品,3、世俗化的宗教,4、被圣化的艺术,5、礼拜仪式的艺术,6、礼仪宗教,7、宗教艺术"①,这种确立坚守了本体的壁垒以及生存混整作为派生物的双向叙议利益。所以,我们所说的宗教文艺论的"不能",从根本上说就是不能让生机勃勃的所有这些派生物遮蔽其活水之源的本体。关于这个壁垒,早在古希腊的亚理士多德就说过:"第一性实体之所以是最得当地被称为实体,乃由于这个事实,即它们乃是其他一切东西的基础,而其他一切东西或者是被用来述说它们,或者是存在于它们里面"②,所以其固守一直坚持到20世纪所谓对本体论进攻的时代。事实上,即使所谓本体论进攻本身,也并不是把壁垒拆除,只不过一种自觉绕开叙议怪圈的本体论悬置,或者是由形而上本体向语言本体的置换,甚至海德格尔也不得不先行确立"那些如此这般生长出来的'基本概念'保持其为首次具体开展这种区域的指导线

---

① 保罗·韦斯:《宗教与艺术》,何其敏译,第5页,四川人民出版社1999年版。
② 亚理士多德:《范畴篇》,方书春译,第13页,商务印书馆1959年版。

索"①，甚至歇斯底里埋怨学术传统乃是"要把符号强加给真理，把语言强加给存在，把言语（Parole）强加给思维，把书写强加给言语"②的解构大师雅克·德里达，也还得在知识操控的无奈之际自辱性地认为"说真的，为了使这些假设中的这或那有真值，为了让在这与那之间的选择有效，就得一般地假定理性可以有对立面，有理性之他者，假定理性可以建构出一个对立面一个他者，而理性的反面和它的反体是对称的。事情的本质就在此"③。总之，这么绵远叙议的目的只有一个，就是强调宗教文艺论的叙事者及其叙事必须靠谱，不能太离谱，尤其不能离谱到随意地在本体意义置换中解读宗教或者文艺，那将是对人类的宗教文艺现象或者宗教文艺生存方式的极大毁誉或者言说伤害。

第三节 政治文艺论的权力与暴力

在文艺与人类中心意义合谋的存在格局中，文艺意义与政治意义的合谋乃是最重要的意义行动之一，由此导致政治与文艺关系的历史演绎和逻辑思考，导致政治文艺论在文艺学语域中的命题出场及这种出场给人类文艺和文艺人类所带来的一系列完全不同的生存后果，所以这一议题在文艺存在论研究中就具有不可或缺的学理价值。

人类自从形成阶级以来就使政治具有生存中心意义，并且政治进展通常都被西方学者理解为社会进展的一条线索和一种尺度，摩尔根描述希腊政治社会建立时所说的"希腊各部由氏族社会转变为政治社会的经验基本上是相似的"④，就是在这条线索和这个尺度下进行知识叙事，而这种叙事的合法性根源于恩格斯曾经提到过的内在社会驱动力量，即"建立国家的最初企图，就在于破坏氏族的联系，其办法就是把每一氏族的成员分为特权者和非特权者，把非特权者又按照他们的职业分为两个阶级，从而使之

---

① 海德格尔：《存在与时间》，陈嘉映译，第12页，商务印书馆1987年版。
② 雅克·德里达：《声音与现象》，杜小真译，第30页，商务印书馆1999年版。
③ 雅克·德里达：《书写与差异》（上册），张宁译，第67页，三联书店2001年版。
④ 路易斯·亨利·摩尔根：《古代社会》（上册），杨东莼译，第256页，商务印书馆1977年版。

互相对立起来"①。人类生活到当下仍然受制于这一线索和尺度，现代乃至后现代的政治建构只不过在转型意义上显示其时间特征和存在风貌而已，政治状况哪怕最发达国家里也还没有失去其社会支柱功能和幸福的最大影响因子的角色意义，更何况人类在总体政治格局中还非常原始意味地忧虑着"受历史环境制约的领导人们很容易对客观事实采取忽视的态度"②，也就是关键性政治人物还在左右着人类的现实生存命运。从这个意义上说，亚理士多德几千年前表达的"人天生是一种政治动物"③，至今保留着有效性命题的品格，而这种保留隐在地诉说着生存意义的中心地位。

当文艺与人类中心意义进行意识形态合谋时，它就无法不与政治纠缠在一起，而且在这种纠缠状态中政治始终占据着强势地位，因而充当着支配角色。无论是柏拉图式个体隐喻的"政治家不像饲养一头牛的牛倌或照料一匹马的马夫那样，只照管单个的动物，他更相似于照管牛群或马群的人"④，还是斯宾诺莎式整体叙事的"在国家状态之中，每个人的充当本人的裁判官的自然权利必然不复存在，那简直是不可设想的事"⑤，都意味着文艺家及其所从事的文艺都不得不在政治中心意义的统辖之下，处在这样的情势，文艺意义与政治意义的合谋就与道德合谋关系具有价值实现目标的根本性差别，而且文艺在这一合谋事态中带有极大的被动性。在古希腊，甚至作为文艺巅峰象征的戏剧运动在很大程度上也是围绕政治生活展开的。换句话说，轰轰烈烈的古希腊政治生活极大地推动了古希腊文艺生活的繁荣。按照历史学家描述的"希腊民主政治是对东方的专制政治的回答……在雅典，城邦的所有公民都有可能亲自参加选举和表决，这是直接民主"⑥，这就可以解释何以政治和逻各斯（言说）在希腊社会生活中是两个重要的关键词，而直接民主的规模和气氛都会产生对大型文化活动的需

---

① 恩格斯：《家庭、私有制和国家的起源》，《马克思恩格斯全集》（第二十一卷），第127页，人民出版社1965年版。
② Charles W. kegLeg, World Politics: Trend and Transformatiom, Thomson Learning 2004, P13
③ 亚理士多德：《政治学》，颜一译，第4页，中国人民大学出版社2003年版。
④ 柏拉图：《政治家——论君王的技艺》，黄克剑译，第34页，中国青年出版社2002年版。
⑤ 斯宾诺莎：《政治论》，冯炳昆译，第25页，商务印书馆1999年版。
⑥ 德尼兹·加亚尔：《欧洲史》，蔡鸿滨译，第82页，海南出版社2000年版。

要，戏剧节与奥林匹克运动会由此而在国家生活和社会生活中成为由民主政治所激励的盛大节日。那个时代的文艺家直接参与到政治生活中心而且也对这种生活进行着文艺性言说，依迪丝·汉密尔顿所说的"读阿里斯托芬多少有点像读雅典的连环漫画……当时的政治形势和政治人物；主战派和反战派"①，吉尔伯特·默雷所说的"《阿伽门农》一剧中大部分都是严厉谴责'君临天下'的一统思想。说真的，《降福女神》里，埃斯库罗斯明确地颂扬雅典元老院。当时，厄菲阿尔忒斯与伯里克理斯正在免去元老院的局限"②，实际上都可以看做合谋事态的有力证据。

现代文艺兴起以后，文艺的叛逆远远超过其对政治的帮凶和依附，绝对多数文艺流派及这些流派中的代表性文艺家都选择了逃离政治和文艺自律的道路。以20世纪的文艺学知识谱系为例，除了苏联背景以及这个背景的东欧延伸和中国延伸以外，西方的文艺学言说不仅浩浩荡荡地走向文艺学的内闭技术化知识探求，而且对文艺与政治合谋的议题完全采取漠视和抵制的态度，于是在普遍失去兴趣的状态下也就自然而然地逐渐失去相应的命题和关键词。虽然阿尔贝·卡萨涅（Albert Cassagne）在1905年出版的《为艺术而艺术理论》中把艺术纯存的自律诞辰定在1830年未必妥靠，但文艺与政治的合谋毁约从十九世纪后期开始应该有其合理性，至少福楼拜及其创作群那时已经充分显示出"他们对伦理道德和政治的冷漠是强烈的蔑视和愤怒的产物……因为除了艺术之外，别的什么也不会使他们感兴趣"③，而且毁约后的自律文艺生活浪潮席卷了整个世界，至今艺术史家们还在尽情渲染着"西方艺术史充满了美学'论争'，但在印象主义者那里这种激情升华到了新的高度。首先，艺术题材成了艺术主体，紧接着则内容形成为风格。更加异端的是，这种形式的独立性分离几乎导致对批评的强奸。这是大的发展"④。从那以后，20世纪蔚为大观的广义形式主义运

---

① 依迪丝·汉密尔顿：《希腊精神》，葛海滨译，第82页，辽宁教育出版社2003年版。
② 吉尔伯特·默雷：《古希腊文学史》，孙席珍译，第237页，上海译文出版社1988年版。
③ 昂利·拜尔：《方法、批评及文学史》，徐继曾译，第534页，中国社会科学出版社1992年版。
④ Laurie Schneider Adams, A History of Western Art, Harry N. Abrams, Inc. New York, 1994, P395

动或宽泛现代主义运动便再也没有合谋热情,尽管偶然合谋事件和单个合谋作品屡见不鲜,但在诸如"文学所剩下的至多不过一种修饰性的、静思性的或者抚慰性的功能"① 观念下,或者戏剧理论家们所认为的"走向卑鄙意味着正典结构和价值结构正在不知不觉中渐进性地被解构"② 情势之下,再来以正典面部表情谈论合谋就颇有黑色幽默的意味。总之,自从19世纪中后期以来,尤其是上一个跨世纪的广义现代性运动以来,文艺与政治的意义合谋在整个西方语境几乎处于全面毁约状态。

但是随着后现代运动的到来,却又出现了更高或者更新层面上的合谋端倪,譬如所谓后殖民话语就是典型的文艺学局部知识调整案例。调整的关键决不在于"后结构主义和后殖民的批评家,就像阿加兹·阿哈迈德(Aijaz Ahmad)所论证的那样,都把'第三世界的文学'看成是由统一的历史力量所界定的、自成一体的知识领域,就像民族主义或反殖民主义斗争一样"③,也不在于"对殖民主义所作的批评尽管有很多成绩,这种批评的主要注意力却因为不考虑文化和历史的政治背景而使自己受到局限。封闭的人文主义要求批评回避对统治、操纵、剥削和政治权利的剥夺等因素进行分析,而这些历史因素恰恰构成了文化生产和文化关系"④,而更在于人类文艺生活在新的跨世纪时段所出现的那些所谓"女性写作"思潮、"本土写作"思潮或中间写作思潮等文艺意义方式显示出对国际政治和人类正义母题的新一轮关注,这种关注不仅证明了新的合谋事态正有扩大化的趋势,而且文艺在这一次合谋进程中表现出极大的主动性、能动性和意义驱动性,从而使文艺与政治在人类生活中的意义合谋出现了全新的关系结构和事态格局。当政治学家不无疑惑地讨论着"与依凭国家利益来定义第三世界不同,不管发达抑或不发达,我选择一个不确定的视角,这个视

---

① Cons tanzo DiGiroLamo, Acritical Theory of Literature, The University of Wisconsin Press 1981, P54

② JohnH. Lutterbie, Hearing Voices: Modern Drama and the Problem of Subjectivity, The University of Michigan Press 1997, P151

③ 艾勒克·博埃默:《殖民与后殖民文学》,盛宁译,第283页,辽宁教育出版社1998年版。

④ 阿布都·R. 简默哈默德:《殖民主义文学中的种族差异的作用》,引自张京媛编:《后殖民理论与文化批评》,第205页,北京大学出版社1996年版。

角涵括着人类整体性利益和结构性问题"① 这类定义麻烦的时候，人们在索因卡、拉什迪或者本奥克里的叙事里，或者在努鲁丁·法拉赫（Nuruddin Farah）的《地图》（Maps，1986）、奥里弗·西尼尔（Olive Senior）的《夏日的闪电》（Summer Lightning，1986）、乌帕曼宇·查特基（Upamanyu Chatteriee）的《英语，八月》（English，August，1988）这类并非经典的文学文本里，已经强烈地感受到并能清晰地体味出那种第三世界文化情怀了，而且这种所谓文学中的第三世界文化情怀乃是人类在此的一种重要叙事。这种叙事有时候具有极大的震撼性，迫使政治家和政治学家由此绵延其思考并大量引用着这些叙事文本中带有冲击波性质的语词，文艺意义此时吸引着政治意义并因此而不断地酝酿其意义合谋。

既然分分合合乃是文艺与政治意义合谋的一种存在宿命，那么政治文艺论作为人类文艺生活的一个存在论命题也就获得了其合法性支撑，因而所谓政治文艺论的权力就既是指这个命题的话语权力也是指这个命题的知识公信力。

威勒克成功地将文艺研究切分为外部研究和内部研究两大知识范型，这对文艺的意义内闭存在和外敞存在乃是一种科学的把握，而其外部研究范型中文艺与社会的广阔意义关系的结论则尤其具有客观公正的味道，他所说的"一个作家的社会立场、态度和意识不但可以从他的著作中，而且也可以从文学作品以外的传记性文献中加以研究。作家是个公民，要就社会和政治的重大问题发表意见，参与其时代的大事"②，虽然未对文艺与政治的意义合谋给予更多更细密的学理阐释，然而关于合谋宿命的基本知识立场却是显而易见的。导致人们走上叙事回避的原因最主要有两个，其一是传统社会存在结构中极权政治或者说政治的社会霸权地位压迫的文艺学及其所从事的文艺最终被迫走上反抗和叛逆的道路，他们宁可不无孤独地离开社会中心意义圈求取边缘生存的自在也不愿意再在那种缺乏自尊和自律的被动合谋中获得所谓壮怀激烈的苟且，作为英国文艺学家身份的考德威尔所说的"在资产阶级艺术中，人意识到外在现实的必然性，但并不意

---

① Mel Gurtov, Global Politics in the Human Interrest, London 1999, P116
② 韦勒克：《文学理论》，刘象愚译，第96页，三联书店1984年版。

识到他自身的必然性,因为他使他之所以为他的那个社会缺乏自觉意识。他只是半个人。共产主义的诗人将是完整的,因为他将是既意识到其自身的必然性,也意识到外在现实必然性的人"①,其所谓"半个人"命题就没法不让同样时空境遇下的艾略特、乔伊斯和伍尔芙们感到极权政治价值尺度的令人不寒而栗,所以反过来沉湎于意识流动乐趣的伍尔芙嘟哝着"正是读者和作者之间的这种隔阂,正是由于你们方面的谦逊和我们方面的职业上的装腔作势,就使得本来应该成为作者与读者的亲密平等的结合而产生的健康的作品受到了破坏和阉割"② 就再正常不过了,这意味着"半个人"们宁愿做半个人也不愿去做不健康的全知全能的政治救世主或社会上帝。对那些现代性背景下的绘画艺术家来说,这种逆反就更加普遍,当威廉·库宁埋怨"每一个流派都扬言解放艺术,并且要异己者遵从自己的理论,然而这种种理论,大多最终都流于政治形式或精神至上主义的怪异形态"③,其对政治合谋的厌倦可谓到了神经质的程度,实际上,这种由政治意识形态压迫所造成的谈虎色变式的逆反心态神经质在 20 世纪几乎就是一种文艺流行病。其二是外部研究与内部研究的范型之间的知识学冲突,即关于文艺的存在价值究竟偏重于外部存在方式还是内部存在方式始终会构成紧张和对峙关系,不过这种紧张和对峙给叙事回避的影响非常间接和微弱,故不在详议之列。所以现在的问题是,要想文艺学、文艺家乃至整个文艺走出合谋的叙事回避,就必得先给政治文艺论的命题给予令人信服的权力公证,从而使得被极权政治和极端意识形态所严重毁誉的合谋主张获得知识公信力和有效话语权力。就传统的文艺学知识谱系而言,这种公信力公证至少在以下几个方面具有强有力的证据意义,那就是:(一)当事人的选择权利均等原则,(二)意义交往的双向支持原则,(三)人类去往的行动协调原则。

---

① 考德威尔:《考德威尔文学论文集》,陆建德译,第 307 页,百花洲文艺出版社 1995 年版。

② 伍尔芙:《班奈特先生和勃朗太太》,朱虹译,引自伍蠡甫:《现代西方文论选》,第 125 页,上海译文出版社 1983 年版。

③ 威廉·库宁:《何为抽象艺术》,引自迟轲:《古希腊到二十世纪:西方美术理论文选》,第 807 页,四川美术出版社 1993 年版。

在我们把文艺涉身者（创造者、生产者、消费者、承享者、评估者、研究者等）通称为文艺事态的当事人之际，也就必须按天赋人权和社会公正的基本原则赋予其社会意义选择的全权。拥有选择全权的当事人可以而且应该获得任何一种文艺选择的机会，既可以是意义纯存亦可以是意义混存，既可以是文艺的独立性存在亦可以是文艺与政治的合谋性存在，任何指令性决断都可以视作对选择权的侵害，C. W. 莫里斯所说的"现在产生的问题是有没有某种人往往情愿过某种生活而不愿过别种生活呢？不同的生活方式对不同程度的和处于不同结合之中的依赖、统治和超脱的要求提供了出路"[1]，伊曼纽尔·利维纳斯所说的"不管生存向一个生存者显示的障碍是什么，也不管生存者是多么没有力量，生存者总是其生存的主人，就好比主体是其属性的主人一样。在瞬间中，生存者是支配着生存的"[2]，无非是从形而下和形而上不同界面强调权利自选的社会存在肌理。但是批评家通常总会强调其莫须有的社会代言人的身份，他们的决断亦总会以单边主义的方式进行，他们与强制合谋的极权政治一样，在一种强制性的学理规置中进行排斥合谋的决断，这种排斥性决断一旦处于连续性施为和规模化知识操控，文艺存在的多元性和文艺生活的丰富性就会又一次在极端学理主义的布控下出现深刻危机，从某种意义上说，形式主义文艺学思潮的泛滥和现代性运动以后文艺的日渐边缘化甚至与人类中心意义生存方式的悖离都是这一路向的负面后果。这种后果给一切文艺涉身者的潜在而深刻的集体心理暗示，处在这种暗示作用下的个体最终会丧失其对文艺的自由选择能力并且也就因此而不得不放弃选择权利，文艺学在今天的社会生活和日常生活中之所以日渐丧失其意义性和价值性，之所以日渐与人类社会的整体进程失去联系给人以置身事外之感，以上叙事无疑是一个重要的根由，所以文艺人类学必须重申当事人的选择权利均等原则，批评家所拥有的"在他人的生命中凝视它的生命"[3] 或者"成为知识的开拓者和文化

---

[1] C. W. 莫里斯：《开放的自我》，定扬译，第75页，上海人民出版社1965年版。

[2] 伊曼纽尔·利维纳斯：《生存及生存者》，顾建光译，第104页，浙江人民出版社1987年版。

[3] 乔治·布莱：《批评意识》，郭宏安译，第257页，广西师范大学出版社2002年版。

传统的铸造者"① 知识优先性定位必须放弃，所谓"在希腊文中，'Krites'的意思是裁判"② 以及这一义项在现代批评家身上所积淀起的身份优越感同样必须给予严肃的清理。这意味着当事人的权利选择均等既是对当事人的外部人际关系的条件限制也是对当事人的自我可选择性的充分保护，总之在这个原则下，文艺与政治的合谋获得了第一个合法性学理支撑。

在整个社会存在事态中，意义在场以及在场时的交往乃是价值实现的基本原则，这意味着文艺价值与人类生活的关系也同样是在交往过程中得以确立，而在全部的外部关系结构中，文艺与政治的博弈形成合谋与紧张、联盟与对抗、出席与缺席等不同的在场意义结构形态，其中意义交往的双向支持原则在文艺与政治博弈中起着重要作用，是博弈的主要力量显现之一。狄尔泰在考察"历史的意义"时认为"价值和历史价值和意图这样一些历史范畴，都是从体验之中产生出来的。但是，当正在进行体验的主体回过头来考察意义的时候，他已经使它在他的理解过程之中具有了表象，而这种做法则隐含着作为一个范畴的联系状态"③，其实是在强调逆向考察中必须注意意义联系和意义价值的交往实现，这种强调后来就被哈贝马斯为代表的一批学者予以学理捕捉并扩张为交往行动理论知识体系，虽然在这个知识体系并未见到关于文艺与政治意义交往的详细讨论，然而它的一些基本原则却可以被我们用来解读这种意义交往的具存现象，至少所谓"他们相互对峙，就像一个自我，像对旧的自我赋予某种理解的东西的自我一样"④，可以延展至广义社会存在意义主体之间非个体性社会内化，可以延展至文艺与政治之间的相互诉求与相互质疑或相互提议等交往过程，从而导致广义社会交往背景下对文艺与政治的价值合谋的解读方案的形成。尽管这个格局中并不排除缺席或毁约，但把缺席和毁约当作新的价值正典结构同样是一个新的误区，尤其在中国语境中，以一种极端态度鼓吹边缘撤退或者全面缺席将导致文艺对社会的悖离，这种悖离对文艺意义

---

① 诺思罗普·弗莱:《批评的剖析》，陈慧译，第3页，百花文艺出版社1998年版。
② 雷内·威勒克:《批评的概念》，张今言译，第20页，中国美术学院出版社1999年版。
③ 威廉·狄尔泰:《历史中的意义》，艾彦译，第139页，中国城市出版社2002年版。
④ 哈贝马斯:《交往行动理论》（第二卷），洪佩郁译，第18页，重庆出版社1994年版。

的存在性将可能是致命的,因为一旦文艺无限地与社会中心意义保持缺席姿态和边缘心态,其与公众关系建构遭受打击的将更多由文艺承受而非由政治买单,所以文艺以更加积极的姿态与政治进行博弈并在这样或那样的合谋中给政治施以人类整体价值影响,从而文艺为政治服务和政治为文艺服务形成双向支持,从这个意义上说,文艺与政治合谋必然要在此种境界下寻求其第二个合法性学理支撑。

在文化人类学知识视野里,广义的文化有机(Organic Culture)和广义的社会有机观(Organic view of Society)都要求人类在总体性去往的路上保持其行动协调原则,这是人类之能够有去往和社会之能够发展的重要杠杆力量。人类学家之所以能够创设诸如普同现象(Universals)、普同模式(Universal Pattern)、文化规律(Cultural Regularition)、平行发展(Parallel Development)、同化(Assimilation)、涵化(Accultura tion)等等这一类公分母意味的概念,就是因为人类的族类本质整体性和由此衍生的社会本质整体性所根本制约。个体离不开社会被表述为"一个离弃社会的人若不能保持对社会的想象中的把握,他就只能像一头聪明的野兽那样生活,在周围的自然环境中锻炼他的大脑,但他明显的人性的官能肯定会消失,或者停止发生作用"[①],个体存在的社会关系性和行为的社会协调性被解读为"首先他们拥有诸多接触方式,在处事过程中彼此一起说一起干,而且对彼此的关系概念会有他们的理解,这些理解、策略和期望协调着他们的行为"[②],所以涂尔干在讨论社会分工问题时,惴惴然忧虑着"当劳动分工逐渐产生以后,集体意识就会日趋衰落,这是同样的道理"[③]。这种忧虑的问题递进就是,对社会行动作理想主义解读的所谓"从个人的小家到所有民族和文化的大家,各种关系像同心圆一样环环相套,每个人都能从中找到

---

① 查尔斯·霍顿·库利:《人类本性与社会秩序》,包凡一译,第36页,华夏出版社1999年版。

② Roger M. Keessing, Cultural Anthropology: A Contemporary Perspective, Harcourt Bace Company 1998, P174

③ 埃米尔·涂尔干:《社会分工论》,渠东译,第324页,三联书店2000年版。

自己，忠诚应将关系统统考虑在内"①，究竟在何种程度上能够成为现实的行动协调原则，如果我们把文艺与政治的合谋当作人类社会行动中的具体环节，那么同样也面临着相同的询问。不管文艺家们多么厌倦政治甚至会表现出非常激烈的抗争和对峙情绪，但在人类去往之路上文艺家与政治家依然还是前行者，至多是道不同而已，道不同不相为谋至此完全是一个自闭性命题甚至带有自欺欺人的煽情色彩，所以无论大家走到哪一步，只要人的类本质还存在或者说还被称为人类以及谋求去往，意义间的协调原则就永远会或隐或显地存在着，这实际上也就给文艺与政治的合谋提供了第三个合法性学理支撑。

至少由于这三个合法性学理支撑，政治文艺论的命题权力和言说权力就既能够存在于理论界面亦能够存在于实际文艺生活界面，从这个意义上说，把政治文艺论的所有知识表述一概讥之为庸俗文艺论的激进主义说法在学理上是站不住脚的，文艺与政治的意义合谋因此成为文艺学正面肯定和大力激励的价值向度。

然而就是这样一个几乎可以不再争执的知识公信力命题，却由于极端政治和野蛮政治家的不断出现而疑云密布，在权力向暴力的升级过程中，政治对文艺的压迫导致政治文艺论几乎成为文化恐怖主义或者文化专制主义的一种表述方式，而文艺与政治合谋中政治对文艺大施淫威的暴力事件在古今中外文艺发展史上可以说屡见不鲜，文艺的边缘撤退在某种程度上可以看做暴力摧残的被动性结果，这意味着真理性越过了它的边线。

虽然《联合国宪章》第一条就强调"以和平的方式且依照正义和国际法的原则，调整或解决足以破坏和平的国际争端或局势"②，而且像哈耶克那一类学者始终坚守"只有一项原则能够维系自由社会，这项原则就是严格阻止一切强制性权力的适用"③，甚至更多的社会学家憧憬和幻想着"在国内舞台上，政权对暴力的依赖不言而喻是合法性丧失的表现。因为合法

---

① 欧文·拉兹洛：《人类的内在限度：对当今价值、文化和政治的异端的反思》，黄觉译，第22页，社会科学文献出版社2004年版。
② 《联合国宪章》（第一章），引自理查德.N.哈斯：《新干涉主义》，殷雄译，第177页，新华出版社2000年版。
③ Hayek, The Constitution of Liberty, London and Chicago, 1960, P284

性是一个程度的问题,这种丧失不一定是彻底的、完全的丧失,尽管如此,但它依然是一种丧失"①,但对暴力的尊重甚至价值崇拜从来哪怕在学理层面也没有消失过,无论是韦伯对国家"能坚持合法地垄断暴力工具"②的描述还是乔治·索雷尔所作的"如果不为暴力进行声辩,社会主义就不能继续生存"③的呐喊,都是对暴力在政治生活中的必要性和合法性的学理维护。这种维护之所以在当今仍然不会产生强烈的语感刺激,是因为人类既有的政治史、国家史和社会史都保存着极为明显的政治暴力演绎维度,政治的暴力附着几乎在以往的任何时候都是政治自信的根本保证,当物质暴力形态和精神暴力形态在这种附着中实现其功能性发挥以后,政治的权威及其所追求的利益效能就能获得预期的最大化,所以即使在21世纪的时空情境中,落后国家、发达国家直至联合国的政治操控者依然会以百倍的热情和财力建设暴力工具(军队和警察系统等),而对贫穷落后和人类生存危机不过投之百分之一的怜悯目光和有限财富,道理就在这里。就人类历史而言,政治对暴力是崇拜的,美国的民主神话难道不也是由暴力支撑着吗?

如此人类命运和世界事态之中,文艺与政治合谋也就同样带有必然性地会发生政治对文艺的暴力压迫。就中国文艺发展史而言,这种压迫在秦始皇焚书坑儒和满清文字狱两朝暴力事件中得到了深刻的验证。《史记·秦始皇本纪》的所谓"天下敢有藏《诗》、《书》、百家语者,悉诣守、尉杂烧之。有敢偶语《诗》、《书》弃市,以古非今者族,吏见知不举者同罪。令下三十日不烧,黥为城旦",《清鉴》的所谓"上着九卿会鞫,当戴名世大逆,法至寸磔,族皆弃市,未及冠笄者发边,朱书、王源,已故免议,尤云锷、方正玉、汪灏、刘严、余生、方苞,以谤论罪绞。时方孝标已死,以戴名世之罪罪之",说到底都是这种暴力事件的有限表述文字,其暴力性和迫害性当远在这些文字之上。类似事件在西方文艺史上同样触

---

① 罗伯特.W.杰克曼:《不需暴力的权力——民族国家的政治能力》,欧阳景根译,第141页,天津人民出版社2005年版。
② Max Weber, Economy and Society, Unirersity of California Press, 1978, P55
③ 乔治·索雷尔:《论暴力》,乐启良译,第237页,上海世纪出版集团2005年版。

目惊心,最具有指证意义的则是审判苏格拉底,因为这一事件恰恰就发生在民主政治几近神话程度的古希腊社会,因为史学家笔下的"在耶稣基督诞生前400多年,苏格拉底(前469—前399年)被雅典的陪审团判以极刑……受审约一个月后,苏格拉底饮下这毒酒,死于囚室"①,已完全不是案例叙事而是上升为深刻的文化追问,这种追问穿越西方文化几千年烟霭牵扯出政治对文化和文艺进行暴力施威的一切事态真相。雅各布·布克哈特写道:"大部分悲剧发生地点为毗邻的礼拜堂用酒冲洗过并重新净化。为婚礼而建立起来的凯旋门仍然继续矗立在那里,门的上边绘有阿斯多利的事迹,并题着这些事件的记述者可尊敬的诗人马达拉佐的赞美的诗句"②,所叙中仿佛隐喻性地诉说着,文艺在政治暴力下显得多么地无可奈何,更进一步则仿佛说,历史上究竟有多少文艺作品是在政治暴力胁迫下完成的,而这对既有的文艺史究竟有哪些值得发人深思的地方?

如果说物质暴力在现代社会越来越容易被人们所警醒并逐渐在厌倦中被唾弃的话,那么精神暴力被政治所强化并对文艺生存造成严重伤害却仍然成为合谋的最大障碍,前苏联在这个问题上给人类文艺和文艺人类提供了现代社会背景下最惨痛的教训。在斯大林主义极权政治的统治下,文艺成为政治的工具甚至成为政治的直接附着物,政治目标和政治价值由此也就不加证明地成为文艺存在的最高价值目标,强制性纲领、强制性口号、强制性命题甚至强制性言说氛围,使得文艺存在的独立性完全让位于依附性和工具性,处此情势之下,所谓合谋之议完全是多余的话或者干脆无从谈起。托洛茨基认为:"革命以前所未有的坚决性摧毁了旧艺术的基础。旧艺术的左翼在为保持艺术文化连续性的斗争中,被迫在无产阶级中寻求支点,或者至少在它周围形成的新的环境中寻求支点。至于说到无产阶级,它也利用其统治阶级的地位力图、并已开始掌握整个艺术,为这一艺术准备空前雄厚的基础。在这一意义上,说工厂的墙报是未来新文学必要

---

① 霍普·梅:《苏格拉底》,瞿旭彤译,第5页,中华书局2002年版。
② 雅各布·布克哈特:《意大利文艺复兴时期的文化》,何新译,第30页,商务书馆1979年版。

的、虽然还很遥远的前提，是正确的。"① 这个认识不能仅仅理解为他个人的观点，而应理解为纳入苏联国家政治极权和精神暴力的体系之中，并且体系会以强大的在场征服力迫使文艺不得不政治就范，迫使卢那察尔斯基像成千上万苏联文艺人一样要在"阶级斗争的联系中研究文学演变的规律问题"②，迫使旅居苏联的匈牙利文艺学家卢卡契也一反叙议风格地大谈"我们似乎到达'受领导的'艺术的问题上来了，人民民主制度——正如民主最发达的形式：社会主义一样——必然要把这个问题列入文化政策的中心：使整个文化，包括整个艺术，重新与劳动人民建立直接的联系"③。总之，这是一种极端政治情境中的文艺存在制度，这个制度把强大的精神暴力通过政治强制性形成对文艺的包围，一切存在于这一包围圈中的文艺、文艺家、文艺作品、文艺命题乃至整个文艺生活方式等，由此都受制于设定的政治尺度和政治模式，或者说文艺存在此时就是政治存在，就是卡冈所说的"艺术真正自由应该是艺术家能够自由为人民、为革命服务"④，事态演进至此，政治文艺论的命题权力就彻底转型为命题暴力，其精神暴力在物质暴力的辅助下可以毫无顾忌地施威，而施威的结果就是对文艺人类和人类文艺的巨大伤害。

就政治文艺论作为一个知识学命题而言，其命题权力向命题暴力的转变只是一步之遥的事情，这就要求我们从理论上和实践上恰到好处地把握好度，缺席就会失去权力，施威就会酿造暴力。而失权和施暴对人类的文艺存在状况而言都是不应有的事态，所以合谋之议在这种情况下也就又一次编入讨论程序。

传统合谋型制是一种缓慢离场的历史存在，正因为缓慢是其基本时间特征，所以文艺与那些族群政治、东方宫廷政治、西方君主政治、党派政治、阶级政治、地缘政治、血统政治等各种边界政治形态的合谋仍然带有存在的必然性，这种必然性不会因为特定个体的退场缺席或者边缘撤离而

---

① 托洛茨基：《文学与革命》，刘文飞译，第211页，外国文学出版社1992年版。
② 引自彭克巽：《苏联文学学派》，第8页，北京大学出版社1999年版。
③ 卢卡契：《自由的艺术还是领导下的艺术》，李孝风译，《卢卡契文学论文集》，第398页，中国社会科学出版社1980年版。
④ M. C. 卡冈：《马克思主义美学史》，汤侠生译，第76页，北京大学出版社1987年版。

产生根本性的动摇，倒是在人类敞开性进展过程中其密切程度呈现出日渐松脱和疏离的态势。在所有这些边界政治形态仍然在场的历史情境下，其普在性必然向一切人类生存的意义领域延伸，而且"政治不仅取决于运作方式更取决于其进程的本质"[1]，这就意味着即使是传统型制的意义合谋，对今天的人类文艺或者文艺人类来说也依然不可避免。但问题在于，当政治文艺论作为一种价值命题以原则力量的方式作用于文艺的理论域和实践域之际，我们如何才能实现一种既确保命题权力同时又规避命题暴力的命题理性状态，如何才能在这种命题理性状态下使文艺人类和人类文艺即使在传统型制下合谋也依然获益。这个提问在学理上既包括对极权政治主义者的反抗也包括对边缘逃跑主义者的反抗，之所以对极权政治主义者反抗是因为极权政治主义者们看不到强制合谋对文艺人类和人类文艺的破坏性，之所以反抗边缘逃跑主义者是因为边缘逃跑主义者们看不到离场对文艺人类和人类文艺的中心意义丧失，破坏性和中心意义丧失对文艺存在而言都是畸形和不健康状态，与文艺的社会普在性和文艺与人类生活完整而普遍的联系性根本上背道而驰，这种背道而驰不仅不是对文艺存在价值和意义独立性的尊重，反而是把文艺存在从人类整体性存在中实现非生态极端处置的价值萎缩之途。所以，我们必须坚守一项基本原则，那就是既反对暴力同时又维护权力，从而使政治文艺论回到文艺存在和文艺分析的常态世界和理性知识氛围中。

　　社会存在本身所提供的问题解构之途是边界政治形态逐渐被公共政治形态所替代和遮掩，换句话说，如果文艺与政治处在现代性背景之下寻求合谋的话，那么政治一极的角色指代具有明显的主位变化，公共政治意义、公共政治主题和公共政治空间在不同的民族国家都程度不同以及或先或后地成为社会意义中心，也就是极权政治正在不同程度上被颠覆和瓦解，而在民主发达国家这种颠覆和瓦解甚至可能是革命性的社会转型。哈贝马斯所说的"只要社会福利国家和自由主义法治国家之间保持连续性，它就会遵守具有政治功能的公共领域的要求，因此，被各种组织剥夺了权

---

[1] Colin Hay, Political Analysis, Palgrave 2002, P3

利的公众应当通过这些组织推动公共交往的批判过程"①,已经从政治理想层面现实地分解为一系列的社会公共政策,发达的公共政策体系及公共性服务可以而且应该看做现代社会背景下公共政治的具在化,例如从前政党政治和国家机器要件理解中的警察强制权威现在就演绎为"一些政治管辖区域从一个单一警察部门得到所有这些服务,但是,由若干机构为同一个政治社群的居民提供服务的情况相当普遍"②,又例如极端意识形态宣传机器此时演绎为大众传媒并且由强力型政治传声转变为间接性叙述政治,即所谓"叙述通过明确表述一个自身内部连贯的意义和他所描绘的世界来帮助再现这些物质条件。故事对事件进行排序和强调以突出对世界的某一种解释"③。总之,现代社会的公共政治转型导致政治主体的根本性变化,这种变化当然也会反映到与文艺的意义合谋事态之中,从而引起文艺与政治现代合谋的全新社会意蕴,因而也就因现代型制的建构而淡化了人们对传统型制的厌倦并进而对文艺与政治新合谋事态表现出热情姿态。这种全新社会意蕴在文化工业和文艺消费时代得到了充分印证,因为所谓文化工业和文艺消费时代通常都被理解为反意义型制和反价值性的功能泛化,文艺边界确保尚且成为叙议中的问题,更何谈包括与政治合谋之议在内的这类意义垒筑话题。无论是先锋派艺术"非人化"(dehumanization)语旨的所谓"现代艺术家不再笨拙地朝向现实,而是朝向与之对立的方向行进。他明目张胆地把现实加以变形,打碎人的形态,并使之非人化"④,还是大众派艺术"消费化"(Consumering)语旨的所谓"鲍德里亚的消费文化,实际上就是后现代文化,'毫无深度'的文化,在这样的文化中,一切价值都被重新评估,艺术已赢得了超越现实的胜利"⑤,一般都在某个特定维度上诠释为去政治化去意识形态化,但其实事实本身不过是去传统政治或者

---

① 哈贝马斯:《公共领域的结构转型》,曹卫东译,第264页,学林出版社1999年版。
② 奥斯特罗姆:《公共服务的制度建构》,宋全喜译,第19页,上海三联书店2000年版。
③ 丹尼斯.K.姆贝:《组织中的传播和权力:话语、意识形态和统治》,陈德民译,第121页,中国社会科学出版社2000年版。
④ Ortegay Gasset, J, The Dehumnization of Art, W. J. Bate, Criticism: The Major Texts, New York, 1970, P661
⑤ 迈克·费瑟斯通:《消费文化与后现代主义》,刘精明译,第125页,译林出版社2000年版。

去传统意识形态，而代之以传统边界消解的公共政治意义抑或姑且言之的公共意识形态（例如文化描述中的审美乌托邦）。所以问题说到底并非不与政治进行意义合谋，而关键在于与什么样的政治意义进行合谋，以及这种新合谋型制到底能够给文艺和公共政治带来什么样的价值后果，戴安娜·克兰所说的"朋克音乐，还有独特服装、语言和社交仪式，表现了对这个群体成员的社会身份的一种新阐释。他们通过自己的音乐和生活方式，得以反思和评论某些当代问题，例如失业和英国在西方世界中的地位的下降，这些问题相应地使他们能够吸引更广泛的公众"①，就一定程度上显示了合谋型制变换后文艺与公共政治的双赢价值通道，实际上类似的通道非常多且非常宽阔，只不过尚欠系统研究而已。

对文艺人类学而言，一个更加富有人类生存魅力的社会演进事态正给这种合谋提供更加广阔的平台，那就是马克思早在一百多年前所预设的"过去那种地方的和民族的闭关自守和自给自足状态，被各民族的各方面的互相往来和各方面的互相依赖所代替了。物质的生产是如此，精神的生产也是如此，各民族的产品成了公共财产"②，正在一浪高过一浪的全球化浪潮中日益成为世界范围的普遍现实,政治全球化、经济全球化以及文化全球化必然凝聚出人类生存的一系列总体性问题,其中当然也就包括一系列总体性政治题旨。总体性政治题旨较之公共政治议题又向前跨进了一步，它是对传统边界政治形态的更高意义上的超越，虽然所谓"阿加密清单"、"福尔克清单"③或者更多的别的指称清单并不能准确反映总体性政治的义项编序，但人类社会意义拓值和总体性政治在人类生存框架中的凸显，却给人类的政治生活乃至整体性生活状况带来了全新的生存空间和问题题旨，所以诸如戴维·赫尔德所说的"国际规制体制包括了非常广泛的政治主体，其中有政府、政府部门和次国家统治当局等等。并且,尽管有几个国际性体制是以一个政府间组织作为核心的,更多的则是由于专门条约、共同的政策问题或跨国利益集团

---

① 戴安娜·克兰：《文化生产：媒体与都市艺术》，赵国新译，第129页，译林出版社2000年版。
② 马克思：《共产党宣言》，《马克思恩格斯选集》（第一卷），第255页，人民出版社1972年版。
③ 详见梅尔·格托夫：《人类关注的全球政治》，贾宗谊译，第110页，新华出版社2000年版。

而形成的流动性更强的安排"①,或者布鲁斯·罗宾斯所说的"在全球范围内积累世界主义事例的学术计划,可以帮我们说明这个概念既不是西方的说明,也不是西方的特权"②,就都是在政治生活新维度及其人类生存新框架下进行叙事,这些叙事说到底不过就是说明,一种新的政治型制正在全球化进程中悄然而生并迅速蔓延,因而也就告诉人们在思考当代政治问题时必须把这一与传统边界政治形态和现代公共政治形态相区别的异质性政治生存纳入其参照系和问题坐标。这意味着总体性政治正在人类社会生活中占据着越来越重要的位置,因此,在这一情势下思考文艺与政治合谋在很大程度上就是指与这种总体性政治的合谋,文艺在与总体性政治合谋中双方将在人类生存的文化机理中直接统一,而这种直接统一就将彻底淹没政治暴力对文艺的压迫和对合谋的破坏,政治文艺论作为一个文艺学知识命题就将指代着全新的合谋事态,并且这种合谋将对政治人类和文艺人类都将给予极大的意义支持。

---

① 戴维·赫尔德:《全球大变革:全球化时代的政治、经济与文化》,杨雪冬译,第72页,社会科学文献出版社2001年版。
② 布鲁斯·罗宾斯:《全球化中的知识左派》,徐晓雯译,第57页,中国社会科学出版社2000年版。

第九章
人类边缘意义合谋

边缘意义与中心意义作为对称概念，其对称性和意义在人类不同的社会形态下具有其可变性，但当人类从原始社会进入现代阶级社会以后，这种可变性就逐渐减小，因而就为从知识操控上提供了一定的便利，即我们能从存在论分析的角度有效分拣出一系列边缘意义单元。就像我们对中心意义的分拣仅仅选择了道德、宗教和政治三个元义项作为意义分析标本一样，在对边缘意义的分拣中，同样没有必要而且实际上也不可能进行穷尽性分析，因而我们也就仅仅选择性本能驱动、民间仪式承载和时尚文化刺激三个意义标本进行知识学角度的解剖，从而以一个特定的思维视角对文艺人类学进行知识填充。

第一节　性本能的文艺魅力维系

尽管马尔萨斯《人口原理》中把"纯粹性爱的快乐，与最基本的理性和最高尚的美德并不矛盾。一个人若体验过纯洁性爱的真正快乐，则无论他体验过的理性的快乐多么巨大，也不免经常回顾那一时期，认为它是自己整个一生中最愉快的时刻，对此心往神驰，深情地怀念那个时期，并且非常希望自己能再度生活在那个时期"① 是作为基本人类事态来给予讨论的，而且先秦那些无条件崇尚道德价值的中国智者们也还客观地认为"性者，天之就也；情者，性之质也；欲者，情之应也"（《荀子·正名》），但是在东方学术背景尤其是中国学术背景下讨论性本能的文化动力学意义甚至将其纳入一种正典叙事框架，直至今日依然是非常困难的知识路线，官方和民间以及两栖性的知识分子群落在这一议题中真正表现出没有自身利益需求的共同意向，正因为如此，无论在中国古典文艺学谱系还是在中国现代文艺学语境，将性本能的文化动力学意义作为基本知识命题的叙事文本十分罕见，而且当代已经极为泛滥的各种文艺学教科书也几乎无一例外地将这一重大知识原理排除在所议篇章之外。然而，对于我们的文艺人类学而言，性本能的文艺魅力维系以及性本能作为文艺存在的文化动力要素之一的知识命题规置则必须处于学科的基本结构之中，至少在讨论文艺的边缘文化合谋之际绕不过性本能和性文化。

米歇尔·福柯所说的"现代虚伪的人们甚至连那个词的音都不敢发，通过这种方法来确保性不为人所谈及。种种禁忌相互作用，通过保持沉默来强制人们一言不发。以强化纪律和检验制度"② 显然不是科学实证而是一种文化隐喻，这种隐喻在弗洛伊德学说兴起以后如果说仍然还有其言说价值的话，那么这种价值就在于进一步强调性本能作为原始文化动力和社会存在基本杠杆的必要性，就在于人类在进入文化的理性自衍之后容易忘却这一动力和杠杆的力量支撑作用，而这种忘却对米歇尔·福柯而言意味着文化和理性胜利给人类所带来的巨大潜伏危机。在我们看来，只要不要在言说之际为了求取惊奇效果而过度流淌其夸饰之辞，那么这种担忧就不仅能够获得认同而且还有进一步给予关注的必要。

这种担扰和关注使我们能够充满信心地重申性本能对社会意义产生乃是一种文化动力，它和其他动力一起构成对社会延展的支撑力量，霭理士所说的"人生以及一般动物的两大基本冲动是食与性，或食与色，或饮食与男女，或饥饿与恋爱。它们是生命动力的两大源泉……而到了人类，一

---

① 马尔萨斯：《人口原理》，朱泱译，第82页，商务印书馆1992年版。
② 米歇尔·福柯：《性史》，姬旭升译，第13页，青海人民出版社1999年版。

切最复杂的文物制度或社会上层建筑之所由形成，我们如果追寻原要，也得归宿到它们身上"①，其实在文化人类学家那里已经成为普遍认同的知识事实，他们在解读人类社会和文化的起源之际基本上都是使用这一动力学命题作为知识演绎前提，无论是达尔文人类起源之议中的"调节两性差别的一些法则是划一的，而调节的范围既包括这样众多而彼此渺不相涉的纲，这种划一性也是大得出奇的。但如果我们承认一个共同原因的作用，即性选择的作用，这种划一性也就不难理解了"②，还是马林诺夫斯基社会起源的"然而无论制度怎样，两方面都可因求爱、婚媾、看顾子女等事逐渐建立绝对的个人系结。经济、男女、法律、宗教等多数趣益都在配偶两方面互为他方人格所镇摄"③，其总体叙事旨趣都是为了确证性本能对于社会和文化的意义起源的必然性。如果说这种确证的叙事取向还明显带有人类生存的原始意味的话，那么弗洛伊德学说及其一系列关于性本能的相关性命题则主要针对人类的生存当下，例如他所说的"里比多和饥饿相同，是一种力量，本能——这里是性的本能，饥饿时则为营养本能——即借这个力量以完成其目的"④，就主要是把叙事重心放在人类当下生存的具体过程和生存细节上，即人在现实生存过程也往往受到性本能的支配，并且不断地在受支配抑或反支配的不同关系中获得人的力量的社会性延展。这意味着人不仅由动物演绎而来而且在文明人类状态下依然摆脱不掉动物性，人的人性和人的动物性永远深存于人类命运的始终，这个观点甚至在马克思主义的精典文本里都可以找到认同文字，例如在马克思的《一八四四年经济学——哲学手稿》中就不止一次谈及人是自然性和社会性的统一，动物性和人性的统一，必然性和自由性的统一，从这个意义上说，性本能在人类社会生活中的文化动力意义也就没有怀疑的必要。

但是不怀疑并不等于就可以走向极值命题或者普适命题，也就是说，性本能的文化动力功能不仅有条件而且有范围，这也就是说，第一，即使

---

① 霭理士：《性心理学》，潘光旦译，第490页，商务印书馆1997年版。
② 达尔文：《人类的由来》（下册），潘光旦译，第932页，商务印书馆1983年版。
③ 马林诺夫斯基：《两性社会学》，李安宅译，第214页，中国民间文艺出版社1986年版。
④ 弗洛伊德：《精神分析引论》，高觉敷译，第247页，商务印书馆1984年版。

在原始文化动力的存在阶段，性本能也依然只能是诸多杠杆要素中的一种，而非弗洛伊德主义那样一切都跑到性本能存在状态中寻找事态原委；第二，性本能作为文化动力在发挥其杠杆功能之后就必然会被遮蔽和社会意义替代，它所激活的社会意义延展已经不可能还局限在它所制约的线性延伸轨迹之内，升华后的广泛意义播撒已经不能简单地用形下杠杆原理去给予解读，一方面会出现"本能的领域和目标由于得到了这样的扩大，也就成了有机体本身的生命。这个过程借助其内在的逻辑，几乎必然地表明了，在概念上性欲转变成了爱欲"①，另一方面则更会出现"不管性冲动及其衍生力量是多么强大，他们绝不是人内在最强大的力量，人在这方面遭受的挫折绝不是人类精神疾病的诱因。人类行为最强大的推动力源于他的生存状况，即'人类的境况'"②。于是，我们也就是在拒绝性本能文化动力学极值命题而同时又客观地坚持条件命题有效性的原则下进入问题讨论，也就是把性本能的文艺魅力维系放置限制性的语义边界，从而在一种文化叙事的有限场内充分评估其存在穿透力，有效审视文艺人类和人类文艺在这一意义延展事态中的生存状况，说到底仍然属于边缘存在之议，就仿佛休谟在讨论人性话题时所看到的"生殖欲望如果限于某种程度以内，显然是一种令人愉快的欲望并且与一切愉快的情绪有一种很强的联系。喜悦、欢乐、自负和好感都是这种欲望的诱因；音乐、跳舞、美酒、欢欣，也是如此。在另一方面，悲哀、忧郁、贫苦、谦卑，都破坏这种欲望。由于这个性质，就很容易设想，性欲为什么与美的感觉联系起来"③。

在条件命题的有效性和有限性下，所谓性本能的文艺魅力维系是指在社会边缘文化境遇内，人类与文艺的密切关系一定程度上是以性本能满足或者说性本能需要作为其生存维系的，个体在这一事态中进入文艺或者说此时的个人文艺生活祈求乃是性本能所致。

对此，作为心理解读路向的弗洛伊德主义将其命名为移情作用，即把

---

① 赫伯特·马尔库塞：《爱欲与文明，对弗洛伊德思想的哲学探讨》，黄勇译，第150页，上海译文出版社1987年版。
② 埃里希·弗罗姆：《健全的社会》，蒋重跃译，第23页，国际文化出版公司2003年版。
③ 休谟：《人性论》（下册），关文运译，第432页，商务印书馆1980年版。

里比多冲撞的能量和强烈的性本能需求转移到文艺此存之中，这一方面化解了本能力量的内在冲突压力同时又在情绪和情感转移之中成就了文艺虚拟的事业。他在著名的长篇论文《列奥纳多·达·芬奇和他童年时代的一个记忆》中，总体性主旨就是从性本能关联的角度解读达·芬奇的文艺心理和文艺创作历程，那位伟大画家在与一系列同性恋和性无能的案例分析难脱干系之后还"很有可能是蒙娜·丽莎的微笑迷住了列奥纳多，因为这微笑唤醒了他心中长久以来沉睡着的什么东西——可能是一个旧时的记忆……从列奥纳多的童年期开始了，我们就可以看到蒙娜丽莎式的脸在他的梦的结构中轮廓分明了"[1]，正是由于类似的案例支撑，弗洛伊德才最终使文艺也成为移情作用的一种方式的理论设定具有意义延展性，才可能使作家与白日梦粘合到一起并贯彻其梦移情的性本能召唤，诸如"很难说是由于巧合，文学史上的三部杰出的著作——索福克勒斯的《俄狄浦斯王》、莎士比亚的《哈姆雷特》和陀思妥耶夫斯基的《卡拉玛佐夫兄弟》——都涉及了同一个主题，弑父。而且，在这三部作品中，弑父的动机——对于女人的性竞争，也是非常明显的"[2] 这一类的文艺母题抽象也就在特定语境中形成其叙事诱惑。这种诱惑对浮躁的当代中国语境而言当然会有两种完全不同的反应：拒斥者视为洪水猛兽，认为这是意义蜕化后人类社会的动物性还原，文艺一旦委身于这种动物性还原就将意味着不仅不能实现其人性需要而且还将引起淫欲泛滥的罪恶狂潮，这与文艺使命正统指派的"优秀的文学作品在培养人们崇高的思想感情、坚强的性格和形成积极的人生观方面，具有巨大的教育作用。很多优秀人物的成长都离不开对文学优秀形象的学习，都从文学作品中吸取有益的力量"[3] 明显处于情绪对抗位置；而拥抱者则如获至宝，以为此后文艺的心理价值秘密或者说社会价值源泉之谜可以获得根本性的揭蔽，甚至极端性地欢呼"弗洛伊德还把斯蒂芬·茨威格小说中写的赌瘾与陀氏的好赌结合起来，把手淫与神经病结

---

[1] 西格蒙德·弗洛伊德：《论文学与艺术》，常宏译，第158页，国际文化出版公司2001年版。
[2] 同上，第353页。
[3] 童庆炳：《文学概论》，第106页，武汉大学出版社1989年版。

合起来分析陀氏作品，多方面去施展他职业的症候批评之所长，使医生成为医学的文学批评家变成现实"[1]。

问题的关键不在于我们对弗洛伊德的知识路线究竟持什么样的态度，而在于就人类的文艺史而言究竟存不存在文艺因性本能的功能发挥而实现文艺与人类的有机联系，或者换句话说，是否有一种性文化氛围中的文艺出场给人类的文艺生活带来某种体验或某种累积。如果这种设问转换能够成立的话，那答案当然是肯定的，因为单是中国的唐宋歌妓制度和日本文艺史的艺妓传统就足以证明一切。

唐趋于隋，隋朝那种"大括魏、齐、陈乐人子弟，悉配太常。并于关中为坊置之，其数益多前代"（《隋书·音乐志》）非常自然地演绎为唐朝的"武德后，置内教坊于禁中。武后如意元年，改曰云韶府，以中官为使。开元二年，又置内教坊于蓬莱宫侧，有音声博士、第一曹博士、第二曹博士。京都置左右教坊，掌俳优、杂伎，自是不隶太常，以中官为教坊使"（《新唐书·百官志》），这些以宫廷歌舞和娱乐活动为使命的教坊赡养着大批收入不菲的歌妓或曰那个时代的官方歌舞艺术家，即所谓"妓女入宜春院，谓之'内人'，亦曰'前头人'，常在上前头也。其家犹在教坊，谓之'内人家'，四季给米，其得幸者，谓之'十家'。给第宅，赐亦异等"（崔令钦：《教坊记》）。歌妓制度的官方化由此也就引起家妓和私妓的合法化，大诗人白居易尚且"有妓樊素善歌，小蛮善舞，白已衰迈，乃作柳枝词云：'一树春风万万枝，嫩于金色软于丝。永丰东角荒园里，尽日无人属阿谁'"（《唐诗纪事》），那么民间境遇中出现"平康里入北门东回三曲，即诸妓所居之聚也。妓中有铮铮者，多在南曲、中曲。其循墙一曲，卑屑妓所居，颇为二曲轻斥之。其南曲、中曲门前通十字街，初登馆阁者，多于此窃游焉。二曲中居者，皆堂宇宽静，各有三数厅事，前后植花卉，或者怪石盆池，左右对设，小堂垂帘，茵榻帷幔之类称是"（孙棨：《北里志》），就再正常不过了。宋较之唐更是有过之而无不及，官妓、家妓姑且不论，私妓之盛可谓中国历史上之登峰造极，无论所谓"凡京师

---

[1] 张首映：《西方二十世纪文论史》，第106页，北京大学出版社1999年版。

酒店，门首皆缚彩楼欢门，唯任店入其门。一直主廊约百余步，南北天井两廊皆小阁子。向晚灯烛荧煌，上下相照，浓妆妓女数百，聚于主廊槛面上，以待酒客呼唤，望之宛若神仙"（孟元老：《东京梦华录》），还是所谓"皆彩旗红旆，妓女数十，设法卖酒，笙歌之声，彻乎昼夜"（周辉《清波杂志》），目的都在于烘托渲染歌妓文化的辉煌。我们于是在唐代的庞三娘、张红红、楚儿、王团儿、盛小丛、杜秋娘、念奴、盼盼和宋代的李师师、聂胜琼、琴操、严蕊、周韶、九尾野狐、小红等这些红极当时的名字中，看到歌唱家、舞蹈家和名妓的身份叠合景观。这些以妓女身份出场的唐宋歌舞名家或者"美姿色，善讴唱"（《开元天宝遗事》）、或者"善琴弈歌舞，丝竹书画，色艺冠一时，间作诗词，有新语。颇通古今，善逢迎"（周密：《齐东野语》）。由于唐宋时代的诸多文学大师都有过与这些半是风尘、半是文艺的歌妓们过丛甚密的历史，他们在把酒夜欢和媚态乞词氛围下才写出了那么多的文学作品，甚至不乏有人干脆就有家养妖妓极尽声色蹂躏的歌妓制度文化体验，所以在历来的中国文艺史正典叙述文本里都是尽可能绕开真实细节的，或者干脆就不断地编造卖艺不卖身、操琴不纵欲的文艺生活神话。有一记载说是"似道居湖上，一日倚楼闲眺，诸姬皆从。有二人道装羽扇乘小舟游湖登岸。一姬曰：'美哉二少年'；似道曰：'汝愿事之，当留纳聘'。姬笑而不言。逾时，令人捧一盒唤诸姬至前，曰：'适方为某姬受聘'。启视之，乃姬之首也。诸姬股栗"（《西湖游览志馀》），也就是杀一个歌妓的人头也不过谈笑间事，何况区区性服务或色情纠缠呢，可见历来的文人正典书写都不过是温庭筠"曾见青楼一个人，入时装束好腰身。少年花蒂多芳思，只向诗中写取真"（《嘲子卿七首》）一样的自欺欺人的谎言。毫无疑问，不管唐宋歌妓制度的意义空间解读时多么复杂，有一点是不需要质疑的，那就是这一制度是与人的性本能需求直接联系在一起的，而且其意义空间很大一部分只有从性文化角度解读才算是触摸到了事态的真委。

　　重读民国时期王易的《词曲史》或罗根泽的《乐府文学史》，那种所谓不光彩历史就在含糊其辞中闪烁而过，词就成为极为道貌岸然的正典文化史和文艺史的杰出成果，就是历史解读的极其虚伪而且极其不负责任的态度。既然韦庄有"如今却忆江南乐,当时年少春衫薄。骑马倚斜桥,满楼红袖招"(《菩萨蛮》)、晏殊有"多少襟怀言不尽,写向蛮笺曲调中,此情千万重"(《破阵子》)、苏东坡有"且救红粉相扶"(《西江月》),既然当时的词事记载不乏如"东坡在黄冈,每用官妓侑觞。群姬持纸乞歌诗,不违其意而予之"(周辉:《清波杂志》)、如"晏元献为京兆,辟张先为通判。新纳侍儿,公甚属意。先能为诗词,公雅重之。每张来,令侍儿出侑觞,往往歌子野所为之词"(《道山清话》),那么唐宋歌妓制度和充满血泪的唐宋歌妓们对唐宋词和唐宋歌舞、唐宋音乐的贡献也就不可抹杀,而且尤其唐宋词的文艺魅力与唐宋歌妓制度下的性文化氛围之间必然具有相辅相成的意义共存关系,这种共存关系甚至连南宋时期路遇杭州的法国人也已亲见其"大多数的歌妓——即使是那些生计较为优裕的——也不可能使自己从某种桎梏中全然解脱出来。即使是那些实际上并非住在秦楼楚馆中的人,她们仍然寄身于某些酒店或食店;店老板无疑发现,允许歌妓们在店中娱客,对自己的进项大有裨益"[1]。

既然特定的文艺制度都能够支撑性本能的文艺魅力维系这一限制性命题,那么问题的应答性召唤就急切地体现为,这种文艺魅力维系究竟是如何发生的。就文艺存在论的发生机制而言,实际上可以从直接移情作用和间接移情作用两个层面来加以把握。

就直接移情作用层面而言,性本能向文艺的移情转移乃是寻求对里比多冲撞的直接安抚和文化力量均衡,文艺此时以虚拟和游戏的角色担当着性本能力量缓释的明确责任,并且在一种文化转移中实现对人类整体或特定个体的一种生存困境的救赎,这种转移性的救赎既可以是诗性向度,亦可以是神话向度,也可以是审美性向度,甚至在具体的文艺作品载体里体现为三个转移向度的文本互约,从而使文本存在状态能够最大限度地实现其文艺性和魅力诱引机制,美国批评家特里林撰写的《弗洛依德与文学》(Freud and Literature 1940)和《艺术与神经官能症》(Art and Neurosis, 1945)之所以认为文艺在于控制人类的冲动和奇想而神经官能症则为冲动

---

[1] 谢和耐:《蒙元入侵前夜的中国日常生活》,刘东译,第70页,江苏人民出版社1998年版。

和奇想所控制,就是因为对弗洛依德主义知识路线而言"在我的存在与文艺的自我实现"① 几乎具有不可彻底切断的互动性联系,甚至就是因为"与性冲动和性满足的关系一样,张力与释放的原理在肉体与想象中得到双重体验……音乐和性爱都有这种能力——同时刺激心灵与身体"②。从这个意义上说,我们就可以充满信心地在性本能的文艺性直接移情作用中寻找虚拟化的义项,例如寻找文艺作品中以及文本与作者和读者动力学结构中的诸如性压抑、性沉湎、性挑逗、性幻觉等的本能体验。如果我们还以唐宋词为调查对象的话,那么温庭筠的"小山重叠金明灭,鬓云欲度香腮雪。懒起画蛾眉,弄妆梳洗迟。照花前后镜,花面交相映。新贴绣罗襦,双又金鹧鸪"(《菩萨蛮》)便是性自恋,韦庄的"恩重娇多情易伤,漏更长,解鸳鸯。朱唇未动,先觉口脂香。缓揭乡衾抽皓腕,移凤枕,枕潘郎"(《江神子》)便是性沉湎,牛峤的"东风急,惜别花时手频执,罗帏愁独人。马嘶残雨春芜湿,倚门立。寄语薄情郎,粉香和泪泣"(《望江怨》)便是性苦闷,李煜的"铜簧韵脆锵寒竹,新声慢奏移纤玉。眼色暗相钩,秋波横欲流。雨云深绣户,未便谐衷素。宴罢又成空,魂迷春梦中"(《菩萨蛮》)便是性挑逗,张泌的"腻粉琼妆透碧纱,雪休夸。金凤搔头堕鬓斜,发交加。倚者云屏新睡觉,思梦笑。红腮隐出枕函花,有些些"(《柳枝》)便是性幻觉,朱淑真的"独行独坐,独唱独酬还独卧。伫立伤神,无奈春寒著摸人。此情谁见?泪洗残妆无一半。愁病相仍,剔尽寒灯梦不成"(《减字木兰花》)便是性压抑。这种寻找不仅可以调查于唐宋歌妓制度以及唐宋词人的文艺文本,而且可以在任何一个民族的任何一种文艺史存在情境中获得相仿佛的调查结果,例如当代英国舞蹈的所谓 V8 潮流,就甚至把性本能病态方式的同性恋情绪也直接移情于舞蹈艺术表现中,其作品《男人上的男人》(M M1993)"表现的是在公共厕所中所发生的同性恋的性行为。有些观众觉得是对男性的侮辱,但纽森则认为,观众

---

① George Watson, The Study of Literature, Allen Lane The Penguin Press, 1969, P167
② 莫琳·德拉帕:《音乐疗伤:抚慰我们身心的古典处方》,阿昆译,第 13 页,陕西师范大学出版社 2003 年版。

有时难过的对象是自己，只是他们把不爽的情绪投射在舞者身上而已"[1]。

就间接移情作用层面而言，性本能向文艺的移情转移开始呈现为两性社会学意义上的广阔社会延展，本能的原始义项被升华后的社会意义所遮掩和隐匿，更加复杂纠缠和脱离自然困顿后的社会纷繁成为间接移情后的本能的社会意义转型，这种转型不仅导致两性性本能中欲情和色情的退场而且迎来一系列爱情和恋情的精神旅游。瓦西列夫所说的"生命冲动的生物因素、条件和规律在一定程度上被社会所'吸收'。实际上这些因素、条件和规律不像在动物身上那样绝对地、直接地发生作用，而是间接地、在受到某种社会调节的情况下，经过一定的社会环境发生作用"[2]，乃是一般地指涉性本能的社会意义转型，并且由此强调本能一旦理性化将会形成对人类两性生活的规制作用，于是一当我们把这一事态与人类的文艺生活联系在一起加以考察，也就不难发现作为间接移情通道的文艺此时就不仅具备规制功能而且呈现出规制化的文化景观。从这里开始，性本能对文艺涉身者的吸引力开始呈现为意义规制后审美距离状态而非直接生命体验状态，其吸引力所能发挥的程度也就因此而有赖于文艺作品的想象力程度、审美性程度、符号化程度、叙事表现程度乃至隐喻与象征程度等，例如在中国文艺史的词的存在体制之内，词论家们就总结出一个"境界"的文本发生学范畴，这个最后由王国维集概念的边界意义之大成的范畴从唐宋词兴盛以来就成为词的文艺吸引力的主要议论话题或者说评议尺度。正是在这样一种语境下，当我们读到李清照的"红藕香残玉簟秋，轻解罗裳，独上兰舟。云中谁寄锦书来，雁字回头，月满西楼。花自飘零碎水自流，一种相思，两处闲愁。此情无计可消除，才下眉头，却上心头"（《一剪梅》），也就必然会读到"此词颇尽离别之情，语意超逸，令人醒目"（李延机：《草堂诗馀评林》）、"易安《一剪梅》词起句'红藕香残玉簟秋'七字，便有吞梅嚼雪，不识人间烟火气象，其实寻常不经意语也"（梁绍壬：《两般秋雨庵随笔》）、"香弱脆溜，自是正宗"（茅映：《词的》），究其根源，就在于人们对于特定文本的某种两性情感叙事已经更加关注其社

---

[1] 刘青弋：《西方现代舞史纲》，第381页，上海音乐出版社2004年版。
[2] 瓦西列夫：《情爱论》，赵永穆译，第32页，当代世界出版社2003年版。

会意义延展和文本意义实现了，性本能的吸引力在社会意义实现和文本表现力实现面前便有如勺盐之于江湖，早已散淡得无影无踪。

虽然直接移情作用和间接移情作用所带来的文艺后果在社会可接受性方面存在明显的差异，但它们对文艺生活的动力作用却属于同一个维度，是在同一个作用向度给文艺与人类以魅力支撑。问题在于，对于文艺的整个动力系统构成而言，这一个作用力向度的魅力支撑作用非常有限，所以，无视和夸大其支撑功能都将造成对文艺魅力解读的伤害。道德理想主义者和道德现实主义者在这个问题之所以不断地发生冲突，就是因为在作用力向度的准确性和均衡性方面往往各自坚持自己的偏颇，在面对《金瓶梅》之际，前者认为"作者对于靡烂而腐朽的生活和丑恶而肮脏的人物显然是采取了欣赏的态度"①，而后者则认为"作者之于世情，盖诚极洞达，凡所形容，或条畅，或曲折，或刻露而尽相，或幽伏而含讥，或一时并写两面，使之相形，变幻之情，随在显见，同时说部，无以上之，故世以为非王世贞不能作"②，根源亦在于此。文艺人类学要想把这一文艺魅力命题和动力机制作为文艺学不可或缺的理论叙事进行书写，就必须走出传统的道德理想主义和道德观现实主义在这一议题中的对峙怪圈，而以一种学术理性的态度对其给予对峙悬置，因为事态本身原本就不是一个道德问题，只不过在意义延伸过程中容易掉入道德问题陷阱而已。

在官方文艺生活、知识分子文艺生活和民间文艺生活三个相对存有意义旨趣差异的不同文艺存在层面，性本能的文艺魅力维系及其这一命题的动力发生效果，在民间文艺生活情境中都体现得更加充分。

由于缺乏官方文艺的意识形态设计和知识分子文艺的文化装饰，民间文艺在生存需求本能的驱使下往往显得更加粗俗和杂乱无章，这是历来和文艺史书写过程正典文本常常予以疏忽和斥责的主要原因。毫无疑问，民间文艺的文艺性较之设计和装饰过的官方文艺和知识分子文艺而言必然会逊色很多，但民间文艺的文艺生活性较之官方文艺生活和知识分子文艺生

---

① 中国社会科学院文学研究所：《中国文学史》（三），第956页，人民文学出版社1984年版。

② 鲁迅：《中国小说史略》，第142页，东方出版社1996年版。

活而言都要更加自然和真切，更能体现文艺与人类的基本关系及其基本价值诉求，所以恩格斯在阅读德国民间故事书时坦陈"这些古老的民间故事书虽然语言陈旧、印刷有错误、版画拙劣，对我来说却有一种不平常的诗一般的魅力。它们把我从我们这种混乱的现代'制度、纠纷和居心险恶的相互关系'中带到一个跟大自然近似的世界里"①，这种坦陈对中国明代词论家李开先来说就有情绪仿佛的"正德初尚《山坡羊》，嘉靖初尚《镇南枝》，一则商调，一则越调。商，伤心；越，脱也；时可考见矣。二词于市井，虽儿女子初学言者，亦知歌之。但淫艳亵狎，不堪入耳，其声则然矣，语意则直出肺肝，不加雕刻，俱男女相与之情，虽君臣友朋，亦多有托此者，以其情尤足感人也。故风出谣口，真诗只在民间"（《市井艳词序》）。民间文艺中，仅就性本能的文艺魅力维系而言，主要表现在两大基本题旨，其一是调情，其二是生殖崇拜，调情和生殖崇拜是民间文艺在民间生活中不断地获得生存支持和大众价值效应的基本文化力量之所在。

调情不能置于有色眼镜下视为低级趣味或者所谓黄色定位，民间文艺中的打情骂俏之所以被恩格斯解释为"使农民在繁重的劳动之余，傍晚疲惫地回到家里的消遣解闷，振奋精神，得到慰藉，使他忘却劳累，把他那块贫瘠的田地变成芳香馥郁的花园"②，就是因为在民间生活情境中这种两性间的文化戏仿在任何时候都是必不可少的文化要素，否则民间就无法在其原始生存压迫中获得超越生存压迫的热情和活动。尽管在极端性的所谓"典礼的狂欢"中，或许会出现"奴隶主为奴隶服务并非偶然的意愿；规则和结构在力量强大的海啸中沉没了，尽管通常风平浪静。这就意味着在一切事情上都要反规则而行之，这些规则在野兽般狂暴的大规模活动中被消灭了。人们在恐惧中通常遵守的禁忌突然没有用了"③，也就是说，在特定情境中调情和色情在丧失边界的情况下会有意义叠合的可能，但是在绝大多数的非极限日常境遇中，文艺调情和生活色情不仅保持着适当的距离

---

① 恩格斯：《德国民间故事书》，《马克思恩格斯全集》（第四十一卷），第23页，人民出版社1982年版。
② 同上，第14页。
③ 乔治·巴塔耶：《色情史》，刘晖译，第108页，商务印书馆2003年版。

而且在完全不同的生存界面发挥其功能，所以文艺调情乃是文化移情而与生活色情的乱伦有其根本性区别。在中国东北地区，由于气候的原因而使人们不得不在漫长的寒冷季节过着十分单调的"猫冬生活"，"二人转"作为一种近现代以来流行的民间文艺形式在对猫冬生活的文化关怀中不断地发挥其移情作用，而这种移情作用的实现则主要是靠调情的艺术渲染来实现的，它在母题旨趣、故事情节、音乐舞蹈形态乃至表演者的身体符号设计等各个环节都表现出极为浓重的调情色彩，名作《杨八姐游春》、《西厢》、《蓝桥》和名角徐小楼、李青山、胡景歧等莫不是在那样一种东北式的"群众喜闻乐见"中形成其影响的，调情性戏仿使东北民间生活得以现实解困而尤使东北民间文艺生活获得其艺术表现力和艺术存在生命力，尽管二人转的表现空间和艺术移情机制远非调情所能涵括。与此相仿佛，中国西部地区民间影响力最大的花儿现象也是充满着民间文艺的调情性的，在那么广袤而颇有苍凉感的高原、戈壁乃至沙漠地带，稀少的人口在困顿之际吟唱花儿无论如何都是本能的生命呼唤，于是在一种人群远比羊群还要孤独的社会生存空间里，调情就更带有安慰、鼓励、刺激、向往和渴望的文化意味，传统花儿所唱出的"高山的麦子双穗儿，羊吃了平川的豆儿。拔草的阿姐一绺儿，哪一个是我的肉儿"、"又背沙子又背土，又背了三锨粪了。又见孽障又受苦，又得了相思病了"、"马上骑的小刘三，怀里抱的是牡丹。为你着我过了铁门坎，这么家撂下（哈）可怜"，乃是西北人日常生存体验中的最朴素同时也最基本的诉求，从这个意义上说，花儿意义结构中调情氛围比例较大就带有地缘文化的某种必然性。实际上，民间文艺生活的调情取向不但在中国，而且在世界各族中其存在情形都有极大的仿佛性，即使在欧洲中世纪那样体制专制和意识形态极权的时代，民间生活和民间文艺生活也还是靠调情的文艺戏仿方式获得其生活的活力，所以才有"母亲和女儿为了能在舞会上引人注目而争抢跳舞的衣服；愚笨的农民的儿子装扮着自己，为了吸引姑娘们'化了装'，带上了武器，想与骑士争个高低"[①]，而这也就足以说明调情对于民间文艺生活的普适

---

① 汉斯-维尔纳·格茨：《欧洲中世纪生活》，王亚平译，第180页，东方出版社2003年版。

意义。

　　生殖崇拜虽然较之调情对于民间生活和民间文艺生活来说无疑要更深刻、更抽象同时也更具形而上意义，但它作为一个特定的义项仍然是民间文艺生活的一个基本题旨。由于割礼、成年礼、割阴、割阳这一类念年在文化人类学知识域乃是普遍可接受而且文本使用率极高的概念，所以关于生殖崇拜的语义边际一般都理解得较为狭窄，进一步则今天的学者就认为"生殖崇拜经历女阴崇拜、男根崇拜和性行为崇拜三个阶段"[1]，这与我们从更深层的潜意识和更宽泛的社会现象来理解其语义域有比较大的距离，否则所谓生殖崇拜就属于原始社会和初民信仰的文化存在范畴，将其用来描述现代民间社会的精神状况就一点可能性也没有。文艺人类学使用生殖崇拜概念来指涉民间文艺生活的语义取向在于，一方面确实如文化人类学家那样意味着性崇拜的当前实存，另一方面还更广泛地指涉那些由两性社会观延伸而来的观念、价值、习俗及其文化留置。就前一方面而言，由于弗洛伊德、容格、弗莱等著名学者的精典命题和影响性文本不断地在我们面前出现，所以理解起来并且在观念上予以不同程度的接受并不十分困难，但后一方面由于在现实的文艺生活中更大程度上体现为隐存事态而且命题本身又有很大的意义扩散，即由生殖崇拜向泛生殖崇拜的意义波及，所以由这个视角去审视真实的民间文艺生活就显得不那么清晰，甚至容易产生命题牵强附会的感觉。实际上最抢眼的参照物是那些流传在民间的隐喻符号，那些符号深层次地反映出了生殖崇拜和泛生殖崇拜的文化内涵，例如佛教东传以后净土宗和禅宗在民间文艺生活中所广泛渲染的观世音菩萨，在诸多存在义项中就隐含着这个最重要的义项，又例如当代少数民族的文艺生活中仍然充斥着大量的生殖崇拜母题表现和泛生殖崇拜故事诉说，再例如新民间生活和新民间文学中对于极端价值的男性形象或者女性形象的渴望也饱含着意义的潜在影响，总之其民间存在性和这一意义主旨的当代方式乃是不容置疑的真实事态，并且仍然在一定程度上担当间接移情作用的角色功能。

---

[1] 杨知勇：《西南民族生死观》，第63页，云南教育出版社1992年版。

性文明是人类文明的文明基石之一，作为性文明两大构件的性本能和性理性，任何一方处于生存的弱势状态都会给生存带来一定的困难，所谓"无论是情是欲，它是情绪生活的一个稳定而复杂的组织。当'情'看，它是一种比较理智的、文雅的与不露声色的心理状态；当'欲'看，它是一个富有力量的情绪的丛体"①，或者所谓"在人类生物进化和社会进化的现阶段，二者都具有人类个性的不变特征，二者都构成了人类行为的泛人类基础"②，就都是从这一基本原则出发的。

这一原则对人类社会生活的规制当然也延展至人类文艺和文艺人类，所以对人类的文艺生活而言，势必既受到性理性的规制也受到性本能的规制。正是这种规制力量的客观存在，决定了性本能的文艺魅力维系在人类社会的文艺生活情境具有文化驱策力作用，决定了我们在描述文艺的功能结构和力学结构之际必须要正视这一文化驱策力在文艺生活中的重要性。但是在既往的学术话语氛围中，尤其是在中国最近二十年来的文艺学知识叙事中，在遭遇这一问题的时候往往显示出两种截然不同的极端情绪。一种极端是完全无视性本能的文艺魅力维系，认为文艺作为意识形态范畴乃是栖居于人类生存的形而上层面，它与完全形而下的性本能事态具有非常遥远的意义链接距离，所以根本就不可能存在文化驱策力动议的可能性。各种版本各类型制的文艺学教科书之所以无一例外地绕开这一客观存在的意义杠杆，实际上就是那种强烈的无视情绪在其中起着观念支配作用，尽管近年来沸沸扬扬的休闲之议似乎与传统的社会中心意义正典描述姿态有些轻微的学理转向，但即使最激进的休闲文艺论者也仍然不愿对性本能的文艺魅力维系给予进一步的知识陈述，从而也就不断地对文艺事态的解读之际遭遇难以逾越的意义障碍或者完全处置为不着边际的牵强附会。另一种极端是过分相信弗洛伊德主义或者说把科学叙事中的弗洛伊德主义崇拜为唯一的科学叙事方式，于是性本能演绎为超越文艺魅力一种维系的全部文化驱策力动能源泉，一种强权设置的全称肯定叙事方式在某些学者那里尤其是在盲目的弗洛伊德信徒那里就由此产生，尽管这种全称肯定叙事方

---

① 霭理士：《性心理学》，潘光旦译，第454页，商务印书馆1997年版。
② M. E. 斯皮罗：《文化与人性》，徐俊译，第68页，社会科学文献出版社1999年版。

式在当代中国文艺学语域乃至全球文艺学语域并没有形成强烈的声音，但是它同样给人类文艺生活解读提供了一条十分危险的意义歧途，如果我们对这样一种歧途不像对待前一种极端那样给予学理警示，那么同样会造成不可预测的知识陷落。从这个意义上说，我们在文艺人类学的知识框架和关于文艺的存在之议中正面探讨性本能的文艺魅力维系，就是自觉地规避这样两种极端情绪给人类文艺生活意义解读所带来的不同的遮蔽性干扰，就在于更加自觉地走向如何准确地理解和把握人类文艺生活的真实存在状况，就会更大程度地寻求到文艺学知识与文艺存在之间有效性系数和平衡性指标。

第二节　民间仪式的文艺承载

尽管巴赫金倡议"狂欢化"这个概念的所指已经主要移位于主流文化语境，但他所谓"狂欢节类型的广场节庆活动、某些诙谐仪式和祭祀活动、小丑和傻瓜、巨人、侏儒和残疾人、各种各样的江湖艺人、种类和数量繁多的戏仿体文学等等，它们都具有一种共同的风格，都是统一而完整的民间诙谐文化、狂欢节文化的一部分和一分子"①，却表明其文艺意义研究的民间文化姿态和非主流存在方式的问题取向，也就是说，就文艺与人类的存在关系及这种关系的价值性而言，边缘意义合谋与中心意义合谋具有同等的原生性和生存逻辑，因而也就必然是文艺存在性分析的构成要素和基本路向，所谓狂欢化、节庆化、戏仿化这类具指归结起来就是民间文化热情和民间仪式关注的某种文字渲染，对我们的文艺人类学视野来说，其中值得深究的韵味就是由此可以对文艺如何因民间仪式承载而实现其生存延展进行专题性考量。

虽然民间自阶级社会以来总是处于强势政治、体制宗教和主流文化的压迫之下，但它在任何时候都具有强大的自律精神和自衍功能，甚至在某些文化人类学家那里民间社会从来都被看做社会存在的基石，例如美国学

---

① 巴赫金：《拉伯雷的创作与中世纪和文艺复兴时期的民间文化》，见《巴赫金全集》（第六卷），李兆林译，第4页，河北教育出版社1998年版。

者奥登姆就认为"既然俗民(folk)是所有文化的基本,则我们可以把俗民的特点定性为一个多变世界的'泛社会常数'(the Universal Societal Constant)……这一众数限制了并且决定了那个时候人们的文化"①。由于民间和官方在社会存在结构中具有天然的利益对抗关系和文化紧张氛围,主要由官方利益诱引和学术体制收购的职业化学者便很容易以居高临下的姿态来审视和描述民间存在状态,由此导致民间总是与边缘性、分散性、原始性、滞后性甚至反文化秩序性联系在一起,几千年来知识分子的重要使命之一就是帮助政府、教会和其他形形色色的利益集团来治理民间、改造民间、教化民间,甚至某些永远走不出民间的民间知识分子也还表演其"堂·吉诃德式"或者"孔乙己式"的人生悲剧和角色荒诞。这样一种学术传统对我们的文艺人类学研究设置了极大的困境,因为在我们的学科观察系内,文艺的本体价值及其在人类生存过程中的积极意义更大程度上是与民间社会联系在一起,就仿佛郑振铎所说的"他们产生于大众之中,为大众而写作,表现着中国过去最大多数的人民的痛苦和呼吁,欢愉和烦闷,恋爱的享受和别离的愁叹,生活压迫的反响,以及对于政治黑暗的抗争;他们表现着另一个社会,另一种人生,另一方面的中国,和正统文学,贵族文学,为帝王所养活着的许多文人学士们所写作的东西里所表现的不同"②。这并不是说我们从此就要以一种对立的心态或人为渲染的手段对待民间文艺,而是旨在确立社会存在分析判断中的民间立场和民间价值维度,确立社会存在本体的民间基础及其基本功能,并由这一维度出发去审视文艺与人类生活的在场关系,这与阿尔弗雷德·纳特式的"文明是城市生活的产物,民俗则是乡村生活的产物"③,或者邓迪斯式的"除了民族和家庭之外,还有许多其他形式的'民'。地理和文化上的分野,如地区、国家、城市和乡村,都可以组成不同的'民'群体"④,显然不在同一议论圈内,因为我们的民间设定出发点具有鲜明的非意识形态性乃至明确的非

---

① H. W. Odium, Dictionary of Sociology, H. P. Fairchild, New York, 1944, P122
② 郑振铎:《中国俗文学史》,第13页,东方出版社1996年版。
③ Richard M. Doksoned. Peasant Customs and Savage Myths, Selections from the British Folklorists, The University of Chicago Press, 1968, P238
④ Alan Dunds, InLerpreting Folklore, Indiana University Press, 1980, P7

官方存在性（包括庞大的亚官方群），即该社会常数作为社会公分母基础上的社会存在基础。

仪式（ritual）在被 R·弗尔斯解读为"一种导向控制人类事务的模式活动，基本上具有象征的性质和非经验的指涉，用来作为一项社会认可的规则"[1]时最具有事态解读张力，不管文化人类学家们究竟如何想严格限制在某种语指范围内，例如精密地寻求仪式、仪礼或者仪典之类概念间的细微意义差别，我们仍然在更宏大叙事的背景下使用这一概念，即把仪式看做为人类社会活动中的某种必然性的象征意义标志。无论官方、亚官方抑或民间，不管何种社群或者族群，人类只要进入社会活动程序就必须与之相适应地伴之以仪式，仪式不仅是文化的重要组成部分而且还是文化过程中的最重要象征符号，罗伯特·F·墨菲正是从这一理解角度出发而描述为"仪式构造了过渡，为该人进到新的地位提供了标志物，并且把接近他的人都召集在一个聚会中，给新人和全体参与者带来心理上的加固"[2]，虽然这种描述只是针对一种仪式类型而言，但描述本身却已经突破了把仪式主要当作宗教活动方式的狭隘仪式观，这种突破在后期涂尔干那里就已经演绎为广义性的社会学范畴，丹尼尔·扬物和伊莱休·卡茨在阐释仪式化与公众生活时所说的"从本质上看，仪式活动是由某种'自我'展示所组成的，这种自我展示是由某一特定的社会为它自己的成员和其他社会的成员来完成的。这种展示突出了社会所视之为本质的东西，即它的官方一致性"[3]，就把涂尔干文化研究的仪式社会观演绎到了对诸如官方与民间、意识形态文化与日常文化、教仪化与风俗化等一系列对立模式的超越，仪式由此也就理所当然被理解为人类社会生活的全方位存在事态。功能主义人类学家对仪式的功能解读是细致入微的，其象征解读、规制解读、习俗解读、价值肯定方式解读等解读方案，在不同的文化人类学家和他们汗牛充栋的学术文本里可以找到数不胜数的案例分析，但有一点似乎是他们往

---

[1] Refit, Elements of Social Organization, London, 1951, P222
[2] 罗伯特·F·墨菲：《文化与社会人类学引论》，王卓君译，第229页，商务印书馆1991年版。
[3] 杰弗里·亚历山大：《迪尔凯姆社会学：文化研究》，戴聪腾译，第225页，辽宁教育出版社2001年版。

往不经意间忽略的,那就是仪式的一个很重要的功能特征"吸引",这种意义诱惑性与意义肯定性同样重要的吸引是仪式得以广泛性社会确定的魅力所在,所谓"在任何一种仪式中,尤其是在一种打算作为群众性的仪式中,公众的缺席从定义上表明了仪式的失败",① 不仅适用于狂欢化仪式也同样适用于那些非狂欢化仪式,就是所谓"流行在中国一般民众尤其是农民中间的(1)神、祖先、鬼的信仰;(2)庙祭、年度祭祀和生命周期仪式;(3)血缘性的家庭和地域性庙宇的仪式组织;(4)世界观(world-views)和宇宙观(cosmology)的象征体系"② 的中国民间宗教,其仪式的吸引功能也丝毫不弱于象征功能、展示功能、规制功能、习俗延伸功能等。而仪式的强大吸引功能的存在,在任何时候都是人类社会活动进程中寻求最大在场化效果的诱源之一,没有相应的在场化效果或者朴素地说没有人参与,不仅所谓仪式根本就无法存在,而且所谓仪式根本就不需要,于是一个没有仪式的人类就在死寂和荒凉中遍地抛洒没有表情和激情、没有哭和笑、没有亢奋和沉湎的孤零零单个男人和女人。

毫无疑问,仪式存在形态因时间、地点、族群、主旨等差异性而显示其功能特征的彼此不同,这种差异和不同最突出地表现在官方仪式与民间仪式的意义对立之中,一切官方仪式都是以一定的意识形态利益原则为其活动的先决条件的,而这一先决条件就使官方仪式与民间仪式在任何时候都构成鲜明的分界线。按照修昔底德记载的"在远古时代,已经有许多爱奥尼亚人和邻近岛屿上的居民在提洛岛上举行过大的集会。他们常带着他们的妻室儿女到这里来参加节日的庆祝,正和现在的爱奥尼亚人到以弗所去参加节日的庆祝一样。他们也常在那里举行体育、诗歌和音乐的比赛,每个城市提供它自己的合唱队"③,应该是把民间仪式作为其叙事重点,而同一章节和前后段落中所描述的"提洛岛上的祓除祭典"和偕主庇西斯特拉图主持过的类似的祓除祭典则显然带有官方仪式的叙事倾向,而官方仪

---

① 杰弗里·亚历山大:《迪尔凯姆社会学文化研究》,戴聪腾译,第235页,辽宁教育出版社2001年版。
② 王铭铭:《社会人类学与中国研究》,第156页,三联书店1997年版。
③ 修昔底德:《伯罗奔尼撒战争史》(上册),谢德风译,第285页,商务印书馆1960年版。

式本身所暴露出的宣传鼓动情绪和政治英雄主义口号则是民间仪式叙事所不曾有的,尽管两者都伴之以合唱队的艺术渲染形式。民间仪式与官方仪式的意义大相径庭和功能倾向差异在今天的社会生活中更加随处可见,其所显示的差异点尤其在于,民间仪式较之官方仪式更具有吸引性,亦如官方仪式较之民间仪式更具有规制功能和意义肯定功能。正因为民间仪式更加具有吸引功能,所以它的文艺承载而且尤其是自由化的文艺承载就是官方仪式远远不可企及,尽管后者在仪式过程中也不乏文艺活动参予其中,也就是说同样会有程度不同的文艺承载。研究古希腊文艺史的吉尔伯特·默雷认为"泛雅典娜祭大节日的朗诵。我们知道,这种朗诵的结果,确定了《伊利昂纪》和《奥德修纪》是荷马最好的史诗,确定了这两部史诗中许多事件的一定次序,并使这两部史诗成为雅典的公共的和神圣的财产"①,而这里的所谓泛雅典娜祭作为一种民间仪式的习俗,在原主旨意义之外为人类历史成就了两部影响力最为巨大的史诗,其文艺意义实现甚至超越了该项民间仪式的原主旨意义。

我们在这里之所以沿着民间、仪式和民间仪式的关键词递进脉络寻找叙事切入路线,是因为这一递进脉络对我们的文艺人类学而言展开了文艺存在的广阔叙事空间,在这个空间内,文艺存在不仅有其隐在事态的复杂性而且有其显在事态的遮蔽性,这些复杂性和遮蔽性使得文艺学家们往往流俗于对文化人类学家描述的简单认同,而这种简单认同也就势必对特定的边缘存在区域产生文艺学学理审视的轻描淡写。我们的学术出发点就在于尽可能逃离这种致命的轻描淡写。

包括当代民间仪式在内的一切人类民间仪式都无不基于习俗,即它在文化背景上"肇始于民风而形成"②而且完全存在于"官方和政治的权威体系之外"③,存在于血缘家庭或者社交群际的婚嫁仪式,并且在当代生活中其规模不仅没有缩小而且还有扩大的趋势,所以连都市人类学家们都已经密切注意到了现代都市生活中"各少数民族保留他们的节日的重要原因

---

① 吉尔伯特·默雷:《古希腊文学史》,孙席珍译,第18页,上海译文出版社1988年版。
② Ake Hultkrantz, General Ethnological Concepts, Knove Inc. New York 1960, P185
③ A. l. Kroeber, Anthropology, Place Inc. NewYork, 1948, P346

之一,是每一个民族社区都有奠基人。每一个民族社区都有其特色。这种特色除表现于风俗习惯外,还表现于他们的民族节日"①,这说明它仍然是文化存在状态中的当下性问题。

每一种民间仪式都有它特定的主旨,M·阿普勒最初创设主旨概念时就强调主旨意义的假定性及其相应的假定性在社会行为中的控制功能和激活功能,从这个意义上说,特定的民间仪式都是由于具有其原主旨意义而形成其社会文化力量,进一步则可以说,除了极少数的民间仪式(例如民歌节、戏剧节)是以文艺意义作为它的原主旨意义外,绝大多数民间仪式的原主旨意义几乎都与文艺意义没有太多的关联,文艺活动方式或存在细节介入这些民间仪式之中完全属于偶然性的文化附着。闽台元宵节仪的所谓"至夜,首事者例以锣鼓面呼人家门首点灯。二更时呼出灯牌火把,于是不论大小人家,各执长柄方灯一,持香灯书风调雨顺、祈保平安等字……钟鼓架、香架以数百计,火炬亦千百计,长街一望,如星宿如燎原。凡兹皆不招而至,不约而同,欣欣而来,满愿而归者也"(《泉州府志》卷二十),张亮采描述唐代游宴活动的所谓"王仁裕《开元天宝遗事》云:都人士女每至春时,各乘车跨马,供帐于园圃或郊野中,为探春之宴。又云:长安有平康坊,妓女所居之地,京都侠少萃集于此。兼每年新进士以红笺名纸游谒其中,时人谓此坊为风流薮泽"②,土家族哭嫁礼俗的所谓"宁乡地近容美、巴东,民杂苗蛮。其嫁女上头之日,择女八九人,与女共十人为一席。是日父母、兄嫂、诸姑及九女执衣牵手,依次而歌。女亦依次酬之……歌为曼声,甚哀,泪随声下"(《长阳县志》),诸如此类的仪式细节记载,只要民俗学家或文化人类学家稍加梳理及其义项总结,就能清晰地把握住这些民间仪式的原主旨之所在及其作为社会活动的文化象征意义,而且其中的文艺意义缺位更是不言而喻的普遍民间仪式事实。但是事态的进一步演绎在于,随着民间仪式的社会泛化和这些仪式文化象征意义的增强,以及仪式过程中对主旨功能弱化的担忧,多元文化

---

① 阮西湖:《人类学研究探索:从"世界民族"学到都市人类学》,第242页,民族出版社2002年版。

② 张亮采:《中国风俗史》,第105页,东方出版社1996年版。

元素也就不断地被卷入民间仪式中，而文艺活动就成为这些多元性构成中的重要一元并大张旗鼓地参与到民间仪式过程之中。例如民间清明祭的游坟，最初只不过宗族男丁举牲猪祭品浩浩荡荡游拜宗族坟山，后来就在锣鼓之外增加进乐队或者所谓"段丝弦班"，再后来又在这"段丝弦班"的基础上增加以女性为主的舞蹈队，于是文艺意义就在一定程度上介入进来，虽然这是一种原始而朴素的民间文艺介入。传统生活方式中的"社戏"大约要算中国农村的最重要的文艺活动，不同的专业戏班或者农民自发组成的业余演出团队把浓厚的戏剧文化传播给广阔的农业社会和数以亿万计的代代中国农民，宫廷戏剧乃至都市文人戏剧的精典剧目甚至也在这一个传播过程中形成其绵延不断的戏剧文化波，但即便如此，社戏活动在绝大多数情况下都是民间仪式的附着物和寄生体，人们总是因为仪式目标的前提性存在而请专业戏班或业余演出团队从事戏剧表演的，甚至在很多情况下戏剧表演的时间长度和在参与者中的受欢迎程度远远超过了特定的民间仪式本身，直至今天，河北定县的秧歌剧民间演出活动还被民俗学家准确地记载为"在定县，民间请戏班子唱戏，往往要由附近的五六个村合作集资邀请，看戏的观众也就主要来自这五六个村，这种情形延续到现在。而如果有另外的五六个村在别的庙会上集资唱戏，本村不唱戏，这五六个村的村民也会去那个庙会上看戏"①，作为民间仪式的庙会和作为附着文化元素的唱戏由此皮毛共存地激活着民间文化存在空间的内驱力。

  作为附着文化元素的文艺意义介入最初我们只能作为一种广义文化辏合去加以理解，进一步则必然会伴之以广义文化濡化或广义文化涵化在进程中发生，事态的复杂性就在于，文艺意义主旨的独立价值并没有在仪式意义整合中丧失，甚至恰恰相反，随着仪式的日渐象征化和功能弱化，文艺意义的主旨价值变得越来越独立乃至从主旨重心移位走向主旨替代。二十世纪七十年代末中国高考制度改革之初，安徽大别山一带凡村中有学子考取大学，则一村之众并附近亲朋好友共同举行庆祝仪式，仪式的最后一个环节是凑"份子钱"请黄梅戏戏班唱一台所谓"大戏"。这种仪式刚刚

---

① 董晓萍：《乡村戏曲表演与中国现代民众》，第28页，北京师范大学出版社2000年版。

兴起的时候,"大戏"与整个庆典仪式比较起来几乎还是可有可无的一种细节性补充,还停留在给仪式增加吸引功能,但是这种仪式广泛流传之后,"大戏"成了人们参加仪式的重点而仪式的主体部分则完全被淡化几至仅仅是唱大戏的一个引子,所以大戏在此种仪式兴起之初一般都是意义配合的功名主题类剧目,到广泛流行后则所演剧目几乎绝大多数情况下都与功名话题完全没有关连,足见文艺意义介入过程中文艺的独立主旨地位已经演绎为仪式本身的中心。这一田野案例也发生在徽班兴起的历史事件中,因为最早的徽班不仅驳杂而且主要活跃在民间仪式的凑热闹氛围中,那些徽班的演员们除了仅能获得零星施舍外还往往不得不承受正典仪式中贵宾们的冷遇和呵斥,但是等到徽班进京的时代,至少在安庆和徽州本地徽班的演出地位以及演员们的政治经济待遇都已经达到了相当的社会高度,从某种意义上说,正是这样的社会高度才使徽班进京这一中国戏剧史的重大历史事件具有可能性,而反过来也足以说明,此时徽班在仪式中的出场就已经具备了整个仪式事件中主旨重心移位乃至主旨意义替代的文化内涵了,因为此时人们卷入仪式事态与其说为了仪式意义目标不如说为了一睹徽班的戏剧文化风采。宋人洪迈所述的"成都双流县宇文氏,大族也。即僧寺为书堂,招广都士人魏君诲其群从子弟。它日,家有姻礼,张乐命伎,优令之戏甚盛,诸生皆往观"(《夷坚丙志》卷二),陈淳所述的"某窃以此邦陋俗,常秋收之后,优人互凑诸乡保作淫戏,号'乞冬'。群不逞少年遂结集浮浪无图数十辈,共相唱率,号曰戏头……今秋自七八月以来,乡下诸村,正当其时,此风在在滋炽"(《北溪集》卷四七),其叙事指代意义基本上与我们的田野案例叙述仿佛。之所以我们要限定性称之为广义文化替代或仪式中的主旨替代,是因为在定义上它的语义范围已经超出了那些经典文化人类学家们的概念边界,而所指延伸的合理性在于,在民间仪式和民间文艺生存之间存在着两种意义主旨完全不同然而共同出场并导致意义存在结构发生替代性变化的复杂文化事态,这种复杂文化事态不妨看做与两种文化模式差异相仿佛的更小文化边界内的文化形式之别及其差异文化形式的内在性转化。这种内在性转化或者宽泛所说的广义文化主旨替代,乃是对民间仪式与文艺意义生存和成长的逻辑因果关系的把握，同时也是对彼此间历史事件和田野案例发生的一种命题性描述，把握和描述的学理递进就是由此获得文艺的人类边缘文化存在状况的新的思考维度和叙议空间。

在民间仪式一定程度或者一些范围出现文艺意义的主旨移位乃至主旨替代已经不存在命题障碍的情况下，我们所要思考的就是这些移位和替代究竟是如何实现其文艺承载的。按照文艺史家的文献考察和文化人类学家的田野调查成果，最主要的实现线索可以描述为：（一）民间仪式持续不断地给文艺意义生长提供文化促发力，（二）民间仪式在文化累积过程中间接性地支持文艺本能向文艺理性的意义升华，（三）民间仪式在文化整合过程中直接性地将仪式的主题、形式、类型等转型为文艺的母题、形态和符号系统。

文化促发力（Instrumental Imperatives of Culture）这个概念在马林诺夫斯基开始使用时乃是基于一种生命顺序理论的知识背景，即设定人类的七项基本需求及其这些需求所引起的社会文化反应的某种动态对应结构，于是概念本身也就意味着动态结构的有效性必须有一种或多种驱动力量存在作为其杠杆，所以其原意是指人的生物性向社会性递进的文化能量。事实上，马林诺夫斯基所说的"在满足生理需要之外，我们又见到导生的迫力，它们既然是达到某项目的手段，我们不妨称它们作'文化的手段迫力'"[①]，不仅存在于生物性向社会性的转化生成中，而且更大程度上也存在于社会性本身一种社会意义向另一种社会意义的递进过程中，因而这个概念与 H·Pohlhausen 提出来的"文化成长全因"（Ethno biotope）概念可以放在同一个知识平台上给予参照性排序，而排序的结果就是可以分拣出意义生成过程中或主或次的不同的文化促发力。按照这个思路，我们可以在民间仪式的文艺承载这一事态中寻找到民间仪式提供给文艺意义生成的文化促发力之所在，换句话说，如果没有民间仪式担当这一驱动性角色，那么人类的文艺生活实现就失去一系列生成和生长的机遇而文艺史就一定会重写，这意味着民间仪式作为一个社会意义事件会对人类文艺和文艺人

---

① 马林诺夫斯基：《文化论》，费孝通译，第25页，中国民间文艺出版社1987年版。

类产生重要影响甚至形成一定程度的制约关系。诹访春雄撰写《日本的祭祀与艺能》一书,在仪式意义和文艺意义间梳理逻辑关系和历史线索,总结性宣称"绳文时代是驱逐恶灵的原始信仰,弥生时代是伴随稻作而起的祭祀,奈良和平安时代是与绛令制度同时而来的舞乐、雅乐、散乐等庆典演艺"①,其隐在叙事维度就是对这种文化驱动力量的前提性肯定。当代中国人类学家在对湘西苗族作田野调查过程中,也发现"至于在各种仪式中,如宗教或婚嫁等所唱的歌谣,则因常常传习,虽也全靠记忆力传诵,词句间不免有传讹或改变,但其内容在大体上可以说是大致相同,所以保存的也较多。因此之故,我们在湘西所搜集得来的苗歌,以仪式歌为多,即兴歌甚少"②,这与布依族"每年的六月六日,春耕大忙已结束,这天,村村寨寨杀猪宰牛、打狗、包粽子,在祭过天神祖宗之后,盛装的男女青年便在鼓乐鞭炮声中,翩翩起舞对歌"③ 具有田野意义隐示的一致性。之所以在这一事态中民间仪式能够不断地成为文艺意义介入后文艺生长的文化促发力,是因为在整个意义合谋结构中,民间仪式乃是预约性社会规范和象征性文化规制,尽管作为规范和规制本身同样会发生程度不同的变化,但其存在性总体上说来具有超稳定结构特征,甚至它的存在主要由这种超稳定性来予以支撑,罗伯特·F·墨菲对此表述为"仪式每次都遵循一定的规范,参加的人处在一种要去接近某一神圣事物的状态,因此他们自己也必须有所改变,使自身进入一种神圣的境界"④。但是作为吸引功能发挥而被邀的文艺意义介入就完全不同,它除了对仪式激活和仪式进入者吸附的角色担当外,在整个仪式过程中主要进行文化采借,既对仪式本身的文化能量进行文艺化的功能转换亦对仪式进入者的文艺本能进行符号化的审美升华,介入性主旨功能由此而在无限的自由发挥中显示其独立价值,并且同时还在反规范和去规制的反弹向度获得另外一种始料不及的文化促发力,这意味着在所谓民间仪式的文艺承载中,文艺的自衍其实就是

---

① 诹访春雄:《日本的祭祀与艺能》,凌云凤译,第8页,湖南美术出版社2002年版。
② 凌纯声、芮逸夫:《湘西苗族调查报告》,第276页,民族出版社2003年版。
③ 马启忠、王德龙:《布依族文化研究》,第169页,贵州民族出版社1998年版。
④ 罗伯特·F·墨菲:《文化和社会人类学》,吴玫译,第145页,中国文联出版公司1988年版。

一个不断地反客为主的文化过程,之所以"在一天的庙会过程中,不同乐种的表演安排、不同乐队的位置安排,与不同音乐形式的历史来源、艺术特性、应用习惯及其在泉州民间音乐生活中的不同地位有关"①,恰恰是因为文艺自衍正在民间仪式的文化支撑下获得其发散性生长,这种发散性生长的文化采借模式甚至被用来对史诗生成进行解读,民俗学者所说的"在史诗演唱现场或在日常生活中,常常感觉到由于听众的年龄、性别、性格、爱好、职业、经历和文化程度等不同而对史诗的需求、喜爱程度又不一样"②,文学史家所说的"当信仰者从宗教思想、仪式、方法中获得写作灵感及题材时,那些宗教经典中的语词典故、特有句法、主题内容是最容易被直接挪移的"③,都无不是从文化采借的叙议角度来讨论仪式背景下的文艺生成。

文化累积(Cultural Accumulation)在克瑞伯那里被陈述为"文化发展过程是增加的因而也是累积的"④,这与怀特所说的"文化产生于文化"⑤一样都是对文化递进增值规律的肯定,而所谓文化递进增值规律,实际上既包括直接文化积累亦包括间接文化积累。如果我们把文艺发展史作为独立的文化考察对象,那么黑格尔定位的"各门艺术在个别艺术作品中所实现的,按照它们的概念来说,只是自生发的美理念所显出的那些普遍的类型。广大的艺术之宫就是作为这种美的理念的外在实现而建立起来的"⑥,就是在学理上强调文艺史的自衍发展进程及其这一进程的自我增值逻辑,而丹纳定位的"艺术品的产生取决于时代精神和周围的风俗"⑦,则是在学理上强调文艺史增值性延伸过程中的普遍文化联系和必然社会制约,前者的知识路线侧重于文艺发展的直接累积而后者的知识路线则更侧重于文艺

---

① 薛艺兵:《神圣的娱乐:中国民间祭祀仪式及其音乐的人类学研究》,第434页,宗教文化出版社2003年版。
② 萨仁格日勒:《蒙古史诗生成论》,第286页,中央民族大学出版社2001年版。
③ 葛兆光:《中国宗教与文学论集》,第29页,清华大学出版社1998年版。
④ (A) L. Kroeber; Anthropology, Place Inc. New York, 1948, P297
⑤ 怀特:《文化科学:人和文明的研究》,曹锦清译,第374页,浙江人民出版社1988年版。
⑥ 黑格尔:《美学》(第一卷),朱光潜译,第114页,商务印书馆1979年版。
⑦ 丹纳:《艺术哲学》,傅雷译,第63页,人民文学出版社1963年版。

发展的间接累积。几乎所有的文艺学家在知识操控之际皆委身于自衍逻辑的文艺直接累积，同样地几乎所有的文化人类学家在涉身文艺事态之际尽皆致力于社会情境中的文艺间接累积。尽管在间接性文化累积中文艺的获益渠道远非民间仪式一项，然而在我们讨论民间议式的文艺承载这一议题的时候，民间仪式提供给文艺发展的间接文化累积就具有极大的问题凸显价值，而且其中最重要的一点，就是这种文化累积不断地使文艺从本能状态走向理性状态，从文艺本能向文艺理性的升华无论是文艺人类还是人类文艺都具有分界线价值。田野调查表明，对珞巴族而言，可以描述出"包括语言艺术，如咒语、祈祷歌、赞词等，就产生于巫术和巫术仪式中，巫师，或称巫，则是巫术艺术的实践者和实现者，是原始社会最初产生的一批艺术家。我们对50岁以上的45名民间艺术家进行调查统计，发现：其中从事过巫职的38名，约占民间艺术家的84.4%，而其余的7名，也都程度不同的懂得巫术，或接受过巫术教育"①，对纳西族而言可以描述出"纳西族祭祀活动中的祭祀、东巴与音乐三者关系密不可分，离开了祭祀礼仪，东巴乐舞就失去了表现的场所。人与神沟通的主要媒介是东巴，而东巴举行道场来谋求神的帮助或驱除恶魔进行交流的主要手段又是音乐和舞蹈，它们的关系是相辅相成的"②，所有这类描述都给我们一种明确的知识引伸，那就是民间仪式中文艺本能在累积过程中渐渐演绎出文艺理性，文艺理性一旦形成之后就会因独立价值的文艺活动而与民间仪式逐渐剥离，所以这是一个不断累积和不断剥离的过程，由此而有以民间仪式为意义源的绵延不断的文艺意义生长和文艺社会发展。这一议题的叙议障碍在于如何斟别文艺本能和文艺理性的概念边际关系，否则命题本身就没有任何指涉力可言。障碍消解的最简单办法是引入古希腊"技艺"与"文艺"关系的著名案例，因为"在希腊人和罗马人那里，没有和技艺不同而我们称之为艺术的那种概念……如果说艺术和任何一种技艺有什么区别，那就

---

① 于乃昌：《珞巴族文学史》，第501页，西藏人民出版社2001年版。
② 李丽芳：《凝固的旋律：纳西族音乐图像学的构架与审美阐释》，第287页，云南人民出版社2002年版。

仅仅像任何一种技艺不同于另一种技艺一样"①,这意味着那个时代人们的文艺观念中还是把文艺本能与文艺理性混装在一起,而分装则是近现代强大的知识分析思潮和学术细密分工风暴兴起以后的事情,而案例的隐喻就在于,既然这个混装本来就可以获得分装效果以及具有分装的必然性,所以文艺本能和文艺理性同样是一个应该给予分装的混装性事件。如果允许这一理解线索存在,那么我们就不妨作这样的理解,即人在任何时候都有文艺活动和文艺生活的本能表现,这种表现一旦归拢到诸如民间仪式那样的集体在场,其本能冲动和表现就理所当然也具有更为强烈的情绪和更为热烈的形态,但总体上仍然还处于文艺本能状态,然而随着强烈情绪和热烈形态的不断累积,就会进入文艺理性状态并产生不同身份的文艺家、不同影响的文艺作品和不同情调的文艺生活,就呈献出凝聚形态的诗性、神话性、审美性或三维合一的文艺价值主体。

文化整合(Cultural Integration)作为"创新的过程"②虽然不可能不包含文化累积的义项,但我们在讨论民间仪式的文艺承载时乃是另一角度的问题指涉,即假如说我们讨论其文化累积乃是针对文艺本能向文艺理性升华的过程的话,那么讨论文化整合在此一语境中就是针对文艺理性成为普遍事实以后的过程延伸,或者说是在讨论民间仪式作为调节杠杆条件下文艺意义如何自觉地利用这一契机向更为成熟的方向发展,在某种程度上可以表述为追求文艺的文艺化。巴赫金在著名的《弗朗索瓦·拉伯雷的创作与中世纪和文艺复兴时期的民间文化》一书中所说的"分散于民间节庆活动和怪诞现实主义各种形式和形象里的这些问题的运动,被拉伯雷的作品重新收集起来,给以新的认识和理解,并结合为一个统一的,指向地球深处和人体深处的运动,那深处'蕴藏着巨额财富和古代学者未曾描述过的新奇事物'"③,也就是说拉伯雷艺术化地抽象引申出了一个更为深刻的文艺隐喻,其知识操控路线就可以纳入我们的文化整合分析模式,在这个

---

① 罗宾·乔治·柯林伍德:《艺术原理》,王至元译,第6页,中国社会科学出版社1985年版。
② R. Linton, The Study of Man, Aplton Company New York, 1936, P348
③ 巴赫金:《弗朗索瓦·拉伯雷的创作与中世纪和文艺复兴时期的民间文化》,引自《巴赫金全集》(第六卷),李兆林译,第431页,河北教育出版社1998年版。

模式中拉伯雷既可以被理解为文艺化的整合主体亦可以被理解为整合过程中的一种文化元素，因而我们也就认为巴赫金成功地操控了一个民间仪式文艺承载中文化整合的知识个案，尽管他在操控过程中并不像我们一样以文艺人类学作为知识背景。当我们站在文艺人类学的学科观察位置，尤其当我们站在民间仪式的文艺承载这一议题的具体观察点，就发现文艺史上到处覆盖着从民间仪式经由文化整合演绎而来的文艺家、文艺作品、文艺方式、文艺主题乃至文艺符号，就发现对于这种覆盖其实那些门类文艺史专家们已经作了非常细密的知识准备工作并且取得了极为丰硕的研究成果。例如对于傩文化及其艺术形成过程的研究者来说，已经远远不满足于古人叙事的诸如"乡人傩"（《论语·分党》）、"乡人裼"（《礼记·郊特牲》）、"方相氏掌蒙熊皮，黄金四目，玄衣朱裳，执戈扬盾，帅百隶而时傩，以索室驱疫"（《周礼·夏官》），或者后人叙事的诸如"其徒数十，列幢歌舞，非诗非词，长短成句，一唱众和，呜咽哀惋。随设百戏，主人献酬……舞毕，送神"（顾景星：《蕲州志》），而是把注意的目光紧盯着作为文化整合过程的"从宗教到艺术的重要环节就是沿门乞讨。乞丐，一头连接着驱傩者（傩神，其实就是巫），另一头连接着演员"[1]，所以在众多的紧盯之下，一条由傩仪到傩戏再到戏剧的分析和梳理线索就渐趋清晰，并且正是这样的清晰才使得文艺学家能够更加理性地认识作为文艺化成果的戏剧形态，而对于我们的问题视角来说，也获得了民间仪式在文化整合过程中自身实现其文艺化的有力证据。又例如由目连佛经故事到民间目连说唱再到民间仪式中目连戏的广泛普及，最后演绎至枝蔓繁杂的目连艺术谱系乃至民间目连艺术文化氛围，就在该知识域内得到专家们的有效梳理并使得一种文化整合意义上的文艺母题及其这一母题的文艺化流变呈现出清晰的逻辑关系和历史脉络。无论是北宋时代的所谓"七月十五中元节，先数日，市井卖冥器靴鞋、幞头帽子、金犀假带、五彩衣服。以纸糊架子盘游出卖……构肆乐人，自过七夕，便般《目连救母》杂剧，直至十五日止，观者增倍"（孟元老：《东京梦华录》卷八），还是明代万历年间

---

[1] 康保成：《傩戏艺术源流》，第44页，广东高等教育出版社2005年版。

出现所谓郑之珍劝善标志性文本以及所谓"无奈愚民佞佛，凡百有九折，以三日夜演之，轰动村社"（祁彪佳：《远山堂曲品·劝善》），都不过是目连母题审视的事件参照物，而研究家们所看到的"目连戏由于其演出的独特性数百年来流行民间，未经文人染指，现在看来这恰恰提高了目连戏的研究价值"[1]，对于我们的文艺人类学尤其是具体到边缘域民间仪式的文艺承载及其文化整合方式而言才更具有证据价值。文艺化对文艺发展史和文艺存在扩张而言任何时候都必然是一个文化整合过程，如果我们把这种整合看做文艺意义的能量凝聚的话，那么它就需要一系列的能量源和凝聚通道，而民间仪式在文艺承载过程中恰恰就是最重要的能量源和凝聚通道。

由于对民间仪式解读的这些功能主义的命题，在原初使用的知识背景上都很大程度上基于小型社会或原始部落生活作为对象，所以当我们将命题直接移置于人类社会总体性研究范围甚至于现代生活秩序之际，那些专业性极强的严谨的文化人类学家们一定会对我们这样的知识操控方式产生质疑，因此，我们也就有必要对小型社会之外以及我们当前生活领域之内的民间仪式的广泛性给予确证。

毫无疑问，公共社会愈发达则官方意志对民间的压迫就愈沉重，各种意识形态政治企图和各种统治利益所必需的体制欲望时刻都在盘算着最大限度地把民间社会纳入其可操纵版图，传统位置洛克所合法性求证的所谓"设置在人世间的裁判者有权裁判一切争端和救济国家的任何成员可能受到的损害，这个裁判者就是立法机关或立法机关所委任的官长，而由于这种裁判者的设置，人们便脱离自然状态，进入一个有国家的状态"[2]，当前位置最前卫民主政治理念的所谓"世界主义民主的要义在于创造新的政治机构，这个机构将与国家体系并存，但在一些明确划定、无疑具有跨国和国际影响的活动领域，将比国家具有优先地位"[3]，专制抑或民主都同样以挤压民间社会作为其政治过程的设定目标，即如全球化神话的"我们拥有

---

[1] 刘祯：《中国民间目连文化》，第338页，巴蜀书社1997年版。
[2] 洛克：《政府论》（下篇），叶启芳译，第54页，商务印书馆1964年版。
[3] 戴维·赫尔德：《民主的模式》，燕继荣译，第441页，中央编译出版社1998年版。

全球化，也就是限制单个国家的文化、语言（英语化）、社会价值、趣味、政治过程、公共政策……"①，也依然看不出对民间社会有任何怀柔和尊重的迹象。官方对民间的挤压同时也就直接导致官方仪式对民间仪式的挤压，官方依靠强大的权力、财力和依附性人力每天都在世界各国的日常生活中组织名目繁多的官方仪式，当民俗节日都在旅游资源开发名目下被官方操控之后，也就意味着民间仪式的官方化已经在现代生活潮流中势不可挡。这种状况很大程度上迫使文化人类学家关注民间仪式之际总是热心捕捉边远地区、落后民族、小型社会乃至秘密习俗，甚至自19世纪泰勒时代以来人类学精典文本的原始部落意义特征也与这种二元对立结构中的民间屈压不无关系。但这一事态也可以从另外的意义向度去给予理解，那就是同时也应看到民间对官方的抵抗和进攻，因而官方和民间的二元对立就社会总进程而言具有力量均衡性，只要这种均衡性存在，就仪式话题而言就永远不会出现官方仪式彻底替代民间仪式的一边倒局面。那么主流日常生活形态中的民间仪式如今究竟何在呢，很显然，我们必须敏锐地观察到现代社会生活境况中的新民间仪式，除了文化习俗和历史传统遗存的民间仪式在当代生活中仍然顽强地存在着之外，与官方仪式挤压相对抗并由此支撑现代民间生活模式的就包括这些新民间仪式。新民间仪式的完整义项陈述现在当然还很困难，但至少有：（一）超强势个体所组织的仪式活动，这种现象广泛存在于富裕国家，（二）以社会资本和市场框架为功能支撑或背景支持所组织的仪式活动，（三）以转型移民和跨国移民所形成的特殊社群所组织的仪式活动，（四）失去政教利益合谋的体制化宗教所组织的仪式活动（民间宗教仪式和原教旨主义国家的宗教仪式当是另外的话题），（五）以互联网为纽带所组织的虚拟在场仪式活动……所有这些新民间仪式与现代生活中传统民间仪式遗存一道，形成与强大的官方仪式体系意义抗衡的社会博弈力量，而且这种力量仍然有其不可低估的文艺承载功能。

强调民间仪式的文艺承载并不意味着否定官方仪式的文艺承载作用，

---

① Mel Gurtov, Global Politics in the Human Interest, Lynne Rienner Publishers Inc. London, 1999, P12

事实上，无论在传统生存境遇还是在现代生存境遇，官方仪式所给予的文艺支撑至少在文艺的正典价值延伸过程中起到了决定性的作用和重大的业绩，就中国文艺史而言，单是乐府制度和乐府文艺辉煌这一个案就足以说明问题。先秦之所以礼乐设官且体制功能叠合，是因为那个时代崇尚"故圣人作乐以应天，制礼以配地，礼乐明备，天地官也"（《礼记·乐记》），所谓"小膳宰也，若以乐纳贡，则宾及庭，奏肆夏。宾拜酒，主人合拜而乐阕。公拜受爵而奏肆夏。公卒爵，主人升，受爵以下而乐阕。升歌鹿鸣，下管新宫，笙入三成。遂合乡乐。若舞，则勺"（《仪礼·燕礼》）这一类礼乐规置叙议，在我们今天看来则无非说明官方仪式的制度化和强制性，因而《汉书》记载的"至武帝定郊祀之礼……乃立乐府，采诗夜诵……以李延年为协律都尉，多举司马相如等数十人，造为诗赋，略论律吕，以合八音之调，作十九章之歌"（《汉书·礼乐志》），或者"自武帝立乐府而采歌谣，于是有赵代之讴，秦楚之风"（《汉书·艺文志》），都不能简单地从文艺学角度作文艺意义诉求的直接理解，而更应该从官方仪式需要出发的角度去分析乐府制度产生的原委，也就是说，乐府的文艺意义实现乃是官方仪式体制的文艺承载结果，但问题在于，我们必须承认官方仪式的这种文艺承载对中国文艺史而言乃是硕果累累。王易《词曲史》所评判的"后世声乐既亡，徒存辞句五言之属，遂为徒诗；而别以协音律被丝管者为乐府。流衍蕃变则所谓乐府者亦但拟文辞，无烦丝管，而与徒诗无别。于是诗乐判然。不特乐亡，而诗亦亡矣"[1] 虽然不无夸辞，但他把乐府作为词曲之源这一知识操控行为本身就说明乐府事态对中国文艺发展的重大价值。雅各布·布克哈特不仅在他的《意大利文艺复兴时期的文化》一书中大量记述诸如"在米兰，列奥纳多·达·芬奇指导了公爵和某些权门的节日演出"[2]，而且还把文艺繁荣的根源广泛地与当时有巨大历史进步作用的官方势力、官方意志、官方思想、官方文化以及官方仪式等联系在一起。从这个意义上说，并非官方仪式的文艺承载就不具有文艺史意

---

[1] 王易：《词曲史》，第16页，东方出版社1996年版。
[2] 雅各布·布克哈特：《意大利文艺复兴时期的文化》，何新译，第409页，商务印书馆1979年版。

义，而是官方仪式和民间仪式只有形仿而无内在通融，因而它们给文艺意义的实际影响具有极大的叙议鸿沟，所以并不适宜于放置一起给予讨论。

即如限定在只是讨论民间仪式及其文艺承载，也应该较大程度指涉图腾制度和图腾文艺现象，因为图腾制度和图腾文艺现象不仅在原始文化中乃是民间仪式的主要存在形式，而且它们在人类走出原始文化氛围之后乃至当代社会也依然不同程度地存在于民间生活和民间仪式之中，所以岑家梧认为"故图腾艺术史之研究，就不限于原始社会之图腾期者为满足，必须同样地留意遍及后期的各社会阶段的图腾艺术之残存物了"①。但是事态正像马林诺夫斯基所看到的那样，图腾制度"表现为一种宗教对原始人为利用环境所做的努力的祈福，是对原始人'为生存而斗争'的祈福"②，而且列维——斯特劳斯明确将其镶嵌在"一种成熟于新石器，它为一种关于感觉事物的理论奠定了基础"③ 的原始生存前提性位置，进一步则现代生活情境中的民间仪式乃至整个文明时代以来的民间仪式都已经与充分的图腾制度有遥远的距离，其中图腾文艺存在方式在现代生活方式中尤其蜕化为文艺的历史记忆符号，所以在我们设定的文艺人类学知识框架内，其所议空间更应该存在于起源论而非存在论，这就是我们何以在讨论民间仪式的文艺承载之际有意绕开图腾制度和图腾文艺话题的缘由所在。

第三节　时尚与文艺的意义互动

尽管时尚在人类社会生活中往往具有文化激活功能，而且像克瑞伯那样的文化人类学家也已经意识到"文化中几乎没有一个部分不受时尚变化的影响"，④ 但由于它始终处于意义结构的边缘位置，所以它在知识域内也就长期未能成为问题关注中心和知识兴奋点。这种遭遇冷漠的格局直到西美尔学说兴起以后才得以真正改观，西美尔不仅将时尚的存在意义上升到

---

① 岑家梧：《图腾艺术史》，第4页，学林出版社1986年版。
② Malinowski, Magic, Science and Religion, Free Press, 1948, P27
③ 列维-斯特劳斯：《野性的思维》，李幼蒸译，第308页，商务印书馆1987年版。
④ Kroeber, Anthropology, Newyork, 1948, P393

哲学问题的叙议高度，而且归纳性地描述出"时尚特有的有趣而刺激的吸引力，在于它同时具有的广阔的分布性与彻底的短暂性之间的对比，而且，时尚的魅力还在于，它一方面使既定的社会圈子和其他的圈子相互分离，另一方面，它使一个既定的社会圈子更加紧密——显现了既是原因又是结果的紧密联系"，① 这种描述使我们跟进性地反思时尚与文艺的互动关系，因为在文艺的意义生成过程中时尚的影响乃是显而易见的，尽管这一影响事态任何时候都是边缘文化合谋的意义事态，然而毕竟反映了文艺存在论的一种关系，所以对文艺人类学及其具体的存在论研究而言同样具有学理探讨的必要性。

在我们看来，时尚是所在时空边界内对特定意义崇尚的文化波，这种文化波一旦形成以后就会越过所在时空边界而进入别的人类生存区域，所以具有非常明显的移动和传播的存在特征，而这种移动和传播从根本上来说是与传播学派的所谓"……一种元素由一个区域传播至另一个区域"②的存在路线图是一致的。

这样一种定义方式或者说问题分析角度，显然是与时尚研究的传统知识方式有比较大的差异的，因为时尚这个概念自十五世纪产生以来都是与服饰打扮紧密纠缠在一起的，不仅词源学叙事显示为"最早出现于1482年，法语中的时尚这个单词意指集合性穿着样式"③，而且直到今天在讨论时尚工业时也依然以穿着打扮方式为其意义纽带和叙事参照，例如叙说所谓"这种'青春革命'集中到英国，英国的服装设计所形成的巨大市场开始领导世界"④。社会学在二十世纪介入时尚问题以后，尽管诸如时尚工业（Fashion Industry）这类专门性或指涉性极强的概念还在时尚研究中起着关键词作用，但是时尚的社会存在域宽泛化与文化主旨意义的抽象化却越来越成为普遍性的在场知识事态，甚至文化人类学也对这一议题表现出越来

---

① 齐奥尔格·西美乐：《时尚的哲学》，费勇译，第92页，文化艺术出版社2001年版。
② C. Winick, Dictienary of Anthropology, Newyork, 1956, P168
③ Yuniya Kawamura, Fashion—ology: An Introduction to Fashion Studies, Oxford, NewYork, 2005, P5
④ Elizabeth Wilson, Adorned in Dreams: Fashion and Modernity, Viraga Press Ltd, New york, 2003, P82

越强烈的介入兴趣，例如新近的都市人类学家在思考城市栖居方式与大众文化和消费文化的革命性影响之际通常就会把时尚问题纳入其问题序列。于是，事情就演绎为，我们并不是要对时尚文化进行意义的边界限定，而是要对时尚作为文化波进行本体性追问和存在性描述，在把时尚作为文化的一种存在方式之后，时尚概念在传统知识域的意义延异就具有必然性。

对我们以文化人类学作为知识背景和以文艺人类学作为知识切入点而言，这种所谓意义延异就表现为我们对时尚与人类的意义存在关系和时尚作为文化的人类普爱价值的思考。延异后的思考与原生态意义状况不同的是，时尚被拟置为人类文明史以来的基本文化现象，于是一种广义时尚观就把时尚指涉的薄纱覆盖于人类文化历程的既有全过程，甚至原始时代的人类先祖也曾以原始体验的方式去拥有他们的原始时尚，并且原始时尚的文化魅力及其对先祖们的吸引和激活丝毫不逊今天的文化冲击波，只是表现形式和符号状态不同而已。史前岩画作品中，绝大部分可以理解为实用的意义表现或者说存在功能的实用价值指向，但同时也有一部分史前岩画明显带有功能分离的特征，而功能分离过程中至少在地缘文化区内常常显示出生活时尚的岩画表现，这种表现就像从功利目的中分离出来的审美表现一样充满了原始先祖们的乐观主义情怀，例如在中美洲印第安人的史前岩画里有小鹿或小动物身上画有许多佩特里仙人掌（一种墨西哥仙人掌）而被人刺的嬉戏性写意图画，这种画"既不是惠乔尔人仙人掌崇拜的表达，也不能与人鹿同神论的动机联系起来"[1]，它实质上是一种原始生活时尚的书写或者一种原始的书写时尚。甚至可以这样设想，时尚作为人类社会所特有的文化兴奋点，曾经以波动力形态给地域限宥中的原始先祖以极大的社会意义激活作用，至少有益于其想象力发挥和模仿能力的迅速增长，例如对于所谓"世界上最早的艺术"这一类议题而言，究竟是起源于纯粹的审美认同还是起源于时尚认同实际上还有可以讨论的学理空间，因为时尚作为文化冲击波有其本能模仿作为动力杠杆，而审美的本能发生及其进一步的意义剥离则显然缺乏原始驱动力解读线索。文化人类学家所描

---

[1] Christopher Chippindale and PaulS. C. Tacon, The Archaeology of Rock – Art, Cambridge University Press, 1998, P239

述的"最早的雕刻艺术如在牙齿或海洋动物骨架上打孔是与纹身同时出现的,这种现象的突发性意味着他们同时已经意识到这些饰物具有角色确立和彼此交流的社会功能,如使用于性呼唤或表达群际从属关系等等。晚期冰河期的人们已经具有熟练思考特殊视觉意象的能力,他们还能在吟唱和朗诵中交流这些意象和观念,由此而在两万多年的历程中形成渐趋复杂的不同艺术传统"①,其实给我们留下了许多值得追问的问题隐存,例如,突发性的过程事实究竟何在,符号和意象交往过程中如何实现符号和意象本身的普遍认同,纹身的意义展现过程中是否包含有时尚的社会文化本能,诸如此类的追问,都给时尚的原始文化存在留下了合法性知识权利,也正是这种知识权力的存在,才使我们有勇气从狭义时尚论走向广义时尚论。

站在广义时尚论的知识立场,我们就可以理直气壮地对时尚作为文化波在人类文明史进程中的社会冲击和文化兴奋作用给予功能表述,并且具体地表述为:(一)形成中的突发性,(二)传播中的非理性,(三)意义结构中的社会逻辑缺位。就形成中的突发性而言,尽管不排除狭义时尚论者关于策划者或设计者在时尚工业背景下的独特功能和存在有效性,甚至承认"在时尚生产中他们是关键性人物,在时尚的维系、再生产和传播中他们扮演着重要的角色,他们处在这个领域的最前沿而且因其介入而赢得其美好的形象和称誉"②,但对于事态更广阔和影响更深远的社会时尚思潮而言,策划者和设计者的角色特征和身份意义就会被淹没和遮蔽,情形便仿佛如太平洋中急骤而起的热带风暴,能感受到它的强劲吹扫而不能真实地寻找到一个兴风作浪的东海龙王或南海龙太子。在以周礼为典范的古礼时代,婚礼的正典形态谓之"男子三十而娶,女子二十而嫁",但是东汉以迄而至魏晋南北朝大盛者则有早婚的时尚,西魏大统十二年(546)不得不诏告天下"女子不满十三岁以上,勿得以嫁"(《北史》卷五《魏本纪·文帝纪》)。北周武帝建德三年(574)亦无奈地下令"自今以后,男年十五,女年十三以上,爰及鳏寡,所在军民,以时嫁娶,务从节俭,勿

---

① Brian M. Fagan, World Prehistory, University of Califonia, 2002, P106
② Yuniya Kawamura, Fashion-ology: An Introduction to Fashion Studies, Oxford, Newyork, 2005, P57

为财币稽留"(《周书》卷五《武帝纪》),这说明早婚而且奢娶的婚嫁时尚已经成为严峻的社会问题,并且这个问题的形成并非预谋者的预谋产物或者历史的渐进性传统延伸,对于那个时代的统治者或社会芸芸众生而言都将是没有思想准备的生活遭遇。这种情况如同 18 世纪末在欧洲大陆突然出现的知识分子自杀的时尚浪潮,尽管后来的学者将其解读为意义综合性的所谓"世纪末忧郁",但实际情况却是很多知识分子是以一种人生时尚的姿态迈进自杀者行列的,那种突然出现的恐怖性的死亡时尚阴影,至少让那个世纪末的欧洲大陆为之手足无措和麻木不仁。就传播的非理性而言,一切在时尚潮流中的卷入者和被抛者,在他们对时尚的意义接受和选择之际,根本就来不及对特定的时尚意义本体进行边界定位和价值判断,模仿的文化本能和心理活动的从众趋势使卷入和被抛者体验着快乐而不知此时快乐何以之为快乐,此时的文化驱动力量是非理性的直觉,亦即柏格森所说的"人们通过它将自己置身于一对象中,以便与其中独一无二的因而也是不可名状的东西融合"[1],从这个意义上说,时尚作为一种文化波之所以能够形成巨大的冲击力量,是因为太多的大众进入被抛性的时尚认同,而时尚认同又是在非理性中实现的,并且极大地骤集了社会公众中的非理性文化能量以形成其时尚文化冲击波。就意义结构的社会逻辑缺位而言,一些广义时尚论者在知识操控之际往往采取逻辑化的意义处置方法,使时尚的意义分析纳入内置条理化和意义谱系化的知识框架下,而这就恰恰与时尚的社会存在特征背道而驰。这种处置方法有一个与时尚存在不一致的基本知识动机,那就是企图把逻辑缺位的时尚纳入社会意义结构的逻辑规置之内,这是与把闪电和地震的能量纳入发电厂的操控是同样善良的知识行动。

无论狭义时尚论还是广义时尚论,彼此间并不存在学理对立和结构关系紧张,说到底只不过意义的外延性幅度大小之别而已。对于我们文艺人类学的学科需要而言,更加关注的是时尚文化作为人类社会的一种边缘文化存在现象,何以能够与文艺实现其边缘意义合谋以及合谋过程中时尚何

---

[1] Henri Begson, Creative Evolution, Trans. ArthurMitchell, Newyork, 1919, P176

以能够影响文艺,这是我们站在文艺人类学立场对文艺进行存在性分析的又一个意义通道。

在丹纳的文艺学知识框架里,民族、环境和时代三要素至少有两个要素中包含着时尚文化元素,即环境定位中的精神气候和时代定位中的思潮演变都给时尚作为文化冲击波留下了影响文艺存在的解读空间。当他分析南方比利时人在独立战争后形成休闲的社会时尚之际,就把这种分析的脉络延伸到了同一时期的南方艺术创作,并惊叹这一时尚影响下所出现的"奇怪的是……标榜禁欲主义而神秘气息很浓的宗教,居然把如花似玉、尽情炫耀的裸体当作感化世俗的题材,例如身体丰满的玛特兰纳,肥胖的圣·赛马斯蒂安,朝拜小耶酥的黑人博士看了不胜艳羡的美丽的圣母;总之是大堆的人肉和衣著的铺陈,便是佛罗伦萨的狂欢节也没有如此强烈的刺激,如此嚣张的肉欲"①。这种分析也存在于本内施对丢勒创作的叙事,他认为十四世纪至十五世纪席卷欧洲的旅游时尚深刻地影响了丢勒的生活和创作,因为"丢勒游历的时间很长,从1409年一直延续到1494年。当他到达科尔马时,施恩吉尔已成故人,但丢勒却一直滞留于这个书籍印刷、出版业、插图和版画艺术的中心。这次旅行使丢勒获益匪浅……"②。这种分析对那些职业艺术史家来说使用得更加普遍,他们在一般性描述社会背景时总会对时尚文化表现出浓厚的兴趣,而当那些思潮乃至时代主旋律的人类存在时尚或具有世界引领性的时尚出现之际,则艺术史家甚至会把特定艺术现象的文化驱动力量全部归因于这样的思潮性时尚背景,例如把十六世纪意大利美术创作中世俗关怀的裸体表现题材的涌现,归因于文艺复兴时代的人文主义时尚,例如把安格鲁·布朗兹努那幅著名的"维纳斯、丘必特、傻瓜和时间"所描绘的"维纳斯和他的儿子丘必特在整个画面的左前景中十分显眼,两者都是裸体,沐浴于白色的光线下给人以瓷器般光滑的表面质感,丘必特抚摸着他母亲的乳房并且吻着她的嘴唇③"归

---

① 丹纳:《艺术哲学》,傅雷译,第213页,人民文学出版社1983年版。
② 本内施:《北方文艺复兴艺术》,戚印平译,第14页,中国美术学院出版社2001年版。
③ Laurie Schneider Adams, A History of Western Art, Harry N. Abrams Inc., Newyork, 1994, P279

因于人文主义精神时尚的意义召唤。

所有这些分析所呈示的都是影响发生的外部世界状况或者显形的线性轨迹，而人们的实际要追问的则是，时尚作为文化波何以能与另外一种人类意义方式进行边缘文化层面的意义合谋，而我们的正面回答是，取决于它们之间的非理性同行的生存邀约。人类文明好像划向太空的弧，其所圈定的理性控制面越大，则所粘连的非理性不可控面则更大，文明的完整计量应该是可控面与不可控粘接面的延伸之和，从这个意义上说，理性的人类与非理性的人类永远因这两者辩证统一的完整结构而在世。时尚作为人类文明框架结构中的特定意义单元，其非理性在世永远超过其理性在世，作为文化波和社会兴奋点，它代表着人类的文化本能及其这种力量的在世遍撒，而在遍撒的过程中会以邀约的方式吸纳社会生活中的非理性意义凝聚，从而使文化波不致因为摩擦和阻抗而丧失其漫溢功能，无数社会个体的被抛和卷入就成为邀约的最大积极响应力量。在邀约过程中，时尚除了实现对个体卷入外还寻求合谋者参予其非理性同行，以更大限度地扩大其被抛和卷入的社会功能，而文艺就成为最积极的应邀者。文艺之所以会成为最积极的应邀者，是因为文艺除了在社会的文化中心区被迫与各种中心文化意义实现合谋并完成其沉重的角色担当外，它还必须最大限度地回归其本体意义并在回归之后于文化边缘区与各种边缘文化意义实现粘接，文艺本体的主要功能应该是在边缘文化区，因为它必须最大限度地满足人类处在社会生活情境中的非理性需要，诸如审美、娱乐、游戏和情感渲泄等，尽管这并不排除因理性社会的布控而完成其在社会意义中心所应承受的使命。在所谓"富于戏剧性的人类故事就是最基本的神话[1]"或所谓"文学是神话性思维习惯的继续"[2]这类命题中，把文艺性与神话性予以意义叠合就意味着文艺意义过程的理性撤离，就意味着他们所推崇的集体无意识乃是人类不可或缺的非理性通道。当文艺以原型表征的形态在日常状态中打通这一通道之际，其实也就是满足了人类的非理性意义冲动的外泄

---

[1] Richard Chase, Quest for myth, Louisana State University of Press, 1949, P73
[2] N. Frye, Spiritus Mundi: Essays On Literature, Myth and Society, In Diana University Press, 1976, P9

需要,从这个意义上说,文艺在一定程度和一定层面就成为时尚的天然的盟友,与之进入非理性同行就是再惬意不过的事情。正是由于这样一种内在的关系联接,邀约和应邀就会常常发生,时尚对文艺予以意义的刺激性影响并进一步形成更大规模的非理性推波助澜事态就具有社会存在的必然性。

时尚对文艺的刺激并不像人们想象的那样简单和直接,通常所认为的增强轰动效应和扩大社会影响,其实只是文艺受刺激的外在表现形态,这样的表现不仅可以给予直观把握,甚至可以受到社会统计学的严密监测,美国等一些发达国家的成熟公众调查体系还常常向公共社会发布其调查结果以及相关指数,文艺生产常常从这些结果和指数中调整自己的生产计划、生产取向和生产策略等。就更深层次而言,这种刺激更加表现为迫使文艺及时根据社会普遍状况而调整其对审美期待视野或者说社会接受域的判断,在这个问题上,二十世纪六十年代蓬勃兴起的接受美学所强调的"文学解释学对审美接受优先性的理解需要依赖于期望域"[1],以及进一步对期望域的杠杆作用所作的功能性解读,为我们深化对事态的认识提供了很好的知识参照,尽管接受美学知识立场更强调期望域的历史生成,而我们此刻则更看重其当下性功能发挥。时尚作为文化波其当下性意义冲击不可小视,这种冲击对年轻人群、知识人群和城市人群等特定的群际更加突出和强烈,当这种冲击在特定时空边际内发生以后,所在时空限定的社会意义重心和社会意义取向就会发生相应的转移,这种转移使得那些以人群影响为目标的意义方式不得不迎合性地改变自己的影响策略,其中当然包括非理性意义存在倾向十分明显的文艺,文艺于是不得不调整自己的意义主题和意义存在结构,并且这种调整会因此导致文艺自我存在的一系列外部形态变化,人们通常容易感受到这种外部形态变化而不能深刻把握其内在意义调整。就时尚对文艺的刺激而言,内在意义调整以及所引起的外部形态变化往往是被动和无奈的,并且在被动和无奈之际还不得不表现出积极应对的乐观主义姿态。文化人类学通常所谓促发力指涉的"文化生长的

---

[1] Hans Robert Jauss, Toward an Aesthetic of Reception, University of Minnesota, 1982, P148

条件，在一些间接的方式下能够得到满足"①，在很多情况下就由时尚充当其重要的间接条件和间接方式的角色，而在这样的意义事件背景下，时尚文化对文艺的影响和刺激无疑带有意义根性。

当然，我们必须以全面分析的姿态去看待这一意义行动，那就是在这一意义行动中，影响和刺激是在不同层面上进行的。有时在深层有时则在表层，有时在型制有时则在风格，有时在地缘文化有时则在族群文化，详尽的稳态对应结构关系和繁复的非稳态偶发性出场，必须依靠缜密而且具体化的谱系研究才有可能给予更加清晰的事态描述。问题是即使在清晰的事态描述之前，我们只要遭遇事态就必须保持清醒的层面意识和事态整体观，否则就会在文艺的存在论研究过程中遗留下太多的意义缝隙和意义激活线索。就外在意义影响和内在意义影响的结构关系而言，它们一方面各有其自我显形的独特存在规定，另一方面彼此之间又有其密不可分的意义连接关系，外在影响形成一定规模或达到一定程度的时候势必会影响到内在意义的转型，而内在意义影响不管其深层性多么隐蔽都会在外部形态变化和外部意义影响折射中显露出来，这意味着我们可以从层级和意义方式的刺激性差异结构中去给予学理性分析，却绝不能够把这种分析僵硬地挪位至时尚对文艺刺激影响的关系，以及我们与这一关系之间的关系中去，那种挪位的直接结果就是意义链的断裂和叙述场的丧失。正因为如此，那些时尚文化的专家们通常都对此采取较为谨慎的知识操作方式，例如《作为交流的时尚》的作者默尔考姆·巴纳德在叙述"时尚设计关涉'思想创造'，特别是一种'审美的'和功能超越的形式优先性，而这些通常都为艺术所特别拥有。按照这种见解，时尚设计就完全可以像诸如绘画和雕塑一样视之为艺术"②之际，他在阐明时尚对艺术影响的潜在意义结构时就采取了非层级性和非清晰性的知识模糊处置，这种处置至少使其可以免受直接知识质疑和叙议攻击，同时又并没有影响到作者以时尚为叙议重心和问题脉络的有效展开，因为文艺充其量在这一叙议情境中只不过枝蔓性存在和耗散态意义在场而已。

---

① Ake Hultkrantz, General Ethno logic Concepts, Newyork, 1960, P167
② Malcolm Barnard, Fashion as Communication, Roughtledge, London and New york, 1996, P28

就人类作为意义在场而言,几乎没有任何一种意义能比文艺更加具有意义活性和发散能力,唯其如此,它才在本体层面具有如此复杂的中心意义合谋和边缘意义合谋的文化事态,才使我们在探讨文艺存在论之际必须考虑如此多变的时间坐标与空间边界,也才会导致人类如此沉湎地介入这一充满激情的意义情境和审美游戏中去。既然如此,当时尚不断地对文艺进行意义刺激之际,我们就会毫不犹豫地进行逆向追问,文艺在意义受动之后难道会无动于衷,答案同样是否定性的,因为事实上文艺对时尚的意义刺激几乎在任何情况下都要大于其反向结构,文艺较之时尚由于具有其稳定性优势,它甚至可以对后者构成"特定风俗的主体,起到一种文化濡化作用",从这个意义上说,文艺与时尚不仅形成文化在场状况的意义互动格局,而且文艺还往往处在较为强势的一方。

这种强势首先表现在文艺不断地给时尚提供具有题旨引申功能的文化素材。通常学者们所审视的所谓"据白居易《与元九书》及元稹《白乐长庆集序》等记载,当时文人创作的诗歌传诵于'士庶、僧徒、孀妇、处女'、'王公、妾妇、牛童、走马之口','炫卖于市井',题写于'禁省、观寺、邮候墙壁之上',吟诵于'乡校、佛寺、逆旅、行舟之口',诚所谓'宫掖所传,梨园弟子所歌,旗亭所唱,边将所进,率当时名士所为绝句'……白居易一语道破:'今时俗所重,正在此耳'"①,或者所谓"而有些影响大的电影,常重复放映,会在几年中活跃在人们的口头:用电影中的人物名字起绰号,用电影情节中新鲜生动的台词来表述日常生活中的事情等"②,说到底就都只不过是文艺意义引申的时尚素材事件。这种引申现象在文化人类学知识域被统辖于"文化采借"(Cultural adoption),是一种特有的或者说限制极强的文化采借意义通道。进入这一意义通道或者说穿越这一意义通道者,在某些时候是特定的设计者个人或者设计者利益集团,在明确的利益目的支配下从文艺意义采借其时尚所需要的文化素材,以最大限度地赚取时尚流行以后所带来的高额附加值,尤尼亚·卡凡马罗之所以在讨论"设计者创造性的合法性"这一议题时特别提及"从一个设

---

① 赵庆伟:《中国社会时尚流变》,第140页,湖北教育出版社1999年版。
② 黄涛:《流行语与社会时尚文化》,第28页,上海辞书出版社2004年版。

计者到另一个设计者,从一个公司到另一个公司"①,就是因为他充分意识到预谋者的角色意义及其利益动机。而在更多的情况下,这种采借则是在集体无意识的状况下社会性地文化聚集,此时的集体无意识就是以社会意志人格化替身的身份充当采借的文化主体角色。无论是利益预谋者还是人格化替身的出现,其对文艺的文化采借都是倾情于文艺的想象力和变形力,因为想象力和变形力几乎就是文艺存在及其保持在文化教育情境中的诱引力量的生命,所以对这一采借行动的意义通道而言,大有中国诗经中"鲁道荡荡,齐子由归"(《诗·齐风·南山》)的出场性意味。

  这种强势其次表现在文艺的审美渲染氛围以及这种渲染所造成的明星大众效应,为时尚缘起和文化冲击波的人群扩散提供了社会亢奋的先机。文艺的审美性或者说审美的文艺使命,乃是文艺本体的基本构成要素及其主要意义使命,所以它在任何时候都是不遗余力地渲染其审美氛围和人类的审美欲望,这种渲染在任何情况下都会构成对社会心理的诱惑和吸引,因而艺术哲学家们总是认为"艺术建构无疑与其他任何现存的审美名义下的美的艺术理论或科学一样,或者与其他的设计一样,强调把美的建构视作最基本的使命"②。处在这种渲染之下,必然会产生文艺存在境遇中前赴后继的这样或那样的明星,这些明星因其杰出的文艺表现而在诱惑和吸引的过程中完成其偶像身份塑造。偶像派的明星其存在意义和公众影响力已经远远超出其文艺意义本身,于是他们也就因而能够在日常社会和公众领域不断地以各种细节性表现创造其特有的文化符号,并且这些符号最终也就在利益预谋者或人格替身的作用下演绎为时尚,产生强烈的社会文化冲击波。无论是时尚史家对潮流叙事的"新艺术运动和艺术装饰的风格影响了装饰品和纺织品尤其是珠宝的设计"③,还是电影史家对诸如玛丽莲·梦露、奥黛丽·赫本或者嘉宝在电影之外不断地引发时尚潮流的大量记叙,以及所谓"在好莱坞露面的乃是电影明星,而'明星制度'也成为好莱坞

---

① Yuniya kawamura, Fashion - ology: An Iadroduction to Fashion Studies, Orford, Newyork, 2005, P63

② Friedrich Wilhelm Joseph Schelling, The Philosophy of Art, University of Minnesota Press, Minneapolis, 1989, P8

③ 琼·娜:《服饰时尚800年》,贺彤译,第187页,广西师范大学出版社2004年版。

征服世界的基础。观众对电影明星的崇拜是用几百万张鉴名的照片来维持的,广告和宣传在这些偶像周围创造一种传奇的气氛。明星的恋爱、离婚以及他们所使用的化妆品、住宅、他们所喜爱的动物,在某些国家成了一般人关心和津津乐道的题材"①,都是在直接或间接地强调明星对社会文化时尚的激活力量,这种激活在全球化浪潮下变得更加普遍和频繁,乃至一些初出茅庐的韩国青年男女,也都可以以不同的类型艺术家的明星身份在拥有五千年文明厚重的诺大中国掀起一阵又一阵近乎疯狂的时尚潮流。这种被习惯性地统称为"韩潮"的文化时尚及其所携带的青年明星群落,几乎已经构成对当代中国文化乃至厚重中国文化史的一种残酷嘲讽,而这一切就依凭于文艺对时尚的巨大刺激力量。

　　这种强势再次表现在文艺的生产化和消费化之后直接演绎为大众文化思潮和日常文化时尚。这个议题在一个世纪以前表现为一种知识焦虑,本雅明把转型后的文艺存在背景描述为"资本主义文化的梦幻在一八七六年的世界博览会上显示了其最灿烂的光彩。法兰西第二帝国正处于权利的鼎盛时期。巴黎被举世公认为最豪华最时髦的大城市。奥芬巴赫在露天浴池确定了法国巴黎的生活节奏。小歌剧是资本永恒统治乌托邦,这多么有讽刺意义"②。尽管法兰克福学派兴起以后对文艺的工业化、商业化、消费化和时尚化都给予了猛烈的抨击,但这种焦虑和描述中所流露出来的情绪很快就在文化全球化时代烟消云散,而传媒时代和图像时代的到来则更加催促大众和日常社会对文艺的时尚化表现出热情的接受姿态,而这种姿态反过来迫使"沃伦特的首席歌手在最近一次 MTV 访谈时说,之所以关心乐队,是因为它第一次录音的音响不够'强烈',不像乐队在音乐会上那样;他还说,虽然他们不想使年轻妇女'失去兴趣',但必须使第二次录音的声响'更强烈'才能吸引年轻男人"③。文化时尚化对各方面而言都成为可以接受的互约性在场,音乐、舞蹈以及不同的文艺形式被予以时尚化的组

---

① 乔治·萨杜尔:《世界电影史》,徐昭译,第248页,中国电影出版社1995年版。
② 本雅明:《发达资本主义时代的抒情诗人》,张旭东译,第186页,三联书店1989年版。
③ 丹·鲁比:《狂欢的时髦》,王逢振译,引自《先锋译丛2》,第185页,天津社会科学院出版社2000年版。

合加工而成为广场文化热烈气氛中的"大场面",从意大利咏叹调一直到黑人摇滚等完全风格迥异的音乐呈现,可以在同一文化消费情境中引发时尚的狂潮,于是也就必然会有"随着那些充当符号商品生产者又充当传播者、既充当消费者又充当文化商品之观众的专业化特殊职业群体的扩大,把艺术家举为英雄、让有风格的生活样式进入艺术作品等,这些表现审美化生活的筹划(既是对艺术家的筹划又是对生活方式的表达),在知识分子与艺术圈以外的广大观众中得到了共鸣"①。从更深层的文艺社会学角度看问题,默克罗比所看到的"在这些艺术院校里,他们不仅没有排斥亚文化观念,反而增强了对亚文化的信念……当这种关联和艺术学校年轻教师的兴趣合拍的时候,就产生了一系列丰硕的成果,包括音乐、视觉图像、杂志、时装和其他通俗美术艺术形式"②,实际上还只是浮在日常生活表层的外部世界状况,其更深层而且几近残酷的事实是,我们这个时代的文艺存在就其意义本体而言就已经具有时尚化的存在特征和时尚的本质属性,文艺甚至在绝大多数公共传媒空间都成了时尚的主要存在形式。文艺的意义本体性在我们这个时代遇到了前所未有的挑战,消费化、资讯化、传媒化、时尚化等意义存在方式演变成文艺出场之际所不得不选择的出场方式和出场状态,其中文艺的时尚化在大众的日常生活空间内已经不断地被模糊其边界,继而文艺在这一模糊事态中不仅没有被动性的弱势,而且还常常在直接时尚化中显示其文化强势地位。正是由于这种幻觉性的强势文化地位的显示,人们开始自觉地进行文艺时尚化的意义出场与价值实现,甚至将传统的所谓经典文艺作品也回过头来将其包装为时尚文化产品,企图在日常生活空间建构全面性的时尚文化格局及其文艺时尚的最大限度覆盖,这实际上已经成为一种普遍性的趋势,或者说已经成为一种文艺对社会进行欲望化利益索取的最广泛形式,通常这种形式谓之策划或者创意,而且利益的经济模型和社会统计学目录则谓之创意文化产业,乃是文化产业中最有活力和可变性的利益获取途径。

---

① 迈克·费瑟斯通:《消费文化与后现代主义》,刘精明译,第53页,译林出版社2000年版。
② 安吉拉·默克罗比:《后现代主义与大众文化》,田晓菲译,第207页,中央编译出版社2001年版。

第十章
世界市场时代的文艺生产与消费

尽管利奥塔式后现代警示的"这种二取一的思维方式,与我们所面对的社会已相去甚远"①并非完全没有学域反应,但在现实的知识操控之际人们还是习惯于传统的思维定势,我们在思考文艺的存在问题时也仍然沿袭着亚理士多德的学理脉络,即仍然在某种先行预设的形而上思辨框架里展开我们这个时代的知识填充,而实际情况是,自19世纪人类社会不断地向世界市场时代挺进以来,文艺的存在方式以及由此导致的文艺与人类的基本关系已经发生了根本性的转型,文艺学家们除了对这种转型愤然予以批判之外,恰恰就忘却了黑格尔那句关于存在合理性的名言,也就是说,文艺学必须以自我转型的姿态来正视世界市场时代的文艺存在状况,这是文艺存在论发展到今天在传统知识体制外所遭遇的应答性问题召唤。

世界市场观念是在马克思那个时代就已经确立的,马克思在《共产党宣言》中所说的"资产阶级,由于开拓了世界市场,使一切国家的生产和消费都成为世界性的了"②,那个时代的政治家、经济学家和工业资本家们都已经普遍有所警觉,甚至有所利用,所以才会出现"自由贸易观点被采

---

① 让-弗朗索瓦·利奥塔:《后现代状况》,岛子译,第64页,湖南美术出版社1996年版。
② 马克思、恩格斯:《共产党宣言》,《马克思恩格斯选集》(第一卷),第254页,人民出版社1972年版。

纳了，它成为英国政治的一个信条。这不是由于经济学家的理论，而是因为英国制造商统治着世界市场"①。

这一表面看来仅仅是经济格局变化的事态带来人类社会的后果乃是革命性的，并且从一开始就导致了三种严峻的追问，即所谓追问利润，追问市场以及追问资本。在追问利润中，不仅在于从本质上揭蔽"剩余价值，或商品全部价值中体现着工人剩余劳动或无偿劳动的那一部分，我称之为利润"②，而且更在于这一本质在社会现象层面会引起无限的利润最大化，这种最大化在资本主义原始积累时期还仅仅显示为内闭式的剥削，然而到了世界市场时代却是在全球范围内显示为极其复杂且互相制约的利益博弈，因而那种异化劳动和异化生活方式的所谓"把自我活动、自由活动贬低为手段，也就把人类的生活变成维持人的肉体生存的手段"③，就会由个体体验转向全世界范围内普遍性的异化均摊，这意味着特定个体的是否直接在场并不影响其被利润最大化欲望网罩所统辖的被动性生存命运。在市场追问中，要义不在于"在每一个方面的自由生产将会把人们举到这样的条件之下，在这里他们也许能够以最可获利的形式交换他们的商品，从而使那些可以生产某一种多余的人能够在其他地方把它们同另一种类的多余相交换。为了达到这种可取的结果，你必须做的全部就是让贸易和这个经济过程自行其是"④，而更在于因此导致人类社会的全面商品化，导致"它们剩下的只是同一的幽灵般的对象性，只是无差别的人类劳动的单纯凝结，即不管以哪种形式进行的人类劳动力耗费的单纯凝结。这些物现在只是表示，在它们的生产上耗费了人类劳动力，积累了人类劳动。这些物，作为它们共有的这个社会实体的结晶，就是价值——商品价值"⑤，这意味着我们从此也就只能以大量吞噬价值的商品形态作为生存的日常前提。在

---

① 琼·罗宾逊：《现代经济学导论》，陈彪如译，第308页，商务印书馆1982年版。
② 马克思：《工资、价格和利润》、《马克思恩格斯选集》（第二卷），第186页，人民出版社1972年版。
③ 马克思：《一八四四年经济学——哲学手稿》，《马克思恩格斯全集》（第四十二卷），第97页，人民出版社1979年版。
④ 乔治·H·米德：《十九世纪的思想运动》，陈虎平译，第238页，中国城市出版社2003年版。
⑤ 马克思：《资本论》（第一卷），第51页，人民出版社2004年版。

资本追问中，人们似乎更亢奋于"正在绷紧的国际经济网，甚至也把那些地理上极其遥远的地区拉入到整体世界之中，使两者之间产生直接而不仅是字面意义上的联系"①，而实际情况是商品普在生存方式的进一步事态化就是资本魔掌的出现，当经济学家都在思索着诸如"新资本品注定是要产生生产的资本服务的；换句话说，它所产生的不是供直接消费的，而是在消费品的生产中被间接消费的资本服务"②之际，世界都会陷落到资本魔掌的控制之中，何况我们这些芸芸众生及芸芸众生们的日常生活。总之这三种严峻追问的警示意义在于，在世界市场时代的崭新历史境遇下，人类的生存和存在方式都得与之相适应地发生变化，因而我们的生存关注和存在分析亦必须与之相适应地给予学理调整，否则在新境遇面前便无异于痴人说梦。

以利润、商品和资本为存在符号象征的世界市场时代把人类社会变成一架永不停息的生产机器，而这个机器的生产要想能够持续运转，就必须演绎出与之相匹配的对称物那就是消费，那些短缺论经济学家和需求论经济学家甚至还从对称结构的反向度来看待世界市场时代的社会均衡。古典经济学家对贸易理解的"一切贸易的财货和商品是整个世界的动物、植物和矿物，是陆地或海洋生产的一切。这些商品可以分为自然商品和人工商品两类"③，在新的经济学语境中显得十分老套甚至稚嫩，因为最不能与消费联系在一起的精神产品这时候也成为重要的商品并沉沦到贸易过程中去，所以人成为消费者也就理所当然地成为这个时代必然发生的身份革命，于是我们所现实接触的人，要么就是生产者，要么就是消费者，要么身兼二职。社会存在问题在某种意义上已经引申为"关键的分析工具是消费函数，正是这个概念把消费总开支与消费者可支配收入的水平联系在一起"④，即使在入不敷出的大萧条日子里，经济学家们仍然规劝"现在我们所需要的，不是勒紧裤带过日子，而是一种发展扩张、积极活跃的精神状

---

① 艾瑞克·霍布斯鲍姆：《资本的年代》，张晓华译，第74页，江苏人民出版社1999年版。
② 莱昂·瓦尔拉斯：《纯粹经济学要义》，蔡受白译，第314页，商务印书馆1997年版。
③ 尼古拉斯·巴尔本：《贸易论》，刘漠云译，第51页，商务印书馆1982年版。
④ 保罗·A·萨缪尔森：《经济学》（上），高鸿业译，第204页，中国发展出版社1992年版。

态，要多干一些实事，多买一些东西，多制造一些商品"①，于是世界市场时代的各国政府也就先后加入刺激消费、拉动消费、培植消费文化的强势者阵营中去，有了这一庞大强势阵营的介入和推波助澜，全球性的把人变成消费者的身份转型运动的发展速度就大大加快，所以今天的人在日常生活状态总是以消费心理和消费行为去与所处的世界市场时代接触，个体作为消费者的社会意义量远远超过其作为独立个人的社会意义量，我们个人心理和人的行为在日常状态与世界相拥与人类相恋的体验已经微乎其微。经济学制度学派的代表人物凡勃伦曾设想一个有闲阶级和有闲生活方式，认为"光荣的有闲生活既不能全部为外人所目睹，所以为了博取荣誉，就必须使这种生活留下些具体的、可以看得见的成绩作为确证，供人衡量，并以此为据，跟处于同阶级的有意于猎取荣誉的竞争者所展示的成绩相比较"②，如果这样一个阶级和这样一种生活方式的确成为合法性的社会价值理想的话，那么很显然，消费价值就不仅具有经济范畴的核心意义，而且具有社会文化范畴的中心意义，由此也就真正进入了全面消费时代。

在我们自觉不自觉地进入世界市场时代以后，全面生产和全面消费成为日常社会的基本可视视野，生活在这个视野中的人不管他愿意或者不愿意，都必须被卷入汹涌的生产和消费的社会洪流中，其身份要么定位于生产者位置要么定位于消费者位置，而且这种定位在个人的日常生活结构中总是瞬息万变地互相置换，所以我们这个时代的人才会因此而显得十分忙碌、十分焦躁同时也十分充满危机感，因为生产的最大化和消费的最大化总是像磁铁和梦幻一样吸引我们，而生产的最低限度和消费的最低限度又总是像魔鬼和咒语一般对我们虎视眈眈，这就是我们在世界市场时代的基本生活命运，当然也就包括基本文艺命运。

对于这种命运，马克思主义学派和非马克思主义学派都曾有过批判的态度，现代派学者和后现代派学者也同样有其否定性学理视角，这意味着它作为一种社会存在形态并非没有受到合法性质疑。

马克思主义学派对这一社会命运的诠释选择了异化理论的观察视角，

---

① J. M. 凯恩斯：《预言与劝说》，赵波译，第151页，江苏人民出版社1997年版。
② 凡勃伦：《有闲阶级论》，蔡受百译，第40页，商务印书馆1964年版。

异化劳动持论中"活动就是受动,力量就是虚弱,生殖就是去势,劳动者自己肉体的和精神的能力,他个人的生活(因为,如果生活不是活动,那又是什么呢),就是掉转过来反对他自身的、不依赖于他的、不属于他的活动"[1],异化社会观持论中"大资本生产趋势直接而强烈地贯穿于每个人的全部日常生活。事实表明,同以往的时代相比,这种直接性和强烈性在质的方面恰恰是某种崭新的东西:很少有人能够逃避这种影响"[2],进而也就有"晚期资本主义"命题背景中所质疑的"在技术高度发达的[社会]状况下,为什么个人的生活仍然决定于职业劳动的命令,决定于成就竞争的伦理观,决定于社会地位竞争的压力,决定于人的物化价值和为了满足需要所提供的代用品的价值;为什么制度化的生存斗争、异化劳动的戒律、扼杀情欲和美的满足的行为,都受到保护"[3]。非马克思主义学派在同样的命运遭遇之际却并没有表现出很明显的异化论附和,他们绝大多数倒是反过来表现出对这种命运的认同甚至欣喜,这种认同和欣喜不仅可以看做19世纪以来资本主义大发展的思想氛围,而且甚至可以看做世界市场化及其轰轰烈烈的全球化运动的精神养料,倒是叔本华、尼采和克尔凯郭尔那一流派,几乎是从本能生存厌烦立场出发去给予批判性言说的。他们不仅厌烦世界市场时代"世俗者将自己抵押给了这个世界,他们发挥自己的能力聚积金钱,从事世俗的事业,进行精明的盘算,如此等等"[4],厌烦疯狂生产的"时下,人们多以休息为耻,长时间的沉思简直要受良心的谴责了,思考时,手里要拿着表;午膳时,眼睛要盯着证券报。过日子就好比总在'耽误'事一般。'随便干什么,总比闲着好',这原则成了一条勒死人性修养和高尚情趣的绳索"[5],甚至更厌烦"消费却成了它自身的目的。不断增加的需要迫使我们不断努力,消费使我们依赖这些需要,依赖于能

---

[1] 马克思:《一八四四年经济学——哲学手稿》,刘丕坤译,第48页,人民出版社1979年版。
[2] 卢卡奇:《关于社会存在的本体论》(下卷),白锡堃译,第844页,重庆出版社1993年版。
[3] 哈贝马斯:《作为"意识形态"的技术与科学》,李黎译,第80页,学林出版社1999年版。
[4] Kierkegaard, The Sickness Unto Death, Prinston 1980, P35
[5] 尼采:《快乐的科学》,黄明嘉译,第249页,漓江出版社2000年版。

帮助我们满足需要的人及机构"①。显然，马克思主义学派与非马克思主义学派之间尽管表述相异，但是他们在世界市场时代的遭遇及其对生活命运（尤其文化命运）的感受却是彼此仿佛的，因为他们遭遇的对象是共同性的社会存在或者说社会存在的世界市场化转型。

仅就批判立场而言，现代派知识框架下各种类型或各种学派的学者对世界市场时代的生活遭遇及其文化命运，所表现出的态度乃是救赎和修复心态支配的金刚怒目，无论是丹尼尔·贝尔的"文化（在严肃的领域）已被颠覆资产阶级生活的现代主义原则所支配，而中产阶级的生活方式已被享乐主义所支配，享乐主义又摧毁了作为社会道德基础的新教伦理。严肃艺术家所培育的一种模式——现代主义，'文化大众'所表现的种种乏味形式的制度化，以及市场体系所促成的生活方式——享乐主义，这三者的相互影响构成了资本主义的文化矛盾"②，还是霍克海默的"文化工业的产品到处都被使用，甚至在娱乐消遣的状况下，也会被灵活地消费。但是文化工业的每一个产品，都是经济上巨大机器的一个标本，所有的人从一开始起，在工作时，在休息时，只要他还进行呼吸，他就离不开这些产品"③，虽然其否定意识溢于字里行间，然而他们的修补努力和救赎企图也同样显而易见，在他们把世界市场时代和资本主义制度几乎放在一起加以考量之际，总想着社会存在的回转同样指日可待。这种想法对于后现代派学者们而言，几乎可以不值一提，对于我们这个时代的遭遇的生活事态及其文化命运，他们的态度乃是轻微反应后的轻松戏谑。当德里达笑看写作为"写就是退隐。不是躲到帐篷里去写而是从他的写作中撤出。是在远离自己的语言处搁浅，是从语言中挣脱或让自己的语言失控，让它独自地轻装行走。是丢下言语"④，或者更甚者如福柯隐喻世界真相的"疯癫确定具有吸引力，但它并不蛊惑人。它统治着世上一切轻松愉快乃至轻浮的事情。正是疯癫、愚蠢使人变得'好动而欢乐'，正如它曾使'保护神、美

---

① E. 弗洛姆：《健全的社会》，孙恺详译，第106页，贵州人民出版社1994年版。
② 丹尼尔·贝尔：《资本主义文化矛盾》，赵一凡译，第132页，三联书店1989年版。
③ 马克斯·霍克海默：《启蒙辩证法》，洪佩郁译，第118页，重庆出版社1990年版。
④ 雅克·德里达：《书写与差异》（上册），张宁译，第114页，三联书店2001年版。

神、酒神、森林之神和文雅的花园护神'去寻欢作乐一样。它的一切都显露在外表,毫无高深莫测之处"①,处在这样的思考情境和问题姿态之下,则所谓遭遇和命运就彻底地不值一提,更何谈知识增长意义上的某种积极叙议成果可言。总之,现代派学者还始终对社会存在及其所处命运较真儿并在学理上十分地钻牛角尖,而对后现代派学者而言所有这一切都可以游戏态度处之,因为他们认为所有这一切压根儿就没有值得较真儿和钻牛角尖的地方。

全球化浪潮兴起及这一浪潮的社会反思形成其专门性知识谱系以后,人和文化在世界市场时代的命运思考就又被绑缚到全球化问题框架之中,由此而有世界市场时代和全球化时代的一系列价值纠缠和意义叠合。某些全球化问题专家将全球化的起点定位于世界市场时代的深化乃至具体的跨国公司的客观诉求,博耶尔和朱克所说的"为跨国公司开放边界"②,伽尔托夫所说的"经济迫使全球的政府介入"③,以及更多的不同知识背景学者们的表述,在雅克·阿达的全球化起源之议里被表述为"全球经济整体的各个组成部分之间的不断相互融合,赋予它一种特有的力量。这种力量日益挣脱国家的控制……使疆界和领土的概念在很多领域都成了过时之物。这一流动性还促进了在一个跨国的基础上组织生产并且促进消费标准的全球化"④。经济全球化之思很快就波及到政治全球化、文化全球化甚至恐怖主义全球化等等,而文化的全球化进程和全球化的文化转折则尤其使社会学家、人类学家乃至文艺学家们感到问题的逼近,罗兰·罗伯森因此认为"文化研究已经越来越明显地成为创造表现空间的一个学术学科场所。而且这一发展的许多部分对于讨论全球场关系极大,这体现在对他者(the other)的认识、移民和国外散居者的扩散、后殖民主义、认同形成等等的

---

① 米歇尔·福柯:《疯癫与文明》,刘北成译,第21页,三联书店2003年版。
② Robert BoyerandD. Drache, States Agains tMarket: The Limits of Globalization, Routledge, 1996, P18
③ Mel Gurtov, Global Politics in the Human Interest, Lynne Rienner Publishers, Inc. 1999, P33
④ 雅克·阿达:《经济全球化》,何竟译,第4页,中央编译出版社2000年版。

关注之中"①。文化全球化之议兴起之后，人类的文化命运就又平添出许多议论纷纷，诸如文化多样性危机、图像时代危机、网络虚拟性危机，诱使世界各国的文化专家出场并形成在场性的热烈讨论，这些讨论所形成的文字记录实际上已经汗牛充栋，而这些讨论给我们一个特有的惊奇之处，那就是就消费文化或文化消费而论，肯定者抑或否定者都认为它们已经是全球化事态的忠实而有效的合谋者，因为"跨国公司要向全球扩展并达到预期目的，需要消费文化来支撑。消费文化的核心，是对消费者的引导和操纵以使他们淹没于通过媒体特别是电视创造的'符号'和'形象'之中"②，因为"商业与艺术之间最明显的关系是一种严格的经济关系。在一个由商业创造财富的金钱经济中，高雅文化和通俗文化都依赖商业为其提供基本资助……由于商业的繁荣和不断增长的薪金收入，才使人们可以去购画，捐助交响乐队，委托艺术家去设计制作建筑和雕塑"③。这意味着文化命运事态的进一步事态化，意味着问题也将受到全球化浪潮及其相关的知识谱系的全面纠缠，肯否判断因而也就更加复杂。

不管我们站在何种学术立场或持何种知识主见，结果都已经无法更改，那就是世界市场时代以来文艺生活就其存在方式而言已经较大程度地显现为生产过程和消费过程，这意味着我们与文艺的基本存在关系已经事实上发生了改变，因而文艺在人类生活中的存在方式、存在形态、存在价值乃至存在过程也就相一致地要发生改变，这种改变导致文艺学已经无法用传统的学科框架、基本语词和解读方案来处置当前文艺生活。

首先是文艺创作向文艺生产的转变。文艺创作要求其主体以完整的生命投入和生存体验的姿态融入其情境和过程，其后的符号表现尽管有利于普遍可传达的实施却仍然被某些文艺学家给予价值冷处理，所以狄尔泰才认为"当我试图说出在歌德身上的生活、生活经验、想象和文学作品的关

---

① 罗兰·罗伯森：《全球化：社会理论和全球文化》，梁光严译，第69页，上海人民出版社2000年版。
② 杨伯溆：《全球化：起源发展和影响》，第193页，人民出版社2002年版。
③ 罗伯特·N·威尔逊：《商业社会中的雅俗文化》，周宪译，引自《激进的美学锋芒》，第311页，中国人民大学出版社2003年版。

系时，首先攫住我的又是这种生存中的奇异的统一与和谐"①，所以托尔斯泰才说"艺术家的真挚的程度对艺术感染力的大小的影响比什么都大。观众、听众和读者一旦感觉到艺术家自己也被自己的作品所感染，他的写作、歌唱和演奏是为了他自己，而不单是为了影响别人，那么艺术家的这种心情也就感染了感受者"②。文艺创作和文艺生产之间肯定存在程度不等的意义叠合之处，但它们之间至少有如下意义差异：（一）价值向度之异。与文艺创作的自我价值实现和情感的符号化乃是体验的目的不同，文艺生产始终都把文艺定位在实现价值目标的工具或符号媒介物的位置，价值取向最终存在于人类的文艺生活之外，搭上文化工业战车的文艺生产从此也就呈现出"千百万人参与了文化工业强制性的再生产过程，而这种再生产过程，又总是在无数的地方为满足相同的需要提供标准的产品"③的非艺术景观，传统知识谱系那些把诗性、审美性或者神话性作为文艺本体的至高无上价值目标予以追求和诉说的努力此时已经烟消云散。（二）驱动力量之异。文艺创作作为一种特殊的精神活动是由内驱力所控制和制约的，中国古代文艺思想中诸如"养气说"、"根情苗言说"、"明志说"等文艺学命题都是内驱力倡导的知识证据，但文艺生产却更大程度上受外驱力的制约和牵引，它在整个文化工业中甚至充当外国诱惑的订单产业角色，所以为了提高订单诱惑下的产业效益最终也就不得不走向复制化、规模化、模式化、机械化，鲍德里亚表述为"它逃离了全部形而上学。不再有存在与现象、真实与真实的概念这样的镜子，没有想象的共存……它是超真实：用 X 光合成的产品是在没有空气的超空间中制作出来的"④。（三）存在形式之异。文艺创作不管显现物为何种媒材都不影响其精神存在属性，物质形式在精神存在物中间仅仅起到辅助性作用，而文艺生产所获得的文艺产品尽管在任何条件下都包含程度不同的精神要素，但它在社会中的文化存在形式却更体现在其物质性方面，所以后者也就存在诸如知识产权、

---

① 威廉·狄尔泰：《体验与诗》，胡其鼎译，第166页，三联书店2003年版。
② 托尔斯泰：《什么是艺术》，丰陈宝译，引自《西方文论选》（下），第440页，上海译文出版社1979年版。
③ 马克斯·霍克海默：《启蒙辩证法》，洪佩郁译，第113页，重庆出版社1990年版。
④ 鲍德里亚：《生产之镜》，仰海峰译，第86页，中央编译出版社2005年版。

市场份额、经济效益和市场营销这类只有在物质生产过程中才会出现的问题，甚至会导致"整个世界毫无必要地在家庭里的电视上摊开。这是显微镜下的色情画。说它色情是因为它的生硬和夸张，就如色情电影中表现性行为的特写镜头一样。就是所有这些把舞台给破坏了。这种舞台本来是通过［观众］和舞台［之间］保持一定距离、并且基于只有演员才知道的一些秘密礼仪才得以维持的"①。正是由于至少这三种差异以及更多的意义差异存在，决定了文艺创作和文艺生产乃是绝然不同的两种人类行为方式，甚至决定了作家艺术家由创作者向生产者的身份转型，决定了精神个体性的缓慢消失和物质普遍性的迅速扩张。这种根本性的方式和身份的转型，使得文艺的意义生成、意义存在和意义影响等各个环节都会相应发生改变，例如当创作状态的作家在其形成文本的过程中，就会像伊瑟尔所认为的那样始终有"隐含读者"意识存在，追求其创作过程中"意义生成的过程是本文结构通过感知实现活动转化为个人经验，而暗隐的读者的概念则提供了描述该过程的方式"②，反之则生产状态中的生产者无论他是在生产文学文本还是电影文本，他时刻牵挂的都是消费的数量和所谓"对象定位"，如果给予仿生性命名不妨谓之"隐含消费者"，而这种意识的理论依据在于世界市场时代的文艺生产者们大多坚信"对一个特定社会中美的需要的估价来说，经济的观点具有非常的重要性"③。总之，在世界市场时代，在文艺生产的历史背景下，生产者的存在意义大于创作的存在意义。

其次是文艺欣赏向文艺消费的转变。在整个人类的文艺生活中，欣赏乃是最美妙也最富于人类普遍意义的精神活动，欣赏过程中的诗性领悟、神话性想象和审美性体验使得个人生活充实而且升华，因而也就使得人类社会生活因诗性、神话性和审美性的精神价值实现而更加充满活力和生机。之所以会出现"子在齐闻《韶》，三月不知肉味"（《论语·八佾》）或者"慷慨者逆声而击节，酝藉者见密而高蹈，浮慧者观绮而跃心，爱奇

---

① Jean Baudrillard, The Ecstasy of Communication, Semiotext, 1988, P21
② 沃尔夫冈·伊瑟尔：《阅读活动：审美反应理论》，金元浦译，第48页，中国社会科学出版社1991年版。
③ 埃蒂安·苏里奥语。引自雅克·莱纳尔德：《艺术社会学方法》，于沛译，《现当代西方文艺社会学探索》，第343页，海峡文艺出版社1987年版。

者闻诡而惊听"(《文心雕龙·知音》),就是因为文艺欣赏在文艺生活中的巨大能动作用以及这种作用给人类心灵所带来的巨大动力学效果,就是因为文艺欣赏获得快乐之际"这种快乐不在于它呈示出观赏一件艺术品时所应得到的那种独特的审美经验,而在于它代表了一种终极的审美赞同。这是一种达到澄明状态的快乐,也是当某种无与伦比的、可以理解的和清澈透明的东西呈现于我们眼前时的快乐"[1]。纯粹的文艺欣赏代表了人类文艺生活的基本结构和人类与文艺的基本价值关系,个人的文艺欣赏是以个人的身份表征人类对于文艺的需要和渴望,所以个人的文艺欣赏是以忘我和诚信作为其心理介入前提的,无论是精神承享还是情感移情,进入文艺欣赏过程中的欣赏者都将进入形上界面的心灵漫游历程,乔治·布莱谓之"成为一种精神之流,与我在阅读中跟随的精神之流平行、相像,使他人的思想和我的思想结合,仿佛顺着同一个斜波流动的同一条河的两条支流"[2]。接受美学和读者反应理论兴起以后,欣赏者更被抬升至与作者共同创造文艺作品的高度,欣赏者的自我存在价值及其对改善人类文艺生活质量的不可或缺地位从此获得了充分的理论求证,接受主体的主动性、纯粹性、理想性和价值独立性在这些求证中演绎为不证自明的人类文艺生活的前提性存在。但这一切在世界市场时代和文艺消费情境中不断地被质疑和颠覆,就像罗贝尔·埃斯卡尔皮认为"读者是文学作品的消费者,因此,他像所有其他产品的消费者一样,是为一种兴趣所驱使,而不是要作出判断,即使他能凭经验对这种兴趣作出合理的说明"[3]一样,绝大多数文艺社会学家都在其学术关键词系列中把消费和消费者放在十分醒目的位置,之所以这种放置本身在知识域内也显得很自然,是因为现实的人类文艺生活本身表现出空前的文艺消费化存在特征,从前那种欣赏者的独立性、主体性、精神性和理想性等正日渐消失,代之的则是作为消费者的公平性、效益性、时尚性和物质性,个人的文化命运因此不得不演绎为"高雅文化

---

[1] Diane Collinson, Aesthetic Education, New Essays in the Philosophy of Education, London, Routledge, 1973, P200
[2] 乔治·布莱:《批评意识》,郭宏安译,第259页,广西师范大学出版社2002年版。
[3] 罗贝尔·埃斯卡尔皮:《文学社会学》,符锦勇译,第139页,上海译文出版社1988年版。

商品的消费（如艺术、戏剧、哲学）一定与其他更多的平庸文化商品（衣物、食物、饮料、闲暇追求）的持有和消费相关，高雅文化必须镌刻在与日常文化消费的相同的社会空间中"①。处此情势之下，个人与文艺作品之间的关系也就演绎为消费结构关系，他在面对文艺作品之际除了时时牢记其消费者、顾客、上帝这些凌驾文艺之上的高贵身份外，还会不断地受到消费心态的纠缠和困扰，这意味着即使他走进音乐厅或者走出音乐厅，首先关注的都会是在支付与获取之间究竟是否吃亏或者是否物有所值。正是由于这样的身份、这样的关系以及这样的心态，文艺消费者逐渐形成其追求直接消费效果的文艺消费习惯，那就是逐渐远离所谓情感深度、精神形上性或者审美韵致，由此也就必然会导致娱乐性目标对审美性目标的替代，并且导致诸如身体语言与欲望语言、戏仿化与拼贴化、愚人叙事与智障叙事、炒作效果与从众效果、俗世诱惑与日常诱惑、大场景渲染与大制作渲染、快餐风格与一次性风格……所有这些因消费需求变化引起的文艺生活方式的变化正使文艺在人类生存中的功能位置和价值位置发生剧变。总之，在世界市场时代，在文艺消费的历史背景下，消费者的存在意义大于欣赏者的存在意义。

　　再次是作品向产品和商品的转变。一切形态、类型和符号方式的文艺都以其作品充当文艺价值实现的核心媒介力量，理想的作品在文艺思想史上甚至常常被推至崇拜物的存在高度，围绕文艺作品所产生的技术分析知识，无论东方还是西方都是文艺学知识谱系的最大板块，符号学、叙事学、结构主义等文艺思想流派在某种意义上说属于纯粹的作品知识系统，具体到文学研究领域韦勒克将其严格划定为内部研究范畴，并明确指出"艺术品似乎是一种独特的可以认识的对象，它有特别的本体论的地位"②。之所以会有特别的本体论地位，是因为在作品存在情境中文艺的诗性、神话性和审美性构成对人类精神生活的独特吸引，这种吸引往往具有超越意识形态、地缘文化、时代境遇和个人身份的精神力量从而形成其与人类的

---

　　① 迈克·费瑟斯通：《消费文化与后现代主义》，刘精明译，第25页，译林出版社2000年版。

　　② 韦勒克：《文学理论》，刘象愚译，第164页，三联书店1984年版。

终极关怀存在关系。文学中的《俄狄浦斯王》和《哈姆雷特》,绘画中的《最后的晚餐》和《春》,音乐中的《英雄交响曲》和《田园交响曲》,舞蹈中的《天鹅湖》和《胡桃夹子》,诸如此类,人们在与作品相拥之际也就意味着一次次地进入作品意义域或者反过来说导致作品人类精神价值的不断实现,从这个意义上说,作品具有永恒而独特的价值存在属性。但是这个属性在产品情境下就会退隐和程度不同地消失,马克·J·史密斯认为"这和先前的文化生产形式不一样,在那些形式中,艺术家、表演者或手艺人仍然持有一些控制权,其产品可以说含有一些原创形式;而大工业生产则确保艺术的、创造性的投入只有在资本主义生产过程中创作才具有价值。为了制造同质的、公式化的和易满足的小说、电影、歌曲和文献记录,建立在片断和常规任务基础上的标准化生产体系被描绘为被动消费的原因"①,正因为如此,在世界市场时代和文化工业背景下,文艺大师的文艺杰作越来越少和作品产品化后的存在短命就带有历史的必然意味,产品的大众普适使用要求决定了涉身事态的文艺生产者放弃对独特精神存在状态的追求。问题是,这还不是事态的最终结果,进一步的事态演绎是产品还必须迅速而有效地转化为商品,使用价值转换为交换价值,亦即在广告和叫卖的炒作中最大限度地占有其文化市场份额,所以艺术市场营销由此成为专门性的知识门类,文艺作品的商品化较之产品化离精神存在也就更加距离遥远。贾克·阿达利所说的"在流行音乐这个广大市场还未被创造出来以前,音乐并没有真正成为一项商品。这个市场在爱迪生发明留声机之时还不存在;它是在美国的工业机制将黑人音乐殖民化以后才产生的。从爵士到摇滚,同样的做法,不断疏离掉解放的意欲,不断重新开始及再取用,以便制造市场,亦即同时制造供给和需求"②,伊沃·苏皮契奇所说的"至于大众传媒工业的经济和商业的方面,和它与音乐的生产和再生产

---

① 马克·J·史密斯:《文化:再造社会科学》,张美川译,第55页,吉林人民出版社2005年版。
② 贾克·阿达利:《噪音:音乐的政治经济学》,宋素凤译,第141页,上海世纪出版集团2000年版。

的关系,这是仍然留下来大量地未被开拓的一个巨大的领域"①,以及罗伯特·皮卡德所说的"在极大的程度上,美国的媒体是资本主义的商业事业……音乐排行榜乃是地道的商业行为"②,今天已经不仅存在于发达国家也存在于发展中国家,不仅存在于音乐也存在于广泛的其他文艺领域。商品的魔力的确无限,人们已经越来越不满足于将当代的文艺产品推向市场,而是更加富于想象力地把从前的杰出文艺作品通过当代商品化包装和艺术营销处置去获得更大的商业利润,并且这种包装和商业处置常常给我们以杰出作品当代显现的错觉。就当代中国文艺生活而言,二十年前的港潮,十年前的台潮,当前的韩潮,皆莫不是文艺商品化和巨大商业运作成果的典型案例。作品商业化以及文艺生活进入商业时代以后,文艺人类或者说人类文艺的存在方式和存在结构从根本上转型为利益博弈关系,转型为普存价值消失的当前买卖关系,转型为精神物化后的纯粹市场关系。

所谓创作者向生产者的转换、欣赏者向消费者的转换、作品向产品及商品的转换,依然只是文艺存在转型的外部表现特征,法兰克福学派的一腔批判情绪就是由于这些外部表现特征的刺激所引起,而实际上还有更深层同时也更大局制控的操盘魔手在调动世界市场时代的文艺存在,那就是资本,资本正越来越有力地操控着人类的文艺生活。

艾瑞克·霍布斯鲍姆在面对资本对文艺操盘的初期之际不乏疑虑,例如"随着艺术品的兴盛,投公众所好的艺术家也发财了,当然这些艺术家并不都是最糟糕的,然而,这时期一流的天才却仍一贫如洗,受冻挨饿,仍得不到评论家的垂青。其原因究竟何在,至今仍是个谜"③,这个谜底其实就在于,在世界市场时代的初期,资本自身尚处于原始积累阶段,所以也就不可能有足够的力量对全球范围内的人类文艺生活进行操盘,资本的力量与政治权威的力量、宗教信仰的力量、地缘文化的力量、个性自由的力量等相比,还没有发展到具有压倒优势的可控性地位。各种力量的大搏

---

① 伊沃·苏皮契奇:《社会中的音乐:音乐社会学讨论》,周耀群译,第94页,湖南文艺出版社2005年版。
② Robert Picard, Media Economics, Sage, 1989, P14–15
③ 艾瑞克·霍布斯鲍姆:《资本的年代》,张晓华译,第388页,江苏人民出版社1999年版。

斗发生在19世纪后期和20世纪初期，随着穷困潦倒的文艺家群落中不断产生中产阶级和不断地有人走向富有，例如逐渐可以将狄更斯、萨克雷、艾略特、丁尼生、雨果、左拉、托尔斯泰、陀斯妥耶夫斯基、屠格涅夫、瓦格纳、威尔第、勃拉姆斯、李斯特、德沃夏克、柴可夫斯基、马克·吐温、易卜生、高更、塞尚、莫奈、莫里斯、杜桑、布兰库西、康定斯基、马蒂斯等这一系列的杰出文艺家的名字从"贫穷的精神贵族"名单中除名，实际上也就寓示着文艺家们正在一步步地接受市场，或者更进一步说资本的力量正在文艺家身上以及整个社会的文艺生活方式中逐渐发生深刻的影响，这是操盘和布控的端倪。在一百五十年左右的文艺史中，资本对文艺的布控和操盘是一步步走向深入和全面的，所谓今天的人们"雄心壮志全都瞄准了经济方面的利益：国民生产总值、产量、贸易，而重中之重的是金钱。德国已经从一个文化国家变成了一个消费国家"①，不仅早已越过了德国的边界而且在文艺领域表现得更加充分，资本作为文艺商品化的操盘手，通过文艺商品化制度设计、文艺消费市场的培植、文艺生产者的物质刺激，从而使人类的文艺生活迅速进入其布控路线图。就商品化制度设计而言，诸如文艺作品版权制度、跨国文化贸易保护和配额制度、出版与演出等文艺活动的利润分成制度、大规模和高技术文艺制作中的投入与产出制度等等，都在制度层面确保了资本对文艺的布控能力，甚至这种布控能力在制度设计细节都会有"任何一位自由市场的资本家都会告诉你，提高一项制造业如底特律或好莱坞的经济收益的办法就是在降低成本的同时提高生产力"②。就消费市场的培植而言，资本的魔力集中地体现为大规模投入到广告和传媒炒作中，利用对话语权力和传媒影响力的收购来调动社会和公众的消费激情、消费倾向和消费潮流，每一次成功的商业性策划和炒作都会带来文艺消费市场的拓植效果，盛行于世界各地的音乐排行榜就如同一年一度的奥斯卡金像奖一样，乃是纯粹的商业行为而且旨在对文艺消费市场进行巩固和培植，这种培植在文化工业批判语境被指斥为"这种意识形态是腐败的和操纵性的，它巩固了市场和商品拜物教的统治……

---

① 玛利昂·格莱芬·登霍夫：《资本主义文明化》，赵强译，第19页，新华出版社2000年版。
② 巴里·利特曼：《大电影产业》，尹鸿译，第228页，清华大学出版社2005年版。

文化工业经营各种谎言，而不是真理，经营各种虚假需求和虚假解决办法，而不是现实的需求和现实的解决办法"①。就文艺生产者的物质刺激而言，资本对文艺家的收购并使其成为资本的利用工具甚至成为"精神守望者"们的烈性毒品，所谓"唱片合同有明显的激励机制"②，所谓"在过去的 100 年中，文学经济人已经控制了图书出版的舞台"③，乃至所谓"巴黎的角色是复杂的。这个都城不只是一个热情的接待站、一个培训中心，还是作曲家们地位、身份的揭示者……总之，巴黎充满了一切希望，也是很多幻想破灭的地方"④，皆莫不说明资本正在各个方位以物质诱惑的形式刺激文艺家进入文艺市场并参与文艺商业化活动。

全球化战车全面提速以后，垄断资本进入文化产业和文化商业并迅速形成更大规模的文化资本，使资本对人类文艺生活的布操和操盘能力提高到与之相适应的跨国水平，不仅我们睁眼就可以看到"与图书出版业和广告业相比，全球性流动音乐文化也渗透到许多国家，其中既有第一世界国家，也有第三世界国家。全球性流行音乐工业由五家主要跨国公司支配（两家欧洲公司，三家美国公司）⑤"，而且在于各种资本都在向文化聚积中致力于"空前规模的新的全球性基础设施的建立，创造了巨大的跨国界的渗透能力而且使成本逐渐下降"⑥。提速前，资本的力量基本上还局限在国家边界内发挥作用，发展中国家和滞后发达的民族还能在文化多样性的旗帜下义正辞严地保护民族文艺，最大限度地祈求文艺的文化自律而非资本侵入和非文化性他律，即如斯坦尼斯拉夫斯基还能够令人心驰神往地幻想着"苏列尔日茨基和我梦想建立一个演员的精神上的团体。这团体内的成

---

① 多米尼克·斯特里纳蒂：《通俗文化理论导论》，阎嘉译，第 73 页，商务印书馆 2001 年版。
② 理查德·E·凯夫斯：《创意产业经济学：艺术的商业之道》，孙绯译，第 62 页，新华出版社 2004 年版。
③ 埃弗里特·E·丹尼斯：《图书出版面面现》，张志强译，第 69 页，河北教育出版社 2005 年版。
④ 玛丽-克莱尔·缪萨：《二十世纪音乐》，马凌译，第 71 页，文化艺术出版社 2005 年版。
⑤ 戴安娜·克兰：《文化生产：媒体与都市艺术》，赵国新译，第 171 页，译林出版社 2001 年版。
⑥ 戴维·赫尔德：《全球大变革：全球化时代的政治、经济与文化》，杨雪冬译，第 477 页，社会科学文献出版社 2001 年版。

员必须有高尚的见解、有广阔的视野和远大的理想,他们懂得人的心灵,致力于高贵的艺术目标,他们能像在庙宇里尊敬神那样地在剧场里尊敬艺术……在剧场里观众是不应该付钱的,因为正像庙宇一样,剧场是应该对一切人免费的"[1],但是这一切在提速之后很快变成彩色泡沫,巨额国际文化资本和源源不断的文艺商品如同海啸般席卷全球,文化世界和文艺生活就在这一席卷中成为消费市场和利润增值空间,从前那些以生命真诚沉浸于本土文艺的体验者在三流的好莱坞商业电影面前也丧失了其原有的艺术操守,哪里有市场,哪里有消费潜力,哪里有利润空间,哪里就有国际文化资本及其携同者的跟进脚步,过一段时间,本土兴起的文化资本就在国际文化资本的带动下继发性地掀起文艺商业化的狂潮,狂潮之后的本土与国际间的文艺冲突就不再是文化精神或审美精神的冲突,民族主义在这种状况下也就演绎为民族资本价值主义或民族的文化利益观,由此可见,全球化提速大大加快了资本对人类文艺生活的全面布控和整体性操盘,于此情势之下,不仅斯坦尼斯拉夫斯基式的纯情文艺梦想无从谈起,而且即使他活着并且没有前苏联政治权力温床的保护,那么他同样不得不为政府的演出补贴基金、为赞助商傲慢而又冷漠的施舍、为演出经纪公司的市场开拓、为每一剧目的票房价值等等努力和奔忙,一句话,他不得不在市场和商业的一系列铁的规则下从事其文艺活动,甚至极限情况下还得像那些电影人一样加入到电影商们的资本化贿赂行列中去,亦如"在现场交易中,厂商很愿意通过行贿使他们的影片被选中。现在,允许一家制片商(迪斯尼)来控制广播网络(首府城市——ABC)。ABC网络在迪斯尼和其他电影公司的影片之间,就会被指示选择迪斯尼的电影"[2],而所有这一切之所以不可逆转,是因为时势已变,变成了资本布控和操盘的文艺生存时代,例如在电影界"这种变化直接影响了电影的生产,使得制片人完全失去了为不同投资人谋利的权利,而事实上正是这些专家严格按照经济需求研究

---

[1] 康斯坦丁·斯坦尼斯拉夫斯基:《我的艺术生活》,瞿白音译,第398页,上海世纪出版集团2005年版。

[2] 理查德·E·凯夫斯:《创意产业经济学:艺术的商业之道》,孙绯译,第281页,新华出版社2004年版。

和设计那些计划,才导致电影生产不再属于电影人;而属于那些市场专家和资本注入者"①。

这种对于三种转变及其资本操盘的文艺命运描述很容易被认为是现象捕捉或外部景观窥视,但是对我们的文艺人类学审视视野而言,却是关注到存在论和本体论层面的问题拟设,因为转变和操盘一定程度上改变了人类的文艺生活方式以及人类与文艺之间的存在关系。对此,我们可以把电影作为问题解剖的典型个案,从而确证文艺存在方式是否发生了根本性变化。

尽管电影在20世纪曾经因技术突进而获得过空前的受众效应,尽管一些电影研究专家曾因这种效应而盲目夸大电影的艺术价值及其在人类文艺生活中的地位,像巴拉兹那样声称"我们都知道并且也都承认,电影艺术对于一般观众的思想影响超过其他任何艺术……提高群众对电影的鉴赏能力,实质上意味着提高世界各民族的智力"②,像大卫·波德维尔那样考证"电影也不是一些元素的简单任意堆凑。像所有的艺术品一样,电影也具有形式。广义的电影形式是指:一部电影所有元素之间的相互作用和关系所形成的整体系统"③,甚至还有像中国叙事立场那样渲染"综合美学是在人类认识史进入全面综合阶段的时代背景中兴起,也是电影艺术发展到成熟阶段的成果。综合美学日益受到各国电影艺术家和电影理论家的重视,在创作和理论方面都取得了一定成就"④,但对更多的文艺学家乃至电影研究专家而言,电影作为艺术的独立性本体价值及其在人类文艺生活中的独特性存在关系却每每受到质疑,诸如让-路易·鲍利、雅克·李卫特、吉拉尔·勒格朗、布勒松、瓦尔特·本杰明、马赛尔·莱尔比埃、马克·谢弗里、塞尔日·达内,就都曾把这种疑虑演绎为怀疑性和否定性的正面提

---

① 樊尚·阿米埃尔:《美国电影的形式和观念》,徐晓媛译,第5页,文化艺术出版社2005年版。
② 贝·拉·巴拉兹:《电影美学》,何力译,第3页,中国电影出版社1986年版。
③ 大卫·波德维尔:《电影艺术:形式与风格》,彭吉象译,第56页,北京大学出版社2003年版。
④ 罗慧生:《综合美学的兴起》,引自罗艺军编《中国电影理论文选》(下册),第182页,文化艺术出版社1992年版。

问。当然，电影是不是艺术这个问题，在正反两个向度和肯否两种态度中都可以开列出长长的拥戴者名单。问题是这种提问本身就存在表达的歧义，所以才导致所答之问的歧义缝隙，如果更精细或更准确地提问为：（一）电影是否就是综合性艺术或者艺术性综合？（二）电影是否就是一门独立性艺术或者说第五种艺术，则造成意义缝隙的可能性就会大大减少。当问题转换为这样一种精细的设问方式之后，那么实际情况是：（一）尽管"综合性"这个概念被一再使用，但综合性的意义指涉却从来是空泛无物，而且关键还在于综合之后的存在总体性和存在整体性究竟何在亦未获得学理证明，其结果是电影作为艺术存在的意义边界长期得不到确定，意义模糊性一直延伸至其作为完整的艺术作品也非常困难，困难到谁也无法确定一旦作为完整作品之后的作者何在，对于精神个体性乃是最基本品质的艺术而言，如果连作者都无法确定足见其作品品性的缺失。（二）如果它具有独立的艺术存在本体并因之而定位于一门艺术或所谓"第五种艺术"的话，那么它的艺术独立性以及与其他门类艺术之间的意义边界就应该非常清晰，而当下情况却正好与此相反，电影对于其他门类艺术的依赖程度是以达到抽去各种门类艺术的支持则电影就一刻也不能存在，所以也就无法实现"一门"之谓。

如果在电视传媒和网络连接之前人们放弃类似的本体论追问和存在论分析尚可理解，因为视觉文化的新奇以及电影在调动各种艺术元素中所显示出的鲜活世界状况对人类是具有文化震撼意义的，所以贝拉·巴拉兹才认为"配景法规则的发现对人类一般文化的发展所起的作用要大于它对艺术发展所起的作用。它丰富了艺术，更丰富了视觉文化"[1]。但是图像时代全面来临之后，电视和网络以及更多的图像处理方式显然较之电影更加具有视觉文化优势，查尔斯·伽罗安表述的"视觉的多样性可为一种包容性的民主制提供一个框架，通过这个框架，可以为文化生活生产多样的视角、话语和理解"[2]，代表了当今社会的主流叙事立场并对视觉文化的总体

---

[1] 贝拉·巴拉兹：《电影美学》，何力译，第23页，中国电影出版社1986年版。
[2] 查尔斯·伽罗安：《视觉文化的奇观》，引自吴琼编译：《视觉文化总论》，第206页，中国人民大学出版社2006年版。

性给予一定程度的把握,而这种总体性显然已经把电影统辖于其中并且处置为视觉文化的一个义项,这种处置使得它长期环绕的新奇光环基本丧失因而也就回到意义存在的理性位置。当史蒂芬·库克说"电视重建情感及体验机制,从根本上说乃镶嵌图形而非图形的线性编排,这一过程首先体现为图像性而非透视性"①,或者当米切尔说"图像是不称其为符号的符号,以显示其天然的直接性和存在性"②,实际上已经把对电影的图像处理优势和视觉文化优势的价值消解潜叙于对整个视觉文化的肯定叙事之中。所以我们也就可以沿着这一思考脉络继续推论为,电影和其他图像时代继起的视觉文化方式一样,乃是一种新的在场建置形态,这种建置为人类的文艺生活提供了新的生活方式,但生活方式并不等于文艺方式更不等于全新的文艺意义本体的敞开。电影乃至整个图像时代给人类生活所带来的视觉文化效果具有文明的推进意义,这种推进与从前各民族独立发明其文字其价值应该是相同的,因为图像制码和全面的视觉文化中的表达关系建构具有与语言言说结构同样的功能,甚至可以直接看做是对语言功能的进一步扩张或者说转型,而在这一扩张和转型事态中,文艺生活的方式变化不过是文明进展的意义附着,决不是文艺史或者文艺思想史上的什么革命性的意义分水岭。在"电影"(Film)作为与文艺完全没有牵连的技术名词表达的漫长岁月里,在约瑟夫·普拉托、斯丹普佛尔、霍尔纳、尼埃普斯、利兰德·斯坦福、爱迪生、卢米埃尔、梅里爱甚至雷诺他们那个时代玩电影的时候,不过也是在追求图像处置效果和视觉文化效果,这种追求与今天所实现的整个图像时代非常贴切地连接成有机的历史经纬,唯独被文艺家在人类的生活意义实证中将其引入文艺生活情境和娱乐生活体验之后,才把很清晰的事态进一步事态化和复杂意义纠缠,而电影美学家和电影艺术家在夸大和膨胀其单项性意义实证过程中其实大大歪曲了电影与人类生活之间的整体性意义关系和价值结构。

电影被拖入文艺生活及娱乐业并造成几乎整整一个世纪的文艺学惊奇或美学紧张,其实源于一个非常形而下的商业理由,那就是原始积累在发

---

① Stephen Cook, Postmodernization。London, Sage, 1992, P68
② W. J. T. Mitchell, Picture Theory, The University of Chicago Press, 1994, P12

达国家率先完成以后所形成的规模性资本敏锐地审视到了图像效果和视觉效果中所蕴藏的巨大商机，资本的所有者们在分析了人类的游戏化倾向和图像技术（当时就是电影）之间的可结合性之后就自觉地决定其资本流向并使其大规模开发现代娱乐业，电影曾经是现代娱乐业的核心和最富凝聚力的娱乐形式。电影史家乔治·萨杜尔叙述兴起之初为"当影片生产在英国还停留在手工业阶段时，它在法国已被查尔·百代所工业化"①，这一叙述路线后来被霍克海默和阿多诺那些"文化工业"论者所直接承袭，因而电影工业论及其正反两个价值向度的知识谱系就在工业论叙事核心牵引下展开，好莱坞因此被指称为世界最大的电影工厂，甚至中国的国有电影制作单位也一概被命名为某某电影制片厂。我们站在文艺人类学的叙事立场，更倾向于电影的商业叙事路线，强调电影在人类特定阶段形成娱乐生活的高潮乃是资本布控和操盘的结果，技术开发和工业化突进也是资本的隐形巨手在起作用，刘易斯·雅各布斯叙述美国电影的兴起时就认为"故事影片的特大成功——尤其是《火车大劫案》——引得资金大量涌向电影这一行业。1903到1908年之间，电影的地位从小本经营买卖上升到大型永久性的水平，向三个独立方面发展，最后各自成了大的企业。……变成了大企业，赚大钱的热门生意。对影片的需求在惊人地增加，电影现在已是广大群众的商品"②，这种叙事显然就是以资本为事态发展的核心。其实所谓艺术叙事路线、工业叙事路线以及商业叙事路线之间，并不构成直接的叙事紧张关系或矛盾对立情绪，因为每一种叙事路线都有其特有的层面和角度，只是到本体论和存在论高度才彼此难以调和。随着图像时代的深入和视觉文化的社会延展，电影在人类生活和人类文艺生活中的地位、影响和存在比例都会大大缩小，这意味着它作为文艺生产和文艺消费的规模亦与之相应缩小，文化资本流向和利益取向从这一领域撤退只是迟早的事情，亦如好莱坞霸权的消失亦只是迟早的事情一样。资本会继续布控和操盘，但它对电影会逐渐失去兴趣。

---

① 乔治·萨杜尔：《世界电影史》，徐昭译，第47页，中国电影出版社1995年版。
② 刘易斯·雅各布斯：《美国电影的兴起》，刘宗锟译，第57页，中国电影出版社2000年版。

第十一章
文艺未来论的知识向度

  文艺未来论与文艺起源论和文艺存在论一样，都是文艺学知识域不可或缺的组成部分，这个部分对于文艺人类学框架而言，其重要性则更加突出，因为人类的命运以及具体的人类文艺生活命运更在于未来，而非已经知晓的过去和现在。之所以未来论在传统的文艺学知识叙事中大多略而不论或语焉不详，是因为人们普遍担心在缺乏证据的前提下所获得的研究成果难以获得知识公信力，无论从何种意义上说，这种担心的合理性都不容质疑。问题的另一面在于，即使这种担心合理而且必要，未来之议对于文艺人类学而言依然必须进行，否则所谓"我们向何处去"的一切内置隐存就无法展现为各门学科的具体提问，否则人类的未来以及文艺的未来就完全消极被动于理性的能动之外并且只能仰仗于宿命论慰藉，而这显然是对人类想象力的否定和挑战。所以我们必须进行文艺未来论的思考，并且首先思考文艺未来论的知识向度。

  文艺思想史上，最早具有文艺未来论思想萌芽的是古希腊的柏拉图，他所撰写的《理想国》所提出的理想概念尽管主要表达其逻辑理想，但不可否认的是其中也有一定的时间理想意识，即把这种理想也自觉不自觉地寄托于未来，尽管这个未来性寄托与"应该如此"或"最好如此"的当前评说比较起来意义非常含糊和隐晦。在他叙说"让我们永远坚持走向上的路，追求正义和智慧……我们也才可以诸事顺遂，无论今世在这里还是将来在我们刚才所描述的那一千年的旅程中"①之际，不仅有未来寄托的倾向性，而且还具体量化出一个千年长度的未来时间底线，足见他对他的理想设定并非完全由逻辑合理性杠杆来支撑，从这个角度说，诸如他所说的"那种能把音乐和体育配合得最好，能最为比例适当地把两者应用到心灵上的人，我们称他们为最完美最和谐的音乐家应该是最适当的，远比称一般仅知和弦弹琴的人为音乐家更适当"②，同样可以在某一种角度理解为由现实向未来的理想延展，就像总有一天要把乏善菲德的诗人从理想国度驱逐一样。

黑格尔虽然较之柏拉图晚了很多，而且他的知识学一贯以历史过程著称，然而这个过程说到底仍然是内闭式的逻辑过程，所以他的文艺未来论乃是没有时间定性的知识设定。作为黑格尔文艺未来论核心命题的艺术消亡论，即所谓"通过艺术的宗教，精神便从实体的形式进展到主体的形式了，因为艺术的宗教产生出精神自己的形态并且赋予它的行动或自我意识……在这种自我意识里，没有任何具有本质形式的东西与它相对立，它包含着这种对立的意识也就消失了"③，其消亡指涉的隐存时间既可以存在于未来亦可以存在于现在乃至过去。就是这样一个在时间概念上含糊其辞的命题，却在此后的文艺未来论延伸脉络中影响深远，文艺消亡论从此也就成为文艺未来命运的基本命题之一。提出文艺消亡论命题的学理依据和价值肯否并不是最值得讨论的文艺学话题，尽管文艺学知识域到目前为止仍然对此保持着最浓厚的纠缠热情，但其隐存于此的最大意义元性在于未来时间意识和对于文艺未来命运的应答性召唤，虽然这种召唤本身并不具有十分显目的揭蔽效果，但由此引申出了对文艺人类和人类文艺进行命运关怀的一个新的知识学向度，这个向度是一个富有诱惑力的路标，也就意味着一定不断地有人会沿着这个路标寻找神秘的林中路。贡贝里希之所以倔强地认为"一般地说，人们认为温克尔曼是艺术史的创始人，而我则认

---

① 柏拉图：《理想国》，郭斌和译，第426页，商务印书馆1986年版。
② 同上，第122页。
③ 黑格尔：《精神现象学》（下卷），贺麟译，第228页，商务印书馆1979年版。

为只有黑格尔才是。因为，在我看来，近代艺术科学的基本文献不是温克尔曼 1764 年的《古代艺术史》，而是黑格尔 1820—1829 年的《美学讲演录》；正是这部讲演录，第一次试图去全面考察（包括一切艺术）的整个世界史，并且使之成为一个体系"①，就在于黑格尔致力于时间完整性、空间完整性和意义完整性三位一体的解读努力，就在于他的艺术史研究中体现出了高度的对文艺的命运关怀和时间意识，而不仅仅局限于对过往时空的文献资料的聚集和整理，所以才真正构成为新的应答性召唤。

最早响应这种召唤并且给予鲜明回答的是马克思主义文艺学。在马克思主义文艺学知识框架里，人类文艺和文艺人类是与自由人类和人类自由相一致的，人类的自我价值实现和类本质确证实际上是一个不断地从必然王国走向自由王国的升华过程，因而人类的文艺生活也就是想象力的自由伸展和审美力的自由创造的精神体验之途，而此途之证议在马克思和恩格斯关于古希腊神话的详尽分析和一系列命题中展露得十分充分。但是这种自由想象和自由审美创造在异化劳动条件下遭受了灭顶之灾，即所谓"异化劳动把自主活动、自由活动贬低为手段，也就把人类的生活变成维持人的肉体生存的手段……异化劳动使人自己的身体，同样使在他之外的自然界，使他的精神本质，他的人的本质同人相异化"②，而这种异化给文艺和审美带来的严重后果就是"劳动生产了美，但是使工人变成畸形"③。于此情势之下，人类文艺和文艺人类与人类整体的异化命运境遇一样，不可能获得充分的价值实现，这种不充分性卢卡契解读为"通常会造成一种纯粹独立的、在社会上变得陌生而孤独的艺术家的意识形态，从而把他们的艺术创造仅仅局限在对局部性的人及其世界重新进行挖掘的水平上"④。所以，马克思主义在异化扬弃中寻找共产主义的解放理想，寻求"这种共产主义，作为完成了的自然主义＝人道主义，而作为完成了的人道主义＝自然主义，它是人和自然界之间、人和人之间的矛盾的真正解决，是存在和

---

① 贡贝里希：《黑格尔与艺术史》，郑涌译，引自中国社科院哲学研究所西方哲学史研究室编：《国外黑格尔哲学新论》，第 405 页，中国社会科学出版社 1982 年版。
② 马克思：《1844 年经济学哲学手稿》，中央编译局译，第 58 页，人民出版社 2000 年版。
③ 同上，第 54 页。
④ 卢卡奇：《关于社会存在的本体论》（下卷）白锡堃译，第 839 页，重庆出版社 1993 年版。

本质、对象化的自我确证、自由和必然、个体和类之间的斗争的真正解决"①，寻求"在那里，每个人的自由发展是一切人的自由发展的条件"②，继而则有"在走向共产主义的时代中人类的艺术发展的第一个前景就是艺术的社会意义不断增长，艺术将越来越充分地以艺术财富满足人们生活的需要，在个性周围创造这样的环境，它时时和处处——在生活和劳动中，在社会活动和休息的条件下——都能对人们产生良好影响。由此必然会产生第二个前景——在每个个性的审美经验中享受和创造艺术价值的越来越平衡的结合"③。在这里，最引人注目的不在于那些对于文艺未来的猜测性抑或指令性的文字，而在于共产主义属于未来的语境并使文艺未来论真正具有了时间纵向指涉，尽管在这种时间纵向指涉里所谓未来的时间概念还不具有自然科学的确定性，但却在时间形而上意义上真正使未来成为未来，这意味着文艺未来论在文艺学知识域中具有独立命题意义并使其学理意义成为整体知识框架中的一个组成部分。

自19世纪中期以来，尽管社会科学各知识门类不断闪烁未来关注的零星火花，但未来问题在现实问题的强大压力面前始终无法演绎为基本的社会科学议题，而20世纪的未来关注激活，反倒是自然科学牵引的产物。由于相对论特别是由于天体物理学的知识学进展，自然科学家们在20世纪表现出前所未有的对于宇宙的起源和未来走向的研究兴趣，表现出前所未有的对于无限大空间和无限大时间的研究热情，于是一个时间维度的宏观未来问题就在自然科学领域成为基本议题，诸如"世界末日"、"未来有尽头吗"以及"宇宙的最后三分钟"这类提问在这种语境中直接成为自然科学的研究对象，这种研究与各种宗教中渲染的未来的终点是世界末日的消极无奈情绪完全没有意义叠合关系，因为研究的着力点在于"只要有足够的时间采取措施去重新组织我们的活动，一个逐渐开始的新冰川期便不会招致人类种族的大灾难。如果我们认真地推测一下，在未来的几千年里技术得以继续飞速发展，则有理由相信，人类或者他们的后代将能控制越来

---

① 马克思：《1844年经济学哲学手稿》，中央编译局译，第81页，人民出版社2000年版。
② 马克思、恩格斯：《共产党宣言》，中央编译局译，第50页，人民出版社1997年版。
③ 莫·卡冈：《卡冈美学教程》，凌继尧译，第707页，北京大学出版社1990年版。

大的物理系统，并最终能避免哪怕是天文尺度上的灾难"①。自然科学界的未来关注热情显然感染了社会科学界和以想象为荣耀的文学艺术家们，这种感染使他们沿着时间之箭在未来方向思考各自不同的价值方式，诸如文学艺术创作中的未来主义流派和社会科学领域中的未来学就是这一感染的结果，在他们按时间之箭的方向来思考和规划文艺存在和社会存在时，与自然科学家对宇宙未来探索的急迫心情是相仿佛和相一致的，至于这些思考和规划是否真的在某个未来性时间位置获得价值确证，那是一个并不重要的附带性议题。遗憾的是，未来学家们基本上没有顾及未来的人类文艺生活，而以未来主义为公开旗帜的作家艺术家也仍然只是停留在身份寻找过程中的某种当前性文艺价值自拟，例如所谓《未来主义宣言》、《未来主义画家宣言》以及《致威尼斯人书》等，除了表现出强烈的对传统的反叛和文化破坏的异端外，就没有任何十分特别的文艺价值主张了，而这些主张与文艺未来论基本上很难实现语言链接。从这个意义上说，系统的文艺未来论以及文艺未来论在文艺学知识框架中的嵌入，对当今的文艺学家尤其是文艺人类学家而言就具有使命意义和一定程度的知识创新价值。

就像设定于未来的圣西门式共产主义社会存在方式不断地被人讥议为政治乌托邦一样，文艺未来论或者说关于人类未来文艺生活的任何设计、推论或者预测，对文艺家们来说普遍存在心理障碍和抵触情绪，绝大多数号称以严谨著称的文艺学家都会把他们的学术视野倾斜于文本关注、心理关注、语言关注或者历史关注等，以为只有那样才可能使研究有对象或者命题有着落，而未来的缥缈和遥远使其没有任何客观知识性或问题逻辑性可言。

但是未来是真实的，对于人类生存的整个命运而言，这种真实性较之过去和现在更具根本价值和决断意义，如果没有未来，存在本身的过去和现在又有何意义，如果人类不致力于对未来的向往和追求，那么人类过去和现在的努力与挣扎又有何价值。柏拉图所说的"再者，将是、将变、将已变成，不表示未来新时间的分么"②，把将是与已是和正是三者统一于时间的整体性维度，无疑对只相信已是和正是才能对时间进行真实分有和

---

① 保尔·戴维斯：《宇宙的最后三分钟》，傅承启译，第5页，上海科学技术出版社1995年版。
② 柏拉图：《巴曼尼德斯篇》，陈康译，第156页，商务印书馆1982年版。

对已存与现存才能给予存在信任的观念是最有力的否定,从这个意义上说,尽管柏格森所说的"若有一个具有较高理智的生灵从现在起把一切将要发生的前景都知道了,则他对于这些前景所将要引起的决定是否不能绝对准确地有所预知……那么这就是我们所要研究的假设"① 明显出于决定论语境,但意味着未来性研究如果吸收决定论的合理性同时又对决定论予以扬弃,那么一种与过去、现在相链接同时又显示未来研究知识学特色的未来时间分有就是可能而且必须,具体到我们的文艺学而言,则这种可能和必须的成果前景一定程度上直接影响到我们未来文艺生活的方式和质量,持续性和变化性。既然马克思认为"动物只是按照它所属的那个种的尺度和需要来构造,而人懂得按照任何一个种的尺度来进行生产,并且懂得处处都把内在的尺度运用于对象;因此,人也按照美的规律来构造"②,既然叔本华也认为"人虽和动物一样都是以同等的必然性而为动机所决定的,然而人却以具有完整的抉择力而优胜于动物"③,表明唯物主义认识论和唯心主义认识论至少在这一点上具有意义叠合,并且也就是这种叠合确保了人类对于自己未来进行预知尝试和设计努力的可能性和必要性,确保了人类能够挣脱宿命论的锁链或被动生存的牢笼。一旦这种确保能够在社会意义域实现普泛绵延,那么我们的文艺学和文艺人类学也就成为它的受益者,进而则文艺未来论无论作为知识命题还是作为学理空间也就不期然之间顺理成章地获得了合法性,所以也就使叙议事态演绎为合法性确立后文艺未来论的知识向度何在。

从时间边界而言,文艺未来论的时域大体可以切分为三个域区:(一)可以预见到的未来,(二)不可以预见的未来,(三)终极未来。就可以预见到的未来来说,甚至可以在时间坐标上标明诸如三十年、五十年、一百年或者千年一类的具体边界位置,正是由于这一点,这个域区在学者群中往往比较容易被接受乃至不断地有人进行一些学术操作尝试。当初丹尼尔·贝尔提出"后工业社会"概念时,就是一种紧贴现实并略显未来延伸

---

① 柏格森:《时间与自由意志》,吴士栋译,第125页,商务印书馆1958年版。
② 马克思:《1844年经济学哲学手稿》,中央编译局译,第58页,人民出版社2000年版。
③ 叔本华:《作为意志和表象的世界》,石冲白译,第408页,商务印书馆1982年版。

态势的一种命名努力，强调在后工业社会形态下"人们就不难发现社会结构和文化之间的分离是增加了"①，强调这种增加是一种未来走势并呼吁各种意识形态立场的政治势力尽快采取新的政治抉择行动以适应这种变化。当然整个"后"理论语言链如今被詹姆逊那一类学者以及成千上万的模仿者弄成了一堆自身并不干净的擦桌布，亦如后现代已经在各种言说之间成了一堆动弹不得的社会存在僵尸，那都是另一回事。与丹尼尔·贝尔的命名操控努力相仿佛，无论拉尔夫·科恩编辑《文学理论的未来》还是他设想所谓"明天的文学理论"，也都是在可预见到的未来进行走向性和当前延伸性的未来推演，即如罗莎琳德·克劳斯所推崇的"在这个领域中，布赖森既有趣的又有尝试性的探索是在几乎完全孤立的情况下进行的。实际上没有一个人，至少在艺术史上没有任何人在注意"②，也丝毫没有一点天外来客的痕迹，而仅仅是立根于现在的端倪和推演，这意味着在可以预见到的未来中的一切命题皆由推演所至。就不可预见的未来来说，既可以发生在某个没有确定位置的时点，亦可以发生在某个没有确定长度的时距，但无论是时点还是时距，都与我们现在没有直接时间换算关系，因而那个时候究竟有没有文艺，有什么样的文艺，以及文艺在人类社会生活中的角色功能和存在位置如何，我们就都不能简单地按照过去和现在的存在状况来加以推演，而只能充分发挥人类的想象力优势去予以尽情地想象。尽管想象力在古希腊时代就出现过文化辉煌意义上的"任何神话都是用想象和借助想象以征服自然力，支配自然力，把自然力加以形象化"③，尽管以实验见长的自然科学家也认为"人们试略加思索，就可知假设在科学中所占的位置；人们已知数学家既少不了它，而实验家也少不了它"④，尽管理性传统及其理性化的现代知识制度从根本上说并不与想象力构成存在紧张关

---

① 丹尼尔·贝尔：《社会制度怎样变化》，朱狄译，引自《当代美国哲学论著选择》（第四集），第154页，商务印书馆1991年版。
② 罗莎琳德·克劳斯：《一种幻觉的未来》，伍厚铠译，引自拉尔夫·科恩：《文学理论的未来》，第452页，中国社会科学出版社1993年版。
③ 马克思：《〈政治经济学批判〉导言》，《马克思恩格斯选集》（第二卷），第113页，人民出版社1972年版。
④ 彭加勒：《科学与假设》，叶蕴理译，第1页，商务印书馆1957年版。

系，但现实的客观情况是，在现代制度、现代氛围和现代情境下人类的想象力的确程度不同地遭遇压制，这种压制同样使我们的文艺学和文艺人类学表现出空前的内闭式拘谨和对体制化知识制度的恐惧，这对于完全依赖想象力才能获得虚拟叙事成果的不可预测的未来来说打击就更加沉重。如果某个文艺学家在当下预言将来人类会把月球雕塑成全球共享的公共艺术品而且是极其特殊的发光体艺术品，虽然不乏叹赏者称道其想象的大胆和奇特，但更多的人会讥议其疯癫，在想象与疯癫之间，理性化的知识制度及其社会氛围同样更多地以疯癫利剑向想象者凶狠出招，这就是文艺未来论知识贫乏乃至人类知识空间和思维成果亦不繁复的症结所在。随着理性框架的兼容性扩大以及想象力解放的新的高潮的到来，非疯癫性的智性想象化成果及其这种成果的大规模叙议演绎就会出现，与此相一致，则大范围的文艺未来论言说亦会给文艺学和文艺人类学带来令人耳目一新的知识空间。就终极未来来说，由于时间的无限性导致时间言说的不可企及性，迫使我们在无穷大或无限长度的未来人为设定一个终极未来，设定这个时域的唯一合法性是为了给当前叙事一个言说无限的机会，否则我们对无限未来压根儿就无法说话，何况这种设定只不过在我们时间想象力的能及终点停顿一下然后让时间箭头继续前行，这个停顿实质上就是人类对于文明延续时间长度的目前最大愿望以及想象力疲劳之际喘了一口粗气，终极未来和文明的喘息在那时具有存在叠合与意义一体关系。人类此存在与终极未来之间虽然共存于同一箭头的时间之链，但彼此间没有任何直接关系因而也就无法进行任何意义截获，所以当我们以此在位置讨论人类走向终极未来的过程或者具体地讨论某种意义的终极未来延伸，也就无法找到任何理性杠杆、文明参照或者合法性凭藉，我们此时之所以还能够对终极未来说话完全取决于非理性范畴的决断。决断既不是理性推演也不是想象力解放，而是价值论维度的人类意志指令，不管这些指令如何因时而异、因地而异、因人而异，它们最后都不得不被统辖于人类的总体意志力框架之内。海德格尔所说的"就像当前在时间性的到时的统一性中发源于将来与曾在状态一样，某种当前的境域也与将来和曾在状态的境域同样，源始地到时……世界随着诸绽出样式的'出离自己'而'在此'"①，在我们看来就不仅具有时间线性特征而且还有时间维度的循环和可逆的特征，这大概是这位智者钟情于当下而疏淡于未来的缘故吧，问题是这种疏淡使人们容易放弃对终极未来进行决断的机会，现代思想家们之所以缺乏对终极未来进行各种不同的决断并形成文本领域中的充实叙述文字，原因亦在于此，至少对文艺未来论而言，对终极未来的热情关注以及不断地有文艺学家挺身而出进行决断，乃是其知识进展的迫在眉睫的使命。决断代表着人类的自信，也代表着意志力的出场，对终极未来不断地进行决断更代表着人类此存的追求姿态。

从意义目标而言，相对于对可预见到未来的推演、不可预见未来的想象以及终极未来的决断，文艺未来论与之相适应地会获得理智力推演成果、想象力构思成果和意志力指令成果。理智力推演成果既然具有明显的知识大陆架特征，那么所有这些成果尽管表述的是未来时间的文艺状况或文艺生活状况，但都必然会与此在和此存保持着千丝万缕的联系，而且所有那些文艺学知识陈述都具有程度不同的实证性和价值参照性。在人类既往的文艺学史上，不断地产生过当时相对时间位置的文艺未来论言说，这些言说的主体部分就属于此种知识存在形态，由此而在随后的文艺到存之际被肯定抑或否定性地予以证明，这种未来的到时和到存不过是此在或曾在的逆向回溯，是人类持续不断地拥抱在怀中的时间箭头。就总的文艺学知识谱系而言，这种知识拥抱从来都是严重不足，一代接着一代的古今之争使文艺学总是被怀乡范式或恋旧情结所纠缠，传统以其大师和经典的权威力量压迫着每一个当代的文艺生活，这使人类的文艺生活整体上保持传统依赖和前进动力不足的存在状态，而每一次文艺存在方式和文艺生活方式的改变，几乎无一例外是由非文艺本体的外部技术进展或其他社会因素所致，文艺及其文艺学的内驱力缺位实际上严重影响着人类文艺和文艺人类的时间箭头同步性。在文艺学强化对未来说话、对端倪说话以及对走势说话之际，具有理性优势的文艺学知识进展才有可能确保人类在这一意义

---

① 海德格尔：《存在与时间》，陈嘉映译，第431页，三联书店1987年版。

领域的主动性、能动性和驱动性,甚至文艺学自身的知识进展也才能因此而得以实现。想象力构思成果和意志力决断成果在文艺未来论中当然也很重要,但是其重要性较之理智力推演成果来说就要逊色得多,这是因为它们没有像后者那样更加直接维系着人类文艺生活的命运。然而这并不意味着在整个文艺未来论框架里它们就可有可无,恰恰相反,如果没有充分的想象力和大胆的决断力,那么所谓文艺未来论就将陷入新的知识学苍白,就像传统文艺学最终沦落到广泛栖居于那些苍白而又陈腐的教科书言说方式一般,从这个意义上说,追求想象力构思成果和意志力决断成果,将其视为文艺未来论意义目标的不可分割的有机组成部分,是确保文艺未来论具有谱系性知识品格的根本所在。可以想象,如果文艺未来论不能像文艺起源论和文艺存在论那样建立起自己的谱系化知识学系统,那么它就不可能成为文艺学知识框架不可或缺的构件。

无论是对时间边界的占有还是对意义目标的占有,其实都不是凭激情和豪言壮语能实现的,这种占有的内在障碍在于,人与时间的关系到目前为止实际上尚无定论,而这直接影响着我们对未来进行言说的权力和时间准入程度。

在时间形而上学中,奥古斯丁崇尚的"我们不能说世界是在时间和空间中创造的……上帝创造世界时,创造了时间和空间;他本身却在时间和空间以外"①,康德设定的"关于时间关系或'普泛所谓时间公理'所有必然的原理之所以可能,亦唯根据于此先天的必然性。时间仅有一向量;种种时间非同时的乃继续的(正如种种空间非继续而为同时的)"②,海德格尔反思的"绽出境域的时间性首要地从将来到时……绽出的曾在状态,可定期、有意蕴的'当时'与已然过去的纯粹现在这一意义上的过去概念也非一事。现在不是由还不现在在孕育的;而是当前在时间性到时的源始绽出统一中源自将来"③,虽然是在完全不同的知识学角度对时间的存在特质进行描述,却共同揭示着人在与时间展开存在关系之际人从根本上说来只

---

① 梯利:《西方哲学史》,葛力译,第164页,商务印书馆1995年版。
② 康德:《纯粹理性批判》,蓝公武译,第57页,商务印书馆1960年版。
③ 海德格尔:《存在与时间》,陈嘉映译,第500页,三联书店1987年版。

能被淹没，但是这种淹没的特殊性在于，如果没有对人的淹没则时间就没有意义和价值，或者更准确地说就不存在世界时间，在时间形而上语域乃是以世界时间为议论起点而不是以自然时间为议论起点，于是时间优先性和人的淹没必然性就不得不在时间形而上中奇迹般地得以统一，而人也就在这种统一中获得对时间的分拆权和领悟权，并且在过去、现在和未来的分拆与领悟中前赴后继地进行着永无止境的繁忙意义填充。由于人是在极其困难的条件下获得在时间中存在的必然性，因而自古至今也就不断地有人膨胀分拆和领悟的积极价值，严重者则发展为曾经迷乱一时的人类中心主义，以及我们日常的学术研究氛围中言说姿态的无羁、疯狂和放荡。我们必须懂得珍惜统一的奇迹，人类在任何时候都应该保持在清醒的状态下出场和在世，这同样也就意味着，一方面我们能在时间形而上学的应允下与包括终极未来在内的一切未来时域进行当前性的对话和超前性的领悟，但另一方面我们在对话与领悟之际必须自尊、自重、自爱和自律，在时间原理的约束下最大限度地进行人类生存的意义填充和价值求取。恩斯特·波佩尔在个人性议论中大谈"我们不能'随时'作出反应。脑的工作方式给我们强加上了关于时间流逝的形式限制。也许，我们在作出何种抉择上是自由的，但在何时上，则是否定的"[1]，以为时间的量子化是对连续性的悖离，如果将其延展到人类整体和全部时间史进程，则所有连续性和量子化之间的悖离或紧张都将烟消云散。如果情况果真如此的话，那么文艺未来论也就至少在时间形而上的应允中获得对未来的分拆和领悟，这种由我们现在因分拆和领悟而给未来置入的填充性意义和价值，就会程度不同地在未来的世界时间中绽出并影响未来的人类文艺和文艺人类，而这些分拆和领悟所形成的言说、语词或者所谓绽出式样也就构成了文艺未来论的知识空间乃至具体的关键词。问题在于，无论是文艺未来论还是更加宏大叙事的文艺人类学，在分拆和领悟之际切莫放弃时间形而上学所能应允的那些基本时间原则。

在时间科学中，科学家们对时间的理解采取了比哲学家和文艺学家们

---

[1] 恩斯特·波佩尔：《意识的限度：关于时间与意识的新见解》，李白涵译，第32页，北京大学出版社2000年版。

更加严格的思维方式,其严格程度往往令社会科学家们束手无策。当他们对时间概念作整体性定义时,这个定义本身是从实验科学途径获得并且以一系列科学数据为依托的,以至于"每个观察者都可以用雷达去发出光脉冲或无线电波来测定一个事件在何处何时发生。脉冲的一部分由事件反射回来后,观察者可在他接收到回波时测量时间"①。这种反时间形而上学玄议的时间科学叙事方式不仅发生于时间微观研究,亦发生于时间宏观研究,例如在讨论宇宙的未来之际,仍然用非常明晰的口吻叙说"科学家相信宇宙是由原则上允许我们预言未来的明确的法则所主宰的,但是这些法则所给出的运动常常是混沌的……这样,在实践中,我们经常只能准确预言很小的一段未来。然而,宇宙在极大规模上的行为似乎是简单而非混沌的"②。在对待所谓"很小的一般未来"之际,科学家们可以聚集到一起从不同的学科充满信心地预言人类在未来 50 年某一生存领域的具体状况,例如"我们似乎有理由相信,到 2050 年的时候,我们不但能在受精时刻干预和选择婴儿的性别,还能选择许多体貌、精神和性格的特征,这可不是寻常的事情"③,而这种与未来对话的精确方式对社会科学家而言简直是天方夜谭,即如 C·赖特·米尔斯鼓吹"社会学的想象力",也还不得不谨小慎微地嘟哝"当我提及'社会科学的前景'时,我希望有一点是清楚的:我指的是我所看到的前景"④,这也就是说,即使那些以想象力发达自居的社会科学家,也把他们对未来言说的有效性严格控制在端倪状态中的可预见到的未来。总之,时间科学的时间是自然时间,时间科学中的未来概念同样也是自然时间的未来具体刻度,而这与社会科学中的时间形而上把未来当作意义存在的延伸阶段显然大相径庭,并且这种相异性的挑战在于,当我们在文艺人类学知识语境下思考文艺未来论之际,时间科学能否获得与时间形而上学之间的兼容性和言说换算性,如果答案是肯定的话,

---

① 史蒂芬·霍金:《时间简史》,许明贤译,第 30 页,湖南科学技术出版社 1996 年版。
② 史蒂芬·霍金:《宇宙的未来》,引自《预测未来》,黄秀铭译,第 14 页,华夏出版社 2006 年版。
③ R·布鲁克斯:《肉体与机器的结合》,引自 J·布洛克曼:《未来 50 年》,李泳译,第 155 页,湖南科学技术出版社 2004 年版。
④ C·赖特·米尔斯:《社会学的想象力》,陈强译,第 18 页,三联书店 2001 年版。

那么进一步的追问就是，这种兼容和换算在知识操控过程中如何具体实施，可以预料，这种实施的结果会使文艺未来论在时间科学和时间形而上学的双重知识支持下取得更大的学术进展和叙事清晰性。

处在目前的叙事语境下，不管我们在时间形而上和时间科学的关系处置上成熟程度如何，都不可能使文艺未来论产生辉煌的知识成果，原因很简单，既然文艺未来论至今尚无文艺学知识氛围内的普遍关注和集体出场，有限的叙事语词还局限于个别文艺学家的个体性事态，那么它就离互约性对话和谱系化建构还有遥远的距离。从这个角度而言，文艺未来论的目前知识策略在于激励出场和刺激出场者的叙事欲望，即使在相当长的一个时段里会出现尺度缺衡、秩序缺位或者有效性缺失，仍然不会对文艺未来论的知识进展带来任何负面影响，因为一旦大量出现文艺未来论的语词累积和文献聚集，那么给进一步的知识筛选也就提供了更大的可选择空间和更加丰富的背景资料，而所有这些恰恰是文艺未来论走向成熟知识形态的必不可少的过程和环节。在没有尺度、秩序和有效性的情况之下，对文艺未来论的出场及其出场者而言，必然处于一种言说的两难处境之中，那就是究竟追求先锋叙事对当前的目标性诱引价值还是追求当前的先锋性及其对未来延伸的理想向往，这样两个向度在过去任何时代的古今之争中都曾紧张对峙过，更何况没有任何稳定性可言的今明之争关系结构呢。由于人在世界存在之议中的强势位置和所谓主观能动性的力量发挥，无论是今天对未来存在的意义影响还是未来对今天意义存在的影响，都是客观存在的杠杆要素，这也是人的世界区别于自然宇宙的根本所在之一，从这个意义说，我们对文艺未来论的一切追求和努力，就既是对当今文艺生活的积极姿态亦是对未来文艺生活的积极姿态，人类文艺和文艺人类在这种积极姿态下都会产生与自然延伸意义向度和价值效果完全不同的结局。

斯图亚特·考夫曼曾经对马车时代与汽车时代的递进演化经历描述道："汽车出现了，马车就退出了，随马而去的，有铁匠、马具店、马厩、轻便马车以及西方社会里的驿马快信制度。当汽车流行开来，石油工业、遍布城乡的加油站和公路，自然而然就得到了发展。路铺好以后，人们开始开车四处闯荡，因此汽车旅馆就应运而生。之后，又出现了速度限制、交通信号灯、交通警察、交通法庭以及违章停车被开罚单之后悄悄行贿的行为……"① 这种描述的亮点不在于形象地把汽车时代指代为更早马车时代的未来社会空间,而在于揭示了所谓对于未来的畅想或设计只不过存在于关键符号、关键要素或者表述中的关键词,而这对我们的文艺未来论具有方法论高度的启迪意义。当我们站在文艺人类学知识立场对人类的未来文艺生活进行存在的想象力发挥和存在方式的理性设计谋划之际,其实并非要文艺未来论实现其未来文艺的全景观照和全称叙事效果,空想未来主义者之所以被诘难以及未来主义努力之所以一概被保守主义者诘难为空想,就在于空想者、未来主义者以及诘难者都把这一事态视为全景观照和全称叙事。就文艺学知识域而言,过去那些未来性猜想中诸如"文艺价值永恒说"、"文艺消亡论"、"诗与数学统一时代的来临"等,之所以不被文艺学家们所接受或者哪怕引起学理关注和叙议激情,就在于全景和全称之求中的问题虚脱和对人类命运的简单化处置,把只有上帝才能办得到的事情委托给某些文艺学家、某些文艺学命题或者某些文艺学信仰,所以只要上帝不能现实地光顾人间则所有这一切就都只能变为昙花一现的泡沫。尽管有人认为"每一种文化都赋予一批精选的占卜者以特权"②,尽管文艺未来论的叙事者在绝大多数情况下都会被误读为占卜者在文艺学知识域的同路人,尽管占卜者在现代科学背景下其存在价值往往是贬义多于褒义,但我们仍然不能动摇信心乃至放弃对未来的推演、想象和决断,并且仍然相信会有天才式的"特权者"在对未来的言说中推演、想象或者决断出普遍可接受的关键符号、关键元素和关键词,这些知识成果将不仅深刻地影响着我们走向未来文艺生活的漫漫进程,而且还将因为人类不断地实现其未来性到达而被确证为具有人类指引价值的知识缘起,文艺未来论至少就其知识向度而言完全存在于这种努力之中。

---

① 斯图亚特·考夫曼:《宇宙为家》,李绍明译,第336页,湖南科学技术出版社2003年版。
② 西蒙·沙菲尔:《彗星和世界末日》,引自《预测未来》,黄秀铭译,第43页,华夏出版社2006年版。

第十二章
集体体验对个体体验的颠覆

体验论文艺观无论在东方知识背景还是在西方知识背景都是一种有影响的文艺学思想，狄尔泰所说的"内心状态的无声演进经常总受外部目标驱使下的奔忙的干扰，并被日常生活的吵闹所淹没，抒情诗人应善于在自身中聆听它，抓住它，把它提高为意识"[1]，杜威所说的"一般人都同意，帕台农神庙是一件伟大的艺术品。然而，它仅仅在成为一个人的一个经验时，才在美学上具有地位"[2]，就是从人与艺术的不同关系角度揭示文艺存在的体验性特色的。直至今日，尽管神话主义文艺学家提出过原型象征的集体符号构成理论，并且由心理分析学家所提出的集体无意识的概念予以全力知识支持，但是几乎所有的体验论解读路向都是由个体体验展开其叙议的，文艺因而一直被理解为精神个体性的存在域和个体体验的存在物，传统语境的那些风格论甚至都以此作为其立论的自明性前提，这是迄今为止文艺学知识域几乎最无争议的命题之一，恰恰就是这个命题，在未来的文艺生活中最容易被颠覆，并具体地表现为集体体验对个体体验的颠覆。

在个体体验表述的语境中，获得准入资格的创造者和接受者都被置入这样一个文艺学前提中，那就是个体要么是典型意义所在的普适性承载，

---

[1] 威廉·狄尔泰：《体验与诗》，胡其鼎译，第362页，三联书店2003年版。
[2] 杜威：《艺术即经验》，高建平译，第2页，商务印书馆2005年版。

要么是特殊意义所在的异质性呈现，要么是人类整体意义的代言人出场，无论是哪一种前提意义，个体至少就人类的文艺生活方式而言乃是此存的意义中心和价值目标。

当个体处在典型意义所在的普适性承载位置，就会在他的创作过程中寻求黑格尔所说的"这些力量需要人物的个性来达到它们的活动和实现，在人物的个性里这些力量显现为感动人的情致。但是这些力量所含的普遍性必须在具体的个人身上融会成为整体和个体。这种整体就是具体的心灵性及其主体性的人，就是人的完整的个性，也就是性格"[1]，寻求恩格斯所说的"除细节的真实外，还要真实地再现典型环境中的典型人物"[2]。一切类似寻求的肯定性前提在于，认为在人类总体性存在框架内镶嵌着一系列特征鲜明的意义聚焦，因而与这个意义聚焦具有链接关系的所有"这一个"都是典型，也就是具有意义代表性和符号指涉的归类概括性，此时的个体体验及其关于个体体验的文艺叙事必然具有社会聚焦效果。例如关于中国现代卡里斯马典型人物形象的研究，就大量牵涉到中国现代文学史上的文艺形象塑造及这种塑造所引起的社会聚焦效果，在更深的意义发生学层次，形象和形象的塑造者其实都已被卷入典型化的意义氛围中，形象的个体体验性和形象塑造的个体体验过程已然成为不可分割的整体文艺事态。人们之所以承认这一文艺事态的存在真实性和价值有效性，是因为人们像荣格一样相信文艺所流溢出来的集体无意识对集体中的个体而言自有其依附强制性和对类型指涉的服从，相信"尽管看起来我们整个的无意识精神生活都可以归于阿利玛一身之内，但她却至多不过是许多原型中的一个罢了"[3]，之所以进一步人们会认为"意识流小说在很多方面涵括着意识状况"[4]，也是因为人们相信在人类的心理世界中意识流自有其普遍性存在以及人际类同特征。诸如此类的心理学求证，其实在德国古典美学中就已

---

[1] 黑格尔：《美学》（第一卷），朱光潜译，第300页，商务印书馆1979年版。

[2] 恩格斯：《致玛·哈克奈斯》，《马克思恩格斯选集》（第四卷），第461页，人民出版社1972年版。

[3] 荣格：《心理学与文学》，冯川译，第78页，三联书店1987年版。

[4] Robert Humphrey, Stream of Consciousness, James E. Miller, Jr. Myth and Method, University of Nebrask Press, 1960, P65

有形而上的命题规置，康德的"普遍可传达"原理所强调的"一个表象，它作为单个的及没有和别的比较仍然有着对构成悟性一般的事业的诸条件的一种协合，它把认识诸能力带进比例适合的调协，这种调协是我们要求于一切认识，并且因此对于每个人有效，而每个人是必须结合悟性和感官去判断的"①，在这一问题处置中具有与后起心理学知识效果相仿的求证作用。

当个体处在特殊意义所在的异质性呈现位置，他并不是否定同质存在的真实性以及同质对世界意义的普适价值，而是在同质的基础上最大限度地追求自己的异质性并在这种异质性追求中进行个体体验和个体价值确证，形象塑造者及其所塑造的形象由此而在意义整体和技术细节各个环节都表现出极其明显的另类，尽管在人类生存境遇中根本就不可能有绝对的另类，但另类追求者在追求之际总是设想出各种排他性的理由和处置方案，以求使其个体体验中的异质性呈现更加醒目和引起社会视域与文艺视域中的惊奇。传统的甚至可以说原始另类意识追求的最富代表性的是风格化，那是一系列个体另类追求在限制条件下汇聚而成的某种总体性另类，但其中的实际进程仍然表现为"一部分人率先追求，而另一些人则跟着模仿"②，率先者和模仿者由于这种另类追求的文艺合法性而被肯定为"由于自我的展现发生在真正的诗的领域，因而是一件喜事"③。现在较为时尚的一种文艺学命题谓之"陌生化效果"，这个命题就其理论根性而言也就在于链接了个体体验的另类追求，陌生化（defamiliarizoation，又译奇异化）概念至少在俄国形式主义者那里被看做对个体体验及这种体验的形象塑造有其语指穿透力，所以什克洛夫斯基认为"艺术的手法是将事物'奇异化'的手法，是把形式艰深化，从而增加感受的难度和时间的手法，因为在艺术中感受过程本身就是目的，应该使之延长。艺术是对事物的制作进行体验的一种方式，而已制成之物在艺术之中并不重要"④。当然在风格化

---

① 康德：《判断力批判》（上卷），宗白华译，第 56 页，商务印书馆 1964 年版。

② Aristotle, On Poetry and Style, The BOBBS–MERRILL Campany, New York, 1958, P76

③ 雅克·马利坦：《艺术与诗中的创造性直觉》，刘有元译，第 118 页，三联书店 1991 年版。

④ 维·什克洛夫斯基：《散文理论》，刘宗次译，第 10 页，百花洲文艺出版社 1994 年版。

和陌生化之外，传统和现代语境中我们实际上还可以在文艺学知识域搜集到更多的另类追求的想法和说法，概念或命题，只不过有的较为直接有的则较为间接而已。

当个体处在人类整体意义的代言人出场位置，他是自觉不自觉地把自己升华转换为人类的上帝和真理使者，代表上帝和真理使者为人类祈求幸福、诅咒罪恶、呼唤美好乃至呻吟痛苦。自19世纪以来，不断地有人发出"上帝已死"的宣言，但这种宣言根本动摇不了上帝存在的铁打江山，所不同的不过是上帝换了一些活法或者改变了一些显形形式而已，甚至宣言者们也常常被上帝以魂魄附体的方式征服其肉身和现世此存，而作家艺术家充当上帝和真理使者的角色并经历上帝和真理使者的体验那是最普遍的文艺存在事态了。代言之际通常都表现出崇高和静穆，正义感和责任感，就仿佛托尔斯泰的写作心态始终包围着沉重的"总是有一些没有为一个人所接受的真理，总是有其他一些经久的、被忘却了的和为他彻底了解了的真理，此外，也总是有其他一些新近的被他的理性之光照亮了的、需要他承认的真理。正在承认还是拒绝这些真理上，我们的自由意识才得以表现出来"①，而巴尔扎克之所以热衷于揭蔽巴黎的秘密以及法国上流社会的隐藏，也是因为他坚守"作家的法则，作家所以成为作家，作家（我不怕这样说）能够与政治家分庭抗礼，或者比政治家还要杰出的法则，就是由于他对人类事务的某种抉择，由于他对一些原则的绝对忠诚"②，更有甚者，文艺家的个体体验和文艺形象的个体体验不仅涉身社会的秘密、审美的秘密、人类事务的秘密、真理和天智的秘密，而且也涉身更加细微化和神秘化的人类内在世界的心理和秘密，因而一些作家艺术家就自认为而且像弗洛伊德那样的学者也附和性地认为他们"已经被我们作为人类内心世界最深入的观察者而引以为荣的作家"③。正是由于代言人出场者坚信他们掌握着人类及其命运的一系列秘密所在，所以也就在一定程度上被社会界定为

---

① 列夫·托尔斯泰：《天国在你心中》，孙晓春译，第294页，吉林人民出版社2004年版。
② 巴尔扎克：《〈人间喜剧〉前言》，陈占元译，引自《西方文论选》（下册），第169页，上海译文出版社1979年版。
③ 西格蒙德·弗洛伊德：《论文学与艺术》，常宏译，第3页，国际文化出版公司2001年版。

人类社会现实生活中的精神贵族、思想先锋、道德导师乃至灵魂的工程师等，而这些人也就依据这些虚拟的冠冕到利益分配体系中去最大限度地换取物质利益和虚荣满足感，很多人近乎疯狂或近乎无耻地想当文艺大师或者门类艺术中的杰出者，很大程度上就是由于这些代言人出场所拥有的冠冕及其利益分配优势。

如果说对个体体验的神圣化依稀可以听到不同的质疑的声音的话，那么这样的声音在未来就将演绎成在场性主题，个体体验与文艺存在的紧密结合将在集体体验的蜀江春水潮势下苟延残喘而已，甚至有可能沦落为边缘文化角落里的一些神秘主义文化元素并慰安一些生不逢时的弱势群体而已。

集体体验与集体无意识是完全不同的两种世界事态。集体无意识不仅是集体的、普遍的、非个人的，而且还体现为"它不是从个人那里发展而来，而是通过继承与遗传而来，是由原型这种先存的形式所构成的"①，这意味着集体无意识与个体无意识之间并不存在任何直接粘连和必然逻辑关系，但集体体验则不同，它是对个体体验的精神扬弃，它以最大的精神凝聚力使本来分散的文艺生活中的个体体验吸引到集体在场的节庆狂欢化文艺经历中来，此时的个体及其个体体验都处于忘我和整体性投入的情绪状态与感受氛围，逆向性地形成个体因集体的在场而获取文艺生活的意义和价值的新的存在关系，在这种关系中也就只能表述没有集体则没有个体，没有集体体验则没有个体的文艺生活承享和文艺意义进入，而这与今天的文艺存在状况和文艺生活风貌恰恰向度相反。就这种文艺存在新结构关系而言，可以设想这样一种文艺生活情境，如果那个时候的南宁正在创作宏大叙事版的大地飞歌，那么至少南宁的当夜无人还有其他文艺进入的可能，这既可以表述为大地飞歌是此一时空南宁位置的唯一在场文艺作品，亦可以表述为那时候的文艺作品必然具有征服性吸引力并且唯其必然征服性吸引力才能成其为文艺作品，或许在它的前后或同时有大天飞歌、大宇宙飞歌、大田野飞歌因不具备这种必然性而沦落到丧失其文艺作品资格的尴

---

① 莱格：《心理学与文学》，冯川译，第95页，三联书店1987年版。

尬境地，甚至还可以理解为那时候的文艺作品在具体时空发生之外不另外产生文本以及文本的时空绵延力，文艺作品的文艺性和作品性在设定时空边界之外自行消失或坚决给予存在性驱逐，以最大限度地确保文艺作品的意义本真性和文艺生活的纯洁性。这种设定与当今的意义存在合理求证至少有两次擦边，一是杜威的艺术经验论，二是克罗齐的艺术审美直觉论。尽管杜威的所谓"艺术的普遍性根本就不是拒绝承认依靠至关重要的兴趣进行选择的原则，而是依赖于兴趣"①，克罗齐的所谓"叫做艺术的表现品或直觉品，就其与通常叫做'非艺术'的表现品或直觉品相对立而言，它们的界限只是经验的、无法划定的"②，都是就个人与艺术的存在关系展开讨论并延伸至艺术的本质特征叙议的，但是兴趣和直觉之外无艺术却在擦边球的位置与未来的艺术集体体验生成论知识交汇，这种偶然性的叙议交汇甚至使我们对未来设定的纯粹想象性的东西更加增加其幻想性。

  沿着集体体验的想象性路线，最先使我们想到的就是在那样的文艺生活情境中所谓文艺作品直接就是文艺狂欢化的过程本身。众所周知，所谓文艺的狂欢化或者说节庆狂欢化作为命题是巴赫金研究民间文艺形态之际提出来的，他所描述的"的确，狂欢节没有演员和观众之分。它甚至连萌芽的舞台也没有。舞台会破坏狂欢节（反之亦然，取消了舞台，便破坏了戏剧演出）。在狂欢节上，人们不是袖手旁观，而是生活在其中，而且是所有的人都生活在其中，因为从其观念上说，它是全民的。在狂欢节进行当中，除了狂欢节的生活以外，谁也没有另一种生活。人们无从躲避它，因为狂欢节没有空间界限。在狂欢节期间，人们只能按照它的规律，即按照狂欢节自由的规律生活"③，指的是存在于中世纪民间文艺生活情境中的一种前艺术现象，他之所以对此表现出极大的描述兴趣，是因为他认为这种前艺术现象作为民间文艺生活状态富有艺术存在的大地意义，而拉伯雷那样的文艺复兴时代的安泰们正是由于站立于这样的大地方成为文艺巨匠

---

  ① 杜威：《艺术即经验》，高建平译，第209页，商务印书馆2005年版。
  ② 克罗齐：《美学原理》，朱光潜译，第20页，外国文学出版社1983年版。
  ③ 巴赫金：《弗朗索瓦·拉伯雷的创作与中世纪和文艺复兴时期的民间文艺》，李兆林译，引自《巴赫金全集》（第六卷），第8页，河北教育出版社1998年版。

的，所以，巴赫金的观念中这种狂欢化还不是纯粹的文艺生活或成熟的文艺作品，仍然只是文艺生活和文艺作品的端倪。巴赫金做梦也不会想到，诸如此类的描述意义巧合地与未来的文艺生活和文艺作品具有叠合关系，狂欢化就是文艺或者反过来说文艺就是狂欢化，在人类的不可预见的未来里成为文艺存在的最根本性命题，甚至这个命题在人类的可预见未来里就会形成端倪并向完全命题值长驱挺进。

　　从非艺术到艺术，从古老的中世纪到不可预见的未来，从民间生活形态到人类文艺形态，从端倪到完全实现，这样一种未来向度的总体性递进必须以满足时间无限性和空间无限性为前提，而这两个无限性的存在，也就意味着在漫长的去往之途，个体体验仍然长期担当文艺生活实现的主要角色和基本使命，只是一旦我们站立到文艺未来论的立场，就必须意识到集体体验终究要来临。在集体体验大规模来临之初，集体体验和个体体验同时并存或此消彼长的曲折过程会一直纠缠着文艺人类和人类文艺，这种纠缠会使那个时域中的文艺学家长期争论不休并形成一轮又一轮关于文艺本质、文艺存在形态、文艺价值方式、文艺与人类基本关系及其基本义项等意义话题的讨论，甚至这种讨论是在绝对自由发言乃至全民公决的方式中进行，因为那个时代可能根本就不存在当前意义边界的所谓文艺学家、文艺人类学家或者美学家。纠缠到一定程度一定时间并导致集体体验对个体体验的绝对控制之后，个人的文艺生活就因集体在场的狂欢吸引而放弃私人化努力，这意味着我们当今流行的走进电影院、沉浸于剧场氛围、凝视电视屏幕或者静静地一个人吟诵诗篇和阅读小说等文艺生活方式将不复存在，独立流泪或暗自窃喜的文艺欣赏反应成为古老的美妙记忆，代之而起的是激情化、自由化、公共化、宏大化的忘我全民狂欢，因为那个时候忘我全民狂欢是文艺的唯一存在形式和存在方式，个人将根据自己的文艺生活需要去选择何种狂欢、何时狂欢、何地狂欢、何人狂欢，这是个人的最后的权利，一旦他选择狂欢或者说被狂欢所吸引之后，就将无条件地身心融入并成为集体的不可分割部分，当然也就根本不存在"有一千个观众，就有一千个哈姆雷特"的文艺境遇中的个人性差异，个人也就完全被抛入生活即作品或曰作品即生活的文艺此存之中。

当狂欢成为唯一的文艺存在形式并对日常个体具有强大吸附功能之际，个体之所以会被卷入集体体验的文艺生活情境必然拥有更充分的理由和社会存在前提，否则拥有悠久人类文化传统和文艺史经历的个体体验就不会功能消解，那个充分性理由和必然性前提就是人类生存意义界域的明晰化及其明晰化状态下的充分理性个体实现。尽管此前的自然科学家、社会科学家乃至哲学家始终以理性的路标指引我们走向社会和个人的理性最大化和理性生存最佳状态，尽管他们此前已经在人类历史进程中发动过一次又一次或民族性、或区域性、或人类总体性意义上的理性主义突进运动，但我们至今还生活在一个并非充分理性的世界，人类生存领域存在着一系列意义不明晰的非理性社会空间，因而个体在这个世界实际上往往总是以模糊、混沌、被动、消极或者情绪化的人生姿态去处置个人与社会以及生存与世界的关系，人们繁忙地追求、热烈地争论、嘈杂地吟唱、自恋地承享、盲目地幻想、痴情地信仰、执著地规划、迂腐地求证，所有这一切还都是在理性与非理性混杂支配下得以延展，这种躲不过去的混杂直接导致海德格尔式的存在论弯弯绕，即所谓"此在实际生存着。所追问的是生存论状态与实际性的存在论统一，或实际性在本质上归属于生存论状态的情形。基于本质上属于此在的现身状态，此在具有一种存在方式，此在在这种存在方式被带到它自己面前来并在其被抛状态中向它自身展开"[1]。但是假如尼采所说的"很久以后，在一个开化一千倍的世界里，哲学家们惊喜地意识到理性范畴操作中的可靠性、主观确定性，他们断定，这些范畴不可能源自经验"[2] 不是怀疑论的疯人语而是肯定论的智者言，那么一个很恐怖的未来现实就是，经验被人的理性所完全布控，人在极端理性的生存状态下过极端理性的布控生活，当然，这实际上是不可能的，正像威廉·巴雷特所说的那样："人类的有限性把我们带到人的中心，在那里，确实的存在和否定性的存在恰好重合而且相互渗透到这样的程度——人的力量与其感情相重合，他的视觉与其失明相重合，他的真相与假相相重合，他的存在与不存在相重合。如果不理解人类的有限性，那就也不理解

---

[1] 海德格尔：《存在与时间》，陈嘉映译，第219页，三联书店1987年版。
[2] 尼采：《偶像的黄昏》，周国平译，第23页，光明日报出版社1996年版。

人的本性。"① 尽管极端理性的生活布控或许不可能，但高度理性的生活布控却可以远远超出我们今天的想象，紧接着的问题是，在高度理性的生活布控时代，人类最大限度地在日常社会驱除了非理性的存在空间，那么人类最基本的非理性需要将宣泄于何处？按照我们的想象，就是人类会自觉地把非理性需要凝聚到集体体验中去，凝聚到狂欢化中去，凝聚到文艺生活中去，文艺生活或者说狂欢化的文艺作品也被理性布控为人类非理性的精神承享空间，甚至迫使那时的个体以非常高额的支付去换取激情、热情、感情、煽情的文艺进入机会，那些机会或许可以作品化命名为诸如阿尔卑斯激情、爱琴海浪漫之夜、撒哈拉沙漠冲动、墨西哥高原狂潮、贝加尔湖缠绵……总之，世界各地的理性生存个体因文艺生活需要随时会到作品中汇聚和出场，世界各地到处都有吸引人们向往的狂欢化文艺生活情境和文艺作品时空设定与非理性需要的意义母题设定。理性生活与非理性生活的总体性均衡在人类的宏大分工背景下实现，每个人随时都可以前往亢奋和陶醉的文艺承享之狂欢圣境，关键取决于个体的需要和集体体验的巨大吸引。

集体体验对个体体验的颠覆既然一直绵延至不可预计到的未来，那么其问题的复杂性和纠缠性也就远非今天的学理透析所能洞穿，然而这并不意味着我们就无所作为，至少就现有的文艺学知识视野而言，可以猜想到其中某些必然发生的文艺存在方式的变化，例如：（一）走出内省式沉湎，（二）走出私密性对话，（三）走出工具类依附。当然，这一切都必须以颠覆的真实性为前提，是以颠覆的真实发生为逻辑脉络的，而颠覆的真实性毕竟没有获得时间性确证，所以只能是猜想性知识叙事。

所谓走出内省式沉湎，是因为内省式沉湎在个体体验的文艺存在方式中乃是一种基本的文艺价值实现通道。在传统的东方诗学和东方美学中，这个通道的关键性更强，中国文人修身陶性和养气，都是坚守着内省的人生法则，而他们那些吟诗作赋或操琴泼墨，其情致的自我陶醉和意境的人生沉湎几乎难以用语言来表达。历来的骚人墨客不仅幸福地体验着那些回

---

① 威廉·巴雷特：《非理性的人》，杨照明译，第282页，商务印书馆1995年版。

味无穷的"静夜思"、"月下情"、"闺中怨",而且眷恋地体验着那些"路途志意"、"秋风惆怅"、"花间蝶恋"、"商女吟怀"、"人生叹惋",他们感物时的"物无巨细,各具妙理,是皆出乎玄化之自然,而非由娇揉造作焉。万物之多,一物一理耳,惟夫绘事虽一物,而万理具焉。非笔端有造化而胸中备万物者,莫之擅场名家也"(李开先:《中麓画品·序》)、妙悟时的"其始也,皆收视反听,耽思傍讯,精骛八极,心游万仞。其致也,情瞳昽而弥鲜,物昭晰而互进,倾群言之沥液,漱六艺之芬润,浮天渊以安流,濯下泉而潜浸。于是沉辞怫悦,如游鱼衔钩,而出重渊之深,浮藻联翩,若翰鸟缨缴,而坠层云之峻"(陆机:《文赋》)、知音时的"师旷不得已,援琴而鼓。一奏之,有玄鹤二八,道南方来,集于郎门之垝。再奏之而列。三奏之,延颈而鸣,舒翼而舞。音中宫商之声,声闻于天。平公大悦,坐者皆喜"(韩非:《韩非子·十过》),以及所有他们引以为骄傲和人生境界的文人情致、情怀、情趣、情绪,不仅他们自己长期沉湎,而且总希望全社会的所有人都能够像他们一样进入那种美妙的内省式沉湎境界。传统中国文艺史之所以最终在现代性浪潮冲击之前境界沦为最高价值诉求而终结,并且这种终结还以文化残留的方式演绎出所谓"艺术至境论"的审美乌托邦思想,说到底就是内省式沉湎的个体体验史在中国文艺史上有其太厚的积淀和太深的根基,这种积淀和根基在相当长的未来还将以文化残留的方式程度不同地发生影响,尽管这种影响在图像文化时代、流行文化时代和消费文化时代将日渐衰微。事态的进一步延伸处在于,这种衰微在某个不可预见的未来会彻底绝迹,内省式沉湎的文艺存在方式和价值诉求通道将成为文献知识范畴中的美丽记忆,就像我们今天美丽地记忆着中华文艺之初的昔葛天氏之乐或者"飞土逐肉"之艺一样。走出文艺的内省式沉湎和放弃个体体验方式并不意味着个体的消失和内省的消失,而是指在文艺生活中的消失,日常生活中的个体性和日常生活中的个人内省将在其他的意义领域得到更充分地实现,这意味着人的文艺栖居在整个文化栖居意义框架中得到更加清晰的边界限定,文艺生活成为更加专门化甚至更加贵族化的文化高消费领域,个体进入集体体验的文艺存在情境必须具备较为苛刻的财富支付条件和文艺素质条件。

所谓走出私密性对话，是因为私密性对话在个体体验的文艺存在方式中具有极大的神秘主义文化魅力。尽管明确的对话理论直到巴赫金那里才出现，但叙事者与隐含的叙事者、作者与主人公、人物形象与读者（包括隐含的读者）之间所包括的不同结构关系的对话，在文艺学的各个历史时期和各种文化背景之下都程度不同地被关注过，例如巴赫金所说的"作品的每一因素展现给我们时，已经包含了作者对它的反应；而这一反应又既包含着事物，也包含着主人公对这一事物的反应（反应之反应）"[1]，与狄德罗所说的"一个作品的最严格的评判者应该是作者自己"[2]和更早的贺拉斯所说的"一首诗仅仅具有美是不够的，还必须有魅力，必须能按作者愿望左右读者的心灵。你自己先要笑，才能引起别人脸上的笑，同样，你自己得哭，才能在别人脸上引起哭的反应"[3]，至少在某一个意义焦点具有表述的一致性，所不同的，只是这些潜在对话关系的完整表述以及理论化和系统化才使巴赫金的文艺学研究具有对话理论的里程碑意义而已。而问题的关键在于，不管"说话人"和"听话人"到底何种身份指涉或者何种意义互动，作为对话结构本身所形成的对话空间显然具有私密性。文艺的个体体验方式以及文艺意义方式自20世纪初以来的心理与意识转向，使文艺价值的私人性和文艺存在方式的秘密性在中国宋词时代的婉约派那里几至化境，李清照式的"红藕香残玉簟秋，轻解罗裳，独上兰舟。云中谁寄锦书来，雁字回时，月满西楼。花自飘零水自流，一种相思，两处闲愁。此情无计可消除，才下眉头，却上心头"（李清照：《一剪梅》）或者姜白石式的"与客携壶，梅花过了，夜来风雨。幽禽自语，啄香心，度墙去。春衣都是柔荑剪，尚沾惹、残茸兰缕。怅玉钿似扫，朱门深闭，再见无路"（姜白石：《月下笛》），况周颐所谓"读词之法，取前人名句意境绝佳者，将此意境缔构于吾想望中，然后澄思渺虑，以吾身入乎其中而涵泳玩索之，吾性灵与相浃而俱化，乃真实为吾所有而外物不能夺"（况周颐：

---

[1] 巴赫金：《审美活动中的作者与主人公》，晓河译，引自《巴赫金全集》（第一卷），第100页，河北教育出版社1998年版。

[2] 狄德罗：《论戏剧艺术》，陆达成译，引自《西方文论选》（上卷），第375页，上海译文出版社1979年版。

[3] 贺拉斯：《诗艺》，杨周翰译，第412页，人民文学出版社1962年版。

《蕙风词话》），或者周济所谓"夫词，非寄托不入，专寄托不出。一物一事，引而伸之，触类旁通，驱心若游丝之网飞英，含毫如郢斤斩绳翼"（周济：《宋四家词选目录序论》），皆莫不表明词从根本上说来就是私人性和私密性的流露，是纯粹个体体验的内省沉湎。经过巴赫金的理论升华之后，文艺的私人性和私密性反而扩大为文艺存在方式的一种普遍形式，至少俄国和中国的一批文艺学家将其扩张为文艺学知识域内的原理性表述，大有至此方豁然澄明和彻底揭蔽之感，而至为遗憾的是，未来的文艺人类和人类文艺将沿着淡化私人性和私密性的脉络递进，并在不可预计的未来彻底抛弃文艺私人性和私密性的存在方式，唯其抛弃才能确保集体体验文艺存在方式的真正实现，而一旦走出私密性对话，则文艺在未来的公共性意义本质就使文艺与人类的关系更加价值扩张，至于人际间必不可少的私密性对话和私人性情感体验，则将由文艺之外的别的文化存在意义类型去完成其角色担当，这种角色担当的转移不仅有利于文艺的未来发展同时也更加有利于私密性对话和私人性体验在个人生活中的全面推进和全面深化，所以对文艺抑或对个人都是一条双赢的道路。

所谓走出工具类依附，是因为工具类依附在个体体验的文艺存在方式中往往成为强制性的事实。各种社会意义和这些社会意义的主导力量利用非清晰时代文艺意义边界的模糊性，使非文艺意义与文艺意义在不同的存在境遇中进行合谋，既有中心文化区域的意义合谋亦有边缘区域的文艺合谋，文艺在这种合谋情况下也就程度不同地具有媒介意义。中心意义合谋中文艺与政治、文艺与道德、文艺与宗教等的关系一旦走到极端性位置，文艺就程度不同地演绎为政治工具、道德工具和宗教工具，传统的文艺为政治服务命题、道德教化命题以及宗教文艺命题等，都是这种极端性位置的产物。除了为艺术而艺术的审美乌托邦之外，文艺学知识总体上都把文艺的混存事态和意义合谋事态看做文艺本体构成的基本状况，正因为如此，长期以来文艺的独立性和依存性问题就始终处在纠缠不清厘定不明的非清晰状态，这种非清晰状态既使文艺的价值目标无法得到准确定位，同时也使合谋主体因更多依赖文艺的工具功能而丧失自身应有的社会行为功能与行动效率。例如在文艺的政治工具化合谋事态中，虽然文艺在任何时代都的确给政治目标提供了这样或那样的价值宣传服务，但这种价值宣传服务的合谋效果一方面并不像政治家所期望的那样可以达到所谓"不战而屈人之兵"的神奇效果，另一方面也不像文艺家所期望的那样可以因合谋而使文艺跻身意识形态中心并由此获得中心位置的利益分配，所以合谋并没有出现合谋双方所预期的理想效果，进一步则由此引起政治对文艺的认识反弹和文艺对政治的严重不满，这种反弹和不满也就造成了历史上不断出现的政治对文艺的压迫事件和文艺对政治的反抗呐喊，从而既给政治意义建构以伤害亦给文艺意义实现以阻挠。诸如此类的合谋及其因合谋引起的紧张对峙关系，在未来的文艺生活中将逐渐减少并最终会消失，一切文艺的工具类依附和合谋意义承载将在集体体验的文艺生活情境中彻底予以摆脱，走出工具类依附的人类文艺将在边界意义清晰的文艺狂欢化作品实现中使文艺成为人类基本需要的独立性生存领域。到那个时候，独立性文艺生存成为人类的中心意义范畴，以其不可替代的价值满足需要形态构成对人类个体及其整体的逻辑必然关系，并且个人对文艺生活的进入具有非常高的准入条件，不仅需要高昂的经济支付而且需要极高的文化素质与文艺狂欢化专门知识修养的支持，这种支付和支持本身直接就使未来的文艺成为人类文明的奢侈生活方式，甚至可以说是必不可少的奢侈，可以想象，如果那个时候的某一个体无法获得这种支付和支持的前提条件，他也就无法进入文艺生活情境中的文化栖居方式，因而至少他在这一核心生存领域无法实现其个人价值确认和社会参与资格，最终也就只能沦落为那时的弱势群体中去。从这个意义上说，走出工具类依附的人类文艺和文艺人类，是一种高贵，是一种奋发，是一种激情生存，是一种中心意义的社会价值诱引，是人之为人以及人类之更加人类的伟大确证，那是文艺存在的理想存在方式。

第十三章
文艺生活中的身份消失

如果集体体验能像预计和猜想的那样实现对个体体验的颠覆，那么身份消失就是第一个跟进事实，现行所谓作者与读者、审美传达者与审美接受者、表演者与观众，以及门类艺术中所谓作家、舞蹈家、戏剧表演艺术家、画家、钢琴家、民族器乐演奏家等的专业性身份称谓，至此就都演绎为历史记忆概念，那时候人们表述这些概念全然没有神圣感和文化神秘主义语气，只不过如同谈论一件很遥远的从前的某个物品一样，这使我们不得不对身份问题以及身份消失问题给予必要的事态原委及其未来走势的学理关注。

身份问题自19世纪末以来就沉重地困扰着文艺家，这并不是说此前就不曾困扰，而是至此就成为迫在眉睫的现实问题。因为文艺史延伸积淀而成的厚重传统压迫得一切所在当下的作家艺术家几乎喘不过气来，尤其是文艺复兴时代那些拔地而起的大师，其伟岸处往往让后继者信心受挫，于是超越传统就成为自我确证的第一道准入障碍，否则就会沦落为杜尔感叹的"当代日渐衰落的艺术，借助于那些多愁善感的评论而存在，这些评论就像月光下狗的狂吠"[1]。

---

[1] 杜尔：《库尔贝和米勒》，引自迟轲：《西方美术理论文选》，第350页，四川美术出版社1993年版。

这种压抑最大限度地来源于传统，每一时代新生的文艺家都是靠吮吸传统的文化乳汁成长起来的，由此造成不同的当代文艺家在自我定位之际总以传统作为基本参照，圣·艾弗蒙所说的"没有人比我更尊重古代作家的作品。我欣赏在他们作品中可以见到的那种布局设计，精练，精神的崇高以及知识的渊博；但是宗教、政治机构，以及人情风俗的差别都已经在这个世界里造成了很大的变化，所以我们应该把脚移到一个新的制度上，才能适应现时代的趋向和精神"①，充分表明后继文艺家的任何一种创新性调整都必须时时看着传统的眼色行事，否则就会被强大的传统以及强大的传统渗入群视之为叛逆和异端，而判逆和异端往往面临灭顶之灾。围绕着究竟是做继承人还是做创业者的身份问题，19世纪末20世纪初的那一代作家艺术家大胆地采取行动，以前所未有的反抗姿态从传统的文化压迫和心理压抑中站起来，从不同的角度举起文艺创业大旗并以创业者的身份置换继承人的历史遗留，于是一大批创业者携带其花样翻新琳琅满目的文艺主张走进轰轰烈烈的现代性运动。印象主义的塞尚主张"要创造自己的眼力，要用你之前没有人用过的眼光来看自然"②，未来主义的博乔尼主张"一切模仿的形式必须受到藐视，一切创造的形式应该得到歌颂"③，类似的寻找当代文艺家存在权利和艺术合法性的主张可以大批地搜集和引用，在那个跨世纪位置的正负向度20年可以罗列至少几十种有一定程度影响的主义和流派，而到了20世纪中叶以后，这种主义和流派的潮流仍然具有强劲的势头，只是到了20世纪的后半叶，主义和流派的呐喊尽管还残存在诸如大地主义、具体构成主义或身体行为主义的呻吟中，但那已是没有震撼力的个人企图而已，与时代性的身份追求热浪已相去甚远。但无论如何，这一百多年来的文艺史其实就是作家艺术家的身份诉求史，他们的一切艺术创新几乎都是为了证明他们的特殊性存在意义和影响性存在价值。只要从拍卖市场那些凡·高或毕加索随意涂抹的绘画作品天价吆喝声中就知道

---

① 圣·艾弗蒙：《论对古代作家的摹仿》，朱光潜译，引自《西方文论选》（上），第272页，上海译文出版社1979年版。
② Herschel Chipp：《三个人的天空》，余姗姗译，第5页，吉林美术出版社2000年版。
③ U·博乔尼：《未来主义画家宣言》，林骧华译，引自《现代西方文论选》，第68页，上海译文出版社1983年版。

他们已经取得了成功。

如果说"二战"前的身份诉求还是在文艺价值边界内部与传统对话并在叛逆和超越中获得自身的身份称谓的话,那么"二战"以后情况就主要表现为到文艺价值边界外部寻找无中心坐标的各种对话关系并在不同的具体抵抗中寻求对自拟身份的尊重。最典型的案例就是女权主义文艺运动,因为这个运动的干流乃是更具总称意义的女权主义运动,而女权主义运动在当代社会生活中其意义原旨是一种政治抵抗,亦如所谓"现在,问题发展成了权力、动力、扩展力、他者化和世界的政治化过程"①。在一个完全的男性中心主义的社会形态里,对妇女地位作洛克式理解的"即依照上帝的意旨他想要作出规定,使她必须服从她的丈夫,正如人类的法律和各国的习惯一般规定的那样,我认为世间这种规定是具有一种自然的基础的"②,无论在东方文化背景还是在西方文化背景都有其非常仿佛之处,所以当伊丽莎白·凯蒂·斯坦顿在《观点宣言》中以反其道而行之的论述方式强调"在人类各种历史事件发展过程中,对各个种族的女性,即人类家庭成员之一而言,她们必须获取自然法则以及自然之神赋予她们的,不同于她们迄今为止所占据的地位。出于对人类思想的尊重,她们理应公开宣布促使她们这么做的理由"③,就是迟早都会发生的必然历史反弹。这种反弹延展到法国西蒙娜·德·波伏娃的《第二性》再延展到美国米莱特的《性政治》,在这个渐进的历史延伸线上一场性政治革命正在世界各国悄悄蔓延,女权主义于是也就与全球性的妇女解放运动紧密联系在一起,而激进的女权主义者甚至要在权力、地位、价值和利益分配等社会核心意义范畴进行颠覆性的历史清算,所以这一文化层面展开的思想运动实际上也就是政治层面同步发生的意识形态革命,这场革命在20世纪初还只是具体性地显现为"'妇女社会政治联盟'表示,为了让妇女在某些方面获得选举

---

① 克瑞斯汀·丝维斯特:《女性主义与后现代国家关系》,余潇枫译,第28页,浙江人民出版社2003年版。
② 洛克:《政府论》(上篇),瞿菊农译,第40页,商务印书馆1982年版。
③ 伊丽莎白·凯蒂·斯坦顿:《观点宣言》,引自约瑟芬·多诺万:《女权主义的知识分子传统》,赵育春译,第8页,江苏人民出版社2003年版。

权，随后要采取的简单方法就是在议会中通过一项法案——妇女选举权法案"①，而到了 20 世纪后半叶则情绪激化至"毁灭当前的社会，在女权主义原则之上创建一个新社会，那么男人就被强迫生活在一个条件完全不同于当今社会的、充满人性的新社会中。若要实现这一目标，女人必须坚持女权主义，以作为社会变革的基础"②。如此浩浩荡荡的女权主义运动不可能不波及至文艺领域，女权主义文艺思潮和女权主义文艺批评在这种背景下应运而生，而女权主义文艺思潮与女权主义文艺批评从一开始就表现出强烈的身份意识，作为作者的女权主义言说权力诉求，作为作者形象的女权主义中心意义诉求，作为体验方式的女权主义情感取向诉求，以及作为叙事策略的女权主义人称重构诉求，作为批评尺度的女权主义分析模式诉求，所有这些诉求都以女性身份澄明为运动目标，因而也就是在文艺的外部意义包围中实现其身份占有。

　　无论是与传统对话的时间主题对垒，还是外部意义包围中的具体意义主题对抗，无论是"二战"前还是"二战"后，无论是文艺创作思潮还是文艺批评思潮，一个值得引起注意的事实就是，身份研究已经在文艺学知识域内形成总体谱系下的细密知识脉络，这一脉络不仅对于有效解读通常所谓文艺生活中的求新、求异、求变、求怪具有操作技术路线，而且也使文艺的叙事学研究、符号学研究、结构学研究、鉴赏学研究、意义学研究等不同研究向度获得了一个新的知识整合位置与知识焦点，所以既是文艺的延伸也是文艺学的延伸。

　　叙事身份及其身份研究之所以成为焦虑点、关注点、意义点乃至知识点，是因为这一切都以个体体验为其存在的心理土壤和相应的个体归属为其存在的社会土壤。但是在集体体验时代来临以后，文艺生活排斥个体体验并且个体归属也排斥于在场状态之外，身份消失也就是事态发展的必然结果。

---

　　① 《妇女社会政治联盟手册》，引自亨利·理查森：《女人的声音》，郭洪涛译，第 145 页，广西师范大学出版社 2003 年版。
　　② 罗克姗娜·邓巴：《女性解放是社会革命的基础》，引自约瑟芬·多诺万：《女权主义的知识分子传统》，赵育春译，第 198 页，江苏人民出版社 2003 年版。

身份消失首先意味着谁也不是艺术家。身份消失之前，艺术家之被称为艺术家以及特定个体之被称为艺术家个体，都是通过充分的意义行动来予以实现和确证的，为了获得艺术家身份的实现和确证，那些孜孜以求的追求者个体就必须采取各种处置手段并在形而上和形而下两个层面腾挪施展，例如在传媒化时代就不断地有人利用传媒来进行策划、宣传和炒作，以确证其艺术家身份的真实性以及扩大其身份影响。尽管这一确证本身起初只是一种意义指向性称谓，就像把维吉尔或者笛福称为诗人只是称谓性需要的意义指代一样，各种文艺家种类的身份称谓并非社会制度的确定性甚至法定性角色，但是这种指代性后来逐渐被确定性所取代，而各种文艺家身份也逐渐在这种取代过程中制度化和角色化，并在制度化和角色化充分实现以后能够以这些身份去参与社会利益直接分配或者间接性再分配，绝大多数作家艺术家之所以会为了自己的艺术家身份效应而辛苦终其毕生，这种社会利益的直接分配或间接性再分配是最根本的驱动力量。确证的合法性在于，在个体体验时代的限定下，集体情感媒介是个体，集体的情感实现必须通过个体的情感经验来获得，当某些个体被看做体验优先性的个体或者人类情感体验的天才，那么他被当作所谓文艺家身份并被特别尊崇就是合法化的社会选择。但是到了集体体验时代以后，事情正好颠倒过来，个体的情感实现必须通过集体在场才能获得，集体体验成了个体体验的媒介物和通道，那么个体也就只有投奔集体的唯一出路，个体的体验优先性及其对这种优先性的身份性尊称当然也就不复存在，更谈不上文艺家身份所带来的社会利益直接分配或间接再分配。这样一种危险的预测，其实在我们之前早就已经开始，阿瑟·丹托所说的"有一些历史哲学的见解，它们允许，甚至要求就艺术的未来作出预测"[1]，表明猜测的必要性和现实性都已经不成其为问题，于是我们也就至少可以从中国语境阅读到"当现代艺术处于了结状态时，人就表现人自身，而不再是要将人的本性形式化。此时的观察者和被观察者已不可分割，达到不可自我反省的状态"[2]，而一旦人表现人自身并尽可能排除对象征化表现的个体性委托，那

---

[1] 阿瑟·丹托：《艺术的终结》，欧阳英译，第75页，江苏人民出版社2001年版。
[2] 朱青生：《没有人是艺术家，也没有人不是艺术家》，第257页，商务印书馆2000年版。

么也就自然而然地出现"没有人是艺术家，也没有人不是艺术家"的命题衍生，而这个命题移位至不可预见的未来，就与我们所说的谁也不是艺术家和身份消失命题具有一定程度的意义叠合关系。

身份消失其次意味着再也不存在艺术的专业知识系统。古希腊人之所以将技艺归之于艺术的范畴，说明古希腊人对于艺术的理解主要倾向于把艺术看做特定的专业知识系统，艺术家主要是由于拥有其专业知识优势所以才成其为艺术家，而出色的艺术家则在于把他所拥有的优势发挥至极致状态。公元前5世纪的米隆之被称为雕塑家是因为在他们的创作中"运用了比波利克列托斯所运用的更多的性格类型，而且有着一套更为复杂的比例关系。但是，尽管他非常注意有关人体的各种因素，他也还无法表现出人物内心活跃的意识。另外，他表现对象的毛发的技巧也并不比较为早期的粗朴的艺术所表现的技巧更为圆熟"①，这种表述与20世纪形式主义文艺观所表述的"真正诗的艺术在于语言技巧之中"②，以及与传统中国文论表述的"夫音律所始，本于人声者也。声含宫商，肇自血气，先王因之，以制乐歌。故知器写人声，声非效器者也。故言语者，文章关键，神明枢机，吐纳律吕，唇吻而已。古之教歌，先揆以法，使疾呼中宫，徐呼中徵"（刘勰：《文心雕龙·声律》），传统中国画论表述的"文尺分寸，约有常程；树面云水，俱无正形。树有大小，丛贯孤平；扶疏曲直，耸拔凌亭"（萧绎：《山水松石格》）、传统中国书论所表述的"比欲结构字体，未可虚发，皆须象其一物，若鸟之形，若虫食禾，若山若树，若云若雾，纵横有托，运用合度，可谓之书"（蔡希综：《法书论》）、传统中国乐论所表述的"声依永，律和声。八音克谐，无相夺伦，神人以和"（《尚书·尧典》），如此等等，尽管粗略观之似乎有风马牛不相及之嫌，其实中间蕴含着一个共同的价值原旨，那就是文艺的技艺特征及其专门知识系统价值本质。所以，古今中外的各种身份或者各种特长的文艺家，尽管人们在社

---

① 普林尼：《博物志》第34卷，引自迟轲编《西方美术理论文选》，第6页，四川美术出版社1993年版。
② Cons tanzo Di Girolamo, A Critical Theory of Literature, The University of Wisconsin Press, 1981, P34

会意义氛围和价值情境中评述其此在要义之际往往最大限度地朝形而上升华或者渲染其文化神秘性，但人们在作这种升华和渲染之前首先是被他们的专业知识优势所征服和吸引的，从这个意义上说，不管我们今天对文艺妖魔化到什么样的玄妙或神秘程度，从根本上说依然不过是一种文化范畴内的技艺，进而也就可以说，古希腊人表述中的技艺文艺化或者文艺技艺化一点也不错，倒是我们今天把技艺和文艺作彻底的分割并将前者限制在形而下而将后者拔高到形而上似有画蛇添足之嫌。这类似是而非的问题歧义，到了集体体验时代也就根本不成其为问题，因为所有这些门类艺术中的专门知识系统在这个时代都将会解体，而每一种此前值得别人羡慕的专门知识优势亦将没有任何优势可言，这并不是说在那种生存情境下人类每一个体的专门知识拥有量一定会神话般地绝对整一，而是就整个社会生存空间而言专门知识已经不成其为专门知识，这些专门知识在转化为公共知识甚至日常常识以后就不再闪耀其垄断性光辉，专门知识的公共知识化从此也就使文艺的技艺价值诉求或者形式化中的意义先锋性不再成为一种社会判断尺度。社会学研究中一直以来存在一个未来性判断误区，那就是把传统的分工理论及其分工走势无条件地向未来延展，由此得出一个结论就是人类社会将朝着一个分工日渐细密因而协调性与合作性日渐需要的方向发展，如果这个发展方向具有猜想或者推演的真实性的话，那么人类的知识状况就将越来越成为专门知识系统的无限扩张谱系，专家的数量将越来越多，专家的密度将越来越大，而专家所拥有的知识幅度亦将与之同步地越来越窄。涂尔干所说的"我们必须划定我们的范围，选择一项确定的工作，全心全力地投入进去，而不是把我们塑造成一件完整的艺术品——艺术品的阶值只能来源于自身，不能来源于它所做的贡献。总之，社会发展的等级越高，它的专业化水平就越高……"[①] 实际上忽略了一个根本性的隐性布控力量，那就是整合，任何分工都是在整合力量的主导下进行并最终受制于整合力量的布控，这意味着在社会分工日益细密化的同时也就同时朝着日益整体化的方向发展，亦如世界市场时代生产在不同地区和国家

---

① 埃米尔·涂尔干：《社会分工论》，渠东译，第359页，三联书店2000年版。

的分工进行同时也就造成了全球一体化程度的加强,所以整合永远是大于分工的,这实质上是人类之所以能够从低等生物中脱颖而出成其为人类的根本原由之一。在人类生存整体性大幅度提高的过程中,细密化的专业知识就在整合的布控力量中不断地被公共化和日常化,由此不仅使专业知识不至于坠入意义黑洞和不可控状态,而且使人类在整体性生存中不断地因对专业知识的消化吸纳而增强其存在素质。在这样一种人类发展格局中,实质上也就一方面不断地产生分工,另一方面又不断地在整合过程中使分工退场,既存在小的分工亦存在大的分工,既发生小的分工退场亦发生大的分工退场,而按照这样一种动态分工论或者螺旋循环分工论的理解,现行的文艺专业知识最终就会在分工退场过程中公共化和日常化,并且也就会在不可预计的未来完全失去其专业知识系统的地位和价值,更高层次或者全新意义上的未来分工会使人类文艺和文艺人类重新建构其知识域边界。目前的文艺学不乏讨论热情的诸如审美日常化、文艺的大众文化与消费文化思潮、日常生存中的艺术符号覆盖,仍然不是身份消失和文艺的专业知识系统解体的文艺未来存在方式的影子或前奏,我们离那个时代的来临还很遥远,而眼前发生的一切至多不过是当下文化情境中文艺生活方式和文化栖居环境的意义骚动而已,这种骚动还会不断地发生并且以各种陌生化的面孔出现。

  身份消失再次意味着接受者不再接受或者欣赏者不再欣赏。在传统的文艺学知识域内,即使包括所谓"读者的解放"或"接受与反应的能动性",皆无非在作品与受众之间确立这样一些基本关系,最主要的如"指路明灯"关系、"迷宫"关系或者"描红"关系。在所谓指路明灯关系结构中,作品就是作者设计出来的一座熠熠闪光的灯塔,在自然宇宙或社会人生的漫漫长夜茫茫黑暗中,受众们总是因其芸芸众生的所限、所累或者所困而茫然、痴迷、困知,于是指路明灯就以精神引领者、知识解惑者、道德澄明者、情感慰藉者等一系列绝对优势身份来给芸芸众生训导和点拨,作家艺术家常常有文化先锋、精神贵族和良心导师的优越感就导源于此,而弗里克·诺里斯也因此时时自勉着"应该比任何人都更多地感觉到自己作品本身及其性质的局限。他应该比其他任何人发表意见更谨慎,应该比其他任何人更顾及他所面向的读者，应该比其他任何人（在较大的程度上，比传教士和报纸编辑）都更注意在内心发挥'公众的感情'，留心自己所写的每一句话，仔细推敲自己的每种想法，用最严格的尺度标准自己的每种意见的依据。简言之，作家应该认清自己的责任"[1]。在所谓迷宫关系结构中，作品则是作者设计出来的一座美丽而又神秘的意义宫殿，每一个对它向往或者被诱的人都可以走进去，以不同的涉身姿态体验和感受那座宫殿中的扑朔迷离、忘我陶醉、欢娱快乐，尽管不同的设计者设计出来的不同的迷宫会有其彼此相异的迷道，意图的模式和意义显现方式呈现出各自的迷幻特色，但对向往和被诱者而言功能目标乃是一致的，所不同的只是他们会根据自己的需要和兴趣有所选择而已，并且所有这些选择归结起来不过三大主题类型，那就是诗情迷宫、神话性迷宫和审美性迷宫，其最后结果就是向往者和被诱者被这些不同主题类型的迷宫所征服，由此也就证明作品的成就和作者的成功，难怪 V. C. 奥尔德里奇认为"艺术家实际上构造的东西就是这种媒介要素的排列，这种排列为从无穷多的可能的永恒形式中选择一种来进行观照提供了机会；它使本质上不可见的东西变得可见了"[2]。在所谓描红关系结构中，体现的是作者通过作品的媒介作用实现与受众心理同构关系的体验验证和普遍可传达的价值目标，受众在对作品情境的心理介入中将会出现意义显示的超读、正读和误读三种状况，这与中国书法教学中的描红现象具有某种程度的形式相似性。正读当然是意义叠合，是作品与读者关系结构的极限状况，超读和误读从前受到正典秩序的非议，如今则在这些正典秩序解体后被先锋理论家们普遍解读为再创造和受众心理介入的能动力量，解读为意义延展和价值拓值后受众与作者在作品中的最大意义合谋与最融洽的共同在场，所以文艺场持论者就叙事为"艺术品价值的生产者不是艺术家，而是作为信仰的空间的生产场，信仰的空间通过生产对艺术家创造能力的信仰，来生产作为偶像的艺术品的价值。因为艺术品要作为有价值的象征物存在，只有被人熟悉或得

---

[1] 弗兰克·诺里斯：《小说家的责任》，温作夫译，引自《美国作家论文学》，第146页，三联书店1984年版。

[2] V. C. 奥尔德里奇：《艺术哲学》，程孟辉译，第42页，中国社会科学出版社1986年版。

到承认，也就是在社会意义被有审美素养和能力的公众作为艺术品加以制度化"[1]。然而这样三种基本结构关系在集体体验时代无法继续其存在，在文艺狂欢化的文艺生活方式中，如果说还有所谓作品出现的话那也是出场者集体出场的事态本身，人展现人自身或者文艺存在于当下欢娱就足以排除参加者同时拥有受众、接受者或者欣赏者的被动性身份，这也就是说，在不可预计的未来，当个人在理性化的社会生活中感觉到需要充分获得非理性文艺生活需要时，他就与成千上万同时有这种需要的个体互约性出场并且前往社会理性高度布控的狂欢化场所，当他们的狂欢进入高潮之际也就意味着满足了社会生活结构中的文艺生活需要，同时也就意味着文艺生活的意义、价值、存在形态等的完全实现，这实际上也是那个时域内人类文艺和文艺人类的最基本存在方式。

对文艺存在性分析而言，身份消失足以构成本体论紧张，这在当前的语境下几乎是不可想象的事情。好在我们将其定位于文艺存在性分析的超时位置，定位于不可预计的未来以及定位于以集体体验对个体体验的颠覆为想象性前提，但是这种定位方式并不意味着在文艺存在性分析之外就可以轻易放弃对事态的叙事，对猜想性知识增长方式而言，想象所能给予的一定程度的形象化展露和具象化描述更有助于这一增长方式的知识公信力和可接受性。

这就迫使我们必须从正面回答，在身份消失的状态下，人类的文艺生活方式，将呈现为什么样的基本形态或者体现出哪些主要存在特征？在我们看来，这种提问所带来的是一种哑巴吃黄连的痛苦和难堪的感觉，因为我们在面对不可预计的未来之际很难形成某一存在事态的完整形象和清晰具象，即便如此，仍然试图从以下几个虚拟性的存在特征去给予关键词角度的意义导引，以唤起更多的想象性介入和完整想象过程中的不断修正和完形，那就是：（一）黑箱景观，（二）宏大叙事方式，（三）个人消融历程。

黑箱概念原是模糊论教学家在讨论模糊现象时所指令性使用的，原意

---

[1] 皮埃尔·布迪厄：《艺术的法则》，刘晖译，第276页，中央编译出版社2001年版。

是以边界指令的方式在非清晰性状态给以总体性清晰,而把非清晰性统统挤塞至命令边界之内,从而造成一种象征叙事的所谓黑箱理论,从某种程度而言也是不得已而为之的举措。当我们把这一概念移植到文艺未来论研究的时候,更是在一种象征意义上使用它,所以我们的所谓黑箱景观,是指在一种总体性意义和价值框架之内的意义内置,这种意义内置中涌动着人类的非理性游戏冲动生活的无比丰富性和无限浪漫性。在未来文艺生活的黑箱景观之内,一切激情和热情的事态、一切审美和体验的情态、一切互约和在场的姿态,都将得以最大限度的包容与最为有效的调动,个人只要进入文艺狂欢化的意义黑箱景观之内,他就成为文艺生活构成的一种元素,而且他直接就是他自己的作品,无数这样的元素的自觉进入使黑箱的意义内置充满神秘感和巨大的文化诱惑,从而使更多的元素进入成为不可阻挡的趋势。这样,处在一个高度理性化的社会境遇中,当一切意义和价值的可控性使社会完全秩序化之后,人性的非理性情绪冲动和非理性情感体验必须找到它们的栖身之所,以狂欢化为存在特征的文艺黑箱在这个时候也就成为一个重要的栖身之所,当然还会有另外种类的栖身之所,但这不是我们此刻所要关注的议题。这也就是说,那个时代的文艺生活就存在于那些专门性的黑箱之中,那个时代的文艺作品就是形态显目的存在于世界各地的这样那样风格迥异的黑箱,这些黑箱就是身份消失之后人类想象力成果的文艺作品及其可见性的作品景观,它与人们日常生活中遍撒的审美性氛围和艺术性细节具有高度升华的存在品格,而这就彻底消解了所谓"生活的艺术化,艺术的生活化"的未来审美乌托邦的想象性命题。

那么紧接着就有一个疑问,这些形态显目且规模巨大的文艺狂欢化黑箱究竟由谁来制造以及怎样制造,因为如果按照我们今天的文艺创作或者文艺生产逻辑,即使所谓现代舞台演出或者广场文化的所谓"大制作"以及电影拍摄中的大场景,不管它们大到什么程度仍然存在最高叙事者个人,例如导演或者总导演,最高叙事者个人的艺术理念及其对符号调配带有个人倾向的各种叙事策略在这样的文艺活动和文艺作品中起着决定性的存在制导作用,而文学中的长篇小说或长篇史诗,则无论长到什么样的篇幅也同样只能是杰出的个体叙事者的艺术实现,尽管在史诗创作的时间延续中会有成千上万的隐名者对作品的最终形态给予过程度不同叙事影响，但由于这些成千上万实际上是在时间链条上一个一个线性叠加的数字累积而非共同性在场的产物，所以即使成千上万的创作者介入也依然体现为个体性的叙事成果和"个体与文本"的基本结构关系，个人的叙事参与实际上一直存在，只不过在今天的位置予以逆向检索时被时间淹没掉而已。但未来的文艺狂欢化黑箱从一开始就不是个人叙事的产物，假如存在一个"爱琴海缠绵"的黑箱的话，假如全世界在某个具体时间位置五百万人有相同的主旨意义的文艺生活需要并且迅速汇聚于爱琴海的话，假如这五百万汇聚者在爱琴海的浪漫夜晚于各种梦幻实现效果的符号氛围和未来技术系统下演绎我们今天根本无法想象的所谓"人类缠绵"的陶醉性世界冲动的话，那么谁是这个黑箱的制造者或者说谁是这个作品的叙事者呢，答案只有一个，那就是人类共同体，人类作为总体性叙事者在这一激荡和风情万种的以满足非理性生活需要为旨归的文艺生活场景和集体体验过程中起着根本性的意义驾驭作用，尽管在所有的细节位置都由具体的个人在日常理性和技术知识的支配下进行布控环节的操作。任何天才的艺术家都已经没有那样的号召力和布控力，因为那时的文艺生活已经进入了宏大叙事方式时代，那种宏大只能从人类的总体性需求和总体性效果实现来予以想象性理解，那种宏大已经足以消除个人身份认同、地域文化亲缘以及民族国家利益诉求，那种宏大甚至能将所有发达的未来技术元素、丰富的日常审美性元素和变幻无穷的符号显现方式吸收并布控于黑箱意义内置中，而这种宏大叙事也就在不经意间将这五百万有主旨意义狂欢需求的来自世界各地的人予以征服和淹没，就像上帝的手把他们抛进狂欢化的文艺黑箱中，而且还温情地对他们说："冲动的孩子们，到被抛的世界互相尽情欢乐吧，你们在乐你们自己亲自创造的所乐，上帝我只不过给你们设计了一个场！"

就不可预计的未来社会的可能性而言，极大的个体性与极大的集体性或者总体性既具有非常激烈的存在冲突关系，亦具有非常协调的存在和谐关系，这与此前人类长期经历的个体性生存与集体性生存的暧昧关系史相比其关系结构状况就要清晰得多。既然如此，在高度理性化的时代，具有强烈文艺需要的个体虽然被文艺狂欢化场景所吸引，但在进入之际个体必然保持其极端个体性的情绪抵触和极端理性化的情感压制,他在日常理性的生存境遇中对所有非理性的冲动都保持高度的内存警戒和外泄警觉,并且这种警戒和警觉会以惯性态势持续到他进入黑箱之中,此时的个体既有其身份要求亦有其身份显示。我们今天无法想象黑箱中的文艺狂欢究竟如何开始以及个体与个体之间如何互约至忘我的纷繁在场的境界,更加具有未来想象力的天才们介入之后或许会有令人耳目一新的各种猜想方案层出不穷地呈现于文艺未来论知识域,但现在我们还不得不尴尬于这一想象力议题的单调和苍白处境,尽管如此,有一种事态可能性似乎显露其猜想的清晰性,那就是个人消融历程。当个人被抛入庞大人群及其狂欢现场之后,并非都是以同样的进入速度实现其忘我的狂欢体验,个人性及其个人所携带的理性力量在被抛的反方向发挥其抗衡力和拒斥力,以阻止个人被非理性的狂欢现场的激情所吸引和淹没,只有当现场的吞噬力量彻底摧垮进入者的理性堡垒以后,个人消融历程才能在或长或短的时间过程中趋于完成,从而也就全面实现进入者的身份消失,当所有进入者的身份消失都完成以后,全面作品化的文艺生活开始进入其高潮,个人及其身份完全消融在集体体验的在场文艺生活中,狂欢化使每个进入者不仅忘我而且获得最大限度的沉湎感、陶醉感、幸福感和快乐感等,高度理性社会给个人带来的所有身心劳累、疲惫和困顿顷刻一扫而空,这种体验和享受乃是我们在今天的文艺生活方式及其个体体验状态中完全无法予以想象的理想性人类文艺和文艺人类存在状况。随着文艺未来论研究水平和未来文艺想象力的提高,对于个体进入之际的个人消融历程会有越来越清晰的知识表述,而且唯有类似的清晰表述成为知识事实,我们才能在此基础上作进一步的身份消失的完整性描述,从这个意义上说,关于个人消融历程的议题在身份消失问题中具有非常重要的知识学地位。

所有这些猜想性的文艺未来论知识叙事,由于将时间坐标定格于不可预计的未来,所以显得十分虚拟和幻觉,甚至会被认为这样的幻想纯粹是文艺学画蛇添足的举措,因为这中间既不存在证真亦不存在证伪的可能性,如果让波普尔、卡尔纳普或者蒯因他们来给予评价,简直就是不值一提的文字戏仿。但我不这么认为,我更欣赏马蒂亚斯·霍尔茨所表述的关于我们与未来关系处置的知识学姿态,即所谓"不存在确定的、不可更改的未来,但是我们越清楚地意识到未来,我们就越能够塑造一个生动而又丰富多彩的未来世界"①。身份消失乃至整个文艺未来论可能从根本上就是一种虚妄之语,但即便它是彻底的虚妄,也依然能够给未来的文艺延伸提供校正力量,所以也就依然具有知识参照功能。

---

① 马蒂亚斯·霍尔茨:《预言大未来》,陈婕译,第4页,中国海关出版社2004年版。

出版后记

《文艺人类学》即将付梓，依照惯例，写一篇后记，并首先感谢此书的编辑王大鹏先生。

然而写这篇后记的时候，心情的确有几分沉重。几天前，攻读博士学位时的同窗余虹教授，因患精神抑郁症，留下一篇感人至深的绝命文字，从世纪城的十楼上轻轻画了一道弧线，就把生死两界的界线给模糊了，在诠释他的终极守望者身份的同时，也给我的这些庸常的芸芸众生留下一片生命意义的理解苍白。几年前，攻读博士学位时的另一位同窗张瑞德教授，因患食道癌，微笑着从我们面前离开这喧闹的人间，临行时，还坚决要把眼角膜捐献给世人，其泣人也尤深。

呜呼，杜子曰："存者且偷生，死者长已矣。"同门之学有所成者，已然于天命将知之前先后竟成古人，留下我等愚顽之辈，继续作俗世的挣扎，继续写这些上不着天、下不着地的自娱文字，并且这些文字还在特定的场合被称为学术。然而对于我而言，只承认其为学。

人不能不学。荀子作论，《劝学》第一。他所说的"吾尝终日而思矣，不如须臾之所学也"，"学不可以已"，"故木受绳则直，金就砺则利，君子博学而日参省乎已，则知明而行无过矣"，"学也者，固学一之也。一出焉，一入焉，涂巷之人也；其善者少，不善者多，桀纣盗跖也；全之尽之，然后学者也"。虽然道理讲得很朴素，虽然说话的语境在几千年前，然而今天我们听起来，却还是那样的亲切。是故北齐的颜之推，教子勉学之际，说得就更加实用主义，即《勉学》之所谓"夫明六经之指，涉百家之书，纵不能增益德行，敦厉风俗，犹为一艺，得以自资。父兄不可常依，乡国不可常保，一旦流离，无人庇荫，当自求诸身耳。谚曰：'积财千万，不如薄伎在身。'伎之易习而可贵者，无过读书也。世人不问愚智，皆欲识人之多，见事之广，而不肯读书，是犹求饱而懒营馔，欲暖而惰裁衣也。夫读书之人，自羲、农已来，宇宙之下，凡识几人，凡见几事，生民之成败好恶，固不足论，天地所不能藏，鬼神所不能隐也"。这样的说法，当然远逊于黄宗羲《明夷待访录》中称赞顾炎武治学的"百王之敝，可以复起，而三代之盛，可以徐还"，或者江藩《国朝汉学》称赞戴东原求学的"读书一字必求其义，塾师略举传注以解之，意不释。以恶其烦，乃取许氏《说文解字》令检阅之，学之三年，通其义，于是十三经尽通矣……天召齐侍郎召南读其书，恨不识其人，江南惠定宇、沈冠云二徵君皆以为忘年交"。但是对我们这个时代来说，已经是一个十分难能可贵的劝学案例了，即使是以朴素的人生姿态入学，又何其难矣。

人也不能动不动就是学术。全祖望《翰林学院编修赠学士长洲何公墓碑铭》所谓"长洲何公生于三吴声气之杨，顾独笃于学，其读书，茧丝牛毛，旁推而交通之，必审必核。凡所持篇，考之先正，无一语无根据……一卷或积数十过，丹黄稠叠，而后知近世之书脱漏伪谬，读者沉迷于其中而终身未晓也"，顾炎武《日知录·自序》之所谓"故昔日之得，不足以为矜，后日之成，不容以自限。若其所欲明学术，正人心，拨乱世，以兴太平之事，则有不尽于是刻者。须绝笔之后，藏之名山，以待抚世宰物者之求，其无以是刻之陋而弃之，则幸甚"，或者阮元《揅经堂续集》中所谓"元少为学，自宋人始，由宋而求唐、求晋魏、求汉，乃愈得其实"，皆无不表明其实所谓学术，当远在学之后，意即须有充分的准备，艰难的过程，深厚的学养，聪慧的悟性，以及对于责任和道义的担当。孔夫子勉学，教七十子述而后作，其实也还是告诉人们，多致力于学习，少侈谈学术。

我们这个时代的人，厌其学而乐其学术。所谓厌其学，就是除了中小学生为了抵挡应试教育而不得不起早贪黑地背诵各种教辅资料外，整个社会的重学之风早已烟消云散，我们实际上离学习型社会已愈来愈远。所谓乐其学术，是指挤进知识体制的男女老少，因为评博导、教授、讲师或申请博士、硕士之类的学位，差不多全体学人都在豪情满怀地"作"，豪情满怀地申报和承担"科研课题"，豪情满怀地从事"学术"活动以及撰写学术著作或学术论文，包括人群中的我本人以及这本所谓《文艺人类学》。我们实际上已无法开出足够的书目和阅读时间表，当然，我们老师的那一辈较之我们可能情况还要糟，因为他们的黄金读书时间一方面更多地卷入各种政治运动，另一方面在极端意识形态背景下甚至那些古代经典和西方经典他们见得也不多，更何谈知识的时间表和谱系图。打倒"四人帮"之后，老师们的老师们纷纷谢世，于是老师们便开始抢占各种学会的会长、副会长，抢占硕士点、博士点，抢占硕士导师、博士导师的头衔，于是我们就在我们的老师们指导下先后成为硕士、博士或者博士后，他们的不容易之处在于，他们是在连规范性的学士论文都没做过的情况下超水平发挥地把我们培养成高学历者。后来，他们又渐渐老了，渐渐开始搞各种名目的学术纪念活动，出各种纪念文集，总结各种闪光的学术思想，称谓各种师门或学派，趁这时机，我们就开始乘势而上，开始新一轮的抢占，于是各种学术岗位和知识宝座上的角色，不经意间就换成了我们。在这整个抢占事件的浮躁时代，最带有共性的符号，就是大家都热烈地谈论其学术进行时而机智地抛弃"傻学"，在学界都在神圣而且表情严肃地学术着的时代，毕生于学简直就是"白痴"，而且"白痴"们一定不知道学术杂志被评定为世界级、国家级以及省部级，一定不知道如果不在述前就那么作也就意味着连饭碗都保不住……

我不是"白痴"所以我当了教授，当了博导，没什么学问照样带了一大批博士后、博士、硕士，照样出版如《文艺人类学》这样洋洋数十万言的著作（写本）。但是我的求知没有泯灭，我十分崇拜那些什么都不知道的"白痴"，我以为真正的学术一定幸存于那些"白痴"们的默默无声中，正因为如此，我严格地把这样的著作（写本）限定为我的"学"而非"学术"，亦如我在每个新学年的开场白里，都明确禁止我的学生们把我的文章和著作当作学术文献去读，亦如我在招生之际坚决不把我的所谓著作列为考试参考书。

司马光在《太玄集注序》中说他"疲精劳神三十余年，讫不能造其藩篱，以其用心之久，弃之似可惜，及依《法言》为之《集注》，诚不知量，庶几来者成有取焉"，此时此刻，面对三年草成之拙稿，其心情当然更甚。那么我将何幸之有呢？但愿我的学生们能从这样的粗制滥造中看清楚"学"与"学术"的根本区别，从此多读些"学习"而少扬言些"学术"，如此则幸甚。

是为后记。

二〇〇八年元旦于中央党校七八楼

图书在版编目（CIP）数据

文艺人类学／王列生著. —北京：文化艺术出版社，
2008.1

ISBN 978-7-5039-3460-5

Ⅰ.文… Ⅱ.王… Ⅲ.文艺学：人类学 Ⅳ.I0-05

中国版本图书馆 CIP 数据核字（2007）第 197747 号

文艺人类学

著　　者	王列生
责任编辑	王大鹏
责任校对	方玉菊
装帧设计	顾　紫
出版发行	文化艺术出版社
地　　址	北京市东城区东四八条 52 号　100700
网　　址	www.whyscbs.com
电子邮箱	whysbooks@263.net
电　　话	（010）84057666（总编室）84057667（办公室）
	（010）84057691—84057699（发行部）
传　　真	（010）84057660（总编室）84057670（办公室）
	（010）84057690（发行部）
经　　销	新华书店
印　　刷	国英印务有限公司
版　　次	2008 年 1 月第 1 版
	2012 年 8 月第 2 次印刷
开　　本	720×960 毫米　1/16
印　　张	21.75
字　　数	330 千字
书　　号	ISBN 978-7-5039-3460-5/J·911
定　　价	42.00 元

版权所有，侵权必究。印装错误，随时调换。